投行恩怨

王国进 ◎ 著

天津出版传媒集团

天津人民出版社

图书在版编目（CIP）数据

投行恩怨 / 王国进著. -- 天津：天津人民出版社，
2021.9
ISBN 978-7-201-17728-1

Ⅰ.①投… Ⅱ.①王… Ⅲ.①长篇小说—中国—当代
Ⅳ.①I247.5

中国版本图书馆CIP数据核字(2021)第201264号

投行恩怨

TOUHANG ENYUAN

出　　版	天津人民出版社
出 版 人	刘　庆
地　　址	天津市和平区西康路35号康岳大厦
邮政编码	300051
邮购电话	（022）23332469
电子信箱	reader@tjrmcbs.com

策划编辑	王　康
责任编辑	岳　勇
装帧设计	明轩文化 ·王　烨

印　　刷	新华印务有限公司
经　　销	新华书店
开　　本	787毫米×1092毫米　1/16
印　　张	24
插　　页	2
字　　数	400千字
版次印次	2021年9月第1版　　2021年9月第1次印刷
定　　价	68.00元

一切都是最好的安排。

——谨以此书献给所有我认识和认识我的人

一 灾害史的研究方法

自　序

在很多人的眼中,投资银行业是一个非常神秘、令人仰慕的行当,被视为金融领域中的金字塔尖——"皇冠上的明珠"。

投资银行有狭义和广义之分。狭义的投资银行是指一级市场上的承销业务、并购和融资业务的财务顾问。而广义的投资银行涵盖众多的资本市场活动,包括公司融资、并购顾问、股票和债券等金融产品的销售和交易、资产管理和风险投资业务等。本书所指的投资银行是广义的投资银行,其中,又重点演绎了狭义投资银行的成长故事。

本书以改革开放40多年来的经济振兴为背景,以投资银行业这个被称为"皇冠上的明珠"的特殊行业为切入点,通过出生于普通城市家庭的白皓月、李昆仑、魏佳、秦月明、周万典、赵洪亮、谢卫红、胡伟力等一批知识分子及他们的子女在个人成长、读书、恋爱、工作、创业等过程中发生的各种耐人寻味的故事,再现一个国际大都市的崛起与辉煌,以及社会和人性的变迁。小说全景式地再现了中国投资银行业从萌芽、发育、成长再到壮大的恢宏历程,对于普通人了解这个神秘的行业具有启蒙价值,对于投行从业者反思和提升其业务水平具有借鉴意义,对于学术界回顾和总结新中国投资银行发展规律具有一定的学术价值。

概括地说,这部相当于"中国投行史"的长篇财经小说有三大看点:一是揭示了经济发展与社会、人性变迁之间的互动关系,二是揭开了投资银行业这个特殊行业的神秘面纱,三是揭示了"60后"和"80后"这两代人在世界观、人生观、价值观方面的差异与冲突。

相较于《资本迷局》和《融资风云》,这部长篇财经小说无论在财经专业水平上,还是在文学表达技巧上,都有了显著的提高。有朋友看完全部初稿后,感叹于本书包袱不断、情节跌宕起伏,甚至称它为"财经侦探小说"。我衷心希望读者看完全书后不仅能学到财经专业知识,还能收获心灵的愉悦与洗礼。

目　录

第一章

痴情儿为情所困　执念父因爱退隐

　　白自强这几天非常郁闷,好容易盼到新冠肺炎疫情缓解,想趁"五一"假期陪同心目中的那位女神逛一逛广州城,却被微信朋友圈的一则消息堵得心里发慌。那则消息是这样的——

　　　　我的一个兄弟苦苦追了个女孩,曾两次花重金帮她过生日,然而快两年了,至今连对方的手都没牵过。昨晚,这位兄弟还想陪那个女的一道去广州玩,目的无他,主要就是为了帮女孩买单。要不是他家里出了点事,没去成,还不知道又要花多少钱呢! 我对这种纯洁的爱情由衷地表示钦佩! 顺便百度了一下"绿茶"。哇! 门道真多! 这个世界怎么一点真诚都没有了呢……

　　那则消息是他的好友李大庸发的。这令他心里很堵。更给他添堵的是,李大庸还把他俩的微信对话截屏发了出来。截屏显示,李大庸明明白白地告诫他,他追的那个女孩本质上是个"绿茶",叫他不要用情太深。

　　"臭小子,管得真宽! 就算她是个'绿茶',又与你何干? 我乐意! 我爸那么多钱,将来还不都是我的。想想将来有那么多钱,我现在不先花起来,用到心爱的女孩身上,难道等将来老态龙钟连路都走不动路了,才去花那笔钱吗?"白自强愤愤不平地嘀咕道。他的眼前又浮现出那个女孩的身影。那是一个长相清甜、身材高挑的女孩,名叫周艳妮,今年刚过20岁,正在江海金融学院读大学三年级。

　　白自强与周艳妮的相识非常偶然。那是两年前的一天晚上,白自强作为白虎投资有限公司的总裁助理,正好在黄浦江边的一家江景饭店宴请客户。在开席前的闲聊中,一名服务周到、长相清丽的年轻女服务员引起了他的注意。他随口问道:"看样子,你还是个学生,这是在勤工俭学吗?"

女孩听后很吃惊，忙用手掩面，羞涩地说："领导，您真是好眼力，我的确还在上大学！"

女孩的声音很娇媚，那一声"领导"叫得白自强心花怒放。在公司里，他虽为总裁助理，却几乎没人拿他当领导看。原因很简单，他年龄不大，刚过30岁，长相又特别清秀，给人的感觉还是个娃娃。当然，更重要的原因是，他爸在公司里的威望太高了。公司是他爸与朋友合伙创建的，他爸因为所持股份占绝对多数，所以任董事长。另一位合伙人因为有自己的事业，很少参与公司具体经营。在这个公司里，他爸做事雷厉风行，说一不二，具有绝对的权威，就连总裁也没有多少威信。在这种环境中，公司的其他员工当然不会把他当成领导看待。

"哦，我说的没错吧？"被女孩尊为"领导"的白自强心情愉悦地对客人说。

那帮客人因为项目的事有求于白虎投资，虽然知道白自强在公司没有多少影响力，但他毕竟是董事长的独子，能搞好关系当然还是要尽量搞好关系了。于是，客人们齐声附和道："白总真是好眼力啊！"其中一个客人深谙男女之道，从白自强的眼神中看出了他对女孩的爱慕之情，心想，这可是与董事长公子套近乎的好机会，便盯着女孩问长问短。三言两语之后，大家便弄清了女孩的姓名、年龄、所在学校等基本信息。原来，这个女孩是从外地考进江海金融学院的，家境一般，为了给家里减轻点经济负担，便利用节假日勤工俭学。除了在餐厅里当服务员，她还从事两份家教，一份是教小学生英语，另一份是教幼儿园小朋友音乐。她说自己更喜欢在江边的高档餐厅当服务员，因为在这里不仅能挣到钱，还能见到不少成功人士，就算在旁边听他们肆无忌惮地吹牛，也能学到不少本事。

了解姑娘的情况后，白自强有种相见恨晚的感觉。这些年，他挑挑拣拣，不知相过多少回亲，见过多少个妙龄女郎，但总感觉她们与自己心仪的那个女神相去甚远。他主动加了姑娘的微信。宴请活动结束后，他送走客人，又折回去缠着姑娘聊天。要不是饭店老板多次催姑娘干活，白自强还不知道要在那儿赖到什么时候。

从此以后，他便彻底迷上了她。

"叮……"白自强的微信电话响了，是李大庸打来的。

"兄弟，我刚才给你发了一个你爸接受媒体采访的链接，你快看看，他在采访时好像提到你了。"李大庸说。

白自强心头一紧，忙问："提到我，怎么说的？"

"好像是说他不希望你躺在现在这家公司里，而是希望你出去自立门户。上面有链接,你自己看吧!"李大庸说完便匆匆挂掉了电话。

白自强头脑一片空白。他呆呆地望着窗外的绿地。阳光明媚而柔和。一只花母猫慵懒地躺在高大的香樟树下,一堆胖乎乎的各色小奶猫相互推挤着使劲吮吸母猫的乳汁,你不让我,我不让你,生怕自己少吃,哪怕就半口。

"哎,你们可都是兄弟姐妹呀,有什么好争的?"白自强叹了口气,他不由得想到自己的家事。

就在一周前,白自强从母亲那里得知,自己的爸爸给他一次添了两弟三妹,共五位。不过,这五位弟弟妹妹并不是自己的妈妈所生,他们是爸爸的一名女助理借别人肚子生的。据说,那名女助理使用了某种手段,从他爸爸那里得到生命的种子,然后跑到泰国,借助代孕机构实现了延续他爸优质基因的梦想。他母亲得知此事后,哭得死去活来。然而,不知道他爸爸用了什么办法,居然止住了他母亲的哭声。这档事现在只在极小的范围内被人所知。所以他爸还能像往常一样出现在公众视野中。

"哎,这么快就让我自立门户了!"白自强再次叹了口气,拿出手机,打开了李大庸发来的链接——

这是一段视频。在等待广告播完的30秒钟时间里,白自强死死盯着视频下面的文字:"著名投资大师白皓月先生华丽转身,留下多少待解之谜?"白自强很纳闷,心想:我爸要华丽转身,我怎么不知道?他转身之后,白虎投资谁来掌舵?不会是要交给我吧?不对呀,大庸不是说他要我自立门户吗?想到这里,他突然感觉广告的时间太长,因为他迫切需要知道答案。就在他心如猫抓般难受的时候,广告终于播完了。画面上出现一个美女主持人的身影。他对这个主持人比较熟悉。她是江海卫视的当红财经频道主持人,名叫吴小丹,年龄不到30,身材高挑,长相清丽,举止优雅,是白虎投资公司的常客。

吴小丹对着镜头不慌不忙地说:"亲爱的观众朋友们,这里是江海卫视财经频道,我是《与投资大师面对面》节目的主持人吴小丹。白虎投资是我国最早的本土投资银行之一。20多年来,无论风云变幻,潮起潮落,白虎投资始终傲立潮头,不仅创造了多个国内'第一',还为投资者带来了非常丰厚的回报。目前,白虎投资直接管理的资产总额高达150亿元人民币,最近10年平均投资回报率在15%以上,即使在经济低迷的2019年,白虎投资仍然创造了11.8%的投资回报率。白虎投资控股的龙虎信托市值更是高达900多亿元。然而,就在白虎投资顺风顺水、越做越好的时候,它的创始合伙人白皓月董事长却在近日提出离职请求。一石激起千层浪，白董事长离职的真实原因是什么？他离开后公司由谁来执掌？没有白董事长的白虎投资还能像从前那样为投资者带来丰厚回报吗？带着这些问题，我们今天对白董事长进行了专访。"

吴小丹的话音刚落，镜头切换到一个西装笔挺、正襟危坐的男性身上。这个男人不是别人，正是白皓月。白皓月出生于1960年，2020年正好60周岁。然而，从相貌上来看，他一点都不像60岁的样子，充其量也就50来岁吧。他的头发浓密乌黑，面色饱满红润，鼻梁上架着一副金丝眼镜，显得高贵而文雅。与其说他是个执掌百亿资产的资本大鳄，还不如说他是个斯斯文文的大学教授。没错，他本来就是江海大学的经济系副教授，主攻货币银行方向，彼时才华横溢、著述颇丰，不到30岁，便荣升副教授。只不过，在20世纪90年代初期的时候，伴随着海南大开发和新中国资本市场的建设，他果断放下教鞭，投身商海。一晃近30年过去了，白皓月在投资银行界干得风生水起，着实为大学教授们争了一把脸。

"亲爱的观众朋友们，眼前这位就是白虎投资的董事长白皓月先生，他是大家的老朋友了，相信大家都很熟悉，我今天就不多做介绍了！"吴小丹摊开右手指向白皓月，笑容可掬地说道。

白皓月对着镜头微微欠了欠身，算是向观众打个招呼，显得非常绅士。

"白董事长，听说您最近提出了离职请求，这个消息是否准确？"吴小丹问。

白皓月点了点头，说："没错。"

"好，既然消息属实，那我代观众朋友们向您请教几个问题好不好？"吴小丹问。

"可以。"白皓月再次点头。

"据我所知，白虎投资目前各项经营情况良好，那么到底是什么原因促使您急流勇退呢？您是不是遇到了什么不为外界所知的特别困难呢？"吴小丹开始发挥主持人穷追不舍的劲头了。

"哈哈，没有你想象得那么复杂。"白皓月故作轻松地应道。为什么说是"故作轻松"呢？因为白皓月在笑的时候，喉结非常不自然地抖动了几下。那吴小丹是何许人物？对此细节眼见心明，一股职业主持人刨根问底的韧性令她随即抛出一个新的问题："白董事长，外面对您突然离职传言很多，我也听到一点消息，因为您是我们投资银行界的元老级人物，一直以来做得非常好，如果不是遇到特别的困难，您怎么会突然离职呢？"

白皓月撇了撇嘴，微微一笑说："没有，的确没有，外面有些猜测是正常的。我可以负责任地说，统统都是瞎猜！"这一下，他说得很有底气，让人深信他的离职并非遇到了特别的困难。不过,正在看视频的白自强并不是这么想。因为他很清楚自己的爸爸为何突然离职,只是他必须和他爸一样,对任何人都要坚称他爸是正常离职。"嗯,看他接下来怎么说吧。"白自强想。

吴小丹见白皓月坚持说自己是正常离职,也就不再盯着问他离职是否迫不得已了,毕竟大家都是老朋友,这点面子还是要给的。"好,那就请您向观众朋友们披露一下离职的真实原因吧。"吴小丹微微一笑说。

"因为我舍不得三尺讲台呀!"白皓月深情地说完这句话,便紧闭嘴巴,双眼向上盯着天花板,神情庄重而严肃,令人不得不对他的话深以为信。

"哦,此话怎讲?"吴小丹睁着闪亮的大眼睛问道,"据我所知,您当年下海可是自己主动提出来的,如果舍不得三尺讲台,您的态度怎么会那么坚决?"

"哈哈,这不难解释呀!"白皓月轻松地回应道,"当年下海是为了验证自己的学识和理论见解,同时也是为了适应国家和市场经济建设的需要嘛。"他稍稍停了一下,又接着说,"当然,也是为了赚点钱。那时候教师的收入实在太低了,不够养家,不够养家呀!"说到这里,白皓月收起笑容,缓缓摇了摇头,似乎对自己当年离开讲台有诸多不舍。

"完美!"坐在白皓月对面的吴小丹不由得轻轻抚掌,随后带着几多崇拜的神情问道,"现在看来您当年下海时的目标都实现了吧?"

"那当然!"白皓月开始志得意满起来,"这些年我通过艰苦打拼,不仅验证了自己的投资银行理论,还在实践中对投资银行理论的完善和创新,有了更多深入的思考。"

"所以您决定离职去丰富和完善自己的投资银行理论?"吴小丹尝试着替白皓月做出解释。当她看到白皓月颇为认真的点头动作后,马上又跟着问了一个问题:"这么说,您下一步的归宿还是大学了?"

"不错!我决定回到江海大学去做专职教师。前些年学校帮我解决了正高职称,现在回到高校至少还可以再干5年。"白皓月踌躇满志地说。

白自强看到爸爸在离职问题上终于通过了主持的盘问,心中的一块石头终于放了下来。他心想:没想到爸爸还挺会表演的,明明是不得已离职,现在却被他说得挺高尚的!不过,这样也好,毕竟他是我爸,他的形象受损了,对我能有什么好处呢?

"真是太佩服您了,白董事长!哦,不,从现在开始应该叫您白教授了!"吴小丹笑着说。

"嗯,还是称白教授好。"白皓月及时肯定了吴小丹对他的新称呼。

"好的,白教授,祝贺您回归自己喜欢的职业!那么能不能给观众朋友们透露一下,您离职后,谁来接替您在白虎投资的位子呢?"吴小丹问。

"我们会按程序办事,一切都是为了确保白虎投资的平稳过渡。"白皓月故意打了个太极。

"我们相信你们会按程序办事!问题是到底谁来接替您的位子呢?您是公司的控股股东,您的儿子白自强先生也在白虎投资任职,对公司的情况应该说非常熟悉,您离职后会不会把董事长的位子传给他呢?"吴小丹问。

"传给他?哈哈,不会,不会,他还年轻,资历尚浅,目前还不适合接替这个位置!"白皓月语气肯定地答道。

白自强看到这里,多少有些失望。尽管他知道自己对执掌白虎公司的确没有多少把握。在白虎公司,无论是他爸的老搭档李昆仑,也就是李大庸的爸爸,还是为他爸生出5个孩子的董事长助理秦月明,都不是他能镇得住的人物。所以他爸说他目前不适合接替这个位子,这话还真没有说错!

"既然您说白自强先生目前不适合接替这个位子,那您能否透露一下具体人选呢?"吴小丹继续追问道。

"现在还不方便透露。我们正在走相关程序,再过一段时间,大家自然也就知道了。不过,请大家放心,接任者一定是大家都能接受的,并且这个人一定能带领白虎投资继续前进。"白皓月的话说得非常有把握。

吴小丹见白皓月不肯透露继任者的情况,也就不再追问,话题一转,又回到白自强身上。"最近几年,随着改革开放后第一代民营企业家陆续进入退休年龄,接班人的问题已经变得日益突出。据我所知,现在几乎所有的创业企业家都会把公司的大权转移给自己的子女,除非他们没有子女,或者他们的子女对执掌父辈的企业毫无兴趣。像您这样明确表示不把大权传给自己子女的非常少见。那么您能否透露一下自己对白自强先生的下一步安排呢?"吴小丹又问。

"我希望他离开白虎投资,到外面自立门户。"白皓月看似轻松的一句话把吴小丹惊得下巴都要掉下来了。她张大嘴巴,非常不解地望着白皓月,仿佛在问:"不会吧?您不把位子传给他也就罢了,怎么连公司也不让他待下去了?"

此时的白自强也深感意外。尽管他已从李大庸那里知道了结果,但当这句话从自己爸爸嘴里明确无误地说出来的时候,他还是难以接受。他想,人家做父母的都千方百计为子女铺好路子,你倒好,居然要把我赶出公司!你要我到哪里去呢？他突然感到浑身发冷，一种被抛弃的孤独感瞬间让他如坠五里云雾。

视频里，吴小丹与白皓月的对话还在继续。可是白自强已经完全听不到他们在说什么了，只是模模糊糊地看到他爸时而轻松微笑，时而侃侃而谈……

第二章

石库门内同喜乐　象牙塔里共进退

　　1960年的春天,在江海市中心的一幢石库门建筑里,一声清脆的啼哭声在清朗的月色中宣告了一个新生命的到来。孩子的父母都是小学教师,也算是文化人,在他们连续生了三个女孩之后,终于盼来了一个男孩,欣喜之情无以言表。孩子的父亲姓白。那天,他望着皎洁的明月灵机一动,就给儿子起名皓月,希望儿子长大后能一身正气,清清爽爽。

　　20世纪60年代初,江海市虽然已是中国顶级工业城市,每年为全国各地输送大量的工业产品,但老百姓的日子却同绝大多数中国人一样,劳累且清苦。白皓月家所在的这幢石库门建筑原本是新中国成立前一个资本家的府邸,共有两层,加上阁楼共有7间房。此时,这7间房里各住了一户人家。按每户平均5人算,这幢石库门建筑里一共住了30多个大人和孩子。因为人口太多,这幢建筑里面整日嘈嘈杂杂,难得安静。

　　白皓月一家6口人挤在一楼一间不到20平方米的小房间里,饮食起居都在里面,生活异常局促。他们家的房间本来是这幢石库门的"客堂间",相对来说还算大的。他们隔壁李家的房间在这幢石库门里属于"西厢房",面积比他们的房间略小,一家三代共7口人也是挤在一个房间里,所以生活起居就更加局促。好在那个时候大家的生活条件都差不多,并且相比十几年以前的旧社会,人们翻身做了主人,总体生活质量要提高不少,因此并不感觉有多清苦。

　　巧的是,在白皓月出生后不到一个月的时间里,李家也添了个孩子。这个孩子排行老三,是李家的第二个儿子。孩子的父亲因为在大西北当过几年兵,对当地的山山水水有特别深厚的感情,就给孩子起名昆仑。

　　随着时光的流逝,皓月和昆仑这一对同龄人渐渐长大。他们一起在弹格路上滚铁圈,一起趴在满是浮尘的地面上玩弹子,一起挤在夏日里安放在天井里的竹床上数着天上的星星……

　　李昆仑的父母都是工人，一个在钢厂轧钢，一个在纺织厂做女工。他们虽然文化水平不高，却非常重视教育。因为隔壁的邻居就是小学老师，两家的孩子又是很好的玩伴，他们就把昆仑托付给皓月的父母，希望他们在教育皓月的时候，也能顺带帮帮自己的儿子。皓月的父母本来就心地善良，加上两家相处甚是愉快，所以他们对待昆仑就像对待自己的儿子一样。

　　皓月与昆仑这对小伙伴也的确没有令大人们失望。两个孩子调皮归调皮，学习起来却毫不含糊，你追我赶，互不相让，每次考试两人总是轮流包揽班级前两名。这种状态一直保持到他们1978年高中毕业。

　　说来也算幸运，1978年毕业的他们不仅因为知识青年上山下乡运动进入了尾声，不用到农村锻炼，还赶上了刚刚恢复的高考。他们两个学习成绩在班里本来就名列前茅，高考对他们来说根本就不是多大的事。因为兴趣不同，两人分别报考了江海大学经济系和江海建筑工程大学建筑系。当录取通知书送到他们手里时，两家大人异常高兴。特别是昆仑的父母，因为大女儿早早下放到安徽农村，几年下来已经跟村姑没啥区别，大儿子喜欢打架斗殴，几乎变成了游手好闲的小混混，突然间赶上小儿子考上大学这种好事，他们怎么能不高兴呢？即便是皓月的父母，大女儿和二女儿已经出嫁，三女儿在上一年刚刚恢复高考时已经考上了江海师范大学中文系，但当他们得知小儿子皓月考上江海大学这所全国知名大学时，仍然抑制不住内心的激动。

　　然而，皓月和昆仑这对异姓兄弟却并没有把考上大学太当回事。因为对他们来说，自己的成绩摆在那里，总归能考得上。只是他们哪里晓得有好多人因为国家恢复高考而感动得痛哭流涕？哪里晓得考上大学对他们命运的改变会有多大？

　　江海大学和江海建筑工程大学位于江海市的东北角。那里是城乡接合带，房屋低矮、杂乱，环境嘈杂、肮脏，是江海人公认的"下只角"。不过，那里聚集了江海市的主要高校，既有江海大学这样的综合性大学，还有江海建筑工程大学、江海理工大学、江海财经学院、江海体育学院、江海外语学院、江海轻工学院这样的专业性大学。值得一提的是，江海大学和江海建筑工程大学不仅在江海市是重点大学，在全国也是响当当的一流大学。

　　江海大学与江海建筑工程大学相距不到一公里。白皓月和李昆仑因为小时候结下的深厚友谊，所以上了大学以后仍然喜欢在一起玩耍。两人经常在傍晚时分跑到对方的校园里游玩。如果时间太晚的话，就在对方的寝室里留宿。正因为此,两人都与对方的室友混得很熟。不过,在70年代末,大学生们好容易在高考制度中断十多年之后重新获得走进大学校园的机会,都异常珍视这来之不易的机会,在学习上可谓争分夺秒、夜以继日,生怕虚度哪怕是几寸的光阴。白皓月和李昆仑的室友们见他俩如此贪玩,都表示难以理解。白皓月的一位室友还忍不住找他郑重地谈过一次话。那位室友名叫陈旺国,已经33岁周岁,结过婚,并且在苏北的农村老家还有3个10岁上下的孩子。

谈话是在学校的操场上进行的。那一天,月色格外皎洁。在通往操场的路上,白皓月与陈旺国基本没啥交流,只是感觉走在这位室友兼同学的身边有点莫名的压抑,毕竟两人相差整整15岁,差不多是两代人了。

"今天的月色不错,就像你的名字一样。"两人在跑道上走了好几步以后,陈旺国终于开口了。

"哦,你找我就是为这?"白皓月不解地问。

"在我们苏北老家,现在正是农忙季节。如果没有上大学的话,我现在肯定还在生产队里忙着割麦呢!"陈旺国说。

白皓月心想:割不割麦那是你的事情,你跟我说这话是什么意思呢?不过,他并没有把这句话说出来,只是轻轻地"嗯"了一声。

"割麦子很辛苦的。白天累了一天,腰都直不起来了,浑身上下还被麦芒扎的刺痒无比。不过,为了在天气好的时候赶紧把麦子收起来,夜晚还得趁着月色或者摸黑继续干活。"陈旺国接着说。

白皓月从来没有干过农活,对陈旺国所说的辛劳完全没有切身体会。但是,他依然礼貌地"嗯"了一声。

"说这些你可能并不理解,你是在大城市里长大的。"陈旺国替自己解释道。

"大城市里的人也是要工作的,只是工作的性质不同而已。你找我就是为了说这事?"白皓月终于忍不住抛出了自己的疑问。

"当然不是。"陈旺国抬头看了看天上的圆月,若有所思地说,"有句话叫作'少年不知勤学苦,白首方恨读书迟',这句话用在你头上似乎不太合适,因为你很聪明,学习成绩也不错。但是假如你少玩一点,学习成绩应该能更好一些。不像我,基础本来就不扎实,加上年龄大了,老家里还有老婆孩子需要惦记,就算我这么卖力,学习成绩一时也上不来!现在国家这么重视教育和知识,你该好好珍惜,将来必然大有前途!"陈旺国的话说得很诚恳。

白皓月听后多少有些感动。虽然他无法完全理解陈旺国的话,但他能感受到这位近乎父辈的同学的真诚。他把手搭在陈旺国的肩上，与他并肩走了几步，嘿嘿一笑说："放心吧老陈，我会努力的！"

那次谈话以后，白皓月果真减少了玩耍的时间，并且还把陈旺国跟他说的话跟李昆仑转述一番，劝李昆仑也把更多的时间用在学习上。李昆仑本来就非常重视白皓月的意见，既然老朋友准备用心学习了，他岂能继续游荡？于是，两人又回到上大学之前在学习上你追我赶、互不相让的状态。虽然两人还是经常相互走动，但是在一起的时候谈论更多的还是学习。

第三章

痴小伙情窦初开　仗义友挺身相助

转眼三个学期过去了。白皓月与李昆仑经过一番努力各自在自己的班级里达到了前几名的水平。

一天下午，白皓月照例去江海建筑工程大学看望李昆仑，但李昆仑不在寝室。他的一位室友神秘地拉着白皓月的手说："告诉你一个秘密，昆仑最近有些魂不守舍，你要多做做他的工作，千万不要在感情问题上犯错误！"

白皓月听了一愣，心想：完了完了，这小子开始动歪心思了，要是被学校知道了，说不定得背个处分呢！他急不可耐地打听李昆仑现在何处，匆匆找了过去。

江海建筑工程大学的西北角有一处校内园林。园林四周围着宽阔的水沟，园林里面假山重叠、树木葱郁。白皓月经人指点，在园林正中的一座小亭子里找到了李昆仑。夕阳的余晖透过密密匝匝的树叶洒在李昆仑黝黑干瘦的脸上，令他看起来格外憔悴。

"昆仑，你一个人坐在这里干什么呢？"白皓月悄悄凑近李昆仑，轻声问道。

"哦，你怎么知道我在这里？"李昆仑反问道。

"我不会问吗？"白皓月笑着问，"看你这样子，该不会是害相思病了吧？"

"胡说！这是能随便说的吗？"李昆仑有点恼怒。

"看你紧张的！如果一点影子都没有，我编也编不出来呢！"白皓月做了个鬼脸，接着说，"就咱哥俩的关系，你有心事我还看不出来吗？"

李昆仑不再反驳，却把头垂了下来。李昆仑因为家境的原因，自小就有点营养不良，所以身体比较单薄，长相也很普通，甚至说有点丑。现在他的情绪又有点落寞，看起来更不像个帅气的男子汉。白皓月有点心酸。他在李昆仑身边坐下来，用手轻抚老友的后背说："兄弟，有啥为难的事，你就说出来吧，或许我还能给你出出主意！"

天色越来越暗。在白皓月的反复开导下,李昆仑终于吞吞吐吐地挤出了几个字:"我……我……最近……最近不知……"说到这里,李昆仑停下来不说了。

"不知什么?"白皓月焦急地问,"怎么回事? 你怎么像中邪了一样?"

"对,对,我最近的确中邪了!"李昆仑抬头盯着亭子一角的蜘蛛网道,"我感觉自己就像蚊虫撞上了一张巨大的蜘蛛网,明知应该尽快逃脱,却越挣扎粘得越紧!"

"哦? 粘在一张蜘蛛网上? 这么说你还真掉进情网了?"白皓月若有所思地问。

"什么情网不情网的?! 真掉进情网还好了呢!"李昆仑摇着头无奈地说。

白皓月看不清他的表情,但从那虚弱无力的声音判断,李昆仑内心正在经受煎熬,于是又问:"昆仑,你今天很奇怪,说起话来前后矛盾,前面说要从网上挣扎出来,现在又说希望掉进网里,快说说看,到底怎么回事?"

李昆仑再次摇摇头,一仰脖子靠在身后的圆柱子上。

"昆仑,你病得不轻呀!"白皓月拍拍他的肩膀说。

"我没病!"李昆仑咕咕噜噜从嗓子眼里挤出来几个字来。

"对,你的身体的确没病,你的心病却很严重!"

李昆仑沉默不语,不再反驳。

"告诉我,那女的是谁?"白皓月问过这句话,便不再吱声。

李昆仑继续保持沉默。一阵微风吹来,树叶发出了轻轻的沙沙声。

突然,李昆仑站了起来,欣喜地说:"她来了! 你先走吧!"说着还伸手推了白皓月一把。

白皓月抬头一看,亭子外面不远处果然有个白色的人影朝他们这边走来。但是,他却来不及走了。因为那个白色的身影已经出现在他俩的面前。

"这是你写的信,全都还给你,请你以后不要再写了! 如果再写,我就直接交给学校了。"那个白色的身影将几个牛皮纸信封往李昆仑怀里一丢,便转身快步离开了。李昆仑没来得及反应,信封散落一地。他失魂落魄地站在原处,不知自己该如何应对。

看着老友瘦弱的身形,白皓月内心深处的侠肝义胆突然升腾起来。"站住!"他朝着那个白色的背影吼了一声,便起身就追。

那人并没有站住。李昆仑却吓了一跳,他怕事情搞大了惊动学校,便赶忙伸手拉住白皓月的衣角,说:"别叫,让她去吧!"

白皓月哪里听得进去,右手往身后一推,快步追了上去。待他追上那人时,两人已走至通向园林之外的九曲回桥上。白皓月一脚跨到那人前面。借着昏暗的路灯光，他向那人瞥了一眼，不由得倒吸了一口气。哇！这是怎样一个美丽的姑娘啊！她身材高挑、面目清秀，长睫毛、大眼睛、鸭蛋脸、厚嘴唇、上穿洁白的确良短袖衬衫，下穿紫色大花格长筒裙，亭亭玉立、婀娜可人。一时间，白皓月竟不知该说什么才好。

那位姑娘被迫停下脚步，瞪大了警惕的大眼睛，似乎准备大声呵斥："流氓！"可是，那张嘴刚刚张开，她就慌忙用手捂住自己的嘴巴。

四目相对，两人都静止在桥上了。

"魏佳，你能跟我到亭子里坐一会吗？"李昆仑走上来用近乎哀求的语气问道。他的出现令那个姑娘立马回过神来。

她扭过头，朝李昆仑冷冰冰地说了句："该说的我刚才已经跟你说过了，学校的制度你也是知道的，如果你再写信，我只好把它们交给学校了！"说完，姑娘快步绕过白皓月，一溜烟走掉了。

白皓月本来还想再追几步，但前面的路灯很稠密，来来往往的大学生也很多，他怕引起别人的误会，便止住脚步。

"昆仑，看样子你还没有吃晚饭吧？"白皓月问。

"嗯。"李昆仑眼见着姑娘的身影消失在一幢大教室的后面，木然地哼了一声。

"我也没吃呢。走，去食堂看看，还有饭没有！"白皓月说。

两人到食堂一看，师傅们正在打烊，好在卖馒头的窗口还开着。他们用饭票为各自换了两个大馒头，又折身回到园林中间的小亭子里。

"昆仑，那个姑娘长得挺不错的，你真有眼光！"白皓月一边啃着冰凉的馒头，一边对李昆仑说。

"那又怎么样？你也看到了，人家又不愿意理我！"李昆仑有气无力地说，似乎刚刚经历了一场巨大的劫难。

"别往后退呀！你要是真喜欢她，就得坚持不懈地追下去！不能遇到一点小挫折就打退堂鼓！"白皓月鼓励道。

"我也不想打退堂鼓啊！可是我连续给她写了10封信，这不是全被退回来了吗？她把信退回来也就罢了，还威胁说要告诉学校，你叫我怎么继续呢？"

"这倒也是啊，如果被学校知道了，说你成天纠缠女生，说不定还会弄个处分呢！看来，得想个别的法子才好。"

"还能有啥法子？"

"我也不知道。对了,你能说说那个姑娘的情况吗?"

李昆仑沉默了一会,终于幽幽地说:"她叫魏佳,在室内设计系,也是1978年应届考上的。"

"不错嘛! 不在一个系,你都能搭上人家!"

"皓月,你就知道说风凉话! 我跟她认识,也是因为这学期刚开始时一起参加了一个诗社。她人长得漂亮,是大家公认的校花。"

"校花? 怪不得! 简直就是个仙女!"

"是的,她是校花。我见她第一眼时,就感觉魂魄被她吸走了。连续几天夜不能寐之后,我开始为她写诗,我希望用激情唤起她的好感。可是她接到我写的诗以后,就像什么事都没有一样,见到我时,还是不冷不热的样子。我不死心啊,就不停地给她写呀写,有一次我梦见她变成了一个蓝色的精灵,在幽蓝的大海里与一群鱼虾嬉戏,看到我时,还故意靠在一个圆形的吊篮里向我眨着亮晶晶的大眼睛,于是我翻身而起,跑到厕所里,在昏暗的灯光下写了一首《寻觅蓝精灵》。"说到这里,李昆仑居然起身站在亭子中央,声情并茂地吟诵起来:

早就听说

大海的深处住着一个蓝精灵

曼妙的腰肢、闪亮的大眼睛

如果有幸见到她的身影

福气将伴随一生

很想出门碰碰运气

却不知该往哪里行

终于有一天

我鼓起勇气背起行囊四处去找寻

越过了高山

穿过了密林

却始终未获她的音信

我拖着伤腿

流着浊汗

揉着破碎的心

琢磨着要不要止行

一个声音在耳畔提醒

不要止行

不要止行

总有一天你会感动神灵

于是

我掸掉身上的灰尘

继续找寻

不知道又走了多远的路

也不知道又趟过了多厚的冰

她终于走入我的梦境

在大海深处的某个秘境

她正守着五彩鱼群

向我眨着调皮的大眼睛

哦

这就是蓝精灵

让我魂牵梦绕的蓝精灵

　　李昆仑朗诵得非常投入,以至于声音越来越大,惊起了夜宿的小鸟,呼啦啦从树丛飞向远处。

　　白皓月听着听着,感觉这首诗似乎很熟悉。及至小鸟惊起时,他终于想起来了。原来,不久前他也做过一个梦,梦中一个笔名蓼痴的业余作家给他朗诵过这首诗,蓼痴还特别强调说这是自己在2020年9月的某一天刚刚创作的新作。想不到昆仑也穿越到未来了! 白皓月越想越感觉有意思,但他并不想把这个事情给老朋友点破。

　　李昆仑诵毕,舔了舔舌头,带着万般的向往之情重新坐下来,叹了口气说:"哎,太冷了!"

　　"冷吗? 我怎么不觉得?"白皓月反问道。

　　"我不是说天气。"

"哦,那说什么?"

"我是说魏佳。"

白皓月终于明白了。可是他并不认同李昆仑的观点。因为,他刚刚在九曲回桥上与她对视的一刹那,明明白白地感受到了她的热情。他甚至从她清澈的双眼里还看到了两团纤细的火苗,只是这两团火苗还没来得及烧得更旺,李昆仑便追到近前。

"也许她并不像你想的那样冷,也许只是你没找对方法!"白皓月说。

"就算是吧。"李昆仑不太情愿地应道,"可是除了偷偷给她写几首情诗,寄去几封信,还能有什么好办法呢?学校管得这么严,我总不至于跑到人家寝室或者教室门口硬堵人家吧?"

"为什么不能去堵呢?"

"不堵,人家都说要告诉学校,这要是真去堵,她还不告到公安局呀!"

"也是啊。"白皓月说。但是他又不忍看到老朋友失魂落魄的样子,回想到刚才与魏佳对视时那两团火苗,他决定亲自出马,替老朋友做说客。于是,他拍了拍李昆仑,说:"我有办法了。

"什么办法?"

"暂时保密!走,我们先回寝室,等我有了进展才告诉你。"

"不行,我等不及,你能不能现在就告诉我?"李昆仑坐在原处,连屁股也不肯挪动一下。

"你怎么这么急啊?我还不知道这个办法行不行呢!"

"哎,你不知道,魏佳太优秀了,我怕你的办法打动不了她,她就得被别人抢走了。"李昆仑可怜巴巴地说。

"既然你这么痴情,我明天就行动,争取明天晚上告诉你结果,怎么样?"白皓月说着,伸手扯了一把李昆仑的胳膊。李昆仑非常不情愿地站起来,跟随白皓月往寝室走去。一路上,李昆仑多次请求白皓月告诉他打算用什么办法帮他,都被白皓月坚决拒绝了。当晚,白皓月留宿在李昆仑的寝室。两个人挤在一张狭窄的钢板床上,本来就不太舒服,那李昆仑因为心中有事,在床上辗转反侧,害得白皓月也一夜几乎没有合眼。

第二天,天刚放亮,白皓月就起身欲回江海大学。李昆仑心里还在惦记老朋友为他帮忙的事,跟在白皓月身后,一直把他送到校门口,临分手时,还不忘提醒:"皓月,那个事你一定要抓紧办哦!"

　　白皓月看他可怜巴巴的样子,心里非常难受。独自走在回江海大学的路上,回想起从小到大两人亲密无间的情景,白皓月对老朋友生出了无限的同情。他暗下决心,一定要给李昆仑帮好忙,让他早日解脱。

　　上完当日下午的课程,白皓月立即前往江海建筑工程大学。这一次,他没有去找李昆仑,而是直接来到室内装饰系女生寝室门口,在高大的水杉树下找了个石墩子坐了下来。寝室前面人来人往,有拎着保温瓶打水的,有端着洗脸盆去公共浴室洗过澡刚刚回来的,也有斜挎着黄书包准备去教室或林子里读书的……几乎都是女生。白皓月一个人坐在树底下,格外引人注目,来往的女生都不由自主地朝他那边瞥上两眼。白皓月刚开始时还有点不太自在,不过,他很快就稳定了情绪,心想:自己老老实实坐在这里,一不偷,二不抢,三没耍流氓,更何况自己也不是江海建筑工程大学的,除了李昆仑寝室的那几个男生,在这里也没几个人能认识他。于是,他坐正了身体,若无其事地吹起了口哨,先是《花儿为什么这么红》,接着就是《吐鲁番的葡萄熟了》。口哨吹得婉转悠扬,往来的女生们忍不住侧身往他那里多看了几眼。吹着吹着,他的眼前突然出现了一个熟悉的身影,那人正拎着保温瓶从寝室大门里走出来。白皓月下意识地站了起来,口哨声也瞬间凝固在嗓子眼里。那人愣了一下,随即朝他莞尔一笑,轻轻甩了甩飘逸的长发,向他缓缓走了过来。

　　"没错,是魏佳!"白皓月站在原处,心里暗自赞叹,"真美,怪不得昆仑魂不守舍!"

　　"你怎么会在这里?"魏佳开口问道,似乎两人已经非常熟悉。

　　"哦,找你有点事。"白皓月简单地应道。

　　"找我?"魏佳似乎不太相信自己的耳朵。

　　"对!"白皓月肯定地答道,"今晚天黑后,我在园林中间的小亭子里等你,有重要的事情想跟你商量。"说罢,他友好地笑了笑,转身走了。

　　目送着白皓月高大帅气的背影,魏佳的脸颊上飞起两片红云。"想不到梦里的东西真能成为现实!"她在心里嘀咕道。

　　原来,魏佳昨夜做了一个非常美妙的梦——在九曲回肠桥上拦住她的那个帅气小伙子第二天专门守在她的宿舍门前找她约会,现在他果真来了! 她感觉自己的心脏怦怦跳得厉害,便腾出右手按在胸口上,闭起眼睛大口大口喘了几口气。待她重新睁开眼睛时,那个高大的背影早已消失得无影无踪。又怔怔地在原处站了一会,魏佳才想起该去打水了,便迈着轻飘飘的步子往水房走去,边走边回忆着刚才那个小伙的模样:1.75米以上个头,高大而健壮;头发微卷,乌黑而浓密;眉毛较黑,眼睛不小,鼻直口方,肤色微黑;笑容亲切而和善,声音浑厚而富有磁性;上穿长袖海魂衫,下穿蓝色窄脚长裤,脚穿白色回力鞋,得体而大方……这不就是她心目中的白马王子吗?"那么他是谁? 今年多大? 做什么的? 他找我干什么? 有什么重要的事情要商量? 他该不是也看上我了吧……"她就这样想呀想,越想心里越甜蜜,越想心脏跳得越急。有好几次,路遇熟人同她打招呼,她竟然都没有听见,直到对方提高嗓门,或者轻轻拍她一下,她才猛然一惊,歉疚地向对方做个鬼脸。

打完开水,晚饭时间还没有到。但是她已经等不及了,拎起饭缸就往食堂冲,室友们都拿她开玩笑:"魏佳,你怎么今天像变了个人一样? 连吃饭都比平常积极多了!"她有点尴尬,只好敷衍道:"哎呀,中午没吃饱,现在肚子饿得慌。"

魏佳神色恍惚地到了食堂。食堂内空空荡荡,只有三五个调皮的男生,一边敲着饭缸,一边在里面打打闹闹。这些人见了魏佳,都不由自主地把目光集中到她身上。这要在往常,她恨不得找个地缝钻进去。但是今天她一点特别的感觉都没有,因为在她的心里那些人都像不存在一样。她若无其事地走到一处卖饭的窗口前。窗门还没有打开,她紧贴着窗口站在那里,闭上眼睛回忆着那个小伙的模样。也不知又过了多长时间,窗门终于打开了,打饭的师傅一看排在第一位的是位漂亮的姑娘,不由得笑了,这还是他第一次看到这么急着吃饭的女生。魏佳倒没有在意打饭师傅的反应,机械地打完饭,再去打菜,然后机械地回到寝室,机械地把饭菜扒拉进自己的嘴里。有室友发现她的异样,向她打趣道:"魏佳,你今天怎么就像掉了魂一样?"她懒得跟她们啰唆,仅仅翻了翻白眼,算是回应了。

吃完饭,太阳还高高挂在树梢上。她赶忙去水房洗了把脸,对着小圆镜一遍又一遍梳理着头发。她感觉头发披散着不够精神,便从枕头底下摸出了两只缠着红毛线的橡皮筋。她先给自己扎了个马尾辫,但反复看了看,感觉有点土气,就重新给自己扎了一对羊角辫。可是当她对着镜子看了一会后,又感觉太幼稚。于是,她再次把两只羊角辫拆散了。"看来还是把头发披散下来自然一些,反正到时候黑灯瞎火什么也看不到!"她想。"魏佳,你今天怎么啦? 不会真丢魂了吧?"又有两个室友走到她身边,冲着镜子里的她打趣道。"去去去! 就你们会贫!"她回手拍了一下对方的大腿,接着打开雪花膏瓶盖,兀自在自己脸上涂抹起来。

好容易把自己收拾停当,窗外天色依然很亮。魏佳从书柜上随便取下一本专业书,有一搭无一搭地翻着。可是翻了半天,她连一个字也没有看进去,眼前却满是那个小伙的身影。

太阳终于落山了。透过窗户,她看到天空红得像火烧过一样。她快步走出寝室,朝园林走去。

园林内外,人来人往。落日的余晖映在人们的脸上,看起来格外喜庆。刚走近九曲回肠桥,她忽然感觉有些不妥,心想,天还没有黑透,要是被熟人看见就麻烦了。她退回来,开始沿着园林外圈慢慢行走,就像正常散步思考一样。三圈之后,天色终于黑透,周围的行人也基本散尽。她这才鼓起勇气往园林中间的小亭子走去。

"我就知道你会来!"魏佳离亭子还有丈把远的距离,亭子里的一个黑影欣喜地冲着她说。她知道,这个人就是那个要找她的人。她的心跳加快,就连双腿也变得酸软无力,差一点瘫在地上。

"你……你到底是谁?找我干什么?"魏佳好容易走进小亭子,强压着内心的激动问道。

"先别急,坐下说话吧。"白皓月体贴地安慰道。

魏佳正好双腿无力,便扶着小亭的圆柱子,就势坐了下来。白皓月则在她的对面也坐了下来。

"我是李昆仑的好朋友。"

"我问你是谁?"

"我是谁不重要,你只要知道我是李昆仑的好朋友就行了。"

"算了,你既然不愿意说,我也没有必要再坐下去了。"魏佳略带不满地说,同时,作势起身要走。

白皓月急了,忙说:"别急,我说还不行吗?"接着便把自己的姓名、年龄、所在学校、所学专业等情况简要说了一遍。

"怪不得这么优秀呢!原来你是江海大学的!我爸也在江海大学,不过,他是中文系的副教授。"魏佳欣喜地说。

"是……是吗?"白皓月见魏佳情绪突然变得这么好,竟不知该如何说下去了。

然而,白皓月又不得不把谈话继续下去,因为他心里非常清楚,老朋友李昆仑正在焦急地等着他带回好消息。

"李昆仑挺喜欢你的,他想跟你处一处。"白皓月鼓足勇气直截了当地说。

"你找我就是为了说这?"魏佳的语气明显带有不满。

"是的。"白皓月轻声答道。

"那你还是不要说了。"

"为什么?"

"因为我对他没有好感。"

"可是他对你很有好感！因为你的拒绝,他现在很痛苦,你能不能给他个机会?"

"我没法给他机会,况且学校也禁止学生谈恋爱!"

"哦,是怕学校知道了处分你们吗?"

"算是吧。"

"如果学校不管,你会给他机会吗?"

"我说过了,我对他没有好感。"

"没有好感,可以慢慢培养。"

"你说得很轻巧,但没有这个必要吧?"

话说到这个份上,白皓月明显感到李昆仑在魏佳这里的希望微乎其微。然而,他不死心,暗下决心：只要还有百分之一的希望,就要用百分之一千的努力为他争取一下。"不愿培养也可以,你对他哪些方面不满意,我转告他,叫他改变一下行吗?"白皓月问。

"那倒不必了。"

"为什么?"

"因为他没法改变。"

"这话你说得未免太绝对了!"

"不绝对。你说他的长相可以改变吗？他的个子还能再长高吗？他写给我的诗明显是抄别人的,他能自己写首像样的诗吗?"

魏佳一连抛出三个问题,个个都令白皓月难以回答。此时此刻,他真有些犯难了。他低头沉默片刻,心有不甘地说："你问的这几个问题都很难回答。前两个问题说的是长相,这是娘胎里带出来的,改不了。但是我可以告诉你,李昆仑心地非常善良,也非常有上进心。至于第三个问题,我没看过他写给你的诗,是不是抄的我没法判断。但是我可以证明,他对你的感情是真诚的,就算那些诗是抄的,也是为了赢得你的好感!"白皓月说到这里,抬头望了望天空。天色很暗,繁星点点。他长长舒了口气,心想,该说的话都说了,魏佳的态度这么坚决,我那个兄弟看来没有机会了。于是,就站起来说："好吧,耽误你时间了,你先回去,回头我再做做昆仑的工作。"

魏佳也跟着站起来,轻声道："你真是个好人,谢谢你今天过来找我,希望我们还能再见面。"语气中充满了无限的柔情。

"再见面？你已经把话说得这么死了，我们再见面干啥呢？"白皓月望着魏佳的背影心里嘀咕道。

待魏佳走远了，白皓月慢慢走往李昆仑的寝室。一路上，他的心情很沉重。他想象着李昆仑听到结果时的绝望表情，准备着安慰老朋友的话语。

"皓月，你终于过来了！"李昆仑打开寝室房门的一瞬间，眼中射出了渴望的光芒，然而白皓月一脸的严肃表情立即使他明白了九成。

"哦，你……你坐吧。"李昆仑说。他像霜打的茄子一样无力地瘫坐在床沿上。

"我没有完成任务。"白皓月歉疚地说。

"哦。"李昆仑的目光很空洞。

"我找过她了，她把话说得很绝。"

"哦，她怎么说的？"

"她说你不是她喜欢的那类人。"白皓月怕打击老友的自尊心，没有转述原话。

"还有呢？"

"还有就是，他说你写给她的诗都是抄别人的。"这一点他感觉没有必要隐瞒，就如实说了，"这就是你的不是了，你写不好诗我可以替你代笔呀，你知道我还是会写点歪诗的！虽然比不上你从别人那里抄过来的，但总比被她识破要好！"

"对呀！我怎么我没想到这一点呢？"李昆仑的眼睛重新放出光芒，他站起来一把抓住白皓月的双手说："皓月，要么你帮我写首诗，我誊写好了再寄给她！我就不信打动不了她！"

"你真是个情种！"白皓月抽出双手，搭在李昆仑的双肩上，凝视着他的双眼说，"好，我再帮你一次！不过，只此一次，她再不愿意与你交往，你就死心吧，要知道，强扭的瓜不甜！"

"行！"李昆仑兴奋地往白皓月胸口上捅了一拳。

"等我一会。"白皓月随手拉开寝室的门，一个人走了出去。他徘徊在高大的梧桐树下面，快速搜索着自己的灵感。走着走着，他来到一处水龙头边。也许是水龙头拧得不紧，也许是水管里面的水压太大，一大片水雾从水龙头里喷薄而出。这股水雾在明亮的路灯照耀下竟然形成一道小小的彩虹，煞是好看。"有了！"白皓月快速开动脑筋，一首《彩虹》很快在他的脑海里成形。他急忙折回李昆仑的寝室，要了一张纸片，一气呵成地把这首小诗写了下来：

　　　　不记得从哪一天起

喜欢流浪去天际

看到美丽的风景

忍不住想你

此时此刻

你在哪里

你在哪里

让我绘一弯彩虹

你快顺着它的弓背滑到这里

不记得从哪一天起

喜欢流浪去天际

碰上恶劣的天气

忍不住想你

此时此刻

你在哪里

你在哪里

让我绘一弯彩虹

我要顺着它的弓背滑去找你

不记得从哪一天起

喜欢流浪到天际

夜深人静的时候

忍不住想你

此时此刻

你在哪里

你在哪里

让我绘一弯彩虹

我要顺着它的弧线传去诗意

　　李昆仑欣喜地拿过纸片，急不可耐地浏览一遍。"好诗！真是好诗呀！虽然我写不出来，但我知道这是好诗！"他高兴地说。趁着寝室里其他同学还没有回来，

　　李昆仑连忙找出信纸，认真地将这首诗誊写下来，并附上一封火热的短信，封好牛皮纸信封，一溜烟跑出去把这封信塞进魏佳所在班级的信箱里去了。

第四章

白皓月无心插柳　李昆仑梦断校园

几天后的一个傍晚，白皓月收到一封信。信封的右下角明明白白地印着"江海建筑工程大学"几个字。白皓月开始还以为是李昆仑寄来的，心想，这小子真是的，几天就见一面，怎么还写起信了？当他仔细看过信封上的笔迹，才发现字体很清秀，明显出自一个姑娘之手。他很纳闷，小心翼翼地拆开信封，抽出并展开信纸，直接翻到最后一页搜索落款——"魏佳"这个熟悉的名字赫然映入他的眼帘。"原来是她！"白皓月深感意外，将信快速看了一遍。

信比较长，密密麻麻地写满了4张信纸。信的大意是，她刚刚收到李昆仑的一封信，这封信除了那首小诗还不错外，信的内容一如既往地充满了陈词滥调。不过，虽然她不认为这次李昆仑又抄了哪位诗人的作品，却也不认为是李昆仑自己写的。她说自己猜测小诗乃白皓月所作，因为白皓月一看就是那种具有诗人气质的人。她还说，她从《彩虹》里感受到了白皓月对她的好感，如果她没有猜错的话。她希望白皓月不要再为李昆仑代笔了，最好直接以自己的名义给她写诗，她非常期待早日收到这样的诗作。

这封信令白皓月深感意外。他明白，魏佳已经完全没有接纳李昆仑的可能了。对这一点，他其实早有预期。只是魏佳反过来向他表达爱慕之情，这是他万万没想到的。怎么办？要不要告诉昆仑？告诉他什么？要不要回复魏佳？怎么回复？他越想越感觉这事难办，便不自觉地一个人走到操场，在操场上转了一圈又一圈。时值6月中旬，天气非常炎热。几圈走下来，他已经汗流浃背，却依然毫无办法。更令他心烦意乱的是，魏佳那天使般美丽的笑脸和完美的身材竟牢牢抓住了他的心。此时，他才突然发现自己对魏佳是那么迷恋，就连他替李昆仑写的那首《彩虹》原本也是自己想要写给她的，难怪魏佳一眼就看出这首诗出自他手，难道他与魏佳之间有一种冥冥之中的缘分吗？

那天晚上，白皓月翻来覆去，怎么也睡不着，满脑子都是魏佳和李昆仑的形象。他感觉自己非常难办。一方面，魏佳明确表达了对他的好感，而他也非常愿意与她有更进一步的发展。另一方面，李昆仑是他的好兄弟，如果他与魏佳发展了关系，李昆仑该有多伤心！经过彻夜考虑，情感的天平渐渐偏向李昆仑。他想，"我和昆仑毕竟是这么多年的好兄弟，他想去追一个姑娘，我帮不上忙也就罢了，怎么能夺他所爱呢。"最后，他下决心再找魏佳谈一次，劝他接受李昆仑。

第二天吃过晚饭，白皓月悄悄去找魏佳。说来也巧，他刚走到魏佳所在宿舍外面的小树林边，魏佳就挎着书包从宿舍里走了出来。借着路灯的光亮，魏佳远远看到白皓月，便径直走了过去。"我有事要找你，我们还是去园林中间的小亭子里谈吧！"白皓月说罢，转身快步离去。魏佳在小树林里的石墩上坐了一会儿，也奔小亭子走去。

"我就知道你这几天会来，没想到你来得这么快。"魏佳一来到小亭子就主动说道，听得出她的情绪很不错。

"哦，哦，你猜得真准。"白皓月打着哈哈。

"而且如果我没有猜错的话，你今天来还是为李昆仑做说客的。"魏佳停顿了一下，接着说，"不过，我劝你还是打消这个念头吧，至于理由，我不打算重复，该说的我已经说得很明白了！"

"哦，这样啊！"白皓月尴尬地笑了笑，说，"既然你不打算接受他，那我就不多说了。不过，我今天想告诉你，昆仑写给你的那首《彩虹》的确是他自己写的。"

"是吗？我怎么就看不出来呢？如果说这首诗不是你代笔的话，肯定又是他从其他什么地方抄过来的，只是以前我没有见过而已。"魏佳的语气里充满了不信任。

"我向你保证，这首诗就是他自己写的！"白皓月情急之下，站起来说道。

"好啦，不谈这个了，就算是他写的，我也不可能接受他，你没有必要再为他做说客了！"魏佳的语气很坚决。

"哦，我，我……"白皓月一时不知该如何是好。

"我知道你们是好朋友，但感情这种事勉强不得。我感觉你人很好，希望我们能多交流。"魏佳略带羞涩地说。

"我的确对你很有好感，但是我不能对不起昆仑呀！"白皓月诚恳地说。

"我从来没有答应过李昆仑，跟他一点关系都没有，你有什么对不起他的？好了，我还有作业要做，现在要去教室，如果你想找我的话，欢迎你随时过来，当然，写信更好，以免被人知道了说闲话。"魏佳说完转身走开了。

　　白皓月望着魏佳渐渐远去的背影,心里突然涌起一股强烈的愿望:既然我们都互有好感,既然昆仑与她注定无缘,那我与她为什么不能更进一步呢? 于是,他快步追了上去。及至魏佳身旁,白皓月不知为何心跳得那么厉害。他用手捂住胸口,气喘吁吁地对魏佳说:"我想通了,你就等着我的来信吧!"魏佳停下脚步,向白皓月粲然一笑,说:"你早点回去吧,我期待你的来信!"借着不远处的路灯光,白皓月发现她的笑容真美……

　　那一晚,白皓月没有顺路去找李昆仑,而是直接回到了自己的学校。他想给魏佳写封信过去,却又不忍伤了李昆仑的心。然而,他又无法抗拒自己对魏佳的思念。在接下来的几天时间里,他满脑子都是魏佳的身影。有几次,他坐着坐着,眼前突然出现了魏佳的笑脸,竟忍不住站起来,喊道:"魏佳,你怎么来了?"然而,没等到魏佳的回话,倒是把身边的同学吓了一跳。有人问他:"皓月,你怎么回事?夜里做梦喊喊'魏佳'也就算了,怎么大白天也说起梦话了?"他不知该如何回答,只好尴尬地笑笑。白皓月反常的举止令同寝室的同学很纳闷:好端端的一个人怎么突然变成这个样子? 该不是犯相思病了吧?

　　就在白皓月陷入爱情与友情两难境地的时候,他的老朋友李昆仑也整天处在煎熬之中。自从寄出白皓月替他写的那首诗以后,他无时无刻不盼着魏佳的回信。然而,几天过去了,他什么都没有盼到。有两次,他在校园的路上远远看见魏佳,本打算走过去跟她打个招呼,没想到,魏佳发现后,扭头便走掉了。更令他焦急的是,一连几天都没有见到白皓月,他连个诉苦的对象都找不到。于是,他决定到江海大学去找白皓月。

　　"昆仑,你来得正好!"李昆仑一进白皓月的寝室,就有个叫赵洪亮的人神神秘秘地冲他眨着眼睛说,"皓月这几天像中了邪一样,大白天都会说梦话,你快去给他开导开导!"李昆仑感觉很好奇,就问:"说什么梦话?"那人说:"就是念叨'魏佳',听起来像个女生的名字,估计他是害相思病了!"李昆仑一听傻眼了,他万万想不到自己多年的老朋友也会对他喜欢的女生动心思。为了弄清真相,他决定立即找到白皓月,问问到底是怎么回事。

　　李昆仑从操场找到图书馆,又从图书馆挨个找了好几个教室,终于在一间阶梯教室里发现了白皓月。此时,天气非常炎热,蚊虫嘤嘤嗡嗡,直往人脸上撞,因而教室里人非常少。白皓月一个人坐在阶梯教室中间的一张长桌上,时而抓耳挠腮,时而奋笔疾书,似乎全然忘却了炎热和蚊虫。李昆仑从后门悄悄走进教室,想看看这个老朋友到底在做什么。李昆仑的动作非常轻巧,白皓月完全没有发现在他的身后有一双眼睛正在注视着他面前的那张信纸。信纸上写道：

> 魏佳同学：你好！
>
> 经过几天的反复考虑，今天我终于鼓起勇气给你写信。说句心里话，自从那天在九曲回桥上与你对视，我就深深地喜欢上了你。可是因为昆仑正在苦苦追求你，我只好强忍着自己的感情。后来，昆仑又让我替他给你写一首诗。我不忍拒绝他，也就照办了。你说得对，那首诗不仅是我写的，而且我在写那首诗时，完全从自己的感情出发，所以那首诗实际就是我写给你的……

李昆仑看到这里，只感觉热血上涌。他一步跨到白皓月的前面，气呼呼地吼道："白皓月，想不到你是这种人！"说完，一扭头，大踏步走出阶梯教室。白皓月被突如其来的吼叫声吓了一跳。他抬头一看，原来是李昆仑，顿时像霜打的茄子一样，蔫掉了。待李昆仑走出教室，他才意识到事态的严重性，便一把抓起刚写了一半的信，胡乱一团，揣进兜里，紧跟着冲出阶梯教室。

"昆仑，昆仑，你听我解释！"白皓月跟在李昆仑后面，低声哀求道。

"解释？还用解释吗？幸亏我亲眼看到，要是别人跟我说，我是绝对不会相信的！"李昆仑一点听他解释的兴趣都没有，越走越快，甚至开始小跑起来。

白皓月眼看着多年的老友带着怒气离他远去，心里如刀绞一般难受。"必须跟他解释清楚！"白皓月对自己说，并加快了步伐。

经过一番追逐，白皓月终于追上李昆仑。他一把拽住李昆仑的胳膊，以近乎哀求的口吻说："昆仑，你听我说一句话。"

李昆仑甩了甩胳膊，试图挣脱白皓月的双手，但终因白皓月身高力大而没有达到目的。

"昆仑，我们从小到大从没有红过脸，我不想因为这件事闹得不开心。"白皓月说。

"既然不想闹得不开心，那你为什么要做这种事呢？你考虑过我的感受吗？"李昆仑依然非常愤怒。

"昆仑，我完全理解你的感受！因为换了我，我也会非常生气。可是和你一样，我也迷上魏佳了……因为你的原因，我本打算避开她，并且我也做了很大的努力……结果，我越想远离她，就越痛苦……万般无奈之下，我才提笔给她写信。"白皓月断断续续地解释道。

"别说了，别说了，我不想听！"李昆仑愤怒地低声吼道，并再次试图挣脱白皓月的双手。

"你听我解释嘛,除了上面那些原因,还有一个事实不知你想过没有?"白皓月不再解释,反而向李昆仑抛出来一个问题。

"什么事实?"李昆仑问。

"她根本不喜欢你!这一点你是知道的!"

"难道她喜欢你吗?"

"当然,她亲口跟我说的。前几天我本想找她再帮你撮合撮合,可是她一见我就说喜欢我。"

"于是,你就不管我的感受,去追她了?"

"我也做过好几天思想斗争,才最后做出决定的。我想,我们两人本是好兄弟,你注定得不到的人,我替你得到了,不是很好吗?"

李昆仑听白皓月说到这里,不再反驳和追问。他站在原地愣了一会,突然双手抱头,蹲在地上,撕心裂肺地哭了起来。

白皓月被李昆仑哭得不知所措,站在一旁只顾搓手。更令白皓月难办的是,李昆仑的哭声引来不少过路同学的驻足围观,有人还指责他不该仗着自己个头大就随意欺负人。白皓月本想辩解一下,却又不知如何开口,只好无视同学们的围观,俯身贴在李昆仑的耳边轻声道歉:"昆仑,别哭了,都是我不好,你要是不解气,就给我几拳吧!"

李昆仑越哭越伤感,既为自己对魏佳的一片痴情得不到认可而伤感,又为自小一起长大的老友横刀夺去他的至爱而伤感。他听到白皓月在自己耳边低语时,一股怒火熊熊燃烧起来。他攥紧拳头,突然起身,照着白皓月的脸颊砸将过来。白皓月冷不防挨了几拳,立即感到钻心的疼痛。但当他意识到这几记重拳来自李昆仑时,既不躲闪,也不回击,只是盼望着李昆仑能多少疏解一点怨气。鲜血很快顺着白皓月的鼻孔流了下来,他感觉一下子放松了不少,下意识地用手背蹭了一下鼻子。围观者见到之前的弱者猛然发威,慌忙拦住李昆仑。白皓月淡淡地说:"不要拦,让他打吧!"谁知李昆仑竟然不再下手,只是用力在地上一跺脚,狠狠地叹了口气,随后扒开人群,一溜烟跑掉了。有同学说:"他把人打出血了,不能让他跑掉了!"也有人试图去追赶李昆仑。白皓月惨然一笑,对大家摆了摆手说:"算了,算了,让他走吧!"

李昆仑气喘吁吁地回到自己的宿舍,但是内心的愤懑依然无法消除。他感觉心头像压了一块巨石一般,巨石的下面则是熊熊燃烧的邪火。同寝室一个同学见他脸色铁青,想开导开导他,他则摆出一副拒人于千里之外的表情,弄得那位同学颇为尴尬,拿起书本就出去了。寝室里只剩下李昆仑一个人。除了愤懑,他突然感觉自己很孤独,就像被遗弃在渺无人烟的旷野里一样。他想大声喊叫,却发现喉咙又干又痛,而且心底的邪火似乎烧得更旺了。

狂躁之下,李昆仑一头冲进水房,一把拧开水龙头,任凭冰凉的自来水顺着头顶哗哗冲刷下来。表皮的温度很快降了下来。然而,心底的那股邪火却越烧越旺。他干脆抬头,张嘴,让自来水直接流进嘴里,再咕噜咕噜咽进肚子里。他的肚皮很快鼓胀起来,不由得打了一个长嗝,一股水流扑哧从他嘴里喷了出来。他就这样喝了吐,吐了又喝,直到把自己折腾得筋疲力尽,要不是有同学催促他赶快让出冲凉的水龙头,还不知道他要折腾到什么时候。

李昆仑在宿舍里昏昏沉沉睡了两天。同寝室的同学都以为他生病了,想把他送到学校医务室,他却怎么也不同意,坚持说自己没病。同学们没有办法,加上期末考试临近,大家都忙着复习迎考,也就由着他昏睡去了。

再说满脸鲜血的白皓月目送李昆仑的背影消失在人群后,突然感觉如释重负。“该来的总有一天会来,躲也躲不掉!”他对自己说。有认识他的同学见他满脸鲜血,走过去好心劝他去医务室处理一下,他咧嘴笑笑说:“不要紧,不要紧,洗洗就好了!”说完就近钻进一栋教学楼的卫生间,拧开水龙头,双手捧起自来水,将鼻子浸进去,重复了几次,鼻孔果然不再流血。他又捧起自来水,给自己冲洗几把。此时此刻,他感觉轻松无比。“还好昆仑揍了我几拳,不然,我还真不知该如何面对他!”想到这里,他快步回到寝室,找出崭新的信纸和信封,然后重新回到阶梯教室,一气呵成完成了那封致魏佳的情书。写完之后,他反复看了几遍,确认没有任何问题后才小心翼翼地折好信纸,装进信封。

白皓月的热情很快得到了魏佳更为热情的回应。就这样,两人书来信往,好不热乎。直到期末考试结束,白皓月回到家里,当李昆仑的母亲问他,“怎么没跟昆仑一起回来”,他才想起那个老朋友。“哦,我最近在忙着考试,好久没看到他了,他还没回来吗?”白皓月反问道。“还没有呢。”李昆仑的母亲说。

又过了两天,李昆仑还是没有回家。他妈妈急了,就对白皓月说:“你们两个虽然不在同一个学校,放假时间也不该差这么多呀!”此时,白皓月也感觉有点奇怪,因为他已经从魏佳那里得知江海建筑工程大学实际上与江海大学是同一天放的暑假。“是啊,他能去哪里呢? 该不会出什么意外吧?”白皓月想到这里,也开始担心起来,毕竟他与李昆仑是一起长大的老朋友! 他决定去江海建筑工程大学看看究竟。

　　然而当他到赶到李昆仑的寝室时,那里根本就看不见一个人影。他围着寝室转了好几圈,好容易遇到一个管理这栋寝室楼的阿姨,便上前打听。阿姨说:"他不是回家去了吗?!"直到这个时候,白皓月才真正意识到问题的严重性。他想,"难道他真出什么意外了吗? 果真如此,我应该逃不了干系吧?"他突然感觉毛骨悚然起来。

　　白皓月又围着李昆仑的寝室楼转了两圈。阿姨见他情绪很低落,就问他是不是遇到什么麻烦事了。他木然地摇摇头,随即感觉似乎不对,又赶忙点点头,说:"李昆仑到现在也没有回家,我担心他出什么事了。"阿姨想了想,安慰他说:"他这么大个人,还是大学生,自己有主见,应该不会出什么事。你要是真不放心,还是赶快跟他家长商量一下该怎么办吧!"白皓月一时也想不出更好的办法,只好谢过阿姨,悻悻地回去了。

第五章

远遁深山觅清净　鬼使神差遇美人

　　白皓月刚走进自家所在的那栋石库门门洞，就迎面碰到了李昆仑的母亲。"皓月，昆仑写信回来了！"她说，看得出她情绪不错。"他怎么说？"白皓月急切地问。"就写了几句话，说他去安徽乡下看他大姐去了，叫家里不用担心。"她说。"哦，那就没事了！"白皓月那颗悬着的心终于放了下来。

　　原来，李昆仑迷迷糊糊应付完期末考试后，看到其他同学都兴高采烈地收拾行李准备回家，心里突然感觉很迷惘。对他来说，回家就是买一张公交汽车票那么简单。但是一想到回家就极可能碰到住在隔壁的白皓月，他就气不打一处来，他不想再看到白皓月。思前想后，他想出了一条躲避白皓月的办法，那就是去他大姐所在的安徽农村先躲上一个暑假。于是，他简单收拾了一下行李，买好火车票。为了让父母放心，他给家里写了一封信，大致交代了自己的去向。谁知这封市内寄出的信件竟然在路上转了两三天才到达他父母手里。

　　李昆仑的大姐名叫李昆佳。当年刚过17岁，就在"知识青年上山下乡"的大潮中，与另外4名男女青年一起被分配到皖西一个偏僻的小山村。村子不大，四面环山，当地人称那些山为"西大山"。村里人口不多，只有几百人。村里民风比较纯朴，就是经济非常落后，老百姓的生活也非常清苦。

　　李昆佳因为自家经济情况也非常拮据，来到村里后，非但没感觉生活清苦，反倒感觉处处新鲜。不过，繁重的农业劳作很快就让她失去新鲜感。她开始厌倦这种日复一日、月复一月的劳累与清苦。有时候，在田里干着干着，她会突然萌生逃跑之意。然而，极目四望，除了一块连着一块的田地，就是周围那高高的山岗，她又能逃到哪里去呢？实在累得不行了，她就假装肚子痛或者要大小便，一个人跑到远处的红麻地或者小树林里多磨蹭一会儿。因为长相特别俊俏，她一到那个小山村就被大队书记的二儿子看上了。那小子刚20出头，是个愣头青，平日里仗着自己的老子是村里的大官,净干些偷鸡摸狗、欺男霸女的坏事,全村老百姓对他都敢怒不敢言。

有一天,李昆佳借口要小便跑到离干活田比较远的一处小树林,刚刚解开裤带,就听到附近有个男人"嘿嘿"干笑两声,她手一抖,裤子差点掉到腿弯下面。她慌忙提起裤子,拔腿就往干活田方向跑。

"跑啥跑呀?俺又不吃你!"那个男人微微一伸手,便拉住她的胳膊,"俺注意你好久了,每天干活,你不是要拉屎撒尿,就是借口肚子痛,说到底,还不是想少干点活?"

内心的小秘密被人点破,李昆佳的脸"唰"的一下红了,闭着眼、低着头,站在原处不知如何才好。

"别怕,你不就是怕干活吗?俺给你出一个好主意,你只要肯嫁给俺,以后保管你不用再下地干重活了!"

李昆佳下意识地摇了摇头,身体慢慢往后退,似乎想寻个机会赶快跑掉。

那个男的急了,抬高嗓门说:"你别不信,俺今晚就回家跟俺伯说,从明天开始就安排你在大队部里做点轻巧活!你看怎么样?"

"真的?"她抑制不住内心的激动,睁开眼睛看了那男人一眼,惊呼道,"原来是你?!"

"没错,是俺,这下你该相信了吧?"那男人反问道。

她羞涩地笑了,使劲点了点头。

那个男人不是别人,正是大队书记的二儿子,名叫孙飞虎。

第二天,李昆佳果真被安排到大队部的食堂里,干些帮厨之类的轻巧活。一个月之后,她就成了大队书记的二儿媳妇。

1978年开始,知青们纷纷返城。不到26岁的李昆佳因为已经是3个孩子的母亲,加上担心回城后找不到合适的工作,就继续留在农村。

李昆仑的到来令他姐李昆佳非常高兴,也令他姐夫一家人格外有面子。因为村里人早就知道他是大城市来的大学生。皖西人原本就特别好客。为表达他们对远道而来的大学生的欢迎之意,村里各家各户都争相邀请李昆仑到家里做客,杀鸡捕鱼,极尽地主之谊。李昆仑着实过了一段时间非常惬意的生活。直到几十年后,当他无意中读到蓼痴的那首《恋上山巅》时,他在西大山度过的那段快乐时光再次映入他的眼帘。这是后话,这里谨将《恋上山巅》抄录如下:

小时候
家的西面有座山
名字就叫西大山
早晚会露一露山巅
真想过去看看
大人却说那儿离家很远
从此以后
心中暗藏一个心愿
总有一天
我要攀上那道山峦

稍大一点
机缘把我送到西边
西大山变得抬头即见
幸福来得太突然
我约上小伙伴
挺进西大山
野花开口笑
清露草上沾
蝴蝶身边转
黄狗山下欢
从此后恋上了山巅

成年以后
见惯了名山大川
登顶早已成了信念
不仅为沿途的风景变幻
也不仅为山涧里的流水潺潺
更因为在山巅望得更远
尽管登顶的路盘旋蜿蜒
尽管老天还会突然变脸

只要想到山顶上的风光无限

拼足了劲也要继续试探

其实,对李昆仑来说,这段岁月之所以难忘,除了生活过得非常安逸之外,还有一段非常美妙的感情故事。

城里长大的李昆仑对农村的一草一木都格外好奇。他没事的时候,喜欢带着两个稍大一点的外甥、外甥女在田间地头里走一走、看一看。而他无论走到哪里,周围总有一帮孩子跟着看热闹。起初时,他还很不习惯,感觉那帮孩子又脏又吵,太烦人。他甚至都想把那些孩子轰走,只是看在他来到这里后家家户户对他客客气气的份上,没太好意思做出这种不讲情面的举动。过了一段时间,他与孩子们渐渐熟络起来,大家一起捉捉迷藏、摸摸小鱼,感觉还挺有趣的。

就在这个时候,他发现了一双黑豆般的眼睛。它们总是在不远处偷偷地注视着他。他与孩子们在打谷场上做游戏时,那双眼睛的主人就在附近的草垛边慢悠悠地扯草,一边扯,一边用那双黑豆子般的双眼往他身上瞄。他在与孩子们抓鱼摸虾时,那双眼睛的主人就在附近的水塘里洗菜或者洗衣服,一边洗,一边不时地歪头往他们那边张望,看到他抓到哪怕一条小鲫鱼,她也会开心地咧开嘴巴,露出那对雪白雪白的小虎牙。他在给围坐在身边的孩子们讲故事的时候,那双眼睛的主人会蹲在附近的大榆树后面,一边择菜、一边静静地听他诉说,听到要紧处,她或者蹙眉静思,或者用手背捂嘴哧哧发笑……

她是谁?今年多大?为什么总是出现在附近?李昆仑开始注意起那双黑眼睛及她的主人来。可是当他突然抬头迎接她的目光时,那对黑眼睛便迅速躲闪过去。这个时候,李昆仑便不由得多看她一会。

她是一个十七八岁的俏姑娘,微圆的脸白净而清爽,双眼乌黑,睫毛很长,小巧的鼻子下面有两片饱满的嘴唇,白得透亮的双耳后面藏着两只乌黑发亮的短辫。姑娘个子看起来不是很高,但直起腰身来应该也不比李昆仑矮多少。特别值得一提的是,姑娘的身材非常圆润饱满,令包裹在她上身的紫格子衬衫有种要被撑破的感觉。

看到这里,李昆仑的心跳不禁加速起来。他突然感觉比起之前他为之寝食难安的魏佳来,眼前的这位姑娘似乎更加真实、更加美丽,也更加触手可及。

虽然被魏佳拒绝的惨痛经历还历历在目,但是李昆仑确信眼前的这位姑娘决不会令他再次失望。他抓住姑娘偷瞄他的机会,走近正在低头择菜的姑娘,借口打听上山的道路。

"你知道去前面那座山的路好走吗?"李昆仑问话的时候,随手往前面的一座山指了一下。

"好走,你顺着这条小路一直往前走就可以了。"姑娘红着脸答道,其实,她心里非常明白,那座山不远,那条路也就在眼前,他的那个问题纯粹就是没话找话。

"哦,我明天想一个人到山上转转。"李昆仑故意把"一个人"说得声音更重一些。

姑娘似乎明白了什么,脸上的红润一下子扩散到两只耳朵的根部。

第二天吃过早饭,李昆仑跟大姐打了招呼,特意甩掉了外甥、外甥女和那帮喜欢跟前跟后的邻居小孩子,按照昨天姑娘所指的那条路往大山的方向走去。

山不远,那条弯弯曲曲的乡间小路也不算难走。李昆仑很快就到达山脚下。就在他准备沿着山路往上走的时候,那个姑娘的身影出现在他的眼前。她正坐在一块大石头上往山下张望,身边还放着一只竹篮。四目相对,两个人的脸都红了。李昆仑往四周里瞅了瞅。这里树木茂密、野草丛生,除他俩外,根本不见其他的人影。

"这么巧,你也在?"李昆仑明知故问。

"哦……我……我是来打猪菜的。"姑娘指了指身边的竹篮说,"昨天你说要上山,俺担心你一个人来会迷路,就过来在这里等着你。"

"是……是吗?"李昆仑似问非问。姑娘羞涩地一笑,算是回答了。

李昆仑发现姑娘今天特意换了一件崭新的白衬衫,衬衫里面带有小花点的胸衣清晰可见,那圆润的身体把衬衫上的纽扣撑得似乎随时要掉下来一样。看到这里,他的心跳瞬间加速起来。

"对了,你叫什么名字?"为了转移自己的注意力,李昆仑随口问道。

"俺叫孙芳妮,你叫就俺芳妮吧。"姑娘再次抿嘴一笑,接着说,"俺家在你大姐庄子后面住,你刚来的时候,还去俺家吃过饭呢!"

"给你们家添麻烦了!"李昆仑说。这句话他说得很诚恳,因为他的确感觉到村里人对他非常热情。

"麻烦啥?! 你是大城市来的大学生,俺们村以前从没有来过大学生,能请你到家里做客,俺全家人都有面子呢!"

"你们真是太客气了! 大学生也没什么,还不是一个鼻子两只眼?"

孙芳妮扑哧一声笑了出来,羞涩地捂着嘴说:"太好玩了! 你们大学生真会说话!"

"是吗？我说的可是实话!"

"俺也没说你说假话呀!"孙芳妮看了一眼李昆仑,认真地说,"你要往山顶走吗?"

"当然。"

"俺给你带路吧,你以前没有爬过这座山,俺怕你迷路了找不到回去的路。"说完,孙芳妮也不等李昆仑回应,便背起竹篮自顾往前走了。

毕竟是七八月份。山上虽然比山下凉爽一些,却也让人热得难受。李昆仑跟在孙芳妮后面,没走多远,便呼哧呼哧直喘粗气。更令他气血上涌的是他眼前那道活动的风景。那是怎样一道活力四射的风景呀!那凝脂一般的脖子、那时隐时现的胸衣背带、那甩前甩后的双臂,无不令他想入非非。特别是那浑圆的屁股,就像两片肥厚的花瓣,每当她向前迈出一步,它们就会一边轻轻颤动,一边左右摇摆。他真想一头扑过去,把那两片花瓣噙在嘴里。

"你是不是累了?"孙芳妮扭头朝他莞尔一笑,问道。

"哦,累?不……不累。"正盯着孙芳妮屁股愣神的李昆仑被她突然一回头抓了个正着。他感觉很尴尬,赶忙把头偏向一边,假装在看路边的风景。

孙芳妮把李昆仑的神态变化尽收眼底。她暗自发笑,心想:"这个大学生也挺坏的嘛!"不过,她并没有揭穿他。或者说,她根本就不愿揭穿他。她甚至有些窃喜:李昆仑对她的态度不就是她朝思暮想的吗?

"要是累了,就在这里歇一会吧!"孙芳妮说着,放下背上的竹篮,在小路边的一块石头上坐了下来。李昆仑虽然嘴里还说着"不累,不累",见孙芳妮已经坐下,便也选了块光溜一点的石块脸对着她坐了下来。

"看你热的!"孙芳妮娇嗔道,随手从竹篮里取出一把芭蕉扇递了过来。

李昆仑嘴里虽然说着"不热",却也接过芭蕉扇。他低头扇了几下,感觉凉爽多了。随风而来的还有扑鼻的花露水香,那应该是从她身上传过来的,他不由得偷偷瞥了她一眼。她正在用手绢擦着额头上的汗珠,那张圆脸在汗水的浸润下显得更加粉嫩饱满。李昆仑想,那张脸一定很有弹性,他突然有一种用手按几下的冲动。不过,他到底是大城市来的大学生,深知这种莽撞的行动实际上就是要流氓。

"你今年多大了?"为了转移自己想入非非的念头,也为了对眼前这个女孩了解更多,李昆仑开口问道。

"俺今年18岁。"她停了停又补充道,"是虚岁。"

"哦,我比你还大3岁呢,今年虚岁21了!"李昆仑说。

"嗯,那俺叫你哥哥可以吗?"孙芳妮试探着问。

"可以,当然可以!"李昆仑想都没想便一口应承下来。

这下可乐坏了孙芳妮,她一下子从石头上弹跳起来,双手抚掌,欣喜地说:"俺也有当大学生的哥哥了! 俺也有当大学生的哥哥了!"那神气就像个孩子得了块蜜糖一样。

李昆仑感觉很有趣,心想,大学生怎么了? 想上大学你也可以去考嘛! 不过,这话他倒没有说出来。因为一方面他感觉说这话可能伤人,毕竟每年能考上大学的只是极少数;另一方面,他的注意力被孙芳妮那对高耸的胸脯吸引住了,他发现它们在孙芳妮蹦跳的时候,正躲在衣服里面微微颤动。他想象着它们的模样和颜色,他甚至想把它们握在手里轻轻抚摸。

孙芳妮发现李昆仑两眼正直勾勾地盯着她的胸脯,顿时羞红了脸颊,扭捏着转过身去,只给李昆仑留了个侧影。此时的李昆仑似乎也意识到自己的失态,忙抽回目光,盯着地面上的一只蚂蚁看了起来。两人都不再说话,空气就像凝固了一样。突然,一只野兔从草丛里窜出来,见到他俩又调头飞快地逃向远方去了。

"野兔!"李昆仑惊喜地喊道,"我看到野兔了!"

"山里面野物很多。"孙芳妮转过身,顺着李昆仑手指的方向看了一眼,接着说,"再往前走一走,说不定你还能看到野鸡、毛狗子、黄狼子呢!"

"是吗? 那我们再往里走走看吧!"李昆仑说着就要起身,他担心再继续坐在这里,自己那双眼睛又会不听使唤地盯着她身上某处特别的地方。

"等一等。"孙芳妮说着,伸手探向竹篮。

就在她弯腰的一瞬间,她的衣角翘了起来,清晰地露出了一段后腰。李昆仑看得非常真切。他发现那段后腰白得有些晃眼,他甚至看到了她系在裤腰上的红布带子。他想,在这个世界上可能不会再有比血红的布带与雪白的腰身更美妙的搭配了!

"昆仑哥,你饿了吧?"孙芳妮的问话以及她递过来的东西再次把李昆仑拉回到现实。他下意识地摆摆手。可是孙芳妮的态度非常坚决,他只好伸手接下。那是一块用荷叶包着的东西。他小心打开荷叶,原来是一只硕大的白面馒头,馒头里面还夹着一大块略显金黄色的腊肉。

"吃吧,这是俺特意给你准备的!"孙芳妮羞涩地劝道。

"你把东西给我吃了,你不饿吗?"李昆仑知道白面馒头和腊肉在这个贫困的小山村里都是非常好的食物,他来到这里都大半个月了,只在他大姐家里面吃过一次腊肉,所以根本不忍心下口。他用荷叶重新把夹着腊肉的馒头包好递了回去。孙芳妮急了,忙用手推了回去。李昆仑再次将馒头递过去。孙芳妮再次将他手推回去。两人就这样递来推去。李昆仑的手一不小心碰到了孙芳妮的手。他感觉一股强大的电流瞬间传遍自己全身,不由得打了个激灵。而孙芳妮似乎也被刚才的突然碰触电击了一下,站在原地不知如何是好。她背过身去,慌乱地用手绞着自己的衣角。

空气再次凝固。过了半晌,孙芳妮终于鼓起勇气,轻声道:"快吃吧!"李昆仑不再推让,"嗯"了一声,默默地张口咬了下去……

从那以后,李昆仑与孙芳妮几乎每天都在山上相会。李昆仑给孙芳妮讲述大城市和大学里的故事。孙芳妮则是变着花样带好吃的给他,今天带两条黄瓜,明天带两只香瓜,后天带几个西红柿……两个人在密林深处有说不完的话、斗不完的趣。不知不觉中,暑假快要结束了。两个人都非常清楚这一天的到来意味着什么,但谁也不肯主动提起这件事,似乎一旦提起,他们将再也见不到面似的。

第六章

暴风雨带来良机　孙飞虎设计拆台

有一天,天气一大早就异常闷热,天色灰暗,太阳惨白,树叶一动不动,就连平时喜欢追人乱咬的大黄狗也无精打采地趴在地上不肯动弹。即便如此,两人还是一如往常,甚至更早地来到西大山上。

"鬼天气,热死了!"孙芳妮一边咒骂着天气,一边用力为坐在他身边的李昆仑摇着芭蕉扇。

"你真好!"李昆仑望着满头大汗的孙芳妮,心疼地说,"别只顾着给我扇了,看你自己热的。"

孙芳妮粲然一笑,没有说话,只是用另一只手拢了拢头发,任凭汗水顺着湿漉漉的刘海流到胖嘟嘟的脸上。李昆仑心有不忍,伸手欲夺过扇子,岂料孙芳妮将扇子攥得很紧,李昆仑硬是没有夺过去。

"昆仑哥,就让俺再给你扇扇吧,说不定哪天俺就没法再给你扇了!"孙芳妮无奈地说。

李昆仑感觉她话里有话,忙问:"怎么回事? 因为我就要开学了吗?"

孙芳妮用牙咬着下嘴唇,轻轻点了点头,随即又使劲地摇起头来,那样子似乎有非常难言的苦痛。

李昆仑很想知道到底是什么原因令她情绪变得如此低落,便急急地追问:"说说嘛,到底是怎么回事,说不定我还能帮帮你!"

孙芳妮再次摇摇头,眼中充满了绝望的神色。

李昆仑急了,突然从石头上站起来,赌气说:"算了,算了,你不说我就走了。"

李昆仑刚走出两步,孙芳妮就一边喊着"昆仑哥",一边追了上来:"昆仑哥,别走了,俺说还不行吗?"

李昆仑转身站住。他深情地看着孙芳妮,温柔地鼓励道:"说吧,千万不要憋在心里。"

孙芳妮眼帘低垂，紧咬下唇，使劲点了点头。片刻的沉默之后，她一边用双手绞着衣角，一边幽幽地说："俺婆家那边昨天过来催婚了，说是今年八月十五就要娶俺过门。"

"催婚？"李昆仑愣住了，半晌才接着说，"可是你虚岁才18呀！"

"俺们这边就是这个风俗，不管男女，虚岁十七八岁就要成家了。"孙芳妮叹了口气，重新坐回石头上。李昆仑也跟着在离她很近的石头上坐了下来。两人脸对着脸，低着头。李昆仑不顾天气依然闷热，捡起一根树棍，在地上胡乱划拉着。孙芳妮则重新抄起芭蕉扇不紧不慢地帮李昆仑扇了起来。

时间一分钟一分钟地过去了。两人都不想主动说话，各自想着心事。李昆仑心想，这个姑娘如此美丽、清纯，那个要娶她的是个什么样的人呢？她真要嫁过去了，会过得好吗？我跟她这么有缘，为什么就没想到把她娶过来？如果我现在找人去她家提亲，叫她等两年，我大学毕业了过来娶她，她家里会同意吗……孙芳妮则想，好容易遇上个喜欢俺的大学生，婆家又这么急着催婚，俺咋这么命苦？眼前这个人能把俺娶到城里吗？俺一个初中都没毕业的乡下女孩子真要嫁到城里了，他家里人能容得下俺吗？还有，他家里有没有给他定过亲呢？如果定过了，俺在这不是瞎想吗……

就在两人各想心事的时候，一团巨大的火球突然落到他们不远的空地上，紧接着"咔嚓"一声巨响把他们脚下的地面震得颤动不止。

"不好了，雷雨要来了！"孙芳妮猛然跳起来，一把拽起李昆仑就往村子里跑。可是刚跑出几步，瓢泼大雨便"哗"的一声顺着他们的头顶浇了下来。于是，她又掉头拉着李昆仑往林子里跑。"为什么不往村子里跑？"李昆仑问。"等一下你就知道了。"孙芳妮一只手拽着李昆仑，一只手用芭蕉扇挡在李昆仑的头上，而她自己的头上没有任何遮盖。大约几分钟之后，一间茅草屋出现在他们面前。孙芳妮一把将李昆仑推进屋内，自己随后才跨进去。

这是一间比人略高一点的小屋，面积也不大，顶多只能放下四张八仙桌，地上还铺了一层厚厚的稻草。然而，这间小屋却在关键时候为他俩遮了风挡了雨。

屋外雷电交加，暴雨如注。李昆仑上身穿的海魂衫和下身穿的齐膝短裤虽然已经被雨淋透，但头部因为有孙芳妮用芭蕉扇挡着，还是干干爽爽。倒是孙芳妮从头到脚全部湿透，就像一只落汤鸡一样。

李昆仑感觉很不过意，就说："你为了给我挡雨，自己却湿透了！"

　　孙芳妮则淡淡地笑着说："没啥，俺们农村人皮实，你是大城市来的，容易淋坏了身子。"她伸手拢了拢头发，往屋外瞧了一会，雨非但丝毫没有停下的意思，还比先前下得更大了。她皱了皱眉毛，又抬眼快速扫了一眼李昆仑，说："快把衣服脱下来，把水拧干，要不然会生病的。"

　　李昆仑撇了撇嘴，没有动弹。

　　孙芳妮急了，又催了一句："你脱吧，俺把脸扭过去就是。"说完，果真把脸扭过去了。

　　李昆仑依然没有动弹，却说："你比我湿得更透，你也该把衣服脱下来拧干。这样吧，我先到外面避一避，等你拧干了我再进来。"说着，就要往外面去。

　　孙芳妮一把拉住他，说："这样吧，俺俩谁也别出去，都把脸背过去，各人拧干自己的衣服行吗？"

　　李昆仑考虑到再争下去两人都得穿湿衣服，便勉强同意了她的提议。

　　就在李昆仑光着脊背用力拧自己那件海魂衫的时候，一个滚烫而柔软的身体从背后贴了上来，一双嫩藕一般的胳膊同时箍在了他的腰上。他心里一阵慌乱，愣了一会儿，本能地掰开那双手，转过了身子……

　　雷声更响！闪电更亮！雨点更急！老天似乎有意为他俩创造最佳条件。然而，当李昆仑欲更进一步时，孙芳妮却用力从他怀里挣脱了。

　　"别……别……别这样，等你明媒正娶的那一天，俺把什么都给你！"她忸怩着说完，开始从草铺上捡起自己的湿衣服。

　　李昆仑兴味正浓，但听到她说"明媒正娶"，便一下子清醒许多。他想，自己好歹是个大学生，如果强行占有她，那不成强奸犯了吗？想到这里，他不仅兴味全无，还有些后怕起来。

　　"你也把衣服穿上吧！"孙芳妮一边穿衣服，一边对他说，"雨快停了。"

　　李昆仑往屋外一看，雨果真小了很多，便迅速从地上捡起衣服穿了起来。

　　待两人都收拾停当，雨不仅完全停了下来，就连天也一下子亮堂了很多……

　　暑假眼看只剩最后3天了。李昆仑不得不开始收拾行李。然而，一想到自己与孙芳妮度过的这段美妙时光，他的心里便涌起了万般不舍。他真想留下来当个农民，这样或许就可以赶在八月十五之前把孙芳妮娶到自己手里。然而，一想到农活的艰苦以及农村生活的粗陋，他不由得心里一哆嗦。再说，这里人多地少，就算自己愿意留下来当农民，村里人也不会欢迎他。如果不留下来，孙芳妮很可能再过一两个月就要成为别人的新娘。怎么办？情急之下，他决定请大姐李昆佳帮忙出出主意。

"大姐,我有件事想跟你商量。"李昆仑悄声说。

"什么事这么神秘?"大姐好奇地问。

"那个……什么……你看孙芳妮怎么样?"李昆仑问。

"你怎么想起来问她?"大姐开始警惕起来。

"我是看她挺……"李昆仑的话没说完,大姐便抢过来问:"你看她长得漂亮是吧?"

李昆仑脸一红,低下了头。

"你呀你!"大姐用手指戳着他的脑袋说,"再漂亮,她也是个农民! 你一个重点大学的大学生还能跟她过在一起?"

李昆仑本不打算反驳,但对大姐提出的这个问题又不能不回应,只好小声说,"大姐,你声音不要太大,当心别人听见了!"

"你都不怕别人笑话,还怕我说话声音大不成?"大姐的声音越发大了几分。

"你们姐俩在说什么呢?"李昆仑的大姐夫孙飞虎刚巧从门外进来,好奇地问道。

"说什么? 说那个孙芳妮呢! 真是鬼迷心窍!"大姐没好气地说。

"孙芳妮? 鬼迷心窍?"孙飞虎以他特有的嗅觉嗅到了他们姐弟俩对话主题的不一般。这个当年游手好闲、喜欢欺男霸女的公子哥虽然已是3个孩子的父亲,年龄也到了30岁,但对美女的兴趣丝毫不减。李昆佳深知他禀性难移,见他听到"孙芳妮"三个字那眼露邪光的样子,心里突然后悔不该把事情说出来,只好胡乱搪塞一下,说:"没什么,你别那么起劲!"

"好好好,你们姐俩继续唠吧,俺不管了!"孙飞虎故作不想掺和的样子出去了。

李昆仑见大姐态度消极,不想再提孙芳妮,只顾自己收拾东西。李昆佳不放心,又唠叨道:"昆仑,孙芳妮的事呢,你就到此为止吧,你们不般配! 还有就是,她有婆家了,听说今年八月十五就要过门。就算你不在乎般配不般配,也来不及了。"

对于大姐说的话,李昆仑早就知道。他明白,争论没用,只好低头不语。

孙飞虎对老婆与小舅子谈论孙芳妮很好奇。吃过晚饭,他趁李昆仑被几个孩子缠住玩耍的空档,再次向老婆追问事情的缘由。李昆佳拗不过他,只好如实相告。

孙飞虎奸笑道："你别说,昆仑还真有眼光! 芳妮那丫头可是俺们村最俊的,啧啧!"

李昆佳就烦他见到美女就哈喇子直流的样子,没好气地推了他一把说："你还有心思说风凉话! 依我看,昆仑与那丫头可能陷得不浅呢! 我怕昆仑回去之前跟她做什么傻事!"

"是吗? 都到这份上了?"

"很难说。"

"那你到底是什么态度? 希望他做傻事,还是不希望?"

大姐又推了他一下,说："你傻呀! 这还用问吗? 昆仑是大学生,用广播里常说的一句话就是'天之骄子',今后的前途大着呢。他要是做了傻事,就算不犯错误,总不能今后拖着个农村媳妇吧!"

"既然你态度这么明确,那把他们拆散不就行了吗?"

"说得轻巧,要是有那么容易拆散,我就不跟你说了!"

"不见得,俺只要略施小计就可以拆散他们。"大姐夫得意地说。

"快说说看!"大姐急不可待地催道。

"不过,你得先答应俺,将来不怪俺!"

"好,我不怪你,谁要是怪你,谁不是人。"

"行,这可是你说的啊。"

"当然,君子一言,驷马难追。快说说你用的是什么计!"

"俺用什么计,你还是别问了,你就等着好消息吧。"大姐夫得意地嘿嘿笑了几声。

"不说就不说,看你那熊样!"大姐再次推了他一把。

第二天一早,李昆仑再次习惯性地来到西大山上。然而,在他们经常会面的那颗歪脖子树下,他等了足有一个小时,也没有等到孙芳妮。正当他心急火燎地在树下来回徘徊时,孙飞虎来了。

"昆仑,俺就知道你在这里,是在等芳妮吧? 她来不了啦。"大姐夫不紧不慢地说。

"哦,哦,你都知道啦?"李昆仑挠了挠头问。

"就你那点事,瞒得住谁?"大姐夫说着把一个纸烟盒递给他。

"这是什么?"李昆仑不解地接过烟盒。烟盒里似乎没有烟,但烟盒的口是被封着的。

"这是芳妮写给你的信，她刚才托人送到家里来的。"大姐夫说。

李昆仑感觉很怪，这是他生平第一次见到装在烟盒里的信。他小心撕开烟盒的封口。从里面取出一张折叠好的纸，小心翼翼地展开。这张纸应该是从作业本上撕下来的，上面用铅笔歪歪扭扭地写着几行字：

昆仑哥：您好！

今天一大早俺婆家那边来人说，他那边有一个亲戚得了重病，让俺过去帮忙做点事，俺不想去，俺伯俺妈一定要俺去，俺只能去了。你明天就回城了，俺可能不能去送你了。你回去后一定要给俺写信啊。

孙芳妮

李昆仑看完，只能仰天长叹一声。事已至此，他只能接受了！

第二天，李昆仑依依不舍地踏上了东去的长途客车。汽车颠簸着走出很远，他还在探头回望车后。他想，如果孙芳妮这时出现，他就叫停汽车，先把她拉上车再说。可是直到汽车开出县界，他也没能看到她的影子……

第七章

老朋友重归于好　李昆仑意乱情迷

　　李昆仑回到江海后做的第一件事情就是给孙芳妮写信。然后就是焦急地等待她的回信。一天过去了,两天过去了,一个星期过去了,两个星期过去了……他什么也没等到。李昆仑陷入对孙芳妮的深切思念之中。他感觉没有孙芳妮的日子,一切都没有意思。外面的阳光虽然明媚,在他看来却灰暗无比;老师的课讲得虽然精彩,在他听来却如对牛弹琴;校园里的女生虽然青春靓丽,在他眼里却长相平平。反正,看什么都提不起精神,干什么都没有激情。

　　有一次,李昆仑在校园里偶遇魏佳。魏佳因为一个暑假与白皓月相处甚欢,知道白皓月与李昆仑自小就关系亲密,还特意向他歉疚地笑了笑。他咧了咧嘴,没有说话便匆匆离开,但心里忽然升腾出一种莫名的庆幸感——要不是魏佳断然拒绝了他,他也不会赌气跑到皖西,自然也就不会遇见孙芳妮这个在他眼里美若天仙并且视他为白马王子的姑娘。想到这里,他不仅原谅了魏佳,也彻底原谅了白皓月。他甚至认为,孙芳妮就是白皓月无意中送给他的最珍贵的礼物。

　　不久之后,白皓月过来找到李昆仑。那是9月下旬一个星期天的晚上,白皓月敲开了李昆仑寝室的铁皮门。当他们四目相对的一刹那,李昆仑愣了一下,随即便若无其事地笑了,就像几个月前一样。

　　"皓月,吃过晚饭了?"李昆仑问。

　　"哦……晚饭……啊……吃……嘿……这都什么时候了,怎么会没吃?"白皓月没想到老朋友对他态度如此友好,心里的忐忑消去了许多。寝室里还有其他同学。他决定把李昆仑约到外面好好聊一聊。当他说出自己的建议后,李昆仑爽快地答应了。

　　天上月光如银。李昆仑与白皓月这对好朋友肩并肩走在校园里的林荫大道上。虽然李昆仑在内心里已经彻底原谅了白皓月,但是因为之前发生的不愉快,两人都有些不太自然。特别是白皓月,因为不知道李昆仑在暑假里都经历了什么,更感觉李昆仑对他怨气消失得有些怪异,气氛显得有点沉闷。李昆仑决定率先打破沉闷。

"皓月,你看今天的月亮怎么样?"李昆仑问。

"挺好的,又亮又圆。"白皓月答。

"对,今天的月亮才叫'皓月'嘛!"李昆仑故意将'皓月'两个字拖了长了音。

"呵,哈哈,真的。"白皓月透过树缝往天上望了望,接着说,"今天是21号,后天就是中秋节了,月亮这么亮堂还是有原因的。"

"时间过得真快呀! 一晃这一年又要结束了!"李昆仑感叹道,"不过,我还是希望时间过得快一点,早点毕业,早点工作。"

"嗯,我也想早点毕业! 你有没有想过,毕业以后干什么?"白皓月问。

"没多想,反正是'一颗红心两手准备',到时候国家让我干什么,我就干什么,把我分配到哪里,我就去哪里。"李昆仑说。

"如果把你分配到外地你也愿意去吗?"白皓月问。

"当然。我巴不得到外地呢,最好把我分配到皖西农村去!"李昆仑的语调略带激动。

"想不到一个暑假没见,你的境界高了这么多! 是不是这次去皖西有什么事情触动你了?"白皓月有点疑惑地问。

"哈哈,可能吧。"李昆仑没有直接回答。白皓月听得出他情绪很不错,决定趁此机会说明自己今天的来意。

"看来你很喜欢那个地方!"白皓月稍稍停了停,一把拉住李昆仑的手,急切地说,"昆仑,对不起!"声音不大,但是非常真诚。

"哈哈,我们是一起长大的好兄弟,什么对起对不起的?"李昆仑说话的语气也非常真诚,似乎暑假前完全没发生过不愉快,这令白皓月如释重负。

"我的好兄弟!"白皓月激动得狠狠捏了捏李昆仑的手,说,"我还以为你会恨我,今天特意过来向你道歉的。"

"哈哈哈! 道什么歉? 我感谢你还来不及呢?"李昆仑笑呵呵地说。

白皓月被笑懵了。他再次跟了一句:"真的,我真是来跟你道歉的!"

"我说感谢你也是真的!"李昆仑也强调了一句。

白皓月这时才真正相信李昆仑不是说反话,但他的确不明白李昆仑为什么要感谢他,就问:"为什么要感谢我呢?"

"这个呀？哈哈……"李昆仑拍了拍白皓月的肩膀,卖了个关子,"说来话长,找机会我慢慢跟你说。"

白皓月见李昆仑不愿说,心想:既然他已经原谅我了,不说就不说吧,他本是憋不住话的急性子,过不了多久肯定会主动跟我说。于是,他也就不再追问。两人在校园里又边走边聊了些其他的事情,白皓月便告辞回到学校去了。

当晚,李昆仑做了一个奇怪的梦。在梦里,他大学毕业被分配到皖西西大山深处的一个小集镇,具体负责当地农民的住房改善工作。因为工作上的便利,他有机会经常去孙芳妮家里,并且取得了她父母的信任。他们答应把女儿嫁给他,日期就定在那年的八月十五。他很高兴,特意向领导请了个长假,把父母也接到自己工作的集镇为他张罗婚事。一切都非常顺利。八月十五那一天,孙芳妮在亲戚的陪同下,穿着大红的衣服,扎着鲜红的头绳,走进了他精心布置的新房。他无比愉悦。然而,当客人散尽,他走进新房,才发现床边坐着了一个完全陌生的女子。那个人不仅长相丑陋、苍老,而且开口就骂他:"你这个没良心的,怎么到现在才进屋!"他吓出一身冷汗,掉头就要跑,可是双腿就像绑着两块巨石,怎么也挪不动……

李昆仑被那场奇怪的梦惊出一身冷汗。他翻身起床,走进水房,打开水龙头,双手捧起凉水,把脸浸入水中。几次三番,他感觉清醒许多。然而,当他重新回到床上,却又因为太过清醒而久久不能入睡。他反复琢磨着那场梦,想起孙芳妮在他们分别前提到过八月十五要成亲的事,心里开始紧张起来。辗转反侧中,他做出一个新的决定——利用国庆假期,再去一趟大姐家,看看孙芳妮到底为什么不给他回信。

一周之后,当李昆仑再次出现在大姐家门口时,她惊得张大了嘴巴,半晌才问:"昆仑,家里出事了吗?"

李昆仑摇摇头,跑进厨房,拿起水瓢,掀开水缸盖,舀起大半瓢凉水咕咚咕咚喝下去。自从他下了长途汽车,就马不停蹄地往大姐家走,嗓子干得直冒烟。"这下好了!"李昆仑用袖口蹭了蹭下巴上淋下来的水滴,"爸妈都挺好的,没事,大姐,跟你打听个事,孙芳妮现在还好吗?"

大姐没好气地问:"你风风火火地跑过来,就是为了问她吗?"

李昆仑郑重地点了点头说:"没错,我有点不放心她。"

大姐斜睨了他一眼,白眼珠明显比黑眼珠多得多。与此同时,她用手戳着他的脑门说:"昆仑呀,你这个心操得也太远了,人家刚刚做了新娘子,能不好吗?"

李昆仑愣住了，过了好久才缓过来气，似乎在问他大姐，又似乎在自言自语："不会吧？她说她会想办法逃婚，结果还是没有逃掉？"

大姐见弟弟那个样子，怕他受的刺激太大，就换了一种比较平和的语气说："昆仑，你也太天真了，她说逃婚就能逃得掉？她家里花了人家那么多钱，她用什么赔人家？再说了，她跟那个男人好着呢，就算不让她家赔钱，她也舍不得逃！"

"我不信，她亲口跟我说，她不喜欢那个男的！"李昆仑双手抱头，在地上蹲了下来。大姐给他搬了个小凳子，他却坚决不坐，只是喃喃道："我不信，我不信，怎么能真嫁人了呢?!"

大姐为了让他死心，就开导他："人心隔肚皮，虎心隔毛衣。她当初跟你说的再好，你知道她心里面到底是怎么想的？至于她是不是真嫁人了，你可以找村里的人打听打听，直接去他家里问也行。"

大姐的一句话点醒了李昆仑，他一下子从地上站起来，小跑着往大姐家后面去了。跟人打听到孙芳妮家住哪里后，他一口气跑到她家门口。孙芳妮家的房子（准确地说是孙芳妮娘家的房子）非常低矮破旧，但门口空地上鞭炮炸响落下的红纸屑依然厚厚地铺在那里。一个弯腰驼背、衣衫破烂的白发老头正扛着铁锹准备外出。老头一眼认出了李昆仑，非常热情地要把他请到屋里。李昆仑哪里肯坐，只是心急火燎地问："不坐了！不坐了！我来找芳妮的，她在家吗?"老头答道："找她有事吗？她八月十五那天嫁人了。"老头的话犹如晴天霹雳，令李昆仑彻底陷入绝望境地。但是为了掩饰自己的窘迫，李昆仑迅速摇摇头，随便敷衍了一句："哦，也没什么大事"，便飞快地转身跑开。经过大姐家门口的时候，他没有停下，而是直接冲向西大山。即将坠落的太阳把西边的天空染得血一般红。他登上一块巨石，悲痛地盯着如血残阳，忍不住发了凄厉的尖叫……

李昆仑再次回到学校后就像变了个人一样，经常坐着坐着眼睛就直了。白皓月来看他时，他寝室的同学将他的变化告诉了白皓月。白皓月感觉问题十分严重，就把他带到操场上问他怎么回事。李昆仑起初不愿意说，但经不住白皓月反复开导，终于"哇啦"一声大哭起来。再后来，李昆仑断断续续把自己与孙芳妮的事情告诉了白皓月，还说："我怎么这么命苦？追不上魏佳也就罢了，因为人家压根看不上我！好容易遇上孙芳妮，我们俩你情我爱，可以说是天造地设的一对，怎么也不能走到一起呢?"白皓月只好安慰他说："可能你还没有真正遇到合适的。我听说，在这个世界上，老天爷为每个人都准备了非常合适的伴侣，只是有的人找到得快一点，有的人找到得要慢一点，而且可能还要走更多的弯路才能找到。我知道在魏佳的问题上，我亏欠你的太多，为了弥补这个亏欠，今后我一定要帮你一起寻找那个最适合你的人！"听完白皓月的话，李昆仑虽然没有立即释怀，却也切实感受到了老朋友的真诚。他紧紧握住白皓月的双手，两人在漆黑的操场边上默默地坐了很久很久。

在接下来的两个学年里，李昆仑把对异性的兴趣完全转移到专业课程的学习上。到大学毕业时，他因为各门功课成绩都非常优异而被分配到江海市城乡建设局。白皓月则因为有爱情的滋养，终日心情舒畅，学业也完成得非常优异，到大学毕业时，他以年级第一的优异成绩留校任教，成为江海大学经济系一名专业课老师。这对好友从此开始了各自的新征程。

第八章

白皓月喜迎魏佳　李昆仑失态离席

　　1985年10月1日这一天是白皓月与魏佳的大喜之日。对于白皓月和魏佳来说，经过5年多的花前月下、耳鬓厮磨，结婚已经是顺理成章的事情了。双方的家长也希望两人早点成婚，他们好早日抱上孙子。

　　婚宴是在江海市中心的金陵饭店举办的。白皓月身穿黑色西服，系大红领带，脚穿黑色皮鞋，看起来儒雅风流。魏佳身穿白色连衣裙，脚穿红色高跟皮鞋，看起来清纯可爱。两个人一黑一白，相得益彰，站在金陵饭店的大门口，笑容可掬地迎接着前来祝贺的亲朋好友。夕阳的余晖映在他们的脸上，使得他们本来就光洁灿烂的容颜更加光彩夺目，就连路过的行人也忍不住驻足多看几眼。

　　"皓月、魏佳，恭喜你们啊！"来人边说边向白皓月递上了用红纸包着的礼金。

　　"昆仑，你也来了？"白皓月被李昆仑的意外到来搞得神色极不自然。

　　没错，这个意外到来的客人正是白皓月的老朋友李昆仑！白皓月与李昆仑本是发小，按说赶上结婚这种事，怎么说也要邀请一下对方，怎奈白皓月在婚礼前与魏佳商量拟邀请宾客名单时，魏佳坚决不同意。她的理由很简单：李昆仑以前追求过她，她从来没有给过对方好脸色，这些年，虽然白皓月与李昆仑关系又恢复如初，但是魏佳一直回避与李昆仑见面，所以她担心婚礼那天与李昆仑见面自己会比较尴尬；另一个理由是，李昆仑在城建局干得风生水起，深受领导赏识，刚刚工作3年就被提拔为副科长了，出生于知识分子家庭的她有一种天生的清高气质，不希望给人留下巴结领导的印象。白皓月不想因为这点事影响两个人的感情，便违心同意了魏佳的主意，心想，等婚后专门找个机会跟李昆仑喝顿小酒赔罪吧。

　　"皓月，咱们俩这么多年的交情，你的大喜之日，我怎么能不来呢？"李昆仑说话的时候，偷眼瞄了一下魏佳。此时的魏佳为避免与李昆仑正眼相对，故意拉着一个来参加她婚礼的娘家人低头耳语。白皓月明白她是在故意躲避，便领着李昆仑走进餐厅去了。

李昆仑被白皓月安排到他当年的室友那桌。读大学时,李昆仑和白皓月经常互串对方的寝室,所以跟对方的室友都非常熟悉。大家一见李昆仑到来,都赶忙起身与他热情握手寒暄。

"昆仑,你如今在哪里高就呀?"白皓月的一个室友问道。

"你还不知道?昆仑现在已经在市城乡建设局当上领导了!"另外一个室友陈旺国说。

"旺国兄,您言过了!不过是个副科长而已,算什么领导!"李昆仑说着向陈旺国抱了一下拳,"还是旺国兄前途光明呀!您成天在市领导眼皮底下,将来想不升都难呀!"

原来,陈旺国大学毕业后,被分配到江海市政府办公厅综合处,主要工作内容是协助市里主要领导开展调查研究。因为工作性质的关系,他的确经常陪同领导走访基层、开展研讨,所以说他经常在领导眼皮底下,还真没有说错。不过,陈旺国本来就比白皓月、李昆仑他们年龄要大得多,非常老成持重,听李昆仑说他前途光明,马上谦虚地说:"昆仑,我们虽然不在一个部门,但是都在同一个市政府大院上班,研究室的情况你又不是不知道,工作压力不小,但要说得到领导赏识,还真不那么容易!"

同桌的其他人见他俩一个比一个谦虚,纷纷打趣道:"你们两位都是政府大院里的后备领导,哪一天真当了大官,可不要不搭理我们这些老同学呀!"李昆仑和陈旺国则齐声说:"不会的,不会的。"李昆仑更是补了一句:"当再大的领导也是为人民服务,怎么能连老同学都不认呢?更何况能不能当上大领导现在根本就说不清!"李昆仑的话自然又引起大家的兴趣。有的说:"昆仑当上副科长了,就是不一样,说起话来一听就很有高度!"有的说:"何止是有高度?简直是滴水不漏嘛!"

正当这些老同学聊得兴致盎然时,白皓月领着魏佳走到餐厅前方临时搭建的平台上,深情地亮开嗓门说:"尊敬的长辈们、亲爱的朋友们、活泼可爱的孩子们:欢迎你们前来见证我和魏佳的婚礼!也非常感谢你们曾经给予我们的关心、帮助和支持!时间不早了,请大家先吃起来、喝起来,一会儿我和魏佳过来给大家敬酒!"话音刚落,一群穿戴整齐的年轻男女服务员便从门外鱼贯而入,大厅里的10张大圆桌上很快摆满了丰盛的菜肴。客人们纷纷举杯互致问候,一时间,觥筹交错、欢声笑语、热闹非凡。

在场的每一个人似乎都非常欢乐。只有刚刚还与同伴们谈笑风生的李昆仑因为再次目睹魏佳的英姿而陷入了沉思……

李昆仑首先想到的是孙芳妮。5年前的那段爱情虽然短暂,却让他刻骨铭心。五年来,尽管他事业顺风顺水,却怎么也抵挡不了对孙芳妮的思念之情。只要稍稍有点空闲时间,孙芳妮那潮湿的双唇、圆润的面颊以及炽热的胴体就会一股脑地呈现在他的眼前。可是当他伸手欲将她揽入怀中时,眼前的一切又会瞬间消失。每当夜深人静,他孤独地躺在床上时,孙芳妮的音容笑貌也会在他眼前出现,而他连手也不能拉她一下。正是因为这个原因,他特别惧怕空闲,特别惧怕夜晚。他尝试着用工作把自己的时间填满,以避免相思之苦。而他如此做的一个直接效果就是领导和同事对他的好感日益增强,短短3年就被提升为副科长。

"昆仑,你今天好像情绪不太好。"李昆仑右手边的一个白胖子用胳膊肘碰了碰他。

"哦,没,没有呀。"李昆仑连忙辩解道。对这个白胖子,李昆仑还是比较熟悉的,读大学时他就睡在白皓月的上铺,名叫赵洪亮。为防自己再次走神,他没话找话地问:"你……你现在在哪里高就?"

赵洪亮眯起眼睛,笑着说:"我哪能称得上高就?毕业后被分配到中工银行江海分行,后来信托公司那边缺人手,组织上又把我调到中工银行江海信托公司了。"

听说赵洪亮在江海信托工作,李昆仑的兴致高涨起来。他拍了拍赵洪亮的后背,用羡慕的语气说:"不错嘛,你是学经济的,不管是在银行还是在信托公司,专业都非常对口。这几年江海信托风头正劲,你去了一个好地方呀!"

"昆仑你说得没错,江海信托现在可厉害了!同样是信托公司,我们中建信托可就差远了。"李昆仑左手边的黑瘦子摇着头说。这个黑瘦子名叫周万典,当年睡在白皓月对面的上铺。因为身轻敏捷,他每次上床时只需用手往上铺的床沿一搭,便能"哧溜"一下窜到自己的床铺上。为此,同寝室的同学们还给他送了一个外号——周猴。虽然他表示过强烈的抗议,但这个外号还是被大伙叫开了。

"中建信托也是大银行下面的信托公司,怎么能说差远了呢?"李昆仑不解地问。

"哦,这个嘛,你们坐机关的就不太了解了。他们中工银行虽然去年才从中央银行里分离出来,可是刚一成立,便干了一件大事!"周万典说着随手夹了块三黄鸡放进嘴里。

"什么大事?"李昆仑嘴里的红烧肉还没有嚼烂,便急切地问道。

周万典正在有滋有味地享用三黄鸡,便随手指了指赵洪亮。

赵洪亮刚刚喝下一口橘汁,见周万典指自己,便抹了抹嘴边的水渍,不紧不慢地说:"也不算多大的事,就是干了件别人还没敢干的事。"

李昆仑听后眼睛一亮,赶忙咽下口中的红烧肉,推了推赵洪亮说:"快说!快说!"

赵洪亮倒是不急,伸手用调羹舀了几只花生米放进面前的小碗里,歪着头对李昆仑说:"这么大的事情,报纸广播里天天在说,你怎么不知道?"

"我又不是做你们这行的!"李昆仑双手一摊,做了个鬼脸。

"别听他卖关子了!"坐在李昆仑斜对面的陈旺国加入了他们的话题,"他们说的就是京城那家百货公司股份制改造的事情。"

"哦,股份制改造,我好像听说一些,但具体情况不是太清楚。"李昆仑说。

"京城那家百货公司是一家老牌的百货公司,曾经在50年代获得过全国第一面'商业红旗',但是公司的领导却没什么自主权,公司经理的审批权限只有10块钱。不久前,公司领导们趁着中央推动改革开放的机会,决定实行股份制改造,并向社会公开发行股票,帮他们代理股票发行的就是中工银行。"陈旺国说道。

"哦,原来是这样!"李昆仑似懂非懂地点点头说,"听说股票是资本主义的东西,他们这么做就不怕国家找麻烦?"

"国家现在不是要搞改革开放吗?既然他们已经发行股票,那肯定是得到上面的同意!不过,他们发行的股票也不是真正意义上的股票。"周万典又接过话茬说。

"为什么?"李昆仑再次表示不解。

"因为每张股票上不仅印有'信托'两个字,还在背面注明'5年还本,每年5.4%利息外加分红'。你说,这种东西能叫股票吗?"赵洪亮反问道。

李昆仑摇摇头。

"股票是不包盈亏的,包盈亏的只能算债券!"周万典说着端起了酒杯,"好容易见一次面,还是别说这些工作上的事情了,来来来,皓月准备了这么好的老白酒,我们还是先干两杯吧!"

正当李昆仑与大家觥筹交错之时,有人嘀咕了一声:"新娘子来了!"李昆仑转身一看,白皓月正拉着魏佳朝他们这一桌走来,两人皆面色红润,还各拿一只小酒杯,看得出他们已经喝了不少。不知为何,李昆仑的心脏突然加快了跳动。

转眼间,白皓月两口子已经走到近前。除了李昆仑还怔怔地坐在原处,一桌人全都站了起来。

"昆仑,新娘子来了!"周万典拍了拍他的肩膀。此时,李昆仑才恍恍惚惚地意识到自己也该站起来,便颤颤巍巍地手扶桌面站了起来。

李昆仑的反常神态引起了白皓月的注意。他明白,这位老朋友应该是看到魏佳后心里难过,便故意打趣道:"昆仑该不是喝醉了吧?"

听白皓月这么说,李昆仑就像抓到了救命稻草,将头点如得捣蒜一般,嘴里还嘟囔着:"哦……是……是呀,我怎么喝醉了?!"

周万典撇了李昆仑一眼,又对白皓月眨了眨眼睛,说:"别听他的,一小杯都没喝完,肯定不会醉。"

赵洪亮也跟着附和道:"没错,我们可没有胆量把李科长灌醉了!"

李昆仑被二人说得满脸通红,咧了咧嘴,一只手不由自主地去摸自己的后脑勺,那样子就像因为做错事被同学揭发了的小学生。白皓月似乎明白了什么。但他不想让老朋友太尴尬,便笑着替他解围说:"昆仑是那种沾酒就醉的人,他应该是醉了!你们个个海量,都不要难为他啊!"

白皓月话刚落音,一桌同学除了李昆仑都不乐意了。赵洪亮抹着油光发亮的脑门嚷道:"皓月,你这就不对了,昆仑是你的同学,我们也都是你的同学,你不能二话不说就偏袒他!"

周万典也说:"是,是,你怎么一上来就偏袒昆仑呢?"他斜睨一眼魏佳,故作不怀好意地接着说,"既然你这么偏袒昆仑,那就让魏佳给昆仑点支烟吧。"

一直躲在白皓月身后的魏佳被他这么一说,本就红润的脸蛋一下子涨得紫红紫红。白皓月只好对一众同学赔起笑脸:"各位,各位,昆仑不仅不会喝酒,更不会吸烟,这样吧,我和魏佳先向大家敬杯酒如何?"

周万典将手一抬,说:"可以,酒是要敬的,烟也是要点的!大伙说是不是?"在得到众人的呼应后,周万典迅速从桌上的烟盒里抽出一根香烟,不由分说就塞进李昆仑嘴里。与此同时,赵洪亮把一盒火柴塞到魏佳的手里,并示意她立即替李昆仑点上。魏佳没办法,只好走近李昆仑,低头划亮了火柴。此时的李昆仑心里倍感别扭,却不好多说什么。他眼帘低垂,头略前倾,等待魏佳把自己嘴里叼着的烟点着,以便尽早结束这种尴尬的对峙。然而,魏佳手中的火柴刚刚接近李昆仑的香烟,他两边的周万典和赵洪亮便同时"噗"的一口把火柴吹灭了。一桌人顿时爆发出放肆的尖叫声。

白皓月心想:这下麻烦了,我这一群老同学不知道昆仑和魏佳从前闹过不愉快,如果任凭他们这样玩下去,昆仑和魏佳事后肯定都会埋怨我。于是,他双手抱拳向一桌同学一一打躬作揖,请求他们尽快放了魏佳。然而,那帮同学哪里听得进去,魏佳一连划了好几次火柴都被大伙合力吹灭了。每每吹灭一次,他们都会爆发出更加放浪的笑声。魏佳气得把嘴噘得老高。然而,作为新娘子,她也不好发脾气。更难受的是李昆仑,虽然他后来又有了新的追求目标,不过,在他的内心深处,总因为没有被魏佳看上而自卑不已。现在,他与魏佳同时被众人纠缠,那种尴尬真是难以形容。可以这么说吧:如果脚下有一条地缝的话,他宁愿毫不犹豫地钻进去,也不愿与魏佳脸对脸被人耍弄。就在大伙为点烟一事闹得不可开交的时候。李昆仑眼前一黑,一头向魏佳怀里栽去。要不是白皓月发现及时,一把抱住李昆仑,魏佳不仅会被迫接触昔日追求者的身体,还极可能被撞倒在地,甚至受伤。

众人见李昆仑状态不对,连忙扶他在椅子上坐好,七嘴八舌问候一番,发现没有大碍才放心各自坐回原位。李昆仑的确没有大碍,刚才可能是太过尴尬,加上他平日里睡眠质量严重低下,才一时发晕。对于李昆仑的异常举止,白皓月心知肚明,他小心安慰了李昆仑,又拉着魏佳挨个给这一桌同学敬过酒,赶紧带着魏佳到别的桌子上敬酒去了。目睹白皓月和魏佳的背影,李昆仑内心无比失落,他想,早知如此尴尬,自己就不必不请自来了。于是,他借口身体还是不太舒服,提前离开了婚宴现场。

除了李昆仑晕倒那段小插曲,整个婚宴活动热闹而温馨。白皓月和魏佳虽然比较劳累,但因为终于正式走进婚姻殿堂而内心格外甜蜜。当晚,他们送走客人,在亲朋好友们的陪伴下,回到了位于江海大学教工宿舍二楼的婚房里。婚房是魏佳父母专门从自己一室一厅的住房里隔出来的,总共也就七八个平方米的样子。房间面积虽然不大,却被两人布置得井井有条,靠墙的地方放着一张高低床,紧挨着床边是一只五斗橱、一只床头柜,五斗橱上还堆了些两人的专业书。床的对面是一扇窗户,靠窗处摆着一张写字台,写字台一头摆着书本文具等,另一头摆着小圆镜和雪花膏、花露水一类的东西。婚房的墙壁被刷成白色,不多的几样家具一律被漆成粉红色。

"睡吧。"白皓月"啪"的一声关掉了屋顶中间的那盏白炽灯,并随手将床头柜上的红色灯光又调暗了一些,婚房内顿时弥漫起温馨浪漫的气息。

魏佳"嗯"了一声,坐在床沿上并没有动弹。"你说,李昆仑今天到底是怎么回事呢?"她抬头凝望着白皓月,轻声问了一声。

魏佳的疑问令白皓月略感意外。他稍稍愣了一下，悠悠地说："可能是触景生情吧！"

"哦，他还真是个重情之人！"魏佳感叹道。

白皓月虽然非常认同妻子的观点，但是此时的他哪有心思去谈论别人？他俯身捧起魏佳的双颊，轻轻在她的额头吻了一下，说："天不早了，睡吧！"

魏佳并没有立即响应，而是闭起双眼，自言自语道："我的爱人应该也是个重情之人吧？"

"那还用说吗？"白皓月急不可耐地把魏佳推倒在床上……

良宵苦短。白皓月感觉自己似乎刚刚合上眼睛，就被窗外叽叽喳喳的鸟鸣声吵醒。他揉了揉眼睛，使劲伸了个懒腰。魏佳已经起床，正靠在五斗橱边上梳理着头发。那一头乌黑发亮的长发非常柔顺地垂在她的肩上，就像瀑布一般，煞是迷人。

白皓月一只手撑在枕边，呆呆地望着魏佳，不由自主地叹道："真美！"

魏佳莞尔一笑道："也不知道再过20年或者30年，你会不会还这么说？"

依旧沉醉在昨夜欢愉之中的白皓月并没有多想她为何口出此言，只是眼神迷离地连声说道："在我眼里，你永远是最美的，不管是再过20年，还是30年、40年！"

魏佳歪过头，"扑哧"一声笑道："你真会贫！记住你自己说过的话，我倒要看看你能不能说话算话！"她迈开碎步走到床边，轻轻拍了拍白皓月的后脑勺，说："快起床吧，大懒蛋！"

白皓月嘟起嘴巴，摇了摇头，说："今天又不用上班，起来那么早干什么？"

魏佳白眼翻了他一下，娇嗔道："你说干什么？现在都日上三竿了，总不能在床上赖一天吧？快起床，我想出去写生。"

白皓月听言，突然腾起上身，伸出双臂，一把勾住魏佳的脖子，在她的脸上左右开弓，猛然一顿亲吻。

魏佳一边口呼"讨厌！讨厌！"一边假意挣脱白皓月的双臂。然而，白皓月的双臂就像一道铁箍一样，把她钳得铁紧。很快，魏佳就被白皓月重新勾到床上。又是一番温存之后，两人才恋恋不舍地起床洗漱。

魏佳大学毕业后被分配到江海市建筑设计院。对于这个去向，她心里是非常满意的。毕竟她大学所学的专业是室内设计，专业非常对口。此外，她也的确喜欢这个专业。魏佳在工作之余喜欢背起画夹，在市内到处走一走、看一看，把自己认为有价值的老房子、老巷子、老河汉，甚至往来行人、市井百态用画笔一一记录下来。刚毕业那段时间,白皓月会陪着魏佳一起写生。他感觉自己对这个城市既熟悉又陌生,特别是当他通过魏佳的视角看到了自己平时不太注意的细节之后,他对这个城市的感情变得更加深厚起来。后来,白皓月承担的工作渐渐多了起来,他陪同魏佳外出写生的次数也渐渐少了。

快速吃过早餐后,白皓月问魏佳:"今天你准备去哪里写生?"

魏佳神秘地笑了笑,说:"今天要去的地方你肯定感兴趣!"

白皓月"哦"了一声,本想问"到底什么地方",魏佳已经抢先开口说:"先不告诉你具体去哪,但是我可以告诉你,那个地方与你的研究方向很接近。"

白皓月听后也就不再追问,只是默默配合魏佳收拾东西。

第九章

喜乐门外说改革　象牙塔里长才干

楼下阳光明媚,秋风送爽。白皓月跨上刚刚置办的永久牌加重自行车,轻轻一踩脚踏,自行车"哧溜"一下蹿出老远。魏佳跟在车后,一手扶住自行车后座,一手拽住白皓月的后衣襟,左脚在地面轻轻一点,屁股微微向上一欠,便稳稳当当地斜坐上自行车后座。

在魏佳的提示下,白皓月一路向南,大概经过了两个多小时,终于来到一家工厂的大门口。尚未下车,厂门口挂着的白底黑字竖木牌上的"江海喜乐音响股份有限公司"就映入了白皓月的眼帘。他一阵暗喜,心想:"魏佳说得没错,这可是一个有趣的地方!"于是,他双手一捏车后闸,一只脚撑着地面,将自行车稳稳地停了下来。与此同时,魏佳也敏捷地从后座跳了下来。

"怎么样? 我没有骗你吧?"魏佳绕到白皓月的前面,指着门口挂着的厂名牌问道。

"没有! 没有! 我早就想过来看看了,一直没有顾得上,没想到今天逮住了机会!"白皓月说。

白皓月把自行车停在工厂门前的车棚里,快步回到厂门口,与魏佳一起隔着铁栅栏兴致勃勃地往院内张望。工厂的院子不大,里面仅有两栋并排的三层高楼房,一栋是4个单元的平顶楼,一栋是8个单元的起脊楼,两栋楼外墙都刷着石灰。可能是时间久远的缘故,外墙都有些斑斑驳驳,起脊楼的房顶上覆盖的红色瓦片也因为岁月的侵蚀,显得有些灰暗。

"不可思议,这家名声远扬的新中国第一家股份制上市公司竟然这么不起眼!"魏佳感叹道。

白皓月看了看魏佳,笑笑说:"不起眼就对了! 要不是原来的路走不下去了,他们也不会那么干脆地进行自我革命!"

喜乐音响是一家 1984 年 11 月刚刚成立并向社会公开发行股票的公司。而推动它成立的是当年刚刚上任的江海电声总厂的秦厂长。据说,这位厂长上任后目睹街头音乐茶座的爆满,意识到社会上对音响设备的需求很大,就开始琢磨如何扩大音响生产,也算是自己上任后烧起了一把大火。然而,在计划经济年代,这种计划外的经营活动根本得不到资金的支持。事实上,当他把扩大音响生产的想法向上级汇报后,上级虽然同意了的他的建议,却明确要求他自己想办法筹集资金。一次偶然的机会,他得知新中国成立前的资本家会通过发行股票进行集资。于是他开始悄悄酝酿通过发行股票向其他单位和内部职工进行集资的计划,并取得了上级领导的同意。这事本来进行得比较低调。谁知《江海晚报》的一名记者得知消息后特意跑到厂里对这位厂长进行采访。当记者问他这次发行股票是不是公开发行时,秦厂长想到这次集资不仅面向本厂职工,还会面向兄弟单位,便随口答道:"当然是公开发行!"记者听后如获至宝,中午回去后,就快速完成了一篇新闻稿,当晚的《江海晚报》就在显著位置以"江海喜乐音响公司接受个人和集体认购股票"为题发布了新闻。消息发布后,江海市民奔走相告,并纷纷打电话到喜乐音响,询问具体什么时候发行股票,自己该怎么购买。就这样,原本以为向其他单位发行股票就是"公开发行"的喜乐音响在新闻舆论的推动下,被迫拿出 10% 的股份向社会个人发行,并且一天之内就卖光了这 10% 的股份。

当白皓月如数家珍地向魏佳讲述喜乐音响发行股票的故事时,他们的身边竟然不知不觉地围上了一圈人。这些人个个两眼放光,向往之情溢于言表。有人忍不住问白皓月:"看你年纪也不大,怎么知道的这么多?"白皓月甜蜜地看了一眼魏佳,笑着对询问的人说:"也没什么,我在大学当老师,正好对他们发行股票感兴趣。"听说白皓月是大学老师,围观的人无不露出敬佩之意,纷纷向他打听股票到底是怎么回事,以及买了股票会不会发财等问题。白皓月耐心地向他们一一做了解答。眼见自己的新婚爱人如此知识广博、受人敬重,魏佳心里无比甜蜜。她撑起画夹,拿起画笔,开始把眼前这两幢看似普通、却承载着希望与未来的小楼认真绘在自己的画板上……

喜乐之行令白皓月对从江海到全国正在悄然推进的股份制改革有了更加直观的认识,而普通民众对深化改革的期盼也让白皓月意识到这股改革大潮正在以一种势不可挡的气势滚滚而来。他开始以一种时不我待的紧迫感加紧了对股份制改革和企业上市问题的研究,短短两三年时间内就在大小报纸和专业期刊上发表了大量学术文章,还根据教学工作的实际需要编写了国内为数不多的《货币银行学》和《投资银行学》等本土高校教材。到1988年底时,他因为学术成果丰硕、教学成绩突出而被破格晋升为江海大学经济系副教授。年仅28岁就与那些在高校工作多年、已经白发苍苍的老教师们平起平坐,白皓月似乎已经成为人生的大赢家。

　　喜事不仅仅是升了副教授这一件。同样在1988年底,已经结婚3年多的白皓月与魏佳终于迎来了他们爱情的结晶。那是一个足足7斤重的小子。当白皓月从护士手中接过儿子,目睹着他微红的脸颊、高挺的鼻梁、轻轻晃动的双臂和比自己手掌大不了多少的身形时,他的心都要融化了。他默默地问自己:这就是我的儿子吗? 他怎么那么弱小? 何时才能长大成人? 回想起自己小时候生活的窘迫,他暗下决心要创造尽可能好的环境,让这个宝贝儿子更好地成长。当然,他更希望儿子能自强不息,通过顽强努力成为一个有出息的人物。经过他与魏佳的反复商量,他们给儿子取名自强。

　　白自强一天天长大起来。三个月之后,他就可以咧开小嘴配合大人们一起咯咯笑了。然而,居住条件的紧张令白皓月开始忧虑起来。这些年,他虽然多次向学校申请住房,但因为前面排队等待分房的教师太多,他与魏佳依然挤在当年岳父、岳母腾给他们的那半间屋子里。两个人还可以将就。现在多了一口人,那就将就不得了。在房源十分紧俏的情况下,他估计一时半会也分不到房子。怎么办? 他开始将眼光转移到社会上。也就是在这个时候,他接到了五洲证券伸过来的橄榄枝。五洲证券总经理亲自登门邀请他出任副总经理,并开出了分配一套80平方米两室一厅住房的优厚条件,只要他同意,公司就会立即通过组织程序把他商调过去。对投资银行颇有研究的白皓月非常清楚五洲证券是在1988年7月刚刚成立的中国为数不多的股份制证券公司。这家公司的机制非常灵活,而在中国改革开放进程日益深化的背景下,投资银行业的前景必然一片光明。白皓月开始动心起来。然而,一想到真要离开江海大学,离开他非常热爱的教学和研究岗位,白皓月还真有些舍不得。

　　一时无法取舍的白皓月决定请魏佳帮忙决策。然而,魏佳却只顾给孩子喂奶,并不直接回答他。其实,她还是非常希望白皓月能接受邀请,从而改善一下家庭住房条件的。但是这些年来,他们两人已经达成了一种默契,那就是绝不干涉对方有关职业选择等方面的决策。白皓月无奈,只好信步走到楼下。

　　室外寒风凛冽,一弯新月刚刚爬上树梢。白皓月透过干枯的树枝仰望着天空,几丝白云在月牙周围缠来绕去,想去又留,那样子就如同他此时的心境。他沿着清冷的碎石小道慢慢前行,脑子里继续琢磨着是否要接下五洲证券伸过来的橄榄枝。"要么抛硬币试试运气?"这个念头刚刚一闪,就立即被他自己否定了。他想,作为一个学者,自己所做的决策从来都是理性的,用抛硬币的办法来决定自己的命运,那不应该是自己的风格。

他开始加快步伐,夜风如刀子般迎面扑来。但他似乎并不觉得寒冷,反而感觉头脑清醒了不少。他问自己:"我做学问的目的是什么?""当然是为了指导实践。"他自己回答自己。"那么,我直接用以前的研究成果来指导自己的实践,是不是更好?"他又问自己。"当然更好! 说不定还能从实践中发现更多有价值的东西!"就这样,他一问一答了好几个回合,终于理清了思路:学问是为了指导实践,但并不是什么学问都能指导实践,只有经过实践检验的学问才能算是有价值的学问。想到这里,他终于释然了:以前的自己虽然出了不少研究成果,但这些成果都是在象牙塔里完成的,它们到底有没有价值,还得看它们能不能经受实践的检验,现在既然有了检验自己学术成果的机会,那自己为什么不主动接受? 更何况去了五洲证券还能立马改善自己的住房条件。

主意已定,他突然感觉轻松了不少,干脆迈开步子快跑起来……

魏佳得知白皓月拿定主意要去五洲证券,心里非常高兴。她既替白皓月和自己高兴,也替儿子和父母高兴。因为等儿子长大读书了,他就可以有独立的房间,而自己的父母也会因为他们三口人的搬离住得宽敞一些。

1989年春节过后,白皓月告别了自己学习和工作整整10年的江海大学,成为五洲证券的副总经理,分管上市承销、企业发债等投资银行业务。他们一家也如愿搬到距离五洲证券不远的一处两室一厅的住宅。据说,五洲证券为了把他从江海大学里调出去,费了不少的周折。因为学校认为他们好容易培养出一名优秀的副教授,不希望随便就被人挖走了。后来,五洲证券硬是搬出了某位副市长,才勉强让学校同意放行。说"勉强",是因为学校虽然同意放人,但人事关系还得留在学校,并且白皓月每周还得回校承担一些专业课的教学工作。对于五洲证券来说,能够挖来投资银行领域的知名大学副教授已经相当不易,最后也就答应了学校的要求。对于白皓月来说,既能在工作一线检验自己的研究成果,并且提高自己的住房、收入等条件,还能继续在自己热爱的讲台上教书育人、开展研究,那真是再好不过的事情了。

第十章

五洲四海皆有意　愁煞灵通掌舵人

　　白皓月到岗不久,五洲证券就得到灵通电子拟增发18万股新股的消息。公司总经理谢卫红在第一时间就组织领导班子开会,讨论如何才能拿下这单出资额巨大的增发业务。谢卫红也是个有来头的专业人士,刚刚42周岁,早年毕业于江海外语学院法语系,后来又在本校读了3年研究生,获得法语文学硕士学位。然而,由于法语在他刚毕业那几年没有什么社会需求,最终他被分配到江海市公安局,从事法语翻译工作。一个偶然的机会,刚刚创立的江海市信托投资公司需要一名懂法语的投资业务人员,他就被调到江海市信托投资公司。因为工作出色,短短两三年之内,他就被晋升为部门副经理,并被选送到比利时布鲁塞尔大学攻读工商管理硕士学位。就这样,他成了法语和工商管理双料硕士。谢卫红学成归国后,正赶上江海市信托投资公司准备联合本市多家公司发起并成立五洲证券公司。由于他具有海外留学经验,熟悉资本市场,被指定为筹备组的主要负责人。五洲证券正式成立以后,他自然成为首任总经理。

　　谢卫红把灵通电子准备增发新股的情况说明后,参会的领导班子个个摩拳擦掌。谢卫红淡淡一笑说:"大家先别急着高兴,听说这次想吃这个大单子的单位还有好几个,要想拿下这一单,我们必须想个万全之策!"

　　然而,什么才叫万全之策呢? 总经理谢卫红提出的这个任务让大家一时都没了主意。白皓月心里明白,既然想吃下这个单子的不止他们五洲证券一家,那么,就不可能有什么万全之策。但是,作为分管上市承销工作的副总经理,并且这件事又是他来五洲证券后接手的第一个重大任务,他必须千方百计落实谢卫红设定的工作目标。他记得《孙子兵法》里有一句话叫"知己知彼,百战不殆"。为此,他带领自己分管的上市承销等部门成员四处打听,终于弄清了竞争对手的情况。

　　"这些竞争对手都不简单呀! 有已经多次承销过股票发行的中工银行江海信

托公司,也有中建银行江海信托公司、中农银行江海信托公司、中海银行江海信托公司等其他中字头银行在江海成立的信托公司,还有中央银行江海分行刚刚成立的金江证券。另外还有一家是跟我们性质一样的江海本地证券公司——四海证券。"白皓月把了解到的情况如实向谢卫红做了汇报。

"嗯,跟我了解到的情况差不多,都不简单啊!"谢卫红低头蹙眉,用右手手指在桌面上快速弹击着,过了足有1分钟光景,才抬头问白皓月,"你有什么好主意吗?"

"现在还没有。"白皓月只好如实答道,"与几家信托公司相比,它们虽然有中字头的银行做靠山,但承销股票不是它们的主业,我们才是专业的投资银行,从这一点来看,我们似乎更有优势。不过,中工银行江海信托公司已经承销过好多次股票发行工作,经验比较丰富,到时候,灵通电子那边说不定会偏向它们。而如果与央行江海分行下面的金江证券相比,它们的靠山更硬一些。这样算来,实力与我们差不多的也就是四海证券了,都是刚刚成立不久,也都是本地证券公司,可能也就我们两家拿下这笔单子的可能性最弱了。"

"所以……"谢卫红再次用手指弹击桌面。片刻之后,他突然止住弹击并抬头直视白皓月,"所以我们必须动用政府的力量!"

一句话点醒梦中人。白皓月两眼一亮,说:"对呀,还是谢总想得周到! 灵通电子是江海本地企业,我们五洲证券是本地的证券公司,本地企业的增发单子不给本地的证券公司做,还能给别人做不成?! 这样,回头我专门过去拜访一下灵通电子。"

"光靠拜访解决不了问题。"谢卫红笑着说,"人家也会拜访!"

"哦。"白皓月刚刚燃起的希望之火一下子就灭了。

"我们得借点势!"谢卫红将胳膊肘撑在桌面上,紧紧攥着拳头说。

白皓月一脸茫然,他不明白谢卫红准备怎么借势。

"这样,白总,回头你指导办公室的同志给市里面起草一份报告。就说五洲证券是在市委、市政府亲自关心和指导下成立的本地证券公司,自成立以来各方面工作运行良好。现在恰逢灵通电子准备再次增发新股,考虑到灵通电子首次发行股票和第一次增发新股都是中工银行江海信托投资公司承销的,希望这一次市里能从支持本地证券公司做大做强的高度出发,协调灵通电子同意五洲证券来做此次增发的承销商。"谢卫红差不多一字一顿地说。

白皓月得令后很快就起草好了报告。郑重起见,谢卫红又召集领导班子对报告初稿进行了反复讨论和修改,才最终定稿,并敲上五洲证券红彤彤的大印。

一切就绪后,白皓月自告奋勇说自己有同学在市政府办公厅,可以亲自找这位同学把报告递给市里主要领导。谢卫红巴不得能有快速通道,便答应了他的请求。

白皓月所说的那位同学不是别人,正是陈旺国。这几年,陈旺国进步也非常快,现在已经是办公厅综合处副处长了。白皓月的到来令陈旺国非常意外。他把白皓月领到会客室里欣喜地问:"听说你现在去五洲证券做副总经理了,今天到单位来找我是不是有什么事情?"待白皓月说明来意并递上报告,陈旺国笑笑说:"原来又是请市领导帮忙开小灶的!"他这么一说,白皓月立即就明白了:"难道四海证券也递过报告?"陈旺国说:"没错,人家昨天就把报告送来了!"白皓月开始紧张起来,他拉着陈旺国的手,央求道:"旺国兄,这是我来到五洲证券后承担的第一件大事,你千万要帮我的忙!"陈旺国说:"别急,急也没用,我又不是市领导,就算是市领导,也不能私自替灵通电子做主把这个单子交给你们呀!不过,你只管放心,我会想办法把你们的报告交给办公厅主任,再由他交给市里主要领导。"白皓月这才稍稍放了一点心。

白皓月回到五洲证券后,把四海证券也向市里递过报告的情况向谢卫红如实做了汇报。谢卫红听后,也很紧张。他决定在等待市里回音的空档,带领白皓月亲自拜访一下灵通电子。然而,得知中工银行江海信托公司已经用一种特别的手段施压过灵通电子后,谢卫红感觉问题变得更加复杂了。

听说五洲证券总经理要来拜访,灵通电子总经理王向东带领公司高管亲自到工厂门口迎接。谢卫红刚一下车,王向东就冲上去同时伸出两只手,笑容满面地说:"欢迎!欢迎!你这个大忙人,今天怎么有空来灵通了?"谢卫红明白,他与王向东虽然没什么深交,却都是市属企业的主要领导,这种基本的客套还是少不了的。他没有正面回答,只是笑笑说:"灵通这几年名气这么大,再不来学习学习,我们就要落伍了!这不,我今天还把我们五洲证券刚刚从江海大学挖来的白教授一起带过来了!"谢卫红说着摊开右手向白皓月指了指。白皓月马上也伸出双手与王向东握了握。谢卫红与王向东各自介绍了自己的团队成员,便相互礼让着往位于二楼的会议室走去。

宾主双方分别在椭圆形会议桌面对面落座以后,谢卫红便开始道明来意:"恭喜王总啊!听说你们马上就要进行第二次增发了!"

王向东笑了笑,嘴角边挂着一丝苦涩。眼尖的谢卫红一下子就捕捉到了这种细微的变化。他想,遇到这种向市场拿钱的好事,又有我们做中介的上门相求,他怎么倒像遇到了天大的难事一样?

其实,王向东的确遇到了难事,听说灵通电子要增发新股,这段时间上门请求拿下承销权的单位已经来过好几波了,有四大行办的信托投资公司,也有本地和外地的证券公司。王向东感觉这些单位个个都有来头,谁都得罪不起。特别是那个中工银行江海信托投资公司,灵通电子更是得罪不起。现在灵通电子还欠中工银行将近1000万元的贷款没还呢,眼看再过两三个月,这笔贷款就要到期了,而灵通电子现在资金非常紧张。如果到时候人家不给展期,那就麻烦了!

事实上,就在昨天晚上,中工银行江海信托公司总经理胡伟力在他专门宴请王向东的饭局上就明白无误地流露出这种意思。

王向东记得,昨天晚上,酒尚未过三巡,菜也没有过五味,胡伟力就端起酒杯走到王向东身边,用他那肥厚的手掌拍着王向东的肩膀说:"王总,我们虽然一个在国有大银行效力,一个在地方国字号公司掌舵,但大家都在江海的地盘上不是?今天你能赏光参加我的晚宴,说明你把我当朋友,愿意给我这个面子!既然我们是朋友,那今后你的事就是我的事,我的事也就是你的事啰!"

王向东连连点头称"是"。

胡伟力话锋一转说:"听说你们有一笔中工银行的贷款就要到期了。怎么样,还款有问题吗?"待他听王向东说"有点问题"后,立即拍着胸脯说:"有问题不要紧,既然我们是朋友,我可以帮你想办法展期,就看你需要不需要了?"

王向东当然说:"需要!需要!胡总是中工银行的,那我就拜托你了!"说着,王向东恭恭敬敬与胡伟力碰了一下酒怀,一仰头把杯中的酒喝了个干干净净。

几乎在同时,胡伟力也举杯将酒喝了个底朝天。他向王向东竖起大拇指说:"好样的,王总!我这里也有一件事想拜托你帮忙,不知当不当讲?"

王向东听言,心想:糟了,糟了,担心的事情可能还是要发生了!当他从胡伟力口中得知,他今天宴请的真实目的就是为了拿下灵通电子增发的承销权时,更是在心里暗暗叫苦,只好敷衍道:"灵通电子首次发行股票和第一次增发都是你们做的,你们对灵通的情况也最熟,如果要我一个人决定的话,这次增发肯定还是你们来做最合适!"言下之意就是他一个人做不了主。

对于王向东的话外音,胡伟力当然听得明白。不过,他并不着急,因为刚才他已经暗示过了,如果灵通电子借中工银行的贷款需要展期的话,他是可以帮忙的。

换句话就是说,如果他们拿不到这次增发的承销权,灵通电子也就休想贷款展期!

谢卫红不知道昨晚发生的故事,所以就不能理解为何王向东笑得那么苦涩。就在他看似不经意地低头喝茶时,王向东开口了:"我们这次增发新股只是刚刚有个不成熟的想法而已,是不是一定要增发? 到底增发多少? 这些问题还没有最后决定。"

谢卫红不死心,因为据他了解,灵通电子增发18万股新股的事情已经是铁板钉钉了,王向东说没有最后决定,无非是怕他们提出要承销这次增发而找的借口而已。但是,他也不想硬盯着王向东说,他知道增发的事已经定了。于是,他干脆笑着说明了自己的真实来意:"王总,我们今天来除了要向你们学习先进管理经验以外,还有就是想了解一下你们的增发进展,虽然你们还没有最后决定,但是我还是想先在你们这里面挂个号,如果你们最后确定增发,能不能由我们五洲证券来做承销呢?"

王向东心想,果然是为了承销增发! 但他没有回答,只是笑了笑,等待谢卫红继续说下去。

"我们五洲证券虽然成立时间不长,但我们的实力还是不弱的。"谢卫红指了指白皓月,"白教授是国内首屈一指的投资银行专家,这一点你是知道的。另外,我们都是江海的市属企业,业务方面还请王总多多支持呀!"

谢卫红把话说到这个份上,王向东已经不好不回应了。但他又的确无法正面回答,只好打起了太极拳:"当然! 当然! 能支持我们肯定支持,不过,到底由谁来做,还得看市里面怎么定。"

王向东刚刚送走谢卫红一行,四海证券总经理吴通海也打电话说要过来拜访。王向东明白他们来的目的应该也是为了拿下灵通电子的增发承销,但是自己又不好驳了他们的面子,只好违心地说:"欢迎! 欢迎!"

吴通海是个心直口快的人,平日里与王向东还有些私交。所以,当他见到专程到楼下迎接他的王向东时,便一把拉住他的手,一边大幅度地摇动,一边满脸堆笑地说:"恭喜向东兄! 贺喜向东兄!"

王向东故作惊讶地问:"我怎么不知道自己有什么喜事?"

吴通海抽回右手,顺势将手搭在王向东的右肩上,笑眯眯地凑近他的耳边说:"向东兄你太低调了,灵通电子又要增发18万股,你们的事业越做越大,这难道不是大喜事吗?"

王向东则假装糊涂地问："怎么你也知道了？"

吴通海爽朗地大笑起来："这么大的事,我能不知道吗？"说罢,他收敛起笑容,凑近王向东的耳朵,轻声嘀咕道："那个黄副市长不是我家小孩的舅舅吗？"

王向东心想:我早就知道黄副市长是他大舅子,他这个时候专门把这一层关系亮出来,这显然是想用黄副市长来压我呢！不过,他也不好多说什么,只能装着如梦方醒一样,拍了一下自己的后脑勺说："哦,对了,对了,通海兄真是背靠大树好乘凉啊！"

随后,两人同时发出了洪亮的笑声。只是只有他们两人心里清楚,他们笑的含义完全不同。

说笑间,王向东将吴通海引到了会议室。宾主双方刚在椭圆形会议桌两侧坐定。吴通海就再次亮开嗓门说："向东兄,我是无事不登三宝殿呀！今天来有一事相求！"

王向东明明知道他要说什么,却又不便点破,只是点头赔笑道："求我？我能帮你什么忙？请说！请说！"

吴通海朝自己左右分别看了一眼,说："向东兄都看到了吧,我们四海证券虽然成立时间不长,现在也算是兵强马壮了,他们个个都是顶尖的人才！你看,灵通电子的这次增发,能不能由四海证券承销呢？只要你把这一桩生意交给我们来做,我保证圆满完成任务！"

王向东马上笑着回应："强将手下无弱兵啊！通海兄这么优秀,你带出来的队伍怎么可能不优秀呢？只是……"他叹了口气,摇了摇头,接着说,"只是在增发承销这件事上,我实在做不了主啊！"

"不会吧？"吴通海睁大眼睛问道,那神情是一百二十个不相信。

"一言难尽呀,通海兄！我当真做不了主！"王向东指了指身边的一位副手说,"你把最近来找过我们、希望承销灵通电子本次增发的单位情况向吴总汇报一下吧。"

那位副手立即坐直了身体,清了清嗓子,说："吴总,王总说得没错！最近因为增发的事情,中工银行江海市信托投资公司、中农银行江海市信托投资公司、中建银行江海市信托投资公司、中海银行江海市信托投资公司这四大行在江海的信托投资公司,央行下面的红旗证券、我们本市的五洲证券,还有几家南粤的证券公司都来找过我们,目的跟您一样,都希望帮灵通做这次增发。"

"哦,原来是这样啊！"吴通海把头扭向窗外,沉思片刻,再次亮起了爽朗的笑声说，"哈哈，这个简单，从实力来说，我们四海证券是专业机构，比那几家银行办的信托公司更专业，又是本地企业，怎么说本地企业都要支持本地企业吧？"

对吴通海的观点，王向东并不完全认同，却也只好附和道："通海兄说得没错，对四海证券的实力，我们还是非常相信的，南粤的几家证券公司就不说了，问题是五洲证券也是本地证券公司呀！听说他们的实力也很强呢！"

"这好办！我们与五洲证券虽然都是同行，但我们不是冤家。你们要是把那几大行的信托公司给拒了，我们可以与五洲证券联合承销！"吴通海笑眯眯地说。

王向东苦涩地笑了笑，说："问题是我们没法把四大行的信托公司拒掉呀！"

"为什么？"吴通海瞪大了眼睛问。

"因为，我们灵通电子在四大行都有或多或少的贷款，现在公司资金非常紧张，眼看有好几笔贷款就要到期了，我们还想跟银行商量展期呢，要是把他们拒了，估计展期的事也就泡汤了。这还不说，今后我们少不了还得跟这几大行打交道，换成通海兄您，估计也不愿意跟他们闹僵吧？"王向东说。

吴通海被问得一时无言以对。他低头想了一会，以略带同情的口气说："向东兄，我非常理解你！你们这次搞增发，本来是朝南坐的甲方，连我这个自以为跟你关系不错的人都要登门求助，没想到，你们竟然还这么难！"

王向东听出了吴通海的同情之意，马上跟了一句："还是通海兄敞亮，将心比心，能体谅我们的难处！"

"体谅肯定体谅！谁叫我们是老朋友呢？"吴通海顿了顿，意味深长地笑着说，"不过，灵通电子首次发行股票和第一次增发都是中工银行江海信托公司干的，这一次他们也该让一让了吧！实话跟你说，我们已经向市里打了报告，希望市里从支持本地企业发展的大局出发，将你们这次增发的任务交给我们来做！相信市里面很快就会出面协调！"

"哦，那就好！那就好！我们听市里的！"王向东长长地舒了一口气。

第十一章

合纵连横为承销　螳螂身后有黄雀

除了直接登门拜访灵通电子，力陈自己的优势并直言希望承销增发，几家信托公司和证券公司还暗暗开展了合纵连横的游戏。

五洲证券总经理谢卫红不知从哪里了解到白皓月的大学同学分别在中工银行江海信托投资公司和中建银行江海信托投资公司，就叫白皓月找两位同学聊聊，了解一下他们公司在争取灵通电子增发承销上都有些什么动作。白皓月虽然心里感觉这种事太小儿科，但是，考虑到这是自己来到五洲证券后接手的第一件工作，便硬着头皮接受了这个任务。

既然是会同学，太正式了反倒显得疏远。白皓月决定先把两位在信托公司工作的老同学请到饭店里联络一下感情。赵洪亮和周万典两个人一听白皓月要请他们吃饭，都开心得不得了，还问叫没叫陈旺国。白皓月说："哪能不叫呢？他是咱们的老大哥。"

聚餐地点定在一家江海本帮菜馆里。这些年，随着江海区域经济的发展，很多外地的菜系纷纷出现在江海的大街小巷。但是作为土生土长的江海人，白皓月还是喜欢吃本帮菜。距离晚上约定的聚餐时间还有半个多小时，白皓月就踏着高高低低的弹格路来到位于小巷深处的一家本帮菜馆。这家菜馆平日里生意火爆，不过，白皓月因为来得早，还是抢到了个小包间。服务生泡的龙井刚端上桌，赵洪亮和周万典就一前一后走了进来。

"皓月，今天怎么想起来请我们吃饭了？"赵洪亮一边擦着自己胖脸上渗出来的大汗珠，一边问。

"那还用说吗？皓月这两年好事不断，早该请我们哥几个一起庆贺一下了！"周万典尖声尖气地替白皓月答道。

还未等白皓月插上话，赵洪亮连连点头说："还真是这么个理！我们寝室的几个人里皓月算是走在最前头的了！"

"什么叫走在最前头？旺国兄才是真正的领头人！"白皓月的话音刚落，陈旺国在服务生的引导下，一脚跨进门内。

"你们几个在说我坏话吧？"陈旺国笑嘻嘻地问道。

"哎呀，市领导到了，啧啧，这气场就是不一样！"赵洪亮夸张地咧开大嘴笑着说。

"那是！我们夸你还来不及呢，怎么会说你坏话？！"白皓月热情地把陈旺国推到主座上坐了下来，让周万典和赵洪亮分别坐在陈旺国左右手，自己则坐到陈旺国的对面。

"皓月总是这么谦虚，按说今天是你请客，我这个位子该你坐才对！"陈旺国说。

"旺国兄，你就不要争了，安安心心坐着吧！论职位，你是市领导；论年龄，你是老大哥。你要是不坐那个位子，谁也不敢坐！"白皓月言毕，赵洪亮和周万典也都表示认同。关于座次的谦让这才告一段落。

服务生很快端上来四冷四热八个菜。冷菜有四喜烤麸、香糟门腔、凉拌海蜇皮、香干马兰头四个小碟，热菜有响油鳝糊、红烧圈子、油爆河虾三个大盘和一小盆腌笃鲜。不爱喝酒的白皓月还特意点了两瓶花雕酒。几位老同学本来关系就密切，几杯花雕下肚，大家放得更开。

赵洪亮用胳膊肘碰了碰白皓月说："皓月，今天这顿饭有些奢侈啊，当了公司领导，果然不一样！"

白皓月干笑两声，说："请兄弟们吃顿饭而已，这跟当不当领导没关系呀！"他想了想，问赵洪亮，"你在中工信托也干这么久了，职务方面该有新的变化了吧？"

赵洪亮摇了摇头，苦涩地笑着说："惭愧，惭愧！我在投资银行部副经理的位子上已经坐四五年了，到现在连转正的影子都看不到！"

话音未落，周万典就气呼呼地说："你还做了四五年副经理呢，我混到现在还是个打杂的！"言毕，把手中的筷子"啪"得往桌子上一掼，端起酒杯，一仰脖子把小半茶杯花雕喝了个精光，感觉不解气，又狠狠地骂道："真是欺人太甚，大领导是更大领导的关系户，小领导是中不溜秋领导的关系户，就苦了我们这些什么关系都没有的工人子弟了！"

两人的不满言论引起了陈旺国的注意。他轻轻放下筷子，对周万典和赵洪亮说："两位兄弟消消气，你们要相信单位领导，他们的眼睛都是雪亮的，只要你们真为单位做出贡献了，迟早会得到肯定。你们看皓月，他也是普通教师家庭出身，虽然不是在五洲证券升的副总，但是如果他没在江海大学凭本事晋升为副教授，也没机会去五洲证券当领导呀！"

白皓月见陈旺国拿自己说事，赶紧摆摆手说："旺国兄别说我呀，你才是活生生的凭本事升任副处长的实例呀！你出生在苏北农村，家庭条件比我们更差呢！"

"好了，我们两个也别互相吹捧了。洪亮和万典的工作性质跟你差不多，真不行你把他们调到五洲证券。对他们来说，你可以照顾照顾。对你来说，也能有更可靠的帮手。"陈旺国说。

"我们公司刚成立，又是地方企业，池子小，他们怕是看不上呢。"白皓月说。

"怎么能看不上？你真需要我们，我们真愿意过去！"周万典迫不及待地表态说。

赵洪亮的态度虽然没有那么急切，却也摇头晃脑地说："就怕皓月不愿意要我们呢！"

白皓月心想，自己今天晚上是带着任务请客的，聊到现在还没有接触到正题，便顺势把话题引到灵通电子的新股增发上："我们是多年的好兄弟了，只要你们愿意来五洲证券，我肯定是欢迎的。只是，我现在刚到不久，什么事都没做，就要把自己的兄弟拉过来，就怕别人说闲话呀！"

大家感觉白皓月说得有理，都点头称"是"。

白皓月认为时机已经成熟，接着说："我刚来就赶上了灵通电子增发这件大事。我们谢总高度重视，我又分管投行工作，这第一炮，我怎么说也要帮谢总打响呀！之前，为了拿下这个大单子，我还特意请旺国兄帮忙。"说着，白皓月拿起酒杯郑重走到陈旺国身边。"来，我敬旺国兄一杯！"白皓月谦恭地说。

陈旺国笑着起身与白皓月碰了碰杯，笑着说："顺手递个报告而已，也帮不上什么大忙！不过，向市里递报告的可不是你们一家呀！"

白皓月说："知道，知道！一会儿你帮我支个招，怎么才能让市里更重视我们五洲证券的意见呢？"说完，他分别走到赵洪亮与周万典身边，同样郑重地与他们碰杯，并诚恳地说："你们从事投行业务时间比我长得多，实战经验非常丰富，也要帮我多出出主意啊！"

白皓月说得没错，赵洪亮和周万典在投行一线摸爬滚打了那么多年，虽然职务晋升相比白皓月和陈旺国稍显慢了点，但是经验还是非常丰富的。特别是赵洪亮，他所在的中工银行江海信托投资公司几乎包揽了改革开放后最早进行股份制改革的几家企业股票发行代理工作，得到的锻炼自然不少。

不过，赵洪亮的回答却令白皓月感到意外。他说："在灵通电子增发新股这件事上，还真轮不上我们说什么话。"

周万典也附和道："没错！承销这种事没啥花头,公开发行股票的企业就那么几家,那点股票根本不愁卖,可以说拿到了承销权,就拿到了巨额利润。所以,真正有花头的是谁来承销！"

白皓月问他们："那你们看,我们五洲证券怎么才能拿下承销权呢？"

赵洪亮和周万典相互对视了一下,几乎异口同声地说："走上层路线！"

白皓月心想,我们也知道要走上层路线,该走的都走了,还能走到哪呢？就默默地回到自己的座位。

陈旺国见白皓月有点落寞,便主动为自己加了点酒,端起酒杯对赵洪亮和周万典说："皓月刚到新单位,希望做出点成绩,我们大家都帮他想想办法吧！"随后又举起酒杯对白皓月扬了扬,说,"来,我们一起再干一个。"他率先抿了一口,夹了块门腔放进嘴里,一边慢慢咀嚼,一边说："刚才皓月给我出了个题目,怎么才能让市里更重视五洲证券的意见？说实话,我也没有好主意。四海证券总经理的背景你应该也知道,据我所知,他们不仅也向市里打了报告,还私下里说服黄副市长出面帮他们说话。他们的关系比你们更硬,你们又没有特别的优势,所以,更可行的办法是你们两家联手。一起争取市里出面支持你们。"

白皓月点点头,说："旺国兄站的层面高,我听你的,回去我就跟谢总汇报。"

陈旺国继续说："刚才万典和洪亮都说要走上层路线,受他们启发,我有一个新的建议。"

白皓月眼睛一亮,忙问："什么建议？"

陈旺国不紧不慢地说："这个事光有市里的支持还不够,还得取得监管层的支持！"

赵洪亮马上接过话茬说："对对！你们还得去跑一趟央行江海分行,如果他们帮你们发了话,估计这单生意别人就抢不去了！"

白皓月感觉非常有道理,心情大好,开心地举杯感谢几位好友。

大家你来我往,酒菜很快见底。后来,白皓月又加了两个菜,添了一瓶酒。直到饭店要打烊,哥几个才你搀我扶,哼着跑调的小曲在安静的街道上撒欢。

次日一大早,白皓月向谢卫红汇报了几位同学的建议。谢卫红认为有道理,当天下午就带着白皓月上门拜访四海证券总经理吴通海。两人对合作拿下灵通电子增发都非常有信心,并当场拨通了央行江海分行办公室的电话,约好了第三天上午一起去拜访江海分行的杜欣元行长。

杜欣元是一位温文尔雅的学者型官员,早年在江海财经学院当过经济学教授。他在宽敞的行长办公室里热情接见了五洲和四海这两家本地证券公司的几位公司高管。

谢卫红和吴通海首先汇报了本公司业务开展情况。杜欣元边听边频频点头，待他们汇报完毕，杜欣元笑容可掬地说："你们的工作都很出色，我代表央行江海分行向你们表示祝贺！企业改制和公开发行股票是改革开放后的新生事物，证券公司正是在这种背景下应运而生的。你们也是新生事物，没有现成的路好走，能够有今天的局面非常不容易！你们在发展中有什么困难，也可以向我们分行提出来，我们既然在江海的地面上，就一定尽量帮助和支持本地企业的发展！"

杜欣元的话令谢卫红和吴通海心潮澎湃，谢卫红涨红了脸说："杜行长，您说得太好了，我们现在正好有件业务上的工作，想请您支持一下。"

杜欣元说："没问题，说说看，能帮我们一定会帮。"

得到鼓励的谢卫红立即正了正身子，说："是这样的，最近灵通电子张罗着要再做一次增发，我们五洲证券和四海证券希望有机会承担这项工作。我们已经对灵通电子进行过走访，他们没有拒绝我们。我们也分别向市里打了报告，市领导明确表示支持。央行是上市发行的监管机构，我们请求分行这边也能支持一下。"

杜欣元听后哈哈大笑，用手点着谢卫红和吴通海说："你们还挺会攻关的嘛！关于灵通电子增发新股的事最近找我的人很多，都想承揽这项业务，这是好事，说明大家都想干事业嘛！你们来之前，市政府的黄副市长刚刚给我打过电话。"

听到"黄副市长"几个字时，谢卫红和吴通海相互交换了一下眼神。吴通海心中暗喜，心想，大舅哥都出面了，杜行长这边肯定得给个面子吧！

杜欣元低头喝了口茶，似乎有片茶叶也同时进到嘴里。他慢慢地咀嚼了一会，把茶叶咽下去，又喝了口茶，才接着慢条斯理地说："每家单位都非常上进，每家单位都需要支持呀！央行是监管机构，这一碗水得端平是不？"

谢卫红和吴通海同时点头称"是"。

杜欣元满意地笑了，接着又说："我有一个不成熟的折中方案，你们两家证券公司再加上几家银行在江海的信托投资公司共同组成一个承销团怎么样？"提出这个问题后，他并没有停下来等待谢、吴两位回答，而是紧接着跟了一句，"至于主承销商嘛，我看你们都不要争了，就让金江证券来承做吧！"

谢卫红和吴通海再次交换了一下眼神。他们虽然心里面有120个不情愿，也只好假装出很开心的样子。因为他们都非常清楚，金江证券是央行江海分行发起成立的，是他们的"亲儿子"，哪有老子不支持儿子的呢？

失落的不仅是谢卫红和吴通海,中工银行江海信托公司总经理胡伟力也同样异常失落。胡伟力原以为中工信托有连续承销多家国企股票发行的优良业绩,不久前又以贷款展期为条件暗示过灵通电子,怎么说这块大蛋糕也该归中工信托吧？然而,杜欣元既然提出折中方案,他也只好认了。就这样,碍于杜欣元的监管者身份以及他本人在业界的威望,金江证券、五洲证券、四海证券、中工信托共同组成了承销团,金江证券任主承销商。按照杜欣元的要求,这四家单位将均分18万股增发份额及承销费收入,对于不能卖出的部分,则由各自包销。

灵通证券的第二次增发工作很快就全面推开了。有意思的是,除了金江证券,其他三家单位很快就把自己分到的4.5万股额销售一空。杜欣元得知结果后非常生气。他把金江证券总经理邵明义叫到自己的办公室里。

"知道我找你干什么吗？"杜欣元压抑着心中的怒火问道。

"不,不知道。"邵明义应道。其实,就在他接到杜欣元电话的那一刻,就隐约感觉到杜行长找他可能与灵通电子的承销有关,但是因为自己的进展不如预期,他并不想主动提及此事。

"你应该知道！"杜欣元瞪了他一眼,接着说,"你介绍一下灵通电子的承销情况吧。"

邵明义心想,完了,真是怕什么就有什么！此时虽然已是深秋,房间内也比较凉爽,邵明义的额头上还是渗出了豆大的汗珠。"总体进展不错,金江证券作为主承销商做了大量的具体工作,这一点请杜行长放心。"邵明义辩解道。

"总体进展不错？说得倒好听！我要了解的是金江证券承销这一块做得怎么样？"杜欣元虽然依然非常不满,语气却变得平缓了一些。

"不太好。4.5万股的额度,目前还剩3.7万股。"邵明义吞吞吐吐地答道。

"其他三家进展怎么样呢？"杜欣元又问。

"他们手头的额度都卖完了。"邵明义答。

"你们有没有分析过,为什么人家卖得掉,你们卖不掉呢？"杜欣元的声音又提高了几个分贝。

"可能,可能是他们的经验更丰富吧。"邵明义含含混混地答道,因为对于这个答案,就连他自己也不相信。

"什么叫经验更丰富？你们几家证券公司都是去年刚刚成立的,如果说经验丰富,也只有中工信托了。但是五洲和四海这两家公司也能卖完手中的额度,这说明什么问题呢？"杜欣元又问。

"不,不知道。"邵明义用手背擦了擦额头上的汗说。

"好,我替你们说吧!原因只有一个,那就是你们的整体能力太差!"杜欣元说这话的时候脸都憋红了。此时的他心情非常郁闷。本想支持一下"亲儿子",还把"亲儿子"推到牵头人的位子上。然而,这个"亲儿子"却如此不给他争气,令他颜面尽失!他长长地叹了口气,又问:"你们接下来打算怎么办?"

"自己留下。"邵明义挪了挪屁股,把身体微微向前倾了倾,说,"我们做过研究,灵通电子的发展前景非常不错,留着不会太差。这些股票按发行价每股100元算,全部留下来需要397万元,公司账上现在还有不少余钱,留下这些股票完全没有问题。"

"不留下又能怎么处理呢?"杜欣元反问道。其实他知道,不留下,也是有办法的,比如,可以把这些额度转让给其他三家单位。但是这样做会让他更加没面子,人家会说,当初为了偏袒自己的"亲儿子",硬让金江证券做主承销商,现在你那"亲儿子"不成气,又想到我们了!不行,怎么说也不能把自己用不掉的额度再分给其他几家!他无奈地摇摇头,接着说:"留着就留着吧,我不管灵通电子将来的发展前景怎么样,你们按照之前定的规则把卖不掉的自己买下来,也算是买一个教训吧!"

"杜行长,您放心,我回去后一定好好总结教训,尽快补齐短板,把金江证券早日做起来。"邵明义诚恳地表态道。

杜欣元撇了撇嘴,没再说话。过了一会,他挥了挥手,无力地从嘴里挤出了两个字:"去吧。"

邵明义如释重负地起身,向杜欣元鞠了个躬,转身往门口走去。

杜欣元目送着邵明义的背影,脑子里突然蹦出来一个问题:我们为什么放着好好的裁判员不做,一定要亲自做运动员呢?也就是从这一刻起,他萌生了把金江证券转让出去的念头。

第十二章

胡伟力上下奔走　老金江涅槃重生

最早得知杜欣元想转让金江证券的是中工银行江海市分行行长林溪。那是在1989年底的一次江海市金融机构例行沟通会间隙,林溪主动去找杜欣元套近乎时,杜欣元无意中透露的。当两人谈到国企改革和上市问题时,杜欣元对中工信托近年来的业绩表示充分肯定。林溪则表示,中工银行感觉老把证券承销和二级市场的业务放在信托公司不是办法,说他们打算把证券方面的业务从中工信托里分离出来,成立一家专门的证券公司。杜欣元试探着问他,如果有现成的证券公司,他们要不要?林溪说,有现成的当然好,省得再找上级审批了。杜欣元这才把转让金江证券的打算说了出来。

林溪回到分行,立即拨通了胡伟力的电话,把央行江海分行准备出售金江证券的信息告诉了他。胡伟力听后非常心动,就问林溪是不是有意接手。林溪说,证券与银行是完全不同的行当,以前没有证券公司的时候,银行做证券发行和二级市场交易还说得过去,现在市面上已经有十几家证券公司了,继续抢别人的生意就不那么名正言顺了。林溪还说,这次在灵通电子的承销问题上,五洲证券和四海证券不是明确要我们放弃吗?末了,林溪告诉胡伟力,分行这边打算成立证券公司,如果胡伟力把金江证券收购的事情办妥了,总经理的位置就是他的。

有了林溪的承诺,胡伟力立即着手收购金江证券。可是,就在这个节骨眼上,央行总行那边一个分管领导发话了。他说,我们央行好容易成立一家证券公司,为什么要转让给别人?其他银行都能办证券公司,央行就不能把现成的证券公司搞好吗?领导的表态令金江证券的转让工作变得复杂起来。虽然央行江海分行的杜欣元行长已经铁了心要把金江证券转让出去,但是,中工银行江海分行这边要想最终拿下金江证券,还得找央行金融机构管理司审批才行。而这件事别人也帮不上忙,胡伟力必须亲自进京一趟才行。

　　赴京之前,胡伟力从央行江海分行那里拿到了一份杜欣元亲自签名并加盖分行印章的情况说明。然而,当胡伟力把这些材料递交给金融机构管理司以后,他才知道这事没那么容易办成。

　　在金融机构管理司一间不大的会客室里,一位皮肤黝黑、身材矮胖的中年妇女接待了胡伟力一行,这位中年妇女据说是某处的副处长。她接过胡伟力递过去的说明材料,随手翻了一下,便用带有浓重鼻音的语调说:"这件事领导不是说不行吗?"随后,就要把材料退还给胡伟力。胡伟力说:"领导说没说过,我们不是太清楚。您看,我们好不容易来一趟,您能不能先把材料收下,让领导们都看一看呢?"见胡伟力态度非常诚恳,这位副处长才眼帘低垂着再次从鼻腔里哼出一句话来:"那就留下吧,不过,你们别抱太大希望。"胡伟力心想,留下总比退给我要强八百倍,便对她千恩万谢起来。

　　回去的路上,同伴问他:"胡总不是知道分管行长的意见吗? 刚才怎么说不知道呢?"胡伟力狡黠地笑了笑说:"我要是说知道,她能收下材料吗?"

　　胡伟力一行住的地方离央行不到200米。他们很快就回到住处。那是一间规模不大、房间陈设也非常简陋的小旅馆。他们选择这里作为下榻之地,就是考虑到事情可能不会很快办妥,那样的话,去央行会比较方便。刚踏进旅馆门厅,胡伟力便一头冲向门厅右侧的电话间。他得把今天去金融机构管理司的情况及时向远在江海的林溪行长汇报一下。电话很快就接通了,他简要汇报了情况以后,电话那头传来了林溪清晰而严肃的声音:"情况我都知道了,这件事的确难办,要不然非得让你们去央行跑一趟干什么? 不过,不管有多难,你都要想方设法把批文办下来。如果办不下来,你就留在那边工作吧!"挂掉电话,胡伟力足足在电话间里站了一分多钟。虽然脚下这块土地是全国人民向往的地方,但是他并不想就此留下来工作,因为他的妻儿都远在江海。退一万步说,就算必须留下来工作,他也不希望原因是完不成任务。

　　接下来,胡伟力一行就像在央行金融机构管理司上班一样。早上,人家一开门,他们就挤进去;中午,他们草草出去弄点吃的就回去;下午,他们齐刷刷地再回到金融机构管理司。可是没有人能够告诉他们,他们的材料有没有被讨论过? 讨论的结果怎么样? 一天过去了,两天过去了,三天过去了……随着时间的推移,胡伟力一行变得越来越烦躁起来。他们见人就打听,见人就陈述金融机构管理司尽快审批的重要性。在他们的软磨硬缠下,央行金融机构管理司终于在半个月之后给出了同意金江证券转让给中工银行江海市分行的意见。

1990年7月,央行江海分行将金江证券以5000万元人民币的价格转让中工银行江海市分行。紧接着,胡伟力在中工银行江海市分行的支持下,将原中工银行江海信托投资公司下面的20多家证券业务部合并进了金江证券。这样一来,新的金江证券成了一个拥有30多个证券营业部的大证券公司,不仅在江海成了最大的证券公司,在全国也是鼎鼎有名的老大。9月1日,这家新生的金江证券在响亮的鞭炮声中隆重开业。

当新生的金江证券开业的消息传到白皓月耳朵里时,他的第一个反应就是:螳螂捕蝉,黄雀在后!如果说,当初在灵通电子第二次增发承销问题上,金江证券是那只螳螂的话,中工银行江海市分行才是老谋深算的黄雀。

作为黄雀的中工银行江海市分行在拿下金江证券后,规模一下子扩大了不少。然而,胡伟力很快就发现这个新生的金江证券与此前的中工银行在江海市的各个支行依然有着千丝万缕的联系。以前的信托投资公司为了开拓证券发行承销和二级市场交易,不得不依托遍布全市的支行,这就在一定程度上导致证券营业部成为支行附属机构和小金库、小"三产"的现象。证券营业部的人员由各个支行安排,收入也有各个支行统筹管理。因此,虽然中工银行江海市信托投资公司几乎承包了20世纪80年代为数不多的企业改制和股票发行工作,以及大量的二级市场交易,但各营业部收入加在一起也就120万元左右,扣除各项费用后还有一些亏损。新金江证券开业以后,这些支行依然掌控着这些营业部的财务大权和人事安排。在这种情况下,胡伟力不过是个名义上的总经理。那些营业部负责人甚至一般员工,根本就不把胡伟力当回事。客气一点的,见到胡伟力还打个招呼,不客气的甚至连理都懒得理他一声。

有一次,胡伟力带着两位副总去当时最火的一个营业部检查工作。那位营业部负责人竟然只跟他们打了个招呼,就匆匆往外走去。胡伟力在营业部前前后后转了几圈后,就在办公室里等着。眼看快到午饭时,那位负责人还没有回来。胡伟力一行只好到附近的面馆随便吃了碗面,又回到营业部继续等待。直到下午两点多,那位负责人才醉醺醺地回到营业部。胡伟力非常生气,问他干什么去了。他腆着肚子,满脸轻浮地笑着说:"还能去哪?支行李行长今天来了一拨客人,个个都是海量,李行长非得让我过去陪客,没办法,我只好过去替他挡几杯了。"胡伟力问他:"不知道现在是工作时间吗?"他脖子一梗,说,"知道,可是李行长叫了,不能不去呀!换上胡总您,不也得这么做吗?"胡伟力被他这么一呛,竟然不知如何回答才好。因为他非常清楚,自己只不过是业务上的指导者,既不能任命营业部负责人，也管不了他们的收入。类似的事情遇得多了，胡伟力意识到必须改变这种现状，否则的话，新金江证券将一事无成。

经过再三考虑，胡伟力向中工银行江海市分行打了一个报告，力陈证券营业部继续挂靠江海市分行各支行的弊病，希望将各证券营业部的人权和财权统一收归金江证券。报告提交后，多日未见回音。胡伟力急了。他决定去找分行领导们问个究竟。

他首先找到了李副行长。当他说明来意后，李副行长一边用手理着稀疏的头发，一边用官腔十足的江海本地话训斥他："侬脑子瓦塌啦！"胡伟力明白这是说他不识时务，就辩解道："我也是为了金江证券好，像这样各自为政，肯定搞不好！我们当初费那么大劲从央行那边把它拿过来，为的是什么呢？"李副行长则说："以前的证券营业部都是各个支行培养起来的，就像自己的孩子，好容易一把屎一把尿地把孩子养大了，谁舍得把它拱手送人？我劝你还是多考虑考虑如何用其他的办法把金江证券搞起来！"胡伟力见李副行长根本就不会帮他说话，便礼貌地告辞了。接下去，他又敲开了其他几位副行长的门。得到的答复都是大同小异。反正，你胡伟力用什么办法都行，就是不能动各支行现成的奶酪！

一圈下来，胡伟力感觉自己心力交瘁。然而，一想到自己一点点做起来的证券业务在有了专业平台后非但不能就此做得更大更好，反而可能因为管理上的失控而错失大好发展机会，他的心里无比痛苦。万般无奈之下，他敲开了分行行长林溪的办公室房门。

"伟力，你好像有心事嘛！"林溪让胡伟力坐在自己办公桌的对面，然后起身给他倒了一杯热茶，问，"找我有事吗？"

"有。林行长这么忙，没事我也不会打搅你。"胡伟力说。

"好，那就说说吧。"林溪将双手抱在腹部，身子往椅背上靠了靠。

胡伟力并不直接说自己有什么事，而是问道："林行长，还记得当初我去京城跑央行放行金江证券的批文时，您给我下达的命令吗？"

"哈哈，怎么不记得？我告诉你，要是拿不到批文，就别回来了！"林溪笑着说。

"对，没有林行长的重视，金江证券就到不了中工银行手里呀！"胡伟力感慨道，"可是我们好容易把金江证券拿下，却未必能把它搞好呀！"

林溪盯着胡伟力看了一会，没有再问问题，就直接说道："你一进门我就知道你要干什么了！"胡伟力咧了咧嘴，算是回应。林溪继续说："你们提交的报告我已经看过，行里还没来得及讨论，不过，听说大家对你提出的建议都不赞同啊！"

胡伟力"哦"了一声,但他很快就打起了精神,激动地说:"我知道,但是如果继续维持现状,金江证券就别想搞好! 您以前花的那么多功夫都将白费!"

林溪伸出右手,摇了摇,说:"别激动,我认为你的意见对,至于其他同志的工作嘛,我来帮你做!"

在林溪的全力支持下,新金江证券收回了分散在中工银行江海市分行各下属支行手中的人权和财权,新金江证券终于成为一个完整意义上的公司。掌握了公司控制权的胡伟力丝毫不敢放松。他左手强化内部管理,右手推进业绩激励,公司上下很快就面貌一新。他推出的八级工资制和将部门利润的4%作为提成的业绩奖励制度一下子就把公司上下活力激发了出来。在1990年最后三个月里,金江证券的业绩节节攀升,年终结算时全年竟然实现利润500多万元,而上一年各证券营业部整体结算后还略有亏损。

第十三章

见商机果断出手　上前线毫不含糊

　　就在胡伟力受命代表中工银行江海市分行设法拿下金江证券的时候，五洲证券总经理谢卫红率先发现了一个大商机。那是1989年底的一个星期天上午，暖洋洋的太阳透过宽大的玻璃窗照进谢卫红家的客厅里。谢卫红窝在略显老旧的藤椅里，一边品着热腾腾的红茶，一边随手翻看着当天的《报刊文摘》，在他面前的茶几上，还放着一摞花花绿绿的报纸和杂志。因为没有顺利拿下灵通电子第二次增发的主承销资格，谢卫红的心里多少还是有些失落。他希望通过看报和读书多少转移一下自己的注意力。突然，一行黑体字标题引起了他的注意——"国库券黑市交易冷清，仅打6折也无人问津"。他的眼睛一亮，心想，这些年国家发行了不少国库券，虽说1988年3月财政部就提出了《开放国库券转让市场试点实施方案》，允许国库券上市流通交易，但是在内地很多地方，想出手把国库券换成现钞的人实在太多，国库券根本就卖不上价。这与江海市的情况正好相反。江海的市民和一些企事业单位手中余钱多，对国库券的保值增值前景也比较有信心，所以市面上的国库券大都能以面值出售，并且需求量非常巨大。如此算来，价差至少可以有20%~40%。如果把外地的国库券收集起来，运到江海市来卖，岂不是要赚翻了？

　　谢卫红是个雷厉风行的人。第二天一上班，他就把五洲证券总部人员全部召集到一起。

　　"同志们，最近因为灵通电子的事估计大家心里面都很不舒爽。以前没有证券公司的时候，证券发行和二级市场交易都是银行在做，现在我们这些独立的证券公司成立了，帮企业发行证券的事居然还是银行说了算！不瞒大家说，我也很不甘心呀。可这就是现实，我们只能认了。"谢卫红环顾了一下在座每个人的脸，继续慷慨陈词，"也许还有同志想不开。你们会问，我们是企业，像这样下去，我们怎么才能做得好？怎么才能做成一家国际性的大公司？我告诉大家，把五洲证券做成国际上有影响的大型证券公司，这是我们的目标。为了这个目标，我们必须千方百计地想办法，找出路！你们说对不对？"

"对！"谢卫红的话刚一落音，白皓月便带头应了一声。紧接着，在场的其他十几个人也纷纷表示赞同。

谢卫红见大家情绪非常饱满，感觉很高兴。他把头偏向白皓月，面露喜色地说："我刚刚发现了一个挣钱的好机会，这个机会正好是我们证券公司可以做并且一定能做得好的！"

白皓月本想问是什么机会，可话到嘴边又憋了回去。因为他明白，谢卫红一定会主动把这个机会说出来。片刻之后，谢卫红果然眉飞色舞地接着说："你们知道吗？在我们江海，很多人想按面值购买国库券却苦于供不应求，但是……"他特意在"但是"二字上加重了声音，拖长了时间，随后才继续说道，"在内地很多地方，总体上来说，大家手头都不宽裕，被单位摊派买了国库券以后，手头更加紧张，他们一定希望尽快把这些国货券换成能够购买物品的现钞，哪怕折扣大一点，也愿意出手。如果我们能把这些分散在广大内地老百姓手中的国库券收购起来，运到江海来卖，岂不是既能满足老百姓换取现钞的需求，又能为我们五洲证券挣上一大笔钱吗？"

谢卫红的一席话令在场人员深受鼓舞。大家开始七嘴八舌地议论起收购国库券的细节来。经过一番热烈讨论，谢卫红拍板决定，他自己和白皓月各带六七个人，兵分两路，一路出击长江以北，一路出击长江以南。在这次会议的最后，谢卫红不忘激励大家："同志们呀，1990年春节即将到来，年前正是很多家庭用钱的高峰期，能不能让这些需要钱的家庭及时把手中的国库券兑换成人民币，能不能让五洲证券在年前打个漂亮的翻身仗，能不能让我们自己和家人过个丰收喜庆的新年，就看你们的了！"

谢卫红带领的队伍首站选择位于东南沿海的福建省。出发前，他把210万元现金均分成7份，分装在7只大牛仔包里，他与6位年轻同事分别背上一只大牛仔包，相约互相照应。

谢卫红一行7人是上午8点多钟登上南下火车的。他们的座位都是位于车厢中部的连号硬座。除谢卫红外，其他6人脸对脸分坐两排，倒也紧凑。坐在走道另一侧的谢卫红则可以不远不近地看着他们。为防装满现金的牛仔包被人顺走，他们没敢把包放在行李架上，而是按照谢卫红的叮嘱把包紧紧夹在双腿之间。

火车慢慢驶离江海。同行的 6 名年轻人开始被窗外的景致吸引，他们伸长脖子打量着窗外的一切，还不时叽叽喳喳地评论一番。看着这些活力四射的年轻人，谢卫红打心眼里喜欢。他们都是他从江海市的几所大学里千挑万选招进来的，个个都是聪明绝顶、眼明手快的优秀人才。他在创建五洲证券之初就立志把它打造成国际一流的投资银行，而国际一流的投资银行怎么能没有国际一流的人才呢？他把眼光放到了市里的几所高校。可是，因为证券公司在中国还是个新生事物，在传统就业观念的影响下，愿意去这个前景不明的新行当工作的大学生还真不多。为激发大学生们对证券行业的热情，他不仅主动到这几所大学里给大学生们开讲座，向大学生们普及关于投资银行的基础知识，描述美好前景，还邀请一些顶尖国际投行人士给大学生们讲课。他的努力很快有了效果。五洲证券在成立之初就迎来了几个来自江海大学、江海财经大学、江海交通大学等著名学府的老师和毕业生，其中就包括他费了一番功夫才挖过来的白皓月。这使得五洲证券在成立之初就有90%以上的员工来自名牌大学。他们不仅通晓财经专业知识，还拥有良好的英语水平，能够及时学习和理解最先进的国际投资理念。因此，与那些员工学历以中专生为主的同行们相比，五洲证券一开始就处在一个更高的起点上。

天色渐渐暗了下来，兴奋了一天的年轻人们开始昏昏欲睡起来。谢卫红清楚他和这些年轻人两腿间夹的那些牛仔包的价值，所以丝毫不敢放松。他体谅年轻人瞌睡大，叫他们先休息，等他们睡了一觉，自己再睡。夜越来越深，车内的灯光早已熄灭，单调的车轮撞击铁轨声就像催眠曲一样，不仅令几个年轻人扯起了呼噜，也令谢卫红瞌睡难耐。为防自己也睡着，谢卫红不时用手掐着自己的大腿。即便这样，他的上下眼皮依然不听使唤地往一起靠拢。于是，他干脆从座位上站起来，伸一伸懒腰，晃一晃脑袋，稍微清醒了一点，再继续坐下来。窗外一片漆黑，偶尔有几点萤火虫般的亮光，却因为火车的移动，又快速消失在夜幕之中。谢卫红看了看表，蓝莹莹的荧光时针正好指在两点的刻度上。"再坚持一个小时，让这些小伙子们再睡一会！"他在心里默念道……

突然，他感觉自己的腰部被人捅了一下。他心里一惊，才知道自己还是睡着了，赶忙扭头张望。"你的包被人拎走了！"坐在他身边的中年男子用手往前一指，说："往那边去了。"谢卫红一摸脚下，那只鼓囊囊的牛仔包果然已经不翼而飞。他的心里一下子凉了半截：那可是30万元的巨款呀！自己一年的工资也就四五千元，什么时候才能赔得完？他的睡意全无，赶忙摇醒了仍在熟睡的几个年轻人，留下3人守包,其余3人跟随自己往邻座人所指的方向追去。

听说有人丢了东西,列车员打起手电一起跟了过去。一行人一口气追了4节车厢,才发现那个刚刚丢失的牛仔包。此时,它正在一个头发长得像女人一般的小青年手里呢!"站住,这个包是我的!"谢卫红大吼一声。那个小青年本想继续往前跑,但看见来人太多,只好止住脚步。谢卫红快步上前,一把抓过牛仔包。小青年顺势回拽了一下,但可能因为底气不足,力度也不是很大,谢卫红再一用力,那只大包便稳稳地回到他自己的怀里。"你怎么能随便拿别人的包呢?"谢卫红厉声质问。随后赶到的几位同事也作势要打那位偷包的小青年。小青年眼看对方人多势众,不想吃眼前亏,便立即换出一副笑脸,说:"哦,这包是你的呀?对不起,对不起,拿错了!"谢卫红虽然并不相信他所说的话,但考虑到包已收回,自己又没有确凿的证据证明人家是小偷,便用眼狠狠瞪了小青年一眼,说:"年轻轻的不学好,自己的东西什么样不清楚吗?还能拿错?!"小青年再次轻描淡写地说:"对不起!确实是拿错了。"谢卫红再次狠狠地瞪了他一眼,气呼呼地带着几位同事转身回去了。

一场虚惊之后,谢卫红和他的6位年轻同事们再也不敢入睡。他们死死地夹紧两腿之间的牛仔包,生怕它们再次被人拎走。谢卫红更是一身冷汗。他想,幸亏那个痞里痞气的小青年不知道包里面装着30万元的巨款,要是知道,说不定会死死地把它抢走,真要是那样的话,他即便不会因渎职而坐牢,也得用整个后半生去慢慢赔偿这笔巨款!

到达福州后,他们就在火车站附近找了家看着还算干净的招待所住了下来,赶紧睡了个囫囵觉。醒来后,谢卫红招呼同伴们在招待所门口的小摊上随便吃了点东西,便留下两名年轻同事在招待所里看管钞票,自己带上另外四名同事和一部分现金直奔最近的一处居民新村。

太阳还很高,有工作的人们还没有下班。居民新村门口围坐着不少老头老太。谢卫红从牛仔包里掏出一块在江海就准备好的白布,大小就如一张八仙桌,往地上一铺。闲得无事的老头老太太们立马围了上来。他们指着白布上写的"大量收购国库券"几个毛笔字问道:"怎么收购?"谢卫红简要答道:"已经到期或者快要到期的打85折,1年后到期的打8折,2年后到期的打75折,3年后才到期的打7折,反正到期时间越长,折扣就越大。"谢卫红的回答引起了这些老者的浓厚兴趣。有的说:"我们家好像前年被摊派到20块钱的,也不知道到哪里能兑,国家又不让用它买东西,不如拿过来换成现金。"有的说:"折扣大了一点,不过,总共没有几个钱,也吃不了多少亏。"有的说:"我家儿子媳妇都在上班,等他们下班了,我来问问他们。"

没过多久,还真有人回家拿来10块、20块的国库券。谢卫红等人果真按刚才所说的兑换原则,给他们兑成了现金。有了示范效应,更多的人回去取来国库券,现场气氛一下子热闹起来。又过了一会,上班的人们陆续归家,看到新村门口有人收购国库券,感觉挺不错,便纷纷加入以国库券换取现金的队伍。谢卫红等4人一阵忙乎,直到日落西山,还有人提着手电筒匆匆赶来……月上柳梢后,他们带来的现金终于用完。虽然还有人陆续赶来,他们也只好收起那块白布,拉好牛仔包的拉链返回招待所去了。

首日即斩获不少,大家都异常兴奋。接下来的几天,众人早出晚归,仅用十来天的时间,就把带来的210万元现金换成了整整4只麻袋和7只牛仔包的5元、10元面值国库券。这些国库券在收购时,按面值打6折至85折不等,以平均折扣75折算,运回江海市就能净赚52万多元!考虑到来福州时在火车上的丢包经历,谢卫红再也不敢乘火车回去了。他干脆租了两辆出租车连包带人日夜兼程赶回了江海市。

就在谢卫红回到江海的第二天,白皓月带领的一波人也从河南满载而归。两人兴奋地交流着一路上的经历和见闻,想着手中这些国库券即便按面值出手也能至少净赚100多万元,不禁万分感慨起来。

"白总啊,你来五洲证券不亏吧?"谢卫红冷不丁问了一句。

"不亏!不亏!"白皓月赶忙应道。事实上,他的确不亏,毕竟收入要比在江海大学当老师时高多了,并且住房条件也获得了改善。

"就是辛苦了点。"谢卫红语气中透出些许歉意。

"的确有点辛苦,可是你比大家更辛苦!关键是你还承担了所有的风险和责任!"白皓月想到自己来五洲证券已经大半年了,除了这次出门收购国库券吃了点苦,还没有给公司做出什么实质性的贡献,便真诚地夸了夸自己的伯乐兼顶头上司。

谢卫红笑了。白皓月发现那笑容中甚至掩藏着一丝羞涩,就像他不到两岁的儿子白自强笑的时候一样。

"应该的,既然上级要我做这个总经理,我就得好好承担起这份责任嘛。不过,贩卖国库券只是证券公司的一小块业务,等我们把这一块的钱赚得差不多了,还得向国际大投行好好学学,规规矩矩做一些一流投行应该做的事情。"谢卫红淡淡地说。他低头喝了口水,似乎想起了什么,又猛然抬起头来,脸上的笑容也一下子变得坚毅起来。"贩卖国库券这事得抓紧点,一旦别人也发现机会,这个生意也就差不多到头了!"他提高声音说。

"行!"白皓月爽快地应道,稍稍顿了顿,又接着说,"其实,除了我们,已经有人开始贩卖国库券了!"

"谁?"谢卫红的声音里透着些许紧张。

"一个叫杨淮锭的江海人。"白皓月答道。紧接着他把自己如何在火车上偶遇杨淮锭,杨淮锭如何用两万多元从合肥以蚂蚁搬家的方式把国库券倒腾到江海,以及杨淮锭也差一点被小偷偷走现金的事一五一十说了一遍。

谢卫红听得很仔细,还不停地点着头。"这个杨淮锭就是那个经常到我们江宁路营业部卖国库券的人吗?"谢卫红问。

"没错,就是因为看起来面熟,我才跟他搭的话。"白皓月说。

"怪不得! 我还想他怎么会有那么多国库券来卖呢,原来也是从外地低价收来的! 这是个人物呀!"谢卫红连声感叹一番之后,对白皓月说,"想办法把他找来,我要跟他合伙做一笔更大的生意!"

第十四章

谢卫红超常用人　杨淮锭大显身手

　　找到杨淮锭并不难。几天之后,杨淮锭又到五洲证券江宁路证券营业部来卖国库券。眼亮的工作人员悄悄告诉他,说公司的领导要找他。杨淮锭虽然有点惊讶,不过,他确信自己没有做过什么违法乱纪的事情,就坦然地跟那位工作人员一起到了谢卫红的办公室里。

　　谢卫红的办公室不大,也就十几平方米的样子,靠窗的地方放了一张紫漆书桌。当工作人员介绍,这位就是他要寻的杨淮锭时,正忙着看公司报表的谢卫红赶忙放下报表,起身上前迎了两步,热情地抓住杨淮锭的双手说:"久仰!久仰!"说着,他把杨淮锭让到了自己桌子对面坐下,又对那位工作人员说:"快去把白总也叫过来。"在等待白皓月的间隙里,谢卫红做了一番自我介绍。

　　杨淮锭本是名仓库保管员,因为一桩失窃案被工厂列为重大嫌疑人。事后,当真正的盗窃者被找到以后,他心里窝火,一赌气辞职了事。在杨淮锭的印象中,那些国企的领导都是自以为是、高高在上的官老爷。想不到眼前这位证券公司的总经理竟然这么低调、谦虚,他不禁对谢卫红高看了一眼。

　　白皓月很快走进谢卫红的办公室。见到不久前在火车上偶遇的杨淮锭,白皓月与他少不了一阵寒暄。客套之后,白皓月随手搬了只椅子在办公桌拐角处也坐了下来。

　　"谢总找我有事吗?"杨淮锭把工作人员递来的茶杯轻轻放在桌上,问道。

　　"哈哈,算是有一点吧。"谢卫红笑着应了一句,却并不直接说有什么事,转而问道,"杨老板是怎么想起来贩卖国库券的?"

　　杨淮锭欠了欠身,连忙摇手说:"谢总客气了,我本是一个小工人,千万别叫我杨老板,要叫就叫我老杨吧!"

　　谢卫红笑了:"现在不都时兴叫老板吗?我看你不一定比我大,叫你老杨也不合适吧?"

于是,两人互报了年龄。杨淮锭果然没有谢卫红大,并且还足足小了3岁。但是杨淮锭说自己承受不起"老板"这个叫法,反正也40多岁了,叫"老杨"也没错。谢卫红感觉这位杨淮锭挺实诚的,便不再与他争论该不该叫"老板",而是问他,怎么想起倒腾国库券的。杨淮锭心想,眼前这位总经理自己就在倒腾国库券,是个明白人,便如实将自己辞职后为谋生路一口气订了27份报纸,以便找到发财之道,以及悄悄跑到合肥从银行购买国库券卖给江海银行和金江证券的故事如实说了出来。

谢卫红听得很认真,还频频点头。"从银行买来的国库券上会有银行的标志封条,你就不怕我们这边的银行看出其中的窍门?"谢卫红问。

"这个问题我当然注意到了,要是他们知道我的国库券从哪里来的,他们可以直接过去调剂,就轮不到我来赚这个钱了。所以,我就把上面的封条都给拆掉,再把国库券的顺序全部打乱。另外,我从合肥银行收来的国库券除了卖给江海的几家银行外,还有一部分是在你们江宁路营业部卖的。这样的话,这边的银行就更注意不到我的国库券是从哪里来的了!"杨淮锭说。

"你把这些生意诀窍都说出来,就不怕我们也学会了吗?"白皓月忍不住问道。

"你们?哈哈,不会的!一来,现在两边银行的差价已经不大了,不如我在市场上直接从老百姓手里收的便宜;二来,你们也是做国库券生意的,本钱比我大得多,这里面的情况你们比我更熟悉,真人不说假话,我也瞒不过你们。"杨淮锭的笑容里藏着些许狡黠。

"哈哈!杨老板果然是有眼光的生意高手!"谢卫红向他竖起了大拇指。

"叫我老杨吧。"杨淮锭再次坚持道。

"好,好,叫你老杨!老杨有没有考虑过与我们五洲证券合作一把呢?"谢卫红认真地问道。

杨淮锭不清楚谢卫红的葫芦里卖的是什么药,便吞吞吐吐地应道:"我从外地收来的国库券,很大一部分是……是在你们江宁路营业部卖掉的,这算不算合作呢?"

"算,当然算!不过,我说的合作不是指这种事。"谢卫红说完,扭头看了看白皓月,问道:"白总还记得我年初跟你说过1988年国库券会在年内上市的事吗?"

"记得。"白皓月答。

谢卫红"嗯"了一声,又转过头对杨淮锭说:"我年初去央行江海市分行金管处拜年，无意中看到张处长的桌子上压着一份文件，这份文件的大意是说，1988年的国库券会在今年年内上市。我后来了解了一下，大家因为都不知道它什么时候才能上市交易，所以，在黑市上的价格只能打七八折。我想，如果能以8折或者更低的折扣从市场上把它们收进来，等国家允许上市交易了，起码能按面值卖掉，这可是个发大财的机会呀！不过，这件事太敏感，我们五洲证券不好直接出面。你是个人，做国库券生意又很有经验，不如我们合作，你在明处收购，然后悄悄卖给我们，大家各赚一半的利润，你看怎么样？"

杨淮锭本是个绝顶聪明之人，他在脑子里快速盘算了一下就知道这是个非常不错的买卖：第一，利润虽然仅略高于10%，比他从外地贩回来要低一些，但是他不必辗转奔波，担惊受怕；第二，有五洲证券做后盾，他可以在短时间内把交易量做得很大，所以非常有可能在极短的时间内赚到多得多的钱。于是，他果断地对谢卫红说："行！"

说干就干！从第二天开始，杨淮锭就以五洲证券授权代表的身份，拿了一台五洲证券的点钞机，在五洲证券海宁路营业部附近租了间临街门面，大张旗鼓地收购起1988年国库券来。仅用十几天的时间，就差不多买走了江海市面上一半左右的国库券。

杨淮锭的疯狂收购行为引起了央行江海分行金管处的警惕。因为他们知道，如此大量的收购极可能是因为提前知道了1988年国库券即将被允许上市的内幕消息，如果任凭他们发展下去，将会严重扰乱市场秩序。金管处的张明处长决定对五洲证券进行一次突击检查。

"白总，你快过来一下。"谢卫红不知从哪里得知张明要来的消息，赶紧把电话拨给了白皓月。两分钟后，白皓月便出现在谢卫红的面前。谢卫红简单介绍了情况，对白皓月说："时间紧急，你快把那些1988年国库券从地下金库转移到你办公室里。我估计张处长一定会检查金库，我的办公室里他也可能会去坐坐。"

"行，我这就去。"白皓月虽然感觉不太妥当，还是揽下了这项任务。他带领十几个员工足足搬了一个多小时，才把金库里的1988年国库券全部转移到自己的办公室里。

看着占了整整半间房、从地板一直摞到天花板的整箱整箱国库券，谢卫红长长地舒了口气。也就是在这个时候，张明带着一帮人来到公司，仅仅寒暄了几句，就要求谢卫红带他们去金库看看。一身轻松的谢卫红笃笃定定地令手下人打开厚重的金库大门。金库里空空荡荡。张明并没有发现他想看到的1988年国库券，只好悻悻地离开了。

一个月之后，1988年国库券果真可以上市交易了，并且交易价格为面值的1.04倍。这也就意味着，五洲证券和杨淮锭联手收购的1988年国库券至少获得了25%的净利润。五洲证券因此又获得了好几百万元的净利润。

然而，谢卫红并没有满足于这些成绩。他决心乘胜追击，和白皓月各自带领公司总部十几名员工，对分散在全国各地的国库券展开了地毯式的搜索。当金江证券的胡伟力和四海证券的吴通海也嗅到国库券的商机时，谢卫红和白皓月已经跑完了全国250多个大中小城市，为五洲证券赚得了3000多万元的净利润。

"是时候停下国库券的生意了！"谢卫红看着手中的年度报表，心满意足地对白皓月说。

第十五章

谢卫红再遇机缘　叶红英情迷皓月

谢卫红要停下国库券生意,这不仅是因为参与国库券贩卖的人多了,更是因为他敏锐地发现了一个新的机会。

那是在1990年4月30日,江海市政府对外宣布了浦江新区开发开放的十大政策和措施,明确提出要建立江海证券交易所。当谢卫红从《江海日报》上看到这一则爆炸性消息时,他高兴得从椅子上跳了起来,拿起报纸就冲进隔壁的白皓月办公室。

"白总,看到了吗? 江海要建证券交易所了!"谢卫红一踏进白皓月的门内,便迫不及待地喊了起来。

"刚看到,我正要过去找你呢!"白皓月也兴奋地站了起来。

"哈哈,好事! 大好事!"谢卫红在白皓月的办公室里半举着紧握拳头的右手,不停地来回踱着方步。此时此刻,他有一种非常强烈的冲动,那就是,自己应该为即将成立的江海证券交易所做一点什么!"你看我们是不是该做点什么呢?"谢卫红问。

"当然! 不过,谢总先别急,我们可以先好好策划一下。"白皓月说。

然而,谢卫红坐不下来。他对白皓月说:"你先琢磨一下。"说完,便一个人快步走到室外。他需要到外面透一口气,好好平复一下激动的心情。室外的阳光格外明媚。谢卫红信步走到街心公园。在那里,紫红的月季、粉红的杜鹃、鹅黄的牡丹,争先恐后地向他绽开美丽的笑脸。"证券公司的春天也要来了!"谢卫红看着草长花艳、蜂舞蝶飞,由衷地感叹道。"对了! 江海证券交易所在成立之前应该有大量的准备工作要做,比如,制定交易规则、培训交易员、购买设备、培育市场……哪一样都得花费大量的人力物力。如果能早日介入进来,从大处说可以为国家做点贡献,从小处说可以为自己公司争取市场机会。"想到这里,谢卫红又快步返回办公室,把自己的想法与白皓月做了交流。

白皓月认为谢卫红想得非常超前,说自己也认为在江海证券交易所成立之前多出出力实际上就是帮五洲证券自己,他表示愿意全力配合谢卫红做好这方面的具体工作。

此后的几个月时间里,谢卫红在白皓月的配合下,主动参与江海证券交易所成立前的各项准备工作,甚至还出资好几百万元为交易所购置桌椅、电脑、服务器等。

谢卫红和白皓月的努力很快就有了回报。1990年12月19日,江海证券交易所正式开业以后,五洲证券因为在此前的市场培育中做了大量的公益工作,给市场留下了专业、靠谱的好印象,再加上他们与交易所关系良好、工作团队能力突出,主动找五洲证券发行股票的公司越来越多。1991年元月中旬的一天,谢卫红竟连续出席了四个股票发行仪式!第二天,白皓月问他累不累,他边用双手从前往后梳理着自己的头发,边笑呵呵地说:"累!怎么会不累?我本来就有头痛的毛病,像昨天这样一天参加四个发行仪式,头都累得痛死了!可是不累哪能拉到生意?别的证券公司想这么累,还没有机会呢!"

白皓月想想也是。其实,他自己又何尝不累?这一段时间,他每天到家都很晚。不仅两岁多的儿子白自强早已熟睡,就连妻子魏佳也已经进入了梦乡。看着他们娘儿俩睡得很甜的样子,白皓月甚至都不忍心上床睡觉。因为他担心,自己稍不小心,就会把他们从梦中惊醒。

仅仅在本市内忙一忙也就算了。问题是,随着全国范围内企业上市热情的高涨,白皓月还得亲自带领一帮投行部的下属去外地承揽业务,有时候一出门半个月都回不来。这对五洲证券来说,本是好事,因为外面的需求越多,就意味着证券公司的业绩就越好。然而,对于白皓月及他的家庭来说,这样的日子久了,各种各样的问题也就来了。在不知不觉中,白皓月与魏佳之间的关系开始显现出危机。

那是1991年春夏之交的时候,白皓月分管的投行业务部揽到了南方水利的改制上市业务。因为上市额度是负责监管工作的央行统一分配的,经过证券公司辅导后,基本不存在上市通不过的问题。所以白皓月一行所要做的工作主要就是帮助南方水利进行股份制改造,以及改制后规范化管理的培训。这就需要投行部专业人员在现场工作一段时间。

南方水利的总部坐落于山清水秀的西南边陲,其大多数分公司都位于深山老林里。白皓月此次带了两名随行人员。一名是他的大学同学周万典。因为在中建信托多年未得到晋升，后来待白皓月在五洲证券坐稳位子后，周万典毅然投奔昔日的老同学。不过，由于五洲证券投行部总经理已经有人担任，这个人不仅工作做得不错，而且是谢卫红亲自提拔的，所以周万典来了以后，只能做投行部的副总经理。不过，相对于自己以前的处境，周万典还是非常开心的。与白皓月一同前往南方水利的另外一个人是前几年刚刚从江海政法学院经济法专业毕业的女青年，名叫叶英红。提起这位叶英红，那可是出了名的大美女。她的身高大约1米65，虽然不是太高，但凹凸有致，身材非常匀称。最迷人的就是那张白皙粉嫩的圆脸，那上面恰到好处地分布着一对水汪汪的大眼睛、一只微微翘起的小鼻子和一张不大不小的嘴巴。

叶英红属于那种人见人爱的美人，在大学读书时，她就是众多优秀男生竞相追逐的对象。然而，她心高气傲。无论追她的男生有多优秀，她顶多陪人家看一场电影，溜两回马路，接下去便没有下文了。所以直到大学毕业，她也没有正儿八经交过男朋友。久而久之，凡对她多少有点了解的人也就不再去做那种飞蛾扑火、没有结果的追求了。这种名声甚至传到了五洲证券，以至于公司里面虽然有几个各方面条件都不错的小伙子，却没有谁愿意追求她。这种情况一直延续到周万典的到来。

与白皓月同年出生的周万典，虽然在1990年底加入五洲证券时已经30周岁了，却依然是个钻石王老五。据说，周万典一直单身既有自身不够帅气的原因，也与他自己比较挑剔有关。他曾明确表示过，自己长相一般，如果找的对象也不漂亮的话，那下一代就甭想长相好看了。他还说，从改善基因的角度而言，他是一定要找个美女做老婆的。正是因为他有这样的择偶标准，他从第一眼看到叶红英起，就被她深深地迷住了。他发誓今生今世非叶红英不娶。白皓月多少知道点周万典的心事，也想在适当的时候促成他俩。所以这次来南方水利，白皓月特意点名周万典和叶红英陪同自己。

周万典和叶红英得知白皓月亲点他俩陪同南下，心中都暗自窃喜。不过，两人窃喜的原因却截然不同。周万典想，老同学果然够意思，不仅把他调到五洲证券并解决了职务晋升问题，还非常体贴地为他的终身大事创造机会。叶红英的心思却是终于有机会可以同白皓月朝夕相处了。

原来，一向以"冷美人"面目示人的叶红英并不是真的不食人间烟火，而是有着不同于一般人的审美情趣。在她眼里，男人不仅要英俊帅气、有才有识，还要事业有成、品行端正,而年龄、婚姻状况什么的都不是问题。以前读书时,追求她的男生虽然也不乏英俊帅气之人,但因为尚在读书,根本就谈不上什么事业。来到五洲证券后,符合她要求的未婚男生就更少了。只有白皓月无论从哪个方面来说,都非常符合她的要求。可以说,从她进入五洲证券的第一天起,她就被这个散发着成熟魅力的男人深深吸引住了。每当他的身影出现在她的眼前,她的心脏都会不由自主地一阵震颤。有时候,甚至仅仅听到他的说话声、脚步声,她也会紧张得发抖。至于夜深人静的时候,她更是常常因为思念他而不得入眠……

叶红英对白皓月的感情完全处于暗恋状态。她虽然无数次地幻想自己能与他撞击出爱的火花,却因为姑娘的矜持以及知道白皓月早有家室而没能主动前进一步,以至于白皓月根本就不知道还有一个极美的姑娘那样火热地迷恋着他。如果白皓月早有觉察的话,他根本就不可能安排她与自己同行,因为在他陷入那个巨大的感情漩涡之前,他是那样地在意魏佳、在意孩子、在意他们那个温暖的小家!

南方水利的业务比较简单,主要是水力发电、电力销售及服务、配售电系统的开发和建设等。白皓月带着周万典和叶红英在南方水利总部调研一周之后,便把总部的基本情况摸得差不多了。随后,他们一行三人在办公室主任吴景天的陪同下乘坐公司的吉普车前往南方水利下属的第一个水电站。

吴景天是一位40出头的中年男子,或许是长期在办公室工作的缘故,绝对是个眼明、嘴甜、腿快的协调高手。在他陪同白皓月等人调研的这段时间里,吴景天已经发现了叶红英与白皓月、周万典之间的微妙关系。在安排大家乘坐吉普车时,吴景天先请白皓月坐到驾驶员后面的座位,之后就问叶红英:"叶老师是坐副驾驶室,还是坐后排?"叶红英干脆利落地说完"坐后面吧",便敏捷地攀上吉普车,一屁股坐在了中间的座位上。吴景天会心地笑了。为了给叶红英和白皓月创造机会,他称副驾驶室坐着舒服,硬是把周万典推到副驾驶室里,他自己则坐在后排右边的座位上。

吉普车驶离市区后,路面开始由柏油路变成了碎石路,接下去又从碎石路变成了大石路和泥土路,不仅如此,路面也越来越狭窄,越来越崎岖,越来越险要……

刚开始时,一车人还有说有笑,随着吉普车往深山老林里深入行进,大家的话渐渐少了起来。窗外的风景越来越秀美,大家却无心欣赏,每个人都感觉肚子里翻江倒海,异常难受。叶红英更是脸色煞白,死死地抓住前面的椅背。即便这样,她依然被左右摇摆的吉普车甩得头昏脑涨。突然,吉普车一个急转弯,叶红英双手一软，竟直接倒在白皓月的怀里了。白皓月感觉非常尴尬。他想把身体撇向一边，可是旁边根本就没有空间。他想把她扶起来，可是因为天气炎热，她的衣服穿得太少，加上汽车仍在不停摇摆，他怕一不小心触碰到她的敏感部位。正当他不知所措之时，吉普车又是突然一蹦，叶红英的身体居然自己弹跳起来。白皓月深深吸了口气，心想，幸亏车子刚才又颠了一下。不过，他还没有宽心多久，吉普车又是一个急转弯，叶红英的身子再一次倒进了白皓月的怀里，嘴里还忍不住"妈呀"大叫一声。不过，这一次她倒的方向有点奇怪。按理说，这次车子是向右急转弯，她应该倒向吴景天怀里才是。事实上，白皓月和吴景天的身体也都有明显的右倾动作。类似情况多了以后，吴景天心里便明白了八九分。他特意把屁股往右边挪了挪，以便让叶红英坐得舒服一些，同时，也是为了给叶红英与白皓月之间的互动创造更好的机会。然而，白皓月并不想与叶红英互动，他想躲却又躲不开，只能在叶红英身体倒过来时，心里默默数着一只羊、两只羊、三只羊……以便分散自己的注意力，防止自己身体出现不该出现的反应。

坐在副驾驶室里的周万典虽然在总部调研时多次试图与叶红英套近乎，怎奈她总是一副爱理不理的样子，令他好生郁闷。不过，他相信铁杵磨成针的道理，以为反正时间还有的是，只要自己坚持追求下去，他就不信赢不了她的芳心。此时，吉普车的每一次颠簸和叶红英的每一声尖叫都令他心如刀绞。他恨不得一把将叶红英搂进怀里，以便能让她少受一点颠簸之苦。

"吴主任，要么我俩调一下座位吧！"周万典扭头对吴景天说。

吴景天还没来得及张嘴，就感觉左脚被人碰了两下。他明白，那是叶红英在暗示他拒绝周万典的提议。"哦，不用了。这样蛮好的！"吴景天说。

周万典不死心，又说："要么小叶你坐到前面吧，怎么说座位也要宽敞一些！"

叶红英仍不领情，只是轻描淡写地说："这样很好，坐前面不也是颠吗？"

话未落音，吉普车又是一蹦，叶红英再次倒进白皓月的怀里。

白皓月终于忍不住也劝道："小叶还是去前排坐吧！"

叶红英腾地直起身子，双手死死抓住前面的椅靠背，噘起嘴说："白总，我没事的！如果你们认为我是个负担，直接把我扔下车就行了！"白皓月听她口气中带有明显的不高兴，也就只好由她去了……

吉普车还在继续向深山行进。车上的人除了驾驶员，全部昏昏欲睡。叶红英早已浑身疲软，不知不觉中一头倒进白皓月的怀中沉沉睡去。此时，白皓月自己也仰靠在座位上打起了呼噜。一时间，车内的鼾声竟然此起彼伏起来……

"领导们,到地点了,请下车!"随着嘎吱一声车门响,有人从右边拉开了吉普车的后门。

吴景天最先醒来。他揉了揉惺忪的睡眼,往车下看了一眼。这家水电站的站长带着一众工作人员已经恭恭敬敬地候在那里了。他笑着朝他们点了点头,又凑近白皓月的耳边说:"白总,醒醒吧,到了!"

白皓月应声醒来,发现叶红英正躺在自己怀里,颇感尴尬。此时,周万典和叶红英也相继醒来。周万典心里惦记着叶红英,醒来后第一时间把头扭向后面。当他发现叶红英正从白皓月怀里缓缓起身时,心里一阵醋意上涌。他在心里用电影《老井》中那句经典的骂词狠狠地骂了道:"狗日的白皓月,你家里占一个,外面还想霸一个,可怜我还没有尝过女人味哩!"可是不满归不满,他只能把这种不满憋在心里,假装没事一样下车了。因为现在他还没有证据能够证明白皓月真的会跟他抢叶红英。

"哇,这个地方怎么会这么美?!"叶红英下车后发现自己居然来到了一个世外桃源,一下子就把路上的颠簸之苦抛到九霄云外去了。她开心得像个孩子一样,东瞧瞧,西望望,眼神中充满了新奇与惊喜。"小叶,人家吴主任在介绍你了。"周万典追到叶红英的身边提醒道。叶红英这才收回四处打探的眼睛,伸了伸舌头,以示歉意。

这处水电站的办公场所处在一个规模不大的盆地内。周围群山环抱,草木葱郁,繁花似锦,空气飘香,就连气温也比他们来之前的城里低了不少,体感温度非常舒适。白皓月一行三人连声称赞这里堪比世外桃源。吴景天笑着说:"白总可能有所不知,适合建设水电站的地方一般都藏在深山密林里。只有在这种地方,水位的高低落差才足够大。所以周围的景观自然也就特别优美。我们今天到的这个水电站还只能算风景一般的,接下去还有更美的!""真的呀?"叶红英听后,不由得拍起手来。

任何事物都有正反两面。处于深山密林里的水电站风景的确优美,天气也的确宜人。然而,这里也是人迹罕至的偏僻之地。在水电站的周围,只有稀稀拉拉的几处农舍掩映在绿树丛中。白天还好。白皓月一行既要对水电站里的工作人员进行访谈,又要查阅大量卷宗,还要深入隐藏在地面深处的水电站机房,或者攀上高大壮观的拦水大坝进行实地调研,忙得不可开交。然而,一到下班时间,这里的孤寂与冷清便令人难以忍受。这处水电站的干部和员工加在一起也有100多号人呢,但他们都在距离水电站几公里以外的镇上住。就连陪他们过来的吴景天也是白天泡在水电站,晚上回镇子上。此时,偌大的一片水电站办公场所以及那栋高大的招待所里便只剩下他们三人和招待所的两名服务人员。

两三天之后,当新鲜感渐渐退去的时候,他们开始感觉无聊起来。特别是周万典,他因为心里装着叶红英,屡次试图接近而不得,心里更加郁闷。

"得弄点酒喝喝才行!"周万典心里暗自嘀咕,并立马把这个建议提给白皓月:"皓月呀,我们天天在这里吃食堂,吃来吃去就那么几个菜,你看我们今晚能不能去镇上换换口味?"

其实,食堂的菜没有他说的那么差,水电站这边每天都变着法子给他们做些不同的菜品,荤素、干稀也搭配得比较讲究。不过,白皓月与周万典同学几年,他那点小心思白皓月还是非常清楚的。

"是酒瘾上来了吧?"白皓月拧了一下周万典的耳朵。

"哎哟,你还真拧呀!想喝你两杯酒还得受酷刑,你也太不够意思了吧?"周万典假装很痛的样子嗷嗷号叫着。

其实,白皓月并没有怎么用力。没有外人在场的时候,他们两人的关系就是这么随便!

"行,行,你小子别叫了!快去把小叶叫上,今晚我们不在食堂吃了,去镇上喝酒去!"白皓月说着从背后推了一把周万典。

周万典的提议没费吹灰之力便得到白皓月的同意,他开心得像只小兔子一样,一个箭步就往叶红英的房门口窜去。

叶红英开门一看是周万典,心中不由得涌起几丝厌恶之情。然而,周万典毕竟是她的顶头上司,所以她还是强压住自己的情绪问:"周经理有事吗?"

周万典并没有觉察出叶红英的情绪变化,一脸兴奋地说:"走,到镇上喝酒去。"

叶红英连看都不愿意多看周万典一眼,哪里有兴趣与他一起出去喝酒?便干脆地说:"我不会喝酒,食堂马上就要开饭了。"

周万典知道自己分量不够,便假借白皓月之意说:"白总说今晚不在食堂吃了,要到镇上找个地方边吃边讨论一下这几天的调研情况。"

叶红英听后心中暗喜,白总提议的活动哪能不参加呢?便就坡下驴,说:"既然要讨论工作,那我只好服从了!"

太阳还有丈把高的样子,挂在西边的天幕上,就像一只脸盆大的圆球,把西边那片天空染得血红,也把静谧的山野染得血红。白皓月一行三人披着红艳艳的霞光,迎着和煦的山风,不紧不慢地行进在草木茂密的山间小道上,那种神清气爽简直无法用语言形容。

"看,红蜻蜓!"叶红英伸手往路边一指。

白皓月与周万典循声望去,果然看到一只红蜻蜓停留在一根细长的茅草叶尖上,那对透明的翅膀在夕阳的映照下,闪耀着亮晶晶的金属光泽,煞是好看。

"你这么喜欢呀? 看我的!"周万典歪头看了一眼叶红英,便蹑手蹑脚地向那只红蜻蜓凑了过去。可惜,当他的手即将挨到红蜻蜓时,它的翅膀一扇,就飞到远处去了。

"唉,谁让你抓它了?"叶红英一跺脚,气呼呼地走到一边去了。

周万典讨了个没趣,嘴角动了两下,却又说不出话来。

白皓月白了他一眼,说:"这么美的风景,不用心欣赏,偏要去搞破坏!"

周万典辩解道:"我没破坏呀!"

白皓月没有理会他,而是一边给他使眼色,一边说:"万典呀,我记得读书时,你歌唱得最好。好久没听你唱歌了。你刚才吓走了红蜻蜓,罪过不小,现在罚你唱一首歌可以吗?"

周万典明白白皓月的用心,便停下脚步,挺胸收腹,清了清嗓子说:"那我就给两位唱一首张学友的《只愿一生爱一人》吧!"说罢,果真用粤语唱起来:

> 我带半醉与倦容　徘徊暮色之中
> 呼呼北风可知道　如何觅她芳踪
> 在我心里面已经认同
> 从前夜里情深抱拥
> 为你一副任性的面容
> 自甘去被戏弄
> 只愿一生爱一人　因你是独有
> ……

一曲刚毕,白皓月带头鼓起掌来。"不错,不错,想不到你现在的唱功比以前更厉害了!"

周万典双手向白皓月打了个拱,眼睛却瞄向叶红英,说:"好久没唱了,有点退步! 有点退步!"他见叶红英虽然没表现出什么崇拜的样子,却一扫刚才的不满,心里就像吃了块糖一样甜蜜蜜的,一首接着一首唱了起来。

　　不知不觉中，三人就来到了镇上。小镇不大，街面上也没有几个人。他们好容易才找到一家还在营业的饭店。进门一看，店面虽然不大，只有三张小长桌，看起来还算干净。白皓月就做主在靠窗的一张桌子旁坐了下来。中年店主见有客人进门，殷勤地又递烟，又倒茶，还吩咐老婆快快出来迎客。周万典接过店主递来的香烟，店主立即给他点上。他深深吸了一口，慢慢吐出口中的烟雾，却见一旁的叶红英皱着眉头，一只手捂鼻子，一只手不停地把烟雾往旁边赶，于是，赶忙把香烟往门外一丢，转身问店主："有什么好吃的？"店主听出了他的外地口音，拘谨地用手蹭着褂襟说："小地方没啥好吃的，都是山里找来的野味，荤菜有野鸡、野兔、小杂鱼，蔬菜主要是菌子，今年的菌子刚刚出来，倒是比较新鲜……也不知道你们喜不喜欢？"白皓月早就听说当地人喜食菌类，也很想体验一下到底是什么原因令他们愿意冒死吃菌子，便建议店主上一份野鸡火锅烧菌子。老板称赞白皓月会吃，便开开心心地与老婆一起准备去了。

　　在等待店主上菜的这段时间里，白皓月想闲着也是闲着，不如见缝插针讨论一下工作，就招呼周万典与叶红英一起坐下来。

　　"我们做南方水利这个项目已经10多天了，现在正好没有他们公司的人在场，我们来简单碰一碰吧。"白皓月说。既然要正经谈工作，周万典和叶红英立即正襟危坐起来。"小叶，要么你先说说看？"白皓月看了她一眼说。

　　叶红英见白皓月直接点自己，心里竟有些发慌。她憋红了脸，说："我是学法律的，要么我就先说说法律问题吧？"

　　白皓月点了点头。

　　叶红英接着说："我发现南方水利从上到下都存在不少法律问题，比如，出资主体不明、债权债务转移不通知债务人；再比如，乱抵押、乱担保，未决诉讼问题较多。如果这些问题不及时解决，可能会影响改制进程。"叶红英一旦进入角色，话便像打开了闸门的洪水一般滔滔不绝地流了出来……

　　白皓月对叶红英的发言非常满意，心想，毕竟是名牌法律院校毕业的，虽然以前没做过投行业务，看问题还是蛮准的，就接着问她："既然你发现了这么多问题，那南方水利还能上市吗？"

　　叶红英莞尔一笑，说："上不上市我们说了不算，人家已经拿到上市额度，可以说半只脚已经跨进门槛了。"

　　白皓月对她的对答比较满意，却不打算立即表扬她，而是把头偏向周万典，问："你是如何看待这个问题的呢？"

周万典对叶红英的回答也比较满意,不过,他不想把自己对她的暗恋之情与工作搅和到一起。作为叶红英的顶头上司,他对她有更高的要求。"小叶,你刚才的回答挺专业的,但是作为专业机构,我们不能仅停留在挑问题的层面上。"

这一次,叶红英的态度与在路上时判若两人。她认真地点了点头,说:"明白了。其实,我刚才只讲了一半。我的建议是,对于那些能解决掉的法律问题,我们要尽量想办法帮他们解决掉,对于一时解决不掉的法律问题,我们可以建议他们暂时不把这部分资产放进改制后的公司里。"

周万典很高兴,冲叶红英笑了笑说:"对,这样才能显示出我们专业机构的价值!"

白皓月也跟着肯定道:"不错! 帮企业解决问题就是我们这种机构存在的价值,在帮助南方水利解决法律问题上,你以后还要多想想办法呀。"

得到顶头上司和公司领导表扬的叶红英脸颊飞起两片红云,低着头说,"放心吧白总,我一定会尽力。"

话刚落音,店主把热腾腾的火锅端了上来,随后赶来的店主夫人又送来一大篓新鲜的菌子。三人一看,那些菌子大小胖瘦不一,基本都没见过。白皓月担心吃出问题,就问店主会不会有毒。

店主拍着胸脯说:"放心吧,这些都是我们常吃的,不会有问题。"接着便逐一介绍,有牛肝菌、鸡油菌、青头菌、黑虎掌菌、干巴菌、羊肚菌、喇叭菌、鸡枞菌等十几个品种。不过,店主特别指了指蓝中透红的牛肝菌切片说:"这些菌子里只有它会有一些毒性,我们这里每年都有人因为吃牛肝菌中毒。不过,你们也不用担心,只要把它多煮一会儿,也就没事了。"说罢,店主把篓子里的菌子倒了差不多一半在火锅里,随手盖上锅盖,说:"先焖10分钟,10分钟以后就可以放心吃了。"

"有酒吗?"周万典抬头问店主。

"有。你要什么样的?"店主问。

"当然是有当地特色的!"周万典说。

"那还是尝尝我们当地产的竹筒酒吧。"店主说着转身从货柜上拿下一只竹筒,放在他们的饭桌上,接着说,"这种酒是在海拔1千米以上的山里用竹筒种出来的。酒的颜色金黄。喝起来香甜可口,回味悠长。除了我们这里,你们还真见不到。"

"种出来的?"白皓月也感觉有些好奇。

"是的,它是用我们当地土烧的52度高粱酒,在竹子还是竹笋的时候,将酒注进去,让它跟随竹子一起自然生长,经过3~5年时间,吸饱了竹子的精华才可以出厂。据专家说,这种酒含有天然的竹汁和多种矿物质,不仅营养丰富,喝起来口感也非常清爽。"

"好啊,那就先来一竹筒!"周万典兴奋地说。

店主闻言,开心地把那只竹筒酒留在了他们的桌子上。

火锅里的热气开始升腾起来。白皓月看了看表,说:"看来至少还得再等7分钟,万典,要么,在开吃之前你从财务方面也来谈一谈。"

"好的。"周万典放下正准备开启竹筒封口的手,舔了舔嘴唇,说,"南方水利的亏损很严重! 我本来还有点纳闷,水力发电这种躺着挣钱的买卖怎么还会亏损? 绕了一圈我总算明白了!"

"那就给我们说一说吧!"白皓月鼓励道。

"南方水利下面的水电站基本都是六七十年代建的,大多数已经折旧完毕或者接近折旧完毕。也就是说,水电站只要发一度的电就可能挣到接近一度的钱。南方地区雨水充分,除了少数雨水过大的月份,这些水电站在全年大多数时间都能正常发电。按理说它不仅不该亏损,还应该非常赚钱才对。可是它就像一个完整、独立的小社会,总公司下面不仅有中小学、幼儿园,还有医院、养老院、招待所、代销店……而这座水电站的正式员工也就100多人! 那些纯粹花钱的单位每年要吃掉水电站至少60%的利润。"周万典说着,有些激动起来。

"是啊! 企业办社会,这是我们国企里普遍存在的现象,企业的负担重啊!"白皓月深有感触地说。

"说起企业负担,我看了他们的报表,每年各种各样的摊派也有不少,都是上级单位派下来的,企业不配合完成也不行啊! 另外,每年要交给银行的利息也是一笔不小的数字。这两大块加在一起又要吃掉至少40%的利润! 好了,说到这里,企业的利润已经被吃光了。"周万典摇摇头,接着说,"可这还没完,我看他们每年的招待费、疗养费、旅游费也是很大一笔开支。还有,人员也太多了,从总公司的部门人员设置到水电站的人员设置,都存在人多事少的情况。依我看,目前的人员砍掉一半都不影响南方水利正常运转。多出来的人员费用也是一笔可观的支出。就这样简单一算,南方水利不亏才怪!"

"是啊,这些都是当前国企里普遍存在的问题。所以国家才需要让这些国企通过改制上市来解决长期亏损的问题啊!"白皓月说罢看了看手表,说,"你说的很好。现在时间到了,来,让我们暂时放下工作,一起品尝一下野鸡炖菌子到底如何美味吧!"

白皓月的话音未落,心急的周万典便赶忙掀开了锅盖。随着热气的升腾,一股诱人的香气快速在屋内弥漫开来。

"哇,真香!"周万典赞叹一声,拿起汤勺添了一小碗汤,递到叶红英面前,说,"来,先喝口汤。"

哪知叶红英并不领情,对送到眼前的那碗汤就像没看到一样,兀自另外拿起一只汤勺往碗里添起汤来。周万典尴尬地嘿嘿一笑,顺势把这碗汤放到白皓月面前。白皓月心里感觉好笑,不想多掺和他们俩的事情,便不客气地低头尝了一口汤。"真鲜!"白皓月叹道。

周万典似乎有了台阶,笑眯眯地说:"那就多喝点,喝完了再让店主加汤!"说着,他快速给自己也添满汤,往桌上一放,便心急火燎地去开竹筒酒了。一番忙活之后,筒盖打开了,一阵醇香的酒气扑鼻而来。周万典兴奋地手舞足蹈起来:"好酒! 好酒哇!"

白皓月斜睨了他一眼,说:"活脱脱一副酒鬼样!"

周万典倒不生气,开始往酒杯里倒起酒来,一边倒还一边嘀咕:"这是白总的,这是小叶的,这是我自己的。"

"谢谢周经理,我不会喝酒。"叶红英伸手挡住了周万典递过来的酒。

"少喝一点,尝一口也行!"周万典劝道。

"说不喝就不喝!"叶红英嘴里说着,开始动手为白皓月捞了一漏勺菌子,紧接着又捞了一漏勺往周万典面前的碗里送。

周万典见状,脸上立马堆成一朵花。他把那杯被叶红英拒绝的竹筒酒放到白皓月的面前,说:"小叶不喝,便宜我们俩了!"

白皓月睨起眼睛看了他一眼,说:"主要还是便宜你了! 你知道我不喝酒,尝一口就行。"

正在喝汤的叶红英扑哧一下笑了,差一点把刚喝进嘴里的汤喷出来。她赶紧把右手放到胸口上,呼哧呼哧连喘了几口气。

现场的气氛随着火锅里的热气蒸腾越来越轻松活跃起来。周万典举起酒杯对白皓月说:"谢谢白总,这一杯我敬你!"只要有第三者在场,周万典就称白皓月"白总",这点分寸他把握得非常好。白皓月举杯相迎,同时提议:"出门在外,条件还是艰苦一些,感谢你们对我工作的支持! 我提议我们共同干掉这杯酒!"说罢,他伸手与周万典碰了一下杯。叶红英见状也快速举起面前的茶杯,迎了上来。

"砰"的一声,三人的杯子碰到了一起……

也许是竹筒酒真的好喝,也许是野鸡炖菌子实在美味可口,也许是内心比较兴奋,周万典很快就把满满一竹筒酒喝了个底朝天。"白总,我申请再弄一瓶。"他涨红着脸,眼巴巴地看着白皓月。

"万典,美酒虽好,可不要贪杯哟!"白皓月道。

周万典不死心。他伸手给白皓月又捞了一勺菌子,商量道:"刚才店主说了,这种酒虽然刚开始注入竹笋的时候是52度,但经过3年的酿造,现在基本没有酒精度了,你就开恩再许我喝一筒怎么样?"

白皓月知道周万典的酒量,也相信店主所说的话,就勉强同意了。周万典高兴得像个孩子一般,一屁股从椅子上跳起来,几下就蹦到店主面前。店主早知他的来意,又递了一只竹筒过来。周万典如获至宝,一边往回走,一边就把竹筒的盖子拧开了……

酒的确是好酒。然而,度数再低的酒,也是酒。将近两竹筒的美酒下肚,周万典终于一头扑在桌子上。白皓月与叶红英对视了一下,无奈地摇了摇头。他起身付完餐费,架起周万典,对叶红英说:"回去吧。"

室外月光皎洁,凉风习习。白皓月架着两腿打弯的周万典沿着碎石路慢慢往回走。叶红英不知如何是好,只能小心地跟在他俩的身后。

"小叶……小叶……你……你知道……我……我有多喜欢你吗?"连头都直不起来的周万典开始发出含混不清的嘀咕声。

叶红英有些不知所措。为躲避眼前的尴尬,她急走几步跑到了白皓月和周万典的前面。可能因为感觉不妥,她又放慢了脚步。

白皓月觉察到叶红英的不自在,也感觉周万典醉得有点蹊跷,心想:"酒不醉人,人自醉。"古人说的确实很有道理。

经过一番折腾,白皓月总算把周万典安全送到屋内。周万典迷迷糊糊中看到了床,便一头栽了下去。白皓月见他并无大碍,也就回自己屋里去了。

第十六章

夜半响起电话声　痴女从此变怨女

"丁零零……"一阵急促的电话铃声把刚刚睡着的白皓月吵醒了。他翻身而起。声音是从床头的内线电话发出的。他拿起电话一听,原来是叶红英打来的,声音很微弱:"白总,我肚子疼得厉害。"白皓月心里一惊,一骨碌从床上翻了下来,心想,完了,完了,莫非是吃菌子中毒了? 他顺手抓过长裤胡乱套在腿上,快步冲了出去……

叶红英的门是虚掩着的。白皓月轻轻一推门就进到她的屋内。此时的叶红英正侧身躺在床上,见白皓月进屋,便拿下盖在肚子上的毛巾被,手撑床面试图坐起来。

白皓月赶紧摆了摆手说:"快躺下,现在感觉怎么样了?"

叶红英并没有躺下,而是把屁股往床头挪了挪,靠在床头上。她把毛巾被重新搭在腹部,羞涩地说:"从你进门那一刻起,就不痛了。"

"哦,那就好! 要去医院吗?"白皓月站在床的另一头问。

叶红英撩了一下披散在脸上的头发,轻轻摇了摇头,说:"这地方太偏,也不知道哪里有医院,还是算了吧。"

白皓月发现她红润的面颊现出些许娇羞,感觉她的确不像病得很严重的样子。然而,他又不放心,就再问:"真不要紧?"

"嗯。"叶红英紧闭双唇,认真地点了点头。

"那就先睡吧,有事再叫我。"白皓月说着话便扭头往回走。

"白总!"叶红英叫道,声音有点哀怨。

白皓月刚走到屋子中间,只好停下脚步,不解地问:"还有事?"

"哦,没……"叶红英一副欲言又止的样子。

"行,没事就好,我回去了。"白皓月继续往门口走。

"能帮我倒杯热水吗?"叶红英的声音很低,就像从嗓子眼里挤出来的一样。

白皓月点点头,从保温瓶里倒了杯白开水递到叶红英手中,说:"如果没别的事,我先回去了。"说着,就要往门口走。

"别……"叶红英的声音有些颤抖,"我有一个问题,不知道当不当问?"

"嗯,什么样的问题呢?"白皓问。

"你能坐下来吗?"叶红英的声音里充满期待。

屋子里静得可怕。窗外的虫鸣声此起彼伏,令屋内更显寂静。白皓月感觉此地不可久留。然而,当他用眼睛的余光看到叶红英可怜巴巴的样子,又有些心中不忍,便不太情愿地在距床不远处的椅子上坐了下来。

"谢谢!"叶红英小心尝了口杯中的热水,说,"你真好!"

白皓月不知如何应对,只能咧咧嘴。屋子里的气氛有些诡异。

"是这样的……"叶红英上眼皮向上一挑,说,"我喜欢上一个人。"

白皓月毕竟是大学老师出身。他很快镇静下来,心想,就当她是一个需要向老师倾诉的学生吧! 于是,他问:"喜欢什么样的人?"

"一个男的。"

"他知道吗?"

"我还没有跟他说过。"

"哦,喜欢他就跟他说嘛。"

"可是这会不会显得鲁莽?"

"不会吧。这么说吧,在男女交往过程中,一般情况下是男的主动,但这并不是说女的不可以主动。所以你直接说没问题。"

"他年龄比较大。"

"大多少?"

"估计有十来岁吧。"

"这种年龄差距不算大。"

"他的职务比较高。"

"那也应该不是问题,比你大十来岁的男人职务比你高很正常。"

"谢谢白总,你真能体谅人!"

"没什么,我是过来人,希望我的意见能对你有帮助。那么你休息吧,我该回去了。"

"我的话还没有说完。"

"哦……"

"那个人已经结婚了,好像,好像还有孩子。"叶红英把头深深地垂了下来。

"嗯,那就复杂了!"白皓月本来想说"那就算了",为了照顾叶红英的情绪,临时改了口。

"可是我不能没有他!"叶红英的头垂得更低了。

"恕我直言,你喜欢上了一个不该喜欢的人,建议你尝试转移一下注意力。"

"没法转移!我感觉没有他的日子我简直窒息得要死。"

"有没有想过你跟这样的人不会有什么结果?"

"没想过,但我从来就不在意什么结果,我只想让他知道我喜欢他,至于他,能对我说他也喜欢我,或者过来抱抱我,我就心满意足了!"叶红英说完,猛然抬起头,两眼喷出炽热的火焰。

白皓月心里一颤。他即便见过不少大场面,此时依然非常慌乱。"天不早了,你快休息吧。"他快速起身,跌跌撞撞地奔向门口。

"懦夫!"随着一声撕心裂肺的哭喊声,一只枕头重重地摔在他的后背上。他没有回头,"啪嗒"一声,坚决地带上了叶红英的房门。

回到自己房间以后,白皓月不敢入睡。他静静地听着门外的动静。虽然他的房间与叶红英之间还隔着周万典的房间。然而,叶红英的哭声还是非常清晰地传到了他的耳朵里。她的哭声是那样不甘、那样幽怨、那样凄婉,以至于白皓月几次都想返身回去。然而,他终究没有迈开那一步。他怕一旦迈出去了,自己会连带她和远在江海的那个女人从此坠入万劫不复的深渊……

第二天,白皓月按时起床。在去食堂吃早餐之前,他先敲了敲周万典的房门。周万典应声开了门。看得出他的精神不错。不过,他似乎对昨晚发生在白皓月与叶红英之间的事情并不知情,因为他跟白皓月说得最多的还是昨晚的菌子如何美味以及竹筒酒如何可口。白皓月让他去喊叶红英出来吃饭,他也开开心心地去敲门。叶红英出门后平静得出奇,只有那两只眼睛又红又肿,就像一对红灯笼。

整整一天,白皓月都尽量回避叶红英。他怕看到那对通红的眼睛,更怕与她对视时的尴尬。当夜幕重新降临时,白皓月甚至庆幸这一天终于挨了过去。"对不起了,姑娘!你这么优秀,我怎么可能无动于衷呢?可是我不能伤害你,也不能伤害魏佳和孩子。"白皓月自言自语道。想到魏佳,他的思绪不禁又回到当年的校园里。

"啊……"一声绝望的呼号划破宁静的夜空,把白皓月从睡梦中惊醒。他一骨碌翻起来,仔细辨认声音的来源。其实,根本无需细辨。那声音就来自隔壁。此时,它仍以忽紧忽慢、忽高忽低、忽强忽弱的节奏敲击着白皓月的耳鼓,似控诉,似诅咒,又似示威⋯⋯

发出声音的不是别人,正是白天看起来若无其事的叶红英。而住在隔壁的也不是别人,正是对叶红英垂涎已久的周万典。白皓月顿时什么都明白了。他不知是不是该祝福这个老同学。可是叶红英发出的声音就像一把特意刺向他胸口的利刃,他的心情变得复杂起来。他伸手拽了张餐巾纸,撕开,揉成两团,将它们分别塞进自己的两只耳朵里,然后,重新躺下并裹紧薄被⋯⋯

第二天上午,白皓月接到魏佳辗转打过来的电话,说儿子白自强在玩耍时不小心从楼梯上摔了下来,伤势很重,要他赶快回去。他不敢耽搁,赶紧把周万典和叶红英召集到一起,简单交代了手头的工作,便在吴景天的陪同下踏上了返程的吉普车。周万典拉着叶红英的小手,一直把白皓月送上车。吉普车走出很远了,白皓月通过后视镜仍然可以看到周万典在车后挥手,而叶红英就像一只乖巧的小鸟一样紧紧依偎在周万典的怀里。

白皓月赶回江海后直奔医院。所幸小自强身体并无大碍,只是多处身体表皮擦伤,就连额头也裂了一个大口子。对此,魏佳一时难以接受。在她的心目中,儿子是完美无缺的,如果额头上留下了疤痕,她肯定会内疚一辈子。所以当她看到风尘仆仆的白皓月终于出现在儿子的病床前时,她把所有的担心和内疚都转化成怨恨,一股脑地倾倒在白皓月身上。“你还知道有儿子?”魏佳没好气地对白皓月吼道。虽然她的声音因为顾忌自己处在公共场所而被强行压低了许多,但是白皓月还是从她那极度扭曲的表情上感受到了从未有过的愤怒。也就是那一刻起,他真切地感受到从前那个仙女似的魏佳一去不复返了,取而代之的是一只随时可能把他撕得粉碎的母狮。他想说,对不起,我也深爱儿子,只是我得在外面把工作做好。然而,他终究没有说出来。一方面,他从魏佳的态度中明白,一切辩解都是苍白的;另一方面,他也为儿子经受的危险和正在经受的皮肉之苦心痛不已,根本就无心辩解。

白皓月在医院里陪了几天,眼看儿子已没什么大问题,又开始担心起南方水利的项目来了。按理说,作为公司领导,他只要在关键时候过去出出场就行,不必始终坚守在项目一线。但是考虑到目前五洲证券发展势头强劲,他担心一线工作人员会因麻痹大意而犯下低级错误。所以还是有些放心不下。特别是在周万典与叶红英干柴烈火的时候,他更加担心相关工作不能按计划推进。

“我该回到项目现场了。”白皓月对魏佳说。

魏佳没有理他,只顾喂小自强吃他喜欢的苹果泥。

"孩子没有大问题了,我得再去项目现场了。"白皓月重复道。

魏佳依然没有理他。他明白,她是不准备理他了,除非他放弃此时再度南下的念头。然而,他又不能放弃南下的念头。犹豫再三,他把心一横,俯下身体在儿子胖嘟嘟的脸蛋上亲了一口。小自强笑了。他拎起行李果断地转身出门,身后传来魏佳怒不可遏的叫声:"行,你就走吧,有种永远都不要回来了!"白皓月停了一下,无奈地摇了摇头,叹了口气,继续往前行进。

当白皓月重新回到南方水利的项目现场时,周万典与叶红英已经转场至第三个水电站了。他们认真地向他汇报了他离开后的工作进展,一切都有条不紊。白皓月放心了许多。即便在工作之余,白皓月也能深切地感受到周万典的心满意足和叶红英的平和宁静。他完全放心了,带着他们两人加快了工作进程。

几个月之后,在白皓月的亲自指挥和协调下,五洲证券项目组为南方水利圆满解决了股份制改造过程中的法律问题和低效资产的剥离问题,并于年底之前成功在江海证券交易所首次上市。

就在五洲证券大干快上的时候,金江证券也没有闲着。一个偶然的机会,胡伟力得知,在监管层清理整顿银行下属信托投资公司的浪潮中,中工银行北方信托公司手中有价值2000多万元的国库券急需处理。他从谢卫红大发国库券财得到启示,决定尝试一下。经过一番市场调查,他发现北方信托的处理价与江海的市场价之间存在20%的价差,便果断揽下这笔生意。据说,为确保这笔生意万无一失,胡伟力特意从江海市公安局聘请了两名经济警察持枪帮他们押运钞票到北方信托。回来时,由于这2000多万元的国库券大多是5元、10元的低面值国库券,整整装满十几只麻袋和十几个大箱子,为防万一,他们特意租了一节火车皮,又从北方证券所在地聘请了两名经济警察。在4名持枪经济警察的押运下,那笔巨额国库券终于安全抵达江海市。仅此一单生意,金江证券就足足赚了400多万元。

另一单生意则给金江证券带来了更加丰厚的回报。在新金江证券成立时,原金江证券没有卖掉的灵通电子股票以面值折算值400多万元。由于当时的市场价只有面值的85折,胡伟力在获得这批股票时并没有急于出手。谁知到了1991年,灵通电子的市场价格迭创新高,最高竟达到480元/股。胡伟力眼看灵通电子的股价再涨空间不大,便指示下属在480元/股左右时悉数卖出,再为公司赚得1500多万元。

多年以后,当胡伟力回顾这段历史时,依然抑制不住内心的激动。

第十七章

谢卫红激情动员　白皓月豪迈出征

1992年10月的最后一个工作日上午,根据谢卫红的要求,公司总部中层以上的干部和本市的5个营业部负责人齐聚五洲证券大会议室。这两年,五洲证券快速发展,队伍迅速扩大。虽然五洲证券在年初时刚刚搬进新买的办公楼里,然而,随着一批应届大学毕业生的加盟,办公环境又显得拥挤起来。正是这个原因,以前全体人员都必须参加的会议,现在只能开到中层干部了。

谢卫红穿深蓝西服,配紫红领带,戴宽边眼镜,蓄乌黑背头,正腰杆笔挺地坐在椭圆形会议桌一侧的正中位置,威严中透着热烈,霸气中藏着精明。他缓缓地环顾了一下会议室内每一个人的脸,对眼前这种兵强马壮的景象颇为满意,嘴角不由得露出一丝志得意满的笑容。

"可以开始了吗?"坐在他右手边的白皓月探头在谢卫红耳边轻声问道。他没有吱声,也没有扭头,只是微微点了一下头。"同志们,今天的会议很重要,主要有两项议程,第一项议程是学习十四大会议精神,第二项议程是布置下一阶段的工作任务。下面有请谢总讲话!"主持会议的白皓月简明扼要地做了开场白。

谢卫红清了清嗓子,严肃地说:"即将过去的这个10月注定是一个不平凡的月份。在这个月里发生了与我们证券公司高度相关的两件大事。我不说同志们也都知道,第一件大事是12号到18号召开的十四大,第二件大事就是26号成立了国务院证券委员会和中国证券监督管理委员会。前面的这个大会,决定着我国未来改革开放的大方向,后面的这件大事标志着中国证券市场统一监管体制开始形成。为便于大家深入领会十四大的精神,今天我们一起学习一下十四大报告。如何学习呢? 我认为还是一起通读一下报告原文比较好,因为只有这样才能准确、全面、深刻地理解报告的精神实质。"说罢这段话,他开始逐字逐句读起报告原文,读到关键的句子或段落,他还会特意停下来,结合证券业的发展,发挥几句。因为报告实在太长,谢卫红读到一半的时候,让白皓月接着读下去,而他自己依然会在关键的地方打断白皓月,说上几句。

　　大概一个半小时过去了。谢卫红与白皓月终于合力读完十四大报告原文。谢卫红总结道:"十四大报告提出了一个非常重要的任务,那就是建立社会主义市场经济。什么是市场经济?用一句文绉绉的话解释,就是市场在资源配置中起基础性的作用。说白了,就是以后做什么事主要由市场说了算。同志们要高度重视了啊,这不仅是一种说法上的变化,更是一种制度上的深刻转变!早一点意识到这一点,就能早一点占有先机。十四大报告里面还提出了未来国企改革的主要内容是在大中型企业推行公司制、股份制,向建立现代企业制度迈进;对小型企业采取改组联合等多种形式,加快企业的改革步伐。同志们注意到没有?在大中型企业推行股份制就是说未来会有大量的企业要公开上市。"谢卫红说到这里,加重了语气,"证券公司的春天就要来了!"此言一出,会议室里爆发出热烈的掌声。

　　谢卫红非常兴奋,没等白皓月主持,便宣布会议进入第二项议程。参会人员明白第二项议程是布置工作,便重新正襟危坐,提笔准备记录。谢卫红却并不急于说下去。他低头喝了几口水,沉吟片刻才语气缓和地说:"在座的老同志可能还记得,在五洲证券成立之初,我就有两个坚持。第一个坚持是五洲证券一定要实行股份制。为什么呢?因为我考察过很多国外企业,但凡做得好的、做得大的差不多都实行股份制,股份制企业可以迅速地实现资本集中,股份公司能够满足现代化社会大生产对企业组织形式的要求!现在看来,我的坚持是对的,国家已经明确提出要在大中型企业推行公司制、股份制了。我的第二个坚持是证券公司一定要与银行脱离。为什么要脱离?这是专业化发展的一个必然趋势。投资银行的业务在国外最初是从银行里成长起来的,但后来这一块的业务越来越大、越来越繁杂,一些独立的投资银行便出现了。在中国也是一样,五洲证券成立之前,帮企业改制上市的工作都由银行下面的信托投资公司做的。但是现在怎么样呢?不还是分开了吗?前后不过短短十来年的时间就分开了!我当初的想法就是,既然银行与证券公司分业经营是一个必然的趋势,那么我们为什么不在一开始成立证券公司时就坚持与银行分开呢?"谢卫红说到这里,啪地一拍桌子,就如同一个预言家准确预测了某件历史大事那般豪迈。

　　谢卫红又喝了口水,最后强调:"同志们,有一句话叫作'历史的车轮滚滚向前',中国证监会的成立不仅证明了分业经营是金融业发展的一个必然趋势,也预示着证券业发展的大机会即将到来。听说国务院为了贯彻落实十四大精神,准备于近期批准一批特大企业改制上市。希望同志们密切注意市场动态，抓住国企改制上市的历史性机遇，为五洲证券的大发展做出更大的贡献！"

"哗……"会议室里再次爆发出热烈的掌声。包括白皓月在内的与会人员都被谢卫红激情四溢的讲话感动得热血沸腾。多年以后，当白皓月再次回忆起这次会议时，仍然心潮澎湃。他认为这是五洲证券跨上新台阶的一次至关重要的会议，而谢卫红的远见与进取不仅对五洲证券，也对他个人产生了非常深远的影响。

10月底的那次会议之后，五洲证券从上至下掀起了一个新的工作高潮。这些工作大体上分为三个方向：做强一级市场，拓展二级市场，开辟国际市场。

做强一级市场是白皓月分管的投行部的主要职责。白皓月很快就看到了国务院正式批准全国9家特大企业改制并允许它们公开上市的新闻。他感觉非常振奋，准备甩开膀子大干一场。谁知几天后，新成立的证监会就明确指出，最先发行上市的黄海啤酒将不再由监管机构指定主承销商和保荐机构，而是由地方政府和拟上市企业自己选定以后，再去征得监管机构的批准。这是一个非常重大的变化。它意味着证券公司不仅要继续面对监管机构的审核，还要想方设法与地方政府和拟上市企业搞好关系，否则，就可能拿不到项目。怎么办？当然是上了！白皓月没有一丝犹豫，便决定带领投行部争取一下黄海啤酒的上市承销和保荐机会。于是，他敲开了谢卫红的办公室房门。

"黄海啤酒项目是证监会成立后的第一个上市项目，体量又特别巨大。如果我们能拿下这个项目，不仅能在证监会和市场上树立良好的形象，也可以为公司赚到不少承销和保荐费用，我打算让投行部的兄弟们去争取一下。"白皓月开门见山，说明了来意。

谢卫红很高兴，笑呵呵地说："哪里有市场就到哪里去，这就是市场经济下应该有的工作状态！不过……"他话锋一转，说："光靠市场也不一定能办得成事，毕竟中国还是人情社会嘛！"

白皓月点头称是，还称谢卫红看问题透彻。

谢卫红也不客套，凝视着白皓月的眼睛问："黄海那边有熟人吗？"

"有一个，我的大学同学。"

"做什么的？"

"听说在市经委任副处长。"

"级别低了点，说不上话呀。"

"我也是这么想的，所以过来看看您这边有没有什么可靠的关系。"

谢卫红的眼珠子迅速转了几圈，猛然捶了一下桌面，说："有了！"

白皓月立马屏声静气，等待谢卫红说下去。

"我有个老领导前两年调到上面做副部长了。如果请他出面打个招呼，黄海市政府和黄海啤酒那边应该会买账！"

听说谢卫红那里有上层关系，白皓月不禁喜形于色起来。

"先不要急着高兴，那位老领导愿不愿意帮忙打招呼还不一定呢！就算他愿意打招呼，那还得我们的工作做得漂亮才行，不然的话，老领导那边面子上也不好看。"

"那是当然，那是当然！谢总放心，这几年我们成功保荐了那么多项目，已经积累了非常丰富的经验，市场地位早就没得说了！"

"那也不能掉以轻心！"

"明白，我这就回去安排投行部准备材料去！"白皓月说完，便起身回屋。

在派谁担任黄海啤酒项目负责人的问题上，白皓月还是动了一番脑筋。他首先想到的就是周万典。这不仅因为周万典成功领衔做过几个上市项目，更因为黄海市经委的那个副处长是他们共同的同学，在黄海市的一些工作地方上少不得还要靠周万典出面跟那位老同学具体沟通。不过，考虑到这次拿到项目更具不确定性，为防周万典将来在项目现场分心，白皓月特意告诉周万典要另外选一个能干的男同事做助手。周万典开始时还不太理解，一度试图争取再与叶红英同往黄海。白皓月就把黄海啤酒项目的特殊性跟他又强调了一遍。周万典因为感激白皓月不仅帮他调过来，还帮他创造机会追到了梦寐以求的漂亮女朋友，也就不再坚持一定要带叶红英同行。

周万典接到任务后不敢怠慢，带领助手连夜加班赶出了一份内容翔实、措施得当的主承销和保荐申请报告。白皓月看后非常满意，让周万典立即按流程敲好五洲证券的公章分别寄至黄海市政府和黄海啤酒股份有限公司。

谢卫红得知申请报告已经寄出，立即打电话给那位担任副部长的王姓老领导。老领导倒是十分热心，当即答应帮谢卫红亲笔写张条子给黄海市政府有关领导，谢卫红非常感动。慎重起见，他让白皓月备了份价值不菲的江海特产，次日即与白皓月一起直飞京城。临行前，谢卫红特意交代周万典做好飞黄海出差的准备。

当谢卫红从老领导手中接过那张语气诚恳、字迹秀美的便笺时，心中一阵狂喜，心想，时隔多年，老领导还这么支持工作，看来这次黄海啤酒项目算是万无一失了。他小心折好便笺，装进提前准备好的信封，又请老领导在信封上写上那位黄海市主要领导的大名后，才千恩万谢地告别了老领导。尽管如此，他依然不敢大意，把那封分量特别的信笺交给白皓月时还不忘叮嘱："我就不跟你去黄海了。你到黄海后，要设法把这封信亲自交到这位领导的手里。另外，你在黄海不是有同学吗？人家毕竟是当地人，人头熟，具体工作可以找他多帮忙！"白皓月点头称是，小心翼翼地收起那封意义不凡的信笺后，立即用随身携带的大哥大拨通了周万典的电话，叫他马上起身直飞黄海市，与他相约在当地会合。

第十八章

为承销上下打点　知结果黯然伤神

黄海市位于黄海西岸。这里依山傍水,风景秀丽,百姓富庶。虽然气温已经降至10摄氏度以下,但在一处背山面海的餐馆里,白皓月、周万典与他们在黄海市经委任副处长的老同学苏晓东正聊得热火朝天。几杯小烧下肚,气氛更加热烈。

苏晓东感慨万千地说:"时间过得真快,大学毕业后一晃10年过去了,难得你们两人一起来黄海出差,今天咱哥仨要一醉方休才行!"听得此言,天生好酒的周万典倒也无所谓,白皓月可吓得够呛,连忙摆手道:"使不得,使不得! 我本来酒量就差,何况这次来还有重要任务在身!"苏晓东是个豪爽的北方汉子,骨子里就有种大块吃肉、大碗喝酒的豪情,哪里听得进白皓月的话? 于是,不管三七二十一,再次给白皓月斟满酒。白皓月望着满满的酒杯一脸无奈,心想,若不是有要事在身,这杯酒就算拼了老命也要喝下去,可现在不行。他起身作揖,请求老同学高抬贵手,并称办完这件重要的大事再喝不迟。苏晓东问到底是什么大事。白皓月这才将此次来黄海出差的目的做了详细说明,还说要请苏晓东引荐把手中那封重要的信笺当面交给那位市领导,今后也少不了还要请他帮忙。苏晓东听罢,沉吟片刻,说:"还真是件大事! 今天就饶了你们两个! 不过,市领导那边,我也说不上话呀,怎么帮你们引荐?"白皓月让他好好想想办法,毕竟他人头熟。苏晓东皱起眉头又想了一会,脸上的表情渐渐舒展起来,便再次端起酒杯说:"有办法了。来,咱们把这一杯喝掉,明早吃过早饭,我带你们一起去市政府。"听说有办法了,白皓月也心情大好,端起酒杯一饮而尽。接下去,三人没有再喝酒,而是兴致勃勃地聊起大学时候的趣事,一直到很晚才分手道别。

第二天,苏晓东早早来到白皓月下榻的宾馆。三人一起吃完早餐,便匆匆赶往黄海市政府。路途不远,三人在9点前就到达黄海市政府。苏晓东把白皓月和周万典介绍给他们要找的那位市领导秘书,便回岗位去了。在这位秘书的引荐下,那位市领导热情地接待了白皓月和周万典。白皓月简单说明来意后,恭恭敬敬地呈上副部长的亲笔信。市领导当场拆开,快速浏览了本就不长的短信,笑容可掬地说:"黄海啤酒改制上市是我市的一件大事,班子成员高度重视。虽然这件事不归我分管,不过,我一定会把王部长的意见转达给分管领导。我对你们五洲证券略有耳闻,你们的实力很强呀! 我仅代表我个人预祝你们成功获得黄海啤酒的主承销和保荐机会!"说罢便从椅子上站起身来。白皓月明白人家这是要送客了,便起身告辞。那位市领导倒是非常客气,一直把他们送到门口,还要他们代话问候王部长。

白皓月与周万典按照之前苏晓东留下的办公地址找到了他。苏晓东把两位请进屋里,迫不及待地问:"怎么样? 领导的态度还不错吧?"

周万典抢先说:"看起来很热情,我感觉他应该会给王部长面子吧!"

苏晓东也很高兴,伸开两臂舒展了一下腰身,盯着白皓月说:"我仿佛看到你们已经成功拿下这个项目,今晚咱哥仨该可以一醉方休了吧?"

"我们该回去了!"白皓月平静地说。

苏晓东一听急了:"好容易来一趟黄海,昨晚你们说今天有要事,今天你们的要事已经办妥了,总该在市内兜兜转转吧?"

"晓东,大事的确是办掉了,但结果如何还很难预料,我得赶快回去再看看有没有其他办法。"白皓月的语气依然非常冷静。

苏晓东见白皓月态度坚决,就把脸转向周万典,说:"万典,要不然你劝劝皓月?"

周万典两手一摊,说:"他是领导,他说要回,我哪能劝得住?"白皓月明白,周万典的话只说对了一半,其实他更盼望着早点回去与叶红英相会。因为都是同学,白皓月便直接戳穿了他:"别总拿我当挡箭牌,你跟晓东老实交代,为了叶红英,你是不是比我更盼着早点回去?"

听到白皓月嘴里蹦出了一个女人的名字,苏晓东一下来了兴致。于是,三人嘻嘻哈哈扯了一会儿。

白皓月看看时间差不多了,收起笑容,认真地对苏晓东说:"晓东,我们今天虽然见到了市领导,也把条子递了过去,但是结果怎么样还很难说。在宣布结果之前,我们继续待在这里也做不了什么事。正好公司还有很多事情,我们只能先回去了。你是当地人,又在机关里做处长,我还有一件事要拜托你。"

"什么事? 你尽管说吧,只要我能做得了,一定帮你做好!"苏晓东语气肯定地说。

"那好,我先谢你了！估计这次盯着这个项目的证券公司不会少,我想请你帮忙了解一下市里和黄海啤酒那边对我们五洲证券的态度。"白皓月说。

苏晓东感觉这的确不是一件非常复杂的事情,便爽快地答应了。白皓月、周万典与苏晓东就此别过。

在返回江海的航班上,周万典忍不住问白皓月:"市领导看到王部长的亲笔信后态度很积极呀,我们拿下黄海啤酒项目不会有问题吧？"

白皓月白了他一眼道:"我在晓东办公室里面不是已经说过了吗？这事没有那么简单！你要盯紧点,回去后要及时跟晓东保持联系,掌握最新情况。"

回到江海后,周万典果真按照白皓月的要求,每隔一两天就给苏晓东打一次电话。然而,苏晓东传过来的信息令他们越来越难以乐观。先是听说参与竞标主承销商的证券公司数量不少,接着又听说这些参与竞标的证券公司都通过各种办法找到了黄海市政府或黄海啤酒公司的关系,有的还直接找到了证监会。直到半个月之后,黄海市政府和黄海啤酒公司正式公布进入首轮主承销竞标的30多家证券公司名单时,白皓月才明白,整个证券界凡是具有主承销资质的证券公司几乎都参与了黄海啤酒的主承销商竞标,这些参与竞标的证券公司也几乎无一例外地想尽办法把请托的条子递进了黄海市政府和黄海啤酒公司。据说,这些证券公司有的走上层路线,有的走地方路线,有的走亲情路线,有的兼走上层、地方、亲情中的两条路线或全部路线,反正,能想到的办法全部用上了。

"估计这次拿到黄海啤酒主承销资格有点悬乎了！"白皓月对谢卫红说。

谢卫红的态度还算乐观。他安慰白皓月说:"这就是市场经济,八仙过海,各显神通嘛！最终花落谁家,可能还得看谁的关系硬啰！"

虽然白皓月不认为靠关系搞项目算市场经济,但在谢卫红面前也不便争论,因为他明白,对于企业来说,能拿到项目、挣到钱才是第一位的。他转而问道:"要不要再想想其他办法？"

谢卫红摇摇头说:"算了,在黄海啤酒这个项目上,我们能想到的关系都用上了,与其继续在这个项目上浪费精力,还不如把精力用在我们更有把握的项目上。"

白皓月感觉他说得有道理,就附和了一句:"那就听天由命吧！"

时时关注项目进展的周万典终于在公布首轮入选证券公司之后的第9天得到了最终获得主承销和保荐资格的证券公司。

"怎么会是他们？"周万典得知消息后,非常郁闷。他赶紧敲开白皓月的办公室房门。"黄海啤酒上市主承销商结果出来了！"可是他并不急于说出那个中标证券公司的名字,而是问,"你知道是哪个公司吗?"

白皓月看他一脸沮丧的样子,就知道五洲证券肯定落榜了。"肯定不是我们!"白皓月淡淡地说。

"是啊! 我们费了那么大的力气,怎么就落选了呢?"周万典一屁股坐在白皓月办公桌对面的椅子上,长长叹了口气。

"凭能力,我们肯定是一流的。凭申请材料,我们的也非常完美。凭关系,我们也搬出了能够找到的最硬的关系。可能人家的关系比我们更硬吧!"白皓月无奈地说。

"可是据说那家中标的证券公司根本就没有往黄海那边递过条子,好像也没有往证监会那边递过条子。"周万典说。

"哦? 中标的那家到底是谁?"白皓月追问道。

"还能是谁? 金江证券呗!"周万典说。

"又是金江证券! 当初争灵通电子增发,我们就没有争过他们,没想到这次又没争过! 对了,你怎么知道他们没递条子的?"白皓月追问道。

"赵洪亮不是在金江证券任投行部经理吗? 我最近跟他联系得比较多,是他跟我说的。"周万典答道。

白皓月点了点头,带着周万典又敲开了谢卫红的房门。

谢卫红听到结果时并不吃惊。他平静地对白皓月说:"这件事就算过去了! 听说江海大学下面的校办企业准备上市,你是江海大学出来的,那边人头熟,还是想办法把这个项目拿到手吧!"

白皓月说没问题,他一定会想尽一切办法。不过,他还是想知道为什么金江证券没有递条子也能得到黄海啤酒的主承销和保荐机会。

谢卫红不紧不慢地喝了口茶,神秘地笑了笑说:"这个,说来话长呀!"

原来,原中工银行江海信托公司总经理、现金江证券总经理胡伟力的确不是等闲之辈。就在新的监管机构成立之前,听到风声的胡伟力便意识到这个新部门的重要性,于是千方百计打探监管机构的筹备进展。当他了解到监管机构正在物色有证券公司工作经验的中层干部时,便果断把自己的副手奚明松推荐过去。而这位奚明松不仅精通证券业务,此前还长期担任过一位大领导的秘书。此人到了新的监管机构之后立即得到重用,被安排担任发行部副主任。也正因为此,胡伟力才非常笃定,没有向包括奚明松在内的任何人递条子。

得知真相之后,白皓月苦笑了一下,说:"怪不得! 怪不得!"

"知道就行了。其实我之前也考虑过把你推荐过去。但是,想到你又没什么过硬的靠山,就放弃了。"谢卫红说。

"谢总说的对,我自己也觉得留在江海跟你一起干业务比较好,还能照顾到家里。"白皓月说。

"是啊,有失必有得! 对了,听说前阵子你跟小魏闹了点小别扭,现在怎么样了?"谢卫红关切地问。

"好多了。她是因为孩子摔了一跤,有点心疼,就对我发脾气。"白皓月解释道。

"干我们这行的出差是常事,你分管投行业务,出差更是家常便饭,家属有意见也正常。你是大男人,要学会安抚好家里人。后方稳定了,前方才好放开来打仗!"谢卫红叮嘱道。

"嗯。"白皓月重重地点了点头。此刻,他对眼前这位领导加伯乐更增加了一份敬重。其实,魏佳也并非不近人情。她出身于知识分子家庭,又受过高等教育,有自己的事业和追求。因此,她对另一半的工作完全能够体恤和理解。只是偶尔发点小脾气而已。不过,有了谢卫红的提醒,白皓月决定不出差的时候还是尽量多陪陪家里人。

那一天,白皓月推掉了一个跟工作关系不大的饭局,下班时间刚到便准备收拾东西回家。恰在此时,传达室大爷递给他一封信。他一看信封上的字体及信封右下角的"海口"二字,就知道这封信是谁寄来的,便赶忙回到座位拆开信封,快速浏览起来。

第十九章

李昆仑来信邀友　白皓月喜谈公司

　　白皓月收到的那封信是李昆仑寄过来的。原来，李昆仑那年目睹白皓月与魏佳喜结良缘，很受刺激，后来又去皖西农村寻过一次孙芳妮未果，便彻底对爱情失去信心。家里人见他已经老大不小，就托人给他介绍了一个中学老师。那个老师跟他同年，只比他小了两个月，长相也还说得过去。麻木的李昆仑便点头同意了这个对象，并于半年后在双方家人的操办下正式成婚。一年后，也就是1986年的夏天，妻子给他生了个儿子。李昆仑给儿子取名李大庸，算起来这个李大庸比白自强还要大上两岁。婚后的李昆仑虽然挑不出妻子明显的毛病，却因为在孙芳妮身上用情太深，对待妻子一直没啥激情。他的妻子又因为教师的身份而比较矜持，所以两人的关系始终有点不咸不淡的味道。直到1992年夏天时，已经当上市城建局某处处长的李昆仑看到海南房地产价格飙升的新闻后，决定辞职南下闯荡一番，一来可以逃避令他麻木的婚姻生活，二来也想借此赚上一笔大钱，毕竟当处长的收入还不是太高。李昆仑在信中写道："海南今年的房价涨得非常厉害，年初的时候还是1400元/平方米，现在已经4500元/平方米了。眼看还有20来天今年就过完了，房价很有可能超过5000元/平方米！我是学建筑的，可是到了这里才知道，真正挣钱并不是靠建设，我来了以后虽然没做过一天与建筑直接相关的工作，却在短短几个月内挣到了在江海差不多两年的工资。你可能都想不到我做的是什么工作！对了，是炒楼花！这里有一句顺口溜——"要发财，炒楼花"。楼花就是在楼房建成之前，只交少量定金就可以预订一套或几套房子。拿到楼花以后，只需在手里捂上几个月，就可以赚上一大笔钱。什么叫'躺着挣钱'？我现在就是躺着挣钱！"此外，李昆仑在信中还说过年不回去了，并邀请白皓月去海南与他一起炒楼花。

　　白皓月看完信，按照李昆仑留下的大哥大号码拨了过去。李昆仑一听是白皓月的声音,非常兴奋,在电话那一头亮开嗓门说:"皓月,快过来看看,这边的钱太好挣了!"白皓月问他:"我没炒过楼花,只是听说过一些海南房地产开发的故事。据说今年一年那边一下子冒出来上万家房地产公司,你是学建筑出身的,有没有算过,这上万家房地产公司要建多少房子出来? 海南人需要不需要那么多的房子?"李昆仑却在电话里底气十足地说:"皓月,你是搞经济的,应该知道什么是'大开发'吧,'大开发'就意味着海南不仅是海南人的海南,还是全国人的海南! 你想想,全国有10亿多人口,如果有1000万人在海南买房子会是什么情况? 要是有2000万人来海南买房子,又会是什么情况? 你没来海南,根本想象不到这边的市场有多热火!"

白皓月因为惦记着早点回家,没继续与李昆仑辩论,也没有说自己会去海南炒楼花,只是告诫李昆仑市场瞬息万变,要他多留几个心眼。走在回家的路上,白皓月还在想:海南的房地产市场真有那么大吗? 要是房子建起来后没人去住怎么办?

直到进了家门,白皓月还在琢磨李昆仑炒楼花的事。他虽然是学经济的,但对于海南突然爆发的房地产行情还是想不明白。小自强见到爸爸回来了,张开双臂扑了上去。白皓月抱起儿子一顿亲热,儿子也叽叽喳喳跟他诉说着家里的琐事。他把儿子放在地上,拉着他胖乎乎的小手,顺势蹲下来仔细端详起儿子来。4岁的白自强浓眉大眼,双目明亮,白皓月真是越看越爱,忍不住又在儿子的胖脸上亲了一口,说:"自强呀,自强,你长大了一定要自立自强,争取超过爸爸、妈妈哟!"小自强似懂非懂地点点头。白皓月忍不住开心大笑起来,举起儿子往空中一抛,逗得儿子咯咯直笑。

父子俩的嬉闹声引来了魏佳的脚步。她故作生气地说:"儿子长这么大,你也没花多少时间照顾他,就知道假惺惺地带他疯。"白皓月嘿嘿一乐,说:"带他疯难道不算照顾?"魏佳白了他一眼,说:"好,算! 还不成吗?"说着,转身进厨房端出饭菜来。白皓月给儿子和自己洗过手后,很快在餐桌旁坐定。菜比较简单,也就两菜一汤,一家三口却吃得异常香甜。不过,白皓月吃饭的时候,还不时在想黄海啤酒未能中标和李昆仑炒楼花的事情。这令敏感的魏佳觉察到了异样。

当晚,魏佳哄睡了小自强,走过来问白皓月:"你今天好像有心事?"

白皓月刚刚洗漱完毕,正靠在床上等待魏佳忙完。见魏佳一语道破他的心思,他也不争辩,只是微微一笑说:"看来什么都瞒不过你的眼睛!"

"原来你还想瞒我?"魏佳走到床边一把拧起白皓月的耳朵,说,"快老实交代,到底有什么心事！"

魏佳用的力气其实并不大，白皓月也并没有感觉多痛。不过，为表示自己惧怕魏佳，白皓月故作痛苦状，并哀号不已。两人闹了一会，白皓月叹了口气说："哎，哪有什么小心思？还不是黄海啤酒项目没中标？！"

魏佳知道白皓月前期为获得黄海啤酒主承销商资格费了不少心力，对他们最终没能中标表示同情，就安慰道："既然那么多证券公司都参与竞标，中标的只能有一家，你们没中标也很正常啊！"

白皓月说："也是，其实我也没啥想不开的，就是想弄清楚，以后再遇到这种情况，怎样才能顺利中标？"

"行，那你就慢慢想吧！"魏佳"哧溜"一下钻进被窝，一向不太过问白皓月工作事务的她，为了转移他的注意力，温柔地揽过他的肩膀，说，"讲讲你们公司里面的开心事吧。"

"公司里开心的事还真不少，可惜都不是我分管的。"

"那也说说嘛！"

"行，那我就向老婆大人汇报一下！"

魏佳又伸手轻轻拧了一下白皓月的耳朵，嗔道："快说！"

白皓月这才慢条斯理地说："第一件事情是谢总亲自出面与香港的大老板黎家成联手收购了一家香港上市公司，并且我们五洲证券还获得了绝对控股权。厉害吧？"

"厉害！你们谢总真是个干大事业的人，你当初去五洲证券还真是去对了！"

"真的？"白皓月故意问。

"真的！"魏佳认真地点了点头。

"那我以后出差在外时间久了，你还会跟我闹意见吗？"白皓月扭过头，盯着魏佳的眼睛问。

"能不问这个问题吗？"魏佳故意嘟起嘴巴。

"行，那就暂时搁置这个问题！这第二件事情嘛，是这几个月我们公司在江海以外的地方新开了好几家营业部。谢总说了，等春节一过，我们还要在伦敦和新加坡成立分公司！"

"这么厉害啊！那你们不就成跨国公司了吗？"

"当然，把五洲证券打造成中国的高盛，这正是谢总定的目标呀！所以在其他证券公司还在考虑如何分割江海本地市场的时候，谢总已经在考虑和实施全国和全球布局了!"

"真有远见!"魏佳由衷地赞叹。

"我也是这么认为的! 可是谢总提的'做强一级市场,拓展二级市场,开辟国际市场'这三个目标,我分管的一级市场算是拉后腿了。"

"你这一块以前干得不是挺好的吗?"

"以前是以前。现在的情况是证监会成立以后的第一单生意我们没拿到。"白皓月的语气里面还是有一丝遗憾。

"第一单没拿到,以后多拿几单不就行了吗?"

"我也是这么想的,只是怎么才能拿得到,还需要好好想想办法,毕竟现在的规则有点变了。"

"别急,你会找到好办法的!"魏佳轻轻在白皓月的脸颊上吻了一下,说,"睡吧!"

白皓月会意,赶忙脱衣钻进被窝里。本来,他还想说说李昆仑来信提及的海南炒楼一事,因为顾忌魏佳对李昆仑的态度,以及不想扫了魏佳的兴致而作罢。

第二十章

为项目皓月组局　给面子红英大醉

　　为了不让自己分管的一级市场业务拖了谢卫红确定的"三个目标"后腿,白皓月加强了寻找项目的力度。江海科技就是白皓月要重点攻关的一个上市项目。

　　说起江海科技,白皓月对这个公司还算比较熟悉。当年他还在江海大学当老师的时候,学校为创收而成立了江海大学科技开发有限公司。刚开始时这个公司主要从事仪器仪表的生产与销售、学校周边物业的出租管理等,后来的业务范围逐渐扩展到软件的开发与销售、生物医药的研发与生产等领域。到了20世纪80年代末的时候,江海大学又陆续成立了不少校办企业。为便于管理,校方重新注册成立了江海大学科技总公司,把原江海大学科技开发公司及其他校办企业统一归到江海大学科技总公司(简称"江海科技")。1992年,新的监管机构成立以后,江海大学科技开发总公司的改制上市问题便提上了议事日程。

　　白皓月得知这一消息以后,及时与江海大学科技总公司总经理庞树新取得了联系。庞树新原本是江海大学总务处副处长,与白皓月还算比较熟悉。所以当白皓月找到他时,他非常热情地接待了对方并介绍了公司发展的最新情况。白皓月向他询问公司的具体上市计划。庞树新却笑着说:"上市,谁不想啊? 可惜我听说我们教育口子最近没有上市指标啊! 白总要是能弄到上市指标,我可以做主把江海科技的上市主承销商让你们来做!"白皓月听后大喜。不过,他也深知要弄到上市指标绝非易事。

　　回到公司后,白皓月首先把自己去江海科技的沟通情况向投行部的同事们通报了一下,希望通过大家的脑力激荡,想出一条锦囊妙计来。开始时,大家都是一筹莫展。因为问题是明摆着的:要想上市,就必须有指标。江海科技属于校办企业,如果要上市就应该从市教委拿指标,而市教委一个上市指标也没有分到,所以在市教委分到上市指标之前,江海科技基本没有上市的可能性。

"有没有可能从其他单位借一个上市指标呢？"就在大家一筹莫展之时，久未发声的叶红英突然冒出来一句。小小的会议室内一下子热闹起来。大家纷纷赞叹这是一个好办法。因为思路打开了，大家开始七嘴八舌地议论起哪里有指标可以借。经过一番讨论，大家建议先找市科委试一试，毕竟江海科技还带有"科技"二字，市科委出面支持一下也是说得过去的。白皓月接受了大家的建议，最后盯着周万典说："看来这个项目又得你来任项目经理了！"大家一听，哄堂大笑起来。有人还说："你们自家人提出的好主意，自家人去执行，这样不吃亏！"原来，周万典与叶红英之间的关系已经为全公司所知，两人已经到了谈婚论嫁的时候。

思路明确以后，白皓月不敢耽搁。考虑到自己与市科委的人不太熟悉，他决定请老同学陈旺国出面帮忙。陈旺国还在市政府办公厅工作，职务已经升为综合处处长。他的职位不算低，跟全市各委办局应该都能说得上话。当白皓月通过电话把想法跟他说了以后，陈旺国立即拨通了科委办公室主任的电话，问清上市指标由谁负责以后，再次把电话打给了具体负责的另一位科委处长。陈旺国了解到科委的上市指标还没有分完后，又立即把消息传到白皓月那里。白皓月明白，科委的上市指标虽然还没有用完，但要想拿到这个指标，还得做一番工作才行，最起码得吃几顿饭吧。所以白皓月当即就请陈旺国代他邀请科委的相关处室领导一起聚聚。陈旺国爽快地说："行，我就好人做到底吧！"

在陈旺国的协调下，白皓月终于如愿请到了市科委负责上市指标分配的科技发展处田处长和朱、林两位副处长，以及办公室郑主任和陈、王两位副主任。为表示重视，白皓月特意让周万典在江海大饭店订了个江景大包房。

宴请日那天晚上，白皓月带着周万典和叶红英早早来到饭店。客人还没到，白皓月围着包房里的大圆桌转了一圈，又拉开落地窗帘观看了一下江景。窗外，夕阳的余晖把辽阔的江面染得通红，来来往往的船只显示着繁忙与生机。"环境不错！"白皓月对一旁伫立的服务小姐点了点头。服务小姐顺势递上菜单。白皓月摆摆手，指了指叶红英说："有美女在，我就不过问了！"叶红英吐了一下舌头，不太情愿地接过菜单说："今天的客人都很重要，万一我点的不合他们口味怎么办？"白皓月没有直接回应她，只是对周万典使了个眼色说："这事就交给你们俩了！"

自从在西部水利的小招待所里逃出叶红英的房间后，白皓月一直回避与她单独交流的场合。而叶红英自从与周万典坠入爱河后，也刻意回避与白皓月正面接触。两人都非常默契地保持着距离。对此，周万典从来没有觉察出什么异样，反倒对这位老同学为他创造的恋爱机会心存感激。再说，白皓月出面宴请市科委的处长们,这本身就是对他工作的支持。所以于私于公,周万典对于白皓月交办的点菜任务都不敢怠慢。他把头探向叶红英手中打开的菜单,似乎想起了什么,又抬头问白皓月:"点什么档次的?"白皓月笑笑说:"我们把宴客的地点放在这里,本身就说明客人非常重要,点什么档次的菜应该不用考虑了吧?"有了白皓月的这句话,周万典心里有了底气,便与叶红英一起放开手脚点起菜来,很快就完成了任务。服务小姐又问喝什么酒。周万典没再征求白皓月的意见,直接吩咐道:"先上四瓶上好的进口红葡萄酒!"服务小姐应了一声,退了出去。

三人在房间里又坐了一会儿。门口有了人声:"你们到得这么早?"原来是陈旺国。

白皓月快步迎上去,一把抓住陈旺国的手说:"谢谢旺国兄,又要给你添麻烦了!"

陈旺国眼一瞪,假意生气,说:"怎么这么见外?"说着,抽出手来,与周万典热情握了握,并问周万典:"怎么样? 在皓月身边干得还好吧?"

周万典连连点头道:"很好! 很好!"

陈旺国道:"那我就放心了,要是哪天他给你穿了小鞋,可别忘了找我告状啊!"

周万典笑而不语。

白皓月咧嘴大笑说:"旺国兄说哪去了? 我要是看他不顺眼,也不会把他弄到身边来呀!"

陈旺国回头拍了拍白皓月的肩膀道:"这就对了!"

三位同学站着闲扯了一会。白皓月才想起还没把叶红英介绍给陈旺国,就用手指了指叶红英道:"这位是我们投行部的小叶,是江海政法学院毕业的法律专业高才生。"

叶红英笑盈盈地起身向陈旺国问好。陈旺国见叶红英年龄不大,长相俊美,就半开玩笑道:"强将手下无弱兵! 万典有这么漂亮的下属,还愁干不好工作吗?"

一句话把叶红英羞得满脸通红。白皓月不失时机地补了一句:"小叶不仅是万典的直接下属,还是……"说到这里,他故意停顿下来。

陈旺国敏锐地意识到这个美女与周万典的关系非同一般,就盯着周万典问:"到底什么关系? 快快如实交代!"

周万典便走到叶红英的身边,拉起她的手说:"报告旺国兄,小叶是我的女朋友,我们打算今年'五一'办事,到时候你可要过来捧场哟!"

陈旺国开心地说:"一定来! 你小子到时候可别忘了通知我!"

　　四人正聊得热闹,科委的几位处长、副处长终于在服务小姐的引领下走进包间。陈旺国热情迎上去,一一握手问候,并把他们逐个介绍给白皓月。白皓月又把周万典、叶红英分别介绍给他们。陈旺国见大家寒暄得差不多了,就叫白皓月安排大家入席。白皓月凑近陈旺国身边,小声说:"请旺国兄帮我主持一下如何?"陈旺国起初不肯,却经不住白皓月的再三请求,只好摆出一副恭敬不如从命的态度,走近面朝房门的中间位子,随后又按照年龄大小分别邀请科委办公室郑主任和科技发展处田处长坐在他的两边。郑主任和田处长的副手见自己的顶头上司已经落座,也按照他们在本部门的排序自觉挨着自己领导一侧坐了下来。客人们既已就座,白皓月便在陈旺国对面坐了下来,周万典和叶红英则分坐在他的两侧。

　　陈旺国见大家都已就座,服务小姐也在他们寒暄的时候把十盘精美的凉菜和几盘热菜摆上桌面,就对白皓月说:"白总,你看是不是可以开始了?"

　　白皓月欠了欠身说:"可以了,请陈处作祝酒词吧!"

　　陈旺国也不客套,稍稍收敛起笑容,端起面前的啤酒杯对郑主任、田处长和他们的副手说:"今天我受白总之托,请几位处长过来小聚一下,也没什么大事,就是想咨询一下科委这边上市指标的分配情况。哈哈,各位不要有什么压力,今天我们以喝酒闲聊为主! 祝大家开开心心,事业进步! 来,我先敬大家一杯!"

　　陈旺国的祝酒词既简短热烈,又把聚会的目的说得轻松随意。白皓月不由得暗自赞叹这位老同学,并率先起身,与到场的每一位客人恭恭敬敬地碰了下杯子,嘴里连声说:"多谢光临! 多谢光临!"

　　聚会开始时的气氛比较拘谨。好在老成持重的陈旺国场面控制能力娴熟,加上酒精的刺激作用,屋内的场面渐渐热火起来。陈旺国见时机差不多了,就叫白皓月抓紧时间跟科委的几位领导汇报一下他们对科委上市指标的想法。

　　白皓月抓起酒杯让周万典再斟上适量红葡萄酒,走到郑主任、田处长和几位副处长身边,与他们一一碰了一下,才返回座位说道:"各位领导,听说科委这边的上市指标有多余的,不知情况是否属实?"

　　陈旺国趁机用胳膊肘碰了一下田处长,问:"这个问题田处长应该比较清楚吧?"

　　此时的田处长正在低头享用鱼翅汤,因为被陈旺国点了大名,只好放下汤匙,滴溜溜转了几圈眼珠子,才嘿嘿干笑两声道:"现在谁都知道企业一上市就能弄到大钱,哪里会有多余的指标? 不过……"田处长摇了摇头,继续低头喝汤。

　　白皓月很想知道下文,可是田处长只管喝汤,愣是不说了。

　　陈旺国递了个眼色给白皓月,说:"白总,看来,你还得专门敬敬田处长才行!"

白皓月本来酒量有限，今天已经喝了不少，脸上露出了畏难情绪。陈旺国明白他的心思，又给周万典使了个眼色。

周万典立即起身，端起酒杯，快步冲到田处长身边，满脸堆笑说："我也来敬敬田处长吧！"

谁知田处长并不买账。周万典在他身后站了很久，他才漫不经心地举杯应付了一下。周万典明白田处长是嫌自己职位太低，只好尴尬地回到自己座位。

陈旺国见气氛有些压抑，想让白皓月再次出面，又怕他不胜酒力。正在为难之际，他左边的郑主任开了腔："我刚才观察了一下，今天我们在座的十人中，只有一个人从头到尾没有沾过酒，你们猜猜这个人是谁？"

真是一语点醒梦中人！陈旺国眼睛一亮，心想，早就听说这位田处长有点好色，如果小叶出面敬酒，他不仅一定会喝，还可能把刚才咽下去的那半句话说出来。于是，他仗着与周万典的同学情谊，直接点名叶红英："小叶，刚才郑主任说了，今晚就你没有沾过酒了。如果你过来敬敬田处长，我们就不罚你了，你看怎么样？"

叶红英连忙摇手道："陈处长，我不会喝酒！"

"对，她从不喝酒！"周万典生怕自己的女朋友吃亏，也跟着帮腔。

陈旺国心想这样僵持下去，白皓月今晚的客算是白请了，就给周万典和白皓月分别使了个眼色。

白皓月明白他的意思，破例低声对叶红英说："小叶还是过去敬敬田处长吧！酒不一定喝多少，尝尝就行，关键是要敬到心意！"

叶红英虽说对白皓月还有些怨恨，但考虑到他毕竟是公司领导，只好硬着头皮，强装笑脸端起酒杯。

田处长眼见仙女似的叶红英款款向自己走来，兴奋得满脸开花，没等到叶红英走到自己身边，便主动起身。

"田处长，我敬您一杯！不过，我不会喝酒，您可要多担待点呀！"叶红英羞涩地说。

田处长眉头一皱，假作不高兴地缩回了即将与叶红英手中之杯相碰的酒杯，说："都说美女能喝，你长得这么漂亮，酒量肯定不会小！"

叶红英坚持道："真不会喝，要么，我少喝一点行吗？"

田处长起初还说"不行"，但禁不住郑主任和他的两名副手起哄，勉强答应道："行，看在大家的面子上，我就喝了！"说完，"哐当"一下碰了碰叶红英的杯子，一仰脖子把杯中的半杯葡萄酒倒进喉咙里。

"好样的!"陈旺国带头鼓起掌来。

叶红英感觉自己的任务已经完成,正准备调头归位。这时,田处长一把拉住了她的衣襟,说:"俗话说,好事成双。哪有只喝一个的?"

科委的其他几位处长、副处长也跟在后面起哄道:"田处长兴致上来了,美女可要乘胜追击呀!"

叶红英以为只要再敬田处长一次即可,谁知她刚给田处长斟上酒,他们就嚷道:"田处长喜欢喝交杯酒!"

叶红英的脸"唰"的一下红到脖子根,心想,我跟周万典还没喝过交杯酒呢,跟你喝交杯酒,算什么事呢? 桌子另一边的周万典也是干着急没办法。虽然他也知道,喝个交杯酒又少不掉一块肉,不过,如果女朋友在自己的眼皮底下跟别人喝交杯酒,他在感情上无论如何还是难以接受的。

眼看田处长的脸色变得暗淡起来,叶红英开始屈服了。她不想因为自己的拒绝而导致田处长闭嘴不谈上市指标,于是心一横,道:"行,我陪田处长喝个交杯酒!"

此言一出,笑容瞬间重新爬上田处长那张布满褶子的大黑脸。他迫不及待地将自己的右臂与叶红英的右臂勾在一起,在众人震耳欲聋的掌声和吆喝声中痛快地喝完杯中之酒。

叶红英在舔尝杯中之酒时,偷偷瞥了一眼周万典,见他双手捂脸,知他心中难受,便将手臂从田处长的臂弯里抽出来,快速回到自己的座位上。

田处长与叶红英喝过交杯酒后,心情大好,嗷嗷叫着挥舞起手中的空酒杯,半晌才重新落座。

陈旺国见时机成熟,就扭头提醒田处长:"田处长前面的话还没说完呢!"

田处长夹了块松鼠鳜鱼放进嘴里,心满意足地咀嚼了一回,慢慢咽下之后,才满面红光地说:"科委下面的企业规模普遍不大,与上市条件还有不少差距,上面分过来的两个指标,只用掉一个。委里也考虑过是不是要找几个业务比较近的企业并在一起上市,但目前看难度还比较大,主要是利益关系太复杂了,一时理不顺。"

白皓月一听,赶忙接过话茬:"既然难度比较大,能不能先把你们这个多余的指标借出去呢?"

田处长说:"我看应该可以,闲着也是闲着。不过,我说了不算! 真要是借出去,还得委里的分管领导任副主任点头才行。"

白皓月感觉事情更复杂了,但又不想轻易放弃,就问:"要想任副主任点头,还需要什么条件呢?"

田处长想了想说:"起码要对等吧。也就是说,出面借指标的不应该是你们,而是想上市企业的主管部门。"

白皓月就把江海科技的情况大致介绍了一下。

田处长说:"那就找教委的领导出面吧!"

白皓月见田处长态度比较积极,就不失时机地跟了一句:"谢谢田处长!我会尽快把您的建议转告江海科技,就是有个小小的请求,不知可不可提?"

田处长兴致尤在,爽快地说:"只要我能做得到,一定会帮忙!"

白皓月就说:"我想请田处长帮江海科技把这个指标先留着,我再找江海科技想办法去。"

田处长大手一挥道:"没问题!"

白皓月见当晚的宴请目标基本达到,非常高兴,为确保田处长能帮忙把上市指标留下,决定趁热打铁,加深一下田处长的印象。于是,他让周万典再次出击,陪各位领导喝好。

周万典得到指令后不敢怠慢,加之刚刚因目睹叶红英被迫与田处长喝交杯酒,心情有些压抑,希望借酒浇愁,故频频举杯向客人们敬酒。此时的田处长已经不再嫌弃周万典的职位不够,来者不拒,有酒必喝。周万典以一对六,直喝得当场躺到桌子底下。这场宴请才最终以客人们极大满足而散场。

此后,白皓月按照田处长支的招,不知又动用了多少上层关系,又陪人喝了多少顿大酒,才终于替江海科技从市科委手中借到上市指标,而五洲证券也毫无争议地成为江海科技首发上市的主承销商和保荐机构。又经过一番努力,五洲证券最终推动江海科技成功上市。

再后来,白皓月乘胜追击,用同样的方法帮助蓝普地产绕过国家体改委对纯房产公司上市的限制,通过"借用"市建委的上市名额而实现了上市目标。

连续推动两家本地企业成功上市后,白皓月带领投行部把目光转向了其他省市。到1994年底的时候,五洲证券在投行业务上已成为与本市的金江证券和南粤的一家证券公司并驾齐驱的三大知名券商之一。而全国其他众多中小券商因受制于自己薄弱的上层关系,不仅无力开拓外地市场,就连家门口的业务,也只能眼睁睁地看着它们被这三大券商从自己的眼皮底下撬走。

　　除了一级市场业务热火朝天以外,五洲证券的二级市场业务也雄踞众多证券公司之首。也是到1994年底时,全国二级市场交易量前10名的证券营业部有8家是五洲证券的。五洲证券一度持有国内上市公司70%的A股交易量和几乎全部B股的交易量。此外,在拓展国际市场方面,五洲证券的新加坡和伦敦分公司已经开门营业,美洲分公司也正在筹划之中,成为"中国的高盛"似乎指日可待。然而,就在这个节骨眼上,五洲证券在谢卫红的主导下一手制造了震惊中外的国债期货事件。

第二十一章

孤注一掷放手搏　危机四伏大厦倾

　　国债期货是我国1993年底试行的一个期货品种。最初的目的主要是为了刺激国债市场,使国债能够顺利发行出去。其中有一个代号"327"的品种是1992年发行的3年期国债期货。眼看再有半年就要交收,其9.5%的票面利率却明显低于当时12.24%的三年期银行利率,因此吸引了一批炒家的青睐。1995年2月初,有传闻称,发行国库券的财政部可能要以148元的面值兑付327国债,这样的话,财政部将额外掏出16亿元补贴327国债。然而,谢卫红并不认同这个传言,他经过反复计算,预测327国债的到期兑付价是132元。所以当327国债期货的市场价在147~148元波动时,谢卫红就联手北方国投的李拥平成为市场空头主力。

　　令谢卫红颇感意外的是,1995年2月23日上午,财政部发布公告称,327国债将按148.5元兑付,传言成为现实。当天一开盘,谢卫红就被327国债的80万口多单惊得目瞪口呆。此时的327国债价格已从前日收盘时的148.21元快速跳升到148.50元。他双手撑在老板桌上,眼睛一眨不眨地盯着桌上那台386电脑显示屏幕,默默祈祷价格升势就此止住,也好让公司少亏点钱。然而,躲在不知什么角落的多方势力却并不罢手。不到半分钟的光景,又一个120万口的多单将327国债的价格一举攻到149.10元,紧接着又是一个100万口的多单,327国债的价格已达到150元。327国债每上涨1元钱,五洲证券就要亏损十几亿元。谢卫红如坐针毡。他不想自己坐以待毙,就把期货交易部负责人段岩和下单员肖陆紧急召集到自己的办公室里。

　　"现在形势非常严峻!"谢卫红对段岩和肖陆说,"你们有什么好办法吗?"

　　段岩摇摇头,半晌又试探着问:"要不……平仓吧?"

　　"平仓? 你知道我们得赔多少钱吗?"谢卫红瞪着通红的眼睛嚷道。

　　"大概20多亿吧。"段岩低声说,"可是多方的势力好像很强大,如果我们不及时止损,有可能亏的更多。"

　　谢卫红没吭声,兀自背着手在办公室里来来回回踱着步。突然,他快步冲向老板桌旁,一把抓过电话,以最快的速度拨了一串数字。"喂,是李总吗?"谢卫红焦急地问。当他确认对方的确是北方国投总经理李拥平,并且对方似乎对327国债目前的走势很担心时,他特意降低了语速,以便自己的声音听起来很像胸有成竹的样子。"李总,现在多方的确有些猖狂,只要我们按原定计划坚决做空,最后胜利的未必就不是我们!"当谢卫红从电话里听到对方的肯定答复后,才慢慢放下电话。

　　"我同北方信托的李总讲好了,联手反击,决不让多方阴谋得逞。你们回去做好准备,下午我们一定要把327国债的价格打下来!"谢卫红对段岩和肖陆说。

　　午饭过后,谢卫红一改多年养成的午休习惯,焦急地冲到办公楼下。此时的他心急火燎,即便在他办公室里的那张豪华三人沙发上躺下,他也根本不可能睡着。大街上,行人来去匆匆,大小车辆飞驰而过。混迹于人群内的谢卫红无心观察身边的一切,只顾大步流星往前走,不停地走……他需要用高强度的运动来转移自己对327国债走势的注意力。他很快就感觉燥热难耐,伸手往脖子后面一摸,才发现衣领几乎被汗水浸透。他又抬腕看了一下表。时间差不多了,该回去了。"一定要扛住! 一定要扛住!"他一边往回走,一边给自己鼓劲。

　　下午一开盘,327国债的价格就再次跳升到151.98元。然而,这个数字并没有丝毫止住的迹象。谢卫红发现多单比之前更多、更密。他身上的汗还没有干,衣服就被再次渗出的冷汗浸透。时间一分钟一分钟地过去了。眼看就要收盘,按照目前的327国债价格,五洲证券至少要亏损50亿元,而公司的净资产只有15亿元不到。如果听任这个亏损成为事实,五洲证券必将倒闭! 谢卫红感觉天旋地转。"必须尽快扭转这个局面!"他把拳头狠狠地砸在桌面上。

　　谢卫红看了下表。此时,距全天收盘还有8分钟。"给我挂一个50万口的空单,价格150元!"他抓起内线电话直接给交易部肖陆下达了交易指令。很快,电脑显示屏上327国债的价格便由151.30元被打至150元。"再给我挂一个100万口的空单,价格148元!"谢卫红给肖陆又下达了一个指令。话音刚落,他就看到了148元的价格。然而,他不想就此止步,"既然多方要置我于死地,那我也就不客气了!"他又一次抓起内线电话,一字一句地命令小陆:"再挂730万口空单,价格147.40元!""好的。谢总!"肖路答道。当谢卫红亲眼看到那个730万口的空单在收盘前的最后几秒钟把327国债价格定格到147.40元时,他终于重重地把自己摔在身后的老板椅里。

"这下放心了!"谢卫红快速在心里盘算着可能的收益,"净赚42亿元! 想把我逼死? 你们找错人了! 我也要让你们尝尝亏损的滋味!"他擦了擦额头上的汗水,不由得露出了满意的笑容。

"丁零零……"一阵清脆的电话铃声把正靠在座椅中闭目养神的谢卫红惊醒。他顺手拿起电话,仔细一听,原来是秘书打过来的,说江海证券交易所总经理文顺要找他。"就说我不在!"谢卫红不耐烦地对着话筒说。

一听到文顺这个名字,他就气不打一处来。这几天文顺多次给他打电话,说五洲证券的327国债期货多头仓位超仓,要他抓紧时间补足保证金,弄得他心里很不舒服。"不补保证金又能怎样? 我还不是赚到了42亿元?!"谢卫红自言自语道。话音刚落,他的手提电话响了。他按下接听键。听筒里传来文顺清晰的声音。

文顺要他抓紧时间去一趟江海证券交易所,说有重要的事情要商量。谢卫红虽然还有些烦文顺,但想到五洲证券毕竟刚刚赚了大钱,也就勉强同意了。

谢卫红到达江海证券交易所时,还不到下午5点。在通往文顺办公室的走廊上,他与四海证券总经理吴通海碰了个正着。然而,此时的他根本无心与吴通海寒暄,仅仅向吴通海点了点头便匆忙敲开了文顺的办公室房门。

"文总这么急着叫我来,有何吩咐?"谢卫红一进房门便一屁股坐在文顺办公桌对面的软椅里。

"我哪敢吩咐你? 我们都是老朋友了!"文顺尴尬地笑了笑,随即脸色严肃起来,"不过,今天找你的确有重要的事情。"

谢卫红将身子往后面靠了靠,歪头斜睨着文顺。那意思似乎是说:我知道你要说啥,不过,我根本就不在乎!

"谢总,找你来主要是为商量327国债期货的事情。我们查了一下,下午收盘前的最后几笔大额空单都是从你们五洲证券的席位或者你们的关联席位上发出来的。"文顺说。

"那又怎么样?"谢卫红诡异地撇了撇嘴。

"你们本来就超仓了,前面的保证金还没有补上来,现在又超了更多的仓位。"文顺的声音听起来很平静。然而,谢卫红可以感觉到文顺的内心非常不平静。

"超仓的又不是我们一家!"谢卫红反驳道。

"我们现在谈的是五洲证券的问题! 其他的都不说,仅仅你们最后那一个730万口的空单面值就达1460亿元,需要保证金36.5亿元!"文顺的语气有点小激动。

"你想怎么样?"谢卫红的语气中开始带有挑衅意味。

"我们有可能取消五洲证券的违规交易!"文顺的声音不高,但每个字都掷地有声。

"你们也会撤销多头的违规交易吗?"谢卫红有些不安起来。

"我们现在谈论的是五洲证券的问题!"文顺的语气依然不温不火。

"不,这不公平! 如果你们取消五洲证券的超仓交易,必须也取消多头的超仓交易!"谢卫红试图据理力争。

"我们现在谈论的是五洲证券的问题!"文顺再次强调,"不想被取消也可以,只要将超仓的保证金补上来就行!"

"你让我到哪里弄这么多钱?"谢卫红的声音近乎咆哮。

"如果补不上保证金,我们只能取消那些交易!"文顺的语气也变得强硬起来。

"不,你这叫故意陷害! 明摆着多方得到了内幕消息,并且联手期货黑嘴在电视和报纸上诱导市场跟风,你们不追究他们操纵市场的责任,却专找我们的麻烦! 明摆着他们也有巨额超仓,你们不让他们补足保证金,却一定要我们补!"谢卫红越说越激动。他干脆从椅子上站起来,挥舞着双手,瞪大了眼睛,以表达自己的愤怒。

"谢总,别激动,有话好好说!"文顺好心劝着谢卫红,而此时此刻,他自己的心情也极其复杂。因为他明白,谢卫红的疯狂举动暴露了交易所在监管方面存在的巨大漏洞,这件事情如果处理不好,不仅会给交易所带来巨大的麻烦,也很可能对中国的金融市场造成不可估量的灾难。

"没法不激动! 除非你们能公平地对待多空双方!"谢卫红说完这句话,拂袖而去,只留下文顺一个人落寞地坐在转椅里。

谢卫红气呼呼地回到家里,随便扒了几口饭,便关掉手提电话,倒床大睡。直到夜里11点多,他被家里的电话铃声吵醒。电话是五洲证券交易部负责人段岩打来的。他在电话里上气不接下气地说:"谢……谢总,有没有看到刚才的电视新闻?"谢卫红说自己刚才睡着了,段岩才断断续续地接着说:"刚才江海证券交易所通过电视新闻紧急宣布23日16点22分13秒之后的所有交易都是异常和无效的,调整后的当日国债期货成交额为5400亿元,其中327品种的收盘价为违规前最后成交的那笔,交易价格是151.30元。"

谢卫红听到这里,一下瘫软在床上。如果按照江海证券交易所定的收盘价到期交割,五洲证券要亏损60亿元;如果按151.30元平仓,五洲证券要亏损16亿元!

这意味着,谢卫红在最后8分钟为避免五洲证券陷入巨亏的放手一搏最终将因外力的干预而付之东流。

谢卫红越想越恼火,提起电话就给文顺打了过去:"为什么只取消最后8分钟的交易?"

文顺有气无力地应道:"因为这样的市场不良影响相对最小,而且这也是证监会的意思。"

一听到"证监会"三个字,谢卫红的火气更大了,他对着话筒吼道:"别拿证监会压我!"

听筒里沉默半晌,才重新出现文顺的声音:"谢总,我没拿证监会压你,是你自己这一次玩得太过火了!我保不了你,也没能力保你了。交易所出了这么大的事,我自己今后怎么样还不知道呢!"

然而,谢卫红哪里能听得进去?他"啪"的一下挂掉了电话。

就在这个时候,谢卫红的手提电话又响了。他抓过来一听,是白皓月打来的。白皓月的声音充满了关切:"谢总,327国债期货的事我刚刚知道了。依我看,这件事暂时没有挽回的余地,我现在最担心的是明天可能会发生挤兑。"

谢卫红仍在气头上。他虽然没有理由对白皓月发脾气,却也没有心思跟他讨论挤兑不挤兑的事情,只是随口应付道:"天要下雨,娘要嫁人,他们一定要取消我们的交易,我们也只能听天由命了!"

白皓月从谢卫红的语气里听出了明显的不满。然而,为了公司的整体利益,也为了报答谢卫红的知遇之恩,他还是决定主动为谢卫红分担一些压力。于是,他简短地在电话里安慰了一下谢卫红,并表示自己可以多挑些担子。

挂断电话后,白皓月开始思考如何应对明天可能出现的挤兑。他对谢卫红主导的327国债期货交易情况知道的并不多,下午收盘后刚刚得知公司在327国债期货交易上做了大动作,当时只是感觉谢卫红的处理可能对国债期货市场带来巨大冲击,没想到当晚交易所就宣布最后8分钟的交易无效。白皓月躺在床上翻来覆去难以入睡。他明白,应对挤兑没有什么高明的办法,只要有钱,就不会发生大的乱子。然而,问题就出在公司一时半会根本不可能拿出那么多钱。因为全国各地几十万客户存放在五洲证券的保证金高达30多亿元,要是这几十万客户明天都到各个营业部要求退还保证金,那麻烦就大了。想到这里,他感觉后背阵阵发凉,更加难以入眠。

第二天,白皓月拖着疲惫的身躯早早来到公司。经过谢卫红办公室门口时,他发现谢卫红的房门是开着的，就探头看了看。谢卫红正呆坐在老板椅上，脸色铁青，双眼红肿。

"谢总，这么早就到了啊?"白皓月进屋小心地跟他打了个招呼。

谢卫红呆坐着，像一尊雕像，一动不动，一声不吭。白皓月在谢卫红对面的椅子上坐了下来。此时的他已不知该对谢卫红说些什么才好。安慰吗? 发生了那么大的事情，几句安慰的话是解决不了问题的，况且白皓月可以明显感觉到谢卫红心中的怨气依然很大。给他献个锦囊妙计吗? 白皓月想了一个晚上，也想不出除了把钱准备充分外，还能有什么更好的应对挤兑的办法。两个人就这样默默地对坐着，谁也不愿主动开口。金色的阳光透过窗户照进谢卫红的办公室里，也温暖着世间万物。可是阳光却温暖不了谢卫红那颗冰凉的心。此时此刻，他除了怨恨，还是怨恨，根本无心感悟阳光在他心入冰点时依然会照常升起。

谢卫红的办公室里聚过来的人越来越多。大家见他面色冷峻，也明白由他主导的最后8分钟327国债交易未必就合理，便都和他一样默不作声。不过，他们还是愿意在此时陪在他的身边。不为别的，就为他平日里对大家爱护有加，对公司贡献卓著。时间一分钟、一分钟地过去了。谢卫红办公室墙上的挂钟敲响了9下。白皓月感觉再这样呆坐着于事无补，便站起来招呼大家："各就各位吧! 请大家密切关注各营业部可能发生的挤兑事件，做好说明和安抚工作!"他的话音刚落，门口就有人报告："城东营业部发生挤兑事件!"

白皓月还没反应过来，"城西营业部发生挤兑事件""城南营业部发生挤兑事件""城北营业部发生挤兑事件"……"江苏分公司发生挤兑事件""安徽分公司发生挤兑事件"……诸如此类的报告声开始不绝于耳起来。白皓月回望了一眼谢卫红，只见他脸上的表情极其复杂，有愤怒，也有屈辱、焦虑和不甘。正当白皓月要跨出门槛之时，他的身后传来了谢卫红沙哑而固执的声音："等等!"白皓月站住了。谢卫红咬牙起身，执拗地说："陪我一起去城东营业部!"白皓月本想劝阻他，终因深知他的脾气而作罢。他默默地跟在谢卫红身后，陪他一起坐进了公司的桑塔纳轿车。

一路上，谢卫红一句话也没说。白皓月也没去打扰他。车内静得可怕。白皓月可以清楚地听到谢卫红急促的呼吸声。城东营业部是五洲证券的旗舰营业部，那里集中了江海市一批有名的炒股大户，每年的交易额不仅在五洲证券名列前茅，也位居全国各大券商营业部之首。当他们乘坐的轿车接近城东营业部时，白皓月老远就看到营业部门口排起了一条长龙似的队伍，而且这条长龙还绕了好几道弯,把门口本来就不太宽敞的路面塞得满满当当。眼看前面已无路可走,白皓月叫停轿车,陪同谢卫红步行往前走。

"谢卫红来了!"人群里不知谁喊了一句。原本还算整齐的队伍,呼啦一下就乱开了。这些人个个面红耳赤,紧紧把谢卫红和白皓月围在中间,争先恐后地询问什么时候才能把他们的保证金退给他们。

谢卫红眼看自己无法再前行半步,便就势登上身边的一处花坛,双手合成喇叭状,对着眼前的人群喊起了话:"各位客户,你们好!请大家静一静!静一静!我先向大家表示歉意,因为有事耽误,我来晚了一步,让大家久等了!"

人群里渐渐平静下来。谢卫红舔了舔干裂的嘴唇,继续大声说道:"昨天下午发生的事情你们应该都知道了,谁是谁非,我在这里不想多说。我想告诉大家的是,五洲证券是一个负责任的证券公司,过去是这样,现在和将来依然是这样!我知道,你们存放在五洲证券的保证金都是你们的血汗钱,我谢卫红向大家保证,我们决不会占用你们的资金不还!但是事发突然,你们这样急着提取保证金,我们一时还真拿不出那么多钱来。"

听说五洲证券一时拿不出那么多钱,人群再次骚动起来。有人不耐烦地叫道:"我们家攒点钱不容易,正好这两天急着要花钱,你要让我们等到什么时候?"还有人嚷道:"听说你们这一次要亏几十个亿,你们该不是要破产了吧?"听到这句话时,谢卫红心如刀绞,眼前一黑,一个趔趄倒了下来。要不是白皓月发现及时,谢卫红非得摔伤不可。不过,他很快就镇静下来。他推开白皓月扶着他的双手,倔强地挺直了身体,再次对人群大声说道:"我向大家保证,无论五洲证券发生了什么,我们都不会占用你们存放在这里的保证金!如果真是急用,也请你们稍稍宽限两天!两天,只需两天,我保证你们随时可以提取保证金!"白皓月也跟着喊了一句:"请大家相信谢总!相信五洲证券!我们绝不会无故占有大家的保证金!请大家先散了吧!"大家见五洲证券的正、副总经理把话说到这个份上,开始陆续散去。但是仍然有三三两两的人围在一起不肯散去。白皓月叫来城东营业部的负责人和工作人员对大家再三解释,那些人才慢慢散去。

好容易安抚好城东营业部这边挤兑的人们。谢卫红又带着白皓月马不停蹄地奔赴城南营业部。然而,在车上还没有来得及喘口气,谢卫红的手提电话就响了起来。这个电话是期货交易部负责人段岩打来的,他说公司的327国债期货头寸被强制平仓了。谢卫红"嗯"了一声,漠然地挂断了电话。坐在他身边的白皓月明显地感觉谢卫红是那样的绝望和无助,以至于他都有点担心谢卫红不要因想不开而走上绝路。当然,谢卫红并不是那种脆弱之人。到达城南营业部时,谢卫红再次倔强地走进挤兑的人群,苦口婆心地向大家进行解释和安抚工作。就这样,谢卫红带着白皓月马不停蹄地从东走到南,再从南走到西,从西走到北……一直到中午12点,他们才将本市发生挤兑的营业部挨个走了一遍。

回到五洲证券办公室时,已是下午1点多了。白皓月陪同谢卫红在食堂匆匆吃了点面条,便紧急赶回公司会议室。因为就在他们吃饭的时候,办公室人员打电话告诉他们,中工银行江海分行行长林溪刚刚带着一帮人到达五洲证券,还说他们受江海市政府委托有重要工作要与谢卫红面谈。

谢卫红和白皓月到达会议室时,林溪等人已端坐在会议桌一侧。两人与客人们一一握手之后,便在林溪的对面坐了下来。没有过多的寒暄,林溪便主动道明了来意。原来他们是受市政府委托专门前来解决五洲证券挤兑问题的。

"中工银行是各家券商的清算行。五洲证券发生了这么大的事情,我们不能坐视不管。否则,发生在五洲证券的挤兑事件极可能传导到其他证券公司,甚至整个金融系统,引发系统性风险。当然,这也是江海市政府的意思。市政府主要领导为挽救五洲证券,同时也为了避免可能发生的系统性金融风险,专门在今天上午召开了一次协调会。这次会议最后决定由我们中工银行江海分行为五洲证券提供必要的贷款,以帮助你们平稳度过这段危机。"林溪以公事公办的语气简要说道。

林溪说话的时候,谢卫红听得非常认真。因为五洲证券没派人参加市政府开的那个协调会,他需要弄清楚那次会议的决策对五洲证券到底意味着什么。待他明白市政府还是想救五洲证券时,谢卫红终于开了腔:"你们来得正好,我们现在最缺的就是钱了!"

"这个我当然知道,而且你们所需数额特别巨大!"林溪道。

"没错!"谢卫红长长地叹了一口气,接着说,"我们的327国债期货头寸在今天上午已被强制平仓了,这一块的亏损就是16亿!再加上应对大规模挤兑的需要,当前的短期资金需求至少得10亿元!"

"这的确是一笔不小的资金需求!既然市政府希望我们出面贷款,这10亿元还是可以贷的。"林溪顿了顿,双眼直视谢卫红说,"不过,中工银行是商业银行,我们的每一笔贷款都需要有足够的抵押物!"

"知道。"谢卫红艰难地点了点头。

大的方向确定后,接下来便是操作层面的事情了。经过双方的协商,中工银行江海市分行留下一名计划处处长和一名高级审贷员。他们将与五洲证券财务总监一起对五洲证券的资产进行全面清查和核实。待核查清楚后,中工银行再决定向五洲证券的贷款额度。

送走了林溪等人之后,谢卫红把自己关进了办公室里。整整一个下午,他不许任何人进屋打扰,也不接任何一个电话。谁也不知道他在屋里干什么。直到晚上7点多钟,完成资产核查的中工银行江海市分行计划处处长王跃进与五洲证券财务总监葛磊一起来敲他的房门时,他才从屋里探出半个身子。葛磊发现,此时的谢卫红不仅蓬头垢面、眼窝塌陷,而且后背明显驼了起来。

王跃进处长将打印好的文件递到谢卫红手中,简要说道:"经过我们对五洲证券所有账款、库存现金、自营债券和股票以及包括办公大楼在内的固定资产的全面核查,五洲证券可以拿出价值20亿元的抵押品,贷款10亿元现金没有问题。这是我们刚刚起草好的贷款合同和手续文件,你再仔细看一看,如果没有什么修改意见的话,请尽快签上大名。"谢卫红接过那些文件,转身又把自己关在了办公室里。

谢卫红一遍又一遍地翻看那些文件。都是些格式文件,没有什么特别需要修改的内容。然而,他却难以下笔签下自己的名字,那个他写了千万次、已经熟练得不能再熟练的名字。他感觉那只笔似有千钧之重。他把笔拿起来,又放下去;放下去,又拿起来。如此反复多次,他始终未能真正落笔。他知道这几个字签下去会有什么后果:那不仅意味着五洲证券要压上全部的身家去换取10亿元现金,也意味着他彻底接受了江海证券交易所取消最后8分钟交易的处理结果。而他从骨子里就不认为交易所的处理正确。在他看来,他的交易对手明显是在获得了内幕消息以后才敢放手做多,而交易所居然不取消多方的交易,这明显是不公平的!他又开始怨恨交易所,怨恨交易所总经理文顺。他恨他们不一视同仁,恨他们不按他的建议在财政部贴息消息泄露后对327国债期货交易及时停牌,恨他们在他未明显违背现行交易规则的情况下强行取消他的空头头寸……

两三个小时过去了,一直在会议室里默默等待谢卫红签名的王处长终于忍不住了。他找来葛磊一起敲开了谢卫红的房门。"谢总签好了吗?"王处长问。谢卫红木然地摇了摇头。"我们需要在明天开市前安排好资金头寸,如果过了午夜再不签字,我们就没法保证明天能在开市前把资金拨付到五洲证券的各个营业部。"王处长说。谢卫红"嗯"了一声,算是答复。王处长退出去继续等待。谢卫红又陷入了激烈的思想斗争。直到墙上的挂钟敲响了零点的声音,谢卫红才痛苦地提笔签上自己的大名。就在他放下签名笔的那一瞬间,整个办公大楼的灯光突然熄灭,屋内一片黑暗……

第二天开市前,中工银行江海市分行果真将大批现金送到五洲证券的各个营业部。多年以后,白皓月还清楚地记得,在前一天挤兑最厉害的城东营业部卷帘门被拉开的一瞬间,一长排足有一米高的人民币令在场的人们不由得发出了一阵尖叫声。那堆捆扎整齐的人民币静静地躺在柜台里面的空地上,就像等待主人的宠物狗,又像是抵御强敌的万里长城。开市后,前来提取保证金的大小投资者们也都被眼前的景象惊呆了。无论他们是提取10万元、20万元,还是100万元、200万元,营业部这边都能满足他们的要求。挤兑风波就这样被彻底平息了。

然而,谢卫红并没有因为挤兑风波的平息而平稳落地。在此后一次本市金融企业负责人的例行工作会上,早已习惯众星捧月般感觉的谢卫红突然品尝到了世态炎凉的滋味。那些从前见到他热情得像一团火的老相识们就像根本不认识他一样,不仅不再主动向他伸出热情之手,还在谢卫红试图与他们打招呼时,硬生生地把头扭到一边去了。那次会议之后,他终于明白那个曾经叱咤风云的谢卫红一去不复返了。在内外压力的双重挤压下,谢卫红黯然向上级递交了辞呈。5月份的某一天,他因"被发现有出逃迹象"而在海南被捕。1997年2月,他被以贪污、行贿、挪用公款及在期货市场成立前数年里滥用公共资金总额达269万元,而被判处有期徒刑17年。靠贩卖国库券快速崛起的谢卫红最终被国库券打回原形并搭上了十几年的自由时光。也许这一切在冥冥之中早已注定!

第二十二章

周万典喜迎红英　李昆仑梦断海南

虽说五洲证券扛过了2月底的挤兑风波,但在4月份谢卫红辞职之后变得群龙无首起来。就在这个关键时刻,白皓月被上级任命为五洲证券的代理总裁。

不过,白皓月并没有因为担当大任而心情大好。相反,他还常常有莫名其妙的失落感。这不仅因为他接替的原本是引路人谢卫红的职位,还因为五洲证券经过327事件后净资产由近20亿元陡然下降到不足5亿元,整个公司元气大伤,人心涣散。那种失落感一直持续到"五一"国际劳动节。

虽然公司出了大事,周万典与叶红英的婚礼还是按照原定计划在"五一"那天如期举行。只不过,婚礼的规格要比他们原来设想的降低了许多,仅在一家普通的本帮菜饭馆大厅里订了六桌酒席,参加婚宴的也仅限于双方至亲及亲密好友。

白皓月是作为周万典的大学同学被邀请参加的,与他同桌的还有陈旺国和赵洪亮。毕业十几年后,这帮老同学好容易再次聚在一起,自然都异常兴奋。白皓月因为刚刚代理了总裁一职,被大伙认为是超级大好事。大家纷纷对他说些祝福之类的话,最起劲的就是赵洪亮了。他拉着白皓月的手久久不肯放下。

陈旺国笑着对赵洪亮说:"瞧你那亲热劲,干脆也学万典,投奔皓月去吧!"

赵洪亮一听,更加兴奋起来,用他那白胖短粗的手指头梳理着油黑发亮的长发说:"老大哥说得好啊,我正有此意,就是不知皓月兄愿不愿意收留呢?"

白皓月苦笑道:"万典因为当年在中建信托干得很不如意,才来五洲证券的,而且来了这么多年,职位也没有再动,别人干得好好的,总不能把别人赶走让他上吧?你和他不一样,金江证券是大名鼎鼎的大券商,你又在投行部独当一面,来五洲证券干什么呢?况且五洲证券现在大不如前了!"

赵洪亮急了,一把揽过白皓月的肩膀道:"瘦死的骆驼比马大!何况你现在当总裁了呢?"

白皓月赶紧纠正:"是代理总裁!"

赵洪亮眼珠子一转,说:"就算是'代理总裁'吧,那'代理'两个字迟早还不得拿掉吗?"说罢,他又扭头看看同桌上的其他同学道:"你们说是不是?"

大家齐声说"是",并一起向白皓月敬酒,祝他早日"扶正"。白皓月无心再与大家争辩,只好尴尬地笑着同大家共饮了一杯酒。

一帮人正说笑着,周万典携叶红英过来敬酒。只见叶红英身穿洁白婚纱,头扎紫红玫瑰,面似桃花,眼如丹凤,俨然一个超凡脱俗的仙女。反观她身边的周万典,虽然也是西装革履、头发锃亮,却因身材瘦小、面色灰暗,而稍显猥琐。

赵洪亮读书时就喜欢拿周万典开涮,目睹两人形象的极不协调,便趁机开起了玩笑:"万典呀万典,你这是积了多少辈德了,把如此貌美如花的姑娘骗成了老婆? 来来来,我敬你一杯,祝贺你这泡狗屎上终于插上了鲜花!"一句话,把全桌人都逗得前仰后合。

周万典倒不生气,傻乎乎地跟在后面赔笑说:"多亏皓月,是他把我从火坑里拉出来,要不然,我哪有机会遇上红英呢?"

白皓月连忙摆手道:"别把我扯上,那是你小子命好!"白皓月说话时,无意中瞥见叶红英正用幽怨的眼神狠狠地剜了他一眼。为避免节外生枝,他赶忙与周万典和叶红英分别碰了碰杯子,说了些祝贺新婚快乐之类的场面话,便借故有人打他手机迅速溜了出去。

待白皓月跑到门口,装模作样地打开手机一看,还真有人打过他的电话,只是因为刚才屋里太吵没有听见。打电话的不是别人,正是已到海南将近3年的李昆仑。

白皓月按捺不住内心的激动,迅速把电话拨了回去。"喂,昆仑,有一段时间没听到你的声音了,最近还好吗?"白皓月迫不及待地问。

"我回江海了,你能过来一下吗?"李昆仑的声音听起来细若游丝。

白皓月心里咯噔一下。心想,莫非昆仑破产了? 他赶忙问清了李昆仑所在的位置,返身回到屋内与在座的同学和周万典夫妻俩打了招呼,快步跑到门外拦了辆的士。

几十分钟之后,白皓月在一处破旧的小饭店里找到了李昆仑。此刻,他正坐在靠窗的一张饭桌前,一边抽着香烟,一边心事重重地向窗外张望。白皓月快走几步,来到李昆仑的身边。李昆仑发现白皓月这么快就来到自己身边,非常兴奋,两个老朋友的双手紧紧地握在了一起。白皓月一边摇着老朋友的双手,一边仔细端详起他来。仅仅3年没见，眼前这个儿时的玩伴竟然变得脸庞黝黑、皱纹深陷，像是比3年前刚离开时老了10岁一样。白皓月的心里不禁颤动了一下。他指了指椅子，对李昆仑说："先坐下吧，看来你还没有吃饭，我们就在这随便吃点吧！"李昆仑点点头，顺从地坐了下来。白皓月招手叫来服务员，随便点了几个小菜，便在李昆仑对面坐下来。

服务员很快把小菜端了上来。李昆仑瞅了瞅桌面，感觉似乎缺了点什么，就对服务员说："来瓶黄酒吧！"白皓月有点惊讶，心想，昆仑怎么也喜欢起酒来了？不过，他并没有打岔。服务员转身拿来一瓶黄酒和两个玻璃杯子，很贴心地打开瓶盖给两人分别倒了半杯。不喜喝酒的白皓月并没有拒绝，他拿起杯子向李昆仑扬了扬。李昆仑会意，两只玻璃杯砰的一声碰到了一起，杯中的黄酒很快见底。李昆仑突然把杯子往桌上一掼，双手托住低垂的脑袋，沉痛地挤出四个字："我破产了。"果然没出白皓月所料！但他一时不知该说什么才好，只能默默地看着李昆仑。李昆仑拿起酒瓶给白皓月和自己分别又倒了半杯酒，随后咧嘴自嘲道："你看，我在海南不过3年，钱没有挣到，现在还变成烟鬼加酒鬼了！"白皓月非常体谅地说："一个人在外不容易！"李昆仑摇摇头，开始诉说自己在海南的经历：

"刚去海南那阵子，钱真好赚！只要抢到楼花，在手里稍稍捂上几个月，一出手就能赚到几十万，甚至上百万。"李昆仑说到这里，两眼明显放光，仿佛一下子又回到了那段辉煌的岁月。

"到1992年底的时候，我手里就有180万元了。那时我就想，怎么说我也是建筑专业毕业的大学生，又在城建局做过处长，老这么炒楼花层次毕竟低了点。我看别人都想方设法成立房地产公司，然后圈块地皮，就可以当老板，挣大钱了。于是，我决定也弄个房地产公司玩玩。"李昆仑喝一口酒，用筷子挑了几根干丝放进嘴里。

"成立公司可不是闹着玩的，得跟工商部门搞好关系才行。经人介绍，我认识了工商局一个姓邵的科长。这个邵科长是吃、喝、嫖、赌、抽样样在行的主。为了尽快把房地产公司的营业执照办出来，我几乎每天都请他吃饭、喝酒、上夜总会。我就是在那段时间，跟在他后面变成了烟鬼、酒鬼！"说到这里，李昆仑把右手的食指与中指伸到白皓月的眼前，"你看我的手指被烟熏成什么样了！"

白皓月仔细一看，发现那两只手指已经变成了深褐色，知道这几年李昆仑没少抽烟。

"我本来讨厌抽烟，可是要想让邵科长开心，必须陪着他抽啊、喝啊，要不然，他稍不开心，我的房地产公司就注册不下来了！"李昆仑无奈地摇了摇头，接着说，"在江海，我好歹也是个处长，可是一下海就什么都不是了，想开个公司，还得千方百计拍一个科长的马屁。没办法呀，谁让海南的房地产这么赚钱呢！"

"功夫不负有心人，我在邵科长面前当了三个月的'三陪'，外加送他红包，总算在1993年4月底把房地产公司注册下来了。为了注册这个公司，我在邵科长身上总共花掉40多万元！这个时候我身上的钱还有140多万。我就用这些钱打底，又从银行贷了200多万，买了一小块地皮。就在我寻思着怎么在这块地皮上建成高楼大厦，狠狠赚上一大笔钱时，朱副总理在1993年6月底发表电视讲话，宣布终止房地产公司上市，并全面控制银行资金进入房地产行业。第二天，国务院又发布被称为"国16条"的《关于当前经济情况和加强宏观调控意见》。听到这个消息，我当时就傻眼了。从那以后，海南的房价迅速下跌，没过多久就跌掉了一半。房价跌了，地价自然也就跟着下跌。眼看形势极为不利，我想把手里的那点地皮给处理掉。可是根本就没有人接手呀！"李昆仑说到这里，眼中充满了无奈。

"后来怎么样了呢？"白皓月问。

"后来，我死死地撑了一年多。直到前不久，才通过专门处理呆坏账的海南发展银行把土地按市价处理掉了。"李昆仑说。

"那就好！那就好！"白皓月连声说。

"好什么？土地倒是处理掉了，我却倒欠银行20多万元！"李昆仑抽了口烟，眯起眼睛，慢慢吐出嘴里的烟雾，接着说，"怎么说呢，我比起那些去得早的、前期赚得多的，又要幸运多了。因为那些人从银行贷的款也更多，最后欠银行的钱远比我多得多！"

白皓月想了一会说："这么说，你的确不算最倒霉的！下一步你打算怎么办呢？"

"哎！我已经无路可走了！城建局那边已经没法回去，因为当年我是主辞职的。"李昆仑猛吸了几口烟，突然眼巴巴地盯着白皓月说："现在可能只有你能帮我了！"

李昆仑的话令白皓月陷入了沉思。其实，他从接到李昆仑电话的那一刻起，就隐隐觉得这个老朋友遇到了巨大的困难。这倒不是他低估了李昆仑的能力，而是他清楚1993年海南房地产泡沫破灭得确实太突然，很少有人能够真正全身而退。白皓月又仔细端详起李昆仑，眼前那个略显苍老的老同学令他鼻子一酸。他不禁想起了儿时两人一起玩耍的快乐画面。那个时候，虽然日子很苦，但大家的思想都非常简单，根本想不到成年之后还有那么多的烦恼。渐渐地，他们都长大了,并且都考上了大学。然而,也就是那个时候,他们因为同一个女生一度反目成仇……想到这里,他甚至感觉有些愧对李昆仑。

"对不起……"白皓月说。

李昆仑顿时像泄了气的皮球一样,刚才还在眼中闪现的希望之光突然就黯淡下来,过了半晌才说,"哦,我知道你也有难处。那就算了,我再想其他办法吧。"

"别误会,我说的不是那个意思!"白皓月急忙解释。他本想说刚才是为魏佳的事感觉有愧于老同学,并不是现在不想帮他忙。可是话到嘴边,他又咽了下去。因为他意识到再提陈年旧事根本无助于解决李昆仑眼前的问题,不如把话题岔开,看看老同学到底需要什么样的帮助。于是,他吞吞吐吐地说:"哦,我本想说没能帮你避免房地产泡沫破灭,有点遗憾。"

"就你?"李昆仑扑哧一口把刚喝进嘴里的一口汤喷得满地都是。他赶紧掏出纸巾擦了下嘴角,脸色又快速恢复到刚才那种愁苦状况,"皓月,不是我小瞧你,虽然你是经济学科班出身,但是你未必能预料到即将出现的经济风险!不然怎么会有那么多大公司、大银行被拖垮?难道他们那里就没有明白人?就算你预料到了,并且也及时告诉我了,我也未必能相信你!"

"哦,为什么呢?"这下轮到白皓月不相信了。

"很简单。如果你置身在一个疯狂的环境里,周围的人都赚了大钱,你自己也在短时间内赚了大钱,这时候你会怎么想?"李昆仑盯着他的眼睛问。

"我可能会想,该收手了。"白皓月说。

"不可能!"李昆仑把头摇得像拨浪鼓一样,"你没有真正经历过那种事情,所以你的话只能是想当然!我可以告诉你,如果你也在海南炒楼,在你轻松挣到10万块钱的时候,你会盘算再过几个月就能挣到100万元;如果你的100万很快到手了,你会再算,要不了几个月,就可以有1000万元。反正你不会轻易停下来!就算你看到了风险,你可能也会安慰自己:不要紧,不要紧,我不过在别人击鼓的时候传个花而已!我不会那么倒霉正好接到最后一棒吧!"

"所以你想说,换上我,就算能看清趋势,也同样不一定能全身而退,是吧?"白皓月问。

"是的!绝大多数人都会有这种侥幸心理,你我都不例外。当然,也有极少数能够全身而退的。这些人或是得到了确切的高层消息,或是因为偶然的事件,比如另外某个地方急需花一大笔钱……只有这样,他们才会提前退出那里的生意。"

"是啊。"白皓月感觉李昆仑的话似乎非常在理,不由得联想起谢卫红来。他想,谢卫红又何尝不是被他自己这么多年很少失手的辉煌战绩麻痹了头脑? 在他做出超大卖空决策前不是没有人提醒过他,可是他能听得进去吗? 当然,除了这些,白皓月并不认为谢卫红在 327 国债事件上有什么原则性的错误,因为在他看来,谢卫红还是遵守了当时的操作规则的。"如果再给你一次机会,你认为自己能全身而退吗?"白皓月又问。

"不知道。"李昆仑漠然地摇了摇头,随后狠狠地吸了一口烟,抬头把嘴里的烟雾慢慢吐到半空中。他呆呆地凝望着那些环环相接的烟圈,思绪不由得又回到了海南岛的大街上⋯⋯

自从海南房地产泡沫破裂以后,李昆仑常常一个人在荒凉的大街上徘徊。望着马路两边东倒西歪的脚手架和空无一人的半拉楼房,李昆仑不禁感慨万千,一遍又一遍地对过去三年做出各式各样的假设:假如自己还在江海没有辞职,自己是不是就没有破产这档子事了? 他想,不仅不会破产,说不定已经晋升为副局长了,因为比他资历还浅的一个处长,在他离开城建局不久就被提升为副局长了! 他又问自己,假如能早点预测到上面要进行宏观调控,自己会不会果断离场? 他想,就算能预测得到,自己也不会离场,因为以自己的认知只能想象到今后大不了少赚点钱,绝对想不到会亏大钱! ⋯⋯想到这里,他不由得叹了口气,说:"江山易改,本性难移呀! 如果能改得掉自己的本性,也许再给我一个机会,我就可以全身而退了。但是这会非常难!"

白皓月点点头,用茶杯与李昆仑碰了一下。"虽然我没有经历过大起大落,但是你说的我完全能够理解! 我有个建议,不知当讲不当讲?"白皓月问。

"那还用问吗?"李昆仑用眼神催促道。

"再难,也要想办法改! 否则,今后还可能在同一个地方摔倒!"白皓月说。

"行,听你的。我可以尝试一下。"李昆仑的语气不是非常坚定,但看得出,他还是愿意改一改的。

"后悔吗?"白皓月又问。

李昆仑笑了。"有什么好后悔的? 毕竟我经历过了! 并且赚过大钱!"

"好兄弟!"白皓月向李昆仑竖起了大拇指,"你这么豁达,我就放心了!"

然而,李昆仑并不认为自己豁达。他说:"当一个人突然从高处摔下来时,后悔和埋怨都是没用的,既然没用,那就只能用阿 Q 的'精神胜利法'来安慰自己了!"

白皓月想想也是,就问李昆仑下一步有什么打算。李昆仑苦笑着说:"还能有什么打算?活着!"

白皓月沉默了一会,问他:"说吧,需要我怎么帮你?"

李昆仑的眼睛骤然亮了起来:"钱!我需要一大笔钱!"

白皓月问他要钱干什么。

李昆仑说:"还债。我现在倒欠银行30多万,这笔钱得赶快还掉!"

白皓月说自己手里远没有那么多钱,不过,他可以帮忙协调一下银行的关系,让银行不要催得那么急,还说,李昆仑的当务之急是抓紧挣钱。

此话一出,李昆仑先是一阵大喜,随即又耷拉下脑袋,喃喃道:"挣钱?说得容易,我现在连工作都没了,到哪里挣钱?"

白皓月笑道:"工作没了还可以再找。你要是不嫌弃,就来五洲证券吧。我现在暂时代理总裁一职,给你安排点事情干干还是可以的。毕竟你在市城建局做过处长,又在海南闯荡过,资历和经历都说得过去。只是五洲证券刚刚出了些状况,现在日子也不是太好。"随后,白皓月又把年初时五洲证券发生的灭顶之灾大致跟李昆仑说了一遍。说到紧要处,两人都无限唏嘘。

那一晚,白皓月与李昆仑一直聊到饭馆老板打烊。两人仍感觉有很多话没有说透,就转场黄浦江边。因为天晚的原因,原本灯火辉煌的外滩早已灯熄人稀,只有三三两两的恋人还依偎在黑暗的角落不肯离开。白皓月与李昆仑手扶岸边的铁栏杆,向江东极目眺望。那边的夜色要远比这边更深、更浓,星星点点的灯光和偶尔传来的狗吠声似乎在提醒他俩,那边依然是穷乡僻壤。

"还记得有一年夏天我们乘轮渡过去玩耍,在张家浜里钓到不少大鱼吗?"李昆仑问。

"怎么不记得?你看到路边的西瓜又大又圆,跳到田里就想摘,可是,手还没有挨到西瓜,不知从哪里窜出来一条大黄狗,大叫着往我们俩身上扑过来,我们扭头就跑,直到累得跑不动了,身后也看不见大黄狗了,才敢停下来。低头一看,我手里拎的鱼不知什么时候丢掉了,你脚上穿的凉鞋也跑掉了一只。真是偷鸡不成蚀把米呀!"白皓月绘声绘色地说。

提起这档糗事,两人不禁哈哈大笑起来。那笑声顺着滔滔的江水一直传到很远很远。

"那次偷西瓜的经历怎么这么像我在海南的经历呢?!"李昆仑止住笑声,若有所思地说,"哪天有空了,我们再过那边钓鱼去,顺便看看那只恶狗还在不在了!"

白皓月说："可以是可以，就是那只大黄狗肯定不在了！因为那边已经开发了整整5个年头，农民早就迁走了！就算农民没迁走，那只狗也早该死掉了。"

"时间过得真快！东岸开发的规划方案当时还经我手向上级传递过，这一眨眼都5年多了！"李昆仑感慨道。他突然感觉似乎有一种神秘的力量要让自己与对面那块西岸人瞧都不愿意多瞧一眼的土地再次发生点联系，而他身边这位发小说不定还会跟他在一起。他把这个想法告诉白皓月。

白皓月没有反驳他，只是淡淡地笑了笑，说："一切都有可能。人生本来就有很多不确定！"

不过，他们现在还想不到的是，另外还有一个人要与对岸那块土地发生点联系。那个人就是谢卫红。一年后，谢卫红被关在对岸一处戒备森严的监狱里。再后来，在监狱待了10年出来保外就医的谢卫红开始酝酿在那块囚禁过他的土地上东山再起。不过，这是后话，他们当时是完全不可能想到的……

1995年6月，李昆仑正式成为五洲证券的一员，职位是研究所副所长兼房地产业首席分析师。这个职位可以说是白皓月为李昆仑量身定制的。虽然从级别上要比他当初在市城建局任处长时低多了，但毕竟能够发挥自己的专业特长，又及时解决了饭碗问题，所以李昆仑还是相当满意的。

第二十三章

白皓月临危受命　胡伟力抛来绣球

白皓月自从做了代理总裁后,权力看起来似乎大了许多,但公司因在327国债期货事件中遭受重创,外部市场形象大损,内部人气极度涣散。到年底时,工作非但没有丝毫进展,公司还危机四伏,似乎随时都可能解体。

令白皓月倍感压力的不仅是公司本身的问题,外部环境的变化也压得他喘不过气来。仅从他过去分管的投行业务来看,1996年,国务院证券委员会公布了《关于1996年全国证券期货工作安排意见》。通过这个文件,监管部门开始将过去投行业务"额度管理"的审批制,逐渐变成了"总量控制、限报家数"的审批制,券商之间的竞争更加激烈了。

1996年1月初的一天上午,寒潮突袭下的江海市格外阴冷。白皓月手插裤兜,站在位于15层办公室的窗口边,望着马路边光秃秃的法国梧桐发愣。眼看就要过春节了,公司因327国债期货事件欠下中工银行的将近10亿元短期贷款即将到期,而公司能拿得出的钱不过三四亿元,就算全拿出来还账,也远远不够用。更何况,春节前总该给员工发点年货吧?然而,令白皓月犯愁的是,即便是这一点年货钱也有些吃紧!

就在白皓月愁肠百结的时候,办公桌上的电话铃响了。他转身接过电话。听筒里传来一个熟悉的声音:"白总最近忙不忙?"白皓月心想,这不是明知故问吗?不过,他还是非常礼貌地应道:"快到春节了,本来就忙,再加上公司去年出了那么大的事,矛盾越积越多,根本就闲不下来呀!不像你们,在去年的327国债期货事件中几乎毫发无损!"对方在电话里"哈哈"干笑了两声,随即发出了一个邀请:"如果方便的话,我请你喝杯咖啡怎么样?"虽然白皓月不知对方为何要请他喝咖啡,而且两家公司还是竞争对手,却还是爽快地答应了。因为打电话的这个人不是别人,而是金江证券总裁胡伟力。此人的资历本来就比他高得多,更何况他现在还只是个代理总裁。

40分钟之后，白皓月如约抵达外滩一栋巴洛克风格建筑的顶楼咖啡馆。刚进门，白皓月一眼就看到了胡伟力。此刻，他正坐在宽大的真皮沙发上悠闲地搅着手中的汤匙。看到白皓月进来，胡伟力从沙发上站起身，笑眯眯地向白皓月伸出了宽大的右手。白皓月快走两步迎了上去。两人寒暄几句后，胡伟力示意白皓月在他对面的沙发上坐下。服务员紧跟着拿来酒水单。白皓月随便给自己点了杯清咖，便谦逊地问道："胡总找我有事吗？"

胡伟力依旧不慌不忙地搅着汤匙，笑着问："听说五洲证券现在压力不小？"

"是的，背了那么多的债，怎么可能轻松啊！"白皓月坦诚地说。

"也许我们金江证券可以帮到你们。"胡伟力的语气看似随意，但那藏在似瓶底镜片下的眼神中，却传递出精心设计的意味。

虽然白皓月还不知道他的真正意图是什么，但面对这样的机会，还是不想拒绝，便说："愿听其详！"

"其实，在327国债期货事件刚刚发生后，我还是帮过你们的。"胡伟力说，"当时我们金江证券董事长、也就是中工银行江海市分行行长林溪同志专门打电话给我，说市里面希望中工银行出面向五洲证券提供10亿元的短期贷款，以帮助五洲证券解决挤兑问题。他问我要不要给你们贷款。我当时的态度非常坚决，就跟他建议：当然要帮！虽然我们两家是竞争关系，但是如果五洲证券因挤兑倒下了，我们金江证券也未必能独善其身，并且五洲证券还极可能引发全国性的系统金融风险。"

对胡伟力提到的情况，白皓月还是第一次听到。不过，从他给出的理由来看，白皓月认为可能性还是非常大的，不由自主地对胡伟力多了些好感，便连声对胡伟力表示感谢。

胡伟力摇摇头说："谢倒不用谢了！如果这件事发生在我们身上，相信谢总也会表示支持。"

白皓月知道胡伟力口中的谢总指的是谢卫红，不禁心中感慨起来。"还是胡总高明呀，在327国债事件中毫发无损！"白皓月说。

"哈哈，不能算高明！虽然我性格比较谨慎，但躲过327事件主要还是因为我当时到香港出差去了，负责期货交易的那些人本来也想跟在你们后面下下空单，可惜他们根本联系不到我。就这样，我们下面一个营业部还给我制造了3000多万的亏损呢！"胡伟力的话虽然看似谦虚，却多少透出点得意之味。

"胡总太谦虚了!"白皓月礼节性地夸道。

"哈哈!不说这个了!听说市里面一直在给你们搞重组,不知道最近进展怎么样呢?"胡伟力话题一转,提出了一个非常敏感的问题。

原来,327国债期货事件发生后,摆在五洲证券面前的出路不多了:要么破产,要么重组。反正以前的好日子是没法再继续下去了。对于意外当上代理总裁的白皓月来说,虽然重组未必能对五洲证券和他自己有多大的好处,但总比在自己手里就此解体要好得多。所以白皓月特别希望以重组的方式解决五洲证券的困难。

经过白皓月的一番游说,市政府不仅接受了关于重组的建议,还专门成立了"五洲证券重组整合协调小组"。这个"小组"经过一番讨论,提出了听起来颇为花哨的"五、国、发、财"重组方案,试图把本市几个与证券相关的企业整合在一起。"五"不用说,指的就是五洲证券。"国"则是指别名"江国投"的江海市信托投资公司。"发"指的是江海市发展银行下属的证券营业部。"财"则是指江海市财政局下属的财政证券。然而,当那个"五洲证券重组整合协调小组"征求其他几家单位的意见时,得到的几乎全是反对之声。"江国投"说:"我本来就是五洲证券的大股东,现在他出了那么大的纰漏,我已经很受伤了,怎么能再往里面扔钱呢?"江海市发展银行则说:"别看我现在只有一个证券营业部,将来我是准备在这个营业部基础上成立一家专业证券公司的,所以呀,你们别拉我过去凑热闹!"轮到财政证券了,他们说得更干脆:"我们财政证券只做国债,像股票、期货这种高风险的事情,我们不能碰!"

就这样,在几家单位的抵制下,五洲证券的重组整合工作迟迟未能动工。这也是作为代理总裁的白皓月非常忧心的一件大事。白皓月想不到胡伟力竟然主动提起了这件事,一时竟不知如何回答才好。

胡伟力似乎看透了白皓月的心事,身子往沙发后背上一仰,悠悠地说:"市里面提出的那个'五国发财'方案我大致了解一些,听说不太顺利呀!"

白皓月愣了一下,心想,这个胡伟力果真消息灵通,对重组方案的细节居然都了如指掌!我倒要看看他葫芦里卖的到底是什么药。于是,他轻轻笑了笑说:"胡总既然已经知道了,那我也就实话相告,的确不太顺利!"

"有没有考虑过其他方案?"胡伟力问。

白皓月摇了摇头。事实上,他的确没有考虑过。因为重组的主导权在市政府和控股股东手里。他作为一个公司的看守管家,虽然很希望公司能尽快通过重组摆脱困境,但在由谁重组、如何重组的问题上还是没有话语权。

"你看我们两家合并怎么样?"胡伟力又问。

"哦……"白皓月万万想不到胡伟力会提出这么一个问题。他把头扭向窗外,似乎被黄浦江上来来往往的船只或者江东高高低低的脚手架吸引住了,其实是在快速思考如何回答这个棘手的问题。五洲证券原本是与金江证券实力相当、甚至略高一筹的国内顶级券商。在那个"五国发财"的重组方案里,五洲证券应该还能略占上风。但是如果与昔日的竞争对手金江证券重组,五洲证券可能就得彻底靠边站了!

胡伟力本是揣摩人心的高手,见白皓月半天不吱声,心中便明白了八九分。他向白皓月保证:"白总放心,你们五洲证券虽然现在遇到了难处,但是你们的底子不错,还有很多非常优秀的人才。这一点我非常清楚。所以,如果我们两家重组的话,我保证五洲证券的兄弟们都能得到应有的尊重。"

见胡伟力把话说到这个份上,白皓月不好再回避。他扭过头,对胡伟力笑了笑说:"胡总大气!其实重组中最大的障碍就是人的问题。您既然对人的安排已经有了比较周到的考虑,我看两家可以重组。当然,我说的不算,最后怎么定,还得看市里面的意见。"

"那是,那是。"得到白皓月首肯的胡伟力开始眉飞色舞地列举两家公司合并的好处来,"白总你看,我们两家公司现在都有50来家分支机构,合在一起就是100多家,合并后我们就是绝对的国内老大了。别说现在增加分支机构的审批程序太麻烦,就算证监会放手让我们自己增加分支机构,想一下子从50家的基数上再扩大一倍也相当不容易。再从人员规模上看,目前我们两家大概各有1500人左右,合在一起就有3000多人了,关键是这3000多人都是熟手,并且整体素质在国内本来就遥遥领先!这要比我们从市场上招收那些一丁点从业经验都没有的新手不知要划算到哪里去了!"

白皓月见他分析得在理,跟在后面不停地点头。最后两人达成共识:尽快把两家公司合并的想法向"五洲证券重组整合协调小组"汇报!

正当"五洲证券重组整合协调小组"为五洲证券的重组整合发愁之时,胡伟力主动找上门来。这对"协调小组"来说,绝对是个好消息。大家都比较高兴,市里的主要领导也表示欢迎。不过,要想把两家重组的事情办成,还得金江证券的股东中工银行总行同意才行。

希望尽快促成此事的胡伟力立即飞抵京城,将重组构想向总行陈行长当面汇报。陈行长了解了胡伟力的来意之后,盯着他足足看了一分钟,才缓缓吐出一句话:"伟力,听说五洲证券在327国债期货事件中一共亏损了13亿多,这么烂的公司你都愿意接手,看来江海市政府没少给你压力啊!"胡伟力赶忙解释说,重组的想法是他自己的意思,绝对没有人逼他。还把两家公司重组后的好处向陈行长详细进行了陈述。陈行长一听,既然两家公司重组能快速实现做大做强的目标,便当场同意了胡伟力提出的建议。

从京城回来之后,胡伟力再次向江海市领导做了汇报。在市领导的大力支持下,金江证券与五洲证券的重组整合工作很快拉开了序幕。经过几个月的紧张工作,金江证券和五洲证券各以6.6亿元净资产合并为一家公司,折合股份共13.2亿股。合并后的公司名为"金洲证券股份有限公司",简称"金洲证券"。两公司的人员基本采用简单的"1+1"办法,所有人员的职务除董事会、股东会等有所变化外,其他基本不变。职能部门则分别称一部、二部,如原金江证券投行部被称为投行一部、原五洲证券投行部被称为投行二部。白皓月虽然代理过五洲证券总裁一职,但上级并没有将其"扶正",所以在新公司里,他仍然担任副总裁一职并继续分管两个投行部。

在两公司合并时,原五洲证券的净资产因为巨额亏损的原因,只有不到5亿元。然而,考虑到五洲证券此前的股东出资额累计达到6.6亿元,市领导还专门找胡伟力谈过话。市领导告诉他,如果对五洲证券审计的结果小于6.6亿元,那就意味着国有资产流失,重组工作也就没法落地了,希望他能在清产核资问题上以大局为重,不要过分计较。胡伟力一心想促成重组,不仅爽快地答应了市领导的要求,还主动将净资产远远大于6.6亿元的原金江证券也折算成6.6亿股。多年以后,当胡伟力回忆起这段重组往事时,还对自己当初的大度和远见颇为得意。他说:"我看重的是合并后的整体利益,如果太斤斤计较,重组工作根本就没法推进!"

第二十四章

皓月接下棘手事　万典献计破难题

1996年7月1日，重组后的金洲证券正式走向公众视野。不久之后，作为投行部分管领导的白皓月就接到了一桩非常棘手的股票发行任务。那是7月上旬的一个下午，天气非常炎热，白皓月正在翻阅原金江证券投行部员工简历，胡伟力通过内线电话叫他过去一下。他赶忙放下手中的材料，来到胡伟力的办公室里。

"快坐下，有件急事要跟你商量一下。"胡伟力一边晃动着手中的蒲扇，一边对白皓月说。

白皓月顺势在胡伟力对面的椅子上坐了下来。说实话，白皓月也感觉屋里很热。但是他还不至于像胡伟力那样，头上顶着个大吊扇还要摇动手中的蒲扇。虽然从年初算起，白皓月与胡伟力才共事半年，但他对胡伟力的脾气已经摸得比较透彻了。与谢卫红比起来，胡伟力不是那么霸气，甚至略显世故和圆滑，但他骨子里透出来的执着却与谢卫红有得一拼。白皓月见他如此心神不宁，便猜想他一定是遇到了什么难事。

"是这样的，有一个化工企业的上市工作需要我们去落实一下。"胡伟力用手背抹了一把头上的汗珠说。

"哪家企业？"虽然白皓月知道心急的胡伟力紧接着会把这个企业的情况说出来，但他还是随口问了一句。

"北方化纤。"胡伟力使劲摇动着手中的蒲扇说，似乎这几个字是令他感觉炎热难耐的罪魁祸首。

对于北方化纤，白皓月多少还是知道一点。这家公司的上市工作原本是金江证券要推动的。可是当负责这个项目的投行部副总经理孙伟被中工银行调到它旗下的另一家证券公司任投行部总经理后，孙伟顺手就把这个项目一同带了过去。"这个项目不是被孙伟带走了吗？"白皓月忍不住问道。

"是带走了，可是他们现在没有本事做，上面对这件事又催得紧，所以这个球又被踢了回来！"胡伟力说完，嘿嘿干笑了两声。

白皓月深感责任重大。因为这个项目不仅是重组后新公司接到的第一个大项目，也是白皓月个人与胡伟力合作的第一个项目。所以他无论如何都得把这个项目做好了。

好在白皓月现在兵强马壮，并且投行一部、投行二部的负责人都是自己的兄弟。投行二部自不必说，这是老五洲证券投行部的班底。原五洲证券投行部总经理看到公司出了那么大的事情，感觉再待下去希望渺茫，正好外面有一家证券公司向他伸出了橄榄枝，便顺水推舟跳槽走了。正在代理总裁一职的白皓月借此机会就把老同学周万典扶了正。两家公司合并以后，周万典也就成了新公司投行二部的总经理。至于新公司投行一部的总经理，自然由原金江证券投行部总经理担任。如果大家没有忘记的话，原金江证券投行部总经理不是别人，正是白皓月的大学同学赵洪亮。

两家公司合并的消息正式公布后，赵洪亮曾挺着硕大的肚子走进白皓月的办公室，感慨万千地说："真是山不转路转，路不转水转，转来转去，我们哥几个又弄到一块了！"

白皓月担心手下两员大将都是同学，今后不好开展工作，赶忙抱拳道："以后的工作还要请洪亮兄多多支持呀！"

赵洪亮鼓起他那胖乎乎的腮帮子，故作生气地说："皓月，这话还用你说吗？俗话说，'打虎亲兄弟，上阵父子兵'，我们同学一场，怎么说也算是亲兄弟，不帮你，还能帮谁？不过，你放心，关起门来我们是同学，如有其他人在场，我们就是上下级！我保证，绝对维护你的权威！"

白皓月连忙摆手说："我哪有什么权威？我们一起把工作干好才是正经！"

赵洪亮这些年行走市场，早已练得世故、圆滑，他轻拍着白皓月的肩膀说："当领导的哪能不讲权威？放心，就算你自己不讲究，我们这些做兄弟的也得帮你维护着。"

白皓月瞪了他一眼道："别来虚的，你们帮我把工作做好就行！"

赵洪亮并不完全认同白皓月的观点，一屁股坐在白皓月办公室的真皮沙发里，用肥厚的手掌有节奏地拍着沙发的扶手说："工作肯定会帮你干好的！这一点你还不放心吗？不过，凭我行走江湖的多年经验来看，领导的权威一定要有小兄弟们用心打理才行。不然,你走出去派头不够,那不仅是你个人的损失,也不利于开展工作呀!"

两人正说着,外面响起了敲门声。白皓月说了一声"请进!"门便"吱呀"一声打开了。说来也巧,进来的这个人是周万典。他见屋里只有白皓月和赵洪亮两人,便随手把门又关上了。

"你们俩在讲啥? 这么热闹!"周万典问。

快人快语的赵洪亮此时却故作深沉,晃动着硕大的脑袋,一副悠然自得的样子。

白皓月不想跟他俩把时间都耗费在闲扯上,就随口应了一句:"你问洪亮。"

周万典把眼光重新停在赵洪亮的脸上。

赵洪亮这才一边用手指敲着沙发扶手,一边慢悠悠地说:"我刚才跟皓月说,我们这些做兄弟的在有别人在场的时候,一定要维护好他的权威。他竟然说我瞎说。你帮我评评理,我这算瞎说吗?"

周万典想了想说:"不算! 不算! 我当年在五洲证券的时候就是这么做的。可能因为演得太过逼真,我在五洲证券工作好几年,大家都不知道我跟皓月还是大学同学!"

赵洪亮得到这句话,冲白皓月眨了眨眼睛,神秘地笑笑说:"看,我没说错吧? 幸亏我态度比较端正,要不然,哪天冲撞了顶头上司,被判个流放什么的,自己还不知道问题出在哪里呢!"

白皓月走过来,用手指戳了一下赵洪亮的脑门说:"就你会贫!"

赵洪亮也不争辩,只是把头往旁边一偏躲了过去。

白皓月问他们俩到底有什么事,居然前后脚过来了。赵洪亮这才告诉白皓月,他与周万典约好,特意来向老同学表示一下问候的,并没有具体工作上的事情。

白皓月心想,也罢,就算没有老同学这层关系,自己在两个公司整合以后,还不得找下属了解下相关方面的情况。于是,他与二人交流起公司投行业务方面的情况。不过,在交流的过程中,白皓月逐渐意识到投行一部和投行二部之间天然就存在一定的竞争关系,那么今后赵洪亮与周万典这对同学关系该如何相处呢? 自己又该如何平衡与他们之间的关系呢? 也就是从那一天起,这成了摆在白皓月面前一个难以绕开的难题。

白皓月从胡伟力办公室出来后,立即着手推动北方化纤的上市策划工作。他把赵洪亮和周万典同时叫到自己的办公室里。

赵洪亮一进门就问还有没有别人。当听到白皓月说没有时,赵洪亮随手关上房门,大大咧咧地走到白皓月的办公桌前,笑嘻嘻地问:"皓月,你把咱哥俩都叫来是不是有什么好事?"说罢,随手从桌子上拣了颗巧克力,剥开后,一抬手将它扔进自己张大的嘴巴里。"不错!不错!当领导就是好,还有人给你送巧克力!"说着,又拣了颗巧克力塞进周万典的手里,"来,来,来,你也沾个光!"

白皓月瞪了他一眼,说:"就你会贫,几颗巧克力也要做文章!这是你嫂子前几天硬塞给我的,她说我工作忙,叫我在正常饭点不能就餐时,吃一颗垫垫,省得把身体搞坏了。"

"噢,原来是这样啊,我们那个漂亮嫂子还真会疼人呢!"赵洪亮夸张地挑着眉毛说。

"好,不说这些了,今天找你们两个过来是要谈正事的!"白皓月正色道。

听说要谈正事,赵洪亮立马正襟危坐,变得严肃起来。周万典也跟着坐直了身体。

"是这样的,刚才胡总交办了一件发行上市的任务。"白皓月说。

"好啊!"赵洪亮抢着说。

"好什么好?这个案子本来就是从你们这里被人带出去的,如果容易做的话,怎么能又回来?"白皓月提醒道。

"噢,你说的是北方化纤!"赵洪亮一扫刚进门时的眉飞色舞,脸色变得阴郁起来,"这基本就是一个不可能完成的任务啊!"

周万典对这个案子不太清楚,听说任务很艰巨,便提醒白皓月说:"既然这么难,不如让李所长一起来!"

真是一句话点醒梦中人。白皓月立即抓起内线电话拨了出去。前后不过两分钟,李昆仑就出现在白皓月的办公室里。四人在茶几四周各把一方,白皓月正色宣布此次讨论的议题。李昆仑对这个项目的情况比周万典还不熟悉,只是耐心地听白皓月介绍情况。

待白皓月介绍完毕,赵洪亮再次先行发言:"白总,这个案子本来就是从我们部门流出去的。如果这是个容易做的项目,它肯定不会再回来。我分析主要是北方化纤的价格定得太高。从质地来看,北方化纤与江海化工差不多,都属于石化产业,主营业务也都差不多,每股净资产不相上下,但是江海化工现在的股价基本维持在1.5元上下。但是北方化纤在发行H股的时候就承诺每股价格不低于2.68元。两个差不多一样的东西,价格却相差这么大,智障者才会买北方化纤!"

白皓月无奈地说:"你讲的这些我们都知道,我现在想知道的是对策!"

"对策啊？那简单,不接受就行!"赵洪亮非常干脆地说。

"可是白总的意思好像是必须接受。"周万典试探着看了白皓月一眼。

白皓月马上表明态度:"万典说的对！如果可以不接受,胡总早就给推掉了。再说,如果问题没有一定的难度,那还要我们干啥?!"

赵洪亮不再言语,他把两手摊开在沙发扶手上,眼皮上翻,盯着天花板,仿佛那里面有着他要寻找的答案。周万典则凝眉托腮,明显在用心思考着对策,却又一时找不出解决之道。李昆仑虽然到证券公司也有几个月时间了,但总体来说,还没有进入角色,加上前期重组整合过程中公司的业务几乎没有正常开展,所以他对这个案子几乎就是个门外汉,只好默默地坐在一边倾听另外三人的议论。

房间里的气氛有些沉闷。就在这时,白皓月桌上的内线电话响了。他走过去,拿起电话一听,原来是胡伟力打过来的。"胡总要我过去一下,你们先在房间里稍等一会儿。"白皓月一边说,一边走出屋外。没有白皓月在场的时候,三人开始海阔天空地闲扯起来。

白皓月进屋的时候,胡伟力正在焦急地翻着桌上的文件。"胡总,我来了。"白皓月在胡伟力对面坐下,静静地等待对方说话。

"刚才纺织工业部的赵部长给我打电话了。"胡伟力说。

白皓月点点头,算是回应。

"赵部长要求我们保质保量完成北方化纤的上市工作,还开出了三个条件:第一,必须在一个月之内签订上市协议。"

胡伟力的话还没说完,白皓月便惊得双目圆睁,嘴巴大张:"一个月？这也太急了吧?"

胡伟力继续说:"第二,发行价不能低于2.68元。"

对于这个条件,白皓月心里有数,问题是现在可比公司江海化工的价格只有区区1.5元！投资者在二级市场上能更自由买到更便宜的可流通股,为什么要以高价参加北方化纤的首发申购并承受锁定之苦呢?

"第三,余券包销。"胡伟力说完,两眼盯着白皓月,似乎想在他的脸上寻找到答案。

"胡总,我想再跟您确认一下,是不是我们必须接下这个任务？并且我们也必须按照这三个条件去做?"白皓月问。

胡伟力点点头。

"哦,看来,赵部长就是想让我们金洲证券把他们要发行的股票买下来了!"白皓月目光空洞地说。

"也可以这么说吧。不过,也许还有更合适的办法。你们再好好想一想!"胡伟力用热切的眼神看着白皓月说。

"行! 我再去想想办法!"说完,白皓月快速转身离开。

当白皓月把赵部长提出的三个条件向赵洪亮等三人转述后,大家的反应与白皓月最初听到时的反应一样,都认为这个任务根本不可能完成。

"我这个本家大领导真是站着讲话不腰痛! 这不是强人所难吗?"赵洪亮说完,闭上眼睛养起神来。

"这还真不算强人所难!"白皓月纠正道,"人家把这么难的任务交给金洲证券,说明他看重我们公司。如果我们能把这么难的任务都能完成了,以后我们的市场地位不是更高了吗?"

赵洪亮没有睁眼,似乎还在养神,也似乎是在调动自己的智慧思考对策。李昆仑用他那对微微眯缝的小眼睛把在座的另外3人逐个看了一遍,似乎要从他们的脸上找到解决此项难题的金钥匙,毕竟他对投行业务和化工行业都不太熟,临时被叫来参与讨论,学习的意味更浓一点。

"道理是这么个道理。可这明摆着是一单赔钱的生意。"周万典眉头紧皱,慢慢吸足一口气又缓缓吐了出来,"除非……"他不再说下去,而是把眼光停在白皓月的发梢上。

"除非什么?"包括白皓月在内的另外三人都急切地伸长脖子,盯着周万典问。

"除非我们能把江海化工的股价拉起来!"周万典终于慢吞吞地说出了他的想法。

"嗨! 这就是你的高见?"赵洪亮重新把肥硕的上身重重地压在沙发靠背上,望着天花板上的大吊扇,喃喃道,"我还以为是什么锦囊妙计呢!"

白皓月也说:"能把股价拉起来当然好了,今年的市场环境也还不错,但是整个化工行业已经跟随大盘涨过一轮了。如果没有特别的利好消息,江海化工的股价很难在短期内从1.5元涨到2.68元。况且它的盘子又大,小资金根本就推不动它。就算能推得动,这种事也不能做,既不合规,又不划算。"

"哦,看来这条路走不通了。"李昆仑似乎听明白了他们的意思,他想了想,接着说,"看来只能认亏了。"

"认亏? 你知道按现在的价格,如果我们承销后,北方化纤一股都卖不掉,我们可能赔多少吗?"白皓月问。

"我刚才算了一下,大概5000万元左右吧。"李昆仑说。

"5000万不是一笔小数。没有哪一家券商愿意辛辛苦苦帮人家保荐上市,还背上几千万亏损的!"周万典接着说,"除非……哎!我有主意了!"

三人的目光再次聚焦到周万典的脸上。

"快说,有什么好主意了?"白皓月催促道。

"哦……"周万典斜眼看着窗外的白云说,"我是说,如果有一批企业愿意跟我们一起分担这笔亏损,这件事不就做成了?"

"嗨,你这不是做白日梦吗?我们一家亏损也就算了,还想拉上一大批垫背的,你当人家都是傻瓜吗?"赵洪亮鼓动着厚厚的嘴唇说。

"别这么说!"白皓月向赵洪亮指了指自己的嘴巴道,"你让他把话说完。"随后又转头对周万典说,"把你的想法说完。"

白皓月的鼓励令周万典的底气大增。他开始慢条斯理地把自己的想法说了出来。白皓月越听越眉头舒展,李昆仑也悄悄向周万典竖起了大拇指,只有赵洪亮越听脸色越难看。看样子,他也认为周万典说得有道理,只是这个主意被周万典抢先想到,他有一种风头被别人抢去的失落,尽管那个"别人"还是他的老同学。对于赵洪亮表情的微妙变化,白皓月看得一清二楚。但是他现在没有时间琢磨这些。对他来说,尽快把胡伟力交办的难题解决掉才是重中之重。

"走,我们见胡总去!"没待周万典全部说完,白皓月突然起身快步往门外走去。其他三人相互看了看,也快速起身,紧跟上去。

"胡总,我们有了一个初步方案!"刚一跨进胡伟力的办公室门槛,白皓月就忍不住大声说道。

见白皓月情绪比较激动,身后还跟了三个下属,胡伟力的心里便明白了八九分。"是关于北方化纤的吧?"他一边起身,一边往办公室一侧的长方形小会议桌走去。白皓月等4人也自然凑到小会议桌旁,各自拉开椅子坐了下来。

"快把你们的好主意说说看!"胡伟力刚一坐下便对白皓月说。

"万典,这个主意是你出的,还是你来向胡总汇报吧!"白皓月看了一眼周万典。

"是这样的……"周万典舔了舔嘴唇说,"我是想,既然与北方化纤质地相近的江海化工的股价不可能在一个月之内上涨80%左右,那么承销北方化纤就百分之百会亏损。如果我们一定要接受这个任务的话,那就要做好亏损的准备。按现在的江海化工股价来算,亏损大概是5000万左右。这样的亏损对一家企业肯定是难以承受之重。但是如果有一批企业一起来分担亏损,结果就会不一样。"

"有点意思！"胡伟力没等周万典说完，不禁带头叫起好来，"那么谁愿意跟我们一起分享这个亏损呢？"

"现在全国有好几十家券商，但是从没有做过上市保荐和承销工作的中小券商还有不少，或许这些券商愿意跟我们一起承受亏损。"周万典试探着说。

"嗯，说说你的理由。"胡伟力说。

"据我了解，江海和南粤两地的一些中小券商基本拿不到本地的上市保荐和承销机会，在全国其他地方，他们更没有实力与我们这些大机构竞争。我猜想，这些中小券商做梦都想掺和一下上市保荐，就算不赚钱甚至稍微亏损一点，他们也愿意，就当是花钱为公司做了个广告嘛！"

"不错，这的确是个好思路。如果我们把这些企业拉在一起，亏损也就被大家分担了，何况最后还未必亏损呢！"胡伟力用赞许的眼光看了眼周万典，随后对白皓月说，"万典的想法非常好！建议这个项目就让万典做项目经理，你们抓紧时间继续落实。"

白皓月点头答应了一声，当场给3个下属大致分配了一下任务，便起身告辞。走出胡伟力办公室房门时，白皓月无意中瞥了一眼赵洪亮，见他脸色阴郁，便轻拍了一下他的后背。

白皓月回到办公室以后，给国内几十家中小券商分管投行业务的副总猛打了一通电话，把联手保荐并承销北方化纤的想法和盘托出。令他惊喜的是，这些同行们就像中了大奖一样，纷纷表示非常愿意与金洲证券共同保荐并承销北方化纤，还说，如此联手做一家公司的上市工作，每家不会亏损太多，就当花百八十万做了个广告，让他稍等一两天时间，待他们在各自公司内部讨论通过后，第一时间向金洲证券反馈。

一圈电话打完，白皓月头晕目眩、双耳轰鸣，但心里却异常激动。"必须尽快把这些好消息告诉胡总！"他顾不上劳累，快步跑进胡伟力办公室，喜形于色地把结果大致汇报了一下。令白皓月意外的是，胡伟力的反应非常平淡。

"哦，知道了。你们尽快落实吧。"胡伟力说。

白皓月被胡伟力的冷静搞得一头雾水，脸上的欣喜也不由自主地收了起来。

胡伟力似乎看出了白皓月的心思，微微一笑说："你知道我为什么没有先前那样激动吗？"

"不知道呀！"白皓月摇了摇头。

"因为这个结果完全在我的意料之内！自从万典把这个主意说出来之后，我就感觉这件事肯定能做成了。其实，在你们找我之前，我也往这个方向想过。看到这个主意从业务团队嘴里说出来，我特别高兴。这说明我们金州证券卧虎藏龙，人才辈出啊！有这么一支善于处理复杂问题的队伍，我们金洲一定会越来越好！"说到这里，胡伟力的情绪也开始激动起来。

就在胡伟力说话的时候，白皓月默默地把他与谢卫红做了一番比较。他感觉这两人都是有雄心、有眼光，也有担当的企业领导，更难得的是，这两个人都爱兵如己，愿意为下属创造良好的工作氛围并为下属取得的丁点进步而自豪。不同的是，这两个人在个人气质上差别较大。谢卫红有些霸气外露，胡伟力则内敛圆融。他记得，谢卫红经常会带着一大帮下属参加各种活动，但一般的情景是谢卫红一个人昂首阔步地走在前面，其余的人只敢远远跟在后面。如果谢卫红走着走着回头看上一眼，后面跟着的人一定会吓得够呛，生怕谢卫红对他们有所不满。其实，谢卫红很少对下属发脾气。但他那种不怒自威的样子还真令下属有些胆怯。胡伟力就不一样，如果不是特别需要，他出门不会带太多的下属，并且总能与下属并肩同行，就连说话也小声慢语，让人感觉他似乎不是领导，而是一个邻家大哥。不过，白皓月现在还想象不到，正是两人在个人气质上的截然不同最终导致了两人命运的巨大差异。

"你在想什么？"胡伟力发现白皓月似乎在开小差，就问了一句。

"哦，没，没有啊。"白皓月赶紧把思绪拉回到北方化纤的上市问题上。

胡伟力也就是随口一问，并没有打破砂锅问到底。"这下好了！很多人见我们接手北方化纤，都认为就算我们做成了，也得亏上一大笔钱。前天我在外面开会时，遇到总行的曾桐副行长。他问我：'听说你们又把北方化纤的案子接回去了？'我说：'是。'他就跟我打哈哈，说'那祝你们成功啊'！我知道他的真实意思是什么，但人家兼任中华证券董事长，当然要站在中华证券的立场上说话了！"胡伟力说。

"哈哈，的确是这样！不过，如果曾行长知道我们最终通过这个方案把北方化纤弄上市了，他一定后悔自己不该把机会拱手让给我们，让我们赚到了名气又没怎么亏！"白皓月说。

"是呀！这个机会本来是稳稳攥在他们手里的，怎奈赵部长催他那么多次，他都不敢做。眼看距当初北方化纤在香港上市时承诺发行A股的期限只剩一个月了，赵部长只能找我们来做，毕竟我们和中华证券都是中工银行控股的券商。"说罢，胡伟力哈哈大笑起来。

第二天开始,白皓月联系过的20多家中小券商先后打电话反馈,说他们经过内部讨论后同意与金洲证券一起保荐并承销北方化纤的A股首发。于是,在中国证券史上一个以金洲证券为主承销商的最大承销团组建起来了,这个规模至今未被超越。

为肯定周万典的创意,白皓月让他担任金洲证券方面的项目经理。由于金洲证券是主承销商,所以周万典实际上又是这个史上最大承销团的一线工作总负责人。这种地位令周万典一下子处在了聚光灯之下,也令赵洪亮更加醋意大发。

金洲证券牵头组建北方化纤承销团的消息登上媒体之后,资本市场一下子就炸开了锅。投资者发现北方化纤以2.68元的高价发行A股居然有这么多的券商一起承销,领头的还是券商界的绝对老大金洲证券,这说明它值这个价呀!既然这样,与金洲证券质地相差无几的江海化工股价只有1.5元左右,岂不是太便宜了!于是,二级市场上出现了哄抢江海化工的现象。不到20个交易日,江海化工的股价就蹿到2.7元以上。在此背景下,北方化纤的A股首次发行工作进行得特别顺利,超额认购达到1.75倍。所有参与这次保荐和承销的券商不仅没有亏损一分钱,还赚到了数额不菲的承销费。有些胆大的券商甚至还因最早建仓江海化工而大赚一笔。比如,金洲证券就在江海化工上赚到8000多万元,其知名度再次跨上新台阶,真可谓名利双收!

第二十五章

邵东明摆谱压价　胡伟力另辟蹊径

金洲证券成功助力北方化纤发行A股之后,在国内的影响力达到了一个新的高度。不久之后,他们就接到江海市政府直接下达的一个B股上市任务。

提起这家希望发行B股融资的企业,白皓月还是非常熟悉的。它就是江海重工,主要从事设计、建造、安装和承包大型港口装卸系统及设备。两年前,它发行A股时就是时任五洲证券副总裁白皓月出面签订的保荐协议,而项目经理正是周万典。考虑到周万典对该公司已经比较熟悉,如果让他再任保荐B股的项目经理应该是效率最高的。然而,白皓月却把赵洪亮叫到了办公室里。

这段时间里,因周万典成功提出解决北方化纤上市难题的方案,并具体执行了保荐工作,赵洪亮倍感失落,常常一个人坐在座位上发愣,就连吃饭、走路也常常魂不守舍。白皓月看在眼里,急在心里。因为两家公司合并而客观上造成两个投行部并立的现状是他个人一时无法改变的。如果这两个投行部的负责人都跟自己无关,或者只有一个人与他有关,他都好处理。对于前一种情况,可以完全看业绩,谁做得好,他就支持谁。对于后一种情况,则可以兼顾关系,谁跟他关系好,他就在项目分配、评优、发奖等方面偏向谁。问题是这两个投行部的负责人都是他曾经的同班同学,此前的关系也都不错。在这种情况下,他必须要一碗水端平了。正是出于这样的考虑,他决定让赵洪亮担任江海重工的B股保荐项目经理。

"找我有事吗?"赵洪亮见白皓月的办公室里没有第三人,情绪稍稍有所放松。

白皓月"嗯"了一声,却没有立即告诉他有何事吩咐,而是说:"你最近情绪好像不太好。"

"哦? 没有吧?"赵洪亮虽然矢口否认,语气却并不坚决。

白皓月只想稍稍点他一下,并不想在这个问题上深究下去,便转而说道:"市里希望我们牵头帮助江海重工发行B股,你有没有兴趣担任项目经理?"

"好啊!"赵洪亮的眼睛一亮,随即又暗淡下来,"如果我没记错的话,当时江海重工发行A股时是万典做的项目经理吧?"

白皓月点点头。

"其实,这次还应该让他做项目经理,毕竟他对江海重工的情况比较熟悉。"赵洪亮嘴上虽是这么说,心里面其实还是很想接下这项工作的。

白皓月似乎看透了他的心思,却又不好说得太直接,便编了条理由说:"他刚把北方化纤的活做完,我看他比较累,想让他休息一下。"

"哦,既然这样,这件事就交给我来办吧。谢谢兄弟的信任!"赵洪亮紧绷着的脸终于舒展开来。

"你先别忙着说谢,这个案子还是有一定难度的!再说,我这是给你派活,又不是给你发奖金!"白皓月嬉笑着说。

"那也得谢!我知道你这是在给我机会!"赵洪亮抹了一把油光发亮的大脑门说。

"好,不管是不是机会,你回去跟投行一部的兄弟们好好研究一下,尽快拿出一个初步的保荐方案来,特别是要考虑清楚B股如何定价比较合适?"白皓月进一步明确了任务。

赵洪亮拿到任务后不敢怠慢,立即召集本部门骨干进行研讨。几天以后,经过一番紧张的准备,赵洪亮将一份报告呈交到白皓月的手上。白皓月快速浏览一遍后,感觉比较靠谱,就拉着赵洪亮向胡伟力汇报。胡伟力是大事过问、小事放手的超脱型领导。他接过白皓月递过来的报告,只是快速翻了一下,便叫白皓月和赵洪亮把要点汇报一下。白皓月示意赵洪亮具体汇报工作内容。

赵洪亮随即调整了一下坐姿,道:"江海重工在江海市的地位非常重要,在海工装备的设计和生产方面,国内无人能比,即使与国外同行相比,也没有多大的差距。如果这次能够成功发行B股,就能极大地促进公司研发和拓展海外市场。但是,要想成功发行B股,仅靠我们金洲证券一家的力量还不够,还必须把国际上知名的投行拉过来,组成一个比较大的承销团才行。"

"谁来做主承销商呢?"胡伟力问。

"当然是我们金洲证券了!"赵洪亮说。

"这就对了!从1992年我们发行第一只B股开始,我就坚持由我们自己来做主承销商。这是我们本土券商好容易遇到的走向世界的机会,决不能轻易就把主导权放弃了。否则的话,永远也甭想长大!"胡伟力用赞许的眼光看着赵洪亮说。

此刻,已经好久未得到主要领导夸奖的赵洪亮心里一阵暖流流过。他竟然有些不好意思起来,那硕大的胖脸一时间涨得通红。"除了要组建承销团,我们对江海重工的B股发行价格也做了初步测算,建议每股价格不低于40元,加上手续费不低于42元。"赵红亮接着又把如此定价的理由大致汇报了一下。

"可以。"胡伟力边听边频频点头。他再次对赵洪亮表示肯定,并要求白皓月尽快按当前的方案早日落实下去。

从胡伟力办公室出来后,白皓月与赵洪亮立即分头致电外资和港资投行,把组建承销团的意向传递出去。从初步的电话交流情况来看,这些外资和港资投行对参加承销团很有兴趣,还问了不少专业问题,有一家名为奔富集团的香港投行还主动请缨,要做外资和港资投行的总协调人。白皓月与赵洪亮交换了一下意见,认为这是好事,毕竟香港投行的国际化水平高,由他们出面协调不仅可以省去金洲证券分别与其他外资和港资投行沟通的时间,还能避免因文化差异带来的交流障碍。当白皓月把初步沟通结果报告交给胡伟力时,他同样认为这是一个不错的方案,嘱咐白皓月尽快与这些外资和港资投行签订承销协议。白皓月得令后决定带领赵洪亮亲自去一趟香港,当面拜访一些有意参加承销团的外资和港资投行以及奔富集团。

秋日的维多利亚湾之夜,灯火辉煌,凉风送爽,海浪轻轻地拍着岸边的礁石,大小船只匆匆地穿梭往来,置身其中犹如梦境一般。连续拜访多家国际知名投行在港分支机构的白皓月和赵洪亮终于能够喘口气,休息休息。陪在他们身边的正是奔富集团投行部副总经理邵东明。此人个头儿不高,1米65上下,年龄不到40岁,微胖,穿一身笔挺的淡蓝色西服,操一口广东味十足的普通话,挺胸收腹,声音洪亮,言谈举止中流露出一股高高在上的优越感。受奔富集团委派,邵东明将全权代表奔富集团协调与金洲证券的合作事宜。

"白先生,维多利亚湾还不错吧?"邵东明用手指着游轮如织、灯火通明的港湾问道。

"嗯,挺漂亮的!"白皓月由衷地称赞道。

"这里不仅漂亮,还非常繁华! 我去过内地不少地方,自然风景都没得说,可是一到晚上,就漆黑一片,想找个地方散散步,还得当心不要被什么东西绊倒或者摔到水里面。"邵东明说到这里不由自主地嘿嘿干笑两声,笑声中带有明显的轻视。

白皓月和赵洪亮见邵东明态度轻佻,心里都略有不快。白皓月想到此次来港的主要目的还是为了把生意做成,所以并不想与他争辩哪里更加繁华。不过,赵洪亮就不是这么想了。在他看来,香港有香港的优势,内地有内地的潜力,把两者简单放在一起比较是没有意义的。

为了防止邵东明把优越感带到项目谈判上来,赵洪亮没跟白浩月商量,便直接呛了邵东明一句:"如果我没猜错的话,邵总的祖籍应该在内地吧? 有句话叫'子不嫌母丑',你知道吗?"

邵东明被赵洪亮说得愣了一下,又不好发火,只好咽了口吐沫,不再说话。

白皓月见气氛有点尴尬,就把话题重新引到承销团的组建上。"邵总,承销团的事还要拜托您多费心呀!"白皓月说。

邵东明正觉无趣,有了白皓月的这句话,正好借坡下驴。"哈哈,白先生客气了,既然我们奔富集团派我来协调合作事宜,我肯定会尽力。其他的都好说,就是江海重工的定价有点高啊!"言毕,邵东明重新恢复到先前那种自恃高人一等的状态中。

白皓月感觉双方已经没有什么好谈的,便说定价是反复测算过的,不高。然后,他借口次日还要早起赶飞机,与邵东明就此告别,回宾馆去了。

在返回江海的航班上,赵洪亮依旧对邵东明的态度耿耿于怀。"都是中国人,这个邵东明还装起大尾巴狼来了!"赵洪亮向白皓月抱怨道。

"大概是生活环境不一样吧。不过,从现在的情况来看,江海的确与香港差距较大,人家邵东明有一些优越感也不奇怪。"白皓月说。

"你还替他说话!"赵洪亮摇摇头说。

"我现在更关心的是怎么尽早把承销商协议签下来,至于邵东明个人态度是不是傲慢并不重要。"白皓月语气平缓地说。

"你倒是想得开! 我有一个预感,邵东明的态度可能会影响到承销商协议的签署!"

"是吗? 也许你是对的! 不过,在情况发生变化之前,我们还得通过这个人跟外资和港资投行对话呀。"白皓月说毕,扭头看着窗外的白云发起呆来……

胡伟力得知邵东明对江海重工发行价格的意见及他那居高临下的态度后,脱口说了一句:"得做两手准备,别被这家伙把我们的正事给耽误了!"白皓月问他该怎么准备,胡伟力笑着说他自己准备,并叫白皓月该怎么谈判就怎么谈判,不要轻易让步就行。白皓月见胡伟力很有把握,也就没有再问。

在白皓月的直接推动下,赵洪亮的投行一部很快完成了承销商协议的起草工作。然而,直到金洲证券与邵东明约定好的签约日,邵东明都坚持江海重工的发行价最多只能定在20元/股,加上承销费用,也只能是21元。"这家伙太狠了,直接把我们定的价格砍掉一半!"白皓月在心里嘀咕道。不过,因为有胡伟力事先帮他托底,他始终坚持把发行价定在40元/股。邵东明的态度愈加强硬,他在电话里扬言,如果金洲证券不接受他们提出的定价方案,那么承销商协议可能就没法正常签署,还说这并不是他个人的意见,也不是奔富集团的意见,而是那帮国际大投行的集体意见。白皓月明知邵东明在定价问题上有话语权,却不想戳穿他。因为对于白皓月来说,能够通过邵东明与一批国际顶尖投行合作承销江海重工,是一件意义非凡的事情。于是他稍稍退了一步,邀请邵东明来江海面谈并签订承销商协议。邵东明倒是答应了。也许在他看来,离开他的协调以及那些国际大投行的配合,金洲证券肯定没法完成发行江海重工B股的任务,所以最终必然会屈服于他们的压力。

面谈的时间定在10月下旬的一天下午。白皓月一大早就让赵洪亮准备好了协议文本,就等邵东明过来签字了。然而,因为飞机晚点,白皓月一直等到下班都没等到邵东明传来飞机即将起飞的消息,打电话过去一问,才知飞机晚上8点才能起飞,到达江海至少得到深夜11点多才行。他向胡伟力建议,大家干脆先下班,早点休息,明天再与对方面谈。胡伟力说:"那就先下班吧,你回去再好好琢磨一下,明天怎么才能说服对方接受我们的定价。"

白皓月到家时,魏佳已经做好了晚饭。

"你终于回来了! 再不回来,我们就要先吃了!"魏佳说。

白皓月把公文包往地上一放,朝魏佳做了个鬼脸说:"其实我今天回来得不算晚!"紧接着,他又朝儿子眨了眨眼睛,问:"你说是吗?"

白自强没有吭声,而是默默放下手中的铅笔,朝厨房走去。

"自强怎么啦,怎么连句话也不说?"白皓月问。

魏佳没好气地说:"期中考试考得不好呗! 你成天在外面忙,孩子长这么大了,你也没怎么管过!"

白皓月本想替自己辩解几句,但想到魏佳讲的倒也是实情,便不再言语。他仔细端详起儿子来。刚满8岁的自强今年正好读二年级,虽说小学的课程并不怎么复杂,但是在"不能让孩子输在起跑线"的舆论下,白皓月感觉自己的确做得不够。"都考了多少分?"他问儿子。

"语文91分,数学93分……"白自强嘟囔道。

"都在90分以上，不错嘛！"白皓月瞬间放松了不少。

"什么叫不错？你知道自强在班里排第几吗？"魏佳狠狠瞪了白皓月一眼，气呼呼地跟了一句，"倒数第五！"

白皓月本来想说，"管他排名第几，两门都考90多分已经非常不错了！"可是当他的眼光与魏佳那明显不再温婉并且或多或少藏着些幽怨的眼神相遇时，他还是把已到嘴边的话吞了回去。他不再言语，坐在饭桌前不声不响吃起饭来，只是在咀嚼饭菜的时候还在想："我是不是也该多腾出点时间给儿子指导指导功课呢？"

"丁零零……"卧室里传来清脆的手机铃声。白皓月从铃声判断，这是自己的电话。他赶忙放下饭碗，冲进卧室，打开手机。

"喂，白先生，我是……"电话是邵东明打来的，主要是告诉白皓月，他乘坐的航班还有半小时就可以起飞了，让白皓月放心。白皓月说祝他顺利，本以为对方要挂掉电话，哪知邵东明继续以居高临下的口气告诉白皓月："定价的事情，我刚才又跟几家国际投行商量了一下，大家的意见还是不能高于21元/股，否则的话，我们就不签协议了！"白皓月心里正烦，本想说："不签就不签，反正我们有预案！"可是，想到对方毕竟是多方代表的总协调人，能谈还是要再谈谈的，就把话改成："我现在还不能答应你，明天我们见面再商量好不好？"放下电话，白皓月狠狠地骂了一句："想得倒美！你以为离开你们，我们就没路可走了？"

魏佳见白皓月因这通电话心情更加不好，想他也不容易，便安慰道："快吃饭吧，都凉了！孩子的事情你别为难，我们以后再想办法。"白皓月苦笑了一下，说："实在分身乏术，你就多辛苦点吧！"

第二天上午，邵东明终于赶到金洲证券的会议室里。而早在他到来之前，胡伟力和白皓月等一帮人已经在那里等了一会，赵洪亮更是迎到楼下。然而，邵东明可能自我感觉太好，刚一坐下便端出一副高高在上的架势。白皓月考虑到对方是客人，又是那帮外资和港资投行的全权代表，所以依然不失礼貌地向他介绍金洲证券对江海重工的估值依据。哪知白皓月刚介绍到一半，邵东明便不耐烦地打断了他的话："白先生，建议你不要总用你们内地的方法对江海重工进行估值，你们这些方法太陈旧了，不是PE（市盈率，指股票价格与每股收益的比率），就是PB（市净率，指每股价格与每股净资产的比率），这样的估值没什么意义，国际大投行更看重公司的增长潜力，常用的估值指标是PEG（指市盈率与公司盈利增长速度的比率）。我们判断，江海重工未来的盈利增长速度不会太高，所以才坚持把它的股价定在20元，加上手续费也就是21元。"

　　邵东明的挑刺令白皓月十分不爽，他感觉自己必须正面回击一下，否则，邵东明还真以为金州证券的投行团队是一堆土老帽呢！"邵总刚才说我们的估值方法陈旧，其实，您还没有听完我的介绍。事实上，我们对江海重工进行估值和定价时，既使用了PE、PB这些静态指标，又采用了PEG这样的动态指标。此外，我们还采用了股利折现模型和现金流折现模型（即通过预测公司未来的股利或者未来的自由现金流，然后将其折现得到公司股票的内在价值）对江海重工进行估值。您也知道，所有这些估值方法都不是绝对精确的方法，任何一个参数的选择出现偏差，或者折现率选择出现偏差，都会导致估值的结果出现巨大的偏差。所以说，我们之间的分歧本质上不是估值工具的分歧，而是对江海重工发展前景的分歧，说到底是对中国发展前景的分歧。比如说PE估值法，你们按照发达国家的标准，只给海工行业10倍的PE，而在中国股市海工行业的平均PE至少要在20倍以上。这才是我们对江海重工给出42元/股，而你们只给21元/股的真正原因。就算是使用您说的PEG估值法，也避免不了我们在公司未来盈利增长预测方面存在的巨大差距！"白皓月理直气壮地说。

　　在白皓月发言的时候，胡伟力频频点头，还不时扭头对白皓月笑笑，看得出他还是非常满意的。不过，对面邵东明的态度并没有因为白皓月的说明而有丝毫变化，他甚至还在不经意中流露出些许不屑。"白先生，您刚才说中国是发展中国家，未来的发展潜力非常巨大。可是那些国际大投行们并不这么看，他们能用发达国家的估值标准对江海重工进行估值已经非常不容易了！如果一定要让他们接受金洲证券的定价，除非……"邵东明不紧不慢地说到这里，停了下来。他把眼睛翻向天花板，似乎在等待白皓月接话，又似乎在特意营造一种紧张气氛，以迫使金洲证券认清形势，接受他们的定价方案。

　　一直没怎么说话的胡伟力终于按捺不住了。他清了清嗓子，用低沉而不失威严的语气缓缓说道："邵总刚才的意思我听出来了，你不就是想说，除非我们不想做成此事吗？"也许是被惊着了，邵东明快速低头，用略带惊诧的眼神看着胡伟力，仿佛胡伟力是个突然闯入的局外人，而这个'局外人'一出口就不留情面地把他的真实意图直接说穿了。他很纳闷：难道他们真不想做成这单生意了？

　　"也许邵总对我们的情况还不是太熟悉。那今天我就向您补充介绍一下吧。"胡伟力的语气依然不温不火，不急不躁，"'B股'这个概念以前是没有的，我是第一个促成B股发行的人。几年前，因为我们不少外向型企业在发展中严重缺乏外汇。举借外债吧，还要还本付息。恰好在那个时候，有一些外国友人对我们发行的股票很感兴趣,经常到当时的金江证券的一些营业部买上一股、两股的,说是留作纪念。他们还问我有没有可能发行专门针对外国人的发行股票。我一想这是好事啊,外国友人有购买股票的需求,我们的企业有外汇方面的需求。于是,我就给市政府打报告,建议专门针对外国人发行股票,为企业发展筹集外汇。后来,我们的报告引起了市政府的高度重视。他们经过调研后,认为可以尝试一下,并决定专门向外国人发行一种用美元购买的中国股票,名称暂定为"人民币特种股票",前提就是他们必须用等值的美元来购买。经过一番精心准备之后,由我们金江证券保荐的灵通电子人民币特种股票终于在1992年2月正式上市交易了。灵通电子上市以后,从管理层到一般民众都感觉'人民币特种股票'名字太长,难以记住,后来管理层就把原先针对中国公民发行的以人民币计价的股票叫A股,把'人民币特种股票'叫B股。这就是B股的由来。我跟您说这些,并不是为了显示我们有多厉害。我只是想告诉您,自从有B股起,我们就没少跟国际大投行打交道,他们的路数我们都清楚。我的经验告诉我,如果什么事都围着国际大投行转,那我们的B股早就发行不下去了!"

胡伟力的一番话绵里藏针,就算是个白痴,也能听出他的弦外之音,那就是:甭拿那些国际投行来说事,江海重工的B股定价必须由我们说了算!可是傲慢的邵东明仍然不买账。他只是象征性地表达了一下对胡伟力的赞赏:"胡总厉害!怪不得被称为中国证券界的'三大牛人'呢!"说完,他话锋一转道:"在江海重工的定价问题上,我已经与承销团里的外资投行充分交换了意见,大家一致认为每股21元的定价是底线,要么你们再考虑一下?"

"不用考虑了!"胡伟力果断回应道,"我也可以告诉您,我们的底线是江海重工的B股发行价必须不低于42元!如果你们再不同意的话,那我将宣布解散本次承销团,重新组建新的承销团,并且这个新的承销团必须承诺发行价不低于人民币42元和年内签订承销协议这两个条件!另外,有意参加新承销团的机构必须在明天下午五点半之前把承诺意见书传真到我们金洲证券!"

"您确定那些国际大投行会接受这些条件吗?"邵东明一脸讥讽的神色问道。

"他们可以不接受,但是发行价绝对不能低于42元!"胡伟力斩钉截铁地说。

"好!好!那我先预祝你们发行顺利!"邵东明冲胡伟力和白皓月挤出一丝怪异的笑容,拎起公文包扬长而去。

白皓月一直把邵东明送到楼下,还派公司的车送他回宾馆。望着飞驰而去的轿车屁股,白皓月心想,看来邵东明不会再回来了。上楼以后,他把刚才的想法告诉了胡伟力。胡伟力淡淡地说："回不回来随他意,他还真以为离开了他我们就玩不转了。白总,你抓紧时间把我们重新组建承销团的消息释放出去,把我刚才说的几个条件明明白白地告诉大家。"最后,他还不忘再跟上一句:"好容易获得进军国际市场的机会,我们必须把定价权牢牢掌握在自己手里!"白皓月深以为然,立即着手布置。

然而,他对第二天下午5点30分之前能否收到外资投行的承诺书却没多少底。时间一个小时又一个小时地过去了。到第二天中午12点,仍然没有一家机构回应。白皓月的心里有点打鼓。午餐时,他端起餐盘坐到了胡伟力的对面。胡伟力见他一副心事重重的样子,就问他是不是还没有人回应。白皓月点点头,问胡伟力,如果到下午五点半还没有人回应,是不是可以把条件稍稍放宽一点。胡伟力反问他,是不是对42元/股的定价没有信心。白皓月说:"不是,江海重工绝对值那个价,只是如果外资投行不接受,这次承销活动就难以如期完成。"胡伟力说:"未必,等过了下午5点30分再说这话也不迟。"白皓月心想,胡伟力既然这么笃定,看来他之前的"另一手"准备得不错。尽管如此,白皓月还是不太放心。

午饭之后,原本习惯小眯一会的白皓月怎么也睡不着。他斜靠在办公室里的三人沙发上,心里盘算着假如新的承销团组建不起来,自己该如何补救。就在这时,他听到了清脆的敲门声,这个声音是那样悦耳,以至于他一下子就从沙发上弹跳起来,快步冲到门边,一把拧开了门把手。"白总,这是瑞银刚刚传来的传真。"办公室的小吴把一张传真纸递到他的手中。白皓月接过传真件,快速瞄了一眼,只见上面清晰地写着"承诺函"三个字,再仔细一看下面字体稍小一点的正文,果真是承诺参加承销团并接受江海化工发行价不低于42元人民币,以及年内签订承销协议等方面的内容。他不禁欣喜若狂起来。瑞银是国际知名投行,有了它,即便没有其他国际投行参加,新承销团也能如期完成江海重工的发行任务。他想立即把这份传真拿给胡伟力看,可是一想到胡伟力也有午休习惯,便放弃了这个念头。

白皓月关上门。他想再眯一会,却怎么也睡不着了。"前面睡不着是因为担心任务无法完成,现在没理由睡不着了呀!"他自言自语道,"看来是太激动了。算了!不睡了!"他从沙发上站起来,背着手在屋里来回踱着步,脑子里想象着邵东明得知江海重工承销团重新组建后的失落表情。

下午1点过后,白皓月敲开了胡伟力的办公室房门,将那份瑞银的传真件递了过去。令白皓月意外的是,胡伟力快速浏览之后,只是淡淡地说了句:"我就知道他们不会放弃这次机会。"原来,瑞银驻江海首席代表江爱群不仅看好江海重工的发展前景，还非常希望自己能牵头做海外投行的总协调人，当他得知邵东明拒绝接受胡伟力开出的条件后，自然冲到了最前面。"你没见他最近差不多天天都泡在我们公司吗？那是在做我工作，希望我们把邵东明推掉，由他来做海外总协调人呢！"白皓月这才恍然大悟道："怪不得，我还以为他有其他事情要找你呢！"胡伟力咧了咧嘴，算是回应。"不出意外的话，过一会所罗门兄弟也会有承诺书过来，他们驻江海的首席代表郑民也非常希望参加承销团。还有香港的鸿运证券，他们也直接向我表达过参加承销团的意愿。"胡伟力平静地补充道。眼见胡伟力如此成竹在胸，白皓月的心里也更加踏实了。

截至下午5点30分之前，小吴果真又给白皓月送来了几份承诺书传真件。这些传真件不仅有美国所罗门兄弟和香港鸿运证券，还有江海本地券商四海证券，以及南粤券商君实证券。

次日，金洲证券立即向媒体宣布新的江海重工承销团正式成立。几天后，在金洲证券的协调下，瑞银、所罗门兄弟、鸿运证券、四海证券、君实证券正式签订承销协议，江海重工的B股发行工作终于进入实质性操作阶段。

在金洲证券等中外机构的共同努力下，江海重工终于在1997年1月底之前顺利发行了B股并在二级市场上市。参加承销团的各家机构不仅无一亏损，还赚得了数额不菲的承销费用。当然，最大的赢家非金洲证券莫属。经此一战，金洲证券牢牢掌握了在国际市场上对本国证券的定价权，着实令中外同行刮目相看。此后，金洲证券又多次延用江海重工上市时的承销团，帮助多家本土企业成功发行B股。

眼见金洲证券获得超级成功，香港奔富集团追悔莫及。为避免自己在内地发行B股的热潮中被彻底边缘化，奔富集团多次派高管前往江海市政府和金洲证券表达歉意及合作决心。然而，覆水难收，为时已晚。奔富集团只能眼巴巴地在一边艳羡别人搭上了内地经济发展的快车。而那位自命不凡的邵东明也迫于压力默默地离开了奔富集团，为自己的短视和傲慢付出了相应的代价。

第二十六章

色胆包天忙猎艳　竹篮打水一场空

　　白皓月在原金江证券与五洲证券合并后配合新的顶头上司连打了两场硬仗，并且都以出其不意的策略取得了惊人的胜利，他的心里还是异常激动的，对周万典和赵洪亮这两位帮助他取胜的老同学也心存感激。本来，他打算利用春节假期与这两位老同学好好畅饮一番，想不到赵洪亮却在春节前的最后一次出差中捅了个大娄子。

　　那还是1月底的一天，还未完全从江海重工成功发行B股的兴奋中平静下来的赵洪亮得到一个外地某企业有意上市融资的信息，他决定乘胜再抓一个优质项目在自己手中。手下的人这么愿意干事，白皓月当然大力支持。临行前，白皓月不仅例行公事地交代赵洪亮出行一定要注意安全等，还透露春节期间将请他和其他几个还在江海的老同学们聚聚，以表达他对赵洪亮、周万典支持工作的感谢之意。就这样，赵洪亮独自一人美滋滋地踏上了南下的列车。

　　刚一入座，赵洪亮就眼前一亮。原来，在他的座位对面有一位打扮时尚的妙龄女郎正手捧杂志痴痴地读着。他不禁暗自赞叹自己运气不错，开始大胆而仔细地观察起对方来。只见她面容白嫩，眉眼精致，鼻尖微翘，嘴唇红润，微卷的长发垂至双肩，小巧的耳朵藏在发底，上穿咖啡色紧身皮夹克，下穿深蓝色弹力脚踩裤，年龄不过二十上下，气质异常超凡脱俗。当女郎无意间发现赵洪亮正在偷看自己时，不禁脸色绯红。赵洪亮心里突然一颤。心想，这世上原来还有如此知羞害臊的美女，如果能与她亲近一番，那该会是何等快意之事呀？他的眼前不禁浮现出美女一丝不挂、以手遮面的可人模样。"要是能与她赤身相拥、共享云雨那就更妙啦！"此念刚一闪现，他不禁心跳加速、面红耳赤起来……

　　"美女，看的什么书呢？"赵洪亮已不再满足偷看和意淫，不知从哪里蹿上来的一股邪劲，令他直接抛出了这么一个没有丝毫技术含量的问题。而这个突然蹦出来的声音一下子把周围人的眼光都引了过来。赵洪亮并没觉得有什么不妥,倒是把对面的美女吓了一跳。她定了定神,发现对面那个肥头大耳的男人正在直勾勾地盯着她,顿时脸涨得通红。"这丫头还挺害羞呢!看来是个良家女子,我得想办法把她弄到手!"赵洪亮想到这里,又追问了一句:"能把杂志借给我看一会吗?"美女先是犹豫了一下,随即将杂志递了过来。赵洪亮接过一看,原来是一本《大众文摘》。这是一本极具小资情调的杂志,很多青春萌动的少男少女都喜欢。"小样儿!还挺清纯的呢!"赵洪亮想。他把杂志又递了回去。"你不是也想看嘛?"美女问。"哦,你刚才看得挺专注的,我不能夺人所爱呀!"赵洪亮笑道。其实,他说自己想看书,只是找个跟美女搭话的借口而已,他自己对这类杂志一点兴趣都没有。既然美女已经跟他说话了,看不看那本杂志一点都不重要。美女说:"不要紧,你看吧,我也该休息一会了。"说着,美女把杂志往小桌板上一放,起身往厕所走去。赵洪亮感觉机会终于来了,就悄悄跟了上去。

美女从厕所出来时,发现赵洪亮正站在不远的车门处朝她招手,便鬼使神差地走了过来。

"有事吗?"美女羞涩地问。

"嗯,有一点,我想请你给我帮个忙。"赵洪亮一脸认真地说。

"什么忙?"美女问。

"哦,对了,你哪站下?"赵洪亮并不直接回答,反而问了个问题。

"西岭市。"美女答。

"这么巧呀,我也去西岭。"赵洪亮说。

事实上,他的目的地并不是西岭,而是西岭之后的另一座小城。之所以随口这么说,只是想拉近自己与对方的距离。美女听说赵洪亮也去西岭,立即放松了戒备之心,开始和赵洪亮攀谈起来。赵洪亮从美女的介绍中得知她是某大学的大三学生,今天正好乘车回家过寒假。"怪不得这么清纯,原来是个大学生!……怎么才能把她弄到手呢?"赵洪亮望着眼前这个天仙般的美女,眼睛突然一亮,心生一计。

"姑娘,你平时除了上课还做些什么?"赵洪亮随口问道。

"嗯……"美女仰脸嘟嘴想了想说,"看看杂书,逛逛街。"

美女说话时的样子令赵洪亮心里奇痒难受,他恨不得一口将她吞下,只是自觉火候未到,暂时还没法下手。他咽了口唾沫,接着问道:"课余时间在外勤工俭学吗?"

"勤工俭学?"美女的大眼睛忽闪了几下,紧接着摇了摇头说,"不知道哪里有机会。"

美女的回答正中赵洪亮下怀,他想:看来她正朝我挖的陷阱走过来了,嘿嘿,看我接下来怎么拿下你!"想做吗?"他问。

"当然想做。这些年读书花了家里不少钱,如果能多少挣一点,可以给家里减轻不少负担呢!再过一年我就要毕业了,也该参加一些社会实践,为将来找工作做点准备了。"美女说话的时候,脸上呈现出无限期待的神情。

赵洪亮见美女已经朝他布置的陷阱缓步走来,便不失时机地说:"你如果真想勤工俭学,我这里倒是有一个机会。"说到这里,他戛然而止,只是两眼放光地望着美女。

美女眼巴巴地看着赵洪亮,非常期待他说出下文,可赵洪亮就是不说。美女急了,往前走上一步,嫣然一笑,稍稍扭动了一下腰身,说:"大哥,快说嘛。"

"哦,我就是怕你看不上这份兼职,有点辛苦。"赵洪亮继续卖着关子。

"大哥,您太小瞧人了吧!"美女嘟起嘴,表现出很不开心的样子。

赵洪亮毕竟是个年近40的中年人,经多见广,对美女的肢体语言看得明明白白,他知道时机已经成熟,再吊下去,美女可能就会转身而去,于是,吞吞吐吐地说:"我手里有份文件需要打印,我打字速度慢,如果你能帮我打印一下就好了。放心,工钱优厚。"

美女问:"我打字速度还行,就是不知道有多少内容?"

"不长,也就几千字吧。"赵洪亮说。

"哦,如果我来打,一两个小时就可以完成了。不过,你为什么不送到外面的打字社去打呢?"美女满脸不解地问。

"我的文件是机密文件,不能随便送出去。"赵洪亮故作神秘地说。

"机密?你就不怕我知道了?"美女问。

"不怕。第一,你一看就是能保守秘密的人;第二,我需要你跟我一起回房间打字,我在旁边看着,你也没办法把材料带走。"赵洪亮说罢,咧开大嘴,神秘兮兮地笑了。

"哦,您说的确实没错,我绝对能保守秘密!"美女的眼睛有点放光。

"这么说你有兴趣做这份工作?"赵洪亮问。

"嗯。"美女紧咬下唇,使劲地点了点头。

"知道做完这份工作,你能得到多少报酬吗?"赵洪亮问。

"不知道。"美女再次摇头。

"一万块够不够?"赵洪亮漫不经心地问。

"一万?"美女伸长舌头,瞪大眼睛,露出满脸的狐疑。

"没错。"赵洪亮的语气非常肯定。

"行,我帮您干!"美女兴奋得差点蹦了起来。

"不过,我有个小小的条件。"赵洪亮死死盯住美女的眼睛。

"还有条件?"美女再次露出不解的神情。

"嗯。如果时间晚了的话,你就留在我的宾馆过夜如何?"

"什么?"美女瞪大眼睛,手掩胸口,连连向后退了两步,差点一头撞在火车的门边上。

"你没听错,如果很晚才能够打完字,你不留在宾馆过夜,深更半夜的难道去大街上露宿?"

"噢,倒也是啊。"美女稍稍恢复了平静,但随即又摇摇手说,"那也不行,我从没有跟男生单独在一起过夜的经历!"

"怕什么? 我又不吃你! 你再好好想一想,如果工作做得漂亮,我还可以再给你加一万块钱!"赵洪亮的语气已经带有明显的挑逗了。

也许已经明白对方的真实意图,美女的脸唰的一下涨得通红。

"来吧,这么好的机会,机不可失,时不再来哟!"赵洪亮接着说,"如果你表现好,将来我还可以帮你介绍工作。"

美女没有接话,只是深深地把头垂下,反复搓着双手,看样子,正在进行着激烈的思想斗争。赵洪亮没有催促她。他斜靠在火车过道门边上静静地等她做出决定。他知道,此时她内心的天平正在向他倾斜。突然,美女仰起头,怯生生地问:"你会欺负我吗?"

"哈哈……"赵洪亮笑了,他那肥硕的双颊有节奏地颤动起来,"怎么会呢? 我又不是坏人!"

"真的?"

"真的!"

"行,我跟你去!"美女双拳紧握,仿佛做出了什么惊天动地的伟大决策。

事情既已谈妥,赵洪亮与美女一前一后回到座位。一路上,两人一攻一防、一动一静。一股股强烈的热流在赵洪亮的体内反复奔腾着、冲撞着。他心猿意马、目赤耳热,恨不得一把拉上对面的美女从飞奔的火车上跳窗而下,然后,随便找一块松软的草地与她紧紧地缠绕在一起。她似信非信、想进又退,期盼着以最快的速度完成他交办的打字任务,紧接着揣上两万元巨款飞奔至她日思夜想的父母身边。

火车依旧不紧不慢地往前行驶着。赵洪亮开始变得烦躁不安起来。他不停地看着表,默默盘算着距离火车到站的时间。窗外残阳如血,映在美女白嫩的脸腔上,令她愈加娇柔妩媚。赵洪亮欲火难耐,他甚至想一把将美女揽入怀中,可瞅瞅四周的乘客,终于未敢动手。实在忍受不了美女就在眼前自己却不能动手的现实,他只好闭上眼睛。可闭眼根本就达不到眼不见心不烦的效果,他反而内心煎熬得更加难受。他只好重新睁开眼,美女正笑眯眯地看着他,他闭上左眼,朝美女做了个鬼脸。美女羞涩地以手掩面,咪咪笑了,露出了洁白而整齐的牙齿……

"乘客同志们,西岭站就要到了,请做好下车准备。"听到广播后,赵洪亮本能地从座位上弹起来,欣喜若狂地呼出一口气:"总算到站了!"他从行李架上一把拽下自己的拉杆箱,又把美女的一只双肩包背在自己肩上,伸长脖子就朝车门冲去。美女因为自己的双肩包在他的背上,只好紧跟着往前冲。

刚出站口,就有一帮妇人举着"宾馆""住宿"之类的纸牌子将赵洪亮团团围住。赵洪亮四下一望,见车站广场的另一边就是"车站宾馆",只需几分钟就可以到达,便拉起美女,奋力挣脱妇人们的围堵,逃也似的朝对面跑去。

登记手续很快办妥。赵洪亮操起房卡就往电梯口冲,没走两步,发现美女并没有跟上,立即回头朝她招了招手。美女犹豫了一下,还是跟了上来。

房门开了,赵洪亮把箱子和双肩包往地上一丢,声音颤抖地对美女说:"快进来,快进来!"美女再次犹豫了一下,赵洪亮已经彻底失去耐心,伸手就把她拉进房内,"啪嗒"一声关上了房门。

"你……你……你要干什么?"美女花容失色,警惕地连连后退几步。

"看你吓的!我们不是讲好了,你帮我打字,我付你工钱吗?"赵洪亮虽然心急火燎,却也深知强扭的瓜不甜,便佯作轻松随意的样子说。

"哦,想……想起来了。"美女理了一下流海,稍稍镇定了一点,说,"那……那就抓紧吧。"

"也不必那么急!我这里还有一点干粮,先吃点东西再干活怎么样?"赵洪亮说着,打开拉杆箱的拉链。

"不吃了,还是先干活吧。"美女归心似箭,恨不得立马帮他打完字,拿起巨额酬金回家去。

"别急！别急！我们不是说好了，如果时间太晚，你就在这里过夜吗？"赵洪亮俯身从拉杆箱里取出一只小手提包，从中取出两捆百元大钞往宽大的双人床上一丢，说，"看，钱都帮你准备好了！"

美女看见钞票，紧张感瞬间消退了大半。她扭着腰肢说："还是先干活吧！"

赵洪亮哈哈大笑起来："你倒是挺心急的！如果我告诉你，根本没有什么文件需要你打字，你信吗？"说完，一屁股坐在窗台下面的布艺沙发上，还拍拍沙发，示意美女与他并肩而坐。

美女愣住了，站在原处，低头撩起皮夹克腰带，反复用手揉搓着，半晌才说："你到底想干什么？"

"干什么？这还用说吗？孤男寡女在一个房间里，还能干什么呢？"赵洪亮的声音开始变得淫邪起来。

美女似乎明白了他的真实意图，低垂着眼帘，怯生生地说："你……你不是说不欺负我吗？"

赵洪亮放肆地笑了起来，双手一摊，问道："我欺负你了吗？是拉你了？还是推你了？都没有吧？"

美女的脸涨得通红，缓缓摇头。

赵洪亮斜睨了他一眼，开始柔声细语地开导她："不用怕，我绝对不会强人所难，你也看到了，我说的两万块钱已经准备好了，只要你陪我过一夜，这些钱都是你的了！"

美女望望床上的两捆钞票，又望望赵洪亮，欲走还留。赵洪亮明白，她的心理防线已开始溃退，便不失时机地冲她眨眨眼睛说："快去冲个澡！"

"不……不……"美女慌乱地摇着头，却不似先前那般紧张和恐惧。

"要不我先洗，你休息一会。"赵洪亮直视美女道。

美女没有点头，也没有摇头，只是依旧揉搓着腰带。赵洪亮以为美女的心理防线已经彻底崩溃。他开始脱自己的衣服，一件、两件、三件……越脱越少。美女用双手捂住自己的眼睛。赵洪亮笑了，把最后那片遮羞之布往沙发上一扔，缓步走到美女身边，轻声问："要么一起洗吧？"美女将眼捂得更严实了。赵洪亮自嘲似的摇摇头说："还挺害羞的呢！不用怕，也不用急，你先歇着，我很快就可以洗好了！"

赵洪亮快步冲进浴室，一把拧开水龙头，一股温热的水流瞬间洒了下来。他哼着浪漫的小曲，以最快的速度冲洗了一遍肥胖的身体。然而，他当赤裸着红通通的身子走出卫生间时,一下子呆住了——房门大开,美女不见了,床上的两捆钞票不见了,就连他刚刚脱下的那堆衣服也全部不见了……

赵洪亮吓出一身冷汗。他赶忙关上房门,手忙脚乱地从衣帽间抓过浴巾裹在身上。"怎么办?是追出去?还是报警?"他瘫软在沙发里,心乱如麻。他设想了事情公开后的种种情形,发现没有一种情形会对自己有利。"算了,还是认栽吧!"他喃喃道。瞅瞅自己的手机还孤零零地躺在床头柜上,他决定给白皓月打个电话,把现在的窘境告诉他,或许他能帮自己买一身衣服,再送点钱过来。可是,当他摸过手机后,又犹豫了。除了距离太远,他还担心事态扩大,尽管他十分信任白皓月。

正当他举棋不定时,有人敲门。他定了定神,强撑着起来打开门锁。三名警察出现在他的面前。

"找,找谁?"赵洪亮心虚地问。

"找你。"其中一个警察应道。

赵洪亮本想说:"你们来得正好,我正要找你们呢!"可是因为心里有鬼,说出来的话变成了:"你们没搞错吧?"3位警察、6只眼睛上上下下打量着他,把他看得更加心慌意乱。

"我们接到报警,说你试图强奸一个女大学生,有没有这回事?"警察问。

赵洪亮吓得六神无主,差点两腿一软,跪了下来。不过,他也算走南闯北,见多识广的人。经过内心的一番挣扎,他决定示弱以博取同情。"警察同志,你们看我像强奸犯吗?"他用带有哭腔的语调问。

"别废话!哪个强奸犯会把'强奸犯'3个字写在自己的脑门上?"一个警察厉声质问。另一个警察则从背着的手里扔出一堆衣服。"看清楚了,这些衣服是不是你的?"

赵洪亮往地上一瞅,顿时傻了脸。他本想说不是自己的衣服,但考虑到自己的身份证有可能还在衣兜里面,便只好如实说"是",还问警察在哪里捡到的。

警察说在路边捡到的,并反问他:"我们也想知道你的衣服为什么会出现在路边?"

赵洪亮垂下脑袋,闪烁其词道:"可能是一个女孩子丢在那里吧?"

"哪个女孩子?"一个警察问。随后,他拉过一把椅子,在赵洪亮对面坐下。另外两名警察则在床沿坐定。

赵洪亮见无法隐瞒下去。只好把自己如何在火车上偶遇美女,以及如何邀请美女到宾馆里面帮他打字的经过轻描淡写地说了一遍,还强调说自己才是受害者,不仅衣服被那个美女丢到外面,还被她卷走了两万块钱。

那个坐在他对面的警察嘿嘿冷笑了两声,说:"看来你果真没有打算强奸她!"

赵洪亮听闻此言,压在心头的一块石头终于落了地。他点头如捣蒜,连声道:"是,是,我真没有强奸她的打算,连想都不敢往这上面想!"

"那你打算干什么呢? 是嫖娼吗?"对面的警察突然声音提高了八度。

"这个也不敢。"赵洪亮的声音明显低了不少。

"不敢? 我看你很敢! 快说,如果不是准备嫖娼,你为什么要给她两万块钱?"对面的警察又问。

"我,我是请她帮忙打字,两万块钱属于劳务费。"赵洪亮说。

"劳务费? 你准备叫她帮你打多少字能给两万块钱?"对面的警察问。

"很,很多。"赵洪亮挠挠头说。

"好,就算你钱多,愿意花两万块钱请她帮你打字,那你又如何解释自己的衣服会被扔到路边呢?"对面的警察问。

"我进浴室洗澡,衣服留在房间里,等我洗好澡出来,才发现衣服和钱都被她拿走了。"赵洪亮的语气里充满了委屈。

"这么说,你是当着人家大学生的面脱衣服了?"对面的警察问。

赵洪亮没敢回答,只是把头垂得更低。

"好了,情况已经基本清楚了。你今天的行为至少可以认定为嫖娼! 快穿好衣服,收拾好东西,跟我们一起去派出所。"对面的警察命令道。

赵洪亮被警察带到派出所,又回答了很多问题,随后,被送进拘留所关了起来。直到第三天上午,赵洪亮才因为白皓月的出现而走出拘留所。

原来,警察从赵洪亮那里得到他单位电话号码后,就把电话打到金洲证券办公室,办公室又把电话打给了白皓月。白皓月得知消息以后,立即赶赴西岭市。在白皓月的奔走努力下,派出所方面最终因为没有找到那个从公用电话亭里打报警电话的美女,以证据不足的名义不再认定赵洪亮的行为属于嫖娼。尽管如此,赵洪亮嫖娼被抓的消息还是像长了翅膀一样,在金洲证券内外迅速流传开来。他自知无颜继续留在金洲证券,不得已在春节过后向公司递交了辞职报告。白皓月虽然也想挽留他,但是碍于传闻已经沸沸扬扬,只好批准。

赵洪亮离开后,金洲证券便将投行一部与投行二部合并在一起,周万典成了合并后的投行部总经理,管理范围和权限比之前大了不少。他在内心深处对白皓月充满感激之情。然而，没过多久，周万典就因为一个意外的发现，与白皓月发生了激烈的矛盾。

第二十七章

日记泄露暗恋意　醋瓶打翻兄弟情

1997年3月初的一天晚上，叶红英独自一人前往超市购物去了。周万典在家无聊，便翻箱倒柜折腾起来。突然，"啪嗒"一声，一只粉红色的日记本从衣柜的夹层摔到地上。周万典赶紧将日记本从地上捡起来，好奇心驱使他翻开本子。扉页上，叶红英那清秀的字体瞬间映入他的眼帘——"献给我的白马王子白皓月，1991年1月1日"。他的脑袋嗡的一下，差点一头撞到衣柜上，幸亏反应及时，用手撑住衣柜，才没有出现意外。

周万典心如刀绞。他强撑着挪到写字台边坐下，伸出颤抖的手拧开台灯。第一页还没看完，他的肺就快气炸了。这是一篇情窦初开的少女写给自己暗恋对象的情书。也许这份情书从来就没有寄出过，但它清楚地记录了一个美少女对帅气上司的痴情："白皓月，你是老天专门派过来勾引我的吗？今天虽然是元旦，我却一点没有心思庆贺新年。此时此刻，我满脑子里都是你高大、英俊的身影。不，我才不要享受什么元旦假期，我宁愿天天上班，这样，我就可以每天都有机会看到你！"再往下翻，篇篇都写着叶红英如何倾慕白皓月，而白皓月却不解风情，弄得她寝食不安之类的事情。

周万典妒火中烧。他在心里狠狠地骂道："狗日的白皓月！你何德何能，凭什么勾引我老婆？"不过，稍稍转念一想，那时候他跟叶红英还没有开始谈恋爱，叶红英暗恋别人似乎跟他也没有多少关系。

他抓紧时间往后翻，翻到1991年5月16日的那篇日记时，他更加愤怒了。因为这篇日记清楚地记录了从南方水利总部乘车前往水电站的过程中，叶红英是如何借汽车颠簸主动往白皓月身上贴的。她写道："虽然汽车颠簸得厉害，我却十分享用这种劳顿，因为我可以顺势把自己的头深深地埋进你的怀里，感受你的体温，享受你的体味。哇！这是多么美妙的体验啊，我简直要被你融化了！"看到这里，周万典再次骂娘："狗日的白皓月,那时候我连叶红英的手还没有摸过呢,你却用一身臭汗把她迷住了!"

他看得更加仔细。"今天终于有时间跟你单独相处了! 那个叫周万典的丑八怪醉得像条死狗。我知道,在这偏僻的水电站招待所里,只有我们两个是清醒的。我孤独、寂寞,我想你一定和我一样。你终于来了。在这寂静的夜里,你款款来到我的身边。我明明已经感受到了你的气息,明明已经听见了你的心跳,可是你最后的表现却令我大失所望! 我恨你,白皓月!"看到这段文字时,他想起了那次在集镇上喝醉的情形。对于叶红英骂他"丑八怪",他心里极不是滋味。然而,他又不太明白什么叫"明明已经感受到了你的气息,明明已经听见了你的心跳",他们之间到底发生了什么?

紧接着上面那一篇日记,周万典看到了自己的影子。"白皓月,你这个坏蛋! 你以为你是谁? 你以为除了你天下就没有男人了? 好了,我把自己献给周万典这个丑八怪了。现在你该高兴了吧? 白皓月,你为什么这么残酷? 你把周万典这么一个又丑又蠢的男人硬推到我的身边! 我恨你! 我永远也不会原谅你! 听到了吗? 刚才我在周万典身子底下发出的哀鸣就是对你的诅咒!"此时,周万典的心里稍稍好受了一点,他甚至有些幸灾乐祸。"骂得好! 白皓月,你算什么东西? 你就是个坏蛋!"他也跟着骂了一句。

周万典本想看到更多白皓月挨骂的文字,然而,往下再看了几页,被骂的人却是他自己。叶红英不是骂他长得丑,就是骂他无能。反正在叶红英的眼里,白皓月就如天神一般,她的喜怒哀乐无不与白皓月相关,就连她与周万典行夫妻之事,也被她想象成了与白皓月如何如何……"这对狗男女! 你们把我当成什么了?"周万典愤恨不平地骂道。他想起了她平日里对他的冷淡,想起了她见到白皓月时两眼放光的神情,感到万箭穿心。就在这时,门口有了动静。他知道,应该是叶红英回来了,便赶忙把日记本藏回原处。

夜里,他辗转反侧,无法入睡。虽然他的身边就睡着他的合法妻子,并且已经怀孕三月有余,他却不能把心里的痛楚说与她听。因为他已经彻底明白,他身边的这个人从来就没把他当回事过,他不过是白皓月的替代品,就连她跟他的第一次也是为了跟白皓月赌气。他感觉无比绝望,不知道下一步该如何走下去。直到天快亮时,他才做出一个艰难的决定,那就是,必须与叶红英一起逃离金洲证券,离白皓月越远越好,永远不再见面。

当周万典揉着惺忪睡眼把自己好容易做出的决定告诉叶红英时,她气得暴跳如雷,大骂周万典忘恩负义、脑子进水了。为证明自己决策理智,周万典差一点就说出了自己偷看日记的秘密。

"白皓月不是东西,我发现他对你图谋不轨,如果不早点离开他,要是哪一天他真动手了,那就追悔莫及了。"周万典极力掩饰着试图离开金洲证券的真实原因。

"哼!图谋不轨?他要是真敢动手,老娘一定送他一面大锦旗!"叶红英的回应令周万典始料未及,也进一步加剧了他的忧虑。

他咬牙切齿地说:"必须离开!一天也不能耽误!"

叶红英想不到在她面前大气都不敢出的周万典居然如此强硬,顿时傻了眼,泪水唰地一下流了下来,赌气道:"要走你走,反正我不走。眼看孩子再过半年就要出生了,如果我们一时找不到工作,你让我们娘俩喝西北风去啊?!"

叶红英原以为搬出即将出生的孩子能令周万典回心转意。岂料周万典的态度更加坚决了。他气急败坏地说:"孩子?还不知道这个孩子是谁的呢?"说罢,他将门用力一甩,大步流星往公司去了,只留下叶红英一个人在屋里伤心地哭泣。

到公司后,周万典立即打开电脑,给自己和叶红英分别写了封简短的辞职信,打印后又分别签上自己和叶红英的名字,然后,气呼呼地拿起两份辞职信,快步走到白皓月的办公室门前。正当他准备抬脚踹向房门时,白皓月拎着公文包走了过来。周万典连话都懒得说一声,就一把将两份辞职报告塞进白皓月怀里。白皓月被弄得莫名其妙,将纸凑近一看,见到"辞职报告"四个字,立马朝周万典的背影大喝一声:"你给我回来!"然而,一向恭顺有加的周万典并不买账,只管梗着脖子往前走。白皓月是丈二和尚摸不着头脑,心想,周万典毕竟是自己的老同学,待他情绪稳定以后,再做他工作也不迟,便由着他去了。

周万典回到自己的办公室以后,立即着手收拾东西,一边收拾,一边咕咕哝哝痛骂着白皓月:"王八蛋,我拿你当兄弟,你却勾引我老婆!"

"谁勾引你老婆了?"一个声音质问道。

周万典抬头一看,白皓月已经杵在门口。

"除了你,还能有谁?"周万典怒不可遏地脱口而出。

白皓月万万想不到周万典会冲自己发怒,站在原地愣住了。原来,白皓月仔细看过周万典塞过来的两张纸,不仅看到周万典的名字,还看到了叶红英的名字。他感觉非常蹊跷,想到此事非同小可,便决定亲自去找周万典问个明白。陆续上班的员工见到作为公司领导的白皓月正遭受周万典的呵斥,纷纷围上来看个究竟。白皓月不想事情弄得不堪收拾,就对着门内严肃地喊了声"到我办公室来一下。"扭头走开了。

哪知周万典在后面叫得更欢了："你以为你是谁？我都辞职了，为什么还要听命于你？你这个强霸人妻的败类！"

"你胡说什么？"随着叶红英的一声呵斥，周万典顿时矮了半截。

叶红英顺势进屋，关上了房门。

个把小时之后，叶红英打开房门走了出来，身后紧跟着周万典。也不知道叶红英与周万典在屋里都说了些什么，只知道周万典出来时脑袋低垂，远不似先前那般气势汹汹。两人一前一后来到白皓月的办公室里。

叶红英抢先开了口："对不起白总，万典今天脑子进水，给您添麻烦了！"

直到现在，白皓月仍然不太清楚周万典为什么突然发飙，还要辞掉自己和老婆的工作，但他从周万典声称他"勾引我老婆"中又感到这件事绝对跟自己有关。"坐下好好说吧。"白皓月疲惫地指了指沙发。

周万典起初不肯坐下。叶红英狠狠地从背后捅了他两下，他才勉强坐下。

白皓月狠狠地瞪了周万典一眼，苦涩地摇了摇头，说："我一直拿你当兄弟，你却跟我较起劲来！"

周万典梗着脖子，不吱一声。叶红英则一个劲地替周万典赔不是。

白皓月长叹道："算了，你们先不要解释了，回去好好冷静冷静再说吧。我手头正好还有事情要处理。"他把两份辞职报告递给叶红英，并指着上面的签名说："你的这份辞职报告还是他签的名，我相信辞职并不是你的本意！"

叶红英说："当然，当然。"

几天之后，周万典和叶红英还是正式提交了辞职报告。他们的理由很简单：尽管回去以后，周万典经叶红英软硬兼施，已经意识到自己的行为鲁莽。然而，影响已经造成，并且十分恶劣，他们两人已经不再适合留在金洲证券。白皓月有心挽留他们，可是因为周万典的发飙与自己有着千丝万缕的联系，也只好让他们去了。

短短几个月时间里，白皓月失掉两员大将。他感觉非常失落，好在李昆仑尚在身边。白皓月便以李昆仑介入投行业务已经比较深入为由，向胡伟力鼎力推荐他接任投行部总经理。胡伟力很快就同意了白皓月的提议。

然而，正当白皓月准备重整旗鼓，携手李昆仑把公司的投行业务推上新高度时，一场巨大的危机正悄然降临到胡伟力和金洲证券的头上。

第二十八章

被认定操纵股价　胡伟力黯然去职

1997年5月底的一天，胡伟力接到来自监管层的通知，要他立即进京参加将于第二天上午召开的一个重要会议。虽然通知者并没有说会议的主题是什么，胡伟力的心里却像明镜一样。他在出发前对白皓月说："该来的总归要来。放心，该我们认的我不会含糊，不该我们认的我绝对不认！"他的语气非常悲壮。这令白皓月隐隐觉得胡伟力此去凶多吉少。他把胡伟力一直送到楼下，望着远去的桑塔纳轿车，陷入了深深的沉思——

胡伟力的麻烦事实际上从去年年底时就开始了。就在白皓月忙于处理赵洪亮出差被抓之事时，京城派来的调查组突然把胡伟力叫到宾馆的会议室里。

"我们接到举报，金洲证券最近几个月频繁炒作江海地产。"坐在椭圆形会议桌一侧，像个领导模样的中年男子严肃地说。

胡伟力愣了一下，但很快就恢复了平静。"我们没有炒作江海地产。"他说，"公司的自营盘买了一些江海地产，但纯粹因为看好。"

"好，是不是炒作，我们先不讨论。现在你回答我，你们总共买了多少？"那人又问。

"具体数据我还不太清楚，估计总共花了不到10亿元。"胡伟力答。

"都是自有资金吗？"领导旁边一位记录者问。

"大部分是自有资金。"胡伟力答。

"这就是说你们还通过融资购买江海地产了？"领导睁大了眼睛，似乎发现了胡伟力说话中的漏洞。

胡伟力点点头，随后又补充道："金洲证券的资本金合计有近15亿，有能力适当向银行融资。"

"有没有能力融资，那是你们的事。我们只关心你融了没有？融资以后投到哪里了？如果我没有理解错的话，你们将融资款都投向了江海地产。"领导说。

"事实基本如此。可是，我们没有操纵股价。"胡伟力再次强调。

"还是刚才那句话，我们先不谈这个！"领导有点不耐烦，又问，"我只问你，从你们最初买入江海地产到现在，它的股价上涨了多少？"

"嗯，差不多快两倍了。"胡伟力想了想说。

"现在还在买吗？"领导问。

"还在买。"胡伟力答。

"股价都涨快两倍了，你们还在买，这不算操纵股价吗？"领导问。

"因为我们非常看好江海地产的发展前景。"胡伟力说。

领导笑了。他从烟盒里摸出一根香烟，轻轻一抬手，那根香烟稳稳地落在胡伟力手边。胡伟力捡起香烟，道了声"谢谢"，便从兜里摸出打火机，给自己点上。领导也啪的一下按响打火机，一股蓝莹莹的火苗霎时窜起老高。他将嘴里的香烟凑近火苗，香烟燃起通红的火团，他猛然吸了一口，又慢慢将口中的烟雾吐了出来。"老胡呀，你是中国证券界的元老级人物，什么是操纵股价，你应该比我更清楚呀。"领导慢悠悠地说。

胡伟力没有立即接话。他歪着头，一门心思地抽烟。其实，在他的心里并不否认金洲证券操纵股价的事实，他只是不想承认罢了。而不想承认的真正原因是，操纵江海地产股价并非他的初衷。一年前，他刚刚侥幸逃过327国债期货事件这一劫，知道操纵市场的后果会是什么样子，而他自己又是一个谨小慎微之人，怎么可能明知不可为而为之呢？事实上，当他接到市政府指令，要金洲证券及江海市的另一家本土证券公司四海证券合力操纵江海地产和江海化工的股价时，他是明确表示反对的。然而，领导并没有听取他的意见，反而从南粤股市红火、江海股市低迷这种"粤强海弱"的局面入手，苦口婆心地教导他要从江海发展的大局出发，把江海地产的股价搞上去。他自知脚踩江海地盘，必须服从江海地方意志的道理，便勉强接受了这个明显违规的任务……

"我没说错吧？"领导见胡伟力半晌没吱声，忍不住问道。

胡伟力抬起头，苦涩地笑了。"不，我们没有操纵股价！"他再次否认关于"操纵股价"的认定，因为他深知这顶大帽子是他承受不起的。其实，当初他不得已接受江海市政府的指令时，还是十分小心的，根本不敢下重手拉抬股价，仅在每天下午快收盘时让手下人象征性地把江海地产股价推高两毛钱左右。胡伟力和他的金洲证券如此谨小慎微的做派令领导们极为不爽，有位市领导干脆送了他一个"胡两毛"的外号,还指示本市银行务必给金洲证券输血,好让江海地产的股价上涨得更快一些。和开始时一样,胡伟力感觉不好拒绝,无奈之下,才做出从银行融资购买江海地产股票的决策。即便这样,金洲证券也没有从银行融资太多,相比于他们十几亿元的资本金,从银行借的那几个亿根本就算不上什么。

"哎!老胡呀,事实都在这摆着呢,不管你承认不承认,都改变不了你们操纵股价的事实!"领导说罢,又问了一些其他的问题,这次调查也就结束了。

此后,胡伟力又接受了多次调查。每一次调查时,他都极力进行争辩,希望帮金洲证券、也帮自己撇清操纵股价的罪名。直到有一天,有人给他捎来一个特级大人物的话,他才明白,自己可能真逃不过惩罚。

那还是1997年5月中旬的一天。胡伟力正和往常一样在办公室里处理各种公司事务。秘书陪同一个京城来的客人走了进来。胡伟力对这个客人非常熟悉。他赶忙从座椅中起身,一直迎到房间中央。宾主双方落座后,客人也没有说太多的客套话,便直奔主题。

"我来江海前去看了一趟老领导。"客人说。

胡伟力知道客人口中的"老领导"指的是谁,那是他早年时与客人的共同领导,现在京城身居要职,就关切地问:"老领导还好吧?"

"气色看起来不错,就是忙了点,日理万机嘛!"客人说到这里,面色严肃起来,"老领导让我给你带句话,他知道你在江海地产的股价操纵问题上只是个执行者,但这件事情闹得那么大,并且还涉及江海与南粤的非理性竞争,上面总是要狠狠处理一下的,处理谁呢?总不能把两地的主官都撤掉吧?所以只能借你的人头用一用了!"

胡伟力听后,感觉脖子拔凉拔凉的,仿佛真有一把明晃晃的快刀正在使劲砍向他的脖子……

送走客人后,胡伟力把自己关在办公室里沉思良久。从感情上来说,老领导的话已经说得非常清楚了,他必须给老领导面子。然而,他又完全不能接受"操纵股市"这样的"罪名",因为那既不是他的本意,也不是他所能承受之重。最后,他决定还是要想尽一切办法为自己辩护一下。当他把这个决定告诉白皓月时,白皓月也不知道应该如何是好,只能陪着他说些宽慰的话。

"祝他好运吧!"白皓月望着胡伟力远去的方向默默地在心里祈祷。

然而,胡伟力的命运已经注定了。当他赶到监管机构的会议室时,一份"处罚决定"已经为他量身定制好了,只是从程序上还需要他代表金洲证券再做一次陈述和辩解。

会议正式开始了。一个40多岁的监管机构部门负责人看着手中的文件,面无表情地宣读道:"自去年9月以来,四海证券、金洲证券、南粤证券等公司违规获取银行巨额资金,采用连续买入、卖出和大量对敲等方式,分别操纵江海化工、江海地产、南粤物业等股票价格,造成以上公司股价异常波动,严重扰乱了证券市场秩序,极大地损害了中小投资者利益。有关部门决定对四海证券总裁赵美芳、金洲证券总裁胡伟力、南粤证券总裁李兴泉等3人做出免职和记大过处分的处理。对上述3家证券公司分别处以罚款并暂停股票自营业务1年。"

胡伟力的脑袋嗡嗡直响。他愤怒,他委屈,他无奈。他胸中的烈火熊熊燃烧。"不,我们没有操纵股价!"他腾的一下站了起来,大声叫道,脖子上的青筋突起老高。

"老胡,你坐下,别激动,有话好好说!"会议主持人对胡伟力说。

胡伟力非常不情愿地坐下了。可是他很难不激动,从买入江海地产股票的背景讲到江海地产股票的涨幅,再讲到融资规模占自有资金的比重,滔滔不绝地讲了足有半小时之久。

然而,他的发言并没有取得大家的共鸣。至少那位监管机构部门负责人就不认同他的辩解。他说:"老胡,你刚才说了那么多,无非就是想说:决策是别人逼你做的,交易是按市场规则去做的,资金主要还是你们自己的,所以你一点责任也没有,金洲证券也是一点责任都没有!"

"事实本来就是这样嘛!"一向温和的胡伟力一反常态地表现出桀骜不驯的样子。

会场变得像只装满火药的火药桶,随时都有爆炸的可能。

一位审计署的司长终于看不下去了。他轻轻咳了两声,看着胡伟力说:"老胡呀,我看大家还是别争了。其实,今天到场的各位心里都应该明白,刚才宣布的处理意见是上面已经定了的,没有人能够改变,我们不过是来走个程序罢了!"

司长的话正中胡伟力心头最柔软的地方,他的耳畔再次回响起老领导带给他的那句话:"只能借你的人头用一用了!只能借你的人头用一用了!只能……"他终于垂下头,不再申辩……

6月13日,《人民日报》发表了题为"维护市场正常秩序、保护投资者合法权益:一批违规银行、证券公司、上市公司及其负责人受到严肃处理"的文章。至此,惊动天庭的海、粤两地操纵股票市场案终于落下了帷幕。胡伟力不仅受到免职处分,还被勒令离开他一手带大的金洲证券。

得知处理决定后,白皓月特意去胡伟力家里看望他。两人在胡伟力的客厅里谈了很久很久,谈的最多的还是胡伟力对金洲证券的不舍之情。"免职就免职吧,我认了,可是连做金洲证券普通员工的机会都不给我,这个弯我无论如何也转不过来呀!"胡伟力无比伤感地说。

离开胡伟力家时,夜已经很深了。白皓月望着惨白的路灯陷入了无限的迷惘之中:又一个证券元老倒下去了,金洲证券该何去何从? 自己又该何去何从呢?

第二十九章

李昆仑妙论职场　白皓月欢送老友

　　大股东中工银行很快就给金洲证券派来了新总裁。这是一个年纪比胡伟力稍大一点的中年人，姓赵，名松年，长期在中工银行总部工作，历经多个岗位的锻炼，来之前任某个部门的副职，对银行业务比较精通。可是证券公司毕竟不是银行，两个行业的差异还是相当大的。好在赵松年对此看得非常透彻，到岗后以稳定为公司大局，没有折腾得鸡飞狗跳。

　　白皓月庆幸自己的运气还不赖，准备集中精力重新投入到他热爱的投行业务中去。这天一大早，他就把李昆仑叫到自己的办公室里。李昆仑自从转岗至投行部以后，工作非常上心。他有政府、创业和研究方面的经历，前期又与白皓月等人一起参加过几个投行项目，所以担任投行部总经理以后，很快就干得风生水起了。

　　"昆仑，你到投行部以后适应得蛮快嘛，短短几个月时间，你们已经完成两个上市项目了！"谈话之前，白皓月不忘夸一夸这个发小。

　　"皓月，说实话，虽然这两个项目是前期万典在时打下的基础，但是你能表扬我，我心里还是很舒服的。"李昆仑的话说得既随意，又诚恳。事实上，在金洲证券一年多的时间里，李昆仑在白皓月的关照之下，身心已得到修复，不仅重新过上了安稳的日子，还在证券投资业务上学到不少东西。

　　"呵呵，你倒挺会说话。看来这些年的起起伏伏已经让你成熟不少！不过……"白皓月话锋一转，说，"今天找你可不是为了表扬你！"

　　"知道。新领导来了，你也得表现一下是不？既然要表现，那就得出活，所以你应该是准备给我派活吧？"李昆仑大大咧咧地问道。

　　"没错，算你小子识相！"白皓月走过去拍了拍李昆仑的肩膀，说，"有句话叫'有作为才有地位'，不出成绩怎么能维持我们在公司中的地位呢？"

　　"皓月呀，你让我干活，我绝不含糊！不过，我还是想提醒你，你刚才说的这句话既对也不对。"李昆仑以一个过来人的身份提醒道,"小时候我的综合条件就比你差,这些年的经历也远没有你顺利。正是因为摔的跤多了,见的事多了,我对很多事情的看法才跟你略有不同。比如说'有作为才有地位'吧。对于一个领导来说,他根基不稳或者需要你做贡献时一般都会这么说,我当时做处长时就喜欢把这句话挂在嘴边。但是当他站稳脚跟或者你做完贡献以后,他可能就会是另外一种态度,比如,坚决不承认成绩是你做出来的,或者干脆给你安上一大堆诸如没按上级要求做事、不善于团结同志之类的'罪名'。其目的不外乎是把你挤到一边去,好把自己的亲信安排过来抢占你的劳动成果。"

"有这么严重吗?"白皓月被他说得两眼发直。

"也许吧。我只是提醒你一下,别以为前两任顶头上司对你都不错,以后所有的领导都会像他们那样善待你。你太顺了! 到现在还没摔过大跟头。"李昆仑说。

白皓月想着李昆仑的话,感觉似乎很有道理,不禁有些茫然起来。"你有什么好建议吗?"他随口问道。

"没有。"李昆仑缓缓地摇着头,"除非……"

"除非什么?"白皓月迫不及待地追问。

"除非你具有不可替代性!"李昆仑咽了口吐沫,接着说,"可是在这个世界上又有谁是真正不可替代的呢? 谢卫红、胡伟力都厉害吧? 谢卫红走了,胡伟力不是照样干,而且干得更好。现在胡伟力又走了,赵松年不也是照样干。说不定将来比胡伟力干得还要好! 哎,这个世界就是这样,离了谁地球都照样转!"

白皓月彻底被他说懵了。他完全想不到这个儿时的玩伴因为经历了比他更多的不顺,现在对人生有着这么不同于他的见解。他低垂脑袋,半晌才抬起头,问:"那……那我们下一步该怎么办?"

"该怎么办就怎么办! 工作还是要做的,而且还要好好地做。工作是我们安身立命的基础,养家糊口的经济来源。只是不要幻想什么'有作为就有地位',更不要把这句话挂在嘴边!"李昆仑顿了顿,又接着说了两个字,"除非……"

"你怎么又卖起关子了?"白皓月有些不耐烦。

"哈哈,别急! 我只是想提醒你,除非你与赵松年结成某种程度的利益共同体,比如,把你的奖金反馈一部分给他,或者在做定向增发、兼并重组之前给他透个信,让他或者他的亲朋好友提前埋伏进去。否则,他为什么要挺你?"

"昆仑,你越说越离谱了! 把奖金反馈给他,那属于行贿;提前透信,又属于内幕交易。这些都是我们万万不能做的!"白皓月义正词严地说。

"皓月,我没有建议你一定要那样做,你也不是能做这种事的人。所以如果哪一天你做了很大的贡献,而你的成绩又不被承认,甚至被人活生生地踩到脚底下,你千万不要纠结!"李昆仑几乎一字一顿地说。

白皓月沉默了一会,坚定地说:"我都想清楚了,凭良心做事,以最大的善意相信别人,如果今后出现你说的这种情况,我绝不后悔!"

"好,这可是你自己说的!"李昆仑盯着白皓月看了一会,见他的态度依然很坚定,就换了一种口气说,"皓月,今天我说多了,其实我们俩都不是这种人。好了,刚才这些话,算是我作为兄弟跟你说的。我知道,你今天找我,主要是有工作上的事需要安排,现在我作为你的部下,请下指令吧!"

李昆仑主动要求白皓月派活儿,这令白皓月很受感动。自从赵洪亮和周万典分别因为贪色和误解离他远去之后,他失落了好一阵子,既为友情的脆弱而失落,也为身边能够推心置腹的人越来越少而失落。刚才李昆仑跟他所说的那番话,让他重新看到了友情的光芒。他望着李昆仑那闪耀着光泽的小眼睛忍不住道了一声谢。

李昆仑毕竟自小就跟白皓月一起长大,知道他是个重情重义之人。虽然他们早年因为魏佳而有所误会,但那些误会早已随着岁月的流逝而消逝得干干净净。李昆仑反而因为后来白皓月在他最困难时拉了他一把而心存感激。现在白皓月突然对他道谢,这令他十分不解,他怔怔地望着白皓月问:"你今天怎么了? 怎么感觉有点怪怪的?"

白皓月咧了咧嘴,想笑却没有笑出来,片刻之后才从喉咙里挤出来一句话:"谢谢你还陪着我!"

李昆仑这才明白白皓月的心思,他轻轻摇了摇头说:"皓月,你弄反了,该说感谢的是我,因为你在我最困难的时候收留了我!"

白皓月也笑了。他说:"算了,我们哥俩不要这么谢来谢去了,还是谈一谈工作吧,最近宏观形势不错,我们该抓紧时机多做点业务了。"

一听白皓月提起当前的宏观形势,李昆仑来了兴致。他站起身来,双手叉在裤兜里,眉飞色舞地说:"我正想找你谈谈这个情况呢! 从国家层面来说,年初以来,因为股市大涨,管理层对今年新股发行力度不断加码,前面刚宣布今年新股发行额度比去年增加50亿元,发现市场根本就不在乎,就在5月16号把今年全年的新股融资额度提高到300亿元,比去年足足增加了一倍。虽然现在还不好说,突然增加这么多新股,不知市场能不能消化得掉。但是这对我们投行业务来说,绝对是好消息呀!"

"嗯,这个我清楚,机会难得,你们可要抓紧时间呀!我现在想听听你在业务方向上的想法。"白皓月说。

"重点搞房地产和基建,这些方向过会肯定最轻松!"李昆仑胸有成竹地说。

"哦,这么笃定?"白皓月有点将信将疑。

"对,就这么笃定!不瞒你说,对你提出的这个问题,我这几天已经做过一些思考。先说房地产吧。6月18日,市政府专门召开了房地产工作会议,首次提出了促进房地产业成为新的经济增长点的目标。当然,围绕这个目标,市里面还提出了许多具体措施。作为投行人,我们可以先不管这些具体措施,但对'新的经济增长点'的提法绝对要高度重视。为什么呢?因为这里面蕴含大量的商机。我是住建局出来的,我非常清楚市里把房地产业作为新的经济增长点的意义有多重大!江海虽然是国内顶尖的工业城市,但在住房问题上历史欠账太多,市里又没有足够的资金解决这些问题,所以才选择市场化的道路,而且还要把房地产发展成新的经济增长点。这就意味着,今后本市的房地产建设资金将主要从市场中获得,而新股上市或定向增发将是最重要的融资途径。"李昆仑提起房地产这个老本行,说得头头是道。

"重视改善住房条件本身是件好事,但是把房地产作为新的经济增长点是不是合适?你就不担心将来江海也出现类似当年海南那样的房地产泡沫?"白皓月问。

"不会的,江海不会出现房地产泡沫,至少在可以预见的十年八年内不会出现泡沫。原因很简单:第一,江海市的居民住房欠账太多,这个问题不是三五年就能够解决掉的;第二,江海市是一个人口输入型城市,随着城市化进程的加快,还会有更多的外来人口;第三,江海城区的闲置土地非常有限,根本就没有多余的土地拿出来建房子。"李昆仑本想再列举几个理由,却在此停了下来,"嗯,这三个理由就足够了,你要是不相信,哪天我专门给你写一份关于江海市房地产发展前景的报告。"

"那就不必了。我最近也非常关注房地产,看过一些报告,你说的我都同意,我只是想听听你的想法,担心你因为在海南摔过跟头,看不到房地产在江海社会经济发展中的重要地位。"白皓月解释道。

"哈哈,哪能呢?一码归一码!"李昆仑把握十足地说,"除了房地产,江海市的市政基础设施建设和医疗卫生方面的历史欠账也比较多。按照市场化发展的总趋势,这些方面也需要向市场融资。所以今后我们在这些方面的投行业务都不会少。"

"行,既然你认为对未来的行业趋势看得非常透彻,那就趁现在形势不错,集中精力多做几个项目吧!"白皓月以一个模糊的目标结束了谈话。

李昆仑很快就锁定了一家拟上市的房地产企业。这家叫名盛地产的房企虽不是江海本地企业,却极其看好江海市的房地产发展前景,已在江海市中心拿到两块地皮,准备上市后在江海大展一番拳脚。

当李昆仑把前期调研情况向白皓月简单汇报之后,白皓月非常高兴,夸他不仅眼光好,办事效率也很高。但是他对这家企业的实力和内部管控还是不太放心,叮嘱李昆仑一定要把工作做细些,效率提高些,争取在年内完成上市目标。

李昆仑让白皓月只管放心,这个项目是他主持投行部工作以后发掘出的第一个项目,又是他非常熟悉的房地产行业,他怎么说也会把这个项目完美做好。白皓月说自己当然相信老朋友,问题是名盛地产的控股股东是不是配合,人是不是可靠。李昆仑笑了笑说:"这些都不是问题,我把情况都摸得差不多了。"

原来,名盛地产的控股股东朱向阳本是个传奇式人物,高中毕业后曾投奔身处香港的祖母,度过了两年多半工半读的日子。在这两年多的时间里,他目睹了资本主义自由市场的繁华,暗暗寻觅一些商机。两年后,因为祖母的离世,他分得了一大笔遗产,据说至少有100多万港元。年纪轻轻就获得巨额财富,这对于很多小青年来说,都可能被冲昏头脑。朱向阳却异常冷静,时常琢磨怎么才能把这笔财富变成更多的财富。一个偶然的机会,他发现在香港只卖几块钱一只的电子表芯到了内地可卖百十块钱,利润高达十几倍不说,还非常容易脱手。于是,他利用同时熟悉香港和内地的优势,悄悄做起了电子表芯生意,很快就赚得了几千万元的巨额财富。有了这几千万元垫底之后,他开始将目光锁定到房地产开发上,并在1990年成立名盛地产,一口气买下西部某城2000多亩的荒地,用其中的一半土地开发高端住宅小区。小区建成之后,其先进的设计理念和舒适的住房结构立即在当地刮起了一股旋风,首批住房很快被抢购一空,也令朱向阳大赚了一笔。此后,朱向阳不仅继续在这个西部城市大手笔拿地,还将视野转到江海市,一出手便在江海市中心拿到了总共1500多亩的两块地皮。为进一步实现自己的房地产梦想,朱向阳做出了公开上市的决定。

"嗯,听起来朱向阳是个猛人! 他今年多大了?"白皓月打断了李昆仑滔滔不绝的介绍。

"33岁。"

　　白皓月点点头,感叹道:"比我们还小4岁,人家都是亿万富豪了! 不过,"他顿了顿,接着说,"他这么年轻就拥有这么多财富,一定非常狂傲,你跟他打交道千万要当心点!"

　　"皓月,你想多了。朱向阳这个人虽然骨子里有种不服输的狠劲,却低调得出奇,既不狂,也不傲,甚至连抛头露面都不肯,我做前期调研这么长时间,只跟他打了个照面,前后不过5分钟。"

　　李昆仑的话令白皓月瞠目结舌,叹道:"听说过低调的,还没有听说过这么低调的,这与他的年龄不相符啊!"

　　"是呀,也许是有意营造神秘色彩,也许就是不喜欢抛头露面,也许是怕自己太年轻镇不住场子,反正,他就是不肯抛头露面。为便于开展业务,他特意请了个年近50岁的中年人替他当法人代表和董事长,帮他在台前运营。这个人名叫陈明旭,也不是等闲之辈,曾在当地国有建筑公司当过一把手,专业能力和社会关系都是响当当的。"

　　李昆仑的介绍引起了白皓月的极大兴趣。他想,这个朱向阳真够高明的,既善于把握商机,又善于用人,待名盛地产上市后,一定会走得更远。"嗯,找机会我也见见朱向阳。"白皓月对李昆仑说。

　　不久之后,白皓月就有了与朱向阳面对面的机会。那是在名盛地产上市材料报会前的半个月,名盛地产因为在江海又看中了一块黄浦江东岸的地皮,却离最终拿下这块地皮还差2亿元资金。由于盯着这块地皮的房地产公司比较多,若等名盛地产上市融到资金后再考虑拿地,恐怕这块地早就属于别人了。于是李昆仑带领投行团队为名盛地产设计了过桥融资方案,具体思路是名盛地产以其在江海市中心的某个地块的部分使用权作为质押物,向金洲证券融资,年利率为16%,待名盛地产正式上市后再将此前借金洲证券的2亿元连本带息偿还。这种过桥融资方式在很多企业上市前经常使用,所以名盛地产与金洲证券对此并没有多大分歧,双方一拍即合,很快敲定了两公司主要领导见面签字的具体时间。朱向阳正好也想到江海了解一下几个项目的进度,便决定亲自带队来一趟金洲证券。

　　白皓月在金洲证券宽大的会议室里接待了朱向阳、陈明旭一行。金洲证券办公室根据名盛地产提供的名单,特意为客人们做了席卡。朱向阳的席卡被放置在客人一侧的中间位置,其右侧放着陈明旭的席卡,正对面放着白皓月的席卡。可是,朱向阳到达后主动将自己的席卡与陈明旭打了对调。陈明旭倒是坦然接受,白皓月则在心里暗自感叹朱向阳的确低调。

　　双方要解决的问题早已由经办人员解决得差不多了。这次见面基本就是一个仪式。然而，无论是白皓月，还是朱向阳、陈明旭，都不想浪费这次难得的见面机会，他们非常认真地向对方介绍自己公司的基本情况及未来发展设想。白皓月注意到，朱向阳年轻帅气，却很少说话，他身边的陈明旭在说话时也没有丝毫的顾虑，只是在谈到关键问题时偶尔低头与朱向阳耳语几句。"的确够低调的，也许这就是朱向阳成功的秘诀！"白皓月心想。

　　会谈结束时，已近12点。白皓月邀请客人们共进工作午餐，陈明旭却以不敢耽误白总的宝贵时间为由，婉言谢绝了。就在主客双方握手告别之际，朱向阳热情地抓住白皓月的双手说，还有件很重要的事情，想跟他单独说几句话。白皓月让其他人稍等，就把朱向阳引至隔壁的一间小会客室里。

　　"白总，听完您的介绍，我对投行业务有了新的认识，你们这一行真是藏龙卧虎啊！"朱向阳说话时，脸上的表情极为艳羡。这令白皓月明白朱向阳想要说的绝不仅仅是一句漂亮话这么简单。果然，没待白皓月开口，朱向阳紧接着说："如果不出意外，在你们的推动下，名盛地产年底前就能上市。眼下，我这里还缺一名董事会秘书，不知白总能不能帮我推荐一下呢？"说完，朱向阳眼巴巴地盯着白皓月。

　　白皓月被他看得发毛，心想，这是啥意思，怎么跑到我这里招董秘了？该不是想挖我吧？嘿嘿，我可没打算去做董秘，也没想过去房地产行业发展！就问："朱总打算招什么样的人呢？"

　　朱向阳想都没想就脱口而出："有投行工作经历，做过房地产，最好在江海市的政府部门也干过，我想在江海做大业务规模，非常需要这么一个人！"

　　简简单单的几句话扫清了白皓月刚才的顾虑：自己显然不符合这些条件！不过，他随即又陷入了另一个顾虑：这家伙的条件还蛮高的！转念一想，又觉得他开的这些条件似乎在为某个人量身定制。对，这个人应该就是李昆仑！他心里既喜又忧。喜的是，老朋友被人相中，这说明人家的市场价值高；忧的是，如果李昆仑再离他而去，他身边就没有可以倚重的老朋友了。

　　朱向阳似乎看出了白皓月心中的疑虑，不失时机地跟了一句："白总可能已经猜到我想请您推荐谁了吧？"

　　白皓月笑笑，不置可否。

　　"您放心，如果他同意去名盛地产，工资、待遇、职位什么的都可以谈，收入至少比现在高出一倍，我们甚至可以给他一定数量的股份。"朱向阳补充道。

　　对于朱向阳开出的条件，白皓月都有点心动了，他真心替老朋友高兴，转念一想,他又感觉这事有点蹊跷:他们是不是已经谈过了?为什么朱向阳要我给他推荐?他把这些疑问抛给了朱向阳。

朱向阳说:"不瞒您说,我的确跟李总谈过,但他说您现在正需要人手,他自己也是刚刚介入投行业务,不能在这个关键时候离开。他还说他跟您是儿时的同伴,不想再给您添麻烦。"

朱向阳的回答令白皓月心情舒展,心想,昆仑这小子还算有良心,看来我没有交错这个朋友。他本想对朱向阳说,李昆仑去不去名盛地产那是他的自由,自己不会干涉,但是会不会劝李昆仑,自己还需要再想一想。朱向阳却像看穿了他的心思一样,以与他年龄不相称的语气说:"我今天只是先跟您打个招呼,您再考虑考虑,不过我相信,凭您与李总的交情,您一定会为他着想的!"说完,朱向阳伸手与白皓月握手告辞。

"这个朱向阳果真不同于一般人!表面上看起来,低调得出奇,可是,在涉及公司发展的大事上行动又非常坚决,有种谋定而后动的果断!嗯……我要不要跟昆仑谈谈这事呢?"白皓月望着朱向阳远去的背影陷入了沉思。

白皓月并不是一个婆婆妈妈的人。在李昆仑的去留问题上,他很快做出了理智的决定。"昆仑,吃过午饭到我办公室来一下。"他扭头对与他一起送客的李昆仑说了一句,便"蹬蹬蹬"兀自上楼去了。倒是李昆仑不知白皓月找他有何要事,一顿午饭吃得味同嚼蜡。"能有什么重要的事情呢?"在通往白皓月办公室的路上,李昆仑想着白皓月那意味深长的眼神,还在猜测这个上司兼老友找他的真正原因。

门开了。李昆仑见白皓月还趴在办公桌上吃盒饭,便默默坐在他的对面。

白皓月扒拉一口饭,抬眼瞅了一眼,一边咀嚼,一边问:"你看朱向阳这人怎么样?"

"不错啊!脑子好,实力强,最关键的是为人低调。"虽然李昆仑不知白皓月为何会突然问这个问题,但猜想应该与刚才他们两人的闭门谈话有关,便用简洁的语言道出了自己的印象。

白皓月"嗯"了一声,瞪大眼睛看了一会李昆仑,才接着说:"除了你刚才说的这几点,他还有一个显著的特点,你知道是什么吗?"

"什么?"李昆仑一脸懵懂。他快速转动自己的大脑,想到了很多个答案,但随即就否定了那些答案,毕竟他与朱向阳接触的次数和总的时间非常有限。"想不起来了。"他对白皓月摇了摇头。

"知人善任。"白皓月忍不住说出他想得到的答案,"想想看,他把陈明旭推到前台的手段有多高明!"

李昆仑若有所思地点点头。

"他说名盛地产缺一名董事会秘书。"白皓月终于言及找李昆仑的目的,只是仍然没有明说出来。

"是的,我们已经跟他提过建议了。希望他尽快把人选确定下来,不然会影响名盛地产的上市进程。"李昆仑说。

"哦,怪不得。"

"什么意思?"

"他没叫你帮他推荐人选吗?"

"没有。"

"可他叫我推荐了。"

"叫你?"

"对。你有兴趣做这个职位吗?"

"我?"李昆仑有点不相信自己的耳朵。

"朱向阳没问过你吗?"

"没有。"

"看来这个人真不简单! 他已经不动声色地把你的情况调查得很清楚了,希望你能出任名盛地产董秘。"

直到这个时候,李昆仑才弄清楚白皓月找他的真正目的。他有点无所适从,不知该如何抉择。从海南落魄归来后,若不是白皓月给他搭了一把手,他连正常的生活都过不下去。现在,他的事业和家庭生活好容易重新归于平静,怎能再踏上新的不确定?

白皓月见李昆仑犹豫不定,就开导他说,机会难得,何况收入会翻倍,职位也会提升。经过一番利弊得失的权衡,最后两人达成共识:假如朱向阳催促要人,李昆仑不必客气,毕竟这是一次非常难得的机会;如果朱向阳就此无声,李昆仑也不必主动,安心做好名盛地产的上市工作即可。

令李昆仑惊喜的是,朱向阳当晚就亲自给他打来电话,非常诚恳地发出邀请。因为事先已有准备,李昆仑爽快地接过朱向阳伸过来的橄榄枝。

第三十章

赵松年任人唯亲　白皓月左右为难

　　李昆仑离开金洲证券后,白皓月本想将原投行部的一名副总经理提升为总经理,金洲证券现任总裁赵松年却否决了他的建议。赵松年的理由很简单:投行部是一个非常关键的部门,这个部门的正职应该素质一流才行,原来那位副总经理到底适不适合这个职位,还需好好考核一下。如何考核呢?赵松年让人力资源部通过公开招聘来解决。白皓月自知"胳膊拧不过大腿"的道理,更何况他想提拔的那位副总经理与自己也没什么特别的关系,就没有坚持自己的主张。当然,坚持也未必有什么作用。

　　两个月之后,经过人力资源部看似无懈可击的一系列程序化操作,投资银行部迎来了一位新总经理。这位新总经理叫任钟,原本是外地一个小型券商的投行部总经理助理,大学毕业刚满3年。按说这样的资历在小型券商做投行部总经理助理都有点高。然而,任钟硬是通过看似严格的资格审查、笔试、面试等多个环节,过五关、斩六将,笑到了最后。其实,白皓月对任钟并不看好。面试的时候,他随口问了一个基础性的问题,就把任钟难住了。可是主持面试的赵松年在打分环节不经意地说了一句:"小任还是蛮有想法的嘛!"这令白皓月不得不给任钟打了个高分。最后,任钟以面试第一名的成绩击败其他几位参加面试的竞争对手,这其中就有白皓月相中的那位金洲证券投行部副总经理。直到任钟正式入职金洲证券投行部总经理之后,白皓月才隐约听说任钟是赵松年的远房亲戚。他虽然对任钟的工作能力很不看好,却无力改变结果,只好勉强接受这个现实。

　　任钟到位后,投行部的人心一下子涣散了不少。那位同样参加公开招聘却最终被淘汰的副总经理更是满腹委屈、精神萎靡。因为李昆仑走后,他成为名盛地产上市工作的具体负责人。为确保项目不受影响,白皓月只好人前人后安抚他。这位副总经理还算给白皓月面子,强忍满腹怨气,最终赶在1997年底将名盛地产送进上市公司的队伍。尽管如此，白皓月还是非常明白，在接下来的一年里，如何引导投行部重回正轨，已经成为摆在他面前的一个重要挑战。

进入1998年以后，起于东南亚的金融风暴再起波澜。与东南亚关系密切的日、韩经济陷入困顿，银行和证券公司纷纷破产。尽管中国经济尚未受到太大的冲击，但国外同行的遭遇还是令白皓月有种兔死狐悲的苍凉感。他整天绷紧神经，时刻关注着中外时局的变化，担心哪一天境外的邪火会烧到身边。

魏佳首先注意到丈夫情绪上的变化。她见白皓月整天眉头紧锁、日渐消瘦，还以为他生了什么疾病，就在一次晚餐过后关切地问他是不是哪里不舒服。白皓月随口说了声"没有"，便赶紧抓过电视遥控器，打开了电视。中央电视台的《新闻联播》刚刚开始。他瞪大眼睛紧盯着电视屏幕，希望从权威渠道了解到中外形势的变化。令他欣慰的是，国内一片祥和，领导人忙着访寒问苦，老百姓忙着置办年货。突然，一条国际新闻引起了他的注意。那位国字脸新闻播音员字正腔圆地播报说："印度尼西亚宣布将实行印尼盾与美元保持固定汇率的联系汇率制，以稳定印尼盾。但是此举遭受到国际货币基金组织及美国、西欧的一致反对。国际货币基金组织扬言将撤回对印尼的援助。"他忍不住叹了口气，嘟囔道："又来了！又来了！"

刚刚安顿好儿子学习的魏佳正好回到客厅，听到白皓月嘟囔，就问了一句："什么又来了？"白皓月见《新闻联播》已经播完，就关掉电视，忧心忡忡地仰靠在沙发上，目光呆滞地说："更大的危机！"魏佳虽是建筑设计人员，但因为丈夫的原因，对经济问题也多少知晓一些。她见白皓月那么忧虑，便体贴地走过来，坐在他的身边，抓过他的左手，轻轻地揉搓着……

魏佳的双手依然细腻而润滑，白皓月的焦虑多少降低了一些。他把右手也伸了过来，四只手紧紧握在一起。他凝视着魏佳，纵是岁月不饶人，他的魏佳依然清甜如初。他忍不住在她的额头轻轻留下一个唇印。她没有说话，只是更紧地依偎在他的身上。白皓月重新仰靠到沙发上，回想起初恋时的情景，嘴角不由得挂上久违的笑意。

"笑啥呢？"魏佳问。

"猜猜看！"白皓月故作神秘。

"猜不到，你快说嘛！"魏佳晃着白皓月的手臂道。

"不说！不说！就不说！"白皓把头摇得就像拨浪鼓一样。

魏佳不再坚持，却突然把双手伸进白皓月的两只胳肢窝里。可是她哪里是白皓月的对手！白皓月反手一抓，就把她的两只手先后控制住，然后将那两只润滑无骨的小手放在一只手里攥着，腾出另外一只手在她的腋下、脖颈等处使劲挠着，直到魏佳笑得差点岔了气，白皓月才肯消停。

"好了，闹也闹了，乐也乐了，你该收起那张苦瓜脸了吧？"魏佳一边抹着刚刚笑出来的眼泪，一边问道。

"你才苦瓜脸呢！"白皓月故作不满地白了魏佳一眼，心想：这个老婆真是娶对了！虽然前些年她因为我经常出差对我心生不满，闹过一段时间的别扭，可是，如果她不在乎我的话，也不至于那样。想到这里，他不禁又在魏佳额上亲了一口。

魏佳闭眼享受了一会温存，随即坐正身子对白皓月说："虽然我不搞经济，但对东南亚金融危机也多少知道一点，也知道那是你整天愁眉不展的原因。我有一句话，不知当不当说？"

"什么话？有屁快放！"白皓月瞪大眼睛说。

"你怎么这么粗鲁？！"魏佳伸手抻开白皓月的嘴巴，说，"哎，你看，我们现在工作都不错，你的收入更高，这些年也攒了不少钱，就算大环境不好，收入下降一些，我们也不会没饭吃，更何况天塌压大家？"

魏佳的一番话令白皓月深受感动。与一些女人对丈夫不断加码提要求相比，魏佳可谓一股独特的清流。"我不担心收入下降。"白皓月仰望着天花板说。

"那还担心什么？国家大事吗？"魏佳的脸上现出一丝讥讽之色。

"哈哈，虽说'天下兴亡，匹夫有责'，可是以我的能力还够不上那么高的层面！"白皓月收起笑容，认真地说，"光公司那点事我都快应付不过来了，我担心在大环境不好的背景下公司又要出乱子呀！"

白皓月的担心不是没有道理。就在前两天，他还在任钟那里碰了个软钉子。事情的经过是这样的——

因为接连收到投行部副总经理及几位投行部骨干人员的辞职报告，白皓月决定找任钟商量一下稳定投行队伍方面的事情，从而在新的一年把工作做得更好。任钟接到白皓月打来的内线电话后很快就出现在他的面前。

"白总找我有事吗？"任钟说着，在白皓月对面坐了下来。

白皓月心想：废话，没事我找你干什么？不过，他还是和颜悦色地说："最近投行部辞职的人不少啊，这样下去可能会影响今年的工作！"

任钟听后表情有点不太自然。他把头转向窗外，过了一会，才懒洋洋地说："现在不是提倡双向选择吗？也许他们找到了更好的去处。"

"是吗?"白皓月"嘿嘿"干笑两声。据他所知,要走的这几个人还没有找到下家,之所以要离职,是实在无法忍受任钟折腾。因为任钟担任金洲证券投行部总经理以后,为树立威信,连烧了三把大火。

任钟烧的第一把大火是抓考勤。根据金洲证券的制度,早晨9点之后到达公司视为迟到。但是,因为各部门工作性质不同,公司并没有严格考勤,也没有相应的惩罚措施。任钟到任后,特别要求投行部员工必须在9点之前到岗,否则每迟到一分钟罚款20元。一开始大家并不以为然,私下里说,投行部的性质是围绕项目转的,有活的时候,大家连续干几个通宵都是常事,没活的时候,即使把大家都圈在公司,又有什么意义?!尽管这样,大家还是不想违背新领导的意志,即便手头没有工作,也早早来到公司。两周一过,有人见其他部门依然没有严格考勤,逐渐放松了警惕。特别是冬季来临以后,难免出现早晨起不来的情况,更有手头有项目的员工因前一天晚上熬夜加班而导致次日无法正常起床。这样一来,投行部迟到的情况开始多了起来。任钟说到做到。每天早晨9点前他会准时出现在楼梯口,一边不时看看手表,一边留意有没有投行部员工迟到。一旦发现有人迟到,他会毫不客气地告诉对方迟到几分钟,需要交多少罚款。如果谁交罚款的动作稍稍慢了一点,他会正言厉色地告诉对方他将在年终考核时下调对方的等级。迟到者终归理亏,最后只好乖乖地把罚款交给任钟。

任钟烧的第二把大火是要求投行部员工写日志,并规定所有人必须在下班前将日志发到他的电子信箱里。这一招令投行部的同事们特别头大,手头没有项目的同事不知道日志里该写什么内容,手头有项目的同事则根本没有时间写日志。可是任钟根本不管这些,有事情要写,没有事情也要写。更令大家无奈的是,任钟对日志的字数还有要求,那就是不得低于200字。结果,手头没有项目的只好无病呻吟胡编乱凑,手头有项目、甚至在外出差的员工只能牺牲本就紧张的工作时间拼凑出200字以上的日志。

任钟烧的第三把火是夜间进行学习交流。他说,投行部是公司最特殊的部门,必须比其他部门花更多的时间开展学习交流。于是,金洲证券开始出现一个奇观:每天下午5点30分,公司领导及其他部门的员工三五成群地涌向电梯口、准备下班时,投行部员工却满脸沮丧地捧着电脑或笔记本走进公司的大会议室。学习交流的内容并没什么紧迫之事,往往是你扯几句,他扯几句,之后任钟便开始滔滔不绝地训话。训话的内容也多半是翻来覆去那几句损人的话。要么是:"你这个白痴,该你的工作也不好好做,难道等我来帮你做吗?"要么是:"都一样拿着公司的工资,你看人家张三怎么就能把工作做得那么漂亮?"要么是:"现在的竞争这么激烈,你是想拉投行部的后腿吗?"一段时间下来,包括几位部门副总在内的投行部成员几乎没有不挨他训的。有人被训急了,私下里观察任钟大白天都在干什么,结果发现,他不是在QQ上跟人聊天,就是在电脑上看美剧……

"小任,你来金洲证券已有一段时间了,看得出你的工作态度很积极。"尽管白皓月对任钟的所作所为已经比较了解,但是他还是尽量给他点肯定。

任钟对白皓月这句言不由衷的表扬似乎很受用,摇头晃脑地说:"应该的,应该的!"

白皓月看着任钟那得意扬扬的样子,心想,该正面点点他了,于是正色道:"不过作为部门负责人,你今后能不能在工作方法上也能做些改进呢?"

此言一出,任钟的脸色陡然变得阴沉起来,他问:"白总的意思是?"

白皓月不再绕弯子,直接说道:"比如,能否更加注重工作效率,该白天完成的就不要拖到晚上?"

任钟的脸色更加阴沉起来。"白总不知道,我白天忙得很,赵总另外给我布置的还有任务。"任钟言语间似乎有满腹的委屈。

可是当白皓月问他到底是什么任务时,他又不愿明说,只说"赵总交代了,要我高度保密,谁都不能透露。"

除夕之夜,白皓月在一种莫名的忧虑中坐上了家庭团聚的餐桌。和往常一样,白皓月把父母和岳父母都请到自己的小家吃年夜饭。

室外的鞭炮声此起彼伏,室内的铜火锅热气蒸腾。望着父母、岳父母那斑白的头发和儿子白自强那稚气未脱的胖脸,白皓月深感责任重大。过了这个大年,他就要年满38周岁了。这是一个经过沉淀,随时可以大展拳脚的年纪,也是一个背负重压,容不得半点差池的年纪。他想起了李昆仑在离开金洲证券之前对他说过的那句话:"你太顺了!到现在还没摔过大跟头!""是啊,我太顺了,今年会不会摔个大跟头呢?"联想到愈演愈烈的东南亚金融危机和公司里的各种乱象,还有去年9月证监会通过《关于做好1997年股票发行工作的通知》,称将以前投行业务"额度管理"的审批制转变为"总量控制、限报家数"的审批制,白皓月心乱如麻,一不小心竟将手边的饭碗碰翻在地,一声脆响过后,白瓷碗碎了一地。一家人陷入了短暂的沉默。还是白皓月的母亲反应及时,忙不迭地说:"碎碎(岁岁)平安!碎碎(岁岁)平安!"一屋子人这才从刚才的错愕中回过神来,捡碎碗的捡碎碗,拖地板的拖地板。10岁的白自强就像捡到一个笑话一样，一边学着奶奶的口气重复着"碎碎（岁岁）平安！碎碎（岁岁）平安！"一边捂着肚子大笑不止，把眼泪都笑出来了。虽然4位老人早已觉察到白皓月状态不对，但因为时值过年，也都没有说破，吃过年夜饭，围着电视机，一心看央视春晚去了……

　　春节长假很快就结束了。虽然白皓月对投行部的混乱早有思想准备，但是上班第一天又有好几封辞职信放在案头的情景还是让他有些意外。他意识到问题非常严峻，匆匆与其他几位公司领导打了个招呼，便抓紧时间找来那些提交辞职报告的投行部员工，了解他们辞职的真正原因。这些人无一例外地说，受不了任钟的瞎折腾。白皓月劝他们留下，说他会想办法做任钟的工作，让他改进一下工作方法。这些人却笑着说，不是他们不相信白总，而是不相信任钟能改，因为他本质上就是个心胸狭隘、见不得人好、本事不大又喜欢故作高深的人，更何况他还有公司老大给他撑腰呢！他们还说，若不是担心年终奖受影响，他们春节前就提交辞职报告了，现在好了，反正去年的年终奖已经比前一年少了一大截，若是再熬到年底，还不知又会少多少呢？白皓月见挽留无用，只能祝他们好运！有佩服白皓月人品的离职员工悄悄提醒他说，投行部还有不少员工也想离职，但苦于一时找不到合适的下家，为了生计不得不继续忍着。白皓月明白，这些被迫忍着的员工都有这样那样的难处，一旦有机会，他们也会果断离开。

　　白皓月感觉自己必须为投行部的稳定做些什么了。考虑到春节前他与任钟谈及此事时，任钟并没有把他的话当回事，白皓月决定直接找任钟的靠山——董事长兼总裁赵松年。几句寒暄之后，白皓月把投行部的混乱情况及大家反映的问题向赵松年做了简要汇报。哪知赵松年听后竟哈哈大笑，说："这个任钟还真是初生牛犊不怕虎！有前途！有前途呀！"白皓月被他这么一说，一时语塞，怔怔地看了一会赵松年才说："现在投行部的队伍非常不稳，我担心这会严重影响今年的工作目标呀！再加上从去年开始，证监会对各省市和部委上报的拟上市企业数量进行限制，工作比以往更加难做，我担心至少在投行业务这一块，我们金洲证券会被兄弟公司甩到后面！"赵松年略一沉思道："嗯，你说的这些我都知道了。不过不要紧，我现在正在推进一项非常重大的改革，等改革成功了，我们还可以再招聘一些水平更高的投行人员，那些心猿意马的离职员工正好可以把位子给他们腾出来！"领导的话已经说到这个份上，白皓月只能点头表示认同，虽然他并不理解什么样的改革会不在乎员工队伍的稳定。

　　赵松年似乎看出了白皓月心中的疑虑，不待白皓月开口，便神秘地笑了笑说：

"关于公司深化改革一事,我正好要找你。"说着,从抽屉里取出一份装订整齐的打印稿递给白皓月。"这是春节前我让任钟做的,感觉还不错! 你先看看,回头也帮我提提意见。不过千万要注意保密呀!"白皓月定睛一看,见封面上写着一行黑体大字——"关于我司实施MBO的初步方案",他心里便明白了八九分,随即告别赵松年,回到自己的办公室。

白皓月连茶都没顾上为自己泡一杯,便迫不及待地展开那份MBO方案。他要看看这份由他直接下属在他毫不知情的情况下执笔撰写了什么惊世骇俗的改革高招。报告不长,总共也就三个部分。第一部分历数改革开放以来中国经济的发展成就,随即话锋一转,严厉指出金洲证券在改革发展上的不足,语言比较煽情,让人一看就对金洲证券的改革滞后产生强烈的痛惜之感。第二部分为金洲证券的改革突破指出一个方向,那就是MBO(管理层收购),报告说,这种20世纪70—80年代在欧美国家广为流行的企业收购方式是通过改变公司所有权结构、控制权结构和资产结构,实现管理者以所有者和经营者统一身份主导公司重组,从而获得产权预期收益的收购行为,它是有效激励内部人员积极性和创造性、降低委托代理成本、改善企业经营绩效的法宝。第三部分则是报告的关键之处——如何在金洲证券率先开展MBO,使金洲证券走在国内券商乃至各类企业改革发展的最前列,报告给出的方案大体是成立一个由现金洲证券公司领导和少部分骨干共同持股的新公司,注册资金10亿元人民币,然后,以这个新成立的公司收购净资产约13.5亿元的金洲证券国有股权。

看完方案后,白皓月的脑子里立即蹦出两个字——大胆! 大学副教授出身、又在证券公司浸淫整整10年的白皓月非常明白,将国有股权转让给私营企业或外资企业的案例少之又少,将控股权转让给公司管理层的事情在国内还闻所未闻,更别说要管理层凑足10亿元来注册成立一家新公司了! 他仰靠在座椅里,陷入了沉思——该如何回应赵松年呢? 直接反对肯定不行。赵松年在将报告交给他时,还喜形于色地说"感觉不错"呢! 无原则的同意也有违他自己为人处事的原则,毕竟这一步迈得太大了,虽然他也希望获得一些公司股权,但对这件在国家政策上暂时还没有突破的事情,还是不敢有非分之想! 然而,他又不能不表达自己的观点。怎么办呢?

白皓月从座椅中站起来,慢慢踱到茶几旁,给自己泡了杯浓浓的六安瓜片。他将鼻子凑近杯口,一股浓烈的清香直沁心脾,他端着杯子慢慢走到窗口。窗外天蓝云淡、阳光明媚,一群不知名的鸟儿列队飞向太阳,他顺着鸟儿的轨道,一直看到它们消失得无影无踪,这才发现阳光非常刺眼。他下意识地闭上了眼睛,一个奇怪的问题跳了出来:赵松年要搞的MBO能见得了阳光吗？如果见不得阳光,他白皓月是不是应该表示一下反对意见呢？

第三十一章

饭店里纵论机制　公司内忍辱负重

"丁零零……"办公桌上的固定电话铃声响了起来。白皓月回身快走几步，抓起电话。听筒里传来了李昆仑那熟悉的声音："喂，皓月呀，今晚方便吗？我请你吃饭！"

白皓月笑问："前几天刚刚聚过，你怎么又要请客了？是不是有什么喜事？"

李昆仑也笑了："你这个人也真是的，我请你吃饭还得找理由吗？没有喜事就不能请你吃饭了？不过，今天还真有喜事要跟你分享！"

白皓月顿时心情大好，忙问："什么喜事？"

李昆仑却卖起了关子："哈哈，先留个悬念，见面再聊。"白皓月知道李昆仑不急于说的事，自己再问也问不出结果，便不再追问。

两人约好当晚6点在外滩的友谊饭店相见，这才挂掉电话。

友谊饭店是地处外滩的江海高档饭店。当晚6点，白皓月准时走进那座气派豪华的欧洲古典折中主义建筑，在侍应生的引领下，乘电梯直达位于顶楼的景观餐厅包间。李昆仑早已在包间等候，见白皓月进来，忙起身相迎。

白皓月环视了富丽堂皇的包间，问："还有人吗？"

李昆仑手一摊，轻松一笑道："就我们俩。"

白皓月指着那张足可坐下十人的大圆桌说："这也太奢侈了吧?!"

"哈哈，不奢侈！不奢侈！你我情同手足，在关键时候又对我鼎力相助，在我力所能及的情况下，让你稍稍享受一下，这也是我的荣幸！"李昆仑说着，示意白皓月在面窗的西式真皮高背椅上坐下，他自己则在不远处的另一张椅子上坐下。

包间内的视野极好。白皓月可以清楚地看到彩灯闪烁的东方明珠电视塔和流光溢彩的黄浦江。趁酒菜还未上桌，他一边品着香喷喷的金骏眉，一边问："快说吧，是不是有什么大喜事了？"

李昆仑笑而不语。

白皓月又说:"肯定又有大喜事了,不然,你今天应该在名盛地产总部,而不是继续待在江海请我吃大餐!"

李昆仑终于开口:"知我者皓月也! 要说喜事的确有那么一点。"他喝了口茶,慢悠悠地接着说,"我不做董秘了。"

原来,李昆仑昨天就赶到名盛地产总部,并在第一时间上门看望了名盛地产的幕后老板朱向阳。朱向阳对李昆仑具体推动名盛地产实现A股上市评价甚高,知道他有房地产管理和商业运营经验,有意提升他做公司副总裁兼江海分公司总经理,坐镇指挥名盛地产在江海的房地产开发业务,而他的董事会秘书一职则由原公司证券事务代表接任。这么短的时间内,李昆仑就再次受到提拔,并成为一方大员,坐镇家乡,他当即就满心欢喜地答应了。朱向阳在用人上本来就是个大刀阔斧、雷厉风行的人,第二天(也就是今天)上午就让在台前替他担任董事长的陈明旭宣布了公司对李昆仑的新任命,并让李昆仑乘坐下午的航班飞回江海分公司主持工作。李昆仑欣喜之余,第一时间打电话约白皓月吃饭。这才有了今晚的这顿饭局。

"太好了!"白皓月忍不住侧身往李昆仑后背上捅了一拳。李昆仑也不躲闪,咧开大嘴陪着傻笑了几声,反正打得不痛。

聊到这里,侍应生恰到好处地端来了精美的粤式菜肴。"喝什么酒水?"侍应生问。

"来瓶1982年的拉菲吧!"李昆仑不假思索地应道。

白皓月本想阻止一下,但想到李昆仑这一升职每年又要多挣不少钱,一瓶拉菲相对于他增加的收入不过是毛毛雨而已,便放弃了这个念头,只象征性地客套了一下:"自家兄弟不必太奢侈!"

李昆仑摆摆手,说:"皓月,一瓶酒算什么? 别说你不怎么喝酒,就算你特别喜欢喝,我也该让你喝个够! 没有你在我最潦倒的时候出手相助,哪有我今天的好日子?!"

白皓月也不客气,只说了一句:"那倒也是! 不过,换上我跟你一样沦落,你不是照样会帮吗?!"

两人正说着,侍应生在他们面前的高脚杯里缓缓将酒倒上。李昆仑轻轻摇晃着酒杯,望着窗外川流不息的江水,感慨万千地说:"兄弟就是兄弟! 愿我们的友谊像这滔滔江水,长流不息!"白皓月将酒杯迎了上去,"咔嚓"一声脆响,两只高脚杯撞到了一起。白皓月仰头将杯中之酒喝了下去。他虽然不懂酒，但依然能感到今天这酒非常甘洌爽口。

三杯过后，两兄弟的话更多了起来。

李昆仑手指着黑漆漆的江东说："看到了吗？那边除了东方明珠和即将封顶的88层金茂大厦，还有大片大片的土地等待开发，我既然受命坐镇江海，就一定要为那边的建设做一些可圈可点的事情！"

白皓月说："那是！那是！其他不说，光凭你是我白皓月的兄弟，就差不到哪去！"

这句话令李昆仑非常受用，他夺过侍应生手中的酒瓶，站起来给自己斟上小半杯，对白皓月说："来来来！就冲你这句话，我干了！"喝完之后，他特意把杯子倒过来说："看，喝光了！"

白皓月向他竖起了大拇指。

李昆仑也不含糊，又给自己加上小半杯，问白皓月："你现在怎么样？"

白皓月苦涩地笑了笑，说："还能怎么样？自从你离开以后，金洲证券越来越乱，我担心它再出一桩大纰漏！"接下来，白皓月把最近几个月金洲证券的各种乱象向李昆仑一一道来。

听罢白皓月的介绍，李昆仑目瞪口呆。他意识到自己的离开打破了金洲证券投行部的平衡，以至于白皓月现在那么为难。"对不起皓月，给你添麻烦了！"他说。

李昆仑的话令白皓月丈二和尚摸不着头脑。"什么意思？"白皓月问。

当李昆仑把自己的跳槽与白皓月的尴尬现状联系到一起时，白皓月当即就予以否定："没那么严重！你要是不走，顶多投行部暂时稳定一些，却根本挡不住赵松年的脚步！"

"你的意思是根子出在赵松年身上？"李昆仑问罢，抿了一小口红酒。

"当然，如果不是他在暗中支持，光凭任钟能翻起多大的花？"白皓月本想把赵松年准备MBO的事也和盘托出，但话到嘴边又咽了下去，毕竟李昆仑已不在金洲证券，并且赵松年还强调要保密。

"这么说，金洲证券又要出事了？"李昆仑似问非问。

"说不清楚，但预感不太好。"白皓月突然烦躁起来，"算了，不说金洲了，还是说说你们名盛地产吧。"

提起名盛地产，李昆仑眼睛一亮。他说："名盛是私营企业，这里面关系比较简单。谁对公司贡献大，谁地位就高，说话就算，收入就高。不像金洲证券，公司从高管到一般员工都是打工仔,是不是对公司负责,是不是卖力工作,那得看个人觉悟了。"

"听起来好像是这么回事,不过……"白皓月没有说下去,而是挑了只膏蟹,慢慢享受起来。

"本来就是这样嘛!"李昆仑坚持道。

"哈哈,别争了,在这个问题上你是争不过我的,别忘了我做过经济学副教授!来来来,快吃菜,你一下点了这么多好菜,别浪费了!这膏蟹不错,肉嫩膏厚!"白皓月说着,伸手拿了一只膏蟹放进李昆仑的餐盘里。

"经济学副教授就一定掌握真理吗?"李昆仑较真的劲上来了。

"好,你要是不信,我就用经济学原理帮你分析分析。"白皓月把刚刚吃干净的蟹壳往桌上一丢,"其实,无论是国有企业还是民营企业,都存在委托代理的问题。国有企业的所有权是全民所有,具体到某一个国有企业,它其实是全民委托这个企业的干部、员工来经营管理企业,被委托的人就有可能偷懒或侵占企业利益。民营企业的所有权虽然可以非常清楚地追踪到个人身上,但是除非所有的岗位都是自家人做,否则,只要你雇用别人,别人就可以跟企业的所有者瞎对付,甚至利用工作之便,想方设法捞取不正当利益。就算都是自家人,还存在相互之间闹别扭的问题。你看国有企业和民营企业是不是差别不大?"

李昆仑想了想说:"还真是这样。"

"好,既然你同意我刚才的分析,那我再告诉你,为什么同样存在委托代理问题,国有企业和民营企业的效率会有那么大的差别呢?"白皓月抬头望了望窗外,接着说,"因为激励机制不一样。很多国有企业的激励机制比较死板,大家干多干少一个样,干好干坏一个样,甚至干少干差拿得更多,升得更快!如果再碰到企业领导和员工个人觉悟不高,那这个企业的效率就必然低下。民营企业却不一样,它们的机制比较灵活,谁干得好、谁对企业的贡献大,谁就可以获得更好的收入和个人发展机会。"

"那为什么国有企业不能改进一下激励机制呢?"李昆仑问。

"因为国有企业是全民所有的,没有全民的同意,谁也不敢轻易改变企业的现状。"白皓月随口答道。

"这不还是所有权问题吗?"李昆仑抓住了白皓月的破绽,得意地狂笑起来。

白皓月顿时陷入茫然。他想,怎么绕来绕去又绕到所有权上了?

李昆仑见白皓月一时无语,更加得意起来。他起身拍拍白皓月的肩膀说:"看来大教授也有解释不清楚的经济学问题！这两年我跟你一起做研究和投行工作，也读了一些经济学方面的书，好像经济学界在所有权与委托代理关系的问题上争论挺大，你现在又不专门搞研究，我看你还是别在这个问题上耗费脑细胞了吧！来，我们再碰一个！"

白皓月只得拿起高脚杯与李昆仑碰了一下，讪笑道："不在其位，不谋其政，我这个企业打工仔不该瞎操学术的心！"说这句话的时候，他非常清楚，学术的心虽然不用他操，可是对金洲证券MBO该持什么态度，他无论如何也绕不过去。他喝干杯中的红酒，再次陷入迷茫之中。

"想什么呢？"李昆仑给他加上酒，关切地问。

"我在想……你的房地产事业可能赶上好时候了。"白皓月故意岔开话题。

"那是当然！去年我们不是已经探讨过这个问题了吗？江海已经把房地产确立为支柱产业，要不然名盛地产也不会这么果断地来江海开拓业务啊！"李昆仑提起房地产满眼都是笑意。

"听说国家也在考虑把房地产作为支柱产业，要不是担心放开房地产市场可能引起投机行为，国家早就宣布取消福利分房，推行住房分配货币化了！"白皓月补充道。

"没错，据说今年1月份领导专门把南粤的几个房地产大佬召到京城，详细询问了房地产市场的走势，看来中央在房地产的市场化改革方面已经做好了准备，就看相关改革措施什么时候落地了。"李昆仑说。

"房地产的关联性很强，一旦国家也将它确立为支柱产业，会带动包括钢铁、水泥等多个产业的发展。现在东南亚金融危机那么严重，如果不把国内的经济尽快发展起来，我们也很难独善其身啊！"白皓月说到这里，感觉内心非常激动，他拿起高脚杯，向李昆仑扬了扬，"来，预祝你的房地产事业旗开得胜，越做越大！"

李昆仑以名盛地产副总裁兼江海分公司总经理的身份重新回到江海后，立即投入到紧张有序的业务拓展工作中。他在市城建局当过处长，当年的不少同僚已经高升，有的还当上了局长、副局长，或者到区县去做副区长、副县长。再加上他自己和白皓月的那帮同学，有不少已成社会中坚力量，比如那位在市政府办公厅工作的陈旺国就已经升为办公厅副主任了。这为他在江海的业务发展带来很多便利。多年的人生起伏早已令李昆仑世事洞明，何况他现在又是上市公司的一方大员，手中掌控着不少资源。他隔三岔五地邀请这些老同学、老同事、老朋友在江海的大小饭店或酒楼、茶馆里相聚，在把酒言欢中了解信息，深化情感，并依托这些老关系进一步拓展了人脉。没过多久,李昆仑就在黄浦江东岸替名盛地产又拿到一块2000多亩的临江地块。

相比于李昆仑的春风得意,白皓月开始步入人生的低谷。与李昆仑在友谊饭店一番长谈之后,白皓月的内心更加矛盾。他不知该如何回应赵松年。说那个MBO方案很好吧,这似乎不符合他一向严谨的工作作风。且不说任钟的文笔和行文逻辑远没有那么优秀,甚至可以说他语句不通、逻辑混乱。仅仅从政策来看,国家还没有放开企业管理层收购国有股权,万一到时候国家追究起责任来……他想想后果,脊背都有点发凉。说那个MBO方案不好吧,明摆着会令赵松年极为不爽,甚至翻脸。因为他清楚地记得赵松年在将方案递给他时言语之中所表现出来的得意与自负。他是赵松年的下级,他明白与顶头上司唱反调会是什么结局。并且从内心深处的那点私心来看,他也隐隐盼望着自己也能拿到点股权,尽管从目前的方案来看,他可能获得的股权也不会太多。怎么办? 白皓月寝食难安,一连几天有意躲避赵松年。可是躲终归是躲不过去的。他必须尽快想出应对方案……

令白皓月备受煎熬、极度苦闷的原因还有一个,那就是,他还无法判断当下开展MBO是对还是错。对于无法判断的事情,怎么能明确表达意见呢? 他头疼欲裂,辗转反侧。

这一天,白皓月正在办公室里翻阅报纸。赵松年兀自走进来问他:"白总,你对公司的MBO方案到底有什么意见?"

白皓月一时不知该如何回答,只能连声道:"赵总好! 赵总好! 快坐! 快坐!"

赵松年也不客套,一屁股坐在真皮沙发上,跷起二郎腿,两眼直视白皓月,似乎在等待,又似乎在催促。

"看来今天必须表态了!"白皓月想。"哦,挺好的!"他终于从嗓子眼里挤出来几个字,那声音他自己听起来都很费劲。

不过,赵松年好像很满意。他放下二郎腿,起身拍拍白皓月的肩膀说:"这样好! 这样好! 我们可以荣辱与共了!"

白皓月见他笑得满脸都是褶子,意识到赵松年可能误解了他的真实意图,便补充道:"赵总,我想过了,我自己对公司的贡献不大,股份我就不要了,我保证,不管公司怎么改革,我都会全力做好本职工作。"

赵松年听后脸色煞白,双手往后一背,气哼哼地走了出去。

白皓月想追上去再解释两句,但转念一想,自己不就是要明确表达这个意思吗? 也许时间可以磨平一切。

　　然而，在第二天的公司例会上，赵松年大谈改革对公司发展的重要性之后，神情严峻地说："大到一个国家，小到一个企业，改革总会受到某些保守势力的阻碍，我赵松年是个坚定的改革派，不怕保守势力的阻碍，也不在乎某些人的阳奉阴违，我就不信公司想做的事还做不下去了?!"白皓月发现，赵松年说最后那句话的时候，眼睛是明显瞄向他的。他不由得打了个激灵，心想：完了，赵松年把我视作他的绊脚石了! 哎，没法子呀，我可不想跟你做对，但是我总得跟着国家的方向走吧? 国家没有放开的事，我怎么可能以改革的名义盲目跟在你身后瞎走呢?

　　会后，白皓月恍恍惚惚地回到办公室。刚打开门，办公桌上的电话铃就响了。他抓过电话，听筒里传来人事部小陈的声音，说年度考核结果出来了，已经发到他的电子邮箱，提醒他查收一下。白皓月感觉莫名其妙，心想，春节后才上几天班，怎么就搞年度考核了，还把结果发出来了?

　　白皓月打开电子信箱，发现果然有一封未读邮件，标题是"1998年度个人考核结果反馈"，再仔细一看，不禁倒吸了一口凉气。原来，他的考核结果只有85.7分，而公司平均分是94.8分，他的分数比公司平均分整整低了9.1分!"怎么回事? 这些年我没少给公司做贡献呀，单单1998年就为公司挣了10多亿元!"他嘀咕道。他苦闷，他愤恨，他惆怅……

　　怎么会这么低呢? 他怎么也想不明白问题出在哪里。他隐约记得公司的考核结果由3个部分构成：领导占60%，自评占20%，民主测评占20%。他比较谦虚，虽说工作成绩非常突出，给自己打100分也不过分，但他只给自己打94分。还有就是民主测评了。他虽然平日里没跟同事过于亲密，但没有跟任何人发生过太大矛盾，即便有个别人看他不顺眼，也不会给他的分数打太低。他还想到了另一种可能，就是那天民主测评后，人事部直接把测评结果装进袋子里拿走了，每个人的得分情况到底怎么样是一笔糊涂账，某人完全可以自作主张或根据什么领导的授意把分数改了。然而，即便如此，民主测评分也不会对最后的分数影响太大，因为民主测评的分数还要再乘20%。那么到底是什么原因把他的分数拉低到90分以下呢? 莫非是顶头上司赵松年? 对! 只有他打分的权重最高，占60%呢!

　　恰在此时，他的手机响了。接通手机后，一个既熟悉又陌生的声音狂笑着说："白皓月呀白皓月，有句顺口溜你应该熟悉吧? '说你行，你就行，不行也行；说你不行，你就不行，行也不行!'哈哈! 你这个呆鸟!"白皓月正想寻问对方是谁，那人主动报出了自己的大名："怎么? 连我赵松年的声音都听不出了?"说毕，啪嗒一声挂掉了电话。

白皓月非常郁闷。他想重新接通赵松年的手机，了解自己到底做错了什么，可是忙乎了半天也没找到手机。他急得浑身是汗，一骨碌翻了起来。原来是一场梦！

白皓月摸索着从床上坐起来，想了一会，感觉刚才的梦似乎在暗示他什么，但他又说不清楚。他披衣下床，轻脚轻手地走到客厅里。窗外月光如银，一片寂静。他的内心却翻江倒海一般，久久不能平静。他想了很久，很久，终于把心一横——既然抉择如此艰难，那还是模糊处理，听天由命吧，反正反对也没有什么用，他又不是公司董事，没有参与决策的权力！

第二天，他拿起那份MBO方案，主动找到赵松年。"赵总，这份MBO报告我已经仔细拜读过了，感觉挺好的，部分错别字我直接在上面改掉了，您再看看，其他就没什么意见了。"白皓月满脸真诚地向赵松年汇报。

白皓月本想提醒赵松年，金洲证券的净资产已高达50多亿元，即使收购50%多一点的股权，实现管理层对公司的相对控股，也至少需要25亿元，按照管理层目前的收入情况，大家无论如何也拿不出这笔巨额收购资金。不过，话到嘴边，他还是忍住了。因为他从赵松年那势在必得的表情中已经明白，这完全不是问题，说了，反而会被他反感，既然已下决心顺着他来，又何必节外生枝呢？

赵松年哪里想得到，白皓月为了刚才那几句简简单单的话，竟然经历了那么复杂的内心挣扎。在他眼里，包括白皓月在内的公司高层不过都是他的马仔而已。他接手金洲证券的时间虽然还不是太长，但短短的大半年时间里，他早已恩威兼施将他们收拾得服服帖帖，谁还敢跟他唱反调？更何况他还将通过改革为他们争取到多多少少的利益？！

不过，人算不如天算。就在赵松年悄然推进MBO的时候，一封神秘的举报信送到有关方面的案头。到底是什么样的举报信呢？这里暂且不表。

却说白皓月在亚洲金融危机越演越烈，央行3月份为稳定国内经济连续第四次降息的背景下，千方百计内稳管理、外拓业务。可是因为投行部早已人心涣散，作为部门总经理的任钟又对他阳奉阴违，甚至公然漠视，导致他的工作毫无进展。1998年即将过去一半，白皓月分管的投行部还没有拿下一单新增业务。随着历史留存项目接近尾声，投行部眼看就要断炊，他只好再找赵松年汇报。令他无奈的是，赵松年称白皓月是分管副总裁，有权对所分管的部门负责人严加管理，但是一转眼又对任钟给予高度评价。白皓月再傻也不会不明白，赵松年那是在力挺任钟呢！哎，他又能怎样呢？难道也学赵松年进行越级指挥？！

天气越来越炎热，长江中下游地区的雨也越下越大。目睹新闻联播里那浊浪滔天的骇人情景，白皓月心焦如焚，既为国家和受灾地区的同胞而心焦，也为他分管的投行部在内忧外患下陷入低谷而心焦。然而，他一点办法都没有，既无力回天，也无力撼地，甚至对自己分管的投行部也说不上话。直到7月份的某一天，他从《新闻联播》上得知：为释放5万亿居民存款的消费潜力，国务院决定，党政机关将一律停止实物分配福利房的做法，实行住房分配货币化。他明白，这个政策的实施，将大大拓宽住房市场化空间，中国房地产业将进入一个空前的快速发展阶段。不仅如此，由于房地产业的关联性强，它还将带动众多相关产业发展，并进而带动宏观经济迅速摆脱东南亚危机和百年不遇洪灾的影响，步入良性发展轨道。尽管后来房地产业对国民经济的作用被片面拔高，并被不少地方政府为刺激当地经济增长而过度利用，使得住房的功能由居住沦为某些利益集团寻租和炒作的工具而备受国人诟病，但那毕竟是后话。

白皓月就像一个长期被幽禁的孩子突然被带至一处柳暗花明的广阔天地而激动不已。他第一时间拨通了老朋友李昆仑的电话。李昆仑的情绪也很激动，说他刚才也在电视上看到了国务院取消福利分房的消息，从此房地产业将真正进入大发展阶段，还说他幸亏去年就已经转行，经过大半年的适应，现在正好可以大展拳脚。白皓月少不了向老友祝贺一番。

第三十二章

莫名其妙被收监　多方奔走获自由

　　白皓月的好心情只维持了一个晚上。第二天早上,他刚刚走出自己办公室所在楼层的电梯,两名身穿T恤的青年男子便迎面走了过来。"白总,我们等你很久了,我们领导派我们来请你过去喝咖啡。"说着,其中一人从裤兜里掏出工作证,打开后在白皓月眼前晃了晃。白皓月见上面写着"江海市经侦总队"几个字,感觉有点纳闷,心想,我在经侦总队没有熟人,他们找我干什么呢?正在犹豫中,那位青年指着刚刚打开的电梯门向白皓月催促道:"请吧。"白皓月抬手扬了扬手中的提包说:"能不能稍微等一下,我把包放到办公室里?"两位青年同时说道:"不必了,我们领导很忙,你还是快点过去吧。"那语气就像对待坏人一样。白皓月没办法,只好快步跨进电梯,并在两名青年的陪同下坐上了他们的轿车。

　　轿车飞快地向前奔驰。坐在两名青年中间的白皓月见他们的表情已由刚见面时的客气、恭敬转而变得严肃、冷峻,心想,完了,我可能被抓了!他从兜里摸出手机,企图给魏佳打个电话,却被其中一个青年制止了。他不死心,跟两个青年反复商量,终于在他们的监督之下给魏佳发了一条短信息:"我去市经侦总队了。"此后,白皓月便按照他们的要求关掉了手机。

　　轿车很快到达市经侦总队。白皓月在两名青年的监督下走进一间空洞洞的大房间。已有几个人等候在那里。其中一人在确认白皓月的身份后,向他出示了分别由江海市检察院和江海市公安局出具的两份逮捕证,随后不紧不慢地宣布:因为他涉嫌侵吞国有资产,特将他逮捕收监。白皓月顿感天塌地陷,怎么也不明白一向廉洁自律的自己怎么会被加上侵吞国有资产的罪名。然而,这里不是法庭,没有人愿意听他辩解,他只能按照要求老老实实地配合测量身高,然后再配合拍照,拍了全身,再拍侧面。接下来,再配合留手模,留了拇指,再留食指和无名指。做完这些,再配合做笔录,姓名、年龄、性别、民族、家庭成员、工作单位、职务、收入……反正对方问什么就得如实回答什么。一个小时之后，白皓月才配合完成了这些标准的罪犯留档程序，尽管他并不认为自己与"罪犯"这个词有半毛钱的关系。

"好了，带他去那边。"一个领导模样的人命令道。应声过来的两名制服青年把他押上警车，伴随着刺耳的警笛，警车一直开进郊外的看守所大院里。在看守所前台，他被要求交出所有私人物品。随后，又被带到一个小房间，被要求脱下包括内裤在内的全部衣服。"站好……张嘴……转身……撅屁股……"一名警察严厉地向他下达各种指令。白皓月虽然极不情愿，甚至极度愤怒，却不得不忍辱配合完成那些动作。他想到了那句流行语："伤害性不大，侮辱性极强！"可是他又有什么办法呢？更令他愤怒的是，他根本就没有侵吞过国有资产，甚至连想都没想过，就这样稀里糊涂地成了"犯罪嫌疑人"！换上灰白相间的条纹囚服后，白皓月被带到一张锈迹斑斑的大铁门前。看守人员打开大门，厉声道："进去！"白皓月仰头看了眼灰蒙蒙的天空，艰难地跨进门槛，没走几步就听到身后"哐当"一声。他的心猛然一沉：自由的大门已经对他关闭了！

在管理人员的指引下，他平生第一次莫名其妙地走进了真正的牢房。这是一间面积不过20平方米的砖瓦房，正面竖立着高高的铁栅栏。管理人员打开厚重的铁门后，白皓月走进了房前那条狭长的通道。虽然正值盛夏，他还是被通道里那股阴森森的寒气逼得连打两个冷战。在这条通道的另一头有一个供看守巡视的通道。他看见看守两眼刀子般地盯着自己，不禁又打了两个寒战。牢房内已有将近20人，大多神情呆滞地面对铁栅栏盘腿而坐，少数几个人则靠墙而立，神情同样极其呆滞。白皓月被安排在拐角的一处空地上坐下。

"你犯的是什么事？"离他最近的一个麻脸汉子见看守已经走开，便往他身边挪了挪，瓮声瓮气地问道。白皓月本来不想回答，但想到先前偶尔听到的关于监狱里老犯人殴打新犯人的传闻，便老老实实地答道："他们说我侵吞国有资产，可是我根本没有做过那种事，我可以发誓！"麻脸汉子嘴一撇："你发誓有个屁用！有没有做过，你自己说了不算！你得拿出没有犯罪的证据才行。"听到他俩的对话，又有几个人凑了过来，有的问他叫什么名字，有的问他在什么单位工作。他不敢隐瞒，都一一认真回答。白皓月悄悄观察，发现这些人除了那个麻脸汉子长相稍微凶一点外，其余都面目普通，有的甚至可以说慈眉善目，并非他想象中的凶神恶煞般模样，又问他们都犯的什么事，麻脸汉子代为回答说都是经济方面的问题，他那颗悬着的心才稍稍放了下来。

白皓月与同牢房的人正说着,一个看守打开铁门喊了一嗓子:"白皓月,准备提审了!"他不敢怠慢,一骨碌翻起来,快步往门口走去。另一名看守早已候在那里,手里还提着一副锃亮的手铐。白皓月刚到门口,这名看守便命令他伸出手来,咔嚓一声,就将手铐紧紧锁在他的双手上了。

手铐冰凉,凉得直透白皓月的心扉。他头脑一片空白,在看守的监视下机械地走进提审室。提审他的还是先前那批人。为首的警察命他坐下,说问题还是先前的那些,问他有没有什么需要补充的。白皓月略一沉思,说:"我没有侵吞国有资产。"那个警察乐了:"这个不属于今天提审的范围。你要是对前面的问题没什么补充的话,可以把前面的材料再抄一遍,然后签上你的名字。"

白皓月老实照做。手铐很碍事,他写写停停,停停写写。好在内容不是太多,他终于赶在提审人耐性消磨光前抄完了材料。提审人又递给他一张白纸,说:"有什么要告诉家里的,可以写在上面。"白皓月接过白纸,低头沉思片刻,提笔歪歪扭扭地写下这么几行字:"魏佳:我被关进看守所了,他们说我'涉嫌侵吞国有资产',你知道,我根本不可能做这种事。我需要律师。我大学同学陈旺国认识很多优秀律师,你可以找他帮忙。我的事不要告诉几位老人,更不要告诉自强。相信我,我绝没有做过坏事。我会保重,你也要保重。"话虽不多,却隐含了多层意思:最重要的是让魏佳宽心,他记得不久前一位银行界大佬因为涉嫌贪腐案被抓,其老婆当晚便跳楼自杀,他不希望魏佳也步她后尘;其次就是叫魏佳找陈旺国,因为他在市政府办公厅当领导,路子很广。当然,他还有很多话想跟魏佳说,比如自己如何委屈,如何愤怒,如何茫然……但是这些话除了徒增魏佳的烦恼之外,还能有什么用呢?而且时间也不允许,警察也未必同意。他把写好的纸片交给提审人。还好,提审人并没有多说什么。

当晚,白皓月第一次在监室里过夜。也许是已经接受了现实,他不似刚进来时那样感觉寒意逼人,反而感觉燥热难耐。他的感觉没错,毕竟现在正值盛夏,而且他所在的这间监室里还挤了那么多人。夜深了,室内的呼噜声、梦语声、蚊鸣声此起彼伏,汗馊味、尿骚味、霉烂味直入肺腑。他不明白屋里的那些同伴为何还能睡得着,反正他根本无法入睡。别说那些声音太吵,更别说那些味道熏得他喘不过气来,仅仅那些饿鬼一般的蚊子就闹得他不得安宁。他一会儿挠挠大腿,一会儿啪的一掌打在自己的脸上,可蚊子就像专门欺生一样,就是跟他过不去。实在没有办法了,他把床单从头至脚包在自己身上。蚊子倒是拿他没办法了,可他热得难受,浑身上下汗水淋漓。他只好重新揭开被单。蚊子也紧接着向他发起新一轮的进攻。他再将自己包起来，很快就再次汗流浃背……

"铛铛铛，铛铛铛……"一阵急促的铃声令白皓月心里一紧。他一骨碌爬起来。原来天色已白。他来不及回想自己昨夜到底有没有睡着，就机械地下床，穿衣，拿起脸盆、毛巾、牙膏、牙刷，跟随同监室的人到门口的水槽边洗漱。有动作麻利的人已经摆出跑步的架势，在狭窄的天井与监室之间转着圈圈。白皓月感觉这样很滑稽。他宁愿坐在角落里发呆，也不想加入这种看起来不会有多大效果的锻炼活动。"怎么样？昨晚睡得还行吧？"麻脸汉子路过他身边时瓮声瓮气地问道。他心想，足足跟蚊子战斗了一夜，能好吗？不过，这种话说出来也没什么用，他礼节性地咧咧嘴，算是作答。"你为什么不跑步？"麻脸汉子又问。他摇摇头。"不行，你得锻炼！我们在这里不知道要待到什么时候，你别没熬到出去那一天，自己身体先垮了！"白皓月想想也是，便加入了"跑步"的队伍。

这样的日子又过了好几天。白皓月与同监室的人渐渐熟络起来。他们询问他的案情。他根本就说不出什么，只能以只言片语来回应他们，然后便陷入长时间的沉默与忧伤。麻脸汉子倒是心肠不坏，见他情绪不高，就做他的思想工作，说进到这里就别急着出去，要赶快适应这里的环境才行。麻脸汉子还现身说法，说自己都进来一年多了，也看不到出去的希望，还说就算一片树叶刮进看守所里，也得一年半载才能被扫出去。白皓月很感激麻脸汉子，尝试着尽快适应这里的环境，但是，一想到自己根本就没有做过对不起公司的事情，心里便愤恨不已。

直到有一天，看守扔给白皓月一张《江海时报》，说："白皓月，你上报纸了！"他展开报纸，一行粗大的黑体字标题映入眼帘："金洲证券董事长赵松年及李佑伟、白皓月、陈海生等公司高管被江海警方刑拘"。白皓月这才明白，原来他并不是涉案的唯一一名公司高管，既然如此，随着案件侦破工作的深入，有关方面一定会弄清事情的真相并还他清白。也就是从那一天起，他重新看到了希望，觉能睡得着了，牢饭能吃得进了，早晨也不再抵触锻炼了……

几天后，看守传白皓月出去。他不敢怠慢，动作利索地到达指定地方——那间曾经充当提审室的房间。看守指着一个陌生人对白皓月说："这位是你的律师。"白皓月一阵暗喜，向那人拱了拱手。

律师做过简短的自我介绍后，对白皓月说："受你太太魏佳女士委托，我将担任你的律师。知道你涉嫌什么案件吗？"

白皓月说："说我涉嫌侵吞国有资产，可是我根本没有……"

律师笑着抬手打断了他，说："先不说这些。你涉嫌的案件被定为单位犯罪，你是作为公司领导进来的。"

　　白皓月明白律师是在提醒他,他说话的内容应该仅限于这个范围,免得节外生枝,于是就点了点头。

　　律师接着问道:"你确定自己没有侵吞过国有资产吗?"

　　"我确定。你们可以调取我以前的工作记录。我就不分管财务,没有侵吞国有资产的便利。"

　　律师笑了,说:"其实侵吞国有资产的途径很多,不一定非得分管财务。这一点你应该明白。"

　　白皓月没吭声。

　　律师又问:"你知道公司管理层不久前成立过一个私营企业吗?"

　　"知道。赵总跟我说过,还说我也是股东之一,成立这个公司的目的是收购金洲证券的控股权。不过,他没跟我说过我具体有多少股份。"

　　"那你知道这个公司的注册资金是多少吗? 还有,它准备收购金洲证券国有股权的资金是从哪里来的吗?"

　　"这些我都不知道。我只记得当时我提醒过赵总,要拿到金洲证券的控股权,需要十几亿元资金,凭管理层现有的收入,应该远远拿不出那么多钱,赵总说他有办法,叫我不要管。"

　　律师不再提问,而是向他转达他家里人和一些朋友的问候。白皓月感觉很温暖,心想,看来还是有不少人相信并关心自己的。

　　白皓月与律师的这次会面令他看到了曙光。他开始更加积极地适应监室生活。

　　几天之后,看守再次传他去会见律师。这一次律师没有问他多少问题,只是转达了家人和朋友们的问候。趁警察到外面吸烟的工夫,律师悄悄告诉他:"只需要一两天,你就可以出去了!"幸福来得太突然,白皓月欣喜若狂。然而,当着警察的面,他又不好流露出来,只能强压感情。

　　回到监室后,同室人见他意气风发,呼啦一下围了上来,七嘴八舌地问他是不是外面传来好消息了。白皓月担心说出真实情况后这些人会伤感或嫉妒,就谎称儿子刚刚在区里的青少年钢琴比赛中获得了一等奖。众人都随声附和说他养了个好儿子,这事暂时也就掩盖过去了。

　　不一会,看守又传他出去,说是需要做一个例行笔录。白皓月配合做完后,负责跟他谈话的那位警官对他说:"白皓月,据你的家人和你自己反映,你患有非常严重的慢性病。在市政府和市局领导同志的关心下,我们决定给你办理取保候审手续,再过一两天你就可以出去了。"白皓月抑制不住内心的激动,连声对警官称谢。因为他知道,"出去"这个词从警察嘴里说出来意味着什么。

当晚,白皓月再次失眠。与第一晚在看守所无法入睡不同,这次的原因是太激动。

第二天,白皓月虽然还像之前一样起床、洗漱、锻炼、打扫卫生、静坐等待……内心却升腾起无限的希望。大概下午两点多钟的时候,监室门口的喇叭里突然传出呼叫声:"白皓月,白皓月,抓紧时间收拾东西,你可以出去了!"白皓月腾地跳了起来,以最快的速度收拾好自己的东西,在同室人艳羡目光的注视下走出了监室。

魏佳早在门口守候多时。见到白皓月的一刹,她泪如泉涌,一下子扑了过来。两人就在炎炎烈日下紧紧相拥,不知过了多久,才缓缓松开。白皓月望望魏佳,又望望天空,深深地呼吸着自由的空气。"你瘦了!"白皓月望着魏佳那塌陷的眼窝和蜡黄的脸庞,心中一阵酸楚,心想,自己在里面不过待了21天,她就操劳成这个样子,要是他果真犯了什么不可饶恕的罪过,那她得苦成什么样子啊?!

取保候审期间,白皓月多方奔走,全力搜集自己没有参与侵吞国有资产的证据,终于在几个月之后的法庭辩论中说服公诉人撤销了对他的起诉。而赵松年、李佑伟、陈海生等人则因直接进行"账外违法经营"并且"隐瞒转移收入"数额特别巨大(总额在15亿元左右,其中约5亿元在查处前夕返还公司)以及"虚假注资""非法逃汇"等罪名而被判1~3年不等的有期徒刑。直到这时,白皓月才彻底弄清楚,他在赵松年等人私下注册成立准备用以购买金洲证券控股权的公司里仅占3%的股份,而赵松年自己则在那个公司里占有70%的股份,李佑伟、陈海生则各占10%的股份,就连任钟都有7%的股份。

白皓月虽然逃过刑事处罚,却没能最终逃过行政处分。他因为"明知赵松年等人暗地里推行MBO,却没能旗帜鲜明地加以反对,甚至跟在后面为赵松年修改MBO方案(指他在任钟执笔的方案上修改错别字和病句)"而被撤销公司副总裁一职。

第三十三章

赋闲在家人憋闷　老友相聚得妙招

　　白皓月被撤职后,听闻金洲证券将因主要领导犯罪而再次被另一家名叫环宇证券的大券商重组。他感觉自己继续留在金洲证券,除了自取其辱外,已经没有多少意义,决定辞职离开这个他奉献了10余年青春的地方。当他把决定告诉魏佳时,魏佳似乎已经料到他会有此考虑,并没有激烈反对,只是问他辞职后打算怎么办。他说,还没想好,先在家休整一段时间,反正又快过春节了,等过了春节再说。

　　江海的冬天阴冷逼人。赋闲在家的白皓月因为怕冷,只好缩在屋里,读书、上网、看电视新闻、思考人生的新方向。然而,忙碌惯了的他,这才发现无所事事的日子并不好过。实在憋得难受时,白皓月便穿戴整齐,到外面转上一圈,看看市井百态,听人聊聊家长里短。

　　一日,霾退云散,风和日丽。白皓月裹紧羽绒服,来到离家不远的一处公园。公园不大,里面的健身器材却比较齐全,三五成群的老头、老太在健身器材上不紧不慢地做着动作。一对白发苍苍的老太太一边在太空漫步机上并肩漫步,一边眉飞色舞地窃窃私语。白皓月经过时,她俩的头恰好又凑到了一起。其中一个老太太说:"听说马上就要医改了,你哪天方便,趁现在还有公费医疗,我们去医院多开点药放着。"另一个老太太则说:"还真是个事!就是药开多了,没用完就过期,看着挺糟心的。"前面那个老太太又说:"谁说不是?我今年夏天收拾东西,一下子收拾出一大堆过期药,我想着扔掉挺可惜的,就卖给外面来的药贩子了,换了好几十块钱呢!"另一个老太太接着说:"几十块钱可不少呢!就怕以后没有这样的机会了!"

　　白皓月听起来感觉很好笑,心想,人啊,都喜欢贪点小便宜,怪不得国家要推医改,不然都靠在公费医疗上,国家哪能负担得起啊?!不过,他心里也隐隐有另外一种担忧,那就是,取消公费医疗后,那些家庭特别困难的人生病了怎么办?他从医改又联想到房改和教改。这三大改革是国家酝酿多年才在1998年下决心推出来的,要不是因为亚洲金融危机和百年不遇的洪水,这三大改革不会推出来这么快,毕竟都是关系到老百姓利益的根本性改革,一旦失误,会引发意想不到的连锁反应……当然,对于在市场上打拼多年并小有积蓄的白皓月来说,并不存在看不起病、买不起房和孩子上不起学的问题。在这场势在必行的市场化改革浪潮中,白皓月考虑更多的还是如何适应并把握住机会。

"是啊,如何才能在三大改革中分一杯羹呢?"白皓月坐上一台刚刚空出来的健骑机,双手抓牢手柄,双脚踩上踏板,一边运动,一边苦苦思索。直到气喘吁吁时,白皓月还没想出办法。他环顾四周,突然发现自己在本该上班的时间出现在老年人的锻炼场所,有那么一种莫名的怪异感。恰在此时,他兜里的手机响了,打开一看,原来是李昆仑打过来的。他赶紧跳下健骑机,往公园门口走去。李昆仑来电说怕白皓月在家憋坏了,想约几个老朋友晚上陪他一起喝喝茶聊聊天。白皓月当即答应。

这段时间,江海似乎一夜之间蹦出来很多茶馆。喝茶俨然成为江海人一种最时髦的生活方式。朋友小聚可以去茶馆,公司团建可以去茶馆,商务活动也可以去茶馆。茶馆的档次也是低、中、高档皆有,有人均消费几十元的,也有上百元甚至几百元的。最重要的是在茶馆里聚会有吃有喝,来去自由,比较随意。

下午5点多,白皓月就早早来到约定地点。这是一处依江而建的仿古茶楼,飞檐翘角、雕梁画栋。夕阳的余晖洒在金黄的琉璃瓦上,令这栋建筑显得格外威严而古朴。白皓月沿着红地毯拾级而上,距茶楼尚有几十米的时候,便有两排身着紫底碎花旗袍,挽着高高发髻的绝色美女夹道欢迎、躬身相送。他目不斜视,大步向前,直抵大厅才慢下脚步。大厅正中,一白裙女子正在一巨型根雕茶台旁抚琴低唱,时而十指飞舞,时而静若雕塑。白皓月身处其间,就如置身仙境一般,正想驻足细品,一美女走至近前,鞠躬问道:"先生,您有预订吗?""江海厅。"白皓月虽惜字如金,美女却完全领会,右手往前一摊,很快就将白皓月带至目的地。

这是一间足有20平方米的大包房,房间正中摆着一张紫漆八仙桌。八仙桌的四边各放着一张太师椅,这些太师椅同样漆成紫色。因为屋角处还并排放着4张太师椅,白皓月意识到今晚加上他一共会有4人。他懒得猜另外两人是谁,看看时间还早,便走至窗边,欣赏起外面的景色来。此屋临江面西,太阳在落山前拼足了劲把满江的水染得血一般红艳,就连来来往往的船只也似披着红装,煞是好看。

"皓月,你到这么早啊!"正望着外面发呆的白皓月听见身后有一个熟悉的声音,回身一看,原来是赵洪亮。

"是你啊,好久不见,你不是去京城的达通证券了吗?"白皓月握住赵洪亮的手问道。

赵洪亮"嘿嘿"一笑说:"我家不是还在江海吗? 这次正好在江海有个业务,我就假公济私,跑回来了。恰好昆仑打电话找我说事,也就赶上你们今晚的聚会啰!"

白皓月见赵洪亮还是以前那种大大咧咧的老样子,就拍拍他的肩膀问:"在那边干得怎么样?"

赵洪亮说:"还行,事情还是那么点事情,早就轻车熟路了,就是换了个平台而已。"

白皓月又问:"难道就没有什么不同吗?"

赵洪亮抬头望了一眼窗外的天空道:"当然有,你说南方的水土与北方的能一样吗? 达通证券虽是证券行业的后起之秀,但人家基因好,根正苗红,是响当当的央企子公司。你说这样的证券公司能心甘情愿待在第二梯队吗?"

白皓月想了想说:"应该不会。"

赵洪亮道:"那不就结了嘛! 去年刚上任的达通证券董事长是个不甘寂寞的主,为了把达通早日带进第一梯队,动了不少脑筋,特别是在延揽人才方面,那才叫大刀阔斧、不拘一格呢! 要不然,我这个在金洲证券没法待下去的人哪能再有出头之日? 哎,说起来,我还得感谢他才是!"

两人正说着,李昆仑在服务小姐的引导下走进屋来。

三人站在窗前一番寒暄之后,李昆仑示意大家坐下来边吃边聊。他让服务小姐拿来茶水单,说就剩陈旺国没到了,不过,人家现在是大领导,事情多得很。他提议他们三人先吃起来,反正东西都是现成的。三人各自点好了喜欢的茶品,又去取餐处取回各自中意的小菜、点心和水果,便围坐在八仙桌边神侃起来。

赵洪亮已经很久没见到白皓月,对他的近况非常关心,就问他从金洲证券辞职后感觉如何。

白皓月反问他:"你当初刚离开金洲的时候是什么感觉?"

赵洪亮略显尴尬,撇了撇嘴说:"真是哪壶不开提哪壶! 我为啥事离开金洲你不是最清楚吗?"

李昆仑也跟着说:"洪亮说得没错,你别揭人伤疤嘛!"

白皓月正色道:"你们说我是那种喜欢揭人伤疤的人吗? 这里又没有外人,洪亮的事情我们都知道,早已过去了。虽然我们两人离开金洲的根本原因不同,却都是犯了事的。我现在虽然问心无愧,但别人未必那样想。所以从这个角度来看,我现在的感觉应该与他当初差不多。"

"也是啊,看来是我小心眼,错怪皓月了。其实,我还是应该好好感谢皓月的。在金洲时你给我提供了不少方便,我出事后,你又不辞劳苦把我保出来。这些我怎么能忘记呢?! 要说离开金洲后我的感受,用一个词就可以概括,那就是'迷惘'! 缩在家里不敢出门,没过几天,又发现这样坐吃山空更可怕。找工作吧,江海虽大,证券公司也就这么几家,我的事估计这几家同行里的人都知道了。当然,我也考虑过去其他行业试试。不过,比起做投行来,我对其他行业兴趣也不大。就这样,在家里面闷了两个多月后,我在网上冲浪时了解到达通证券正面向全国招聘资深业务人员,开出来的条件还蛮有诱惑力的。我一想,虽说很多时候公开招聘都是挂羊头卖狗肉,目的是把那些与某个关键领导有特殊关系、自身条件又不够硬的人通过这种看似公平的方式从众多更优秀的人中间提拔起来,但是,对我来说未尝不是一个值得尝试的途径,万一人家是当真要招人才呢? 如果能去得成,就不必担心在本地被人认出来了。也是应了那句古话:天无绝人之路! 我把简历寄出去后,很快就收到了面试通知。接下来经过一关又一关的考核,我竟然真被录用了,而且达通证券见我投行经历丰富,又做过那么多有名的案例,还直接让我担任投行部总经理。虽然转来转去还是原来那个职务,但是我现在的收入要比在金洲时高得多!"赵洪亮的话匣子一打开,就说个没完。

"塞翁失马,焉知祸福! 洪亮要不是那年出事,也不会离开金洲,更不会有今天的好工作! 皓月,你也不必悲观!"李昆仑感慨万千地说。

"说不悲观那是自欺欺人。但是悲观有用吗? 我刚出事时,心境与洪亮完全一样。只是过了这么久,我慢慢明白,必须振作起来。好在我现在离40岁还差一年多时间,正是干事业的时候。但是具体干什么,我还没有想清楚。你们也帮我出出主意吧!"白皓月诚恳地说。

白皓月的话音刚落,陈旺国就风风火火地走进屋内。先到的三个人赶忙起身相迎,把陈旺国让到面朝江的上座坐了下来,惹得陈旺国开玩笑说:"我来得最迟,居然还坐了个最好的位子,那以后再聚,我一定能来多晚就来多晚!"

白皓月说:"你是市领导,又是我们的大哥,平时没少帮我们,只要是我们哥几个一起聚会,你不管什么时候来,我们都要请你坐上座。"

陈旺国摆摆手道:"大哥这个角色我担得起,以后千万别叫我市领导,我离那一步远着呢!"白皓月等人都说他太谦虚了,问他要吃些什么,他说已经吃过了,白皓月就根据他的习惯,给他点了壶碧螺春。陈旺国问大家都聊什么了,白皓月又把刚才的话题简要复述了一遍。陈旺国一边听一边频频点头,待白皓月说完,他又说:"对了,你也说说下一步的打算吧。"

白皓月说:"刚才正想请他俩帮忙出主意呢,你就进来了。现在好了,你一起帮忙出出主意吧。"

陈旺国说:"关键是你想干什么呢? 现在是市场经济了,机会多的是。"

白皓月点头道:"这个我懂。要问我想干什么,肯定还是想干老本行,可是我做了那么多年分管投行业务的公司副总裁,再去找这么一个职务还真不好找,哪家券商愿意招个领导呢?!"

"就你之前的级别来看,如果不想屈就,想再找家东家,的确有难度,不过,你也许可以换一种思维。"李昆仑说。

"怎么换?"白皓月问。

"自己做!"李昆仑说。

白皓月陷入了沉思。老实说,他不是没有考虑过自己做。但是,做什么? 怎么做? 他一直没有想好。这些年投行做下来,他亲眼见过很多一夜暴富或历经千辛万苦最终获得成功的创业者,也亲眼见过很多输得一塌糊涂的创业者。成功的确诱人,但失败也令人恐惧。

"如果没有合适的地方继续打工,我也认为你自己做是一种不错的选择,毕竟现在市场化改革已经势不可挡。我虽然毕业后一直在政府工作,没有在企业里干过,但我知道国家想推动的事情里面机会非常巨大。"

陈旺国的话刚落音,赵洪亮又接着说:"旺国兄说得是,现在房改、医改、教改、国企改革,一个个改革层出不穷,我要是再被逼到绝路了,一定也会自己干!"

就这样,三人你一言、我一语,轮番为白皓月出主意、鼓士气,一直聊到外滩的景观灯熄灭。也就是从那个晚上起,一个大胆的计划开始在白皓月的脑子里逐渐成形。

"我准备成立一个投资公司。"距1999年春节还有十几天的时候,白皓月把自己的设想告诉了魏佳。

"哪来那么多钱呢? 家里存的那点钱你也知道,加在一起也就200来万,你三五年不工作,应该不愁吃喝,要拿来投资恐怕远不够用吧。"魏佳说。

白皓月见魏佳既没有问他投什么,也没有表现出对投资可能失败的担心,心中暗自赞叹妻子深明大义，忍不住绕到她的身后，轻轻箍住她的小腹，在她的后脖处吻了一口，悠悠地说："要不了那么多钱，我们拿出51万就可以了。我想让李昆仑再出49万元，合在一起弄一个注册资金100万元的投资公司。公司的名字我都想好了，就叫'江海白虎投资有限公司'！"

魏佳听到'李昆仑'三个字，眉头微微皱了一下。说句实在话，她对李昆仑的印象一直没有太大的改变，总觉得这个人不太靠谱，再加上读大学时的那段感情纠葛阴影尚存，所以尽量回避与他接触。不过，她也知道自己的丈夫与他情同手足，故而对他们两人的交往睁一只眼，闭一只眼。现在白皓月竟然要与他一起成立公司，她就不能不把自己的意见明确说出来了。"你感觉他这个人靠得住吗？"魏佳问。

"当然靠得住！我们自小一起长大，几十年的交情了，我还能不相信他吗？况且他最困难的时候，我帮过他，他总不至于坑害我吧？"白皓月说。

"交情是交情，生意是生意！我听说人家合伙做生意，都是提前把丑话说在前面的。你说他现在工作正春风得意，看来不可能辞职跟你一起干。那样的话，你一个人打理公司，却差不多要跟他均担风险和收益，公司小了还好说，要是做大了，说不定就会有纠纷，那时，你们不仅交情完了，合作恐怕也难以持续下去！"

魏佳的话令白皓月不得不重新审视与李昆仑的合作问题。他收回双臂，缓缓走到客厅里，一屁股坐在沙发上。他想，幸亏跟昆仑只谈到合伙成立公司，还没谈到股份怎么分配。不过，他很快就有了主意，随手抓起电话给李昆仑打了过去。李昆仑正好没事，问白皓月找他干什么。白皓月就说："我们合伙成立投资公司的事，我想明白了，注册资金就100万吧，看看你希望占多少比重？"李昆仑在电话里笑了："皓月呀，成立公司的事情，我只是友情赞助而已，今后主要还靠你经营，所以我象征性占10%的比重也就足够了！"白皓月与李昆仑又相互推让了几个回合，最后两人商定李昆仑在公司中出资20%，并且为支持白皓月尽快走上正轨，李昆仑将在公司正式成立后说服朱向阳拿出不少于2000万元的名盛地产超募资金，交给白皓月进行管理。

"出资比重说好了！"白皓月放下电话，兴奋地冲到魏佳的面前，把刚才的通话情况一五一十复述了一遍，末了不忘取笑魏佳，"看我兄弟多大气！还是你想多了吧？"

魏佳也很高兴，不过，她并不认为自己的担忧有什么不妥，就笑言："亲兄弟还得明算账呢！我提醒你在公司成立前把该想的都想想清楚，这有什么不好？"

白皓月无法辩驳，只得点头称是。

魏佳又问："公司成立后准备干什么？"

白皓月说："前期帮人理理财，搞搞财务顾问，等公司有了积累，再去做投资，反正都是围绕投资做事情。"

"你做财务顾问应该没问题，你做了这么多年投行，这一块业务和人头都很熟，就是理财这一块……"

白皓月未待魏佳把担忧说出来，便接过话茬："理财这一块我的确不熟。不过，我做了这么多年的证券公司副总，对这一块业务还是知道一些的。对市场大势，那就更不用说了，这些年从研究到实务，也积累了不少经验。最关键的是，我知道哪些人适合做这一块！我打算从老金洲证券自营部这边带上几个人一起干，正好有几个高手在这次环宇证券与金洲证券合并时靠边站了，我对他们都了解，他们也应该能够认可我，只要我把激励机制设计好，不愁做不好业务！"

魏佳见白皓月讲得头头是道，知道他对成立公司已经深思熟虑，便放心地对他说："你想干就干吧，反正也没有其他路好走！就算你干不成，也不要紧。家里的积蓄还有一些。我这里的工作也还行，现在国家把房地产当支柱产业，我们设计院的活多得根本做不完，我一个人挣的钱也足够养家了！"

白皓月被魏佳说得心里热乎乎的。他一把揽过魏佳，像小鸡啄米似的，在她的脸上、脖子上一阵猛亲。

1999年4月中旬，白皓月出资占比80%、李昆仑出资占比20%、注册资金100万元人民币的江海白虎投资有限公司悄然开业了。白皓月、李昆仑及白皓月从原金洲证券投行部、自营部带过来的5名老部下针对白皓月等人争取来的1亿元人民币现金（其中，白皓月从他先前保荐过的几家上市公司争取来5000万元人民币、李昆仑从名盛地产争取来3000万元人民币、赵洪亮从达通证券争取来2000万元人民）如何管理展开了热烈的讨论。

第三十四章

新公司悄然开张 "5·19"收获满满

白虎投资的办公室坐落在一处老旧工厂改建的创业园区里。进入园区大门后,向右穿过长长的紫藤廊道,便可看到一幢又宽又长的三层高钢筋混凝土建筑,走进这幢建筑后,顺着粗糙的水泥楼梯走上二楼,往右转,走到底,便可看到白虎投资的铜牌了。房间不大,充其量也就50平方米吧,进门处放着一张大长桌,靠窗处则很紧凑地设置6个格子间,其中一个格子间就是白皓月的。这与他之前在金洲证券的副总裁办公室完全不可同日而语。李昆仑有自己的事业,除偶尔会过来开开会,一般不来公司,所以不需要再占用一个格子间。

今天是白虎投资的开张之日。白皓月、李昆仑这两位公司股东正与他们的5名雇员围坐在大长桌周围,召开公司成立后的首场办公会议。这5名雇员也可以说是白皓月的事业合伙人,因为白皓月许诺,将与他们共同分享公司的成长。

白皓月首先发言。他说:"因为共同的境遇,我们聚在一起。今天白虎投资终于开业了。筹备的过程不多说了,就是两个字——很难!今后的路怎么样呢?直觉告诉我——肯定更难!不过啊,开弓没有回头箭,我们这些人,除了李总,还得在白虎投资把养家糊口的钱挣出来!怎么挣呢?我之前做过一些思考,也跟大家交流过,但是未必就能行得通。今天我想重点听听大家的想法,我们都在同一条小舢板上,一不小心就可能被巨浪打翻,所以各位也都不要客气,有什么高见只管说出来。"

白皓月的话刚落音,宋来运便接过话茬:"白总的人品和水平我们都有目共睹,我们来白虎投资就是要跟您一起创业的,虚的我就不说了。我就谈谈这一个亿的资金怎么用。根据白总先前的介绍,白虎投资当前重点搞两大业务,一块是财务顾问,一块是代客理财,将来条件成熟的话还可能自己搞投资。财务顾问跟投行业务关系密切,这是白总的强项,我就不班门弄斧了。我今天就重点谈谈公司账上的这一个亿资金怎么管理。毫无疑问，别人让我们代为理财，那是希望我们能给他们赚出钱来，我们也可以通过为客户赚钱，分享到超额收益。所以让这一亿元赚出钱来是最最重要的。但是在股市里，有赚就有亏，我们还得防止把别人的钱弄亏了，否则，我们这个公司也就没法再开下去了。那么怎么才能在确保不亏的前提下，帮客户把钱赚出来呢？我的想法是首先要看大环境下有没有这样的机会。我认为现在大环境非常好，所以可以放手一搏。其次，要想好采取什么策略。我们之前在金洲证券时主要靠坐庄，但坐庄需要的资金量很大，现在的一个亿肯定不够用，而且还容易被监管层处罚，所以我们必须确立一个经得起考验的投资策略。好在我们在金洲证券时也有部分资金是用自己的策略做的，效果很不错，所以我有信心在不坐庄的前提下把事情做好。最后，就是要做好风控。这一点与策略选择有一定的交叉。只有做好风控，才能做到'截断亏损，让利润奔跑'。好了，我先就说这么多，权当抛砖引玉吧。"

宋来运是原金洲证券自营部总经理。30岁出头，中等身材，微胖，在股票投资上具有丰富的经验，也为原金洲证券赚到了不少真金白银，可是在上一年的两公司合并中被莫名其妙地边缘化了，连个部门副总的职务都没能保留。白皓月知道他实力了得，正好把他招致麾下，负责代客理财业务。而他又把之前的两个搭档王猛和杨帆一起带了过来，一个理财业务的三人小组就这样成立起来了。他刚才的发言既专业又明白，引起了大家的浓厚兴趣。李昆仑听得正起劲，见他戛然而止，便对他说："你就别抛砖引玉了，还是把你刚才说的话展开来说说吧！"

宋来运也不客气，大大方方地接着说："展开就展开！先说大环境。我和王猛、杨帆一起做过分析。亚洲金融危机以来，中国经济受到很大的冲击。为了刺激和发展经济，中国央行到去年12月时一共降息7次，房地产、医疗、教育和国企方面的市场化改革力度巨大，相信中国经济的前景一定非常光明。再从股票市场看，去年6月管理层降低了证券交易印花税，年底时通过了《证券法》，不久前《环球人物》还专门报道了总理对股市的关心。因此，当下的大环境非常有利于证券投资。再说投资策略。去年一年大盘指数波澜不惊，国家出台那么多政策，大盘指数还微跌3.97%。很多个股调整得非常充分，今年以来大盘指数还在1000点到1200点之间窄幅波动。所以现在是比较适合的建仓期。考虑到资金的安全性，我建议具体策略以建仓分红比较好的绩优股为主，可以用1亿元的60%逢低建仓，再用20%的资金逢低买入网络科技等新经济概念股，现在全世界都在发展新经济，这是未来的大方向，这其中一定会产生一批大牛股！另外，再预留20%资金，根据市场行情见机行事,如果市场非常火爆,前面的投资也盈利丰富,可用这剩余的20%资金博一把短线。最后就是风险控制了。我建议做好仓位控制,做好止盈止损。比如,以获取分红为目的的仓位,一般不做止损处理,但如果涨幅巨大可考虑止盈;以炒作概念获取股票溢价收益的则要设止损,个股止损线可以浮亏20%为准。"

"好!考虑得非常周到!"宋来运说完后,白皓月带头鼓起掌来。李昆仑则一边鼓掌,一边兴奋地说:"宋来运,宋来运,看来你就是给我们送来运气的!"一阵热烈的交流之后,白皓月又让钟敏祥和罗顺风谈了谈他们对财务顾问业务的考虑。他们两位是白皓月在金洲证券投行部的老部下,业务能力都非常不错,钟敏祥还做过投行部副总经理。不过,因为白皓月自己对投行业务非常熟悉,这次讨论会就没有在这方面展开过多的讨论。白皓月说,当务之急是先将几家上市公司委托的一亿元资金管好,财务顾问方面的市场机会多的是,他完全有把握把这一块做好!

这次会议之后,大盘指数开始小幅反弹。自4月9日反弹到1210.10点后,便一路下跌,到4月28日跌到1087.79点。这期间,白虎投资顺势开展了逢低建仓的操作,按原计划买入了5000万元的高分红绩优股和1200万元的网络科技等新经济概念股。因为市场悲观气氛比较浓郁,不少投资者判断大盘指数会跌破1000点,宋来运带领的理财团队不敢贸然加大仓位。不过,出于对未来中国经济和股市发展的信心,他们决定,一旦大盘跌破1000点,他们将把准备买入高分红绩优股的剩余1000万资金按指数每下跌50点就加仓330万元,直至这笔资金全部用光。对于网络科技股也大体按此思路操作。

然而,就在他们翘首期待指数早日跌破1000点时,大盘开始了连续7个交易日的反弹。只是反弹力度非常孱弱,7个交易日才反弹不到50点,然后再次下跌。这时,理财团队内部开始发生了分歧。

王猛说:"最近几天,政策面开始释放利好消息。5月12日,国务院批准了证监会提交的《关于进一步规范和推动证券市场发展的若干政策请示》。这是管理层要把股市干起来的架势呀!我看1000点以下一时半会都不可能见到了,不如我们现在就把仓位加上,最好满仓,免得哪一天大盘突然大涨,我们来不及追赶。"

杨帆则极力反对,他的理由是:"政策支持是一回事,投资者买不买账是另外一回事。以前多次出现政策利好一个接着一个,大盘点位却越来越低的情况。这一次,也不会例外。我看1000点十有八九会破掉,那时再下重手不迟。"

王猛听后很不以为然,他说:"这两年政策方面的利好已经不少了,现在国家又直接针对股市出台政策,信号已经非常明确,不要到哪天大盘突然起来后悔莫及!"

杨帆坚持看空到1000点以下。他认为:"利好政策虽然已经不少,但是要让这些政策变为经济基本面的根本好转,必然还有一个过程。"

两人争来争去,谁也不能说服谁。最后,他们只好找宋来运评判。

宋来运听完他们双方的理由,笑着说:"大家都不要急,我们做了这么多年的股票,我想你们都清楚,判断大盘指数是一件难度非常高的事情。既然我们已经在充分论证的基础上制定了投资的策略,那就不要轻易改变策略,除非市场环境发生了非常巨大的变化。现在看来,这种变化还真不大。"宋来运这么一说,两人都不好再坚持己见,毕竟他是理财团队的负责人,而且从多年合作的经验来看,宋来运做股票还是非常稳健的。

5月18日,上班路上的王猛像往常一样从报摊上买了一张《环球时报》,在他快速浏览报纸上的新闻标题时,一则有关股市的报道引起了他的高度关注。这则报道的大意是,证监会向八大证券公司传达了总理关于股市发展的8点意见,包括要求基金入市、降低印花税、允许商业银行为证券融资等。他反反复复把这则报道看了多遍,心中再次升腾起劝说宋来运的冲动。到达白虎投资后,他连手中的包都没顾得上放下,便"啪"地一下把报纸拍在宋来运的桌子上,指着报纸上的大标题气喘吁吁地说:"快看,总理都站出来力挺股市了! 三两年内不可能再看到1000点了! 快快加仓吧,也许今天还来得及!"王猛的一连串动作和言语引得白皓月也不禁伸头往那张报纸上张望了一下。宋来运不敢怠慢,拿起报纸仔仔细细看了一遍,然后把报纸递给了白皓月。白皓月看完后又将报纸递给了杨帆。待杨帆也看完那则新闻,白皓月招手把宋来运等理财团队成员召集到大长桌边坐下。

"从这则报道来看,国家对股票市场的重视已经到了非常高的高度了。我对股票操作不太熟,你们的争论我也清楚。现在我们再讨论一下,看看要不要对已经确立的建仓策略做一些调整。"白皓月的话刚落音,王猛便迫不及待地说:"当然要调整一下了,时不我待呀!"杨帆则依然坚持先前的观点,他还说:"既然我们已经制定了方案,在形势没有发生根本变化时,还是不要轻易调整方案!"轮到宋来运时,他沉吟片刻,笑眯眯地说:"我同意杨帆的意见。做股票千万不能急躁,越急越容易出事。其实我们目前的策略进可攻,退可守,从风控的角度来说是一种非常安全的策略。还是按照既定的计划来做吧。不过,最近几天要密切关注市场变化,如果市场出现反转信号,我们在第一时间跟进也不迟。"白皓月见他说得有理,便点头应允。

随后,大家各就各位。理财团队的三个人开始目不转睛地紧盯电脑显示屏。然而,一天下来,市场仍然波澜不惊。至收盘时,大盘指数竟然还下跌了0.53%,收在1059.87点。大家不由得长长地呼了一口气。

5月19日,宋来运等人不再像前一天那样紧张。然而,开盘后大盘和个股的走势却令他们难以淡定。以西部电视、江海有线、南粤发展为首的绩优股和以梅林股份、忆鞍科技为首的网络科技股开始节节攀升,到中午收盘时大多收在5%以上。大盘指数也快速飙升将近3%。这种大盘与个股齐涨的现象已经很久没有出现了。宋来运等三人利用中午吃饭时间紧急交换了对股市风向的看法。大家一致认为这是大盘开始启动的迹象,决定按原定计划把仓位加满。为稳妥起见,宋来运还专门向白皓月做了汇报。白皓月考虑了一会,说:"既然计划中的情况出现了,那就按计划操作吧!"

意见统一之后,理财团队立即进入工作状态,赶在下午开盘前将剩余1000万元用于高分红绩优股的资金和800万元用于网络科技股的资金,按照事先确定的投资比例全部挂好买单。为确保买单能够成交,他们在挂单时还特意高挂了几分钱。

下午开盘后,大盘在一众网络科技和绩优股的带领下节节攀升,不少个股甚至瞬间封死涨停。到下午收盘时,大盘指数大涨4.64%,收于1109.09点。虽然他们在中午挂出的单因不少股票的卖单太少,有些并没有成交,但是绝大部分还是买到手了。看到电脑屏幕上那根久违的大阳线,白皓月及理财团队的弟兄们心情无比舒畅。

白皓月问宋来运:"你看这轮上涨能持续多久?"

宋来运眯起眼睛看着窗外的蓝天道:"看样子是一轮大级别的行情,指数能涨多高、行情能够持续多久现在还说不清楚。不过,按照以往的经验,如果市场上不出现根本性的利空,比如,管理层反复提醒风险,甚至直接出手打压,或者宏观经济数据非常糟糕,那么这轮行情就不会结束。"

白皓月又问:"那就是说,我们买入的这些股票要一直持有到那个时候了?"

宋来运回答说:"理论上应该是这个样子。但是在持股的过程中会受到各种利空信息的影响,如何拨云见雾,不受干扰,坚定持股,也是一种非常痛苦的煎熬。"

白皓月拍了拍宋来运的肩膀,鼓励道:"那就让我们一起忍受煎熬吧!"

自5月19日开始,大盘就像开了挂一样,连续30个交易日不停上涨,其中向上的跳空缺口达7个之多,一直将大盘指数推至1756.18点,反弹幅度达到65.97%。

在这短短的一个多月时间里,白虎投资浮盈巨大。因为他们持仓的品种很多是这一轮行情的领涨品种,持仓浮盈高达80%以上。也就是说,以持仓成本8000万元计,白虎投资浮盈高达6000多万元。按20%的收益分成来算,如果就此止盈,白虎投资将至少获得1200万元的收益。

面对短期内如此高的收益,大家都无法淡定了。就连白皓月也忍不住问宋来运"要不要见好就收"。王猛则捶胸顿足道:"可惜了! 可惜了! 要是当初把最后2000万元资金都买进去,总收益就要多出1600万元,白虎投资也可多得300多万元分成!"面对大家的焦虑,作为理财团队负责人的宋来运已经无法回避,他必须尽快给予回应。他苦思冥想,一连几天,都无法正常入睡。止盈吧,眼看政策利好才刚刚开始,以后应该还有新的利好政策出台,经济基本面也最终会根本好转;不止盈吧,短期上涨的确过猛,很多个人或机构都难以忍住不兑现利润,如果有兑现想法和行动的人多了,指数和个股无疑会下调,那样的话,前期的浮盈肯定会被吃掉不少;如果部分兑现盈利,待个股回调到一定程度后再补仓呢,万一卖掉后,先前看中的那些股票不回调,岂不是无法享受到后面的收益了?!

经过再三权衡,宋来运决定持仓不动。为了说服白皓月和理财团队,他干脆拿出6月15日《人民日报》头版发布的那篇《坚定信心,规范发展》的文章,对他们说:"就连《人民日报》都强调'证券市场的良好局面来之不易,各方面都要倍加珍惜',我们还有什么好怕的!"见他态度如此坚决,白皓月也淡定了不少。

第三十五章

新方向业绩平平　淘气儿头破血流

　　然而，正所谓"花无百日红，人无千日好"，自6月30日开始，大盘和个股开始大幅下跌。7月1日，大盘指数更是大跌7.61%，很多个股纷纷封死跌停。白虎投资的盈利一下子回撤了不少。对于市场行情的变化，白皓月虽然没说什么，但宋来运心里明白，领导的内心其实还是非常焦虑。就连他自己又何尝不焦虑呢？很多时候，他只能佯装不知。后来，他干脆关掉电脑，任凭指数和个股往下寻找支撑。这期间，来自高层的政策利好消息就没有断过。7月，总理在省部长经济工作座谈会上，提出支持国有企业脱困的三项措施，希望经过一系列资本市场的运作，到2000年实现国有企业全面复苏，利润比1999年增长一倍。9月，十五届四中全会召开，会议审议通过了《中共中央关于国有企业改革和发展若干重大问题的决定》，正式提出了国有企业改革和脱困的"三年目标"。尽管如此，大盘指数和大多数个股仍然一路下探。到年底时，大盘指数已经从这轮反弹的最高点1705.21点，回调至1366.58点，白虎投资的浮盈也比最高时缩水了21%。

　　眼看着好容易抓到的大反弹成果严重缩水，大家都倍感压抑。宋来运的心里也是异常郁闷。怎么办呢？经过与王猛和杨帆的反复研究，加上他自己的苦苦思索，一个大胆的主意从他的脑子里蹦了出来。

　　"既然国家推动经济发展的力度这么大，实体经济的复苏就一定会出现。那我们为什么不趁现在大盘和个股调整比较充分，再把仓位加上去呢？"宋来运将自己的想法告诉了王猛和杨帆。结果两人一个立即赞成，一个犹豫不决。王猛对后市非常看好，说："那就赶紧把最后2000万元的资金全部干进去吧，不要等哪天大盘突然起来再去追了！"杨帆则说："现在的大盘指数和个股虽然有了20%以上的调整，但距离'5·19'行情起来之前，还是有不少涨幅的，可以说都在半山腰呢，万一在这个点位进去，大盘和个股再稍稍往下一跌，不仅前期的浮盈又要被抹去不少,新建仓的品种也会直接被套,弄不好指数还没回到起点,所有的浮盈就要全部被擦掉。"杨帆的意见令宋来运也陷入了犹豫不决的状态。尽管他对后市非常看好,但股市就是这样,随时都可能风云变幻,万一真出现杨帆所说的情况,那岂不是前功尽弃,白忙一场了吗?!

因为都在一个房间办公,理财团队内部的分歧很快就被白皓月知道了。他虽然对股票二级市场的操作不是太熟悉,兴趣也不是太大,但是理财团队管理的这1亿元资金毕竟事关白虎投资能否立足并有所发展。因此,白皓月也时刻关注着理财团队的工作进展和市场大势。他把理财团队召集在一起说:"你们不要怀疑未来经济复苏的前景。根据我的观察和理解,这一轮经济复苏才刚刚开始,未来发展前景一定非常广阔。至于当前情况下要不要把仓位再加上去,我提一个外行的建议供你们参考。"听说白皓月要提建议,大家都睁大了眼睛。白皓月接着说:"你们看有没有还没涨过的股票,或者涨幅比较小的股票,如果有,能不能买一点这样的股票呢? 当然,买什么,买多少,你们可以再商量!"

白皓月的建议引起了理财团队的深思。说实话,大半年下来,没有怎么涨的股票的确还有不少。不过,这些股票大多是问题票,不是业绩特别差,就是出过这样那样的丑闻,有的甚至刚刚被戴上ST的大帽子。"我认为问题票也可以考虑!那些问题即将被解决的股票就可以关注,比如,有的股票业绩会扭亏为盈,有的股票做假、逃税、纠纷之类的问题已经或即将得到解决。那么它们大概率会随着实体经济的复苏和指数上涨而出现一波补涨行情。"王猛说。"嗯,说得有道理! 要么我们再找找哪些问题股有可能率先解决问题!"经常与王猛唱反调的杨帆随即附和道。宋来运见他们的意见难得统一,又感觉他们说得都很有道理,忍不住笑道:"难得你们这对欢喜冤家口径一致,现在给你们一个任务,抓紧把这种基本没怎么涨过、未来业绩或问题有可能改善的股票找出来!"王、杨二人愉快地接受了任务。第二天,他们就共同提交了一张包括15只股票基本情况和未来前景预测的表格。宋来运又根据自己的经验,从中挑选了8只股票作为建仓对象。从当天下午开始,他们就果断建仓,仅用两天时间就把剩余的2000万资金全部买完。

这次建仓之后不久,春节就到了。大盘和个股在春节前后依然非常低迷,以至于白皓月和理财团队一个春节假期都过得提心吊胆。好在美国的纳斯达克指数趁中国春节休市,在网络科技股的带领下开启了一波疯狂上涨行情。这多少让大家舒了一口气。春节后的首个交易日,A股似乎也受到了外围市场的感染,增量资金大量入市,当天就收了个开门红。

2000年2月13日,证监会决定试行向二级市场配售新股。在二级市场上能够直接买到便宜的新股,这当然是件大利好。从此,A股市场再拾升势,虽然力度没有"5·19"行情那一波强烈,但上涨的趋势很久没有改变,就连此前长期下跌的垃圾股和题材股也轮番补涨,大盘指数甚至创下了此前11年来的新高2245.43点。白虎投资的1亿元理财资金浮盈最高达到146%。

面对丰厚的浮盈,理财团队再次陷入是否要止盈的争论。恰在此时,国有股减持办法在2001年6月14日突然出台。"市场环境发生变化,立即减仓!"宋来运在征得白皓月同意后,向他的两名助手下达了命令。仅仅两三天的工夫,白虎投资的股票就被减掉了3/4,实现利润1亿元,白虎投资最终斩获2000万元分成。

"终于可以喘一口气了!"白皓月望着财务报表上的已实现盈利数据,欣喜地对理财团队和跟他一起做财务顾问的钟敏祥、罗顺风说,"回头叫上李总,今晚我们要找个地方好好庆祝一下!"

那天晚上,对酒一向没啥兴趣的白皓月竟然主动举杯,频频向李昆仑和宋来运等人敬酒,说没有他们的支持怎么可能这么快就翻身。结果,聚会没到一个小时,白皓月就喝得酩酊大醉,不光"现场直播",还连摔了好几只高脚酒杯。最后,大伙只好手忙脚乱地把他背回家里。

几天后,当白皓月重新清醒过来,他发现自己面临一个新的问题:公司一下子挣到这么多钱,该怎么处理呢?他将李昆仑、宋来运等人再次聚在办公室的长桌周围,希望通过一场激烈的头脑风暴为公司下一步的发展找到出路。

"短期内肯定不好再做股票了,硬做也行,只要做好将前期盈利全部赔进去的准备就行!"宋来运首先发言。

白皓月对宋来运的沉着冷静非常满意。不过,今天是头脑风暴会,他更希望宋来运对下一步的工作提出建设性的意见和建议。于是,白皓月欲擒故纵地问:"短期内不做股票,你们几位不是没事可做了吗?"

宋来运笑道:"白总是老板,您大概是见不得我们只拿工资不干活吧?"一句话把大家都逗笑了。宋来运则接着说:"我了解过国外一些机构的股票大作手,他们往往会在做完一波行情之后背起行囊,周游列国。这样做,既可以放松一下身心,又可以避免一直在市场里趴着,忍不住再出手,买在大跌途中。"

"国外的股市不是可以做空对冲吗?"李昆仑问。

"是的,如果策略用得好,即使在半山腰接刀子,也不会有太大的损失。问题是,通过做空赚钱的难度更大,即使在发达国家,那些顶级作手们也更愿意通过做多赚钱。A股现在还没有做空机制，更别说做空赚钱了，所以在主力仓位获利了结之后，还是空仓或轻仓远离市场一段时间才好。"宋来运说。

白皓月点点头，随后又把目光移向王猛和杨帆。

"我非常赞成宋总的意见！要是白总能拨出一笔资金让我们三个也周游一下列国，那就好了！"王猛扭头朝宋来运挤了一下眼睛，又用胳膊肘碰了碰身边的杨帆。

杨帆马上接过话茬，嬉笑道："白总给我们的奖金已经非常可观了，你就别再伸手了。不过，白总要是能给我们放一段时间的假，让我们出去好好透透气，那就好了！"

白皓月哈哈大笑道："你们提的意见很好！假可以给你们放，无论半个月、一个月，还是半年、一年都行！旅游费用也可给你们补贴一些，只要你们能想出再挣2000万元的锦囊妙计，这些都好说！"

"好！那我们就先谢过白总了！不过，"宋来运顿了顿，接着说，"出去旅游一圈，顶多个把月也就够了，要想通过旅游把股市下跌全部躲过去，个把月的时间应该远远不够。"

"哦，那得多久？"白皓月问。

"少说得半年时间，或许还得更久！我们现在虽然把大部分仓位都清掉了，但大盘还没怎么跌。不过，我判断，大跌之日应该很快就要到来了。为什么呢？"宋来运自问自答道，"最重要的原因是，经过两年多的时间，所有的股票都涨了好几波，所有的股票都存在巨大的泡沫。在这种情况下，一有风吹草动，大盘和个股非常容易暴跌。事实上，从今年年初以来，市场上关于股市的利空消息越来越多。比如，年初时一帮学术大佬关于股市是不是赌场的争论；再比如，最近几个月披露出来的欺诈上市和利润造假事件；还有就是国有股减持办法的出台。反正随便一说，都是利空。就连管理层对待股市的态度也与两年前相比发生了天翻地覆的变化。所有这些利空因素加在一起，势必会令股市迎来一次暴跌！我分析，这次暴跌之后，股市一时半会都难以走好，除非所有的利空因素全部消失，特别是那个国有股减持规定能得到妥善解决。所以我判断，至少在一年之内，股市都不适合大规模进入。当然，半年之后，我们就会重新对市场关注起来。"

宋来运说毕，大家都沉默了。几乎每个人都在考虑，理财团队如果不做股票，还能做什么呢？

"办法的确很少！把现金放进银行里存起来倒是安全。但是那些找我们理财的客户们自己不会把钱存到银行里吗？所以我们必须给这笔资金找到新的去处，而且可见的收益一定要高于银行存款才行！"

"也许我们可以购买可转债。"王猛说。

"可转债的确是一个方向，但目前市场上的几只可转债价格都太高。如果今后这几只可转债能跟随正股调整到面值附近，我们可以考虑出手。"宋来运说。

"借给别人可以吗？"李昆仑问。

"原则上不要借给别人，因为这些钱本身就是客户委托给我们的，如果到时候借钱的人还不上，我们的麻烦可就大了。"白皓月说。

"如果你担心这个问题，我看好办。我最近接触过一些小的房地产企业，他们非常需要钱，愿意出比较高的利息，而且还有相应的资产做抵押，行业内把这种借款活动称为'委托贷款'，建议你们考虑一下。"李昆仑说。

李昆仑提出的建议引起了大家的浓厚兴趣。又经过一番热烈讨论，白皓月决定，下一步理财团队应重点围绕可转债和委托贷款做好文章。

7月，宋来运、王猛、杨帆三人果真用白皓月补贴的总共50万元现金周游列国去了。他们的目的地是欧洲大陆。这个目的地是白皓月亲自帮他们确定的。白皓月说了，既然理财团队希望公司出资，而且还要"周游列国"，那就去欧洲吧，一个月的时间就可以把欧洲几十个国家全部走一遍。不过，白皓月对他们还是有要求的。那就是，在他们游山玩水的过程中，一定要好好了解和学习一下欧洲的经济、金融发展历史，特别是要好好体会一下金融在欧洲发达国家经济发展中的作用和运作规律。

理财团队离开后，白虎投资那间不大的办公室人气一下子淡了不少。钟敏祥和罗顺风两人见宋来运等三人不仅获得了老板特批的1个月带薪休假，还拿到了公司的50万元现金资助，心里好生羡慕，无奈至今没有给公司做出太大的贡献，只能趁白皓月不注意时偷偷嘀咕几声。白皓月浸淫职场多年，对他们两人的小心思看得一清二楚。为了激起他们的工作热情，就有意无意地说："哪天要是我们几个也给公司赚大钱了，一定也周游列国去！"钟敏祥和罗顺风听后非常高兴，都憧憬着这一天早点到来，并开始琢磨起怎么样才能给白皓月出一个能挣大钱的金点子来。事实上，自从白虎投资成立以来，白皓月也带领他们两人承接了几单财务顾问的生意，只是这些生意总体上规模偏小，两年下来也就挣了不到1000万元，比起理财团队可以说根本不值一提。

白皓月许诺过钟敏祥和罗顺风之后，自己也开始努力寻找财务顾问业务的突破点。就在这个时候,一段小插曲多少分散了一些白皓月的注意力。

那是7月初的一天上午,正在江海郊区对一个顾问项目进行现场调研的白皓月突然接到魏佳的电话。魏佳哭哭啼啼地说,儿子白自强在小学毕业典礼后被同班的一位同学用板砖狠拍了一下,后脑勺一个大窟窿,血流不止,说不定还会有生命危险。他听后差点背过气去,把钟敏祥和罗顺风留在现场继续了解情况,独自驱车往市区赶。他开足马力,一路急驰,生怕因为自己不在身边,儿子会有什么三长两短。待他好容易赶到医院,医生已经为白自强包扎好了伤口。看着儿子缠满白纱带,只露出眼睛、嘴巴和鼻孔的可怜模样,白皓月心里又是一阵抽搐。令他略感宽慰的是,经过医生的全面、仔细检查,白自强除了表皮伤得较重外,内伤只有一点轻微脑震荡。尽管如此,他依然余恨难消,真想把那个用板砖拍打儿子的坏小子抓过来,也让他尝尝板砖的厉害。

"谁家的小孩这么放肆? 这么小就敢拿砖头朝人头上砸,等他大了还不得见人就杀? 不行,你们学校一定要严惩这个小恶霸!"白皓月的眼睛瞪得就像铜铃一般,死死地盯着儿子所在小学的女校长,以近乎咆哮的语气吼道。

女校长见白皓月怒气很大,怕出什么乱子,忙不迭地安慰道:"自强爸爸,消消气! 消消气! 现在孩子伤势还算可控,这是不幸中的万幸! 至于打人的那个孩子,我们会按照校规校纪对他进行处罚!"

"你们准备怎么处罚?"白皓月紧紧追问道。

"嗯,我们需要研究一下……您也知道,现在……现在他们刚刚小学毕业了。"

女校长的闪烁其词令白皓月更加恼火,他咬牙切齿道:"不能因为他们毕业了,就不给他处分! 现在他们的学籍应该还在你们小学里,你们有权力对这样的坏孩子严肃处理! 这样对白自强才公平!"

女校长见白皓月正在气头上,跟他再说什么,都可能无济于事,便推说学校有事,要先回去了,至于他的意见,学校一定会认真考虑。

白皓月在愤愤不平中送走了女校长。然而,当他回到病房看到包裹儿子的白色纱布已经渗出很大一块血迹,不免又心疼不已起来。一旁的魏佳更是哭哭啼啼。白皓月欲紧盯学校严惩打人凶手的念头更加强烈。

女校长走后不久,打人孩子的母亲提着大包小包的营养品赶到病房,确认白皓月和魏佳就是白自强的家长后,一个劲地向他们说着"对不起",说都怪自己没教育好孩子,乞求他们看在她是个单身母亲的份上,不要追究孩子的责任;还说,只要他们能原谅她的孩子,医药费她会一分不少,全部承担……白皓月和魏佳起初并不打算原谅那个孩子,说这么小就出手如此之狠,如果不给他一个处分,等他长大了还不反天?打人孩子的母亲见乞求无效,眼泪瞬间就涌了出来,边哭边断断续续地诉说自己作为单亲母亲的艰难,直把白皓月哭得心肠软了下来。

几天后,经过打人孩子母亲的软磨硬缠,加之白自强的伤势渐渐好转起来,白皓月与魏佳也就原谅了对方。不过,这次儿子被打事件也促使白皓月与魏佳重新审视起儿子的教育问题来。

在魏佳的眼里,儿子白自强是个十全十美的乖孩子,既懂事,又爱学习,被打完全是别人的错。其实,白自强的学习成绩的确还可以,在班里长期保持前三名。然而,白自强也和同龄人一样,有贪玩和淘气的一面,只是在父母面前表现得乖巧而已。对此,白皓月以前偶尔有一些感觉,曾多次提醒魏佳不要把儿子惯坏了。魏佳哪里听得进去?两人还为儿子的教育问题闹过几次小别扭。这次儿子被打后,他在与学校老师和校长的接触过程中了解到,事发那天,白自强在学校集会的空档与同学嬉闹正欢,那个打他的同学也过来凑热闹,白自强不想跟那个同学玩,就指着他的稀疏头发喊他"二秃子",还说"二秃子"身上有股骚臭味,惹得其他同学一阵哄笑后都躲到远处去了。那个同学被人当众取笑,顿时恼羞成怒,不知从哪里摸出一块板砖,趁白自强不注意,突然从背后猛击下去,然后就发生了前面所出现的那一幕……

"自强这次被打,起因其实还在他自己。"白皓月在一次闲聊中对魏佳说。

魏佳听后,立马板起脸来。说句实在话,她最不爱听的话就是别人说她儿子不好,即使白皓月也不行。"有你这么当爹的吗?明明自己儿子被打了,你倒偏向人家!"魏佳的话把白皓月噎得直吐舌头。

"你这样会把他惯坏的!"白皓月悻悻地说。

"惯坏就惯坏!反正我的儿子谁也别想欺负!"魏佳不依不饶。

就这样,两个人争论了半天,也没有在孩子的教育问题上达成共识。白皓月因此非常郁闷,心想,这么一个知书达理的女人,怎么在儿子的教育问题上如此糊涂呢?不过,当他提醒说白自强将要就读的初中与打人的那个孩子是同一个学校时,魏佳有点急了。

"要是这两个孩子在学校又打起来,那可怎么办?"魏佳问。

"怎么办?我也没办法,除非你能把儿子教育好,叫他不要主动惹事!"白皓月说。

"你又来了!什么叫主动惹事?"魏佳回击道。白皓月没太在意,很快又转换了口气,说:"要不,想办法给他转个学校吧,省得这对冤家又弄到一起去了!"

当白皓月告诉她转学受学区限制,没有特殊情况没法转时,魏佳灵机一动,说:"要不,我们把儿子转到国外读书去,反正你们公司现在挣到钱了!"

一句话点醒梦中人。白皓月也感觉把儿子送到国外读书是个不错的选择。当然,对他来说,孩子去国外读书倒不是为了回避与那个孩子的可能冲突,而是为了早点适应发达国家的教育环境,把人家的优秀科学技术或经济管理经验学到手。

夫妻俩在儿子的教育问题上终于达成了一致。此后,他们开始实质性推进儿子出国读书一事。经过一番折腾,他们终于在枫叶红了的时候,成功将白自强送到北美读书。一向心疼儿子的魏佳则忍痛辞掉设计院的安稳工作,陪同儿子飞赴北美。此后多年,一家人聚少离多。白皓月独自留在国内继续打拼,与单身汉相差无几。

却说股市进入7月以后就像决堤之水,一泻千里。7月26日,国有股减持办法在新股发行时正式实施,股市更加狂泻不止,到7月31日时,当月累计下跌13.42%。为了给股市打上一剂强心针,管理层第4次暂停了新股发行。其他各种利好,也一个个接踵而至。然而,股市对这些利好一点都不理会,该怎么跌,照样怎么跌,以至于有人找出了21条导致市场大跌的原因。直到10月22日,央视报道暂停国有股减持办法的消息后,股市才稍稍喘了一口气。不过,那个时候,大盘指数已经从2245点跌到了1514点,跌幅30%多,不少个股更是被腰斩,就连白虎投资剩下的那点仓位,也从最高市值6100多万元跌得只剩不足4000万元。

白皓月对股市的大跌心疼不已,说,"早知道就全部清空了!"宋来运只好反过来安慰他说,没有谁可以最低点买入,最高点卖出,我们做得已经相当不错了,想想高位追进去被深套的那些人,他们该有多苦?白皓月感觉有道理,也就释怀了,又问宋来运这一轮股市下跌的原因到底是什么,什么时候才能够重新入市。宋来运说:"最大的原因是前期股市泡沫太大。虽然中国经济前景向好,但上市公司的盈利增长速度远远没有跟上股票价格的上涨速度,而国有股减持只是这一轮股市下跌的导火索。至于什么时候才适合重新入市,那就得看什么时候能够把前一轮上涨的泡沫彻底洗干净,还有就是国有股减持这个问题什么时候能够真正得到解决。"白皓月感觉有道理,所以11月财政部出台将A、B股印花税的税率统一降到2‰时,他没有再问理财团队要不要大规模进入股市。

作为白虎投资的当家人,白皓月非常清楚,既然股市积重难返,在比较长的时间内不适合再度进入,他必须带领手下这几个兄弟把更多的精力放在他们6月份时就确定下来的新方向上。然而,令他深为困惑的是,几个月下来,他们在新方向上的进展并不明显。

原来,白皓月等人6月份确定的两个投资方向看起来比较诱人,可是执行起来并不那么容易。先说可转债。在当下的市场上,总共只有3只可转债。在股市泡沫破灭的过程中,很多投资者都眼巴巴地盯着它们,随时准备在它们的价格跌破100元时,狠狠咬上一口。可是大家越是寄予厚望,那三只可转债越是价格坚挺,最便宜的一只价格也在110元以上,基本没有什么投资价值。再说委托贷款。缺钱的小房地产公司倒是不少,可以说满大街都是,有的甚至开出年率25%的融资成本。但是这些小房地产公司基本没有什么有价值的资产,随时准备"空手套白狼"。宋来运等人几个月下来总共接触了不下几十家小房地产公司,说起资金需求,不是几亿元就是十几、几十亿元,只是一说起质押物,没有一家房地产公司能够拿出像样的资产。经过一番精挑细选,他们才勉强做了一单总额200万元的委托贷款业务,贷款期限仅仅半年。要不是宋来运看到新年将近,再不抓紧,可能一单都做不成,并且对方提供的质押物是1栋估值远超400万元的别墅,不然就连这一单也很难落地。

白皓月对理财团队的工作进展非常清楚。虽然他也很焦虑,但见他们做起事来特别稳健,倒也体谅他们。

第三十六章

秦月明电话推销　白皓月诗兴大发

冬日的中午,阳光明媚而温暖。白皓月斜靠在创业园区中央一棵老榆树的树干上,慵懒地望着来来往往的行人,不由得又琢磨起理财资金的出路来。他想,"市场真是个奇妙的东西,一些人会为没钱做生意发愁,另外一些人又会因为钱借不出去而发愁,可是这两种人就算撞到了一起,也未必能擦出火花"。恰在此时,他兜里的手机响了。这是一个陌生电话号码打来的。他本不想接,任凭电话铃声响了很久,才在对方差不多要挂掉电话前按下了接听键。

听筒里传来甜美的女声:"喂,您是白总吗?"不知为什么,白皓月突然春心荡漾起来,决定与对方聊上几句,反正闲着也是闲着,就假借别人的身份问对方:"你找白总有事吗? 他刚走开了,如果有重要的事情,我可以转告。"对方听说不是白皓月本人接的电话,显然非常失落,不过,仍然不失礼貌地说:"当然有非常重要的事情! 我这边有一笔大生意想介绍给他,转告就不麻烦了,回头我再打过来。"白皓月猜想对方可能知道他在为资金找出路的情况,就追问道:"能说说是什么大生意吗?"对方说:"理财方面的。如果运气好的话,年化收益可以达到50%以上。"白皓月笑了:"这是准备贩白粉,还是要抢银行?"对方沉默半晌,才不客气地丢下一句话:"请不要瞎说,我们做的是正经生意!"说罢就挂掉了电话。

"年化50%! 呵呵,先别说当下理财市场上有没有这样的好生意,就算有,也不会由一个陌生人主动送上门来!"白皓月自言自语道。不过,刚才那个甜美的声音深深地吸引着他。他决定先不管对方说的生意靠不靠谱,单单为了跟电话里的那个人见上一面,就有必要把电话再拨过去。于是,他鬼使神差地回拨了电话。对方一听他的声音,故作不高兴地说:"还是您呀? 我还以为是白总打过来的呢!"白皓月笑道:"我就是白皓月啊!"对方说:"我不信,白总那么大的人物可不会像您这样尖酸刻薄!"白皓月笑得更厉害了,这还是他第一次从一个陌生的女人嘴里听到对他如此评价,就反问道:"我做过经济学副教授,又做了这么多年的投行业务,年化50%的理财生意还真见的不多,除了贩白粉或抢银行,还能有什么更暴利的理财生意吗?"对方不依不饶道:"当然有了,您做不到,别人还能做不到吗?"

话到这个份上,白皓月本可果断地结束通话,因为从他的认知来说,对方的话几乎没有可信度。不过,出于对听筒里那个声音拥有者的好奇,他决定亲自会一会对方,看看她所说的那个诱人的生意到底是怎样一种"正经"生意!于是,他主动约请对方前来创业园区咖啡馆面谈。

次日午后,一位摩登女子推开了创业园区咖啡馆雅间的房门。屋内,白皓月已等候多时,此刻他正百无聊赖地在手机上玩"贪吃蛇"。

"先生,您就是白总吧?"未待白皓月开口,那个摩登女子就抢先问道。白皓月点头。女子放下手中的真皮坤包,利索地脱下玫瑰色尼绒大衣,顺手挂在墙角的衣架上。"我叫秦月明。"女子从坤包里掏出名片夹,取出一张印制精美的烫金名片,双手递至白皓月面前。

白皓月快速起身接过名片,凑到眼前仔细看了看。"真巧,我们的名字里都有一个'月'字,你是'月明',我是'皓月',意思也差不多!"说罢,白皓月竟天真地笑了起来。"请坐!"白皓月伸手指了指对面的椅子。其实,白皓月的这一动作完全多余。因为就在他伸手示意时,这位叫秦月明的女子已经弯腰准备坐下了。

"谢谢白总,让您久等了!"秦月明向白皓月莞尔一笑,露出了整齐洁白的牙齿。

说来也奇怪,就是这么看似非常平常的礼节性一笑,将白皓月因久等造成的烦躁一扫而尽。他不由得仔细端详起她来。她的年龄应该不大,顶多不过25岁,身材修长,皮肤白嫩,鹅蛋脸,大眼睛,鼻梁挺直,嘴唇微厚,一双白里透红的耳朵在淡黄色的披肩长发下面时隐时现,更诱人的还是那淡灰色羊毛衫掩映下的傲人双峰……

"白总,您怎么也不问我喝什么咖啡呢?"秦月明嗔道。

白皓月这才如梦方醒。他尴尬地笑了笑,心想,"我好像开小差了!"嘴里却不失礼貌地说:"哦,你看我!对了,你想喝什么咖啡?"

"清咖。"

"不怕苦?"

"习惯了。"秦月明淡淡一笑。

白皓月按了下桌上的呼叫按钮。服务员很快进来接受了指令。

在等待咖啡的过程中,秦月明朱唇半启,咴咴笑道:"真奇妙!白总跟我想象中的样子一模一样,温文尔雅,风度翩翩!"

"是吗? 我都40出头了,还有什么风度?!"

"人到中年才会有风度,那是岁月沉淀的痕迹!"

白皓月本来想说自己宁愿回到毛头小伙子的状态,也不愿变得老态龙钟。这时服务员将秦月明点的清咖端了过来。待服务员离开,他才叹道:"年轻真好!"

"年轻有什么好的? 做起事来毛手毛脚的,一点都不稳重,我还是喜欢跟经过岁月沉淀的人打交道。"

白皓月不清楚秦月明的这句话是否真心。不过,他听起来心里还是蛮受用的。"能介绍一下你们公司的业务内容吗?"白皓月想起今天的会面似乎不仅是为了喝咖啡,这才瞅着秦月明名片上的"江海伟业信托有限公司"几个字随口问道。

"信托公司嘛,当然主要是做信托业务。白总是经济学副教授出身,又在证券公司做了这么多年的高管,您对信托公司具体干什么不会不知道吧?"秦月明一边用汤匙轻轻搅杯里的咖啡,一边歪头嬉笑着对白皓月说。

白皓月心想,这丫头还挺厉害的呢,不仅对我的老底一清二楚,说起话来也不卑不亢。当然,白皓月也不是个小白,不至于被一个刚见面几分钟的女青年堵住口。他说:"我当然知道信托公司是做什么的! 不过,我还没听说过哪家信托公司敢承诺客户实现50%的年化收益!"

"您说的信托公司都是普通的信托公司。我们公司就不一样!"秦月明理直气壮地回应道。

"哦,有什么不同? 我倒想听听!"

"一般的信托公司都循规蹈矩,一点风险都不敢承担,他们能给客户提供7%~8%的年化收益就了不得了! 我们公司就不一样,我们不仅敢向客户承诺提供50%以上的年化收益,还能实实在在把这样的收益交到客户手里!"

白皓月完全想不到一个貌美如花的青年女子能有这么大的口气。他想到自己在金融投资界做了这么多年,还很少碰到几家公司能笃笃定定地挣到50%以上的年化收益,除非炒股票并且赶上了牛市。可是现在不是牛市,而是熊市,别说能挣多少钱,能不亏钱就万事大吉了。想到这里,他干脆把心里的疑惑说了出来。

哪知秦月明听后直言:"没本事的人才整天想着牛市! 我们老板从来不问股市是牛还是熊,只要您把资金委托给他,他就是在熊市里也能给您挣出钱来!"

经她这么一说,白皓月似乎明白了。他的脑子里突然蹦出来一个人名来。"你们的老板莫非是他?"白皓月问。

白皓月刚刚说出一个"严"字,秦月明便笑呵呵地打断了他的话:"没错,就是严总!"这下,他彻底明白了,心想,也只有他才敢给出这么高的年利率。不过,白皓月并不认为这样的年利率是合理的,因为任何稍有理性的人都不会为融资出此高价,除非他不想还了,或者已经遇到了非常严重的困难。

白皓月想说出来的那个名字是严亿田。此人生于西部某边陲小镇,年龄与白皓月相近。与白皓月比较类似的是,严亿田天资聪慧,只是打小就不爱学习。尽管如此,他还是顺利考上了大学,可他嫌读大学没意思,整天在校园里倒腾各种生意,稍稍赚了点钱后,干脆辍学直接做起了"倒爷",什么紧缺、新奇,就倒腾什么,并一度赚得将近100万元。然而,由于他生性鲁莽,没多久就把这百十万亏了个精光,还倒欠银行将近200万元。为此,他差点被关进了监狱。

后来,杨百万等人在股市上一夜暴富的故事深深地刺激了严亿田。他从朋友那里七拼八凑借了10万块钱。凭这10万块钱,他涉足法人股买卖,在短短的两三年内,就华丽转身为拥有亿元身家的大佬。这样的身家莫说在20世纪90年代,就算在二三十年之后,也很少有人能够达到。

按说,刚刚30岁就拥有这么多钱,即使从此吃利息,也会比全国绝大多数人过得滋润得多。可是初尝金融甜头的严亿田根本就不打算停下来。彼时,他已经有了更加狂野的目标。很快,他就成立了属于自己的实业总公司,并打通关节参股了一家国有金融租赁公司。通过这家金融租赁公司,他发现了金融的门道。他先是通过巨额融资,豪赌国债回购;紧接着又通过雇用民工认购新股中签表,围猎股票一级半市场。短短几年,严亿田的个人财富就膨胀至近10亿元。也就在这个时候,越赌越猛的严亿田因为跟错了庄而溃败于国债327事件,其个人资产缩水将近一半。虽然损失较大,但还没有令他伤筋动骨。被吓出一身冷汗的他开始研究起股票二级市场的炒作大法,并很快有所心得:先在二级市场上悄悄收集某只目标股的流通股筹码,然后将这些筹码抵押融资,用融到的钱继续大量收集流通股票,在完全控盘和将股价推至相当高位后,再悄悄派发高价筹码,实现巨额利润。

思路清楚之后,严亿田立即着手实施。不过,因为手中的资金相对于一家上市公司的流通股市值而言只是很小一部分,行事凶悍的严亿田把手伸向了他参股的金融租赁公司。他通过大规模挪用金融租赁公司的现金,很快就控制了一家西部农产品公司近80%的流通股以及一家机械类上市公司近60%的流通股、一家公用事业公司约50%的流通股。大手笔收集流通股的活动极大地耗费了严亿田的自有资金和那家金融租赁公司的资金。1996年底,股市开启暴跌模式。严亿田面前只有两条路可以选择：要么继续追加保证金，要么平仓认赔。对严亿田来说，认赔是不可能的。追加保证金，他又无处可以挪钱。因为恰在此时，中央开始整顿金融秩序，各金融机构的资金业务又是清查的重点。严亿田再次陷入了困境，随时都有可能破产。

焦头烂额的严亿田到处想辙。当他得知南粤信托有限公司的原大股东有意转让股份时，就如同抓住了救命稻草一般，削尖脑袋，打通各种关节，终于借道他控股的那家西部农产品上市公司拿到了南粤信托的30%股份。从此，严亿田有了第二个融资平台。通过南粤信托，严亿田更加肆无忌惮地将社会资金吸纳到自己手里，然后用这些资金疯狂拉抬其控盘的三只上市公司股价。为防股价太高，散户不愿跟风，严亿田不时通过他控制的三家上市公司董事会推出大比例送股。到2000年底时，这三家上市公司的复权股价平均涨幅达到500%以上，其投入的全部资金账面收益累计达到38亿元。不过，与其账面收益格格不入的是，因为长期高息吸纳资金，严亿田实际上陷进了进退两难的困境。如果向客户还本付息，那就必须把股票卖出，而一旦开始卖出，因为涉及市值非常巨大，那就必然引起几只控盘股的股价崩盘，最终能够实现多少盈利还远未可知。如果不向客户还本付息，那些客户又不答应，在2001年初的时候，南粤信托就因为有41亿到期理财产品无法兑付，出现了客户打砸多处营业部的情况……

白皓月想到这里，突然感觉哪里不对。他眉头一皱，盯着秦月明问："你们老板不是已经控制了南粤信托吗？怎么又在伟业信托里现身了呢？"

面对白皓月的质疑，秦月明并不紧张。她以一个大公司职员所特有的自信语气说："我们严总是手握几百亿资产的大老板，别说有两家信托公司，就算再多两家也很正常啊！"

不过，在白皓月看来，秦月明的这种自信恰恰表明了她的涉世未深。他想，这个姑娘看来对严亿田到底是干什么的似乎还没有看明白，要不然，不会如此信心满满了，就故意问她："你们老板的确控制了几百亿资产，但是你知不知道，这些资产很大一部分并不是他自己的，假如有一天，他的经营出现问题，大家都找他要钱怎么办？"

"您说的这种情况根本不可能发生！"秦月明果断地否定道。她的眼神里甚至流露出不满，言下之意：像严亿田这样能力超群的大老板怎么可能出现经营问题，你不要诅咒他好吗？！

秦月明的反问证实了白皓月的判断。他本想把南粤信托曾被挤兑一事说出来,但话到嘴边改成了另外一种稍显缓和的说法:"我只是说'假如'……"

"放心吧,您说的那种'假如'不可能发生在我们严总身上,至少不可能发生在我们伟业信托!"秦月明的语气依然很坚定。

"算了,每个人的路都是自己走出来的,既然她对自己的公司及背后的那位老板沉醉在梦幻般的信任中,我又何必去惊醒她呢?"白皓月对自己说。于是,他主动将话题从工作转移到生活上来。原来,秦月明是今年夏天刚刚参加工作的大学毕业生,才23周岁。她的家乡在中部地区一个小县城。不过,其家庭地位在当地可不一般。她的父亲是一县之长,母亲在县一中任校长,还有很多家族成员或者在本县各部门任要职,或者经商发了大财。本来,秦月明的父亲打算通过个人关系帮她在体制内谋一份稳定且体面的工作。可是自小倍受宠爱的秦月明却坚持自己在社会上闯荡,正好她毕业那阵子,伟业信托去她所在的江海师大招聘,双方一拍即合,她就成了伟业信托的员工,具体从事销售业务。"因为家境优越,她的气质格外出众;因为自小受宠,她依然天真单纯。"白皓月一边满心好奇地听着秦月明述说自己的家事,一边暗暗对眼前这位活力四射的美女进行解读……

"白总,您看,我是不是说多了?"秦月明问罢,伸手将一绺垂到眼前的长发撩到耳后,羞涩地抿嘴一笑。

"哦,没有呀!你说得挺好,我都听入迷了!"白皓月挑了挑眉毛,微微咧了咧嘴。事实上,他的确没感觉她说得多了,他甚至希望她就这样一边喝着咖啡,一边家长里短说下去。自从魏佳带着孩子去国外读书以后,他一个人留在江海打拼,钱虽赚了不少,生活却过得不怎么样,像这样近距离与一个妙龄美女独处,更是不曾奢望过。

"白总真会开玩笑,我不过是简单说了说自己的情况!"秦月明用汤匙挑了点清咖放进嘴里,似乎因为苦而稍稍皱了皱眉,随即又伸出舌头扮了个鬼脸,歪起头用略带挑衅的语气问,"白总能不能也介绍一下自己,让我也听入迷呢?"

"好,只要你真愿意听,我就愿意讲,不过,那都是些陈谷子烂芝麻的事情,你可不能嫌我啰唆!"白皓月故意卖了个关子。

"怎么会呢?"秦月明嘟起小嘴作可爱状。

白皓月轻咳两声,开始讲述自己的人生故事。他从自己幼年时的顽皮,讲到读大学时帮李昆仑追女生,只是隐去了那个女生最后成了自己老婆的事实。接着,他又从当年如何在大学里成为最年轻的副教授,讲到自己如何被谢卫红看中而成为证券公司的副总经理;从谢卫红梦断"327",讲到胡伟力接管五洲证券;从自己如何与胡伟力惺惺相惜,讲到金洲证券被管理层重罚。不过,当他讲到自己被赵松年卷入侵吞国有资产大案而含冤入狱时,神情明显落寞起来。讲到后来被迫下海创业,借"5·19"行情快速翻身,白皓月的精神才重新振作起来。

白皓月在讲述时,秦月明时而轻拍小手,时而凝眉沉思,时而瞪大双眼,时而紧咬牙关……看得出,她不仅被白皓月的故事深深吸引,还因他的人生起伏而高兴或者忧虑。当然,这一切都没有逃过白皓月的眼睛。他不知道自己为什么会在一个陌生的女孩面前絮絮叨叨讲述那么多的事情,只是感觉讲过以后,自己的心情一下子舒畅多了。他甚至希望眼前这个女孩能一直坐在那里,听他继续讲述下去。

"天不早了,我该回去了! 谢谢您的咖啡!"秦月明抬腕看了下时间。

白皓月诧异了一下,瞅了瞅放在桌面上的手机屏幕,那上面清楚地显示:17点35分。"是下班的时间了,你晚上有安排吗? 我请你吃顿便饭吧!"白皓月试探着问。

"不了,哪能再占用您的宝贵时间!"她眨了眨眼睛,轻声问道,"白总能帮我一个忙吗?"

"什么忙?"白皓月问。

"是这样的,今年眼看就要结束了,我的年度任务还没有完成。"秦月明说完,垂下眼睑。

"什么任务?"白皓月突然感觉眼前这位美人特别弱小、特别可怜。

"我今年还有100万元的理财产品没有卖出去。如果到时完不成任务,我的工作可能就保不住了。"秦月明的声音更低了。

"哦。"白皓月沉思片刻,在确定自己的确愿意帮助对方后,接着询问了她说的理财产品基本情况。

"预期年收益率可能达到50%以上,不过,在合同里不会写……"秦月明抬头看了看白皓月,接着说:"您放心,这个预期收益率是有历史依据的。"

对于秦月明所说的理财产品的安全性和收益率情况,白皓月根本就不相信,并且他早在这次见面之初,就明确向她表明过自己的态度。然而,面对她的求助,他莫名其妙地心软了。"别急,我知道你工作有压力,我也想帮你,但公司不是我一个人的,你让我考虑考虑怎么样?"白皓月善解人意地问。

秦月明不禁拍手轻叹道:"哇,这下有救了! 这下有救了!"说着,起身准备告辞。

白皓月有心再挽留一下,但想到对方留给自己的难题还没有着落,也就放弃了。

　　当晚,白皓月一个人躺在宽大的席梦思床上,脑子里全是秦月明的身影,挥也挥不去,避又避不了。他默默念叨:"秦月明……秦明月……秦时明月……"一种特别的冲动令他诗兴重新勃发。他披衣而起,从书桌上翻出一张白纸,模仿王昌龄的《出塞》,写下这么一首小诗——

　　秦时明月照心间,老妻幼儿人未还。
　　但使年轻二十岁,策马扬鞭跃龙潭。

第三十七章

敏祥点破寰宇事　皓月再约秦月明

白皓月不知道自己到底什么时候睡着的。反正他第二天醒来的时候,脑袋昏昏沉沉,浑身一点力气都没有。他快速洗漱以后,顺手打开了手机。"叮"的一声,一条短信跳了出来。他定睛一看,原来是秦月明发来的:"白总早呀!别忘了早点给我回复噢,否则我就惨了!"

白皓月收起手机,给自己热了杯鲜牛奶,烤了几块面包。一边吃,一边继续琢磨秦月明的事情该怎么办。从感情上来说,他非常希望助秦月明一臂之力。然而,作为一个老投行人,理智告诉他,这个忙是根本不能帮的,且不说他投到严亿田手里的钱能不能换来50%的年收益,就连本金到时候都未必能收得回来。这种明显没谱的生意,他怎么能做呢?更何况,现在的公司虽然由他绝对控股,但毕竟还有李昆仑20%的股份,他无论如何也不能自作主张去买一个明显不靠谱的理财产品。那该怎么办呢?白皓月味同嚼蜡地吃完早餐,拎起皮包准备去公司。

一路上,他脑袋嗡嗡直响,把车子开得像个醉汉一般,要么横冲直撞,要么东倒西歪,有好几次差点闯了红灯,要不是交警冲过来教训他一番,还不知道他会不会闯出祸来呢!

到达公司后,白皓月看着几位年轻的手下,灵机一现,心想,何不征求一下大伙的意见呢?他把众人召集到长方形会议桌前,把伟业信托要发信托产品的情况跟大家大致说了说,问这种理财产品白虎投资能不能买。

"肯定不能呀!"王猛率先否定,"严亿田要用这些钱去干什么,这不是明摆着的吗?他通过坐庄不断拉高股价,表面上看,他投进去的那些钱浮盈不少,但他控盘的那几只股票除了少数散户在后面跟风,根本没有什么大资金愿意跟后面买,到时候他就算把这些股价拉到天上又有什么用?他如果能把账面浮盈变成真金白银,并且装进口袋里,那才算他本事大呢!"

　　"你说的这个问题我也考虑过。不过,听说严亿田的目标不仅仅是操纵股价,而是希望在控股上市公司后,利用其融资功能,快速做强实业,然后通过兼并收购,实现产业整合,做成享誉中外一流的产业集团公司。"白皓月把他了解到的严亿田战略构想跟大伙做了分享。

　　"这个思路听起来不错。不过,他用那么高的成本进行融资和坐庄,几家上市公司创造的盈利远远覆盖不了这些成本,他哪来的能力把产业整合玩下去呢?"杨帆也表达了他对严亿田所谓"产业整合"的怀疑。

　　"提起'产业整合',我倒想起了另外一个类似的故事。不过,人家做的要巧妙得多!"钟敏祥说。

　　"什么故事?"白皓月迫不及待地问。其他几位也不约而同地将目光集中到钟敏祥脸上。

　　然而,钟敏祥并不急于说出那个故事,只是抛出来一个问题:"听说过寰宇钢铁吗?"

　　"当然! 它现在是位列中国前三的龙头钢企,我们都在证券公司干过这么多年,谁还能不知道它呢?"王猛说毕,嘴角露出了一丝不屑。

　　"可是你听说过信宇投资吗?"钟敏祥继续问道。

　　大家开始面面相觑起来。就连白皓月也没听说过这家投资公司,更不明白钟敏祥为什么会提及这家公司。

　　"它是寰宇钢铁的全资子公司。你们知道它是干什么的吗?"钟敏祥见大家对这个公司不熟悉,准备把大家的胃口继续吊下去。

　　王猛终于忍不住了,撇着嘴说:"你一个大男人说起话来怎么就像羊拉屎一样,半天也拉不出个完整的!"

　　一句话把大家逗得前仰后合。就连钟敏祥自己也没有忍住笑。

　　"我这不是以为你们都知道吗?"钟敏祥捂着嘴说。

　　原来,信宇投资作为寰宇钢铁的全资子公司,这几年已悄然配合寰宇钢铁在资本市场上做了多起大事。为进一步做大做强,寰宇钢铁把兼并收购作为公司的一个重要战略方向。由于一般的小钢铁公司他们看不上,能入得了它法眼的钢铁公司大多已经上市,而一旦寰宇钢铁收购某家上市钢铁公司的意图曝光,那家钢铁公司的股价必然大幅上涨,这样,寰宇钢铁试图以低价收购对方的目的便很难达到了。为此,寰宇钢铁特意成立了全资子公司信宇投资。当它看中某家上市钢企后,就授意信宇投资在二级市场上逢低悄悄吸纳对方的股票,待信宇投资的持股量超过应公告的5%限制后,便令寰宇钢铁的收购团队大摇大摆地前往对方总部洽谈收购事宜。二级市场得知双方接洽后,自然拼命抢购对方股票,其股价也自然就大幅上涨。此时,如果双方能够以一个理想的价格谈妥并购,双方就真的会往并购方向走下去;如果感觉谈不拢并购价格,信宇投资就会先行一步在高位卖出手中持有的股票。如此一来,信宇投资很快就赚得钵满盆满……

信宇投资的故事令白皓月茅塞顿开。他猛拍桌面,兴奋地叫道:"弟兄们,我有办法了!"当他把自己的想法跟大家一说,众人无不称好!接着,大家又帮他出了很多具体的主意。愁了多时的投资方向问题终于得到解决,白皓月自然非常高兴。他悄悄给秦月明发了条短信:"你说的事情,我有办法了,如方便,今晚当面聊一聊如何?"

秦月明万万想不到白皓月这么快就给她发来好消息。她欣喜若狂,立即回复道:"方便!方便!我请您去一个好玩的地方!"白皓月收到短信后,心想:"我在江海长这么大,什么好玩的地方没去过?"不过,既然秦月明说要带他去,那就跟她去吧!

当晚6点不到,白皓月就早早地来到那个名叫"滨江创意工坊"的地方。白皓月对这个地方并不陌生,他小时候经常与李昆仑在这附近的小河沟里钓鱼。不过,他对这个地方的印象并不好。那个时候,这里污水横流,臭气熏天,还经常从城堡似的水泥建筑里传来瘆人的嚎叫,令他头皮发麻,浑身直起鸡皮疙瘩。听大人们说,这里在新中国成立前就是闻名遐迩的"远东第一屠宰场",不知有多少体格强健的猪和牛在那里面做了刀下之鬼……

"白总,您这么早就到了哇!"正当白皓月好奇地在"创意工坊"入口处东张西望时,从他的身后传来了秦月明的声音。"你来得也不晚呀!"白皓月回头朝秦月明咧嘴一笑说。两人说笑着并肩走进入口。这还是白皓月第一次进入这栋建筑。他一边走,一边四处张望,对这栋迷宫一般的建筑充满了好奇。"是不是挺好玩的?"秦月明问。白皓月点点头,"嗯"了一声,他跟在秦月明身后,沿着院子中间的螺旋式水泥楼梯走上二楼。又拐弯抹角穿过了几处长廊之后,两人来到了一处门悬灯笼的日式料理店门口。一对身穿和服的年轻女子叽里呱啦说着不知何意的日本话,将他们迎进店内。

店里客人很多,但他们还是非常幸运地要到了一间位于拐角处的小包房。房间特别狭小,却布置得非常温馨,看起来比较适合小情侣在此卿卿我我。两人在又窄又长的小木桌两边相对而坐,膝盖几乎挨到一起。白皓月心里一阵慌乱,秦月明也满脸绯红。幸好侍者拿着菜单走了进来,多少化解了刚才的尴尬。这里的菜以烧烤为主,价格看起来也非常便宜。白皓月对烧烤不是特别喜欢,不过,也不怎么排斥。他将菜单交给秦月明,让她随便点。秦月明便熟练地点了起来,点毕,还问白皓月有没有意见。白皓月当然说没有意见。秦月明便咯咯笑着说:"等会儿,您要是不喜欢可不要怨我!"白皓月大度地说:"不怨!不怨!"秦月明很开心,她朝白皓月做了个鬼脸,道:"想不到白总这么随和!"接着,没再征求白皓月意见,就对侍者说:"来瓶上好的清酒!"白皓月刚想说自己不爱喝酒,又想万一秦月明喜欢喝酒呢,便没有阻止对方。

两人说了几句闲话,侍者便很快将烤牛骨、烤鸡翅、烤蘑菇、烤多春鱼、天妇罗、刺身之类的食品呈了上来,还向秦月明特别推荐了一款精美的磨砂瓶装清酒,说这种酒是店老板在日本本土亲自酿造的,非常地道。秦月明说:"好,就是它了!"她说话时那种豪气冲天的样子令白皓月心中暗自称奇,心想,这姑娘怎么跟昨天判若两人呢?

秦月明接过侍者递过来的清酒,熟练地给白皓月和自己各斟了满满一杯,并用双手将装满酒的酒杯恭恭敬敬放在白皓月面前,随后,双手捧起自己的杯子说:"白总,您这么快就帮我解决了问题,请接受我的敬意!"说完,"吱"的一声将满杯的酒喝了下去。白皓月见状,也快速喝干杯中酒。说实话,白皓月虽然不爱喝酒,但对甘洌可口的清酒并不排斥。他甚至非常享受清酒所散发出来的酵母味道。这种酵母的味道混着秦月明身上散发出来的淡淡的茉莉花香,令白皓月如入幻境一般。

"白总,快趁热吃吧!"秦月明将一只插着竹签的多春鱼送到白皓月面前。这只多春鱼被烤得微微发黄,身子也饱满圆润,让人一看就食欲大增。白皓月接过多春鱼,轻轻道了声谢,便慢慢享用起来。"白总,您打算买100万元,还是更多呢?"秦月明问过之后,顺手拂了下刘海,将两眼弯成一对月牙,静待白皓月答复。

"小秦呀,你是不是理解错了?事实上,我并不准备买你们的产品,一分钱也不会买!"白皓月说着,拽了张纸巾,蘸了一下嘴角。

秦月明做梦也想不到白皓月会说出"一分钱也不会买"这样的话。她的动作和表情瞬间凝固了:双手托举着下巴一动不动,两只眼睛依旧弯着,只是脸上的笑意比哭还要难看。这样过了足有半分钟,她的两只手突然紧握成拳头,就连眼睛里也喷射出两道炽热的火焰来。

白皓月对于眼前的一切看得非常真切。他暗想,这个女孩不简单,绝不是那种逆来顺受的弱女子。不过,因为没打算欺骗她,白皓月的内心要坦然得多。他不慌不忙地拿了串烤蘑菇放在她的面前,柔声道:"趁热吃吧!"

秦月明就像没听见一样,继续保持着原来的姿势和表情。

"可我也没说不帮你呀!"白皓月终于说出了他认为能够宽慰对方的话来。

秦月明依然保持着原来的姿势和表情,仿佛根本没听见白皓月的话一样。

"真的,只要你需要,我非常愿意帮你!"白皓月直视着对面那一双烈火熊熊的眼睛,一字一顿地说。

"你一分钱的产品都不买我们的,还怎么帮我?"秦月明终于收回眼里的火焰,但目光变得冷如冰霜。

"哈哈,你的意思是只有买你们的理财产品,才算帮你?"白皓月笑问。

"当然! 如果今年的任务完不成,我的工作可能就要泡汤了!"秦月明惨兮兮地说。

"泡汤就泡汤吧! 说句实在话,这种工作的意义不过就是帮严亿田忽悠不明真相的群众!"白皓月的话变得直白起来。

"我可管不到严总做什么,那也不是我能管得了的事! 再说,如果我的工作泡汤了,您能帮我找回来吗?"秦月明的语气中充满了幽怨。

"没问题呀,只要你愿意!"白皓月肯定地说。

"真的?"秦月明一扫满脸的阴霾,惊叫道。

"真的! 我还能哄你?"白皓月说着夹了块天妇罗放在秦月明的盘子里。

秦月明仍然表示不相信。待白皓月详细讲述完具体计划,秦月明才真正会心地笑着说:"白总,您考虑得太周到了! 让我怎么感谢您呢?"她把眼睛往天花板上翻了翻,俏皮地接着说,"哎,眼下也没有好办法,还是让我再敬您一杯酒吧!"

白皓月开心地端起酒杯迎了上去。两人你来我往,笑声不断,大有相见恨晚的感觉。一瓶清酒很快见底。秦月明叫来侍者,欲再要一瓶。白皓月却果断伸手制止了:"差不多了! 听说清酒后劲大,别喝醉了!"秦月明哪肯罢休? 嚷嚷着叫侍者快点上酒。白皓月见她这个架势,心想,这姑娘可能已经喝醉了,便坚决地推掉侍者,并且还拿出银行卡欲买单。秦月明更加不肯,刚刚扭扭捏捏地站起来,便一个趔趄倒了下去。白皓月赶忙起身,打算伸手过去拉她一把,岂料自己也一阵晕眩。他手扶桌面,准备镇静一下才去拉秦月明。没待他缓过来气,秦月明自己坐正了身子,嘴里还发出咪咪的笑声。白皓月趁机对她说:"才喝一瓶,就把我们两个都撂倒了,要是再来一瓶,估计我们连北都找不到!"秦月明没争辩,只顾用手捂着脑门傻笑。白皓月感觉自己已经没有大碍,强撑着出去买了单。

几分钟后,当他返回小包房,秦月明依旧嘿嘿地傻笑着。白皓月问她是不是喝醉了,她脸一板,嗔道:"您才喝醉了!人家这是高兴呢!"说着,摇摇晃晃起身就往外走,到白皓月身边时还用手碰了下他的臂弯说,"走,我带您到上面转转!"

创意工坊的天井内灯光异常昏暗。不知道这是设计者故意设计的风格,还是天井内迷宫一样的结构造成的。经过一处墙角时,白皓月一眼就看到一块巨大的白骨孤零零地躺在地上。他的心里一阵战栗。秦月明似乎也看到了那块白骨,因为她的身子明显地往白皓月身上靠了靠。不过,两人很快就保持了合理的距离。"再往上走走吧。"秦月明低声道。白皓月"嗯"了一声,跟在她的身后钻进了一条漆黑、陡峭、狭窄的垂直圆洞。有几次,他的头差不多顶上了她浑圆的翘臀。这令他心猿意马,差点两腿一软,瘫在地上。

"终于上来了!"秦月明的话刚一落音,一道雪白的月光便照进洞里,也照在白皓月的脸上。他定睛一看,自己和秦月明已经站在一块巨大的玻璃屋顶边缘。"走,上去走走看。"秦月明说完,便一步跨了上去,可没走两步,便"妈呀"一声惊叫,还向白皓月伸过一只手来。白皓月怕她踩坏玻璃掉下去,立即伸手拉住了她……

当白皓月与秦月明的手碰触在一起的时候,两人同时打了个寒战。一阵微风吹来,白皓月更是清醒了一大截。他想撤回自己的手,又担心秦月明会因玻璃突然破裂而坠落下去。正在犹豫间,秦月明竟轻轻用力将他也拉上了玻璃屋顶。他瞬间吓出一身冷汗。因为他无意间低头一看,发现屋顶离地面还有很远,要是两人同时摔下去,后果不堪设想……

"哈哈哈,哈哈哈哈……"白皓月的窘态令秦月明笑弯了腰。她用另一只手捂住嘴,娇滴滴地对白皓月说:"快上来吧,这玻璃是钢化的!"白皓月这才壮着胆子大步跨了上去。果真没什么事!他甚至使劲在玻璃上跺了两脚,脚下只是发出几声闷响而已。

月光皎洁,四周静寂。一丝悠扬的钢琴曲从楼下某处飘了上来。白皓月侧耳一听,知道那是贝多芬的名曲《致爱丽丝》。他心旌摇曳,向秦月明弯腰、颔首,做出邀请的动作。"能请你跳一曲吗?"白皓月问。"当然!"秦月明用颤抖的声音答道,同时把右手递了过来。一切都是那样自然!他们在坚硬的钢化玻璃屋顶上相拥着跳了一曲又一曲,就连钢琴曲是什么时候停下的,他们都没有发现。直到两人的内衣都泛起了潮气,他们才相视一笑,同时说了句:"天晚了,该回去了!"

白皓月叫了辆出租车,一直将秦月明送到她租住的小区门口,才依依不舍地与她挥手告别……"真是一个美好的夜晚!"白皓月回忆着晚上的每一个细节,嘴角挂着甜美的笑容,酣然入梦。

第三十八章

赵洪亮鼎力相助　白皓月心想事成

白皓月欲实施新的理财计划,还需得到两个人的支持与配合。这两个人不是别人,都是他的老朋友,其中一个是名盛地产副总裁兼江海分公司总经理李昆仑,另一个是达通证券投行部总经理赵洪亮。

白皓月首先拨通了李昆仑的电话。听完白皓月的介绍后,李昆仑很高兴,说他们名盛地产正好有兼并收购的计划,只是他们自身的规模也不大,还没有实施,既然白皓月有好办法,他肯定会全力推动公司去做,更何况他在白虎投资还有20%的股权呢。

李昆仑的表态令白皓月心里有了底。他立即又拨通了赵洪亮的电话。赵洪亮听到白皓月的声音很高兴,说自己正好闲得无聊,老同学的电话就过来了。白皓月问他,作为投行部总经理,怎么会闲得无聊?赵洪亮说,自从股票发行方式改变后,像他们达通证券这样的大机构反倒有些吃不饱了。

原来,2001年3月17日那一天,监管部门宣布取消了股票发行的"审批制",在股票发行方面正式实施核准制下的"通道制"。虽然在"通道制"下,股票的选择和推荐主体由之前的地方政府和部委变成了券商,使得证券公司拥有了前所未有的权力,但是"通道制"在确保一些小券商有饭吃的同时,却极大地限制了那些大券商的活动空间。因为根据3月29日中国证券业协会对"通道制"做出的具体解释,每家具有主承销资格的证券公司拥有的通道数量最多8条,最少2条,由证券公司将拟推荐的企业排好队,按序推荐,并且所推荐企业每过会一家才能再报一家(不久后又改为每"发行一家,递增一家")。达通证券是顶级券商,以前每年至少会有10家成功上市的案例。现在被限定为最多只能做8家,显然存在吃不饱的情况。再加上在2001年7月至2001年11月期间,管理层为力挺股市还第4次暂停了新股发行,所以赵洪亮说自己闲得无聊还真不是瞎说。

白皓月听完赵洪亮的述说后,感慨万千,没想到自己离开证券公司才两年多的时间,投行业务的规则就发生了这么大的变化! 赵洪亮发现他在电话内沉默不语,就问他怎么不说话。白皓月微微一笑说,没什么,有点走神而已,紧接着把自己的计划同赵洪亮大致说了一遍。赵洪亮听后也很高兴,说正好可以把闲暇时间用起来。白皓月让他放心,事成之后一定会让他共享收益。赵洪亮忙打哈哈,说,凭他俩的关系,就算白皓月一分钱不给,他也会用心去做,只是感觉这件事似乎有那么一点违规。白皓月安慰他说,该考虑的他都考虑了,在当下的制度环境下,这是灰色地带,只要注意保密,问题不大。赵洪亮说,他相信老同学、老领导的话,如何配合,他还要再想想。白皓月听他这么说,便不再追着让他当场表态。两人又扯了些其他的琐事,才结束这次通话。

赵洪亮果真很上心。经过一番权衡,他为白皓月制定了周密的实施计划。当他把自己的计划通过长途电话详细告知白皓月以后,白皓月顿觉眼前一亮,对着手机兴奋地说:"行,就这么定了! 事成之后一定重谢!"赵洪亮倒是很平静地回了句:"老朋友了,还要谢吗?"

挂掉赵洪亮的电话后,白皓月立即拨通了李昆仑的手机,将赵洪亮的计划转述了一番。李昆仑也认为赵洪亮的方案不错,答应立即向名盛地产实际控制人朱向阳和董事长陈明旭汇报。

事情进行得异常顺利。几个月之后,也就是2002年的春天,由名盛地产出资510万元、白虎投资出资490万元的盛虎投资管理有限公司正式成立了。名盛地产因为出资比例占51%,故委派李昆仑任公司董事长。白皓月则委派理财团队负责人宋来运任盛虎投资总经理。公司部门设置高度精简,仅设投资部,经理和副经理分别由王猛和杨帆兼任,其余财务、行政、人事等工作全部委托白虎投资代为管理。

盛虎投资拿到营业执照时正值春暖花开,然而,股市却依然非常低迷。这样的市场行情对于盛虎投资来说正是大好机会。合资成立盛虎投资的名盛地产和白虎投资双方高层只是简单在饭店里聚了一次餐,盛虎投资便悄然开张了。

白皓月虽然不在盛虎投资任职,却时刻关心着盛虎投资的工作进展。5月下旬的一天下午,当宋来运兴奋地告诉他,盛虎投资手中的子弹快打光时,他意识到好戏就要开始了。

"举牌公告起草好了吗?"白皓月问。

"好了!"宋来运答道。

白皓月点点头,又问:"现在盛虎投资在西域地产的股份占比是多少?"

"4.98%。"宋来运又答。

"嗯,的确差不多了。明天你们把最后几颗子弹全部打光,立即按规矩向交易所报告!"白皓月命令道。

次日晚间,西域地产发布的一则公告很快成为各大财经网站BBS及电视、广播等媒体的热门话题。有人兴奋,有人后悔,有人质疑……

兴奋者主要是因为手中多少持有些西域地产的股票。"股民老章"就属于这类人。这位靠贩卖国库券赚到第一桶金,后来又因收购法人股狠赚一笔的老股民一边抽着香烟,一边在键盘上敲着文字:"早在半年前,我就说西域地产是一只有故事的股票。果然被我说中了!哈哈,要大赚了!"有人问他是怎么判断出来的。他得意扬扬地继续在键盘上敲下这么一段文字:"第一,这只股票盘子不大,总市值只有50亿元左右,流通市值只有30亿元左右,很容易被大资金控盘;第二,这只股票跌得很惨,股价已接近净资产,足够便宜;第三,西域地产手中握有很多大城市的建设用地,这些建设用地的价值如果重估一下,它的净资产就会一下子增长很多,那样的话,它现在的股价应该是大大低于净资产的。"对于"股民老章"的分析,很多人纷纷跟帖,说他讲得非常有道理,还说这样的上市公司很容易成为并购对象。这些人还从西域地产发布的公告里发现了蛛丝马迹:原来盛虎投资的控股股东是另一家实力更强的房地产公司——名盛地产,不得了,西域地产的股价要一飞冲天了!

后悔者主要是因为手里没有西域地产的股票;或者虽然有,仓位却非常轻。"散户小鱼"就是这样一类人。那晚,正在网络上"冲浪"的"散户小鱼"看到盛虎投资发布的举牌公告以后,第一时间就意识到西域地产的股票要一飞冲天了。可惜他手中的股票太少,仅有区区500股!他心里那个恨呀,真想一头撞在城墙上,死掉算了!不过,"散户小鱼"对自己的生命还是很看重的,他在一处高墙外徘徊良久,终于忍住了自残甚至自杀的冲动。"哎!我真傻!我要是没有注意过西域地产也就算了!恰恰这只股票在我的关注范围,就在上个星期,我在研究地产股时发现,西域地产股价严重低估,所以当即就买了500股。本打算等它再往下面跌一跌,我把春节前存的2万块钱定期存款提前取出来,全部买进它的,哪知道这么快它就被人举牌了!哎,你说我等什么等啊,股价都那么低了!""散户小鱼"拿起手机,在电话里絮絮叨叨地跟他的一位发小说个没完。本以为能多少得到那位发小的安慰,没承想,他的发小反而不高兴了,对着电话把他臭骂一通:"你这个臭小子,活该! 发现好股票,也不提前跟我说一声! 你是想发独财是吧? 现在好了,人家已经举牌,明天肯定是一字涨停板,想买也没机会了!"散户小鱼"被发小这么一骂,心里更感委屈,脖子一梗,对着手机说:"你总是有理! 你摸着良心说,这几年我给你推荐过多少股票? 哪只股票后来不是涨了又涨? 但是,你什么时候又相信过? 所以不是我不给你推荐,而是你不肯相信我! 不过,我推算过,西域地产即使连续封10个涨停板,股价也不算高。只要能买得进,将来都能赚大钱! 我反正想明白了,明天我就把那2万块钱定期存款提前取出来,天天在涨停板挂单,我就不信买不到!"

质疑者多半是些股市的受伤者。有着长达10年股龄的"灭绝师太"就属于这么一类人。那天晚上,60岁的"灭绝师太"刚刚哄睡调皮的小孙子,便迫不及待地坐在电视机前,收看那档令她着迷的"股市直班车"节目。当播音员字正腔圆地播报完盛虎投资的举牌公告后,她的第一个反应就是:又要给散户挖坑了!"哼,这种小伎俩,骗骗小青年也就算了,想骗我老太婆,没门!"她愤愤不平地嘀咕道。就在这时,电视节目的画面切换成一位美女主持人与三位股评家的对话。那位美女主持人简单复述了盛虎投资的举牌公告之后,开始向三位股评家询问他们对这次举牌事件的看法。这三位股评家竟然对举牌一致看好,唯一的区别就是西域地产的股价到底能涨多高。股评家A说,西域地产价值严重低估,即使没有举牌事件发生,股价也有翻一倍的潜力。股评家B说,现在股市低迷,西域地产的价值虽然低估,但整个市场上低估的股票并不只它一个。不过,因为碰上了举牌,它的股价还是要涨一涨的,多了不敢说,在昨日收盘价的基础上再涨60%是完全有可能的! 股评家C说:"我跟你们的观点都不一样。我不仅看重西域地产的资产质量,更看重名盛地产的产业整合能力。名盛地产控股的投资公司出手对另一家地产公司进行举牌,绝不是一般的收购兼并,这里面肯定有不为外人所知的重大战略考虑。我认为,西域地产的股价上升空间非常广阔,没有两倍的涨幅,是很难止得住的!"看到这里,"灭绝师太"的心里不禁犯起了嘀咕:"难道这次他们玩真的了?"

就在各路市场人士对盛虎投资的举牌行为议论纷纷的时候,白皓月和他的伙伴们也没有闲着。那一晚,他们聚集在黄浦江边,一边喝着啤酒,一边关注着网络、电视、广播上的各种涉及盛虎投资举牌西域地产的信息。"干得不错!"白皓月对宋来运说,"你找来的这些灌水高手和股评家个个给力! 明天的西域地产股价一定不会让大家失望!"宋来运则说:"放心吧,白总! 西域地产的股价何止明天不会让大家失望?!"

不出大家所料，第二天开盘后，西域地产果真死死地封住了涨停板，而同一天江海股票指数竟然下跌了1.3%。此后的几个交易日里，西域地产连封了3个"一字板"。直到第5个交易日，西域地产才以5.3%的涨幅开盘，不过，开盘后，仅用不到十分钟就再次封住涨停板。

"该让名盛地产出场了！"宋来运对白皓月说。白皓月点点头，让宋来运直接跟李昆仑商量。宋来运随即拨通了李昆仑的电话。李昆仑接到电话很高兴，没等宋来运说明为何打此电话，便迫不及待地询问他们先前买入的2.5亿元西域地产的浮盈是不是已经超过60%了。宋来运说只有50%多一点，因为前期建仓时用了一个多月的时间，而在他们建仓过程中，西域地产又下跌了不少。李昆仑听说浮盈已达50%以上，心里非常舒服。因为他明白，那2.5亿元股东无息贷款已经有了1.2亿元的浮盈，其中，名盛地产提供的2亿元股东贷款有1亿元浮盈，而白虎投资提供的5000万元股东贷款也有了2500万元的浮盈，他自己作为白虎投资占比20%的股东名义上已有500万元的浮盈！"真是太爽了！"李昆仑感叹过后才想起问宋来运找他何事。宋来运三言两语说明情况后，李昆仑哈哈大笑说："你这个电话打得及时，他们那边早就耐不住了！"宋来运心领神会，陪着笑了几声，便放心挂掉了电话。

第二天下午，西域地产的办公室里来了几位陌生的同行。这几位同行正是名盛地产分管投资业务的孙副总裁及投资部的几位业务人员。慎重起见，西域地产董事长兼总裁张欣生亲率几位副总裁接待了这批客人。

宾主双方在椭圆形会议桌两侧相对而坐。虽然宾主双方都笑意盈盈，但会议室里的气氛仍显得有些诡异。

孙副总裁代表董事长陈明旭向张董事长表达过问候之意，便直奔主题："我们陈董对贵公司非常看好，希望能与贵公司开展战略合作。不久前，我们通过二级市场已经持有了贵公司5%以上的股份，但这远没达到我们名盛地产的目标。张董，您是西域地产的第一大股东，手中持有的股份多达21%，第二、第三大股东持有的股份加在一起才18%。如果您能把手中持有的股份全部转让给名盛地产，那我们就不需要费时费力从二级市场买了。当然，转让价嘛，好商量，我们陈董说了，绝不会让您吃亏！"

孙副总裁的话还没有说完，张欣生的脸色已经明显阴沉下来。不过，在客人面前，他还是强忍着愤怒，只是反复强调自己创业不易，把西域地产当儿子看待，从来没想过把它转让给别人。

　　孙副总裁再次强调,陈明旭董事长诚心收购张董事长的股权,一旦收购成功,他也会把西域地产当亲儿子看,并且张董事长还可以留任西域地产总裁。当然,如果张董事长不愿转让自己手中的西域地产,他们也能理解,他们可以寻求与第二、第三大股东的合作,那样的话,名盛地产持有的西域地产股份可能就要超过张董事长,到时候,作为第一大股东的名盛地产只好聘请其他人做总裁了!

　　张欣生更加愤怒了,原本还算平和的表情明显变得僵硬起来。"你这是什么话? 我都说过自己把西域地产当亲儿子了,你还说要买,难道你们还要强买不成?"张欣生丢下这几句话,推说还有一个重要会议,便气呼呼地拂袖而去。

　　孙副总裁一行人面面相觑,气氛颇为尴尬。不过,陈明旭在他们出发前已经交代过,做生意要以和为贵,不管对方态度如何,叫他们都不要介意,要拿出诚意与对方交流,努力把这桩收购案做成各方都满意的案子。孙副总裁很快调整好情绪,对仍在会议室的西域地产高管们再次强调了名盛地产收购西域地产的诚意,并特别强调,为确保此次收购价格公平合理,名盛地产将聘请国内顶级券商达通证券来设计具体收购及整合方案。说完,孙副总裁便带领随行人员告辞了。

　　名盛地产拜访西域地产的消息就像长了翅膀一样,很快就飞了出去。各大媒体对这次拜访活动争相报道,有的媒体还充分发挥想象力,说一旦收购成功,西域地产的隐形资产将会被全部挖掘出来,那样的话,它的净资产就要至少提高一倍。在各大媒体的大力宣扬下,西域地产股价持续高开高走,半个月之后,就大涨一倍以上。有意思的是,在此期间,西域地产多次发布公告称,名盛地产虽然与西域地产有过接触,但双方尚未达成任何实质性的协议,提醒投资者注意市场风险。不过,市场根本不在意,西域地产越是发布澄清公告,股价就越是疯狂上涨……

　　看着西域地产节节攀升的股价,白皓月心里乐开了花。当他了解到名盛地产与西域地产的接触进展之后,明确地向宋来运下达了这样一条指令:"差不多了,抓紧执行第二套方案吧!"

　　所谓"第二套方案",就是在名盛地产兼并对方无望的情况下,及时逢高卖出二级市场上买入的名盛地产股票。宋来运得到指令后,立即着手操作。当天晚上,盛虎投资欲减持西域地产股票的公告就再次引发了各路媒体和财经网站BBS的高度关注。

　　"股民老张"得意扬扬地在BBS上敲下了这么几行文字:"多亏我前几天把手中的股票一把全抛了出去! 哈哈,爽呀! 我的10万块本钱现在已经变成铁板钉钉的25万了!"有人跟帖问,为何卖得那么干脆? 他毫不掩饰自己对名盛地产并购西域地产的极不看好，说："过了这么长时间，双方好像已经接触过几次，但是市场上并没有传出来多少令人兴奋的消息。说白了，光接触有个屁用！没有签署实质性股份转让协议，一切都是白搭！再说了，自从市场上传出名盛地产要收购西域地产的消息，西域地产的股价像风刮了一样涨，严重透支了增长潜力，就算收购成功，将来也没有多少上涨的空间。俗话说得好，'吃鱼要吃鱼中间那一段'，反正我是把鱼中间那一段吃到了，如果还有鱼尾的话，我也不想再争了！"他的解释很快又引来一大帮人的回应。有的夸他有远见，简直就是股神；有的说他只会耍小聪明，谁能确定盛虎投资减持西域地产的动作不是为了打压股价而释放的烟幕弹？

"散户小鱼"从电视新闻上看到盛虎投资的减持公告后，内心一阵狂喜。他抓起电话就给朋友拨了出去："兄弟啊，告诉你一个好消息！"朋友问他什么好消息能把他高兴成这个样子。他上气不接下气地说："西域地产！西域地产！你还记得最近在市场上股价翻了一两倍的西域地产吗？前期举牌它的盛虎投资要减持了！"朋友说："减持就减持呗，跟你有什么关系？""散户小鱼"冷笑一声，以一幅见惯大世面的口吻说："呵呵！你就知道坐井观天！你想呀，西域地产的资产质量那么优秀，名盛地产没有拿下来，不代表其他的公司拿不下来。以前没有人去举牌它，那是因为还有很多人没有发现它的价值。现在不同了，经过这几个月的炒作，西域地产的内在价值早被人摸得一清二楚。就算其他更有实力的大公司也拿不下它，这也不妨碍大家认识它的价值。依我看，别人越拿不下它，越说明它现在的第一大股东对它有信心。单凭这一点来看，就算盛虎投资把手里的股票全部放出来，也不妨碍西域地产的股价将来继续走高！"朋友劝他不要那么盲目乐观，说股市风险难测，一旦盛虎投资开始抛售手中的股票，肯定会严重打击大家的持股信心，西域地产的股价也八成会不断走低。"散户小鱼"听后哈哈大笑说："好！让它跌吧！反正我是不怕它跌，只怕它涨。我的钱已经准备好了，从明天起，只要它敢跌，我就敢买，越跌越买，一直到把手中的几万块钱全部押上去为止！"

"灭绝师太"从"股市直班车"上听到盛虎投资欲反手减持西域地产股票的消息后，得意地对儿子说："我就知道他们搞并购只是一个借口，说来说去就是为了吸引大家的眼球，好把西域地产的股价炒上去！"儿子知道她平时也没有大事，炒股是她唯一的乐趣，就对她说："炒股、坐庄、兼并、收购……这些事情复杂着呢，我们这些外人谁能说得清楚？反正您的钱也不多，一只股票顶多也就买几千块钱的，输赢也不大，您管他真的假的呢？！""灭绝师太"嘴一撇，嗔道："说得轻巧，几千块钱就不是钱？赚了钱还可以买点小菜呢！"儿子不想坏了母亲的兴致，便走到自己屋里和老婆孩子一起看电视去了。"灭绝师太"则一个人紧盯着客厅里的电视机屏幕,因为美女主持人和三位股评家的对话又开始了。这一次,三位股评家对盛虎投资减持西域地产的态度出奇的一致。那就是,西域地产是一家质地非常优秀的上市公司,盛虎投资的母公司名盛地产没有拿下它,只能说明名盛地产的实力还不够,说不定经过这一番操作,有实力更强的大公司看重西域地产,那样的话,西域地产的股价只能更高!

宋来运几乎一夜未睡。他高度关注着市场各方对减持公告的反应。"还好!不是一边倒地看空! 看来前期的准备工作没有白做!"宋来运推开卧室的窗户,望着刚刚呈现鱼肚白的天空自言自语道。他顾不上疲惫,快速洗漱完毕,拎起公文包便下楼去了。因为他非常清楚,当天开盘后,将有一场恶战等着他。

宋来运在焦躁不安中赶到公司。小伙伴们都还没到。他感觉屋里很闷,便伸手打开窗户。一股湿热的空气扑面而来,他更加烦躁,顺手将窗户重新关上。"我这是怎么了?"他围着办公室里那张长条形会议桌一圈圈打着转,汗水顺着他的脖子直往下流,很快就浸透了他的白衬衫。他这才想到办公室里原本是有空调的,而他竟忘记将空调打开。于是,他摸出遥控器,打开空调,并继续围着长条形办公桌转圈。室内的温度渐渐降了下来。他感到了一丝凉意,竟连打了好几个喷嚏。"我这是怎么了?"他再一次问自己。

"宋总,你今天来这么早?"随着吱呀一声开门响,王猛和杨帆一前一后走了进来。问话的那人是王猛。

宋来运抬头望了两人一眼,见他们俩也是满头大汗,一脸紧张的样子,苦笑着说:"忙活了几个月,能不能赚到钱,今天的股价怎么走非常关键! 我这心里面急呀!"

"是呀,我们也急,西域地产今天要是一字跌停板,那今后几天的股价走势也不会好到哪里去,我们手中的那些股票就很难卖得掉呀!"王猛说着递了一条干毛巾给宋来运,"快擦擦身上的汗吧,可别凉了汗,冻感冒了!"

"哇! 几位股神都到了啊?"

宋来运抬头一看,是钟敏祥,就没好气地说:"我说兄弟啊,你这是存心讽刺人是吧?"

钟敏祥有点纳闷,怔怔地看了宋来运一眼,心想,我一直叫你们"股神",没见你不开心过,怎么今天就一反常态了呢?

宋来运似乎也感觉自己刚才的态度有点不对,就小步挪到钟敏祥身边,拍了拍他的肩膀，叹了口气说："老钟呀，我是真想当股神，可实力不允许呀！"

杨帆则一边收拾自己的桌面，一边朝钟敏祥眨了眨眼，说："钟总可能还不知道，我们前期买入的西域地产因为昨天晚上公告要减持，今天不知道市场如何反应，宋总正在为这事发愁呢！"

"哦，原来是这样！我也注意到了这个消息，应该没有太大问题吧？毕竟西域地产的基本面相当不错，从我们投行人的眼光来看，它现在的股价也不算怎么高估，股东们进进出出都是正常现象呀！"钟敏祥的话多少缓和了刚才的气氛，也多少给宋来运等人壮了胆。

"谢你吉言！但愿西域地产今天不要太惨！"宋来运擦干身上的汗水，打开电脑。

集合竞价开始了。竞价数据显示：西域地产只有巨大的跌停板卖单，一股买单都看不到！"哎，天不遂人愿呀！"宋来运盯着电脑显示屏上那越压越多的卖单，无奈地叹道。

"什么叫'不遂人愿'？"问话的是白皓月。

宋来运抬头看时，白皓月已走到他的身边，嘴角还带着一丝狡黠的微笑。宋来运心想，白总的心可真大，还有心情笑！当然，他并不敢把心里的真实想法说出来，只是指着电脑显示屏说："白总，你看，压单这么大，我担心我们白忙一场！"

"大就大吧！"白皓月拉开自己的座椅，轻松说道，"有句话叫'天要下雨，娘要嫁人'，对于这些避免不掉的事情，急也没用！不过，你还是要相信另外一句话，那就是'吉人自有天相'！"

白皓月的话不仅令宋来运更加纳闷，也令公司其他几人深感纳闷。大家暗自猜测：卖单这么大，老板的底气是从哪里来的呢？

开盘了。西域地产的股价不出意料地封死在跌停板上。

"宋总，我们也要在跌停板上排队吗？"杨帆问。

"算了，抛压那么大，排也排不上！"宋来运说。

"挂跌停板出货的确没有必要，要卖你们就挂涨停板！"白皓月扭头插了一句。

"涨停板？"宋来运似乎不相信自己的耳朵，瞪大了眼睛看着白皓月。

"对，在涨停板挂卖！"白皓月强调说，"反正你们在跌停板也卖不掉，不如反过来试试运气！"

宋来运的眼睛瞪得更大了。他上上下下，左左右右，对白皓月仔细打量一番，发现白皓月的态度相当认真，内心更加疑惑。不过，考虑到白皓月是真正的老板，他决定不管怎么样，按照老板的要求去做总没有错。

"杨帆，你先在涨停板上挂个1万手的卖单。"宋来运把卖出指令准确地传递给了杨帆。杨帆没有迟疑，很快完成了任务。白皓月看到自己的意图得到贯彻，满意地点了点头。此时，他的手机响了，他对着手机"嗯嗯啊啊"说了几句，便挂掉电话，对宋来运说："我出去有点事，等会儿，你这1万手卖单要是被吃掉了，你们可以稍稍便宜一点，再挂1万手卖单。"

白皓月出门以后，屋里剩下的几个人一下子就炸开了锅。宋来运指着电脑显示屏上西域地产那巨大的卖单，苦笑着说："今天老板不知怎么回事，跌停板上都排不上，还想在涨停板卖！"话刚落音，就见跌停板上的压单越来越小，几分钟之后，一笔巨大的买单竟然将跌停板上的卖单全部吃掉。再后来，盘面上不仅卖单越来越少，股价还节节攀升，如旱地拔葱一般，不到10分钟的工夫，西域地产的股价竟然翻红了！

"哇！太神奇了！"宋来运禁不住跳了起来，"杨帆，快！在涨幅9%的价位先挂好1万手，一旦股价封上涨停板，你立即按确认键！"话音刚落，西域地产已经封住了涨停板。几乎在同时，杨帆的确认键也按了下去。两万手全部以涨停价成交！不过，涨停板封得并不牢，很快就打开了。宋来运顾不上多想，继续给杨帆下达卖出指令："涨幅8%，再挂1万手！""涨幅5%，再挂1万手！""涨幅3%，再挂1万手！""涨幅1%，再……"

上午的交易总算结束了。宋来运把手抄到身后，轻轻敲着脊背。"快算算总共成交了多少！"他命令杨帆。"5.23亿。"杨帆早已算好了账。"本回来了，利也实现了一倍，剩下的两亿市值全都是利润！"王猛补充道。"牛啊，这下你们几位一战成名了！"钟敏祥不无艳羡地感叹道。"是呀，回头你们该好好请次客，最好包上一艘游艇，在黄浦江上可着劲造一次！"罗顺风也顺着钟敏祥的话起哄道。

"请客……呵呵……"宋来运紧闭双眼，身子往椅背上用力一靠。他感觉浑身虚脱，真想就这样一直躺着，什么都不做，什么都不想。然而，现实又不允许他这样做。他再次打开西域地产的股价走势图，从日K线看到周K线、月K线，这些图形明白无误地显示，西域地产的股价依然高高在上，只要能卖得掉，就能够大赚特赚。他又看了看分时走势和上午的成交量，图形上清晰地留下了西域地产由跌停开盘到直拉涨停，再到涨停打开，股价节节下行，直到重新翻绿的印迹，而上午半天的交易量也创下了几年来的天量，交易额已接近8亿元！他明白，这8亿元里面绝大多数是盛虎投资抛出去的筹码。"是时候完全撤退了！"他对自己说，随即就给白皓月发了一条短信："白总，我们的持仓在上午已成交大半，现在西域地产的股价虽然已经翻绿,但是我们剩余的股票应该还能卖得掉,我建议下午开盘后无论股价怎么走,我们都应该清空手中的持仓。"发完这条短信,宋来运似乎一下子解脱了,未等白皓月回复,便从椅子上跳起来,大手一挥道:"兄弟们,抓紧吃饭去!"

白皓月收到宋来运发来的短信后,会心地笑了!"干得不错! 就按你的计划办吧!"回复完这条短信,他端起红酒杯对秦月明说:"多亏你从中游说,西域地产这一战今天就可以完美收兵了! 来,我要敬你!"

秦月明嘟起小嘴,极不情愿地拿起红酒杯,嗔道:"你自己又不怎么喝,还老是盯着要我喝,我要是喝醉了怎么办?"

白皓月心情正好,见美女跟他使性子,不禁心花怒放起来,就嬉笑着说:"你要是真喝醉了,我负责把你背回去!"

秦月明眉头一拧,故作生气地瞪了他一眼,说:"呸! 谁要你背? 让人看到,还不笑话死了?! 你要是真有心呀,明天就买我们200万元的信托产品吧,也好让我跟大老板交个差!"说罢,将红酒杯凑近鼻子很受用地嗅了嗅,一仰脖子喝了下去。

"好样的!"白皓月放下酒杯,竖起大拇指,爽快地说,"完全没问题! 我不仅要买你们的信托产品,还要送你一辆跑车! 你说你喜欢哪一款呢? 是玛莎拉蒂,还是兰博基尼?"

"真的?"秦月明简直不相信自己的耳朵,但当她看到白皓月肯定的目光时,脸颊立即飞上两朵红云,"我什么都不要! 只要你对我好就行!"她低下头,两眼不禁泪光闪烁起来。

这段日子,为了配合白皓月减持西域地产,秦月明不知花费多少心思,才终于越过好几层上司,直接找到严亿田,并最终做通了他的工作! 至于她到底是如何做通严亿田工作,让他相信西域地产是一只潜力无限的做庄对象并果断出手在今天高位接盘的,她没有跟白皓月透露过,白皓月也从来没有向她打听过。不过,若干年后,当严亿田的金控大厦轰然倒塌时,坊间才流传出秦月明与他的各种传说。有人说,秦月明为了让严亿田高位接盘西域股份,不惜以身陪侍;有人说,秦月明为了让严亿田相信自己,在白皓月的调教下,短时间内就掌握了房地产业和西域地产的价值分析方法,这令爱才的严亿田对她刮目相看;有人说,在白皓月他们刚开始收集西域地产的低价筹码时,秦月明就把消息透露给了严亿田,而严亿田也几乎在同一时间悄然买入西域地产……反正,说什么的都有,只是那些说法都没有得到当事人的确认。

却说宋来运收到白皓月的短信回复后,以最快的速度在创业园区的员工食堂解决了饥饿问题,便火速回到工作岗位。眼看就要开盘了,杨帆还没回到办公室。宋来运忍不住拨通他的手机,催他赶快回来。其实,杨帆已经走到办公室门口了。宋来运刚挂掉电话,杨帆便推门而入。"快,以上午收盘价低1毛钱,再挂5000手卖单!"杨帆"嗯"了一声,很快落实了宋来运的指令。此时,下午的交易已经开始,刚才的卖单被瞬间吃掉。宋来运顾不上多想,继续1000手、2000手地下着指令……此时的他只有一个念头,那就是"卖!"只要能卖得掉,管他什么价格呢,反正都是利润了! 这样又忙活了一个多小时,盛虎投资所持的西域地产便全部卖完了。看着西域地产那仍然变动的股价,宋来运突然感觉前所未有的虚空。他踉踉跄跄地走到屋角的三人沙发旁,"砰"的一声,把自己重重地摔在沙发里……

也不知过了多久,一个声音在宋来运的耳边响起:"醒一醒,老宋! 白总要我们今晚别回家吃饭了!"他懒洋洋地张开眼,钟敏祥正朝他挤眉弄眼说:"乘游艇,吃大餐,白总今儿高兴哟!"

那一晚,白皓月包了一艘小型游艇,与李昆仑一起带着众位弟兄在黄浦江上吹着江风,喝着啤酒,尽情玩耍了几个小时。

远在北京的赵洪亮虽然不能参加这次活动,但是白皓月还是把电话打了过去:"兄弟,这次西域地产一战,我们以2.5亿元的本金,净赚4.2亿元,其中,白虎投资净赚8500万元,你功不可没呀!"

赵洪亮倒是波澜不惊,忙说:"哪里! 哪里! 那是你们运气好啊!"

白皓月可不认为自己运气好,仍然强调赵洪亮贡献巨大,还说已经帮他把奖金留好,就等他回江海时当面奉送了! 赵洪亮还想谦让,白皓月却不再跟他啰唆。他把手机凑近正在引吭高歌的宋来运嘴边,过了约莫半分钟的光景又对着手机说:"听,这就是兄弟们快乐的歌声! 你这次没赶上,但奖金绝不会少你的!"

结束与赵洪亮的通话后,白皓月信步走到舱外。黄浦江上流光溢彩,两岸高楼灯火阑珊。一阵江风吹来,他感觉浑身舒畅极了……

第三十九章

白虎投资迎美人　旋转餐厅谋新局

从那以后,盛虎投资又如法炮制了多起上市公司股权收购案。虽然这些收购案全部以收购未果告终,但这并不妨碍盛虎投资为股东名盛地产和白虎投资在漫长的熊市里挣到大量的真金白银。至2003年底时,白虎投资的净资产已经达到近5亿元人民币。当然,这些净资产里不仅有盛虎投资的贡献,白虎投资的投行团队也同样做了不少贡献,只是相对于"拉虎皮,做大旗"这类"收购"活动,以收取财务顾问费为主的投行业务赚到的钱要相对少一些。不过,对白皓月和他的白虎投资来说,这一切都在悄悄发生着变化。

第一个变化发生在2003年10月。从那时起,严亿田的金控体系多次发生挤兑风波,资金头寸全面告急,而这个金控体系的多个核心企业也开始陆续裁员,并出现拖欠员工工资的现象。事实上,当严亿田控制的西部啤酒因董事长外逃而股价崩盘时,白皓月就已经清楚地意识到,自己的"收购"生意玩不下去了。因为即便他还能找到合适的"并购"对象,但当股价被推高,"并购"对象又不愿意以较低的价格向名盛地产出让控股权时,那个曾经多次接盘他手中高价筹码的公司已经无力出手了。

"我要失业了!"2004年1月初的一天,在黄浦江边一家茶馆的包间内,当愁眉不展的秦月明把自己的近况告诉白皓月时,白皓月竟然没有表现出丝毫的意外和同情。

"我知道。"他淡淡地说。

秦月明深感失望,慢悠悠地说:"我已经3个月没领到工资了,公司里像我这种情况的人很多、很多。"

"我知道。"白皓月依然面无表情地说。

这回秦月明不干了,满腹的委屈瞬间涌上心头,眼泪就像开闸的洪水一样奔涌而出。她万万没有想到,眼前这个她为之卖力、奔走,并在短短的两年内做出重大贡献的男人竟是如此铁石心肠。她既悔又恨,一把抓过挂在衣架上的大衣,扭头就走。

"回来! 我还没说完呢!"望着秦月明即将消逝在门后的背影,白皓月终于没能把平静坚持到底。

秦月明愣了一下,准备关门的手停在原处,就像瞬间石化了一般。"请说吧。"她幽怨地从喉咙里挤出三个字。

"你来白虎投资吧。"白皓月说。

"白虎投资?"秦月明反问道,仿佛不相信自己的耳朵。

"对,白虎投资! 我早就为你留好位子了!"白皓月肯定道。

"真的?"秦月明猛然回过头来,双眼闪烁着惊喜的泪花。

"真的!"白皓月做了个手势说,"把门关上,坐下来听我说!"

秦月明不再怀疑。她轻盈地转过身子,随手把大衣重新挂在衣架上,乖巧地坐了下来。

白皓月给秦月明的杯子里续了点热水,笑容可掬地说:"你对白虎投资做出了重大的贡献,我怎么能不管你呢?! 你来白虎投资做我的助理好不好?"

"好! 当然好! 只是……"秦月明一边用纸巾擦拭着眼角的泪痕,一边陷入了沉思。

"怎么? 不会是嫌职位低了吧?"白皓月笑问。

"不! 哪能呢? 恰恰相反,这个职位大大超出我的预期! 我在伟业信托不过是个客户专员,连经理都没做过,哪能一下子就做董事长助理呢? 我是怕自己担当不了重任。"秦月明羞涩地解释道。

"如果是因为这个原因,你就不要推脱了! 就凭你前期帮盛虎投资做的那些事情,我看你完全有能力担当这个重任!"

"我那不是为了保住饭碗,硬着头皮往前冲的吗?"

"我知道,难为你了!"白皓月喝了口茶,狡黠地笑着说,"你到白虎投资后,还可以继续硬着头皮往前冲嘛!"

见秦月明点头微笑,白皓月又说:"好,就这么定了! 等你那边办好离职手续,立即告诉我,我让他们把你的办公室收拾好! 哦,对了,严亿田那边最近还有什么新动作吗?"

"嗯,好像他们刚刚开了一个秘密会议,说是要不计代价清仓'老三股'。"秦月明想了想说。

"迟了！他们早就该趁市场好的时候撤退，现在市场环境这么差，'老三股'这几年已经狂涨几十倍，现在的业绩又那么差，只怕没人接盘哟！"白皓月叹了口气，接着说，"可惜了！其实严亿田这个人还真是个人才，如果一心做产业经营，没准能弄出几个世界一流企业呢！可惜，他误入了金融的江湖，又不善于控制风险！"

那一天，白皓月与秦月明在茶馆里吃过简餐，又聊到很晚才依依不舍地离开茶馆。白皓月一直把秦月明送到她租住的小区大门口，并在门口注视着她的背影消失在茂密的香樟树后。

"我这是怎么了？"白皓月突然感觉自己很可笑。他独自驾驶着那辆新买的奥迪A6，心事重重地回到自己家里。房间内空空荡荡、冷冷冰冰。老婆、孩子不在身边的家其实算不上一个完整的家。整整3年过去了，一家人仅在白自强放暑假或者中国春节时才短暂聚在一起。不过，因为长时间不在一起过日子，白自强对父亲越来越生分了。魏佳也因为长期在国外陪儿子读书，实际上过着一种脱离社会的隐居生活，年轻时的灵气已经少了许多，再加上身体发福，看起来与一个普通的家庭主妇并无二致。

再过十几天，就是2004年春节了。魏佳早已通过Email告诉白皓月，儿子白自强忙于参加社团活动，他们娘儿俩就不回国了，希望白皓月能去北美度假。可是白皓月正忙着装修新买的办公楼，根本就走不开，所以这个春节，一家人就聚不成了。"聚不成，就聚不成吧。"白皓月嘀咕道。他翻了个身，裹紧被子，尽量不再想这些。

夜深了，窗外偶尔传来过往的汽车声。白皓月似乎听到了魏佳的责骂声："白皓月，你这个没良心的！我丢掉工作，远渡重洋，一个人在外面帮你照顾儿子。你倒好，成天就想着那个狐狸精！难道你还打算把她娶回家不成？"白皓月被骂得一头雾水，赶忙申辩："哪个狐狸精？我整天想着挣钱，想着如何把我们的事业做大，哪有心思去想其他的？"哪知白皓月不辩解还好，这一辩解，魏佳情急之下打开飞机舱门，直接从高空中跳了下来，身后还拖着一只巨大的降落伞。魏佳一边往下降落，一边大声哭叫："我不去北美了！我得在江海看着你！"看着魏佳快速坠落的身体，白皓月吓出一身冷汗，赶忙转身，欲朝魏佳坠落的方向飞奔。可是刚抬起脚，便感觉两腿酸软无力，连一步都迈不出去……

白皓月折腾了半天，才把自己憋醒。他翻了个身，仔细回想梦中的情形。"真不可思议，我怎么会做这种梦呢？！"他从魏佳独自在外照顾儿子的艰辛，想到当年魏佳的风姿绰约,从自己顺境时一家人的欢快生活,想到自己含冤入狱时魏佳的憔悴身形……想到最后,他暗暗下了个决心:决不能让这个家破碎了!

冬去春来。位于黄浦江东岸一栋现代化高楼第28层的白虎投资新办公场所终于装修一新,可以正式入住了。白皓月特意把公司搬迁的大喜日子定在3月20日之后。之所以这么安排,是因为在3月20日有一个中国证券业协会组织的重要考试——首次保荐代表人考试,而作为搬迁活动重要嘉宾的赵洪亮要参加这次考试。

公司搬迁那一天,阳光灿烂,春风轻柔。由于准备工作做得比较充分,中午刚过,搬迁工作基本已经结束。下午5点多钟,白皓月带着李昆仑、赵洪亮等一众老友新朋在自己那间宽大的办公室里,隔着明亮的落地玻璃放眼望去,不禁心潮澎湃,感慨万千。

"昆仑,还记得十几年前,我们在对岸遥望这边的情景吗?"白皓月问。

"怎么不记得? 那个时候这边还是一片荒芜,夜晚更是一团漆黑。不过,那个时候,我们已经开始畅想这边的美好前景了,没想到短短的十几年内畅想就已经变成了现实!"李昆仑满面春风地应道。

"哦,对了,洪亮这次考试怎么样?"白皓月又问。

"感觉不错! 怎么说也做了这么多年的投行,对付这种考试,那还不跟玩一样吗?"赵洪亮腆着大肚子,毫不含糊地说。

"哟,你这家伙口气还不小呢! 听说这次考试难度非常大,竞争也非常激烈,1500多人参加考试,最后只能有600多人通过考试!"白皓月嬉笑道。

"你太小看我了! 别说还有600多人能通过考试,就算只有一个人能通过考试,那个人也肯定是我!"赵洪亮底气爆棚的话令屋内的人都哈哈大笑起来。

"白总,时间差不多了,您看要不要请客人们移步饭店用餐?"正当大家为赵洪亮的大话乐得不可开交时,一位时尚的妙龄女郎走到白皓月身边,凑近他的耳边说了一句话。她的到来立即引起了大家的注意,十几只眼睛齐刷刷地看了过来。

白皓月将众人的反应尽收眼底。虽然他设想过她的出现会引起关注,却没想到大家的反应会如此热烈。为避免可能出现的尴尬局面,他赶忙发声:"哦,来得正好!"他用手指着她说:"我来介绍一下,这位是我们白虎投资刚刚加盟的合伙人兼董事长助理秦月明小姐。"秦月明也大大方方地向众人点头致意:"我刚刚加盟白虎投资,今后还要请大家多多关照呀!"听说眼前这位年轻美女在白虎投资拥有这么高的地位,又有如此诗意盎然的芳名,众人的眼睛里无不闪耀起好奇的光芒。

赵洪亮更是向前一步凑近秦月明,肆无忌惮地打量起她来。"洪亮,看什么呢?"李昆仑从背后拍了拍他的肩膀,故意问道。"哦,哈哈……"赵洪亮咧开大嘴,挤了挤眼睛,打岔说,"不是说该吃饭了吗? 走吧。"言毕,转身就往门外走,边走边用眼斜睨秦月明。

用餐的地点位于白虎投资同一栋楼顶层的旋转餐厅。这是当下江海市的一处著名餐饮胜地。当白皓月带领一众客人顺着观光电梯缓缓上升时,夕阳的余晖恰好透过玻璃染红了众人的笑脸,也染红了波光粼粼的江面。江的西岸,万国建筑群静静地诉说着沧桑的历史。江的东岸,高高耸立的脚手架和剪影般的巨型吊塔演绎着青春的神话。脚下的江水则如同一条金光闪闪的红色缎带,将历史和未来连接得相映成趣。"美吧?"李昆仑指着眼前的景色冷不丁地问了一句。"美!"众人齐声道。"可是这种景观在5年前还是没法看到的,因为那个时候,这栋楼仅是一堆图纸。"李昆仑顿了顿,问道,"你们知道这栋楼是谁建的吗?""莫非是您?"秦月明试着问。"聪明!"赵洪亮为再次逮到与美女互动的机会而兴奋不已,他舔了舔肥厚的嘴唇,煞有介事地说,"不过,你只说对一半,凭李总一个人,就算他有天大的能耐,也建不起这栋现代化大楼。准确地说,这栋楼是李总领导名盛地产江海分公司的兄弟们合力建起来的。我说得没错吧?"赵洪亮扭头问李昆仑,那样子就像对答题非常有把握的小学生等待老师表扬一样。"哈哈,没错! 没错! 你倒是门儿清啊!"李昆仑笑盈盈地应道。

说笑间,电梯已稳稳地停在了66层。电梯门打开的瞬间,秦月明一脚跨出电梯,随后稍稍俯身,用一只手挡住电梯门,另一只手做出优雅的指引动作,说:"各位贵宾,请下电梯!"客人们陆续走出电梯,在迎宾小姐的带领下往事先预订的包间走去,只有赵洪亮磨磨蹭蹭拖在了最后。"小秦,我看你气度不凡,将来一定能做大事,不过,金融投资这一行坑多,你初来乍到,要是有什么不适应的地方,可以跟我说,我来帮你解困。""您过奖了,我一个初入行的小女子,哪有什么气度? 不过,将来真要遇到什么困难,我一定找您帮忙!"秦月明大大方方地回应道,脚下的步伐却明显加快。

包房内富丽堂皇,极尽奢华。白皓月招呼客人们各自落座后,服务员便陆续端上冷热菜肴。菜式以江海本帮菜为主,天上飞的、地上跑的、水里游的、土里钻的……各类美味令人眼花缭乱、目不暇接。三杯小酒下肚,众人的情绪更加高涨,纷纷预祝白皓月再展宏图,早日问鼎中国首富之位。白皓月倒是头脑冷静,举起高脚杯对众人说:"托各位的福! 首富之位从不敢奢望,能在现在的基础上,经过

10到20年的奋斗,资产规模再翻上两番就阿弥陀佛了!"白皓月言毕,大家都笑话他太过谨慎,说他有这么好的基础,又赶上这么个大好时代,理应有更高的目标才对,还说,只要白皓月有需要,他们都愿意为他的财富大厦添砖加瓦。

赵洪亮趁大家相互敬酒的机会,把白皓月拉到一边,神秘地低声道:"我这里有一票大生意,不知你感不感兴趣?"白皓月说:"什么生意? 只要合法合规,我的能力又允许,哪有不感兴趣的道理?"赵洪亮斜眼看了一下对面的秦月明,把手搭在白皓月的肩膀上,凑近他的耳边说:"放心,这桩生意既合法又合规,而且你的能力完全允许,如果这一票干成功了,你即便做不了中国首富,做江海首富应该没太大问题!"白皓月听后既开心,又多少有些不太相信,就问:"既然这样,我当然愿意干! 只是这么好的项目你从哪里找到的呢?"赵洪亮胸脯一挺,道:"这两年股市低迷,很多上市公司业绩也差得要命,我在帮他们发债和做定增的时候,就一直留意有没有适合你的收购标的。你别说,这回还真让我碰到了! 只是,要想做成这个项目,你还得使出点手段才行!""什么手段?"白皓月盯着他问。"哈哈,另外再找个时间,我们哥俩细聊!"赵洪亮说着,不由自主地又朝秦月明瞄了一眼。

旋转餐厅在不知不觉中已经转了好几圈。就在大家酒酣耳热之际,服务员小姐小心翼翼地推开房门,一位气宇轩昂的男人阔步走了进来。"老大,您终于来了!"眼尖的赵洪亮首先从座椅中弹了起来。一句话提醒了众人,大家齐刷刷看向门口,不由自主站了起来。白皓月本来坐在背对门的位子,听说"老大来了",立即起身、后转,伸出双手一把抓住来人,低声道:"不好意思啊,大哥,我们已经开始了!"来人毫不介意地摆摆手说:"不要紧,本来就是我让你们别等的!"

朋友们看到这里可能都很好奇:这位众人口中的"老大"到底是谁,居然有如此大的影响力? 对了,这位"老大"不是别人,正是白皓月和赵洪亮大学时的室友陈旺国。此时,他正担任江东新区管委会主任。陈旺国在白皓月的央请下,在东道主的位子上坐了下来,随后快速环视了一下全桌客人,笑容满面地说:"大部分都是老朋友了! 我先向大家道个歉! 没办法,事情太多,分身乏术呀! 刚刚赶了两个场子,按说我也该回去休息了,可皓月的乔迁之喜,我怎么能不来呢? 再说了,白虎投资是做金融的,皓月把总部搬到江东,这本身就是对我们建设全球金融中心工作的大力支持嘛! 所以于公于私,我都该过来祝贺一下!"言毕,陈旺国端起高脚杯绕着大圆桌与在座的每一个人轻轻碰了一下。每逢陈旺国走到白皓月认为他可能不认识的客人身边时,白皓月都会简单介绍一下这位客人,而陈旺国重新回到自己座位后,才用嘴唇象征性地碰了一下杯口。

离陈旺国最近的李昆仑见陈旺国回到座位,赶忙帮他夹了些菜。陈旺国既没拒绝,也没有动筷子,而是问李昆仑最近业务怎么样。李昆仑端起红酒杯,凑近陈旺国耳边,轻声道:"多亏陈主任从中关照,江东科技园旁边那块住宅用地我们最终还是拿下来了,改日我陪朱向阳朱总专程向您道谢!"

陈旺国端坐着没动,只稍稍扭了一下头说:"道谢就不用了,我就是跟他们随口说了一下而已,不过,盯着那块地的人很多,也是你们运气好,最后就拿下了!"

李昆仑赔笑说:"没有您的关照,我们运气再好都没用啊!我今天先敬您一杯酒吧!"说着,就用酒杯与陈旺国放在桌上的高脚杯碰了一下,然后恭恭敬敬地一饮而尽。

陈旺国这才拿起酒杯往唇边碰了一下,说:"不必客气!你只要记住,将来开发建设的时候,必须按图纸施工,并确保工程质量!"

李昆仑捣蒜般地连连点头道:"一定!一定!"

李昆仑还没转过身,赵洪亮就端着高脚杯挤了过来。"大哥,我也要敬您一杯!"赵洪亮说。

"你瞎凑什么热闹?"陈旺国放下手中的茶杯说。

"不是凑热闹,我向大哥表表忠心还不行?"赵洪亮嬉皮笑脸地辩解。

"你小子就会油嘴滑舌!你真要想表忠心,不必敬酒,将来多给我引进一些全球知名的金融机构就行,我要搞全球金融中心建设,压力大呀!"陈旺国手一摊道。

"大哥,实话跟您说,我跟全球知名金融机构也经常打交道,但提到引进,我还真没那个能耐。不过,我最近正在想办法帮皓月搞一个并购对象,一旦成功,肯定能给江东新区增加不少财政收入。"

赵洪亮一本正经的样子令陈旺国差点笑了出来:"你小子不会骗我吧?"

"哪能呢,不信你问皓月!"赵洪亮边说,边朝白皓月招了招手。

见赵洪亮招手,白皓月赶忙拿着高脚杯小跑过来。"你们又在说我坏话?"白皓月故意问。

"哪能呢!我正在跟大哥汇报,要帮你搞定一个并购标的!是吧,大哥?"赵洪亮讨好地望着陈旺国。

"嗯,好像有这么回事。"陈旺国站起身,一手扶着赵洪亮的肩膀,一手扶着白皓月的肩膀,说,"你们俩的生意我就不掺和了,如果有事需要我协调,要早点提出来,我来帮你们,要是迟了,我可保证不了还能帮得上你们啰!"

"怎么了?"白皓月与赵洪亮同时问道。

"没啥,我快退休了!"陈旺国随口说道。

白皓月心里一紧,心想,时间过得真快,一眨眼老大哥就要退休了。虽说陈旺国本来就比他们大十几岁,但对于这个即将发生的事,他还是一时难以接受。望着陈旺国那稀疏、斑白的头发,白皓月不禁黯然伤神起来。为避免破坏聚会的气氛,他赶忙举杯对赵洪亮说:"我们一起祝大哥身体健康吧!"

陈旺国接受了二人的祝福,终于喝了小半口红酒。"大家继续吧,我还要赶一个场子,失陪了!"陈旺国支开白皓月和赵洪亮,对在座的各位说。

众人见他这么快就要走,呼啦一下,全都站了起来。陈旺国向大家做了个手势说:"大家都别动!"转身就往门外走去。白皓月和赵洪亮紧跟其后。

在等待电梯的时候,陈旺国半开玩笑地对赵洪亮说:"洪亮啊,你现在干得不错,千万不能让当年被派出所扣留的事情再发生了!"

赵洪亮拍了拍胸脯说:"大哥放心,这种事情绝不会在我身上发生了! 倒是皓月……"他故意停顿了一下。

"怎么了?"陈旺国非常诧异。

"你没注意到今晚在座的那位美女吗? 那是皓月新聘的助理,我担心……"赵洪亮故作神秘地说。

"哦,是这样啊! 皓月你现在情况特殊,还真得把裤腰带拴紧一点!"陈旺国对白皓月叮嘱道。

"根本没有的事!"白皓月刚想解释,电梯的门打开了。白皓月只能狠狠地剜一眼赵洪亮,再与陈旺国挥手告别。

就在电梯合上门的一瞬间,白皓月转身向赵洪亮扬了扬拳头。赵洪亮明明清楚对方所为何事,却往白皓月身边凑了凑,一把搂住他的肩膀说:"皓月兄不要小气嘛!"

白皓月没好气地说:"没影子的事你都能编排出来,还诬蔑我小气! 你这种见了漂亮女人就走不动路的老毛病得改一改了,当心哪天又被抓进去! 我可提前跟你讲清楚,你要是再被抓进去,我决不捞你了!"

赵洪亮倒不生气,摇头晃脑地说:"古希腊哲学家赫拉克利特说过,'人不能两次踏入同一条河流'嘛!"

白皓月叹了口气,用胳膊肘捣了赵洪亮一下,说:"你就会诡辩! 记住,你要是再被抓起来,我真不保你了!"

"哈哈,你不会这么绝情吧?"赵洪亮猛拍一下白皓月说,"跟你说件正经事。"

白皓月冷笑道:"狗嘴里还能吐出来象牙?"

赵洪亮反唇相讥:"你总是趴在门缝看宰相,跟你说吧,我这里还真有一颗象牙,你要是不要,我就送给别人了!"

白皓月道:"那你就送给别人吧!"

"这可是你说的! 我要是送给别人了,你可别后悔!"赵洪亮说完,瞥了一眼白皓月,见他的确没有表现出焦急的样子,反倒沉不住气了。眼看还有几步就到他们吃饭的那间包房了,赵洪亮扯着白皓月的胳膊,将他按进拐角处的一张沙发里,凑近他的耳边说:"我得抓紧跟你说说那个并购标的情况。"

白皓月听说要谈正事,便安静下来。赵洪亮简明扼要地介绍了并购标的。白皓月听后,两眼泛起光来,忍不住朝赵洪亮后背猛拍一掌,说:"好兄弟,你干正事还真有一套!"

赵洪亮虽然肉厚,却也禁不住被人这么猛击。只见他"哎哟"一声,弹跳起来,冲着白皓月龇牙咧嘴地嚷道:"你还真打?"

白皓月忙说:"我那不是兴奋吗?!"

赵洪亮揉着后背说:"你可别兴奋得那么早! 我告诉你啊,这事你要是想做成,得派个出色的项目经理才行!"言毕,他诡秘地朝白皓月龇了龇牙,大步朝包房走去。

白皓月与赵洪亮相识那么多年,当然明白他的意图是什么。用一句比较粗俗的话来说就是:赵洪亮尾巴一翘,白皓月都知道他要拉什么屎。"这小子!"白皓月摇摇头,也紧跟着进了包房。

"不好意思啊! 刚才在外面与赵总聊了点事,回来晚了! 大家继续吃好喝好,千万别停下啊!"白皓月一进屋就对客人们解释道。说罢,他下意识地瞄了一眼秦月明,心想:你的机会来了,挑战也来了!

白皓月的小动作被秦月明即时捕获。虽然她还不知道白皓月为何瞄她,却十分清楚刚才这两个男人在外面的谈话与她有关。就在她低头沉思的工夫,赵洪亮捏着红酒杯来到了她的身后。

"秦小姐是不是有心事?"赵洪亮问。一句话把全桌人的眼光都吸引了过来。秦月明羞得满脸通红,手撑桌面站了起来。

"没,没有啊!"秦月明吞吞吐吐道。

"没有就好!"赵洪亮两只眼睛瞪得像铜铃一样看着秦月明,那样子恨不得一口把她吞下去,说出的话却细如游丝,生怕别人听到一样,"我有一个好消息要告诉你,你们白总可能要给你派一个非常重要的任务!"

"是吗?"秦月明似问非问地应付道。

"绝对准确! 来,我先敬你一杯,预祝你旗开得胜!"赵洪亮与秦月明碰过杯子,便摇摇摆摆地回到自己的座位去了,惹得众人都笑他"重色轻友"。

白皓月没有跟在大家后面取笑赵洪亮。他是东道主,得照顾到每个人的情绪。可是不知为什么,他的心里越来越乱,不知不觉中,竟然连喝了好几口红酒,没多久,便昏昏沉沉地趴在桌子上睡着了。客人们见东道主醉酒,看看时间差不多了,便纷纷向秦月明告辞。赵洪亮也喝得有点多了,但他赖在秦月明身边不想离开。幸好李昆仑没怎么喝酒,头脑还十分清醒。他不想赵洪亮再闹出什么事情来。在他的反复劝说下,赵洪亮才一步三回头地离开包房⋯⋯

第四十章

肩背重任赴奇峰　左闪右躲摸实情

白皓月一觉睡到日上三竿。他翻了个身，仰面朝天，四肢摊开，努力回忆前一天晚上的种种细节。想着想着，他一脚踢开被子，一个鲤鱼打挺，从床上弹了起来。

"这事得抓紧了！"白皓月想。他下意识地加大了油门，那辆奥迪A6箭一般地飞驰在开阔的江东大道上。要不是交警拦住他并训斥了几句，还不知他会开多快！

到达公司后，他首先敲开秦月明的办公室房门，叫她到自己办公室里说话。秦月明的反应很及时，白皓月刚进屋，她就拿着笔记本跟过来了。

"白总找我有事？"秦月明问过，就在白皓月的老板桌边坐了下来。

"嗯，是件非常重要的事！"白皓月抬高声音道。他的话音刚落，秦月明便打开笔记本，拧开水笔，做出准备记录的样子。

"先不用记。"白皓月说着，伸手就要拿茶杯。秦月明眼疾手快，抢先拿过茶杯，歉意地笑笑说："看我糊涂的，您昨晚喝了那么多酒，应该多喝水才好。对了，您吃早饭了吗？"听白皓月说不太想吃，她拿起茶杯，转身就走了出去。没多久，她就把一杯热腾腾的牛奶放在白皓月的桌面上。"专家说，早餐最重要了！您昨天又喝多了，更得补充点能量！"秦月明体贴地说。

白皓月笑了："专家说的多了，你都信吗？"

"信，为什么不信？至少要相信早餐得吃好！我估摸着今后工作任务重，有时候可能来不及吃早餐，所以特地在办公室里备了牛奶。"秦月明说到这里，拍了拍后脑勺，望着白皓月问，"您现在酒劲都过去了吧？"

"差不多了吧，反正我酒量小，昨天其实也没喝多少，所以醉得快，酒醒得也快。"白皓月说着，端起杯子喝了口牛奶。

"那就好！那就好！我昨晚还担心您喝多了呢！"秦月明的表情瞬间变得俊朗

而欢快起来。不过,她很快就收起笑容,重新摊开笔记本,说,"对了,您还是说说那件重要的事情吧!"

"我准备派你出趟差。"

"好呀! 具体什么任务呢?"

"去北方看一个并购标的。"

"好呀! 不过,我以前没有做过这种项目,不知道能不能做得好!"

"做不好可以学嘛!"

"嗯,我非常愿意学! 您也去吗?"

"我这次不去。你先过去帮我打打前站。"

"哦,没问题。"

"哪天去?"

"就这两天吧。你先跟赵总联系一下,就是昨天参加晚宴的那位达通证券投行部总经理赵洪亮,看他什么时候有空,请他跟对方大股东联系一下,看他们什么时候方便。"

听到"赵洪亮"三个字时,秦月明的眉头皱了一下,不过,很快就恢复到正常状态。"行。"她咬住嘴唇,使劲点了一下头。

白皓月看得真切,知道秦月明的心结所在。他已经想明白了,这个并购标的是赵洪亮提供的,将来也少不了他从中撮合,既然赵洪亮点名要求秦月明任项目经理,自有一定的道理。所以他决定先把事情给秦月明挑明。"赵总是我的大学同学,人很不错,专业能力也非常强,就是感情比较丰富,见到漂亮女孩常常想入非非。不过,他也不能算坏人,如果女孩子不给他机会,他应该不会强人所难。"白皓月说。

"嗯,我明白。"秦月明再次使劲点了一下头,说,"我现在就跟他联系。"

白皓月想了想,说:"等一下。"随后便拨通了赵洪亮的手机。

听见白皓月的声音,赵洪亮咕哝道:"昨天喝大了,刚起床。你有什么事要吩咐呢?"

白皓月把准备派秦月明与他一起对标的公司进行前期调研的打算大致说了一下。赵洪亮听后非常兴奋,当即就拨通了标的公司大股东的电话,并与对方约好了调研时间,随后又立即打电话告知白皓月。

事情的进展令白皓月异常兴奋。他对坐着等待的秦月明说:"都讲好了,你回头跟赵总具体对接一下,争取明天上午就跟他一起出差去。"

"是。"秦月明起身离开。

"等一下。"眼看秦月明就要走出办公室,白皓月感觉似有不妥,又把她叫了回来。"嗯……"他低头沉思一会,才说,"回头我跟钟敏祥说一下,叫他陪你一起出差。一来可以有个照应,二来他也可以帮你尽快了解并购知识。"

"这……这合适吗?"秦月明小心问道。

"嗯……"白皓月再次沉思片刻,才说,"暂时就这么定吧。你联系赵总去。"

秦月明回到自己办公室后,关起房门,伫立在窗口前,望着天上的浮云沉思良久。她明白,自己必须出这个差,而且必须干好。因为这是她来白虎投资后接到的第一个任务,她必须向那些对她空降白虎投资持异议的人证明自己不是花瓶。

她想起了自己首次出现在白虎投资办公室的情景。那是白虎投资搬家前的一天下午,白皓月说要她去老办公场所见见他的合作伙伴们,顺便宣布一下她加盟白虎投资的消息。她如约而至。一屋子男人对她的到来原本充满好奇与欣赏,可当白皓月宣布她即将担任白虎投资合伙人兼董事长助理后,众人的情绪变得复杂起来,有不屑,有愤怒,有失望,有不甘,还有轻佻……而白皓月刚才提到的钟敏祥就明显对她不屑一顾。"能有什么办法呢? 他们都是在最困难的时候与白总一起打天下的,而我,虽然在伟业信托时暗中帮过白总很多大忙,可他们什么都不知道,这么机密的事,白总也不会告诉他们。"她努力安慰自己,"等我在这里做出成绩,他们应该就认了!"

"丁零零……"一阵急促的电话铃声打断了秦月明的思绪。她转身接过电话。"喂,是秦小姐吧? 还记得我吗?"听筒里传来一个油腻的男声,令她浑身直起鸡皮疙瘩。尽管如此,她还是非常礼貌地回应道:"对不起,我一时想不起来了,您是……"男人又道:"你们白总没跟你说吗? 明天我们要一起去金龙信托。"秦月明心想,果真是他,这么快就打电话来了,想到自己已经无法回避对方,只好赔笑道:"是赵总吧? 白总已经跟我说过了,我正准备打您电话呢,您倒是先打过来了!"赵洪亮听了哈哈大笑,说:"都是自己人,谁先打电话还不都一样?!"紧接着,他语气一沉,一本正经地交代起出差注意事项,最后还不忘提醒秦月明,要抓紧时间对金龙信托做做功课。秦月明放下电话,稍稍舒了口气,心想,看来这个赵洪亮还不算特别讨厌,起码做事还是认真的。她打开电脑,准备查询一下明天的航班情况。

"咚咚咚",有人敲门。秦月明说了声"请进"。门"吱呀"一声开了。钟敏祥走了进来,笔挺地站在她的桌子前面说:"白总要我配合你对明天出差做一些准备工作。机票嘛,回头我让前台订一下。我们挤点时间抓紧对金龙信托做些了解,这样,我们去后也好有针对性地与对方交流。"秦月明发现,钟敏祥的态度虽然不算谦恭,却完全看不到首次见她时的不屑。她问他该做哪些准备。他让她先在电脑上查查金龙信托的资料,什么资料都行,力争通过这些资料对金龙信托有一个尽可能全面的初步了解。他还说,自己也会查阅相关资料,回头再整理一份问题清单和金龙信托的基本情况出来。钟敏祥走后,秦月明愣了一会儿神。她明白,一定是白皓月担心钟敏祥不肯配合,做过他的工作了,至于如何做通的,她不得而知,也不好向白皓月打探。"算了,还是做事要紧!"她开始按钟敏祥交代的方法,查找金龙信托的资料。

原来,金龙信托还是一家上市公司。它成立于1987年,1994年就已登陆江海证券交易所。这家公司的第一大股东是北方一个地级市的财政局,目前拥有9000多万股,股份占比24.8%,其余的股东都是这个地级市的当地企业。不过,金龙信托的业绩非常糟糕,已经连续两年严重亏损。当地政府对这家企业非常头痛,早想扔掉这个烫手山芋。可是没人愿意接手。邻省倒是有一家非常有名的企业希望收购这24.8%的股份,但不知为什么,双方最终并没有谈拢。至于当前还有没有其他的企业试图入主,从网上还看不出来。

秦月明查到这里,脑子里不禁想起了她原来所在的伟业信托,不禁起了疑问:白皓月为什么要收购一个亏损的信托公司?又为什么一定要收购远在北方的金龙信托,而不是本市的伟业信托呢?

对于加盟白虎投资后的首次出差,秦月明高度重视。为避免迟到,她特意乘地铁赶赴机场。原以为自己会是到达最早的那一位,可是当她到达约定的办票处时,赵洪亮和钟敏祥都已经到了。

首先进入秦月明视野的是赵洪亮。他正手扶拉杆箱,站在机场入口处,焦躁不安地注视着进门的每一个人。当他与秦月明四眼相对时,脸上立即堆起笑容。他快步迎上几步,伸出肥大的手掌,连声道:"可把你盼来了! 可把你盼来了!"秦月明原以为他是要帮自己拿行李,一边礼貌地向他问好,一边把挎包带子往脖颈方向挪了挪。哪知赵洪亮伸出的那只大手掌并不准备接行李,而是要抓她的右手。她灵机一动,用右手再次抓住挎包带子,嘴里还说:"谢谢赵总! 我包里也没什么东西,就不劳您大驾了!"赵洪亮没有达到目的,颇为尴尬。不过,他很快就给自己找到了台阶。"小秦是个独立女性,不错! 不错! 那我就不帮你了啊!"赵洪亮嬉笑着说。

赵洪亮与秦月明之间的互动被钟敏祥尽收眼底。与赵洪亮不同的是,他并没有迎上去,只是静静地站在办票柜台旁边的空地上笑眯眯地看着他们,心想,"老赵这是想吃秦月明的豆腐呢!我可要离他们远一点,不要嫌我碍事,到时候在老板那边告我黑状!"待两人走近时,他才笑眯眯地向他们打招呼,并要来他俩的身份证,帮他们一起办票。办票时,他特意将赵、秦两人的座位办在一起,把自己办到最后一排。

到达候机室时,钟敏祥看看时间还早,从拉杆箱里拿出两份打印材料,一份递给赵洪亮,一份递给秦月明,说,"这是我整理的金龙信托材料和问题清单,请两位领导把把关!"秦月明接过材料,快速翻了一下,心想,这下有事做了,就对钟敏祥说了声"谢谢",还夸他"效率真高"。钟敏祥淡淡地笑笑说:"我是做投行出身的,这种事对投行人来说,根本算不了什么,加个夜班,也就完成了。"赵洪亮接过材料翻都没翻,便直接将材料插进拉杆箱背面的袋子里了。此时,他满脑子里想的都是如何跟秦月明套近乎,哪有心思看这些东西?然而,令他无奈的是,秦月明已经把注意力全部集中到那份材料上了,他根本套不上近乎。赵洪亮甚至怨恨钟敏祥多事,心想,要不是这小子多事,秦月明也不至于光顾看材料而不搭理自己。

直到登上飞机,赵洪亮才明白钟敏祥在安排座位方面还是动了一番心思的。可惜,离得近又有什么用?秦月明继续保持着登机前对那份材料的专注,只在乘务员送餐、倒水时才抬起头来。赵洪亮心急如焚。坐在通道一边的他不是用胳膊肘碰碰坐在中间的秦月明,就是用膝盖往秦月明的方向试探一下。每当他做这些动作时,秦月明都要皱起眉头,把身体往另一边扭扭。因为靠窗处还坐着一位小伙子,赵洪亮也不好动作幅度太大、太频,他既怕秦月明往窗口侧身时被小伙子"占了便宜",又担心彻底激怒秦月明。权衡再三,他决定改变一下策略。

赵洪亮把头歪向窗外,假装看脚下的浮云,其实是在用眼睛的余光欣赏秦月明。"这丫头真是太漂亮了!我怎么才能把她弄到手呢?"他想。对赵洪亮来说,这个问题的确不容易找到答案。论长相,他肥头大耳,满脸油腻,这对一个美女来说,绝对没有吸引力。论年纪,他比她要大将近20岁,没有哪位美女会没有理由地喜欢一位老男人。论金钱,他倒是不缺,可秦月明毕竟不同于风尘女子,不是三五千或一两万就可以上手的,而他又舍不得花更多的钱。论地位,他虽贵为达通证券投行部总经理,却深知像他这样职位的人大有人在……

两个小时后,赵洪亮仍然没有想出好办法。此时,飞机已开始下降,秦月明也终于看完那份材料。她合起材料,闭上眼睛,身体往后一靠,陷入了沉思。

赵洪亮感觉机会来了,就笑嘻嘻地问:"看完材料,你感觉金龙信托怎么样?"

对于这个问题,秦月明已经不好再回避,毕竟这是关于此次出差目的的问题。"我感觉这个公司很不好,业绩差,管理混乱,各种法律纠纷又多。"秦月明答。

"没错,你的判断非常准确,这家公司的确问题成堆! 你只凭这些材料,就能得出这样的判断,了不得! 了不得呀!"

赵洪亮的夸奖令秦月明两腮绯红,她自谦道:"赵总过奖了! 我是个新兵,只凭直觉判断而已,说得不对的地方,还请您多指导!"

美女终于说出软话,赵洪亮顿时心花怒放,笑呵呵地说:"哈哈,不要客气,有用得着我的地方只管说!"

秦月明想了想,问道:"您说,这么差的公司,又远在江海千里之外,白总为什么愿意收购呢?"

赵洪亮得意地说:"这你就不懂了吧?"他四下张望了一下,故作神秘地把嘴巴凑近秦月明的耳朵,压低声音说:"它是上市公司,这年头能控制一家上市公司那就等于弄了个印钞机嘛! 等下了飞机我再慢慢跟你说。不过,对收购上市公司这件事,你千万要保密啊!"

压在秦月明心底的疑问终于得到了解释。她的脸上不禁现出感激的笑容来。"谢谢赵总! 不过,我还有一个问题,不知当问不当问?"秦月明说。

"但问无妨!"赵洪亮晃着硕大的脑袋说。

秦月明也压低声音问:"白总就不怕买个大麻烦回来吗?"

赵洪亮扭过头,贪婪地盯了一回秦月明,说:"这个问题一两句话说不清楚,飞机就要着陆了,这几天我慢慢跟你解释吧。"

飞机很快就安全着陆。秦月明一行人刚走到机场出口处,便被奇峰市财政局派来的接待人员热情地迎上了一辆崭新的7座商务车。为避免再与赵洪亮挤在一起,她主动提出要坐副驾驶室,还说这样视野好一些,可以欣赏一下路边的景色。其实,她只在汽车刚驶出机场时观看了一会窗外的景致,便闭起眼睛养精蓄锐起来。她需要休息,更需要静下心来整理一下思路。路面比较颠簸,她不时被突然的振动或急转弯惊出一身冷汗。窗外,群山起伏,鸟语花香。窗内,赵洪亮与钟敏祥已鼾声雷动。她无心赏景,也无意比较赵洪亮与钟敏祥两人谁的鼾声更响,而是重新陷入沉思。

功夫不负有心人。快到目的地时,秦月明终于理清了思路。她想,尽管这次来奇峰是初次接触对方企业,那也不能只是走个过场。她打算重点围绕下面几个问题重点了解一下情况:第一个问题是,金龙信托财务状况到底怎么样? 第二个问题是,奇峰市财政局为什么要转让手中的股份? 第三个问题是,那个要购买金龙信托股权的知名企业为什么突然反悔了? 想好以后,她编了一条短信,发给白皓月,请他再把把关。几分钟后,白皓月的回复就到了,对她在这么短的时间内,就提出如此有针对性的问题给予高度评价,还鼓励她大胆工作,遇到不太清楚的具体问题可以向钟敏祥和赵洪亮多请教。最后,白皓月说,金龙信托是上市公司,很多情况都是公开的,他要秦月明多留意公开资料上看不到的东西,还特意要她问问奇峰市财政局是否同意在白虎投资购买股权后将公司总部迁往江海市。白皓月的回复令秦月明吃了定心丸。她顿觉神清气爽,把所有的顾虑和路上的颠簸彻底抛到九霄云外。她把头扭向窗外。天真蓝! 云真秀! 树真绿! 花真艳! 她想找一首古诗来赞美窗外的美景,可惜搜肠刮肚了半天,也没想出一首诗来。"哎! 读书时学过的那些古诗全都喂狗去了!"她暗暗嘲笑自己。

就在秦月明为想不起一首古诗而纠结之时,商务车戛然停下了。她扭头往前一看,只见一辆警车闪烁着警灯停在前方。她一阵慌乱,心想,这个地方真可怕,难道他们还要抓我们不成? 在她胡思乱想时,接待人员开口了:"各位领导,前面那辆警车是专门为我们开道的!"秦月明这才放下心来,心想,太隆重了! 难道他们真把我们当成财神爷吗? 不过,她并没有把这话说出来,只是礼节性地笑笑说:"谢谢! 让你们费心了!"说完,她从后视镜里看了一眼赵洪亮和钟敏祥。前者如一尊大佛,气定神闲;后者如深山老道,洒脱自然。她明白,这两人对这样的阵势应该见得多了,才会如此镇定。

商务车跟在不时鸣放警笛的警车后面,七拐八磨,终于开进了一处绿树成荫的大院门口。秦月明定睛一看,原来是奇峰市迎宾馆。车子进门以后,大院内更是别有洞天,亭台楼榭,假山池沼,奇花异草……把偌大的院落装点得世外桃源一般。不久之后,警车和商务车终于在一幢外观洋气的三层小楼前停了下来。接待人员首先跳下车,恭敬地在外面守候。也不知什么时候,在接待人员旁边又多了两个干部模样的中年男人。待秦月明一行三人下车,接待人员笑容可掬地向他们介绍:"这位是我们市财政局的张局长,这位是李局长。"话音刚落,"张局长"和"李局长"先后伸出手来,口中念念有词:"有失远迎! 有失远迎!"秦月明等人一边伸手与对方相握,一边连声道谢。

一番寒暄之后,接待人员把三张门卡分别交到三人手中,叮嘱他们先上楼稍事休息,自己4点钟在大堂等候他们。三人的房间都被安排在三楼。到达三楼后,秦月明瞅瞅身边没有外人,就悄悄问钟敏祥:"他们这也太热情了吧?"钟敏祥微微一笑,说:"更热情的还在后面呢!"一旁的赵洪亮则眨着眼睛说:"这也说明他们特别急于出手那些股权,你们白总的大好机会来了!"

下午4点,秦月明等三人准时下楼。接待人员热情地将他们带入大堂隔壁的会议室里。会场布置得很用心。一进门就可以看到屏幕上那两行红彤彤的大字:"热烈欢迎白虎投资和达通证券领导!"会议桌两边整齐地摆放着宾主双方的席卡及精美果盘,会议桌的正中则是艳美的鲜花。秦月明一眼就看到自己的席卡被摆放在赵洪亮和钟敏祥之间,正准备坐下时,先前在门口迎接他们的"张局长"和"李局长"带领四五个男女走了进来。秦月明转身过去与他们打招呼。双方再次寒暄一番之后,这才坐下开会。

张局长作为奇峰市财政局的一把手首先发表热情洋溢的致辞:"尊敬的秦总、赵总和钟总! 欢迎你们从千里之外的国际大都市莅临北方小城奇峰! 奇峰市历史悠久,景色优美,资源丰富,是一座传奇的城市、英雄的城市。可惜,由于这里地处内陆,交通不便,信息闭塞,虽然这些年当地干部、群众做了不懈努力和艰苦探索,区域经济发展仍然比较落后,一些工矿企业甚至陷入经营困境。好在市委、市政府高瞻远瞩,锐意进取,目前正在以雷霆万钧之势推动市属国企改革脱困。各位企业家今天来得正好,希望我们携手合作,共同做好金龙信托的股权处置工作!"张局长的致辞高屋建瓴,声情并茂,秦月明听后深受感动,很想鼓掌祝贺一下,可是瞅瞅赵、钟二人似乎没有此意,便将双手重新安放在桌面上。

张局长说完之后,李局长开始介绍金龙信托的前世今生。一样的高屋建瓴,一样的声情并茂,给秦月明的感觉就是:他们很努力,运气很不好,历史很辉煌,现实很艰难! 不过,李局长的介绍除了加深她对金龙信托的印象外,并没有完全解答她的疑问。她决定当面咨询一下。虽然她之前并没有做过投行业务,但是几年的信托销售工作经验告诉她,与人交流时适当夸奖一下对方,还是有利于沟通的。所以在抛出自己的问题前,她对两位局长着实是夸奖了一番:"非常感谢两位局长的介绍! 我知道,金龙信托经营业绩不理想有很多客观的原因,但是从你们的介绍里,我感受到了奇峰的领导们对金龙信托的关心爱护,也感受到了金龙信托干部和员工的拼搏精神,真是太感动了! 谢谢你们! 谢谢!"赞美的话并不多,却令张、李两位局长很受用,因为从他们的脸上看出了明显的笑意,并且那份笑意里甚至还藏着一份羞涩。就连秦月明身边的赵、钟两位也暗自惊叹:原来秦月明还是个马屁高手呢!

就在大家暗自赞叹秦月明会来事的时候,她话锋一转问了一个颇具挑战性的问题："请问张局长，金龙信托对外披露的财务状况真有那么糟糕吗？"

张局长看看李局长，李局长又看看张局长，两个人似乎都感觉这个问题并不那么好回答。后来还是李局长接过了话茬："秦总问的这个问题非常有意思，金龙信托是上市公司，所有的信息都是公开的。无论是公司本身，还是地方政府，都没有把好企业硬说成是差企业的动机。至于公司有没有比披露出来的更严重的问题，我们也不清楚。不过，我可以非常负责地说，政府方面非常欢迎你们对金龙信托进行更加全面彻底的尽调！"

李局长的回答虽然不长，却滴水不漏。即便这样，秦月明还是满意地点头道谢，因为她从中得到了想要的信息，那就是金龙信托的盖子是可以进一步揭开的。于是，她又抛出了第二个问题："据我了解，当前企业上市指标总体上非常紧张，据我所知，整个奇峰市只有金龙信托一家上市公司，请问政府方面怎么舍得把它卖掉呢？"

上市指标是很多地方政府梦寐以求的重要资源。很多地方政府和企业为了弄到这个资源，托关系、走后门、送票子，费尽心机，也未必能够弄得到。不得不说秦月明抛出的这个问题直指要害！不过，再刁钻的问题对张、李两位局长也都不成问题。只见李局长眉头紧锁，轻轻叹了一口气道："不瞒几位企业家，搞经营管理本来就不是政府部门的长项，现在财政部又明令禁止混业经营，我们奇峰市财政局的确没有把金龙信托扭亏为盈的经营能力呀！"

李局长的回应非常诚恳，秦月明不由得暗暗佩服。李局长接着说："第二个原因也是来自监管层面，根据人民银行的要求，金龙信托的账上现金应该不低于3亿元。奇峰市财政局虽然是金龙信托的第一大股东，却无力帮助金龙信托解决这个难题，眼看上面给的最后期限就要到了，我们只能按市场规则，引进有实力的大企业来帮忙解决这个问题。"

秦月明插话道："现在资金缺口大概有多少呢？"

"大概2亿元吧。"张局长道。

秦月明想，除了收购股权，还要再拿2亿元，也不知道白总能不能拿得出来。当然，当着这么多人的面，她不好把担忧流露出来，而是继续追问："除了这些，还有其他的考量吗？"

"当然有！"张局长没等李局长开口，就接过话茬，"现在中央高度重视盘活国有资产，优化企业经营机制，财政局转让股权就是为了落实中央的要求！"

张局长的口气义正词严，秦月明感觉还算在理，就没在这个问题上继续深究下去,而是抛出了第三个问题:"根据金龙信托去年披露的公告,奇峰市财政局已经与东海家电草签了股权转让的框架协议,请问时过大半年,东海家电为什么要放弃这项收购呢?"

"哦,这个问题说来话长了。"张局长扭头对李局长说,"你大致给他们介绍一下吧。"

李局长得到指令,清了清嗓子说:"直接原因就是财政部没有批准这项收购。至于为什么不批准,我们也说不清楚。当然,还可能有其他的原因,比如,东海家电的企业发展战略发生了根本变化,或者他们也出现了资金紧张的问题。"

"据我所知,东海家电放弃收购金龙信托,除了财政部没批,主要是因为担心信托监管加强,再就是金龙信托去年的净资产出现了大幅度下降,不知道是不是这样呢?"久未开口的赵洪亮问道,那口气似乎是对李局长的解释不太满意。

"哦,你说他们担心信托监管加强,这个我不太清楚,反正到目前为止,上面对信托业的监管一直是松一阵、紧一阵的,现在已经是第五轮强化监管了。东海家电既然想进入信托业,他们应该提前做过研究,对监管加强也应该有思想准备。所以这是不是他们放弃的原因我还真不好说。"李局长说。

"哈哈,不好说就不说吧!请您介绍一下金龙信托每股净资产的变化情况。"赵洪亮说。

"嗯,金龙信托净资产下降的情况的确存在。去年下半年,因巨额亏损,金龙信托每股净资产由2.026元下降到1.19元。"李局长毫不隐瞒地说。

"这就是说,东海家电原本计划以每股净资产溢价10%来收购金龙信托,每股价格应该是2.229元,现在发现,以每股1.19元净资产算,收购溢价就远不止10%,而是87.3%,他们感觉吃了大亏,所以才放弃收购的了?"赵洪亮追问道。

"还是刚才那句话,这个我就不好评价了,也许你们可以再找东海家电问问。不过,我可以告诉你们的是,东海家电放弃这笔收购还是不太明智的。因为奇峰市委、市政府对东海家电的收购活动非常支持,事实上,也让渡了不少权益。比如,为支持东海家电轻装上阵,奇峰市政府明确承诺,一旦东海家电资金到位,财政局将以8885万元回购金龙信托下面的旅游项目,把非金融资产从上市公司中剥离出去。另外,市政府还承诺足额返还财政局与金龙信托之间的9000多万元往来款!我们已经拿出这么大的诚意,东海家电依然选择放弃收购,这只能说明我们之间没有缘分!"李局长言语中露出了无限的惋惜之情。

赵洪亮笑而不语,没有继续追问。秦月明见自己想问的几个主要问题已经都有了不同程度的解答,便抛出了白皓月让她问的那个问题:"请问如果白虎投资决定收购金龙信托,奇峰市财政局是否同意将金龙信托总部迁往江海市呢?"

"这是个大问题,我们暂时没法回答你。这样吧,一会儿杨善奇市长会出席今晚的宴请活动,到时候你们还是当面问杨市长吧!"张局长意味深长地说。

用餐地点就在迎宾馆内的湖心小岛上。宾主双方乘着夕阳的余晖,一边观赏唯美的景致,一边随意聊些逸闻趣事,不知不觉中就走进一间偌大的餐厅。餐厅内灯火辉煌,餐厅的正中放着一张紫漆大圆桌,圆桌的正中摆放着五颜六色的鲜花,各式冷热菜肴已经差不多摆满了桌面。秦月明和赵洪亮被分别安排在东道主座位的右侧和左侧。张、李两位局长分别紧靠秦月明和赵洪亮。钟敏祥则被安排在靠近张局长的位子上。其余人等则各自找到适合自己的位子,坐了下来。

秦月明在伟业信托时虽然也偶尔参加过一些高规格的活动,但在如此豪华的餐厅里,坐在如此重要位置还是第一次。特别是当她想到自己身边的那个空位很快就会坐上一市之长时,心里不禁忐忑不安起来。为掩饰紧张情绪,她顺手端起茶碗。然而,她的嘴唇刚碰到杯口,张、李两位局长及在场的奇峰当地人士便齐刷刷地站了起来,张局长还直接小跑着往门口冲去。秦月明顺着张局长跑去的方向定睛一看,原来是一个矮胖子走了进来。这个矮胖子虽然貌不惊人,却昂首挺胸、目光炯炯。秦月明猜想他应该就是杨市长了,便也起身相迎。果然,那人都没有正眼看一下迎到门口的张局长,便径直往东道主的座位走来。张局长则跟在后面,待那人走近主位时,指着他对秦月明说:"这就是杨市长!"然后又对那人说:"这位是白虎投资的秦总!"秦月明赶忙伸出手来。杨善奇这才停下脚步,伸出白白胖胖的右手在秦月明的手心里使劲地捏了一下,说:"大城市来的就是不一样!秦小姐一看就不是等闲之辈!"秦月明不知该如何回答,只好抿嘴一笑。张局长随后又分别向杨善奇介绍了赵洪亮和钟敏祥,杨善奇象征性地与他们握了握手,便一屁股坐了下来。

"你们下午谈得怎么样?"杨善奇坐下后,慢慢环视了一圈在座各位,才把眼光停留在秦月明的脸上,问道。

秦月明知道,这是在问她呢,便满面春风地应道:"挺好的,杨市长!张局长和李局长向我们详细介绍了金龙信托的基本情况和面临的困难,让我们对金龙信托有了更加全面的认识,也让我们体会到了奇峰市委、市政府领导们对金龙信托的关心和支持!不容易,真的很不容易!"

秦月明的回答简明扼要,令赵洪亮和钟敏祥暗暗称奇,心想,这个小妮子打起官腔来还一套一套的呢！

秦月明的回答也令杨善奇非常受用。他摇晃着大脑袋说："还是秦小姐看问题明白！实话跟你说吧，这些年奇峰市委市政府在金龙信托上没少花功夫。可惜，奇峰市地理位置偏僻，经济总量不高，人才严重短缺，机制也不完善，尽管我们下了很多功夫，还是没能把它搞起来。现在好了，你们从国际大都市带着资金、人才、市场和机制来了，接下来金龙信托能不能搞得好，就看你们喽！哦，对了，你们的资金大概什么时候能到位呢？"

"哦，这个……"秦月明没想到杨善奇这么快就让她表态，一时不知如何回答才好。

也许是为了向秦月明示好，赵洪亮接过了话茬道："杨市长，秦总这次来奇峰，主要还是想初步了解一些情况，要说资金什么时候能进来，可能还需要一个过程。"

"是吗？哈哈哈哈！"杨善奇举起手中的酒杯对秦月明和赵洪亮说，"谈了一个下午，你们一定很饿了吧，来，我敬各位一杯！"

秦月明和赵洪亮赶忙拿起酒杯，站了起来。其他人见状也都纷纷拿起酒杯站起来。

秦月明发现杨善奇只是将酒杯往嘴边碰了一下，并没有将酒喝下。她不想喝酒，也效仿着碰了下杯口。谁知这个动作被杨善奇抓了个正着。他指着秦月明的酒杯问："秦小姐刚才莫非是喝空气？"

秦月明脸一红，心想，还不是跟你学的吗？可是她也知道这种话是不能直接说出口的，只好吞吞吐吐地说："我酒精过敏，请杨市长原谅！"

"哦，看来我们还是同病相怜了！"杨善奇豁达地说，"那我就不勉强了！"

杨善奇的话令秦月明倍感温暖，心想，毕竟是一市之长，境界与一般人就是不一样。于是，她在连声道谢后，把下午遗留的那个问题抛了出来："杨市长，我有一个问题想请教一下，假如白虎投资决定收购金龙信托，奇峰市能同意金龙信托的总部迁往江海市吗？"

"同意！为什么不同意呢？只要有利于金龙信托的改革发展，奇峰市政府都同意！"杨善奇的回答干脆而响亮，也令秦月明深感意外。她万万想不到这个白皓月特别关心的问题就这么轻而易举地解决了！

杨善奇前后只坐了半个多小时，就说自己另外还有两场活动，起身要走。走之前，他特意拉着秦月明的手说："金龙信托的重生就要靠你们了！你回去后，帮我给白董事长带个话,就说我杨某人盛情邀请他来奇峰市考察、投资！也欢迎你再来奇峰！"

秦月明连连点头,说:"感谢杨市长接待,我一定会把您的话带给白总,也欢迎杨市长去江海指导工作!"

杨善奇笑了,笑声非常爽朗,就连眉毛都笑成了一弯新月。他凝视着秦月明的双眼,弯起中指在秦月明的手心里轻轻挠了两下,大声说道:"秦小姐这么热情,我怎么能不接受你的邀请呢？今天我就不多陪了,希望我们尽快再见!"杨善奇说完,便大步流星往门口走去。

一桌人自然又纷纷起身,或紧随其后,或原地站立恭敬目送。秦月明被杨善奇挠得差点花容失色,好在她也算见过不少世面,只是身体稍稍晃动了一下,很快就恢复了平静,也跟随众人目送杨善奇远去。

杨善奇离开后,餐厅里的气氛一下子轻松不少。众人开始有说有笑地享受美酒佳肴。唯独赵洪亮有些闷闷不乐。坐在他身边的李局长几次要敬他酒,都被他以各种理由搪塞过去了。原来,杨善奇临走前挠秦月明手心的细节被有心的赵洪亮看个正着。当时,他内心里像打翻了五味调料瓶,甜、酸、苦、辣、咸一齐涌了上来。

他原本是为了给自己创造接触秦月明的机会,才向白皓月极力推荐秦月明来做项目经理的。现在好了,秦月明根本就没怎么正眼看过他,还被杨善奇盯上了。虽然他自信并不比那个又矮又胖的杨善奇长得更难看,可是人家是一市之长,掌管着大量的公共资源,单凭这一点,他就要被甩出去十万八千里。

他真想冲过去把杨善奇的手从秦月明的手里掰开,或者一拳重击在杨善奇的鼻梁上,给他来个血溅当场！可是他又没有任何拿得上台面的理由,更没有那么大的胆量。他算什么？秦月明的男朋友吗？人家秦月明连正眼都不愿看他,况且他自己还是有妻有儿的人！杨善奇欺负秦月明了吗？人家只是礼节性地握手而已,挠手心那点小动作若非像他那样极为关注,一般人是绝对看不见的！他开始后悔自己不该把秦月明推到项目经理这个位置上！否则,她哪能进入杨善奇的视野？不过,后悔又有什么用呢？他只能暗暗承担鲁莽推荐的苦果。

美味佳肴还在不断被端上桌,宾主间的互动还在温情脉脉中继续。赵洪亮既无心品尝美味,也无意与人互动,只是一个劲地喝闷酒。有人过来敬他,他喝;没人过来敬他,他也喝。

赵洪亮的异样被另一个冷眼旁观的人尽收眼底。这个人就是钟敏祥。钟敏祥在金洲证券时曾短暂做过赵洪亮的下级,对他因为何事被迫离开金洲证券多少有所耳闻,这段日子又目睹他垂涎秦月明的样子,在心里不禁对他多了几分鄙夷。不过,钟敏祥对赵洪亮的业务能力还是比较佩服的,再加上此次奇峰之行又是赵洪亮撮合的,在一定意义上说,他们是一条船上的乘客。所以他并不希望赵洪亮在这个陌生的环境里出洋相。

钟敏祥端起酒杯,来到赵洪亮身边,假意要向他敬酒。此时的赵洪亮已经有些醉眼蒙眬,见钟敏祥要敬自己,主动给自己加满酒。可是他刚要将酒往嘴里送,却被钟敏祥伸手制止了。

"赵总少喝点吧,晚饭后我们三人还要开会讨论一下今天的调研成果呢!"钟敏祥凑近他的耳边说。

"谁……谁说的? 我怎么不记得有这回事?"赵洪亮脖子一梗,问道。

"你忘了,秦总在来餐厅的路上说的!"钟敏祥压低声音道。

"哦,好像有这么回事!"赵洪亮的酒意顿时醒了一大半。他将杯中之酒往分酒器里回倒了一些,只留下少许,随后与钟敏祥手中的酒杯碰了一下,吱溜一声喝了下去。

这下子,在座的奇峰市财政局张、李两位局长不干了。两人几乎同时抗议:"你们南方人喝酒太不爽快了! 哪有把酒杯里的酒往回倒的?"他们强烈要求赵洪亮重新把酒杯加满并且喝下去。可是任凭两人如何抗议或诱导,赵洪亮始终油盐不进,不再多喝哪怕一滴! 双方僵持了半天,还是钟敏祥主动站出来替他喝了一满杯,众人才饶过赵洪亮。

此后,宾主双方又海阔天空地畅聊、畅饮起来。滴酒未沾的秦月明趁大家兴致高昂,不失时机地又向张局长等人了解到不少金龙信托经营管理方面的具体问题。若不是赵洪亮惦记着饭后与秦月明一起开小会,反复提醒该结束了,还不知道这顿饭要吃到多久!

张、李两位局长一直把秦月明等三人送到他们下榻的小楼门口,才登上各自的座驾。赵洪亮没等到他们的座驾消失在夜幕之中,便迫不及待地说:"终于走了,我们抓紧时间开会吧!"钟敏祥心想,这个老赵也太猴急了吧? 只怕又是空欢喜一场啦!

小楼里的会议室都被人提前占领了。据说主要是用于斗地主或搓麻将。三人无奈,决定回房间开会。赵洪亮主动提出去他的房间,秦月明当即就皱起了眉头。眼亮心明的钟敏祥马上说还是在他的房间比较好,因为他住在走道尽头,比较安静。秦、赵两人虽然心里认为这个理由比较牵强,却都愿意接受这个建议。

客房很大。沙发、转椅、小圆桌等一应俱全。秦月明独自坐在转椅里,没有废话,直接进入了正题:"不好意思啊,这么晚了,还要请两位贡献智慧!"

赵洪亮立即接过话茬:"应该的! 应该的! 这个项目事关你们白虎投资的转型升级,更何况……"他贪婪地盯着秦月明,双眼如炬。

秦月明没有理会他,只用眼光瞄向钟敏祥:"要么请钟总开个头吧!"

"行,那我就先抛砖引玉吧。"钟敏祥挺了挺身说,"总体上,我感觉金龙信托是一个相当不错的并购标的。"

"为什么? 你不觉得它很烂吗?"秦月明不解地问。

"正因为它烂,我们才有并购它的机会。比如一个姑娘,如果她出落得花枝招展,追求者一定非常多,如果追求者没有相当的实力,是很难追得上她的。并且就算实力很强,还会有实力更强的追求者随时冒出来,打乱现有追求者的节奏。"钟敏祥说到这里,下意识地看了眼赵洪亮,又瞄了一眼秦月明。此刻,赵洪亮正痴痴地瞅着秦月明发愣,好像并没有听见他在说什么,倒是秦月明的脸稍稍红了一下,很快又恢复到正常状态。

"但是丑姑娘就不一样。她可能天生就是丑八怪,也可能天生丽质,但后来因为生活困顿、遭受意外等原因而导致营养不良、衣着破烂、精神萎靡,看起来就像一个十足的丑女。"钟敏祥继续说道,"对于后者,只要环境稍有改善,她就会重新焕发出光彩,即便是前者也可以通过手术变成众人侧目的美人。"

钟敏祥的比喻令秦月明茅塞顿开。"你的意思是金龙信托本来就是一个美女,只因生在奇峰,没有得到很好的照顾,所以才变得这么奇丑无比。但是如果白虎投资能把它拿下,好好将它梳妆打扮一番,它就会重新变成一个优秀的企业了?"秦月明问。

"当然。"钟敏祥点头道。

"既然是这样,为什么其他有实力的企业没把它并购下来呢?"秦月明又问。

"嘿,那还不简单?!"赵洪亮一拍大腿道,"首先,并不是很多人都有这种眼光。有这种眼光的人又未必知道东海家电收购奇峰市财政局20%股权出现变故的信息。知道这个信息的人又未必出得起并购的钱。能出起钱的人未必有能力重新把金龙信托打扮成令人惊艳的大美女! 而监管层对信托业的第五轮强监管又让奇峰市地方政府喘不过气来,他们做梦都想尽快甩掉这只烫手的山芋!"

"还真是这么回事呢!"秦月明虽然对赵洪亮的骚扰颇为反感,但听他的分析在理，多少减轻些内心的排斥。

赵洪亮难得见到秦月明对他正面肯定，不由得飘飘然起来。他晃动着肥硕的大脑袋，得意扬扬地接着说："我也算是老投行了，这些年走南闯北，不知见过多少好企业破产和烂企业重生的案子！当我了解到奇峰市财政局急切转让金龙信托的信息后，第一个反应就是，你们白总的大机会来了！后面嘛，哈哈，大家都知道了！"

"这个项目如果能成功，赵总应记头等功啊！"钟敏祥不失时机地添了一句，似乎出于真心，又似乎是暗讽。

不过，赵洪亮只把这句话理解为真心。他喜形于色地继续说道："记头功嘛我倒不需要，我又不是你们白虎投资的雇员！只因我是你们白总的老同学、老朋友，所以才会这么用心地帮他留意适合的并购对象。不过……"赵洪亮瞄了眼秦月明，又顺手打开一瓶矿泉水，咕咚咕咚喝了几口，才慢条斯理地接着说，"如果没有这个项目，我们都没机会在奇峰享受这么高规格的接待。"

"那是！那是！"钟敏祥立即回应。

秦月明感觉再这样扯就扯远了，特意抬腕看了下时间。"天不早了，明天一早还要赶飞机回去呢，要么我们再议一议这个项目还有哪些问题吧。"她说。

赵洪亮兴致正浓，他更喜欢按自己的兴趣自由发挥。不过，秦月明说得有道理，更何况他还想巴结她呢！于是，他重新进入她设定的话题。"问题当然还有很多，除了今天下午两位局长在开会时说的那些问题外，晚上吃饭时，我还了解到不少细节上的问题。比如，应收款的问题。据李局长说，截至目前，金龙信托有应收款和其他应收款将近6亿元，其中应收款大概有1.95亿元，一直没有收过利息，这笔应收款主要发生在20世纪90年代初期。2000年初时，财政部要求金龙信托在5年内摊销完毕，可他们这几年根本就没有摊销过，最后期限也就在今年了。"

"对，这笔坏账的摊销是个大问题，所以当地政府急呀！问题是，这件事可能会影响并购和未来的整合。"钟敏祥插话道。

"急是他们的事，至于会不会影响并购和未来的整合，我看问题不大，可以通过让当地政府承担债权债务的办法来解决。"赵洪亮接着说，"还有个具体问题是目前金龙信托的业务结构问题，据李局长介绍，金龙信托现在的业务主要集中在自营业务上，并且自营业务又是以炒股为主，这两年股市这么熊，哎……当然，这个问题也不大，白虎投资可以在收购后慢慢解决。"

"对，有些问题看似很严重，却可以在将来慢慢解决。不过，有些问题很急很大,这就需要注意了。比如,根据人行的要求,金龙信托的账上现金应该不低于3亿元,目前缺口2亿元,这可是一大笔真金白银啊!"钟敏祥说。

"是啊!我下午就在想这件事呢,白虎投资收购财政局手中的20%股权,差不多得花一个多亿吧,另外再拿出2亿元来补这个缺口,不知能不能拿得出来呢!"秦月明面露愁容道。

"哈哈,这个你就不用愁了,要相信你们白总的实力!"赵洪亮说。

秦月明见赵洪亮如此笃定,想想时间已经很晚,便建议讨论就此结束,起身回自己房间去了。回屋后,她用最快的时间完成洗漱。刚刚躺在床上,床头的内线电话就响了。她接过一听,打电话的是赵洪亮,说外面月色很美,想邀请她下楼走走。她说,太累了,不想下楼。赵洪亮又说,不想下楼,那就到他屋里坐坐吧,他还有几个关于金龙信托的重要问题想聊聊。她从他的语气中听出了轻佻,就坚决回绝了他,说再重要的事情,也要放到明天再说,说罢,坚决挂断了电话。谁知几秒钟后,赵洪亮的电话又打来了。这一次,他说自己可以到她屋里来谈,还说自己已经洗好澡,马上就可以过来。她既反感,又害怕,再次果断挂掉电话。为防止赵洪亮的电话再次打进来,秦月明干脆拔掉电话线,关上手机,并起床把房门的安全链紧紧扣上……

赵洪亮不死心,又拨打了几次秦月明的内线电话和手机,发现都是忙音,才意识到秦月明把他彻底屏蔽掉了。窗外,月光如银。窗内,赵洪亮心急如焚。他抄起床头柜上的矿泉水一口气喝掉大半瓶。可惜,那点水根本扑灭不了他心中熊熊燃烧的欲火。

他在床上辗转反侧,满脑子里想的都是秦月明精致的容颜和优雅的举止。特别是想到这么一个极品美女就躺在离他几十米远的另一张床上,而他根本无法靠近时,一种强大的挫折感顿时涌了出来。他翻身下床,伏下身子试图做几个俯卧撑消解一下欲火。然而,俯是俯下了,撑却撑不起来,一个都撑不起来!他不服气,再试,还是不行;又试,仍然不行……没折腾几下,他竟然虚汗淋漓起来。"就这种体格,还想……"他似乎明白了点什么,极不情愿地重新爬上床……

第二天,赵洪亮早早起床,早饭都没有吃,便背起行囊,冲到大街上拦了辆跑长途的私家车直奔机场去了。钟敏祥吃早餐时没见到赵洪亮,担心他起来晚了,耽误赶飞机,就拨打他的手机,直到这时,才知道他已经快到机场了。秦月明得知赵洪亮提前走了,并不怎么意外,心想,这人还不算太烂,还知道昨晚勾引未成是件丢人的事。当然,这种话她是不能对钟敏祥说的,她只是淡淡一笑,说:"他要回京城,跟我们不是同一航班,随他去吧。"

没有赵洪亮夹在中间,钟敏祥也就没有了与秦月明分开坐的借口。所以在办票的时候,钟敏祥没有多想,就将自己的座位与秦月明办到了一起。这为他们继续交流金龙信托的情况提供了便利。

飞机起飞没多久,秦月明就问钟敏祥:"你看金龙信托值得买吗?"

"值得! 关键就看奇峰市财政局要什么价了。"钟敏祥非常肯定地答道。

"嗯,你估计他们会要什么价呢?"

"还不太清楚,至少不应该高于东海电器的收购价 2.229 元/股吧。"钟敏祥想了想,又补充道,考虑到金龙信托的每股净资产只有 1.19 元,我们能接受的价格不应该超过 2 元/股。"

"我看他们卖得挺急的,这个价格有没有可能更低一点,比如每股 1.5 元以下呢?"

"有难度。太低了,政府对老百姓没法交代。再说,一旦有人知道奇峰市愿意大幅降价出让股份,会有更多的企业挤进来抢购,那样的话,我们就不一定买得到了。"

"是啊。如果他们把价格降到 1.5 元/股,拿下 20% 的股权只需 1.4 亿元不到,那就太有吸引力了! 听说现在一个上市公司的壳也值好几个亿呢!"

钟敏祥听到秦月明说出"壳"价值,不禁对她又高看了一眼,紧接着说:"是啊! 若不是金龙信托存在应收账款太多这样的问题,跑过来抢购这笔股权的企业一定不少!"

"是这样。你说他们为什么会积累这么多的应收账款?"

"嗯,我查过资料,昨晚吃饭时又悄悄问过身边那位财政局干部,据他说,这些应收账款很大一部分都是指令性贷款,绝大部分贷款 10 年都没有核销过。"

"为什么会拖这么长时间呢?"

"我想,这可能与当地政府对待信托公司的态度有关。他们原本就没打算把金龙信托搞好,只是把信托公司当成金融玩具,一旦地方政府要上马形象工程,就拿它进行融资。再加上人事更迭和新官不理旧账的风气,应收账款也就越积越多了。"

"对! 对! 是这么个理。如果我们拿下这笔股权,金龙信托就不会是这个样子了!"

"哈哈,那也不一定,关键要看白总是什么想法,也有不少民营老板将上市公司当成提款机。"

　　秦月明陷入沉默。她在想，如果白皓月也把金龙信托当成提款机，那金龙信托也太不幸了！不过，相比上市公司或股民，他更加担心白皓月的安全问题。"如果白总也那样做，他会不会被抓起来呢？"她问。

　　"这得看他是不是真的违法了，还有违法的程度有多大。我跟白总这么多年了，对他很了解，他是个谨慎的人，一般不会做违法乱纪的事。"钟敏祥答道。

　　"哦，那就好！"秦月明一下子放松了许多，"哦，对了，奇峰市财政局总共持有24.5%的金龙信托股权，却只打算转让20%，留下4.5%股权的目的是不是为了监督购买者？"

　　"那倒不是。如果为了监督，一点股权都没有也可以做得到，因为上市是公众企业，从理论上说，所有的财务信息都应该是公开的。我昨天问过他们，他们说，留下这点股权的目的是为了与金龙信托以及新的第一大股东保持一定的联系，分享大城市、大公司的成长红利。我感觉这个理由还比较靠谱。"

　　"原来是这样呀！"秦月明长长地呼了一口气。她闭上眼睛，开始快速整理这两天的调研见闻，思考回去后该如何向白皓月汇报……

第四十一章

杨善奇垂涎月明　白皓月重金解局

听完秦月明和钟敏祥的汇报,白皓月非常高兴,当即拨通了赵洪亮的手机。

"洪亮啊,你这次推荐的金龙信托非常不错,如果能做成,你可立大功了,我该好好感谢你才是!"白皓月激动地对着话筒说。

"自家兄弟,别客气!"赵洪亮懒洋洋地说。

"自家兄弟也不能让你白做贡献!放心吧,事成之后,少不了你的!"白皓月说。

"嗯,少了也没关系,要是没其他事,我挂电话了。"赵洪亮说罢,果真挂掉电话。

"这小子怎么回事?这要是在以前,我这么表扬他,他还不飘到天上去!"白皓月嘀咕道,他看了看秦月明,又看了看钟敏祥,问道,"赵总在奇峰遇到什么麻烦了吗?"

钟敏祥摇头道:"没有啊。"

秦月明隐约觉得赵洪亮的失落与自己有关,但又说不出口,除了跟在后面摇头,没有吱声。

白皓月心想,这小子好色,只要没在这方面出什么事就好,谁还没个情绪低落的时候?于是,就将话题重新转到金龙信托上面。三人一起讨论了一个比较详尽的项目推进计划。在这个计划中,秦月明自然是具体牵头人。

根据计划,秦月明立即派公司财务总监葛慧前往金龙信托对账。次日,葛慧即完成任务,返回江海。对账的结果与他们先前掌握的信息出入不大。这进一步增强了白皓月拿下金龙信托的决心。

"你抓紧邀请一下杨市长,请他来江海考察指导。"白皓月对秦月明说。

"哦。"秦月明嘴里答应着,脑子里却出现那天晚上杨善奇挠她手心的情景。她真想拒绝这个任务,可又找不出像样的理由。秦月明回到自己办公室,心情复杂地拨通了杨善奇的办公室电话。接电话的人是杨善奇的秘书。他说杨善奇正在开会,他会尽快转达。

放下电话后,秦月明的心脏怦怦直跳。她既盼着杨善奇的电话赶紧打过来,又担心他在电话里胡说八道。正当她忐忑不安的时候,杨善奇将电话直接打到她的手机上。

"秦小姐,你好啊!那天分别后,我无时无刻不在想你哟,我就知道你很快就会找我!"杨善奇的声音很热情,又很轻佻。

秦月明感觉有点反胃。她强压着不快,赔着笑说:"杨市长是大忙人,有那么多公务要处理,哪有时间想起我们这些小老百姓?"

杨善奇却笑了:"你是我见过的奇女子,顾不上想别人,想你还是有时间的。"

秦月明见杨善奇言语越来越过分,不想跟他多啰唆,便抓紧时间把白皓月邀请他来江海考察指导的事情说了。

杨善奇听后非常高兴,连说几个"好"字,还说自己正想来看她,这下好了,可以公私兼顾!杨善奇还想再说点什么,秦月明见任务已经完成,便推说手中还有个急事,欢迎杨善奇早日来江海考察。杨善奇没办法,只好挂掉电话。

白皓月对杨善奇的来访高度重视,不仅制定了接待方案,还专门勘察了接待场所。秦月明被白皓月指定为总协调人。虽然她对这个差事一百二十个不情愿,但碍于自己的项目经理角色,只能硬着头皮答应下来。

次日下午,秦月明乘坐白虎投资新买的"大奔",早早来到机场。一个多小时后,杨善奇终于大步流星甩着手臂出现在她的视野中。按说,她应该高兴才是,可她怎么也高兴不起来。杨善奇几乎在同时也看到了她,还使劲摇着又短又粗的右臂向她打招呼。她知道,自己必须表现出高兴的样子了。

"杨市长,您好!一路辛苦了!"她向前迎了几步,努力挤出笑意,并同时伸出了双手。

"不辛苦!不辛苦!哎呀,我就知道你会来接我!"杨善奇也伸出双手用力握住了她的手,同时,还把她往自己怀里拉了拉。

秦月明重心前倾,差一点倒进杨善奇的怀里。她惊恐地往后仰了仰身体,同时调整了脚步,这才重新站稳。就在这时,他瞥见杨善奇身后有一个身材高大的年轻人正冲他傻笑。她脸一红,心想,真倒霉,刚才的样子一定很狼狈。

杨善奇似乎看出了他的心思,转身指着年轻人对她说:"这是小陈,我秘书,也是我表弟,都是自己人!"

秦月明感觉非常沮丧,心想:怪不得杨善奇这么肆无忌惮,原来身边还跟着一个亲信！

"走吧,别让你们领导等太久!"杨善奇大概对刚才的互动非常满意,反倒催起秦月明来。

三人来到地下停车场。就在秦月明为杨善奇拉车门的时候,陈秘书自作主张一屁股坐上了副驾驶室。秦月明没办法,只好与杨善奇并肩坐在后排。一路上,杨善奇多次试图将身体往秦月明的方向挪,或者用膝盖往秦月明的腿上靠,都被她巧妙地躲避了。后来,秦月明干脆把自己的挎包放在她与杨善奇之间的座位上。两人之间有了一道屏障,加上驾驶员是白虎投资的人,杨善奇不好过于造次,只能急得干瞪眼。

大约一个小时后,汽车开进一处竹林,又拐了几道弯,才在一座四水归堂式徽派庭院前戛然停下。秦月明赶忙跳下车,恭恭敬敬地为杨善奇拉开车门。杨善奇下车时,已有两个男人站在车门口笑眯眯地看着他。他一眼就认出了那个头发花白的年长男人,立即加快了下车的动作,惊喜地说:"旺国兄,您怎么亲自等在门口了?"此时,陈旺国也向前一步,伸出双手,紧紧抓住杨善奇道:"杨市长造访江海,有失远迎,还望海涵呀!"两人旁若无人地嘘寒问暖了好一阵子,陈旺国才想起身边还站着白皓月。他放下杨善奇的手,指着白皓月说:"这位就是白皓月,白总!"白皓月赶忙哈腰伸手,抓住杨善奇谦恭地说:"欢迎杨市长大驾光临!"陈旺国则不失时机地补充道:"皓月是我的大学同学,为了今晚的活动,他动了不少心思呢!来,趁天还没有黑,我带你转转。"

杨善奇虽然远在北方的小城市,但由于职位高,还是挺见多识广的。尽管如此,当他在陈旺国的引领下在这座徽派庭院前前后后、里里外外转了一圈之后,还是大呼开了眼界。原来,这座徽派庭院有这么几个显著特点:一是大,如果把庭院周围的竹林和院前的池塘放在一起测量,其面积足有两个半足球场大;二是幽,从远处看,这里就是一大片竹林,没有人能想到里面别有洞天;三是美,建筑本身雕梁画栋,庭院内外花草茂盛,而池塘内的半池荷叶在夕阳的映照下,又显得格外美丽;四是奢,屋内所有家具皆为明清时代的红木制品,每一件都价值不菲。据白皓月介绍,这座庭院是名盛地产江海分公司的会所,主要用于接待重要客人。两年前,在李昆仑的游说下,陈旺国将这处江东古镇旁的绿化带特批给名盛地产江海分公司管理。随后,李昆仑亲自带领古建筑修复高手至徽州深山,好容易寻到一幢待出售的古民居,便毫不犹豫地以几百万元高价将其收购。紧接着,他们又将这幢古民居拍照、拆除、编号,再运至江海原样重建,建好后又购置名贵家具充填其内,这才有了现在的样子。

"还是有钱好啊!"杨善奇看后不由自主地感叹道。

"有钱当然好了! 有钱就可以享受生活嘛!"陈旺国拍拍杨善奇的肩膀,凑近他的耳朵,悄声道,"我明年就退休了,现在我就想在退休之前帮皓月把金龙信托这件事办妥了! 你的妻儿都在国外,负担应该不轻吧?"

杨善奇何等聪明? 不待陈旺国说完,便爽快地说:"放心吧,旺国兄的事就是我的事!"

陈旺国非常高兴,再次拍了拍杨善奇的肩膀说:"好,那我就先谢谢老弟了!"

杨善奇摇头说:"不用谢,这是我们兄弟共同的大事!"

一旁的白皓月见两人谈得差不多了,凑上来提醒道:"饭菜已经准备好了,要么请两位领导边吃边叙怎么样?"陈旺国说了声"好",引导杨善奇进正屋用餐。正屋面积非常开阔。房屋的正中间放了一张红木八仙桌。八仙桌四周除靠门那一边,其他三边各放一张红木太师椅。陈旺国请杨善奇坐在东边的那一侧,自己坐在对门一侧,白皓月坐在靠西一侧。哪知杨善奇刚坐下,便稍稍皱起了眉毛。

陈旺国看得真切,就问他:"老弟有什么要求吗?"

杨善奇朝门口望了一眼,问:"那个小秦怎么不在这里?"

白皓月回应道:"她在前屋陪小陈和陈主任秘书小王一起用餐呢!"

陈旺国紧跟着说:"对,是我让皓月这么安排的。你看,我与皓月是大学同学,我们俩又是京师学院的研究生班同学,我们三个在一起,可以聊得更随意些嘛!"

"随意是随意,老大哥就不感觉我们三个大男人在一起很无聊吗?"杨善奇意味深长地笑着说。

"哦,老弟,放心吧,皓月都帮你安排好了! 吃过饭,他会请你进里屋……"陈旺国故意不把话说完,嘿嘿笑了。

"旺国兄,你们的好意我领了! 哎,不怕老兄您见笑,我现在不太喜欢那些俗人。您看……"杨善奇干笑道,"是不是让秦小姐坐在这一桌呢?"

白皓月对杨善奇的心思虽然看得很真切,却找不到合适的借口婉拒他的要求,毕竟他既没说什么不得体的话,也没有什么不合适的举动。正犹豫时,陈旺国开口了:"去把小秦叫来吧。"这下,白皓月只能照办了。

"小秦,你也到后屋一起吃吧。"白皓月向两位秘书打过招呼,凑近秦月明说。秦月明闻声后一动没动。白皓月略感尴尬,又催了一遍:"两位领导都在等着呢!"秦月明这才极不情愿地起身。在通往后屋的路上,秦月明没好气地说:"那个姓杨的是个色狼,你就不怕我被他吃了?"白皓月一时无语。说句实在话,白皓月对秦月明不是没动过心思,但是考虑到自己还有老婆孩子,也就偶尔做做白日梦而已,从没有奢望过能与她更进一步。今天,她把话挑得这么明白,他除了感动,还能怎么样呢?金龙信托是块大肥肉,而杨善奇又掌握着转让它的绝对权力。所以他必须小心谨慎地做好接待工作。秦月明见白皓月不吱声,不由得幽怨地斜睨了他一眼。这一眼正好被白皓月无意中看到了。他心头一颤,安抚道:"你肯定能处理好!"

说话间,两人已走进后屋。杨善奇立即眉开眼笑起来:"来来来,秦小姐快坐!"秦月明笑着道了谢。酒菜很快上桌,其精美和丰盛程度自不必说。几人的话题渐渐从天南海北转到金龙信托的股权转让。

"杨市长,金龙信托的股份转让问题,到时还要请您多关照啊!"白皓月满脸堆笑地说。

"那是必须的啊!"杨善奇的语气听起来非常仗义。

"太感谢了! 其实我们最关心的还是转让价格。"白皓月试探着说,"按东海家电的收购价肯定是高了!"

"哦,你想出什么价呢?"杨善奇问。

"当时东海家电是在净资产的基础上加10%作价的,您看我们能不能也按这个办法?"白皓月问。

"白总,你的小算盘打得太精了吧? 金龙信托的每股净资产现在只有1.1元,如果按照东海家电的办法,出让价也就是每股1.21元。这个价格要比东海家电整整低1块钱!"杨善奇说完,侧身看着秦月明挤了挤眼,嘿嘿笑了。

秦月明清楚:自己该替白皓月说点什么了。"低再多,那还不是杨市长您一句话吗?"秦月明说罢,便闷头喝起汤来。

"哈哈,看你这话说的,好像金龙信托就是我的私家财物一样!"杨善奇说到这里又感觉不妥,接着说,"就算是我的私家财物,也不可能随便贱卖是不?"

"那是! 杨市长是个有责任心的领导,怎么能不讲原则地贱卖国有资产呢?!"白皓月顺着杨善奇的话插了一句。

"看看,还是白总讲话有水平吧?"杨善奇直勾勾地盯着秦月明说,"不过,金龙信托的转让价也不是不可商量。"

"明白,这就叫原则性与灵活性高度统一!"白皓月眼见杨善奇那样看秦月明,心中多少有些醋意,但为了生意,只好曲意奉承。

"既然你明白,那还不赶快敬一敬杨市长?"久未发声的陈旺国不失时机地提醒白皓月。

杨善奇摆手道:"敬酒就不必了! 我看外面的月色不错,要么你们两位再坐一会,我请秦小姐带我出去转转?"说着,伸手要拉秦月明,吓得她花容失色,双手抱胸,身体快速后仰。秦月明的躲闪反而令杨善奇更加兴奋,摊开双手嬉笑着对陈旺国和白皓月说:"这个小秦,连陪我出去走走都不愿意,还想让我在金龙信托的转让价上帮你们说话!"

杨善奇的话已经相当直白,白皓月一时不知该如何回应,只能眼睁睁地看着陈旺国,似乎在说:"大哥,该您出面帮秦月明解围了!"

陈旺国当然看得明白。他放下手中的筷子,给秦月明使了个眼色,说:"小秦先回避一下,我正好有几句话要跟杨市长说。"秦月明得到这句话,开心得就像一只突然恢复了自由的小兔子一样,哧溜一下逃出门外。陈旺国这才慢吞吞地对杨善奇说:"老弟呀,小秦不是不给你面子,人家那是敬畏你呢!"

"我又不是大老虎,她有什么需要敬畏的?"杨善奇说。看得出,他因为没能得手,心里很不痛快。

"你是一市之长,她能不敬畏你吗?"陈旺国反问道,随后,话锋一转道,"算了,不说她了,还是说点正事吧。你现在老婆孩子都在国外,负担不轻哟! 我跟皓月都商量好了,回头让他在你儿子读书的那所大学设个专项奖学金,给小家伙补贴补贴。当然,这些都是小钱,他还准备直接帮你在境外存笔钱,金额嘛,你看100万美金怎么样?"

听到"100万"时,杨善奇已经眼睛发亮,待他再听到后面的单位,更加喜形于色起来。不过,他还是努力压抑自己的兴奋之情,向陈旺国拱手道:"旺国兄,使不得,使不得呀!"

晚餐继续进行。有意思的是,杨善奇再也没有提到秦月明,秦月明也没有再回到饭桌。晚饭后,在白皓月的安排下,杨善奇心满意足地走进了会所的桑拿房……

第四十二章

入主金龙解难题　逢低吸纳增股权

　　自杨善奇亲赴江海之后,白虎投资与奇峰市财政局的商业谈判进行得异常顺利。4月中旬,白皓月亲赴奇峰市与奇峰市财政局张局长进行了最后的谈判,并拜访了市长杨善奇。这次见面,白皓月与杨善奇就像多年未见的老朋友,把酒言欢,甚为投缘。杨市长还特意派人安排白皓月体验了一把奇峰特色的桑拿服务。几天后,白皓月与奇峰市财政局张局长在江海大酒店草签了金龙信托股权转让的框架协议。根据这个协议,白虎投资将以1.85元/股的价格收购奇峰市财政局持有的8660万股金龙信托,收购价1.6021亿元,占金龙信托20%的股份。2004年10月11日,财政部正式批准了这次收购。至此,白虎投资收购金龙信托的工作基本结束,白虎投资成为金龙信托的第一大股东,而奇峰市财政局降为持股4.8%的第二大股东,尚余2078.4万股。

　　然而,白虎投资对金龙信托的整合与经营工作才刚刚开始。白皓月面临的第一个问题就是谁来做金龙信托的法人代表及董事长。白虎投资的人都希望白皓月接任。就连李昆仑也对他说:"你虽然在证券公司的职务序列中止步于副总裁,现在却弄了个信托公司,这个董事长你一定要亲自去当!"白皓月却说自己当不合适。无论大家怎么劝,他都不松口。正当大家纷纷猜测白皓月会派谁出任董事长时,他突然宣布,董事长仍由金龙信托的董事长厉发树担任。对此,大家非常不解。个别对这个位子感兴趣的白虎投资创业者们更是倍感失望。有人甚至找到白皓月苦口婆心地劝他,说那个厉发树就是个败家子,他把金龙信托搞得那么烂,白总您怎么能把好容易弄下来的公司再交给他!白皓月也不解释,只说了句:"再过几年,你们就知道我为什么让他接着做了!"众人见白皓月主意已定,就不再跟他说这事了,反倒等着看厉发树的笑话。

　　白皓月面临的第二个问题是,解决人民银行要求的金龙信托账面现金不低于

3亿元问题。至白虎投资拿下20%股权时,金龙信托的账面现金只有1.6亿元,还有1.4亿元的缺口。眼看距离人民银行给定的最后期限不到两个月时间,此时白虎投资账上的现金也所剩无几了。"白总,得赶紧想办法了,您好容易拿下这些股权,千万不能因为不符合人民银行的要求,被关掉呀!"厉发树愁眉苦脸地找到白皓月说。白皓月淡淡地看了他一眼,心想,这个厉发树年龄虽然比我还要大一些,怎么遇事这么婆婆妈妈? 看来,他应该是担心金龙信托被强行关闭后,自己的董事长也没得做了! 不过,白皓月并没有把心里话说出来,只是说:"你只管把公司给我管理好,别再弄出新的问题就行。现金的事我自有安排!"厉发树一听,喜出望外,连说:"那我就放心了! 那我就放心了! 公司那边您也只管放心,我保证不弄出新问题。"一个半月之后,白皓月果真以股东借款的方式给金龙信托输入了1.4亿元人民币。对于这1.4亿元人民币的来历,就算白虎投资内部的老员工都不太清楚,坊间更有不少离奇的猜测。有人说,这笔钱是白皓月靠行贿从某银行那里骗贷来的;有人说,这笔钱是白皓月的老婆魏佳在国外做大生意赚的;甚至还有人说,这笔钱是白皓月从海外的远房亲戚那里继承来的……直到十几年之后,白皓月再银铛入狱,人们才知道他究竟用什么手段搞来的这笔钱。

白皓月面临的第三个问题是金龙信托的盈利问题。虽然从白虎投资与金龙信托开始接触到财政部最终批准收购,金龙信托的股价上涨了不少,但是它的业绩并没有丝毫提高,甚至还略有下降。也就是说,再过几个月,当金龙信托的2004年年报公布以后,它铁定会因为连续三年亏损而被戴上ST的大帽子。奇怪的是,白皓月对这一前景似乎并不以为意。他除了将金龙信托的总部迁到江海,并将其更名为"龙虎信托"外,基本没有对金龙信托的业绩改善做什么推动工作,既不主动过问金龙信托的经营情况,也不愿意听别人的意见和建议。不少金龙信托的老员工原本以为大股东易主后,能够带来一些资源或新的激励机制,现在看到新老板对公司完全一副爱理不理的样子,心里都倍感失落,稍微优秀一点的员工纷纷跳槽,优秀员工的流失又进一步强化了公司的业绩亏损。很多人私下议论说:"'金龙'这么牛气冲天的名字,偏偏被白皓月改成'龙虎',他以为自己是谁? 给龙身边放只虎就能让公司脱胎换骨?!"

2005年4月中旬,龙虎信托的年报终于公布了。不出大家所料,龙虎信托在2004年再次亏损5540多万元,平均每股亏损0.128元。几天之后,龙虎信托被正式戴上了ST的大帽子。由于此时大盘也极度疲弱,龙虎信托的股价就像开了闸的洪水一样,一口气跌了十几天,才慢慢止住。

白皓月非但没有让龙虎信托焕发青春,反倒让它进入退市警示之列。这让那些希望白皓月接手后能从公司获得分红的老股东也不淡定了。大家纷纷打听谁愿接手他们手中的法人股。至于价格嘛,好商量,总比把这些法人股烂在自己手里要强! 老股东欲抛售法人股的消息进一步加剧了二级市场的担忧。龙虎信托的股价有进一步破位下行的趋势。这可急坏了白皓月的那帮老伙计们。宋来运就是其中的一个。长期的二级市场投资经验告诉他,如果任凭市场下跌,一旦有人逢低收集到足够多的筹码,将来就可能影响到龙虎信托的经营和决策,那样的话,白皓月对龙虎信托的掌控力就会大打折扣。当然,宋来运还有一个小小的私心,那就是把那个经营不力的厉发树罢免掉,自己出任龙虎信托的董事长,至少要弄个总裁当当。

4月底的一天早晨,宋来运心急火燎地冲进白皓月的办公室,进门就说:"白总,您还是赶快想个办法拯救一下龙虎信托的股价吧,不然的话,后果会很严重!"

"哦,会有什么后果呢?"白皓月毫不经意地问道。

"哈哈,这个还用我说吗? 白虎投资只持有龙虎信托20%的股权,现在股价那么低!"宋来运挠了挠头,接着说,"您是明白人!"

"你的意思是有人会趁机收集廉价筹码,然后……"

不等白皓月说完,宋来运就连连点头,说:"对! 就是这个意思!"

"嗯,我知道了,你有什么好办法吗?"白皓月问。

"谈不上好办法! 但是我认为,当务之急是提高白虎信托的经营管理水平,把公司业绩尽快做上去!"宋来运说。

"是这么个理!"白皓月点点头,又问,"你说说,怎么才能提高经营管理水平呢?"

"换人!"宋来运迫不及待地说,"那个厉发树当初就没有把金龙信托搞好,现在也甭想指望他!"

"哦,这个嘛……"白皓月想了想,反问道,"把他换掉,谁能接这摊事呢?"

"比他合适的人多了去了! 如果大家都不愿意干,我倒愿意尝试一下,肯定比他干得好!"

"你跟了我这么多年,这一点我相信! 可是你知道他的背景吗?"白皓月问。

宋来运摇了摇头。

"他是杨善奇的妻弟。你知道就行,千万不要对外人说!"白皓月强调道。

宋来运一时无语,他局促地望着窗外的天空,过了足有半分钟,才喃喃道:"哦,怪不得! 我完全理解您的难处!"

白皓月笑笑,没有再解释,只是叫宋来运先回去。

"这个宋来运,小心思还蛮多的!哎,你哪里知道我的真实用意哟。"白皓月望着宋来运的背影嘀咕道。

那么白皓月的真实用意到底是什么呢?他不说,谁也弄不清楚。只是没过多久,白皓月就开始了这样的动作:悄悄出手收购小法人股。有意思的是,帮他具体执行收购任务的正是宋来运。刚开始的时候,宋来运还十分不解。他对白皓月说:"白总,龙虎信托眼看就要摘牌退市了,您不想办法把公司业绩做上去,却收购这么多股权干什么?"白皓月反问他:"不是你告诉我,有人可能会趁龙虎信托股价低迷时收集廉价筹码吗?他们在二级市场上买到的股票,价格再低,能低过我买的法人股吗?"宋来运想想也是:二级市场上的股价跌了那么多,现在每股价格还在3块钱以上,而那些急着出让的小法人股,每股要价只有不到1元。虽然这些小法人股不能上市交易,但是其他权益却完全一样!他不由得暗自佩服白皓月深谋远虑,在行动上也加大了收购力度,并很快就为白皓月以平均每股不到0.6元的价格收购了十几笔、总计4530万股的龙虎信托法人股,以至白虎投资在龙虎信托里的股份占比由20%上升到30.46%。

然而,没过多久,宋来运就再也收购不到小法人股了。因为从2005年6月2日起,第一个开展股权分置改革的上市公司三一重工开始征集投票权,6月15日对价股份就到达股东账户,6月17日,这些新到的对价股份就可以上市流通,而6月21日,对价的现金也如期到达各位小股东的账户。大家一看,原来股权分置改革能把以前不能流通的法人股变成可以自由流通的股票,这下子再没人小看手中的法人股了。这也令宋来运对白皓月的深谋远虑更加佩服。

三一重工的股权分置改革试点让市场上的众多上市公司小法人看到了希望,也为证券公司投行部门带来了新的业务机会。一时间,争抢保荐对象的竞争在各大证券公司之间上演起来。白皓月就经常接到一些证券界老朋友们的电话,请求白皓月把保荐机会让给他们。不过,他一直没有答应。因为他准备把这个机会留给一个老朋友。

第四十三章

赵洪亮成功减肥　单大为索买股权

　　不用说,各位看官都能猜得出来,白皓月要把机会留给谁。对,那人不是别人,正是赵洪亮。然而,白皓月也不知为什么赵洪亮最近大半年与他联系甚少。如果他不打电话过去,赵洪亮是不会主动打给他的;即使他主动联系,赵洪亮也常常以手中活多为借口,匆匆结束电话,并且语气总是那么慵懒。白皓月感觉非常蹊跷,只因为手头事情太多,才没顾得上深究其中的缘由。

　　眼看很多上市公司都跟进股权分置改革,白皓月再也忍不住了。他主动拨通了赵洪亮的手机。这一次,赵洪亮没有急着挂掉电话,而是问白皓月是不是有什么事要让他做。白皓月说,现在很多投行都想做龙虎信托的股权分置改革保荐人,他想请兄弟帮忙出出主意,到底选哪家合适?赵洪亮说,哪家都不合适,因为他们都没有自己对龙虎信托了解,况且没有他赵某人,白虎投资根本不可能成为龙虎信托的第一大股东!白皓月说,那是当然,所以才一直把这个机会给他留着。赵洪亮笑了,说过两天就飞回江海,把这件事定下来。

　　几天后,赵洪亮如约出现在白皓月的办公室里。当两人四目相对时,白皓月简直不敢相信自己的眼睛,不禁伸出拳头在赵洪亮的胸脯上捶了两下,问道:"我说兄弟,你怎么变成大帅哥了?!"原来,此时的赵洪亮再也不是先前那个小肚凸起、肥头大耳的油腻男,而是身材笔挺、面色红润的中年大帅哥了。赵洪亮没有正面回答。他先环视了一下白皓月的办公室,才说:"我们还是抓紧时间开会吧!"白皓月拍拍他的肩膀问:"我们哥俩这么久没见面,你不先跟我聊聊?"赵洪亮坚持道:"还是先讨论正事吧!"白皓月虽然对赵洪亮一进门就嚷着讨论正事感觉很奇怪,还是接受了他的建议,问他希望参会人定在什么范围。赵洪亮说,先小范围开,叫上当初陪他去奇峰的两个人就行,还说他们熟悉情况。白皓月一下子明白了,心想,怪不得这小子一进门就要开会,原来是冲着她来的。他当即通过内线电话叫来了秦月明和钟敏祥。

秦月明刚进门,白皓月就指着赵洪亮对秦月明说:"看看谁来了!"秦月明定睛一看,发现是赵洪亮,吃惊得差点叫出声来。"是赵总啊,您好!"她很快平复情绪,礼貌地同赵洪亮打过招呼,便安静地在长方形小会议桌前坐下。此时的赵洪亮却瞬间情绪高涨。他两眼放光地盯着秦月明,那神态似乎想一口将对方吞下去。这一切,不仅被白皓月尽收眼底,也被随后进屋的钟敏祥看得真切。钟敏祥一边惊呼赵洪亮变化巨大,一边在心底暗笑:老赵下这么大力气改变形象,莫非就是为了取悦秦月明?

白皓月见人已到齐,就让钟敏祥关上房门,准备开会。赵洪亮则先行一步坐到秦月明的对面,紧接着就巴巴结结地望着她。白皓月也不好说什么,只能与钟敏祥相对而坐。

"我们来开个小会,商讨一下龙虎信托的股权分置改革。赵总是我专门请过来的,当初我们收购金龙信托,多亏他穿针引线。现在证监会推进股权分置改革,我得把保荐的机会给他留着,算是略表感谢吧。接下来,我想请赵总介绍一下其他上市公司开展股权分置改革的情况,看看我们是不是也要尽快开展股权分置改革,如果需要,我们还要做哪些准备工作。"白皓月说完,扭头看了眼赵洪亮。

赵洪亮还在盯着秦月明发愣,听白皓月提及自己,这才回过神来。"哦,股权分置改革对证监会来说,那是必须完成的任务,因为股权分置所造成的同股不同权、同股不同利的问题严重影响了中国股市的健康发展。在当前的中国股市中,多达2/3的股票掌握在大股东和各类小法人股东手里,他们当初获得的股权价格虽然非常便宜,却不能正常流通,所以这些大、小法人并不关心股价的涨跌,有的上市公司大股东还利用手中的控制权千方百计掏空上市公司。这种局面不仅不利于维护中小投资者的利益,还严重影响上市公司的兼并收购,严重妨碍中国经济改革的深化。其实,国家早就注意到这个问题,一直想进行改革。2001年6月,国务院甚至还颁布了《减持国有股筹集社会保障资金管理暂行办法》。但是市场却把这种改革简单理解为国有股减持,以为市场会一下子增加两倍的股票供应,所以都拼了命地要把手中的股票扔出去,结果导致了市场的大跌。为稳定市场,国家于当年10月22日宣布暂停'国有股减持'。"赵洪亮毕竟是专业人士,业务能力又非常不错,所以一打开话匣子,便有些止不住的感觉。

"你说的这些我们都知道。我们想听一听这次的'股权分置改革'跟以前的'国有股减持'有什么区别。"白皓月插话道。

"你和敏祥是老投行,当然知道,可是……"赵洪亮抬眼看了看秦月明,"小秦未必清楚吧?"

秦月明脸一红,轻声道:"谢谢赵总,我的确不太清楚。"

赵洪亮似乎受到了鼓励,提高声音接着说:"现在的股权分置改革与先前的'国有股减持'并没有本质上的区别,目的都是让以前不能流通的股份能在二级市场上自由流通,只不过市场环境和提法与先前有了很大的区别。2001年推'国有股减持'的时候,股市正好在一轮牛市的后期,大家盈利已经非常丰厚,听说国有股要大规模减持,那还不赶快跑? 管理层一看,股市跌得这么厉害,看来大家都把政策解读为利空,那还是算了吧。但现在的市场环境发生了很大变化。大盘指数已经从2001年6月的2245点跌到今年6月份的998点,整整跌了55%以上。从中国股市的经验来看,如果在长期熊市后期,推出针对市场机制的根本性改革,一般会比较容易成功。所以管理层就重新出手了。只是这一次用的字眼比较巧妙,叫'股权分置改革',不仅回避了'国有股减持'这个概念,还特别强调这次改革是为了引进市场化的激励和约束机制,解决A股市场上不同类型股东的利益不平衡问题。为防止流通股东再次把股权分置改革解读为利空,管理层还强调在股改时,原非流通股股东必须给流通股股东一定的对价,以确保双方的权利一致。此外,还规定,上市公司股权分置改革完成以后,持有上市公司股份总数5%以上的原非流通股股东在12个月内不得上市交易或转让原非流通股,12个月之后,通过二级市场出售原非流通股股份总数的比例在12个月内不得超过5%,在24个月内不得超过10%。这就相当于给流通股东吃了定心丸。从目前第一批开展股权分置改革试点企业的股价来看,市场反应还算正面,虽然股价还没有大涨,却也没有像4年前那样暴跌。"

"赵总说得好! 的确是这么回事!"钟敏祥不由得赞叹道。

"哦,原来是这么回事啊!"秦月明也称赞道。

"哈哈! 这是我的本职工作!"赵洪亮的情绪被秦月明一句简单的话进一步激发起来。他笑着对白皓月说:"自从今年4月29日股权分置改革试点工作启动以来,已经有两批上市公司经过试点。9月4日,证监会正式发布《上市公司股权分置改革管理办法》,股权分置改革已经全面铺开。白总,你可要抓紧哟!"

"我当然想抓紧! 不然也不会专门把你请过来!"白皓月抬头看了看墙上的时钟,接着说,"该吃午饭了,我们去楼上边吃边聊如何?"

赵洪亮和钟敏祥齐声说好,秦月明则推说自己中午还有事,不想一起吃午饭。

赵洪亮推测她应该是不想与自己在一起,就对白皓月说,他下午还要赶到另一家上市公司,关于龙虎信托股权分置改革的事情只能利用中午吃饭时再聊聊了。白皓月明白,赵洪亮这是在变相挽留秦月明,便对秦月明说:"还是一起吃吧,股权分置改革是我们近期工作的重中之重!"秦月明无奈,只好点头同意。

龙虎信托是楼上旋转餐厅的金牌客户。白皓月等人刚走出电梯,服务员小姐便直接把他们带进了一间小包房。在等待饭菜的过程中,四人随意地聊着当下的奇闻逸事。聊着聊着,话题便转到赵洪亮的身材上来。

钟敏祥问:"赵总身材变化这么大,有什么秘诀吗?"

赵洪亮喝了口茶,抬头看着天花板说:"我先用整整10天时间把体重从230多斤降到160斤。"

"哇!这么厉害!"白皓月和钟敏祥同时叹道。

"你是怎么做到的?"白皓月问。

"辟谷。"

"这么神奇?"钟敏祥表示怀疑。

"其实也没什么,就是只喝水不吃东西,工作照做,觉照睡。"赵洪亮轻描淡写地说。

"连续10天不吃东西,你不饿吗?"钟敏祥问。

"开始两三天饿,眼睛都饿花了,但是从第四天开始,也就慢慢习惯了。"赵洪亮说。

"太有毅力了!是什么让你下这么大的决心?"钟敏祥又问。

赵洪亮笑而不语,脑子里却出现了去年在奇峰时自己连一个俯卧撑都做不了的画面……

"你辟谷结束后还要继续控制饮食吗?"白皓月问。

"当然。不仅要控制饮食,还要加强锻炼。双管齐下,才有我现在的样子。"赵洪亮说。

"厉害!"钟敏祥不禁向赵洪亮竖起了大拇指,"嫂子对你的变化一定非常满意!"

"我去年年底就离婚了。"赵洪亮说完,把头扭向窗外。

赵洪亮已经离婚的消息令白皓月等三人都深感意外。白皓月问他因为什么,赵洪亮支支吾吾不愿意说,两只眼睛却偷偷瞄向秦月明。秦月明被他看得心里发毛,心想,这人怎么这么无聊?你就算脱胎换骨、重新做人,又与我何干?!她真想起身一走了之,但碍于白皓月的情面,只好假装没有看见,继续闷头喝茶。二人的微妙关系被白皓月和钟敏祥尽收眼底。白皓月心里还装着股权分置改革的事情，便没再追问。恰好服务员端上了饭菜，尴尬的一幕这才因此而暂时化解。

五菜一汤，清清爽爽。白皓月很快又把话题引到股权分置改革上面。他问赵洪亮，如果龙虎信托现在开展股权分置改革，需要做哪些准备。赵洪亮说，他对龙虎信托的情况多少还是了解一些，在白虎投资入主金龙信托之前，金龙信托的资产质量很差，白虎投资要想在将来的股东大会上顺利通过股权分置改革方案，必须把那些不良资产置换掉，并且要让其他股东相信大股东有能力改善公司的经营业绩。白皓月说，即使没有股权分置改革，他们也在做这方面的工作了，前不久，他们已经让白虎投资与上市公司龙虎信托进行了资产置换，把白虎投资旗下的公司办公楼折价置入了上市公司，奇峰市政府则承担了龙虎信托的5.8亿元资产和负债。赵洪亮说，这样很好！白皓月则皱着眉头说，可惜龙虎信托里还有不少不良资产。赵洪亮叮嘱他，务必把不良资产全部置换出去。白皓月当场就把这项任务交给了秦月明和钟敏祥。

白皓月又问赵洪亮还需注意什么问题。赵洪亮告诉他，要想好自己能给流通股东什么对价，要么给股份，要么给现金。白皓月当即就否定了给股份的办法，说白虎投资持有的龙虎信托股份刚刚超过30%，远没有达到控股的水平，如果再把自己手中的股份分出来给流通股东，白虎投资的股份占比岂不是又要下降？赵洪亮说，那就只有送钱这一条路了。他还建议白皓月务必算好账，看到底给多少钱比较合适。

一顿高效的工作午餐很快结束了。赵洪亮因为在饭前就强调自己下午还有事，所以只好装作很忙的样子匆匆告辞离开。

几天后，在白皓月的推动下，龙虎信托与达通证券签订协议，达通证券正式成为龙虎信托股权分置改革的保荐人。赵洪亮带领两名助手亲自进驻龙虎信托。各项工作都进行得非常顺利。只有一件事差点影响了龙虎信托的股权分置改革。

原来，早在1999年的时候，金龙信托在古久银行办了一笔1.2亿元的商业承兑汇票贴现业务。白虎投资刚收购金龙信托时，按照奇峰市政府的要求，所有的债权债务都要清退，这笔1.2亿元的商业承兑汇票也在清理范围。可是白皓月为了收购奇峰市财政局手里的那20%股权，已经差不多耗尽了自己的财力，根本就拿不出这笔钱。情急之下，白皓月想到了展期。因为自己与古久银行的高层并不熟悉，他把这个任务交给了厉发树。

厉发树与古久银行行长单大为交情甚厚，加上这张商业承兑汇票本来就是经他手办的,所以在展期问题上干得特别卖力。在厉发树的协调下,单大为派人对金龙信托的新大股东白虎投资进行了全面的尽调。一番调查下来,单大为认为白虎投资实力雄厚,符合展期条件,决定对这笔商业承兑汇票展期一年。就在这次办理展期的前前后后,白皓月结识了单大为。这也为白皓月日后的一桩行贿案埋下了祸根。当然,这是后话。

现在,这张商业承兑汇票又到期了。当厉发树告诉白皓月,古久银行已经催促龙虎信托抓紧还钱时,白皓月的第一个反应就是:没钱,有钱也要用在刀刃上。他让厉发树找单大为商量再展期一年。

"白总,展期的事我问过单行长了。他说,古久银行现在正在清理到期的承兑汇票,一般情况下不再展期。"厉发树在电话里告诉白皓月。

"你没跟他求情吗?"白皓月问。

"求了,单行长不愿意松口呀!"厉发树的声音听起来非常无奈。

"好的,我知道了! 你帮我约一下单行长,我请他吃顿便饭。"白皓月说。

几天后,白皓月亲赴古久银行总部所在地,一下飞机,就直奔厉发树订好的饭店包间。距离约定的晚餐时间还有半个多小时,白皓月一边与陪他前来的厉发树谈论金龙信托的经营事宜,一边焦躁不安地揣摩单大为会不会给他面子。然而,约定时间都过一刻钟了,单大为还没有露面。白皓月只好让厉发树打电话问一下。单大为说,还有几分钟就到了。可是白皓月愣是又等了半个多小时,单大为才姗姗出现。

"不好意思呀,白总,让您久等了!"人高马大、满脸横肉的单大为轻描淡写地说道。

白皓月明白自己正有求于人,虽然一肚子穷火,却表现出毫不在意的样子说:"也没等多久,单行长是大忙人,您肯出席今晚的活动我已经万分感谢了!"

三人围桌而坐。服务生很快呈上精美的酒菜。寒暄几句之后,单大为主动斥退服务生。白皓月明白,单大为可能要跟自己做交易,便耐心等待对方首先出招。然而,单大为并不急于出招,而是没事人一样,该吃吃,该喝喝。厉发树见吃了那么久还没有谈到正题,以为白皓月希望自己出面向单大为求情,便对单大为说:"单行长,白总这次专程前来拜访,主要还是想请您再通融一下,龙虎信托目前正处在股权分置改革的关键时刻,您看那笔商业承兑汇票能否再展期一年?"

"哦,我知道,难呀!"单大为叫过苦后,便只顾闷头吃菜。过了半晌,才答非所问地说了一句:"听说你们当初买下很多小法人股,而且价格都便宜得很。"

　　白皓月知道单大为对小法人股感兴趣了,只好赔笑着说:"有这么回事,价格的确不算高,不过,我要是不买,别人也不愿意买,大家对龙虎信托都不看好嘛!"

　　"不会吧? 我就想买,可惜买不到! 据说股权分置改革以后,这些小法人股就可以自由流通了,就算按现在的价格卖,也要赚好几倍呀!"单大为故作遗憾的样子说。

　　"股改之后的事情谁能说得清楚呢! 我当初真是被迫收购那些小法人股的。"白皓月再次强调。

　　"是不是被迫,咱也不清楚。不过,白总能不能帮我再买一点呢?"单大为虽然不相信白皓月是被迫收购小法人股,却也没在这个问题上继续追究。

　　"我也买不到了。现在股权分置改革已经全面铺开,大家都清楚,当年的非流通股再过几年就可以上市交易,并且价格要远远高于当初发起企业的成本,所以,没有人愿意再卖啰。"白皓月说。

　　"既然市场上买不到,我从白总手里面匀一点总该可以吧? 我要的不多,只要200万股。"单大为说。

　　"这……"白皓月没有立即答复,而是陷入了沉思,他明白,如果拒绝对方,他的那张1.2亿元的商业承兑汇票必将无法展期,他必须在尽可能短的时间内搞到1.2亿元现金! 如果答应对方,他自己其实也没什么损失,只是少赚点而已。想到这里,他把心一横,慢慢吐出一个字:"行!"

　　白皓月的让步令单大为瞬间变得眉开眼笑起来。"白总爽快! 来,让我来敬你一杯!"单大为提起酒杯站了起来。

　　白皓月也随即起身。两人碰过酒杯,各自一饮而下。

　　"请坐!"白皓月向单大为示意后坐了下来,接着又说,"单行长能不能少要一点? 您知道,我现在虽然是第一大股东,但股权比例刚过30%,远没有达到控股的水平,少一点股票,我的控制权就要少一些呀!"

　　"那就100万股吧。"单大为说。

　　"好,就这么定了!"白皓月说。

　　"行! 我明天就把钱打给你!"单大为显得很急切。

　　"打钱就不必了。现在正逢股权分置改革的关键时刻,最好不要节外生枝。"白皓月说。

　　"那怎么办?"单大为问。

　　"我倒有一个主意,不知当讲不当讲?"厉发树插话道,见白皓月和单大为同时将眼光投向自己，他又接着说，"单行长可以不实际出资，白总也不用将股票过户出去。你们可以约定一个转让价，等将来这100万股股票可以流通了，单行长可在自己认为价格合适时通知白总变现，白总只需把扣除本金和利息后的部分交给单行长，你们看这样操作行吗？"

"行呀！"单大为想着不用拿出一分钱，将来就可以分享到股权分置改革后的溢价，心里不禁乐开了花。

白皓月则想着不用拿出那么多股份就能满足单大为的要求，也不由得松了一口气。

"既然两位领导都同意，那这件事就这么定下来怎么样？"厉发树不失时机地问。

单、白二人同时点头，表示同意。

"白总，您看我们要不要签个股权转让协议？"单大为问，似乎怕煮熟的鸭子飞掉了。

"签那个东西太麻烦！要不厉总帮我们做个证人，到时候我决不食言！"白皓月说。

单大为想了想，既然自己不用真掏钱，又有厉发树做证人，也就点头同意了。

三人接着又就一些转让细节进行了讨论。最后，三人一致同意，白皓月以0.6元/股的价格向单大为转让100万股龙虎信托非流通股，单大为不用实际出资，白皓月也不用实际过户，白虎投资将为单大为代持这部分股票。待将来这部分股票可以流通时，单大为可视情况向白皓月发出卖出指令。白皓月可以实际卖出这100万股，也可以模拟卖出，只要按照指令发出那天的收盘价计算总价，将扣掉成本和利息后的收益交给单大为就行。

关键问题谈妥以后，白皓月所担心的商业承兑汇票展期问题便迎刃而解了。那一晚，三人都各有所得，一直聊到很晚，才在服务生的催促下离开饭店。

解决了催债问题，白皓月开始会同第二大股东奇峰市财政局和第三大股东信宇人寿等股权分置改革动议的共同发起单位，与其他非流通股股东进行沟通，并很快在重组、对价等一系列问题上达成了共识。

2005年底，龙虎信托召开关于股权分置改革的股东大会。白虎投资牵头提出的股权分置改革方案在股东大会上成功获批。根据这个方案，白虎投资将把旗下的商业楼宇等优质资产注入龙虎信托，并承诺用该资产在股权分置改革后的3年内达到3500万元的税后净利润，相当于每股收益0.081元。如果达不到预期收益，白虎投资将弥补不足的部分。不仅如此，为了让广大流通股股东感受到白虎投资的诚意,并接受其提出的股权分置改革方案,白虎投资还答应向流通股股东支付0.43元/股的对价,使流通股股东和非流通股股东的持股成本基本一致。此外,白虎投资还将先代其他非流通股股东支付对价。待股权分置改革方案实施后,其他持有法人股的股东如果要出售手中的股票,须先向白虎投资支付其代为支付的对价。

2006年2月中旬,证监会批准了龙虎信托的股权分置改革方案。又经过几个月的重组、整合,龙虎信托终于完成股改。此时,提出股权分置改革动议的非流通股东奇峰市财政局和信宇人寿分别同意按双方商定的价格1.22元/股和1.58元/股将其持有的龙虎信托2078.4万股和950万股转让给白虎投资。另外,由于在股权分置改革时白虎投资代龙虎信托其他股东支付了对价,股权分置改革完成后,这些股东应该向白虎投资支付对价补偿。其中,有两个小股东因为现金紧张,分别向白虎投资转让了193.63万股和85.75万股龙虎信托股票,以补偿白虎投资当初代为支付的对价。至此,白虎投资总共持有龙虎信托达到16497.78万股,在龙虎信托的股份占比上升到38.1%。这也意味着白皓月对龙虎信托的控制力进一步增强。

第四十四章

赵洪亮意外翻脸　李昆仑偶遇万典

2006年7月中旬,龙虎信托复牌交易。由于此时的大盘已在股权分置改革的刺激之下连续多月震荡走高。龙虎信托被停牌将近半年所压抑的上涨冲动彻底激发出来,开盘即被巨额买单封住了涨停。白皓月望着电脑显示屏上那根不断延伸的水平分时线,不由得心花怒放起来。虽然白虎投资持有的龙虎信托股份要到3年后,也就是2009年2月底才能上市交易,但白皓月分明看到了自己当初以平均不到1.5元/股买来的非流通股票变成15元/股、50元/股,甚至100元/股可流通股的光明前景。

"这一切多亏洪亮呀! 没有他从中穿针引线,我哪里能捡到这个大便宜?!"白皓月想到这里,随手拨通了赵洪亮的电话:"洪亮,龙虎信托复牌交易了,从今天的股价表现来看,市场反应非常积极! 你功不可没啊! 回头我给你的账户里再打100万进去,略表一下心意。"

"算了吧! 要那么多钱有个屁用!"一向视钱如命的赵洪亮不仅没有表现出丝毫的欣喜,还直接表达了对金钱的厌倦。这令白皓月非常不解。

"怎么啦兄弟? 需要我帮你吗"白皓月问。

"需要是需要,就怕你不愿意!"赵洪亮嘟囔道。

白皓月更加糊涂了。他以十分肯定的语气说:"只要我能做到,根本不存在不愿意的问题。"

"真的?"赵洪亮的语气充满怀疑。

"真的! 快说吧!"白皓月催促道。

听筒里一阵沉默。过了一会才传来赵洪亮极不情愿的声音:"还是算了吧!"

"为什么?"白皓月追问。

"嗯,我……我怕你舍不得!"赵洪亮说。

白皓月心里一颤,心想,看来这小子的花痴病犯得不轻呀。他对着话筒说:"我大概知道你想让我帮什么忙了。不过,你必须明确说出来! 不要跟我玩弯弯绕!"

"那我就明说了?"赵洪亮试探着问。

"好!"白皓月答。

"你能帮我做做秦月明的工作吗?"赵洪亮顿了一下,又慢吞吞地接着说,"你知道,我……我被她迷住了,可是她……她根本不给我机会!"

赵洪亮终于把闷在心里的话直接说了出来。白皓月一时竟不知如何回答才好。

"哎,我就知道你不肯帮我!"赵洪亮说。

听了这话,白皓月不知为何,腾地一下就上火了,他大声吼道:"这叫什么话? 你要我帮你创造条件没问题,而且这几年我没少给你创造条件! 可是你要我帮你做工作,这个我做不到。我又不是她的家长! 就算我是她的家长,我说的话她也未必听!"此话一出,白皓月立马就后悔了,不做工作就不做工作吧,干吗发脾气呢? 难道我吃醋了? 他想向赵洪亮道歉,听筒里却传出了"滴……滴……滴……"的忙音。

白皓月手拿电话,一脸茫然。他想把电话再打过去,可惜连拨了几遍,都是接通后迅速变成忙音。"友谊的小船说翻就翻!"白皓月的好心情顿时消失得无影无踪,一下子瘫软在沙发里……

白皓月越想越沮丧。他发现自己虽然很有女人缘,却也因此让一个又一个好朋友远离自己。最早因为魏佳,他与李昆仑差点彻底闹翻。虽然他后来想尽办法去解释,李昆仑当时也没能原谅他。要不是李昆仑去了一趟西大山,并移情一个叫孙芳妮的农村姑娘,他与李昆仑之间可能至今还没有冰释前嫌。当然,李昆仑与孙芳妮的关系还是李昆仑后来才说出来的。多年以后,他又因为叶红英,与周万典彻底闹僵,两人至今没有再联系过。现在因为秦月明,赵洪亮可能又要离他远去了!

想到周万典,白皓月又想起不久前听李昆仑说起的偶遇一事。

那是今年5月底的一天,去南粤出完差,准备回到名盛地产西南总部的李昆仑刚刚踏进航班的商务舱,他的身边就来了一位身材瘦削却满身名牌的中年男人。当二人四目相对时,他们几乎同时叫了出来。

"这不是万典吗?"李昆仑从座位上站起身,首先伸出手来。周万典紧跟着伸出手,紧紧握住李昆仑。寒暄了两句,两人发现,他们的座位居然还紧紧相邻。

"万典,你这些年过得怎么样? 怎么连音信也不给一声?"李昆仑责怪道。

"哎,别提了! 你又不是不知道我为什么离开金洲证券的。"周万典摇摇头,随即哈哈大笑,"幸亏走了,不走也得被赵松年干掉!"

"是啊! 后来连皓月都被弄到班房里了!"李昆仑说。

"他……"周万典顿了一下,"算了,不说他了,你怎么样?"

李昆仑意识到周万典对白皓月的芥蒂仍然没有消除,便转而顺着周万典的问题说:"我还好,我在金洲证券没受到什么委屈,反倒跟你们几位老投行学到不少。我去名盛地产干了年把时间的董秘,后来就被老板派回江海任公司副总裁兼江海分公司总经理,一直到现在,职务基本上就没有变化了! 哈哈,惭愧惭愧! 官算是做到头了!"

"李总厉害! 你是人生赢家呀! 那么早就做上市公司高管,这些年江海的房地产市场又异常火爆,想必李总早已经财务自由了吧?!"周万典说。

"离财务自由还远着呢! 钱嘛,就是这样,再多也总感觉不够花! 我很早就当处长了,要不是想多挣点钱,也不会下海。可惜,这么多年下来,钱没挣到多少,苦倒是没少吃呀!"李昆仑说罢,用胳膊肘碰碰周万典,"还是说说你吧,看样子,你这些年过得很不错!"

"我嘛……"周万典干笑几声,说,"比你差远了! 不过,比起当年在金洲证券时,日子还算顺畅。离开金洲证券后,我感觉江海再也待不下去了。就决定带着我那个死婆娘去南粤讨生活。起初她不愿意跟我去,后来发现怀孕了,只好跟我南下。到南粤以后,我们分别进了康宁证券和诚信证券。那时候,这两个证券公司都是小券商。我们毕竟在江海的大券商里做过,我还做过投行部副总。所以我们很快就在各自的工作岗位上站稳了脚跟。我还在半年之后,重新坐上了投行部副总的位子。2004年,我参加了第一批保荐代表考试,并且顺利通过。现在我不仅是保荐代表,还升任了投行部总经理。"周万典越说越得意起来。

"不错嘛! 我就知道,有本事的人到哪里都吃香! 听说现在保荐人可牛啦,一个普通的保荐人,什么都不用做,只要到时候签签字,就可以拿到百万年薪,更何况你这种投行部的老总呢!"李昆仑的语气中充满了艳羡。

"百万年薪有什么大不了的,那毕竟是死工资!"周万典把头往座椅上靠了靠,两手往扶手上一搭,得意地说,"我现在正在打造一种全新的投行模式,相信过不了多久,我们康宁证券就可以冲到全国投行业务的最前列!"

"哦? 什么模式?"李昆仑显然被周万典的话吸引住了。

"'工厂'模式! 简单说吧,我把投行业务分解成一个个很小的单元,让投行部的员工们都能根据自己的特长承担最适合他们的那部分工作,这样,一个个投行项目就像一个个流水线一样,既高效,又快捷,我就不信其他的证券公司能打得过我!"周万典说。

"他们也可以模仿你们呀!"李昆仑提醒道。

"模仿?"周万典"嘿嘿"冷笑两声,"哪有那么容易模仿? 我有秘诀!"

李昆仑问他是什么秘诀,周万典却神秘一笑说:"说了就不是秘诀了!"

多年以后,李昆仑才明白周万典所说的秘诀无非是两点:一是舍得给下属发钱,干得越多,发得越多;二是周万典牢牢把握投行业务的关键环节。当然,这是后话了。

飞机起飞一个多小时后,机舱里的人开始昏昏欲睡起来。此时的周万典却兴致盎然。他将橄榄核一般的小脑袋偏向窗外,努力瞪大那对深陷眼窝里的小眼珠子,悠然自得地看了会脚下的白云。君临天下! 这种感觉真好!

"听说白皓月的老婆是从你手里抢过去的?"周万典突然转头,冷不丁地问道。

"他怎么会问这个问题? 是谁告诉他的? 我该如何回应他?"一连串的问题跳进李昆仑的脑子里。他虽然没有立即答话,心头的炉火却被瞬间点燃起来。他感觉心里烧得难受,真想找个树桩之类的东西狠狠踹上几脚。这些年,他极力不去想这件令他羞耻的事情,一心只念白皓月对他的好,特别是白皓月在他走投无路时对他的鼎力相助。然而,此时此刻,那道陈旧的伤疤却被这个不期而遇的老相识轻而易举地揭开了。他仿佛看到伤疤下那殷红的鲜血……

"你听……听……谁……说的?"李昆仑强忍住内心的愤怒问。

"听谁说的不重要,反正我知道有这么回事。"周万典转了转眼珠子,愤愤不平地接着说,"哎,我们俩也算是同病相怜吧! 那个姓白的真不是东西,从朋友手里抢到老婆还不满足,见到别的漂亮小姑娘,又动歪心思! 我家那个死婆娘在嫁给我之前,差点就被他占便宜了。这还不算,我都把叶红英娶到家里了,他还想打主意,你说他怎么这么无耻?!"周万典越说越激动。他双目圆睁,两拳紧握,看样子,如果白皓月就在旁边的话,他能一拳把白皓月打得脑浆迸裂。

李昆仑对周万典与白皓月之间的矛盾有所了解,但对白皓月为周万典追求叶红英创造机会,以及白皓月谢绝叶红英的主动追求等全然不知,听到周万典的一面之词,不禁对白皓月凭空增添了几分反感。"你说的都是真的吗?"他问。

"当然是真的! 你见谁愿意主动把绿帽子往自己头上戴?"周万典一拳捶在座椅扶手上,狠狠地骂了句,"他娘的,我怎么摊上了这么个同学!"

周万典的咒骂令李昆仑顿生共鸣。他想：是呀，我怎么摊上了这么个同学！要不是白皓月插了一杠子，魏佳可能早已做了我的老婆！这些年，我弃官从商，南下海岛，西闯山城，说来说去，还不是因为不得已娶了个不称心的老婆吗?!

"李总，你怎么不说话了?"周万典用胳膊肘碰了碰李昆仑，问道。

"哦，说什么呢？都是过去的事了!"李昆仑说罢，眼神空洞地望了眼恰好从身边走过去的漂亮空姐。

"过去的事？你的意思是过去的事就算了?"周万典显然很不甘心。

"不算了，又能怎么样?"李昆仑叹了口气，说，"我儿子都上大二了!"

"是啊，不算了，又能怎么样呢？不过，还是你跑得快，儿子都那么大了，我家闺女还在上小学呢!"提起闺女，周万典的情绪一下子好转许多，他接着说，"幸亏我当年坚决跟那个姓白的翻脸了，要不，我哪来这么优秀的女儿?!"

"是啊，看在孩子的分上，过去的事就让它过去吧!"李昆仑似在说服周万典，又似安慰自己。

"你倒是好讲话！对了，听说姓白的把老婆孩子送到国外，自己一个人留在国内，现在又开始打起身边小姑娘的主意了。"周万典说。

"打谁的主意？你怎么什么都知道?"李昆仑问。

"我自然有获得消息的渠道！听说你与那个姓白的合伙搞了个投资公司?"周万典问。

"嗯，是有这么回事。不过，我占的股份很少，只有20%，都是白皓月在打理，我基本不过问。"李昆仑说。

"你过问不过问，那是你们的事。不过，据我所知，那个姓白的弄了一个美女助理在自己身边，不知用什么功夫把那个女的迷得神魂颠倒，害得别人正儿八经去追都没有机会！你说，这个姓白的可恶不可恶，他家里占一个，外面还霸一个，凭什么好处都被他一个人占了?"周万典说到这里，又狠狠地骂了两句脏话。

李昆仑明白周万典说的那个美女助理应该就是秦月明。说句公道话，他与秦月明虽然接触不多，对她的印象倒不差。她长相漂亮，彬彬有礼，业务能力也不错。至于她与白皓月到底有没有什么关系，他没有看出来，也不想过问。不过，赵洪亮对她很有意思，他倒是耳闻目睹过多次。想到这里，他似乎明白了，那个向周万典透露白虎公司情况的人很可能就是赵洪亮。他们目前在不同的证券公司任投行部总经理，彼此之间应该还有联系。不用说，赵洪亮既然跟周万典提及秦月明，那他应该也因为一时得不到秦月明，而对白皓月心生怨恨。他想问周万典，是不是赵洪亮跟他说了什么，周万典却转移了话题。

"李总有没有兴趣做直投？"周万典问。

"什么样的直投？"李昆仑反问。

"我们在工作中经常会碰到一些非常优秀的拟上市企业，如果能在包装上市前，弄到一些原始股，等将来公司上市了，可以赚到几十倍，甚至上百倍。"周万典眉飞色舞地说。

"能弄到这么的项目当然好，就怕将来证监会找麻烦！"李昆仑说。

"可以搞得隐蔽一些嘛！再说了，在公司上市前弄点原始股，这差不多是行规了，证监会找谁去？"周万典的语气非常笃定。

李昆仑没有再接茬。一方面，他认为自己现在的房地产生意已经足够做了，没必要再去求别人给自己分一杯羹；另一方面，他还在考虑他们与白皓月之间的关系。他发现，周万典、赵洪亮，还有他自己，跟白皓月都有一种非常奇怪的关系，他们与白皓月既是曾经的好朋友、好同学、好同事，又是不共戴天的情敌。他想把这个发现告诉周万典，这时，空姐走过来提醒他们飞机正在下降，要他们调直座椅，收起小桌板，再加上飞机颠簸得厉害，他便把已经到嘴边的话吞了回去……

回江海见到白皓月时，李昆仑把偶遇周万典的事隐去敏感内容，大致说了一下。所以白皓月在被赵洪亮挂掉电话时，自然也就想到了周万典。只是白皓月万万想不到，李昆仑又重新燃起了对他的妒火。

第四十五章

调人事龙虎巨亏　纳建议坏账生金

"白总,今天的会是在您办公室开? 还是……"

白皓月抬头看时,秦月明正从门口探头向他张望。他这才想起自己还要与秦月明、宋来运等人一起讨论龙虎信托的转型发展问题。

白皓月虽然还没有完全从沮丧中恢复过来,但一想到要开会讨论重要工作,还是努力振作起来。他对秦月明说:"就在我办公室吧。"

秦月明、宋来运、钟敏祥三人很快拿着记事本走了进来。

白皓月招呼大家围桌而坐。"都来了!"他抬头扫视了一圈,很快进入了角色,"今天这个会我在一年前就开始考虑了。"白皓月的话霎时将三人的注意力全部吸引到他的脸上。

"经过大家的努力,我们白虎投资不仅收购了一个上市的信托公司,还成功完成了股权分置改革。很多两年前、一年前,甚至几个月之前,我们想做却又不能做的事情,现在终于可以做了!"白皓月把目光停留在宋来运脸上,接着说,"那就是调整业务结构,并相应调整人事!"

白皓月发现,当他说完这句话时,宋来运的眼睛一下子放出光来。

"在座的几位,除了小秦,都是证券公司出身的。从我们刚与金龙信托接触时,我就考虑等将来拿下它以后,一定要把我们最熟悉的投行业务放进去。可是,我们刚拿到它时只有20%的股份,并且股价的高低与大股东的关系也不大,加上收购完成后我们的财力已经基本耗尽,我就没有及时解决公司的经营和人员的配置问题。当时,包括在座各位的很多人都给我出过很好的主意,我都没有及时采纳。相信大家应该能够理解我的用意。"白皓月说。

"当然理解!公司业绩不好,有利于我们以较低的价格收购小法人股嘛!"钟敏祥首先接过话茬。

"还有,留任厉发树是因为他是奇峰市市长的亲戚,并且龙虎信托里面的历史遗留问题最早是他经手办的,解铃还须系铃人呀!"宋来运也顺着白皓月的话说。

"没错,你们两个人都讲到点子上了! 难为你们都这么理解我!"白皓月长长地吐出一口气说,"现在,这些问题都不存在了! 并且3年之后,我们手中的股票就可以自由交易,在这种情况下,我们应该把股价做起来。"

"对,我理解,接下去龙虎信托的经营团队应尽快把公司业绩做上去。当然,调整业务结构,讲好故事也非常必要!"秦月明也试探着发表了自己的意见。

"大家说得都非常好! 接下来我们就要朝这个方向努力。不过,这个目标是当前的经营团队无法做到的! 所以,我想在调整业务结构的同时,把原来的人员结构也相应调整一下。业务结构方面,除了做好房地产信托和工商企业投融资集合信托之类的传统业务,我想增加重组并购、财务顾问和公司理财等中间业务。在公司部门设置上,增加并购重组部、财务顾问部和公司理财部三个部门。大家看怎么样?"白皓月大致说完自己的想法后,征求三位的意见。

"好,太好了! 这样就可以把我们这些人的长处发挥出来了!"宋来运说。秦月明和钟敏祥也表示欢迎。

"既然大家都认为这个方案不错,那我们下一步就这么办! 在人员上我也想做比较大的调整。我的想法是,我直接兼任龙虎信托的董事长,厉发树嘛,在公司前期的运营和股权分置改革过程中也没有少出力,所以我想让他出任副董事长。"白皓月看看秦月明问,"小秦看总裁谁当比较合适?"

秦月明非常认真地低头想了一会儿,说:"嗯,我可没有这个眼光! 白总既然想到人员调整,肯定对总裁的人选已经有所考虑了!"

就在秦月明思考和说话时,有一个人的心都快提到了嗓子眼。这个人就是宋来运。他多么希望秦月明或白皓月能说出自己的名字呀! 他本来想顶上厉发树那个董事长的位子,刚才白皓月既然说自己兼任,那他肯定不能再打这个职位的主意了! 所以他退而求其次,盯上了总裁的位子。

就在宋来运想入非非的时候,白皓月说话了:"小秦很谦虚呀! 不过,你说得很对,总裁这个位置非常重要,我想下一步从市场上公开招聘一个!"

宋来运听到这里,就像一只泄了气的皮球一样,顿时没了精神。他想,白总也太不够意思了吧? 我们跟着你这么多年,帮你做了那么多的事,挣了那么多的钱,你连个总裁都不肯让我做! 不过,他的情绪很快就好了起来。因为白皓月说了,要推荐他和钟敏祥出任龙虎信托的副总裁,分别分管投资理财和并购重组、财务顾问部,而秦月明将是董事会秘书的推荐人选。

"今天先跟大家通个气,请大家高度保密,我的想法能否实现,还需要通过一系列程序。"白皓月最后再三叮嘱大家。

不久之后,由白皓月授意的业务和人事调整相关议案在股东大会上全部得到通过。龙虎信托真正进入了发展的快车道。此时的 A 股大盘及个股也在股权分置改革的推动下,进入了一场轰轰烈烈的大牛市。到 2007 年 10 月的时候,大盘指数创下了 6124 点的历史新高。在此背景下,龙虎信托的股价也是迭创新高,股价比股权分置改革前大涨 10 倍以上,很多在股权分置改革前因买入金龙信托或更名后的龙虎信托而被套多年的散户及机构投资者因此赚得钵满盆满。

然而,令白皓月略有遗憾的是,还未等他熬到龙虎信托解禁(按股权分置改革时的承诺,白虎投资所持龙虎信托将锁定至 2009 年 10 月),一场因美国次贷危机引发的全球金融海啸爆发了。龙虎信托也跟随大盘开启暴跌模式,其股价从 2007 年 10 月至 2008 年 10 月的一年间大跌 79%,白虎投资所持龙虎信托的市值也从最多 25 亿多元缩水至 5.2 亿多元。看着不断下跌的股价,计算着不断缩水的市值,白皓月的心里别提有多难受。更令白皓月糟心的是,因为大盘及个股暴跌,龙虎信托的投资理财业务陷入巨亏境地。至 2008 年 12 月底时,龙虎信托当年合计亏损近 2 亿元。坏消息还不止这些。白虎投资因无力偿还两年前从银行借来的 2.85 亿元贷款,其作为抵押物的一处江海闹市区近 8000 平方米的商业物业被银行收了过去,听说很快还将被公开拍卖。

"必须迅速扭转当前局面!"白皓月向总裁骆远命令道。骆远是他在 2007 年初以 320 万元年薪从一家知名信托公司挖来的。在加盟龙虎信托之前,骆远已在那家信托公司担任了 3 年多的公司总裁。此人年龄刚过 40,在信托业界有着非常高的知名度和傲人的过往业绩。若非看中白皓月开出的诱人年薪和上市公司平台,他才不会轻易跳槽。谁知 320 万元的年薪刚拿一年,他的经营业绩便陷入了滑铁卢。骆远那颗骄傲的头颅再也没法像从前那般高高挺起。

"老板,今年情况特殊,我们遇到了百年不遇的系统性风险。"骆远说完,扭头看了一眼身边的宋来运。

白皓月明白,骆远话里有话。投资理财部是他力主设立、由宋来运具体分管的,而 2008 这一年亏损最多的就是这个部门,总共亏损近 3 亿元。要不是并购重组部和传统信托业务部门还有一些盈利,龙虎信托的亏损会更多。白皓月虽然对宋来运分管的投资理财部有很大的意见,但那毕竟是他主导成立的新部门,并且宋来运是他的老部下,在前些年没少为白皓月挣钱,他从感情上对这个老部下还是有几分袒护的,怎么可能因为一年的失利就去怪罪他呢。况且宋来运只是分管而已,具体工作倒是王猛和杨帆这两位部门正副总经理做的。事实上,白皓月对于系统性金融风险的说法也是认同的。不过,他不希望这种话从骆远嘴里说出来。因为在他的潜意识里,骆远之前没有给龙虎信托做过贡献,加盟龙虎信托之后,一下子就拿那么高的工资,理应做出与自己收入相称的贡献才行。

"骆总的意思是龙虎信托在2008年这么大亏损,那是无法避免的了?"白皓月盯着骆远问。

"是……"骆远想想不太对,赶忙改口说,"哦,不是!"

"到底是'是',还是'不是'?"白皓月明显不高兴起来。

"白总,我来说两句吧。"宋来运眼看董事长与总裁之间的对话与自己有关,再不站出来说两句,将来无法面对自己的顶头上司,便插进来说,"今年投资理财部拉了整个公司的后腿,这一点我有责任。我不该在大盘指数6000点以上还让王猛他们保持较高仓位。后来大盘回调时,我也没有提醒他们及时止损。"

宋来运的话令骆远一下子精神不少。不过,他的好心情还没有保持两秒钟,白皓月就瞪了一眼宋来运,说:"你的责任回头要慢慢反思,今天找你们几位来,不是要追究你们的责任,而是要看还有什么办法没有?! 骆总作为信托公司总裁更应该从全局高度拿出可行性的办法才行!"说毕,白皓月没与任何人打招呼,便兀自走出会议室……

"丁零零……"白皓月还在通往自己办公室的路上,他口袋里的手机铃声便急促地响了起来,接起来一看,是魏佳打过来的越洋电话。他没好气地对着话筒说:"什么事,非得上班时间打电话吗?"

对于白皓月的责怪,魏佳并不在意,反倒非常兴奋地告诉白皓月,她看中了一栋五大湖畔的无敌湖景大别墅,占地足有一个足球场那么大。白皓月问她什么意思。魏佳说,还用问吗? 自强已经大二了,该给他置办些产业了,北美这边刚刚发生次贷危机,房价下跌得非常厉害,不如趁机捡个便宜。白皓月听魏佳说又要为儿子操这些不该操的心,心里顿时来了气。不过,念及魏佳放弃国内安稳工作,一个人在外陪儿子读书,他还是把怨气强行憋了回去,心平气和地问魏佳大概需要多少钱。

"不贵,也就200多万美元,据说要是放在两年前,这栋别墅的售价至少可以达到1000万美元!"魏佳的口气不是一般的轻松。

"那还不贵呀？200多万美元相当于1600万元人民币！你知道A股有多少上市公司一年的净利润还达不到一千五六百万元吗？"白皓月很不高兴地问。

"不知道，会有多少呢？"魏佳问。

"现在还没有统计数字，反正周围很多上市公司都说今年巨亏。别的不说，我们龙虎信托今年就亏损将近2亿元！"白皓月说。

"我的妈呀！"魏佳在电话里惊呼道，"那还是算了吧！你现在的压力一定很大，我就不给你添乱了，过两天我再给你打电话。"

白皓月挂掉电话，痴痴地盯着桌面上的龙虎信托2008年度预决算，内心五味杂陈。他明白，魏佳刚才提到的买房一事并非不是一件值得考虑的事情，原价1000万美元、现价200万美元，这个价格确实非常有吸引力，并且虽然龙虎信托今年业绩巨亏，但是不代表他拿不起这笔钱，这点钱对今天的他来说难度并不大。他所烦心的是，魏佳对儿子考虑得太过周全，这对儿子的成长并不是一件好事。另外，龙虎信托业绩巨亏以及股价的大幅回落也的确令他心情糟糕。

就在白皓月一筹莫展的时候，秦月明敲门而入。白皓月问她为什么没有与骆远在一起继续开会。秦月明说，骆远见他走了，心情似乎也很不好，把手头的几件工作布置过后，便散会了。白皓月"嗯"了一声，问她有什么事。

"我刚才收到一条信息。"秦月明说。

"什么信息？"白皓月问。

"银行要处理白虎投资的坏账。"

"怎么处理？"

"听说要公开拍卖，拍卖底价1.42亿元。"

"打了个对折！这么便宜？"

"是的，这个消息绝对可靠。"

"这么说我自己都想买了！"

"为什么不呢？"

"当然，为什么不呢？我只要换一件马甲，用一个闲置的工具公司出面竞拍就行了。只可惜，现在公司拿不出这么多钱喽！"

"我倒有个主意。"

"说说看。"

"白总可以用白虎投资持有的龙虎信托股份作质押，找人借钱参与竞拍。"

"好主意！我怎么就没有想到呢？！"白皓月丝毫不掩饰自己对秦月明的欣赏。

他笑眯眯地从上至下,又从下至上打量起秦月明来。这个美人胚子越来越能干了,他想。虽然这个主意对白皓月来说并不是十分高明,但是从秦月明的嘴里说出来,这实在令他深受感动。他甚至都想一把将她揽进怀里,与她好好温存一番……

"谢谢白总肯定。还有一件事,不知当讲不当讲?"秦月明的话打断了白皓月的思绪。

"那就说吧。"白皓月鼓励道。

"宋总分管的投资理财部今年出现这么大的亏损,这有点不太正常。"秦月明异常小心地说。

"今年情况的确特殊。美国次贷危机演化成全球性的金融危机,这的确是很少有人能想得到的。"白皓月替宋来运辩解道。

"这个我明白。宋总是证券投资的老手了,并且他的风格总体上还是偏谨慎的。年初时,全球金融危机已经非常明显,股市也开始出现了调整,按照他一贯的风格,在这种情况下,公司的股票仓位不应该那么高。就算他刚开始的时候没来得及想到撤退,也不至于容忍投资理财部重仓持有到年底呀!"秦月明进一步展开了自己的疑虑。

白皓月是何等聪明之人?加上他多年与资本市场打交道,虽然不亲自入场交易,却大致知道什么时候该进场,什么时候该离场。"你是说宋来运可能故意不让投资理财部把这件事办好?"白皓月问。

"这个我可不敢说,也没有相应的证据。不过,据我所知,宋总对您重金聘请骆总还是心有不甘的。"秦月明说。

"知道了。"白皓月感觉心里很闷,抚了抚胸口,接着说,"回头我找来运好好谈谈。"

"其实宋总的能力还是很强的,也许您可以给他安排一个更合适的位子。"秦月明提醒道。

不用秦月明提醒,白皓月也已经意识到宋来运在今年投资理财业务上大失水准是有原因的。只是这种话从秦月明里嘴里说出来,还是令他颇为惊讶。他正要问秦月明什么位子更加适合宋来运时,钟敏祥的到来打断了他们的谈话。

白皓月让秦月明先回去,并请钟敏祥坐下说话。和宋来运一样,钟敏祥也是个"70后"。不过,比起宋来运,他的长相明显"着急了点",不仅头发稀疏斑白,就连额头上的皱纹也比宋来运深得多,再加上皮肤黝黑发亮,若不是身着做工考究的深蓝色西服并配以雪白的衬衫和鲜亮的棕色斜纹真丝领带,那样子与一位西北的老农倒是相差无几。白皓月对钟敏祥的印象不错，感觉他老成持重，做事沉稳，加上这些年帮白皓月在兼并收购和财务顾问方面打过不少硬仗，挣过不少大钱，所以对他信任有加。

"老板，还记得我们在银行的那笔坏账吗？"钟敏祥刚坐好，便迫不及待地问。

"那大一笔钱，连我们的物业都抵上了，怎么能不记得？"白皓月反问道。

"那是！那是！如果您舍不得那两层楼，我们还可以再把它买回来，并且只需出当时评估价一半的钱就可以了。"钟敏祥额头上的皱纹因兴奋而变得更密更深起来。

"哦，我已经知道了！这可是个大机会呀！这件事就由你出面操办怎么样？"白皓月满面春风地把这件工作交给了钟敏祥。

钟敏祥当即答应下来，并就操办细节谈了自己的想法。白皓月总体上表示同意，又交代了一些操办时的注意事项，才将话题转到龙虎信托今年的业绩上来。

"龙虎信托今年的业绩太差了！这在股权分置改革前，我还能忍受得了，放在今年……哎！"白皓月长长地叹了口气。

"差是差了一点，不过，塞翁失马，焉知祸福？"钟敏祥一脸严肃地说。

白皓月没吱声，只用眼光鼓励他继续说下去。

"我知道您担心公司业绩不好，股价走低，会影响您手中股票的市值。可是，您手中的股票还有大半年才能到解禁期，现在担心股价意义不大。不如趁现在股价低迷，通过定向增发，进一步增大白虎投资在龙虎信托中的持股比例。"钟敏祥慢条斯理地说。

"好主意！要打就打组合拳！"白皓月腾地一下从座椅中站起来，手插裤兜在办公室里来来回回快步走了好几趟，最后停在钟敏祥身边，用手拍了拍他的肩膀说："快去落实吧，越快越好！注意保密！"钟敏祥"哎"了一声，便迅速走出白皓月的办公室……

不久之后，《江海晚报》经济版上一则拍卖新闻迅速传遍街头巷尾——"据本报记者消息，在今天举行的江海不良资产拍卖会上，一神秘人士以1.45亿元拍下了本市某繁华地段的一处商业物业。据了解，该商业物业系某投资公司质押在江海银行的质押物，原评估价为2.85亿元。因该投资公司在借款到期后无力偿还贷款，江海银行将这笔贷款作不良资产处置。该商业物业此次拍卖底价虽然只有评估价的一半，但是拍卖师在喊出1.45亿元的底价后，现场无人应价。眼看就要流拍，一位神秘人才果断应价。记者现场采访部分参加拍卖会的人士，大家纷纷表示,若不是很多企业在全球金融危机中遭受重创,以如此低价格买下该商业物业的可能性接近于零。"

"皓月,这一票干得漂亮呀!"白皓月刚看完那则与自己相关的新闻,李昆仑的电话就打了过来。晚报记者虽然不知道那个神秘人就是白皓月的代理人,李昆仑却是一清二楚。因为他毕竟是白虎投资占股20%的第二大股东,涉及这么大一笔交易,白皓月事前肯定会跟他沟通并取得了他的支持。而李昆仑之所以高兴,不仅因为白皓月事先跟他通报过,他获得了应有的尊重,更是因为按照他在白虎投资的股权比重,他在这笔交易中不费吹灰之力就可跟着获得近3000万元的好处,换句话来说,这笔交易使他免除了所欠银行的3000万元贷款,对于白虎投资来说,就相当于当初欠银行的2.85亿元,只需偿还1.45亿元,而公司质押给银行的商业物业又原封不动地回到了公司手中。其实,这些年,他跟在白皓月的后面获得的好处又何止3000万元。所以尽管他在白皓月追走魏佳一事上时不时会泛起醋意,总体上还是非常感激这个老朋友的。

"皓月,你在跟谁打电话呢?"白皓月正抱着电话与李昆仑天南海北地闲扯,魏佳从卧室里走出来,问道。

"昆仑。"白皓月捂住话筒,朝魏佳做了个鬼脸。

魏佳听后,眉头一皱,扭头又回到卧室去了。白皓月看着魏佳那高大、臃肿的背影,突然没了与李昆仑继续闲扯的兴致,随便应付了几句,便匆匆挂掉电话,靠在沙发上发起愣来。

魏佳是前天刚从北美飞回来准备与白皓月共度新春佳节的,因为时差还没有倒过来,到了晚上特别兴奋,本想出来跟白皓月说说话,见他正与李昆仑煲电话粥,心里极为不爽。其实,白皓月比她更为不爽。因为在白皓月眼里,她不仅完全没有了年轻时的美丽、飘逸,还变得特别庸俗、特别琐碎,一张嘴不是北美如何干净,就是谁家的老公最近找了个小三,还问白皓月是不是也背着她找了小三。每当她这样絮叨时,白皓月便禁不住暗暗拿她与秦月明相比——一个体态臃肿,一个活力四射;一个举止粗鄙,一个超凡脱俗;一个眼界狭隘,一个思路开阔……

第四十六章

魏佳立志创大业　皓月顺势玩定增

女人是敏感的,更何况魏佳这样生在大城市,受过高等教育,又见过大世面的知性女人! 这一趟回国,白皓月对她的冷淡、疏远,甚至厌倦,她都感受得一清二楚。"得想个办法了!"魏佳暗暗告诫自己。

春节前后恰好是走亲访友的好时机。魏佳不放过任何一个亲友的饭局,并隔三岔五主动约上老同学、老同事以及以前业务上的伙伴,或喝茶聊天,或逛街郊游,表面上跟大家谈天说地,实则悄悄调研市场机会。

正月底的一天晚上,魏佳一如往常一样,洗刷完锅碗瓢盆后给白皓月倒了一杯温热的柠檬水。

"皓月,我想跟你谈件事。"魏佳在白皓月侧面的单人沙发上坐下后说道。

"什么事?"白皓月一边喝着柠檬水,一边懒洋洋地问。

"我跟几个老姐妹合伙开了家公司。"魏佳淡淡地说。

"什么?"白皓月仿佛不相信自己的耳朵,愣了一会才问,"什么时候开的?"

"准确地说还没有开,不过,公司的名字已经起好了,就叫江海海佳装潢设计有限公司,注册资金500万元,我们明天就去办理工商注册。"魏佳的语气依然很平静。

"这么大的事怎么没听你提前说一声?"

"现在说也不迟啊!"

"你不打算回北美了?"

"不去了。我已经想明白了,你不可能放弃国内的事业去北美,过两年自强大学毕业了说不定也想回国发展,那样的话,我一个人继续待在北美一点意思都没有。既然这样,不如我现在就回来,趁自己还不算太老,做一点事情。"

"要是自强大学毕业后不想回国怎么办?"

"那我也要回来。毕竟他今年已经读大二，是个成年人了，应该能自己照顾好自己了！"

"好吧，既然你已经想明白了，那我也没意见。不过，你为什么要选择开公司而不是找份工作，或者就到白虎投资来干点什么呢？"

"我不想打工，也不想去你的公司混日子。我只是想按自己的意愿做一点事。我了解过，现在江海新开和待开楼盘非常多，在装潢设计方面有硬需求。我是学室内设计的，这些年虽然没工作，但在国外一直没有放弃专业学习，平时也会参加一些关于室内设计方面的沙龙或研讨会。所以如果开一家以设计为主、兼顾装潢的公司，应该很有前景。"

"也许你是对的。说说看，需要我帮你什么？"

"我这些年只顾给你照顾儿子了，手中没有余钱。所以需要你帮我出资255万元，我在公司里股份占比51%。这点钱对你不是大问题吧？"

"255万也不是个小数目！既然你想做，我可以支持你。不过，你还是要好好想一想，毕竟开公司说起来容易，做起来难！你应该再考虑一下！"

"不用考虑！我都想清楚了！"

两人的对话在波澜不惊中戛然而止。就连白皓月自己都感觉奇怪，他与魏佳的关系怎么变得如此平淡如水了呢？

半年之后，魏佳的海佳装潢设计有限公司正式开业了。白皓月见魏佳忙得不亦乐乎，感觉这样也挺好。装潢设计公司毕竟是轻资产运营，能赚多少钱不好说，亏损的可能性很小，关键是魏佳在自己的专业领域又能忙活起来，这要比整天无所事事、胡思乱想不知要好多少倍。而魏佳也的确从装潢设计公司的运营中找到了乐趣，非但没有被千头万绪的工作压垮，反而一天比一天充实，一天比一天乐呵，仿佛又焕发了第二春，既自信满满，又风姿绰约，就连白皓月也忍不住要多看她几眼……

白皓月自己这边的工作也做得相当顺利。眼看白虎投资持有的龙虎信托解禁期就要到了，二级市场担心大股东白虎投资会减持手中的股份，在2009年上半年已经跌去近30%的基础上，又狠狠地跌了一把。白皓月抓住这个机会，推动龙虎信托以5.2元/股的价格向白虎投资实施了定向增发，注入的资产恰是钟敏祥以1.45亿元帮白皓月买回、重新估值2.92亿元的那处8000平方米的商业物业。通过此次操作，白皓月不仅最终实现了1.47亿元债务的凭空消失，还在低位拿到了5615.3846万股的龙虎信托股份，股份总数达到22113.1646万股，股份占比提高至

45.21%,进一步巩固了第一大股东的地位。此外,作为第一大股东的白虎投资参与定向增发,还给了二级市场信心,龙虎信托的股价在定向增发前后震荡走高,股价一度反弹到2008年历史最高价的一半以上。

尽管如此,白皓月并不打算立即减持龙虎信托的股份。相反,他还准备充分利用自己在龙虎信托中的控制地位,进一步玩转龙虎信托的常规经营和资本运营。为此,他对龙虎信托的高管和业务结构做了一系列调整。一个最为显著的调整就是免掉了宋来运的龙虎信托副总裁职务,让他改任白虎投资总裁,今后将重点负责白虎投资对龙虎信托的市值管理。这个调整对宋来运来说无疑是个巨大的惊喜,因为他不仅坐上了总裁的宝座,还坐上了上市公司控股公司总裁的宝座。原则上,那个市场上招来的骆远今后得听他的才行。很多人对白皓月的这项任命很不理解,私下里议论说,一个让分管部门业绩巨亏的公司高层非但没被问责,还被大老板赋予更大的权力,真是活见鬼!只有秦月明清楚,若不是宋来运因泄私愤导致公司上一年大亏,白皓月哪能有机会在龙虎信托股价低迷时完成定向增发?当然,白皓月对宋来运也不会无保留信任,让宋来运出任白虎投资总裁,其实是一招妙棋,既能充分发挥他的才能,又能使他的所作所为在白皓月的掌控之下。

一切似乎都很顺利。然而,就在白皓月踌躇满志,准备甩开膀子大干一场的时候,又一场灾难悄悄降临到他的头上……

第四十七章

兑现代持心沉重　琢磨奇梦计自来

深秋的江海，天气日渐萧瑟。刚刚吃过午饭的白皓月踏着干脆的梧桐叶，快步行走在高楼林立的江海金融城。此时，他口袋里的手机铃声急促地响了起来，拿起一看，原来是古久银行行长单大为打来的。

白皓月不敢怠慢，赶忙接通电话，以极其热情的语气向对方问候。两人寒暄了几句，单大为便急吼吼地问白皓月："有一件事情不知道你还记不记得？"白皓月一时没反应过来，正在紧急搜寻记忆，单大为便直接点题了："法人股！你转让给我的100万股龙虎信托法人股！"白皓月这才恍然大悟，一向信守诺言的他怎么能把这件事忘掉？！"单行长放心，我替您记着呢！"有意思的是，单大为从白皓月这里得到肯定答复后，开始叫起苦来："我最近手头紧张！白总能不能帮我把这100万股股票卖掉呢？"白皓月说，"没问题！那100万股龙虎信托本来就是我暂时替你保管的！"随后，白皓月又与单大为就这部分股票卖掉以后资金的去向，以及其他一些细节问题做了进一步沟通，并约定由这笔交易的见证人厉发树具体操办。

厉发树自从改任龙虎信托副董事长后，本来就没什么事，加上年届退休，自认为多一事不如少一事，更不愿揽事上身。不过，帮单大为卖掉100万股龙虎信托这事并不难，厉发树只需按当天的收盘价计算一下100万股的市值再减去当初约定的转让总价60万元即可，并不需要真正在二级市场上把100万股股票卖掉。这是因为单大为当初没有实际支付60万元购买法人股的资金，白皓月也没有实际把100万股股票登记到单大为名下。

"根据今天的龙虎信托收盘价24.22元/股计算，100万股龙虎信托价值2422万元。当初单行长应该支付的购股成本是60万元，再加上实际交易时应付的税金等差不多有40万元。所以单行长的100万股龙虎信托应获盈利2322万元。"当天收盘后仅过10分钟，厉发树便把结果告诉了白皓月，紧接着又按白皓月的要求与单大为沟通确认了一下。单大为倒是爽快,得知一笔巨款很快就可以到达自己指定的账户,主动提出把22万元的零头抹掉不要了。

"这下总算两清了!"白皓月了解到厉发树已经办妥这100万股交易后,自言自语道。因为就在去年这个时候,龙虎信托已经向古久银行归还了1.2亿元票据承兑款。然而,白皓月的心情并没有因为他与单大为之间的"两清"而激动不已,相反,在他的内心深处有一种说不清道不明的沉重感,他总感觉哪里似乎不太对劲,却又说不清楚究竟什么地方不对劲。

"皓月,你今天的脸色似乎不太好,是不是遇到什么烦心事了?"当晚临睡前,魏佳试探着问道。

白皓月摇摇头。他不想把自己公司的事情跟魏佳说。为转移魏佳的注意力,他反问魏佳这段时间生意怎么样。

"很好啊!"魏佳开心地说,"我们刚刚拿下五星级大饭店江海帝豪的室内设计和装潢!"

"这么厉害!"白皓月不禁对她高看了一眼。自从魏佳提出要开公司,一直到现在,白皓月除了给她支持过255万元的注册资金,很少主动过问魏佳的生意进展。在他的印象中,尽管室内设计和装潢市场的需求巨大,但那毕竟是男人们的游戏。他几乎没有听说过哪个女人能在这个游戏里能够占有一席之地。当初,他之所以愿意支持魏佳开办公司,只不过是念及旧情,花点钱让魏佳找个乐子,从来就没指望魏佳能把这项事业做大做好。当他看到魏佳因为开办公司而整天忙忙碌碌,人也变得格外精神时,他已经感觉这255万元出得值了。现在她居然承揽到这么大一项工程,他不得不重新审视起眼前这个女人来。

"你真了不起!"白皓月由衷地赞道。他感觉昔日那个超凡脱俗、魅力四射的魏佳又重新走了回来,忍不住转到正在铺床的魏佳身后,轻轻揽住她的腰肢。

"这有啥了不起的?与你的上市公司比起来,这算什么呢?"魏佳从容拿开白皓月的手,淡定地钻进了被窝。白皓月好容易勃发出的激情瞬间消逝得无影无踪。

白皓月在魏佳那里讨了个没趣,蔫蔫地回到自己的卧室,闷闷不乐地钻进冰凉的被窝。夜已深,可他翻来覆去,怎么也睡不着。他开始怀念初识魏佳的那段美好时光。那时候,她不仅美丽、阳光,还与他亲密无间、无话不谈。现在,她虽因重返职场而在一定程度上恢复了美丽和自信,但他与她之间似乎隔着一层厚重的墙,他再也无法与她亲密无间。他说不清这是一种什么样的滋味。是酸楚吗?似乎有那么一点。但这种滋味又不是很浓，他甚至很希望与她不那么亲密，自己都不希望保持亲密，又何谈什么酸楚呢……

"白总，您这是怎么啦？"

白皓月循声望去，见秦月明正拿着一只天蓝色的文件夹向他款款走来。他的心情瞬间变得无比愉悦，一下从地上弹起来，拍拍屁股上的灰，大步迎了过去。奇怪的是，本来两人已近在咫尺，可是白皓月发现，自己走了几步反而离秦月明越来越远了。他又仔细看了看，确定秦月明的确正与他相向而行，便进一步加快了步速。令白皓月绝望的是，他走得越快，秦月明离他越远，身体也变得越小，最后竟然彻底从他的视野里消失了。他想喊，可是嘴干得要命，根本就张不开。他想跑，可是腿软得离奇，根本就迈不开。正在急火攻心之时，他眼前一黑，一头撞在一处硬物之上。睁眼一看，周围一片漆黑。用手一摸，自己正睡在床上。原来是一场梦！再摸摸头，还痛，估计刚才是撞在床头上了。

白皓月调整了一下睡姿，努力回忆梦中情形。他想：真奇怪！我怎么会做这种梦呢？再一想，更觉奇怪，都说梦与现实相反，难道刚才的梦是提醒我最终会与秦月明走到一起？想到这里，就连他自己也感觉极为荒唐。他对秦月明心存好感不错，但那仅是一个正常男人对美女的臆想而已，他明白自己是有妇之夫，所以从没有逾越过哪怕半寸的边界，就连暗示都不曾有过。而秦月明除了在工作上异常卖力外，对他似乎也没有流露过任何暧昧之意。但是就凭两人如此纯朴的关系，怎么会做这么奇怪的梦呢？白皓月百思不得其解。

白皓月又翻了翻身子，眼前浮现出第一次见到秦月明的情景。那天，她穿着一件玫瑰色尼绒大衣与他在创业园区的咖啡馆里相见。那天，她虽然初出校园，满脸稚气，却表现出与其年龄极不匹配的沉稳与大方。时间过得真快！转眼已经整整10年，昔日那个含苞待放的美少女已蜕变为叱咤职场的高冷丽人。想到这里，他的脑子里蹦出一个新的疑问：她为何依然单身？是受过什么刺激？还是没人追求她？还是其他什么原因？自他与她初识，她就始终满脸阳光，不像受过刺激的样子。她的追求者更是数不胜数。别的不说，赵洪亮不就是因为没有追到她，而迁怒于他吗？

想到赵洪亮，白皓月不禁哑然失笑，嘀咕道："妹子就在那里，你自己没本事追，怪我何用。"白皓月之所以会发笑，是因为钟敏祥在不久前偶遇过赵洪亮。据钟敏祥描述，现在的赵洪亮又恢复到当初那种肥肥胖胖的样子，并且有过之而无不及，就连说话也上气不接下气，喘息不止。钟敏祥问他现在成家没有，他头摇得像拨浪鼓一样。不过，赵洪亮现在的江湖地位比前些年又提高不少。这当然主要还是得益于达通证券所推行的投行业务"大平台"模式。据白皓月了解，这种模式是达通证券聘请的一个日本籍副总裁兼企业融资委员会主任渡边先生创建的。这位渡边先生来到达通证券后，不仅将企业融资委员会细分为投资银行部、债券承销部、资本市场部、债券销售交易部、并购部和运营部，还在投资银行部下面进行了行业分组，并要求每个行业组都紧盯行业老大开展投行业务。有了这种高举高打的业务模式，再加上极有竞争力的激励机制，达通证券很快就坐稳了投行业界老大的交椅，而赵洪亮自然也就成为国内顶级的投行部老总。

　　想到赵洪亮，白皓月自然又想到了周万典和叶红英。巧的是，他们三人现在分别在当下国内三大代表性投行任职。周万典是康宁证券投行部老总，而康宁证券的投行模式正是前文提到过的"工厂"模式。至于叶红英，她虽然还没有当上投行部老总，却也有比较高的职位了。最关键的是，她所在的诚信证券是投行"人海"模式的倡导者和实施者。想到当前炙手可热的三大投行模式，作为投行老兵的白皓月再也无法平静。一个新的计划在他的脑子里出现了……

第四十八章

顺应形势调业务　鼓足勇气探心思

次日上午,白皓月把骆远、钟敏祥和秦月明叫到自己的办公室里。

"想跟你们商量一件事情。"白皓月开门见山道,"我本是投行出身,10年前不得已离开证券公司,成了个体户。承蒙各位支持,才有今天的局面。稍有遗憾的是,在最近10来年的打拼中,我们因为牌照和精力等原因,错过了投行业务'保荐制'下的大发展机会。不过,这个机会现在还在,所以我希望大家能努力把握这次机会!"

"没问题!老板说我们该往哪里努力,我们就往哪里努力!"白皓月的话音刚落,骆远就积极回应道。

白皓月笑眯眯地看了骆远一眼,没有立即说话。他明白,自从将宋来运从龙虎信托调至白虎投资后,骆远身边少了一个捣乱的人,自己心情好了许多,各项工作也开展得特别顺利,刚才这么积极表态,也完全是发自内心。不过,他非常清楚,自己的新想法最终还得靠另外一个人来具体落实。这个人就是钟敏祥。

"老板是不是想在创业板上做点文章?"钟敏祥见白皓月没有回应骆远的表态,意识到白皓月可能在等待自己发言,便试着问道。

"没错!"白皓月对这个跟随自己10多年的老部下非常满意,笑着点头道,"10月23日创业板已正式开通,这可是投行人的一个大机会呀!你知道'保荐制'怎么来的吗?"

"知道一点。最初采用保荐制的国家是英国。当初他们为了促进本国的创业投资发展,专门开通了创业板。考虑到创业板公司的资质总体上要比主板差一些,为了让投资者对这些创业板企业心里多点数,他们决定通过'保荐制'为创业板上市公司增加一道信用保障。这个制度的核心就是明确保荐机构和保荐代表人的责任,同时建立责任追究机制。"钟敏祥认真回答道。

"对！这就是'保荐制'的由来。只是我国推出'保荐制'的时候，不是针对创业板，而是针对所有拟上市公司。当然，我们实行'保荐制'后不久，也就是2004年5月17日，证监会就同意设立中小企业板块。从此，'保荐制'有了练手的园地。5年以后，证监会又同意开通了创业板。我们得抓紧这次机会啊！"白皓月说完，意味深长地看了一眼钟敏祥。

"放心吧，老板！事实上，作为投行业务的分管领导，我已经注意到了这个问题，也做了一些准备。"钟敏祥似乎成竹在胸。

"说说看！"白皓月鼓励道。

"我们是信托公司，没有券商牌照，不能直接从事上市保荐业务。不过，我们这些年积累了不少优秀的Pre-IPO项目，回头我们再把这些项目好好梳理一遍，对那些适合上创业板的企业抓紧培育并对接券商。我们本来就是从券商出来的，很多朋友现在都是国内顶级券商的保荐代表，这方面的资源我们多的是。"提起熟悉的投行业务，钟敏祥的话匣子就打不住。

"你说得很好。不过，这些都是以前积累下来的业务了。我还是希望你能开拓些新的东西！"白皓月打断了钟敏祥的话。

"老板说得对！我们得有一些新的办法，需要我支持什么，你只管说！"骆远看着钟敏祥说。

"别说，还真需要您的支持！我最近研究了当下投行的三大模式。我发现，无论是大平台模式，还是工厂和人海模式，其实都离不开激励。说白了，就是要舍得给投行团队花钱。刚才白总说希望我开拓些新的东西。其实我已经有所考虑，我打算兼收并蓄三大模式的优点，结合我们信托公司的特点，采取紧盯细分行业龙头的人海战术。"钟敏祥说。

"好！不就是要机制吗？只要你能把业绩做出来，我肯定支持你！要人给人，要钱给钱，反正最后还是公司赚得更多！"骆远激动地说。

"对，你们就该这么干！"白皓月见正副总裁激情满怀，非常高兴地说，"只要有利于公司的发展，我们的机制可以灵活、灵活、再灵活！具体怎么做，你们回去好好商量商量。除了投行业务，传统信托业务也不能放松。这一块是基础，如果做得好，也能给上市公司带来更多的盈利。"

"老板请放心，投行这一块我肯定会大力支持！传统业务这一块，我也有了新的想法，下一步我准备把房地产信托的规模再做大一些。"骆远向白皓月保证。

"放心，肯定放心！"开会的目的已经达到，白皓月宣布会议结束，只留下秦月明再谈些其他事情。

等几人退出房间后，白皓月看着秦月明，一时竟不知该说什么。四目相对，空气瞬间凝结。

"老板，找我有事？"秦月明忍不住开口问道。

"嗯……"白皓月扬了扬手说，"去吧。"

秦月明没有动身，而是忽闪着一对大眼睛说："老板有事就交办吧，我想办法做好就是！"

秦月明的态度很诚恳，这令白皓月很受感动。他开始仔细端详秦月明。昨晚的梦境又重新浮现在他的脑海里。"我怎么会做那种梦呢？如果梦与现实是反着来的，那就意味着我将与她走到一起。但这可能吗？"他再次默默地问自己。

"老板，您在想什么？"秦月明没有等到白皓月下达的任务，忍不住又问。

"哦……我……"白皓月撇了撇嘴，"对了，你好像还是一个人吧？该找个对象，早点成家了！"白皓月不知为什么会说出这种话，可是话已出口，收是收不回来了。

"老板，这个好像与工作无关吧？"秦月明红着脸反问道。

白皓月好生没趣。但事已至此，他只能顺着这个话题继续说："你跟着我已经整整11年了。白虎投资也好，龙虎信托也好，它们能有今天，你功不可没！这些年，我只顾给你压担子，对你的个人问题关心不够。现在我们的事业已经今非昔比，我也该关心关心你的个人问题了！"

"谢谢老板关心！不过，我现在还不想考虑这个问题。"秦月明说。

"该考虑了，你也30出头了，再不考虑可能就晚了！说说看，想找什么样的？我也好给你留个意。"白皓月说。

"谢谢老板！我……我……怎么说呢？我心里有人了。"秦月明还没说完，便垂下了头。

白皓月发现秦月明的脸憋得通红，就连耳根和脖子都是通红通红的。"好啊！既然这样，我就放心了！那我先预祝你们早日修成正果吧！"白皓月说完，就让秦月明出去了。然而，不知为什么，目睹着她那曼妙婀娜的背影，白皓月心里一下子变得空落落的……

第四十九章

事业巅峰再入狱　阴差阳错获自由

时间过得真快，转眼就到了2011年元旦。又经过一年多的努力，白虎投资和龙虎信托的各项业绩都创出了历史新高。以做市值管理和短期投资为主的白虎投资，在2010年大盘全年窄幅波动的情况下，居然通过反复低吸高抛，以2亿元成本赚到了6000多万元的真金白银，年化收益率达到30%，这在当年公、私募两界均是令人艳羡的好成绩。而龙虎信托因为在Pre-IPO和房地产信托两个方向同时发力，当年实现净利润可望超过10亿元。由于白虎投资在龙虎信托里占股45.2%，这就意味着白虎投资通过龙虎信托可实现至少4.5亿元净利润。两项加在一起，白虎投资2010年的净利润超过5亿元！一年就赚到这么多，这还不包括龙虎信托的市值增加为白皓月带来的特殊收益！

白皓月自己的事业做得有声有色，魏佳的装潢公司也干得风生水起。她的海佳装潢有限公司已成为江海市响当当的大牌装潢公司，不仅承接了不少著名建筑的室内装潢设计和施工，也赚到了非常可观的收益。据魏佳初步测算，2010年这一年海佳的净利润将近2000万元。这个数字比起白皓月的5亿元净利润虽然还有很大的差距，但对于很多普通人来说已经是相当难以企及了。

对于白皓月和魏佳来说，刚刚过去的这一年，除了赚到不少钱，他们的儿子白自强还完成了在北美的大学学业回到了祖国。两人虽然爱子心切，却也不想对儿子过于娇惯。他们在征求白自强的意见之后，让儿子到一家私募基金应聘，从最基础的研究工作做起。据白自强说，几个月以来，他虽然工作非常辛苦，却收获不少实操经验。

因为各方面都非常满意，白皓月授意龙虎信托在2011年春节前召开一次声势浩大的年会。不过，就在这次年会进入最高潮的时候，几个便衣刑侦人员悄悄走进会场，给白皓月送上了一副冰冷的手铐……

白皓月被两名比他更高大的经警夹在中间,不得动弹。与十几年前那次被抓不同,他没有慌乱,也没有追问经警为何抓他。他无比留恋地望了一眼车窗外那湛蓝的天空、气派的楼宇,以及闻讯跟出来的亲友故旧,随后便紧紧地闭上了眼睛。

"该来的总归会来。"白皓月默默地对自己说。这些年,为了把事业做大,他有意或无意地游走在法律的边缘,再次被抓几乎已是必然! 至于这次被抓到底是因为什么,他不敢想,也不愿去想,事实上也想不到问题究竟出在哪个环节。"出来混迟早是要还的! 就当这次被抓是还账吧!"他安慰自己。

差不多一个小时后,警车开进了市经侦总队大院。紧接着,白皓月被带进一个大房间。他注意到,这间房子与他1998年那次被带进经侦总队的房间如出一辙,只是向他出具逮捕证的警察换成了另外一个人而已。"白皓月,因为你涉嫌巨额行贿,现将你收监!"那位出具逮捕证的警察大声宣布道。直到这时,白皓月才明白自己为何被抓。他长长地舒了一口气,因为在他的记忆中,自己好像没有什么特别巨额的行贿。他开始更加放松地配合拍照、留手模、做笔录……

第二天上午,白皓月被带进一间光线刺眼的审讯室。提审人员严肃地对他说:"白皓月,我们接到举报,你在2009年向古久银行行长单大为行贿2300万元人民币。这事是否属实?"

"不属实!"白皓月果断回答。他想,原来他们是为这事抓我啊! 看来,我很快就可以出去了。

"白皓月,你要老实交代! 我们已经掌握了白虎投资先向康顺置业转账2300万元,康顺置业再向灵通月子会所转账2300万元的证据!"办案人员提高嗓门说。

"您放心,我肯定如实交代!"白皓月清了清嗓子继续说,"这两笔转账确有其事,我也都知道。不过,这不是行贿!"

"是不是行贿,你说了不算! 证据说了才算!"办案人员说。

"我懂。可是我既没有行贿的主观意愿,也没有行贿的客观事实。"

"白皓月,你太不老实了! 事实都摆在这里了,你还要狡辩!"办案人员的口气有点不耐烦了。

"我没有狡辩。您知道我为什么下令白虎投资向康顺置业转账吗?"白皓月心平气和地反问道。

"为了行贿!"办案人员毫不客气地说。

"真不是为了行贿! 请听我慢慢解释!"白皓月恳求道。

"快说。"办案人员瞪了他一眼。

"这笔钱本是单大为单行长的投资收益。"白皓月说。

"瞎说！明明是你行贿，怎么就成了单大为投资？"

"我没有瞎说。这件事还得从多年前说起……"白皓月把当年单大为如何想从他手中买到龙虎信托的原始股，他因不愿股权被降低又要照顾朋友面子而不得已采取代持方式向单大为口头转让100万股龙虎信托，以及单大为在多年后看到龙虎信托股价涨势可观而打电话要求他卖掉那100万股股票的经过，原原本本地向办案人员做了交代。

那位办案人员听得很认真，记得也很仔细。尽管如此，他依然追着白皓月问："你说的这些都是一面之词，你们之间有没有关于代持的文字协议？"

"没有。大家都是朋友，对我来说，当初的100万股原始股成本也就是60万元，这点信任还是有的。并且我们的交易活动还有中间人作证。"白皓月说。

"好，我再问你，既然你自认为清白，为什么不把你所说的单大为投资收益直接转到他个人账户，而是要拐弯抹角转了那么多弯呢？"办公人员继续追问道。

"这很简单，把钱转到灵通月子会所是单大为的意思，至于他为什么要我把钱转到那里，我当时没有问他，也没有去猜他的意图。"白皓月说。

"那你为什么又要先把钱从白虎投资转到康顺置业呢？"办案人员又问。

"因为白虎投资并不是我一个人的，公司出去这么大一笔钱，我必须让我的合伙人李昆仑知道这件事，康顺置业就是李昆仑控股的公司。"白皓月回答完这个问题，感觉自己该说的都如实说了，便如释重负地往椅背上靠了靠。

"你还有什么要补充的吗？"办案人员瞪大眼睛看了他足有半分钟，才慢悠悠地问。

"没有了。"白皓月干脆地回答。

办案人员再次紧盯着他，上上下下看了差不多一分多钟，大概也感觉该问的已经差不多问完了，便通知狱警将白皓月带回看守所。

挤着20多人的监室既阴暗又清冷。白皓月虽然对自己的案情总体乐观，但一想到不知何时才能重获自由，不禁深深忧虑起来。

白皓月越是忧虑，待在看守所里的日子越是难熬。最令他无法忍受的是无休止的盘问和同监室里那个"大哥"级人物及其"马仔"们对他的羞辱和殴打。

有一次，那位40出头、一身横肉、眼露凶光的"大哥"竟将臭烘烘的脚丫子杵在白皓月的鼻子下面，还强令他伸出舌头舔舐上面的污垢。白皓月本是个斯文人，哪能受得了这般侮辱？正当他皱着眉毛把头尽量偏向一边之时，"大哥"一个巴掌扇将过来，打得他眼冒金星，一头撞在床腿上，痛得眼泪都快流出来了。可是"大哥"并没有因此而放过他，大手一挥，那帮"马仔"呼啦啦一拥而上，拽手的拽手，按头的按头，硬是把白皓月的嘴巴按在"大哥"的脚趾上。白皓月被"大哥"的臭脚熏得差点背过气去。那帮人仍然不肯罢手，还用最脏的语言咒骂他的亲娘和八代祖宗，并用脚狠狠踹他的屁股。要不是狱警过来巡视，白皓月不知会被他们折磨成什么样子。直到这个时候，他才明白，被收监的日子并不会像他第一次被收监那样幸运。他开始放弃进来"还债"的想法，整天扳着指头计算着被刑拘的时间，盼望着早点恢复自由之身。

眼看自己已被收监14天，白皓月仍然没有看到被释放或转移他处的迹象。他急了，在一次例行提审时小心询问自己还会被关押多久。审讯人员满脸严肃地告诉他："慢慢等吧，你的事情复杂着呢！"这下，他彻底绝望了，甚至生出破罐破摔的念头。当他回到牢房，再次被"大哥"及他的"马仔"们呵斥的时候，他就像一头醒过来的雄狮一样，不顾一切地扑到"大哥"的身上，抡起拳头就是一顿猛砸。要不是"大哥"手下的"马仔"人多势众，白皓月说不定能将"大哥"打得皮开肉绽。不过，从此以后，"大哥"及其"马仔"再也不敢轻易招惹白皓月。白皓月也彻底体会到了什么叫"横的怕愣的，愣的怕不要命的"，并开始过起浑浑噩噩、混吃等死的日子。

过年那天，看守所本着人道主义精神为羁押人员添了两道菜，一道是猪肉炖粉条，另一道是大白菜烧鸡架。这要是在白皓月没被抓的时候，他连看都懒得看一眼。可是那天他竟然吃得很香，吃完后，见碗底留有汤汁，他还倒了半碗热水把碗筷涮了又涮，哧溜哧溜喝得甚是满足……

也不知又过了几天。那天，白皓月正坐在床上闭目养神，忽然监室墙角的小喇叭响了起来："白皓月，白皓月，赶快收拾东西，准备回家！"白皓月简直不敢相信自己的耳朵。他腾地一下从床上跳了下来，以最快的速度收拾好个人物品，一个箭步冲到门口。也不知是出于什么心理，即将离开监室时，他还回头张望了一下，见"大哥"及他的"马仔"们一个个充满艳羡的眼神，他竟然咧嘴笑了。

这一次，在看守所门口迎接他的不仅有魏佳，还有他们的儿子白自强。不知为什么，白皓月在看到他们的第一眼时，竟泪流满面。魏佳和白自强也默默地迎上来，不顾他身上的污垢，和他紧紧拥在一起。

坐在魏佳亲自驾驶的保时捷跑车里，白皓月心里无比踏实。"哎！我还以为这次得判个十年八年的呢!"白皓月自言自语道。

　　"你这次犯的事争议很大,举报你的人一口咬定你是行贿,要不是那个关键证人单大为前两天在另一所监狱里因为'躲猫猫'不幸身亡,说不定你真会被判10年以上有期徒刑!"魏佳说。

　　白皓月这才知道,原来导致自己这次锒铛入狱的另有其人。"那个举报人到底是谁呢?"白皓月问魏佳。当魏佳告诉他,可能是他的大学同学赵洪亮时,白皓月的脑袋"嗡"的一下,顿感天旋地转。"怎么会是他? 怎么会是他?"他一遍又一遍地念叨着。

　　"为什么不能是他? 你好好想想,到底在什么地方得罪他了?"魏佳问。

　　"听说那个赵洪亮恨不得你被判死刑呢! 李昆仑叔叔把陈旺国伯伯都找出来了,可是他谁的面子都不肯给,一心只想让你被重判!"白自强也在一边说。

　　白皓月彻底无语了。赵洪亮为何那么恨他,他的心里跟明镜一样,可是他不能在他们娘儿俩面前透露半个字,只能像祥林嫂一样,一遍又一遍地嘀咕:"为什么是他? 为什么是他? 为什么是他……"

第五十章

遇相士被指执念　退二线再起波澜

再次重获自由以后,白皓月变得慵懒起来。在他被拘留期间,他实控的两家公司都运营良好,甚至比他在的时候还要好。这令他不得不重新审视自己的作用。"也许我太老了吧?"他暗暗问自己。其实,他才刚过50岁。这个年纪正是男人事业的黄金阶段,怎么能说老了呢?

他开始更多地穿行在大街小巷或公园绿地中,连手机都不带在身上。不仅是为了锻炼,更多的还是为了躲避,躲避工作的压力,躲避熟人的问询,躲避尘世的喧嚣……

周末的一天早晨,白皓月正准备进公园溜达。他的耳边传来一个声音:"这位先生过来一下!"他循声一看,只见一个白发飘飘、眼窝深陷、衣衫褴褛的算命先生正蹲靠在一棵大树边上向他招手,算命先生面前的地面上还铺着一块脏兮兮的破白布,白布上写着:"小诸葛帮您指点迷津"。白皓月从来不信算命,加上这位算命先生又是如此的寒酸,这就更令他避之唯恐不及。他想:如果你真有小诸葛一般的本事,至于如此破落吗? 他加快步伐,准备尽快逃离。算命先生又喊道:"我看你是一位有缘人,今天不收你一分钱!"白皓月用鼻子哼了一声,心想,这根本就不是钱不钱的问题,你那么大的本事,怎么就没有算出来我压根不信算命呢?"哎!你这个人呀,什么都好,就是太过执念!"算命先生说完,卷起地上的破烂白布,一瘸一拐地朝白皓月相反的方向走去。"我执念吗? 这话要是在半年前说,或许我还信,可是现在……"白皓月摇摇头,三步并作两步走进公园里。

初春的公园,寒意依然逼人。一阵微风吹过,白皓月不禁打了个寒战。他裹紧衣服,四下里张望了一圈,准备找个避风的向阳处晒晒太阳。这一望不要紧,白皓月又看到了刚才在公园门口的那个算命先生。老头正悠闲地坐在距他几步远的长椅上瞅着他乐呢!

"怎么又是你?"白皓月脱口而出。

"为什么不能是我?"老头反唇相讥。

"你刚才说得不对!"白皓月的脚步开始不自觉地移向老头,"你说我过于执念。这就不对。其实我已经彻底放下,随遇而安了!"白皓月辩解道。

"我没有说错。在钢丝上游走,是一种执念。无视自己的责任,自暴自弃,也是一种执念。你之前被抓是因为前一种执念,现在自暴自弃是第二种执念。"老头摇头晃脑地说。

"你怎么知道我被抓?"白皓月颇感惊诧,上上下下打量起老头来。

"我是'小诸葛'!"老头慢悠悠地说。

"好,既然你能掐会算,那你帮我算一算,我此生往后还会有大劫大难吗?"白皓月迫不及待地问。

老头并没有直接回答他,而是低垂眼皮,念念有词道:"《百喻经·梵天弟子造物因喻》里说过,'诸外道见是断常事已,便生执着,欺诳世间作法形象,所说实是非法'。要说你今后是不是还有大劫大难,那就要看你的悟性了!"言毕,老头起身,拍了拍屁股,头也不回地往公园大门蹒跚而去。

白皓月望着老头的背影,反复念叨着"执念"二字,眼看老头在拐弯处消失,依然不解其意。他不死心,围着公园里的小湖泊,转了一圈又一圈,直到筋疲力尽时,才恍然大悟:原来老头是劝我坚持该坚持的,放弃该放弃的! 那么什么是该坚持的? 什么又是该放弃的呢? 他又陷入了另一个迷思。他决定找个人聊聊。而老朋友兼合伙人李昆仑是最好的人选。因为没带手机,他特意回家给李昆仑打了电话,约李昆仑到江边喝茶。

两人很快就在江边一家茶馆里见了面。待服务员小姐送来香茶,白皓月掩上包间的房门,一本正经地把自己在公园门口偶遇算命先生的经过原原本本说了一遍,最后问道:"你看我果真过于执念吗?"

李昆仑听得很仔细,却没有直接回答他的问题。"给你说一个我的故事吧。"李昆仑喝了口茶,把头扭向窗外,注视着船来船往的江面,幽幽地问:"还记得上大学那回,因为魏佳,我赌气跑到皖西乡下的事吗?"

"记得。"白皓月红着脸说,"是我对不起你!"

"不,你没有对不起我! 是我与魏佳没有缘分。"李昆仑平静地说。

"你能这样想,我就放心了!"白皓月有点小激动,"我真没跟你抢魏佳,事实上,我当时很想促成你们俩,可她根本听不进去,反说喜欢我,所以……后来……"

"我知道,你当时都跟我说过。只是我不愿意相信而已。"李昆仑的语气依然很平静。

"你不恨我?"白皓月不放心。

"当时恨过,当我在皖西遇到孙芳妮时,我再也不恨你了,甚至还有些感激你。如果不是因为你与魏佳走到一起,我根本不可能遇上孙芳妮!"李昆仑的眼神里满是柔情蜜意。

"她还好吗?"白皓月试探着问。

李昆仑苦涩地笑了笑,说:"我要说的就是我与她的故事。"他又喝了口茶,开始深情回顾当年那段惊世骇俗的恋情。

白皓月听得眼都直了,笑他真能沉得住气,还为李昆仑没能最终得到这样一个美人而深感惋惜。

"哈哈!一点都没必要惋惜!"李昆仑居然否定了白皓月的说法,"套用那个算命先生的话说,我那其实也是一种'执念'!"

"执念?"白皓月深感不解。

"对,一种执念。我当时因为处在情感的荒漠,她的出现,一下子就吸引了我的注意力,并开始与她疯狂地发展关系。其实,我与她之间除了肉体上的相互吸引,并没有更多可以连接的东西。当然,这个道理直到去年夏天我才开始明白。在此之前,我一直持有一种执念,以为她是我错过的最美的女神。"李昆仑说到这里,用手理了下稀疏花白的头发。

"为什么直到去年夏天才改变看法?"白皓月问。

"因为直到去年夏天,我才鼓足勇气,请我手下的兄弟辗转找到她,并把她请到了江海。"李昆仑尴尬地笑了,"可是当我再次看到她的一瞬间,我的执念也消失得无影无踪。"

"为什么?"白皓月追问道。

"因为那完全不是我记忆中的形象,而是一个又矮又胖、满脸褶子、头发斑白杂乱的老婆婆了!"李昆仑说。

"岁月不饶人呀!你不也老了吗?"白皓月感叹道。

"我知道我们都老了,可她不仅老了,还似乎呆了。她那天倒是穿着一件崭新的月白色的确良衬衫,可是她坐在我办公室的大沙发上,就像一个木头人,只知道用双手不停地拧衣角,偶尔说几句话,也是前言不搭后语,不是说她家老头如何在外辛苦打工,就是说她儿女如何给她添了第三代……"李昆仑的语气非常不甘心。

"可是那些就是她的天呀!"白皓月说。

"我知道那是她的天,我完全理解她。后来,我给他们一家人在物业公司里分别安排了适合他们的工作,还让她担任了清洁部门的经理。"李昆仑说完,慢慢地吐出一口气,闭上眼睛,靠在椅背上。看得出,他就像完成了一桩重大使命那样释然。

这次饮茶交流之后,白皓月似乎明白了什么是他该坚持的执念,什么是他该放弃的执念。他不再如先前那般颓废,也不再如更早时候那样游走在制度的边缘。他把手中的权力更多地分配给与他一起创业的那帮兄弟姐妹,自己则腾出更多时间读书、思考,去高校讲学,仅在必须由他出面或把控方向时,才偶尔露露面,发发声。

说来也怪,自从白皓月适度放手以后,他的白虎投资和龙虎信托比以前运转得更加健康、更加顺利,不仅躲过了2015年的去杠杆股灾,还侥幸躲过了2020年初因新冠肺炎疫情的大流行而引发的全球金融动荡。到2020年3月底时,白虎投资直接管理的资产高达150多亿元;龙虎信托的股价虽然相比2017年最高时每股130多元回调到仅剩40多元,但白虎投资持有的龙虎信托市值仍然高达900多亿元。所以说,白皓月依然是不折不扣的亿万富豪。

回想起这10来年的历程,白皓月倍感欣慰,也对自己在"执念"分寸上的把握深感满意。然而当他收到秦月明从大洋彼岸发来的那条微信时,他又不淡定了。那条微信是这样写的:"恭喜老板! 您又做爸爸了,两儿三女,个个健康!"

看完微信,白皓月愣了足足10分钟,才慢慢想起一年前那个极其普通的下午。他因为感念秦月明这些年为公司默默做出的奉献,特意向她致谢,并问她有什么需要帮助的。

秦月明淡然笑了笑说:"我想生孩子了!"

白皓月不明就里,马上说:"好事! 好事! 等你生完孩子,我一定给你包一个大大的红包!"

没想到秦月明的脸色反而变得阴郁起来:"可惜,我还没有男朋友呢!"

白皓月说:"我早就说过,你想找什么样的? 我也帮你留意!"

秦月明则说:"我不想随便将就! 除非……"

白皓月说:"除非什么? 只要我能帮得上,一定帮你!"

秦月明羞涩地抿起嘴巴,过了半晌才说:"真的? 这可是您说的!"

白皓月毫不含糊地说:"大丈夫一言既出,驷马难追!"

秦月明咬了咬下嘴唇,终于红着脸说:"我想借您的种子用一下,让您的优秀基因传播得更广一些。"

白皓月万万想不到秦月明竟然提出这样的要求。然而大话已经放出去了,他只好硬着头皮兑现。几天后,他在江海生殖医院里把一管生命的种子交到秦月明手里……

"两儿三女,两儿三女……"白皓月反复念叨着。他突然意识到事情的复杂性,经过整整一个下午的反复考虑,他做出了辞去白虎投资董事长的决定,并立即拨通了江海卫视财经频道著名主持人吴小丹的电话。接下去,便是本书开头的那一幕了……

关于《投行恩怨》的点评摘录

《投行恩怨》初稿在2020年9月30日至2021年5月25日连载期间,得到了众多师友的热情鼓励和大力支持。一些师友还在"艺眼投资"微信公众号及本人的微信中留言,或对小说给予及时肯定,或提出中肯意见和建议。现将他们在160集初稿中的留言摘录如下——

第1集:写小说可以当作人生修行,每个阶段,都是又一次自我提高。独上高楼,望遍天涯路。祝老师捷报频传! ——静湖金波

品嚼之余,有几个重要信号告诉我们,这部《投行恩怨》一改前两部主人公因家庭贫困而开启创业之旅,这部小说的主人公出身于城市知识分子家庭。从本小说中白自强、李大庸、绿茶这些暗藏玄机的字眼里,我们已经读到了小说的一丝影射……好接地气的作品! 预祝王老师创作更加成功! ——彤丽炜

第2集:生动的细节描写,转折过渡自然! ——沧浪之水

艺术源于生活而高于生活,小说是人物、情节的艺术,也是环境、细节的艺术。反复读过两三遍之后,甚感人物形象通过巧妙的布局、合理的画面切换,更加立体丰满,情节设计浑然天成。 ——彤丽炜

第3集:白自强复杂、意外、怀疑的心理描述,就如一幅画面呈现在读者面前,父子情感会不会产生隔阂,期待下集 ——玉笑

通过对主持人的提问得体应对,描摹三个人的心理活动,不经意中突出矛盾,为下一章跌宕起伏的章节做好铺垫! 蓼痴兄小说写得越发得心应手! ——沧浪之水

本集承上启下,随着采访的进展,内容也步步走向高潮,比起富一代是不是正常离职这个看点,戏里戏外的人更关注白虎投资到底由谁来接任新的董事长,而

倒数第二段重点问题的水落石出几乎成了人人关注的焦点。　　——彤丽炜

第4集: 重头戏在后面？皓月、昆仑发小成长一节就说完了？不过瘾。

　　——邹秀英

清贫好学！一举考上大学！就是那个年代孩子们的梦想！　　——沧浪之水

没有调查就没有发言权。写自己熟悉的生活,背景清楚,每个文字都得心应手,毫不含糊。老师的小说下了真功夫！　　——静湖金波

如《红楼梦》般引人入胜,惊心动魄,扣人心弦。　　——彤丽炜

第5集: 微妙的故事一波接一波。　　——彤丽炜

第6集: 痴男怨女莫成"悲金悼玉",皓月、昆仑逐月"校园春色"。看你兄弟怎样精彩下去？　　——罗永琳

情诗,把剧情推向高潮！会激起有同样校园恋情的读者共鸣,不管日后成功与否,回想……或翻看当年信件,都会让人心潮彭拜！　　——玉笑

王博士以极其浪漫的文笔演绎了七八十年代大学生在新旧思想碰撞下对待爱情抱朴守拙的情怀。同声相应、同气相求,作家自创的唯美浪漫主义爱情诗穿越于追求爱情的一方,放声朗诵真是恰如其分,恰到好处。　　——彤丽炜

第7集: 老三届追女生,不好写吧？我记得我们入学时流传的男生追女神,就是天天在宿舍楼下大喊女孩名字,喊得全楼都听到。　　——邹秀英

读蓼痴小说,知改革开放初期大学生谈恋爱讲义气。青涩的年龄、火热的爱情、校园的制度、发小的担当……看王老师怎样将粉红色的回忆揭开层层神秘的面纱。　　——彤丽炜

李昆仑引狼入室,佳人另爱。白皓月阴差阳错,彩云追月。问世间情为何物？直教兄弟阋墙。好看！　　——罗永琳

第8集: 每个人都会在小说中寻到曾经的自己。光阴的故事。　　——静湖金波
眼前岁月很精彩,蓼痴友人更难得。一心一意谱新篇,人人欣赏心更明。

　　——王昌

精彩生动的细节描写,描摹出少男少女怀春的形象,自然就有了动人的魅力！

　　——沧浪之水

昆山玉碎凤凰叫,芙蓉泣露香兰笑。白皓月如何向李昆仑交代？　　——罗永琳

好精彩的章节！改革开放初期大学生的初恋可否用懵懂、醉迷、勇敢加冒险来形容？真的好特别！王博士将处在初恋中的男女主角加配角描画得绘声绘色,细腻到位,尤其是心理与环境描写已经到了淋漓尽致的境地,原来粉红色的回忆

都洒在九曲回肠桥通往校园林区的情愫里了,神秘的面纱正在缓缓揭开……

——彤丽炜

第9集:一段精彩的初恋描写,细节刻画栩栩如生! ——沧浪之水

小昆仑、小皓月伴读受益,两小伙两无猜因佳生隙。自古英雄出少年,多情剑客无情剑。 ——罗永琳

一辈子同学,三辈子情。就连谈恋爱卡了壳,也要用尽浑身解数为朋友的失恋挽回局面。精彩的细节,微妙的情节,一场初恋保卫战新鲜出炉了! 故事里藏着故事,读者的好奇心又一次被悬念带入。 ——彤丽炜

第10集:怀念写信的年代了! ——乔木

徐静蕾和李亚鹏主演的青春剧就在同济取景。没想到同济是个适合谈恋爱的大学。复旦好像除了男生在女生楼下吼,真没啥地方可谈。 ——邹秀英

原来主角成了配角,配角成了主角,难道李昆仑生来就是为白皓月做陪衬的吗? 这神秘的初恋故事开展得耐人寻味。 ——彤丽炜

第11集:"我也做过好几天思想斗争,才最后做出决定的。我想,我们两人本是好兄弟,你注定得不到的人,我替你得到了,不是很好吗?"这里是留下一个伏笔吗? ——邹秀英

相思的男人原来这么难受,想想以前校园里平淡拒绝,也不知伤害男生初恋的心。其实,女生拒绝也无可厚非,她也要随自己的内心,发出真实的信号,不喜欢就是不喜欢,同学情谊就是同学情谊。男生们也要理解女生,她也要寻找理想的中的恋人。 ——玉笑

构思独特巧妙,内涵丰富多彩,语言优美流畅,文字清新厚重。 ——姜广富

少男初恋的爱恨情仇,伏笔隐隐,真实生动有趣! ——沧浪之水

亲如手足的发小在面对貌美如花、秀外慧中的靓女时会如何反应? 作家设置的这个情节非常巧妙! 秒变的人心、秒变的情节,来得如此突然! 这样的情节虽出乎意料,也在情理之中。这正是王博士洞悉生活的高妙之处。 ——彤丽炜

第12集:少年的情感冲突,看起来单纯幼稚,实际上体现了个性! 一次冲突,一个意外,一个成功的"包袱",一部高潮迭起的佳作! ——沧浪之水

那时的爱情很疼。何时的爱情不疼? 恩怨怎分明? ——静湖金波

如果说作家是言情类写作高手,能将综合了诸多关系的一对发小的爱恨情仇描写得如此惟妙惟肖也就罢了,偏偏王博士是金融专家。有句话说得好,好看的皮囊千篇一律,有趣的灵魂万里挑一。王博士笔下的人物,皮囊虽异,但灵魂有

趣。深厚的发小情,打不还手。但在自私的爱情前面,却又遵从内心,在得知发小的单相思爱情无望成功的情况下,做出了该出手时就出手的大胆果断决策。当发小面对初恋的失败哭得声嘶力竭的时候,又能设身处地站在对方的角度着想。有趣的人,有趣的作品,有趣的灵魂,值得期待!

——彤丽炜

第13集:开始穿越啦,有点玄幻。李昆仑遇到的村里姑娘叫小芳吗?

——邹秀英

本章主线不变,为故事的展开增添不少真实性。小说者,时代之史也。笔力更显圆润,大赞!

——沧浪之水

作者对人物的塑造没有空洞的高大上,只有反省后非常接地气的纯朴、善良与自豪。向作家笔下的人物学做人智慧,为王博士塑造出一个个有趣的灵魂肃然起敬!

——彤丽炜

第14集:爱情又一次在不经意间到来了。生动的细节描写和心理活动描写使得故事自然而然铺陈出来!

——沧浪之水

小妮子如映山红情窦初开,大别山厚爱昆仑心花怒放。望李昆仑莫负春光,莫负纯真!

——罗永琳

不哀叹时光的飞逝,不埋怨爱情路的坎坷。放平心态,向着那梦中的地方坚定走去。

——彤丽炜

"他突然感觉比起之前他为之寝食难安的魏佳来,眼前的这位姑娘似乎更加真实,更加美丽,也更加触手可及。"虽然被魏佳拒绝的惨痛经历还历历在目,但是李昆仑确信眼前的这位姑娘决不会令他再次失望。荷尔蒙轻而易举打败了少年心啊,所谓见异思迁,也许不是道德因素,而是一个生理问题。人性如水,不居恒态。上一部曾善才被色诱、成勇眼前的销售姑娘一度占了他的时间空白;这一部,少年白皓月和李昆仑直接从情场内斗开始,从人无完人的角度切入了投资修行。

——邹秀英

第15集:一个对美好生活生出无限向往的女青年形象在本集中凸现。虽然放在特定环境里有点大胆,有点不合时宜,但"反常"才有故事性。语言描写很有魅力。

——走在阳光里(温老师)

少男少女的互相吸引描绘得栩栩如生,情感、心理活动描写得细致入微,双方文化素质的差异为故事发展埋下了伏笔。

——沧浪之水

可遇不可求的爱情。被痴情的双方逮了个正着,是菩萨显灵,还是上帝保佑?显然都不是,王博士笔下的神秘爱情故事是天作之合。

——彤丽炜

第16集：相看两不厌，唯有敬亭山。少年纯情又理智，跳脱知青故事窠臼，赞！

——邹秀英

热情如火时遇上兜头一瓢雨！ ——沧浪之水

男欢女爱，伺机而动；阴阳调和，电闪雷鸣。一对绝路逢生的男女互相倾慕的背后也有山雨欲来风满楼的至情至性。 ——彤丽炜

第17集：爱情与前途，正如熊掌与鱼不可兼得。初起便充满风波的人生路开启了。伏笔下又来伏笔！ ——沧浪之水

美美的二人世界只有天助相爱的缘，却无相爱到底的福。希望善良的人有好报！王博士的神笔，剑指何方？ ——彤丽炜

第18集：少年还真是动心了，连工作去向、结婚场景都在梦里出现了，日后要是见到已经结婚生子的孙芳妮，该是怎样的心情？期待着剧情的发展。 ——玉笑

在追求爱情的路上，没有最好，只有更好。读王博士的小说，读到的多是人在江湖的酸甜苦辣。风吹雨打是生活，砥砺前行迎新生。人这一辈子，总得有梦，万一实现了呢？ ——彤丽炜

第19集：放下包袱，走出情感困扰，专心学习和事业，男人就该这样！

——玉笑

如果让李昆仑"翘课"去找芳妮，会不会更好？20世纪80年代的国庆假期还很短，双休日也是更久远后的事了。芳妮家那么穷，她还天天给昆仑带好吃的，真的太不容易了。芳妮在哪里？到了芳妮家居然失去了追问的动力，这少年的爱情还不行啊！ ——邹秀英

爱情完败给现实。两个人的阶层差异造成了这种局面。由此可知，没有理想的人生，只有奋进的步伐。主人公爱情受到挫折，他投身学业，开创新的生活历程。这在当时农村是很普遍的现象。悲哉！ ——沧浪之水

"听完白皓月的话，李昆仑虽然没有立即释怀，却也切实感受到了老朋友的真诚。他紧紧握住白皓月的双手，两人在漆黑的操场边默默地坐了很久很久……"此时无声胜有声，给人以心灵震颤，可谓本集的画龙点睛之笔。 ——彤丽炜

第20集：尴尬的事快要发生了。作者的笔法越来越老道。不经意的点明就是为下一步的高潮剧情做好铺陈。好的作品就是这样，情理之中，意料之外。

——沧浪之水

表面光鲜的二人世界背后都藏着不可言说的人情冷暖。且不要说白皓月与魏佳，更不要说李昆仑与芳妮。缘分这东西来无形去无影。缘分来了无以阻挡，

散了如落花流水。有缘且珍惜,无缘莫停留。李昆仑经过多年历练,羽翼已经丰满,到了世事洞明、令人刮目相看的程度。　　　　　　　　　　　——彤丽炜

第21集: 婚宴让各位同学登场,精彩的对话,让金融大戏开场!　　——玉笑

有人的地方就有江湖。婚礼现场莫不如是。　　　　　　　　　　——彤丽炜

第22集: 同学们嬉闹的场面太熟悉了。　　　　　　　　　　　　——玉笑

一段精彩的洞房花烛夜描写。那个时代的婚礼就是这样啊!　——沧浪之水

这个婚典折射了人性的复杂多变。　　　　　　　　　　　　——彤丽炜

第23集: 婚后甜蜜的生活让人羡慕哟!　　　　　　　　　　　——玉笑

主人公白皓月与魏佳婚后的生活可以用一首经典音乐《我们的生活充满阳光》来形容,其所处的年代与电影《甜蜜的事业》应该是一致的。　——彤丽炜

第24集: 设计院、城建局、市政府、银行、信托、证券,各行各业的同学已就位,股份制改革也开始了,等待着一幕幕上演。　　　　　　　　　——玉笑

作者总会从自己从事或者熟悉的行业写起。那天在亳州之意书社听了老师的课受益匪浅。　　　　　　　　　　　　　　　　　　——倾城之帘布艺

从白皓月身上隐约看到了"小三子"的影子。那时,谢校长还是非常喜欢他的。人性与资本跌宕起伏,波澜壮阔。　　　　　　　　　　　——邹秀英

而立之年的青年才子白皓月,风华正茂,才高艺精,智谋双全,生逢其时。真可谓好运来了,挡都挡不住。　　　　　　　　　　　　　　——彤丽炜

第25集: 风起云涌管中豹,前世今生谢卫红。　　　　　　　——邹秀英

一次重大的抉择,一个要紧的人生转折。用理论来指导自己的实践,成功的人生路开启了!　　　　　　　　　　　　　　　　　——沧浪之水

只有对小说题材的认知足够到位并有艺术眼光的人,才可以将细节描写得细致入微。读者朋友有没有发现,王博士写投行这一块相当熟路,我们将看到资本市场的残酷与步步惊心。　　　　　　　　　　　　　　——彤丽炜

第26集: 转入实战,信息收集、研究、决策都已到位,开始实施。似乎感觉作者就是亲历者!　　　　　　　　　　　　　　　　　　　——玉笑

必须依靠政府的力量。这句话就有拨云见日的重大意义!唉!看他风波起,不知走向,但愿当年那个名词"官倒"不要再出现就好。　　　——沧浪之水

商海如战场。不读则已,既读就有如同走进现场的感受。　　　——彤丽炜

第27集: 信托、银行、投行都争取这个项目,投行的恩怨已经埋下伏笔。

——玉笑

青春爱情、风花雪月分分钟变成资本市场的刀光剑影。小说长一点没关系，人物形象丰满耐读！　　　　　　　　　　　　　　　　　　——邹秀英

哪里来的左右逢源？只有在左右为难中抉择前进！真实生动的细节和心理描写！　　　　　　　　　　　　　　　　　　　　　　　——沧浪之水

为拿下承销权，谢卫红和白皓月心有灵犀，能想到的招数都付诸行动了。我们读王博士的小说，品的是投行里的人间烟火。　　　　　　　——彤丽炜

第28集：人情大似法。人们只看见企业家成功时的灯红酒绿，谁知道他们常常如履薄冰、左右为难？　　　　　　　　　　　　　　　——沧浪之水

吴通海，名副其实啊！在投行博弈中，八仙过海，各显神通。　——彤丽炜

第29集：人熟好办事。同学情也是人情往来必不可少的环节。所谓商场如战场，关键部门都得有自己的人。　　　　　　　　　　——沧浪之水

很欣赏少年老成的白皓月，讲逻辑，有思路。同样的一件事，不同的人说的话就是不一样，效果也大相径庭。多么期待白皓月剧终圆满啊！　　——邹秀英

新官上任三把火，看来白皓月的这把火就是在饭局里点燃的。　——彤丽炜

第30集：跟着作者看世界本来的样子，屁股指挥脑袋，复制不走样。

——邹秀英

一人计短，二人计长。站得高才能看得远。一块蛋糕怎么分？还是行长主意高！　　　　　　　　　　　　　　　　　　　　　　　——沧浪之水

看王博士的《投行恩怨》，窥投行里的万水千山。意外的收官，令人瞬间恍然大悟！　　　　　　　　　　　　　　　　　　　　　　——彤丽炜

第31集：围绕股票销售，各方人员八仙过海。不是得到强力扶持的人就会干出好业绩。通过细节描写展现人物的心理活动，自然就有栩栩如生之感。

——沧浪之水

这一章扑朔迷离，不仅加深了阅读趣味，更加深化了主题。　——彤丽炜

第32集：旁人只看见金融白领风光无限，谁知业务难办？一边是顶头上司发话必须搞定，一边是上级部门态度明确。夹缝中求生存，可知其难。非亲身经历写不出这般真实生动的好文。　　　　　　　　　　　　　　　——沧浪之水

第33集：所有的困难都是来自利益之争。幸好还有眼光长远的林行长大力支持。胡伟力能否摆脱"挂名"总经理称号？期待后续精彩章节。　——沧浪之水

第34集：杨百万就要横空出世啦。那时，王石还在倒卖东北玉米，褚时健好像也还没出事，陆家嘴还是一片烂污泥，浦东还没有设置新区。这是一个最坏的时

代！这是一个最好的时代！资本市场的双城记即将拉开序幕。　　——邹秀英

　　在有远见的林行长大力支持下，证券公司终于独立出来，胡伟力也终于有了施展的天地。这就具有里程碑般的重大意义。一个新兴公司的发展，代表着当时投行业发展的缩影！　　——沧浪之水

　　第35集：这一集太精彩了！90年代初还要靠现金交易，创业不易，初心难忘。
　　——邹秀英

　　真实生动的记载。20多年前我曾经当了几天会计。那一年，春节大雪，大伙盼着发钱，我手提现金30万元（全单位几百人的工资奖金）搭乘春运期间的班车，一路站票从陕西礼泉到甘肃庆阳！万幸没出事！　　——沧浪之水

　　第36集：杨怀定在证券博物馆也有至尊一席。他后来还被聘为"江海大学"客座教授，足见江海海纳百万英才的气度。　　——邹秀英

　　有眼光的人就会抢占先机。志同道合就会惺惺相惜。收购国库券也会发现一个潜在好伙伴。由此可见，有许多朋友都是命中注定的。　　——沧浪之水

　　第37集：从不追剧的我迷上王博士的财经连载系列！一大早就追到了最新一集，太精彩了！注意到您用了杨淮锭这组谐音。　　——邹秀英

　　金风未动蝉先觉。等他人跟风时，第一桶金已入我囊中久矣。成大事者，眼光、胆魄无一不可缺！　　——沧浪之水

　　第38集：人生充满矛盾，一系列的冲突造就生活高潮不断。　　——沧浪之水

　　风生水起之时，风云变幻之际。中国改革开放以来，潮涌东方的上海滩，笃悠悠的日子是难以恒常的。在股市潮汐周期之间，连公交车售票员都成"股疯"，何况身在其中搅动浪潮的"大鱼"白皓月？　　——邹秀英

　　第39集：婚姻危机果然来了，而且一开始就预示着波折重重！如何把握取舍？到考验主人公定力、品行的时候了。本章举重若轻，寥寥数语，便交代清楚三人行的各自用意，为以下章节做好铺垫。　　——沧浪之水

　　如果白皓月早有觉察的话，他根本就不可能安排她与自己同行，因为在他陷入一个巨大的感情漩涡之前，他是那样在意魏佳、在意孩子、在意他们那个温暖的小家！　　——彤丽炜

　　第40集：白皓月本想撮合一对姻缘，谁料却是自己的桃花劫！本章继续通过细节描写来刻画人物。读来如睹，高潮迭起！　　——沧浪之水

　　巧借汽车行驶在山路上的颠簸，把四人的窘态描写得淋漓尽致，简直就是一部汽车行在颠簸山路上的情景剧。　　——彤丽炜

第41集:嫉妒心已经初露端倪。可怜白皓月还懵懂不知！　　——沧浪之水

第42集:落花有意流水无情。人在事中,便如白痴一般。　　——沧浪之水

第43集:这一集太精彩了！论吃喝,堪称活色生香,足可以开一个链接帮南方水利卖竹筒酒和菌子;论专业,从风控到财务指标,再到深挖根源并解决问题,堪称投行入门教科书！作者到底是文学、法学、经济、管理多学科教育背景之人,写得出如此有厚度、接地气的时代浓缩作品,读来上瘾！　　——邹秀英

都是精英啊！不涉及男女之事时都见识透彻,分析精准,唯在情中便如呆头鹅一般！摹景写人,历历在目！　　——沧浪之水

第44集:这一集细腻而生动地描写了三人在酒局中的传神心态。末段美女不失时机打来电话又为下章的精彩埋下了伏笔！信息量有点大,急切期待更新故事进展。　　——彤丽炜

第45集:该来的总会来。白皓月总算应对得宜！可是下一次呢？感情这个事就没有什么道理好讲,只有大智大勇的人才能处理妥当！　　——沧浪之水

第46集:魏佳不是豪门千金,脾气10天都不见好转,也是气大。她的设计专业应该大放异彩,才对得起这样的焦虑和脾气。夫妻谁都有事业,只是一旦有了孩子,做出时间牺牲的往往是妻子,这才是魏佳不近人情的原因吧?　　——邹秀英

把工作中的私人生活与私人生活中的工作穿插来写,不仅生动形象,还鲜活逼真地再现了投行人的爱恨恩怨。　　——彤丽炜

第47集:远见卓识加上胆魄和决断力,这就是当年第一批金融精英的风采！

　　——沧浪之水

第48集:呼唤李同学,好久没出现了。魏佳会不会后悔?　　——邹秀英

第49集:欣赏本集,犹如品读《三国演义》,决胜千里之外的谢总就好比诸葛亮……　　——彤丽炜

第50集:参禅悟道潜规则,未雨绸缪有高人。自古商道无歧路,胡庆余堂有名传。　　——邹秀英

第51集:爱是永恒的主题,家是心灵的港湾。愿理解包容常驻,愿家庭幸福美满。　　——彤丽炜

第52集:攻关之路步步为营,拨云见日逐步明朗。　　——彤丽炜

第53集:人物悉数驾到,个个神通广大。　　——彤丽炜

第54集:有江湖就有"牛哄哄",有饭局就有秀色可餐。人性的弱点,真的是可以交易的。　　——邹秀英

第55集:历史一直再重复。如果你说没有,那就再重复一次给你看。

——邹秀英

第56集:生动有趣,构思奇巧。 ——根源

第57集:水大鱼大网也大,捕鲸船边是血海。 ——邹秀英
本集把身处绝境中的人物描绘得惟妙惟肖。 ——彤丽炜

第58集:慎用擅改规则的大棒。弄权,擅权,乱权,总是祸国殃民!

——邹秀英

第59集:虽说苍天有眼,奈何此处白丁无声;敢问朗朗乾坤,可有轮回报应?

——邹秀英

第60集:人性无须考验,古今中外从来不变,风雨骤起,就这样匆匆谢了卫红。

——邹秀英

第61集:本章巧借酒桌对话将李昆仑的人生抉择再次拉到读者视线。

——彤丽炜

第62集:毕竟"享受过人生"? 看来李昆仑挨海南一耳光还不够,得猜猜他下一耳光在哪里挨了。 ——邹秀英

第63集:这一章节非常精彩。寓大于小,含而不露。 ——彤丽炜

第64集:虽说同行是冤家,但是合作共赢才是硬道理。为投行人的合作共赢精神点赞! ——彤丽炜

第65集:为事业,有视野。胡伟力原来是有梦想的大胃胡! ——邹秀英
不为挫折找借口,只为发展找方案。这一集可谓财经版的"隆中对"!

——彤丽炜

第66集:于无声处见惊雷。金江、五洲合并还真见胡伟力大肚能容、高瞻远瞩。接下来恩怨也要来了吧? ——邹秀英

第67集:世事洞明皆学问,人情练达即文章。白、赵、周这哥仨好戏开始了。

——邹秀英

第68集:紫气东来,北政南商,政治经济学大幕拉开。 ——邹秀英

第69集:只有播种正面积极的思维,才会收获健康成功的人生。 ——彤丽炜

第70集:这一集精彩纷呈,几乎每一段都是看点! ——邹秀英

第71集:如果不是您作品中提及B股,估计不少读者都快忘了还有B股,这也是个历史遗留问题吧? ——邹秀英

第72集:本集行云流水,读来畅快。 ——彤丽炜

第73集：终于峰回路转，能有一次回家吃饭的机会了。在那些火热的日子里，投行人回家吃饭算是奢侈。另外，给魏佳一点事业成功的喜悦行吗？　——邹秀英

第74集：王博士将股票承销保荐的那些往事讲述得头头是道，特别是对相关专业术语的解释，使得爱好文学的读者顺便学习了金融证券行业的专业知识。

——彤丽炜

第75集：国之重器，黄钟大吕。国运升腾，柳暗花明。　——邹秀英

第76集：似乎听到了诸葛亮斩马谡的前奏曲。　——彤丽炜

第77集：那个时代的女大学生很单纯。不然也就没有同济女研究生被人贩子拐骗到山沟里卖给农民当媳妇的事情发生了。期待赵总悬崖勒马！　——邹秀英

第78集：这集太意外，也太戏剧性了！　——邹秀英

如果不是确有其事，恐怕很难杜撰，王博士的《投行恩怨》精彩到爆。

——彤丽炜

第79集：太精彩了！谜团一样。作者也不点破女方是色诱还是纯情，总之，赵洪亮也没得逞。投行人总算完成了一次救赎之旅。莫伸手莫想歪，否则必然遭天灾。

——邹秀英

第80集：原来夫妻之间还有如此的同床异梦。我嫁给你，但我并不是爱你，其实另有隐情。　——彤丽炜

第81集：看完本集，似乎听到了一个强烈的声音：让暴风雨来得更猛烈些吧！

——彤丽炜

第82集：1997年5月，本人尚在江海大学读书，欢欣鼓舞地准备万人大合唱，迎接香港回归。那是一个最好的时代。初生乍起的股市，已然经过一轮轮洗礼，股票也尚未成为多数人的资产配置，只是"炒炒"。可怕的是有人已然把股市当成权钱交易的舞台了。一个"327"不够，再来一个。那只看不见的手被强烈的蓝光照出来。回到1997年，江海房改政策刚起步，福利分房即将停止，需要职工真金白银买房……上级只给政策不给钱，江海在试点房改、医改、教改，地方财政没有钱，怎么办？怎么办？　——邹秀英

第83集：金洲两任掌门，因为专业，日夜兼程，成就卓然；都被不专业的手给推上祭坛。证券投行必须如履薄冰，如临深渊，如临大敌……　——邹秀英

第84集：享过福，吃过亏的李昆仑真的是世事洞明，人情练达。接下来几集需要坐等这哥俩跌宕起伏，他们各自的娃也该串串场，露露小脸儿了。顾不上孩子的成长，也许会带来新一轮教育烦恼。

——邹秀英

第85集:读过本集,感受到了两兄弟潮平两岸阔,月涌大江流的事业高峰来了。没有英雄的时代,只有时代的英雄,而且是英雄辈出的时代来了!

——邹秀英

第86集:朱向阳这个猛人的原型肯定不是我,不过有点貌似在香港上市的那个房企的影子。

——朱卫文

第87集:房地产房地产,波澜壮阔起新篇。李昆仑李昆仑,大大阔斧向阳生。

——邹秀英

第88集:两小无猜,白皓月割爱送昆仑。投行似海,赵某人拔苗揽任钟,估计昆仑一飞冲天,而任钟要捅娄子了。

——邹秀英

第89集:王菲和那英的《相约九八》火了很久。非专业人士根本感觉不到东南亚金融危机的一片焦土。相反,华夏大地以江海为代表,发动了新一轮改革开放,浦东热土开始天翻地覆……

——邹秀英

第90集:任钟这样的人,就跟孙小果一样,是被纵容的恶。 ——邹秀英

第91集:那个赵某简直就是赖某的翻版。 ——邹秀英

第92集:国企经营不下去的那一波私有化MBO,在当时产生了不少的原罪。券商MBO真是故事的精华啊。

——邹秀英

第93集:终于写到江海东岸的大开发啦! ——邹秀英

第94集:情到深处人孤独,为什么我的眼里常含泪水,因为我对那片土地爱得深沉。此时此刻的白皓月,孤独无助,美酒佳肴好兄弟,还是无法走进他心里。此时的白皓月一会儿像敢跳崖、敢蹚地雷阵的人,谁能理解他?一会儿又像《钢的琴》里执拗的东北下岗工人,谁还在乎他?白皓月和李昆仑,就像两只手在左右互搏,矛盾重重,压力重重,光明在望,又荆棘在前,戏剧冲突如此强烈! 这一集既彷徨犹豫,又深思熟虑,足见作者深厚的功力。若无深厚的财经基础,便是大作家也不敢写这么专深的话题、难题。 ——邹秀英

第95集:希望购买全书阅读。 ——雷公

第97集:好了,估计赵松年该嚅瑟到头了。 ——邹秀英

第98集:剧情太跌宕了! 上一轮谢总被委屈掉坑,这一轮白皓月又莫名其妙被"栽赃陷害"了吗? ——邹秀英

第99集:当现实的桎梏达到了极限,希望的奇迹也会渐渐显现。我们在这一集里体会到了职场的残酷。 ——彤丽炜

第100集:跌宕起伏云天外,峰回路转江海前。 ——邹秀英

第101集：身处低谷期的白皓月除了看书学习没有在家憋着,而是走出去,倾听老百姓的声音……
——彤丽炜

第102集：山重水复,柳暗花明。很多人都是在疑无路时破釜沉舟的。
——邹秀英

第103集：看到这样如沐春风的一集,暖暖的感觉真好。人生之道,修身齐家治国平天下。魏佳为一家人勇于担当,还不忘"亲兄弟明算账"的真正市场经济理念。白皓月广结善缘,终得在新兴市场吃螃蟹,兼济天下似有可能。　——邹秀英

第104集：那个时候做私募基金管理,趋势牛运气好,一路顺风顺水,只要别犯罪,专注于做时间的朋友,即可开启躺赢模式。　　　　　——邹秀英

第105集：有幸读到投资理财方面生动鲜活的实战教程,干货多多,甚感幸运。
——彤丽炜

第106集：太阳底下没有新鲜事,历史反复上演。　　　　　——邹秀英

第107集：庆功宴会来的好不容易!　　　　　——彤丽炜

第108集：轰轰烈烈的温州民间资本要来了。他们用蛇皮袋背着从小商品、小作坊、小服务和纸盒、皮鞋中赚来的辛苦钱,从十六铺码头上岸,砸向小陆家嘴张扬路两旁的旧厂房、旧仓库,坐等江海东岸房地产大开发。　　——邹秀英

第110集：家庭内忧与事业外患同时出现。内忧似乎已解决,是好是坏,伏笔已埋;外患又摆在面前,迫在眉睫,亟待解决。　　　　　——彤丽炜

第112集：白皓月兜兜转转,躲过此坑还有彼坑,周万典、叶红英夫妇消失了,貌似这个秦月明来者不善啊。　　　　　——邹秀英

第113集：本集波涛汹涌,步步惊心! 再现股市有风险,投资需谨慎的案例!
——彤丽炜

第114集：白皓月有理有据地开始跳坑了。　　　　　——邹秀英

第115集：把投行专业故事写得既严肃又活泼,既有专业的逻辑思维又有投行人独特的小资情怀……　　　　　——彤丽炜

第116集：食色双全,商海谍战。寓意深刻:要么不入局,入局就是进了屠宰场。　　　　　——邹秀英

第117集：期待情节能在情理之中,又在意料之外。期待这个世界还有更多人坚守初心,就像上一部中的曾善才、林舒羽,不尽完美,却足够顽强,能够战胜困难更能战胜自我。　　　　　——邹秀英

第118集：看似不经意的对话里到底暗藏了多少成功的玄机?　——彤丽炜

第119集：时势造英雄，英雄助时势。本集再现当年股市风云，为勇立时代潮头的弄潮儿喝彩！　　　　　　　　　　　　　　　　　——沧浪之水

第120集：细节决定成败。这一天的到来真等得好久了！　　　——彤丽炜

第121集：翻云覆雨。　　　　　　　　　　　　　　　　　——邹秀英

第122集：看得冒汗了，代入感好强！　　　　　　　　　　——邹秀英

第123集：以身家性命为注。　　　　　　　　　　　　　　——邹秀英

第124集：经济学者的巨著，厉害了！　　　　　　　　　　——岸芷汀兰

作者终于回应第一章挖下的第一个大坑了。　　　　　　　——邹秀英

不断的伏笔牵扯出不同的后续精彩。似在意料之外，却又合情合理！
　　　　　　　　　　　　　　　　　　　　　　　　　　——沧浪之水

第125集：写实笔法流畅生动。时世变迁，富贵之时，免不得就有了心猿意马。不管男女，生活还须自律、自觉。这就是小说的社会意义啊！　　——沧浪之水

第126集：白皓月倒是桃花运不断，这么多美女青睐。李昆仑呢？这位老兄的另一半在哪里？　　　　　　　　　　　　　　　　——人世难逢开口笑

细节描写活灵活现。作者的笔法越来越老道、流畅！　　　——沧浪之水

第127集：江东风云激荡，新开局新发展，坐等新故事。　　——邹秀英

人在江湖，身不由己。大家都看出白皓月桃花劫来了，干柴遇烈火，坚持能有多久呢？　　　　　　　　　　　　　　　　　　　　——沧浪之水

第128集：原以为是善意提醒，谁料想是"暗度陈仓"？色不迷人人自迷，且看赵洪亮如何一番"骚操作"？　　　　　　　　　　　　　　——沧浪之水

第129集：持身为正，合理安排。白皓月有儒者之风。　　　——沧浪之水

第130集：功过是非分开看。秦姑娘会用脑子思考，真不容易，这必将比用面孔思考更困难，但也更容易变强悍。　　　　　　　　　　　——邹秀英

第131集：逼真的细节描写就如读者旁观。赵洪亮的好色狡诈一览无余！
　　　　　　　　　　　　　　　　　　　　　　　　　　——沧浪之水

第132集：与某些名声在外的特定地区合作，曹德旺在《心若菩提》里也有浓墨重彩的一笔。魔幻又现实。　　　　　　　　　　　　　——邹秀英

多么生动的写实笔法啊！商人和官员各取所需，一系列疑惑都随故事发展自然而然铺陈开来！　　　　　　　　　　　　　　　　　——沧浪之水

第133集：心有疑问，步步为营。本集通过秦明月的视角看商场，细节描写真实生动！　　　　　　　　　　　　　　　　　　　　　——沧浪之水

第134集: 短兵相接,步步惊心! ——邹秀英

商场新秀遇到积年老吏。描写逼真,人物形象鲜活生动。 ——沧浪之水

话语交锋,走马错镫,磴道盘虚空。时而虚晃一枪,时而指东杀西。时而镫里藏身,时而刀里加剑。商场如战场,可有时势造英雄?! ——静湖金波

本集精彩如《三国演义》中的诸葛亮舌战群儒,步步惊心,考量智谋。

——彤丽炜

第135集: 又一场大戏拉开帷幕,导演就在剧场的观众席。 ——邹秀英

能拍板的人来了,气场强大! 好戏就要敲锣打鼓开始了! ——沧浪之水

第136集: 明月千山外,江海万顷涛。小说越来越精彩了! ——邹秀英

酒桌就是一台戏。这下好戏又要登场了。 ——沧浪之水

第137集: 好聪明的月明姑娘啊。不给赵洪亮一丁点机会。 ——沧浪之水

第138集: 专业敬业,令人对月明刮目相看。 ——邹秀英

受人之托,忠人之事! 月明姑娘对待工作就是做事业应有的态度!

——沧浪之水

第139集: 默默地回忆上一部《融资风云》,林舒羽遇到牛哄哄……

——邹秀英

第140集: 大明商人养瘦马。历史就是不断地重复。这套明代徽宅园林真是整旧如旧啊! ——邹秀英

美女人人爱,且看官商如何斗智斗勇? ——沧浪之水

第141集: 秦时明月过,汉时关隘来。 ——邹秀英

细微处着墨不多却有画龙点睛之妙。且看市长大人所求未遂之悻悻然,岂能缺少捧哏送台阶之人? 一句"百万美金的奖学金"化解了多少矛盾尴尬?

——沧浪之水

第142集: 变财经侦探小说了,真期待一口气读完! ——邹秀英

《投行恩怨》故事多,伏笔藏着连环计。 ——彤丽炜

《投行恩怨》跌宕起伏,激流暗涌,让人激动不已。 ——姜广富

第143集: 场面浩大,别具一格! ——执一不失

皇帝不急太监急。商场如战场,且看白总稳坐钓鱼台。 ——沧浪之水

第144集: 文史不分家。王博士把中国证券发展史上的里程碑式大事件,以文学的方式推送给读者。真是立意高远,用心周全。 ——邹秀英

原以为《投行恩怨》里的人与事既抽象枯燥,又高深莫测,欣赏佳作方知,不仅

鲜活生动,还伏笔不断。高,实在是高!　　　　　　　　　　——彤丽炜

色不迷人人自迷。有能力的赵总还需美女一颦一笑才能鼓起斗志。细节描写逼真入微,人物形象顿时丰满起来!　　　　　　　　　　　　——沧浪之水

第145集:单大为单大为,胆大妄为。又令读者觉得他十分随心所欲,为所欲为,所求所愿唾手可得。必当埋下祸根。　　　　　　　　——邹秀英

建立在金钱利益上的口头盟约,只能寄希望于合作者的人品了!高潮迭起处不忘时时有伏笔,正是高手写法!　　　　　　　　　　　　——沧浪之水

第146集:是什么让爱钱如命的赵总连百万巨款都不看在眼里了?色不迷人人自迷啊!似在意外,实在情理之中。写得好!　　　　　　——沧浪之水

山不转水转,水不转人转,人不转钱转。李昆仑追魏佳,成就了白皓月的婚姻。叶红英追白皓月,成就了周万典的婚姻。赵洪亮追秦月明,又会怎样?一串串伏笔,《投行恩怨》翻手为云覆手该下雨了。此处钱赚得容易,彼处就暗流涌动了。

　　　　　　　　　　　　　　　　　　　　　　　　　　——邹秀英

第147集:转述周万典的生财之道。虽然成功不可复制,但作为一种尝试,还是能够借鉴的。　　　　　　　　　　　　　　　　　——沧浪之水

第148集:最不可考验的就是人性。　　　　　　　　　　　——彤丽炜

人心载人性,千古空悠悠,过程刀光剑影,争斗惨烈,残酷过后,回归片刻安宁。

　　　　　　　　　　　　　　　　　　　　　　　　——静湖金波

不遭人妒是庸才。估计白皓月也没想到他尽力帮助的老同学会因为嫉妒而对他展开非议。非议都是小事,只要不从背后放来冷箭就好!　　——沧浪之水

坚信李昆仑是真正成长、真正成熟了。他不曾坚守对魏佳"曾经沧海难为水"的一厢情愿,也就不该重燃炉火,嫉妒白皓月的"无心插柳柳成荫"。何况白皓月对他的救拔之恩堪比再造?至于白皓月是桃花运还是桃花劫,那真要看在这"浪奔浪流"的江海,谁能一直守得云开见月明?　　　　　　　——邹秀英

第149集:通过细节展现人物心理活动。行文自然,笔法流畅,渐入佳境!

　　　　　　　　　　　　　　　　　　　　　　　　——沧浪之水

第150集:作者掌握了宏大背景下的叙事技巧。　　　　　　——乔木

一场大洋彼岸的经济危机让刚刚冒头的白虎投资遭遇前所未有的挑战。白皓月知难而进,群策群力应对危难。这才是拼搏进取的精神啊!　　——沧浪之水

按理,白皓月迁怒他人必有隐衷。在2008那一场金融危机中,中华大地从1月开始就各种灾情:南方雪灾……奥运会开幕之前就没消停过。大盘不是一泻千

里,而是跌宕起伏。对于靠操作股价起家的宋来运而言,他坐视公司资产高位站岗,可能还呼应了上一集的伏笔。未能上位信托公司总经理,宋心有不甘。不过,宋想看市场价引进的老总的笑话,这个玩笑就开大了。屋漏偏逢连夜雨,看魏佳越洋电话会有啥信息?

——邹秀英

第151集:水大鱼大网大波浪大。

——邹秀英

遭遇困难期,妻子要买别墅,秦月明却在事业上给出了金点子。虽然着墨不多,但两相对照,可以看出主人公的爱情、事业、家庭矛盾快要出现了。

——沧浪之水

第152集:多谢作者手下留情,李昆仑没有糊涂。请求作者手下留情,魏佳千万别那么不堪。江海本土的女生基本上是出得了厅堂下得了厨房,哪怕沟坎万千,擦干眼泪还会继续向前。这是这座城市赋予女性的核心素质。 ——邹秀英

举重若轻,游刃有余!以"马甲"出面,用一半的钱拿回了当初的抵押房产,白皓月终于峰回路转。

——沧浪之水

第153集:本章运用欲扬先抑的方式阐释了职场如战场的复杂多变。

——彤丽炜

魏佳毕竟不是吃素的。她决定从根本上解决问题。情节反转,合乎人物性格。翻云覆雨处,令人不禁赞叹作者的生花妙笔。 ——沧浪之水

第154集:浑水摸到鱼,估计是无法两清了。当下热词"叶飞爆料"就这么来了。

——邹秀英

预感到有问题,但是还未引起重视。伏笔隐隐,跌宕起伏就这么展开了。魏佳全心投入事业,可惜夫妻之间似乎开始了冷战。白皓月生活和事业也开始了新的一轮挑战。

——沧浪之水

第155集:投行在最近一两年频繁爆雷,估计是走进内卷化了。投行崛起的黄金时代,正是白皓月享受最甜甘蔗段的好时候啊! ——邹秀英

在忽然变得独立有性格的老婆跟前讨了没趣,能干如白皓月难免也会对明月姑娘想入非非。所谓英雄难过美人关,细节描写生动形象。但是英雄就是英雄,他分得清轻重缓急,提到事业,他就把美女抛到脑后了。这就是主人公白皓月的过人之处啊!

——沧浪之水

第156集:抓住机遇,白皓月开始新一轮规划,谋定而后动。这就是儒商风采!

——沧浪之水

第157集:顶点来了,又一个拐点也来了。大风大雨大前程。 ——邹秀英

历经千沟万壑,穿过风霜雨雪。人生即将进入另一个更高的境界,就算再多挫折,又何足挂齿?　　　　　　　　　　　　　　　　　　　——彤丽炜

月满则亏。谁的人生平平淡淡,不起波澜?谁的人生大起大落,悲欣交集?没有永远的低谷,更没有永远的顶峰。认真过好每一天,且过且珍惜。
　　　　　　　　　　　　　　　　　　　　　　　　　　　——静湖金波

除了夫妻感情出了故障,白总事业、家庭几无可挑剔的地方。留学回来的儿子也很争气,不靠父母庇护,情愿从头做起。可是大转折来了,白皓月摊上大事了,且看他如何化险为夷?　　　　　　　　　　　　　　——沧浪之水

第158集:掐着点看完。观春花秋月,只因江海无边。敢刀口舔蜜,必是心中有数。能波澜不惊,当然十分了得。愿笑到最后,弄潮伟大复兴。　　——邹秀英

仗着胆大心细,白总一开始就没有留下直接把柄,事到临头也不会慌慌张张乱了阵脚,更不会为求脱罪,诬陷他人。这些品质才是最宝贵的,也是化险为夷的保证。　　　　　　　　　　　　　　　　　　　　——沧浪之水

第159集:商场如战场!爱恨情仇,谁能说清?　　　　　　——彤丽炜

给点儿《十面埋伏》的音乐,弦子越拨越密,你还有没有胆子唱首《大风歌》?
　　　　　　　　　　　　　　　　　　　　　　　　　　　——静湖金波

商场来来往往,狱所进进出出,无非是食,无非是色。白皓月需要一位禅师或者大师吧?当局者迷,旁观者清。　　　　　　　　　　　——邹秀英

第160集:皓月当……空!　　　　　　　　　　　　——乔木

大结局,大惊艳,意料之外,情理之中。爱恨情仇,人之常情。人间至味是清欢!　　　　　　　　　　　　　　　　　　　　　　——彤丽炜

实在是太巧了,读者我刚到贵阳,读罢举头,皓月当空。你有皓月当空,我有贵阳高照,恰逢今日大白马全军暴动,收复失地。有人大隐于江海,与金融潮汐共律;有人急飞来贵阳,与数字经济同兴。世事轮回,周而复始……今天太有纪念意义了!　　　　　　　　　　　　　　　　　　　　　　　——邹秀英

后 记

又经过9个月零5天的煎熬,我的第三部长篇财经小说《投行恩怨》终于可以交稿了。回顾9个多月的艰难历程,我不得不说,能在我人生第二个极其艰难的岁月完成这部几十万字的作品,简直就是一个巨大的奇迹! 好在众多亲朋好友一直在以各种方式给我以帮助和鼓励,使我终于又翻过了一座大山。因此,我必须对那些给了我勇气、力量和信心的师友们致以衷心的感谢!

在列出长长的致谢名单之前,请允许我向恩师王其藩教授、倪大奇教授和苏东水教授默哀。继2016年5月13日,我痛失博士后导师王其藩教授之后,今年2月13日和6月13日,我再次痛失倪大奇教授和苏东水教授两位恩师。

倪大奇教授是我国社会主义建设理论研究的开拓者,生前享受国务院专家特殊津贴待遇,并荣获上海市马克思主义理论教学研究"终身荣誉奖"。他是一个极其善良、极其睿智、一生坎坷的良心学者。他对我们这些没有任何背景的农民子弟关怀备至,即使身卧病榻,仍然关心着我的财经小说创作。得知恩师离世后,我的心情极度悲痛,往日师生欢聚、随性畅谈的画面一下子涌现出来,以致当天再也无法继续财经小说的创作。

苏东水教授是成就斐然的著名经济学家、管理学家和教育家、社会活动家。他将毕生奉献于著书立说、教书育人的伟大事业中。2020年,他以90高龄亲自出资100万元人民币发起成立了"复旦大学苏东水管理教育基金"。他一生虚怀若谷,勤奋治学,甘为人梯,著述众多,获奖无数,曾被国务院表彰为"发展中国高等教育事业有突出贡献专家",并获中国管理学界最高奖——"复旦管理学终身成就奖"。得知先生离世,我的双眼几度模糊,往日情景却历历在目。

师恩浩荡。我非常庆幸自己有那么多品德高尚、乐于助人的好老师。我的初中老师陈勇董事长始终关注本书的写作进程,他对文学和人生的独特见解令我受益良多。我的师专班主任卢佑诚教授在目睹我连续创作两部财经小说和一部纪实文学后,于今年3月20日晚我与他相聚时,当面对我提出"创作传世作品"的殷切期望。我的硕士导师王伯军教授不仅出席《资本迷局》和《融资风云》的首发式,还将他高屋建瓴的点评整理成文,在上海开放大学非学历教育部微信公众号、东方网、《上海社区教育》等媒体公开发表,此外,他还在讲课或各类报告中讲述我从事财经小说创作的故事,这也令我的作品得以被更多的人知晓。我的博士导师王家瑞教授对我的财经小说创作寄予厚望,不仅在我们的通讯联系中多次鼓励我坚持写作,还明确表示"要看"我的小说,就连我们见面时,他首先脱口而出的也是我的小说。恩师们的鼓励和帮助令我底气倍增。这是我克服困难,坚持写作的不竭动力。在此,谨向我人生道路上所有的老师们致以衷心的感谢!

众多好友的鞭策是这部小说最终完稿的直接动力和智慧源泉。中桐资本邹秀英女士、财经早餐创始合伙人谢潞锦先生、深圳文友彤丽炜女士、上海文友明春华女士(玉笑)、咸阳文友王小斐先生(沧浪之水)、中国金融作家协会会员唐宝凤女士(静湖金波)、我的大学同学王诚先生等在我写作过程中及时留言点评,或肯定,或批评,或提出新的思路,这令我在写作过程中得以保持清醒的头脑和顽强的毅力,从而使这部小说能够最终完稿。非常有趣、也非常令人感动的是王诚先生。他可能同情我写作辛苦,每次阅完我在"艺眼投资"微信公众号里的连载初稿,都要对我进行打赏,起初是每次100元,在我的劝说下,他勉强将打赏金额降到了每次20元。再后来,我跟他说,欢迎他打赏,只是不要一次太多,打赏1元,凑凑热闹足矣。可他就是不听,坚持每次打赏20元。或许在他的心里,打赏金额低于每次20元无以表达他对我的支持吧! 他的执拗令我动容,也令我非常不忍。因为他只是一名身处内地的普通初中教师,收入本来菲薄,而我几乎每天连载,一部书要连载160次,甚至200次。如此累计下来,打赏费用对他来说将是一笔不小的数字。然而无论我如何劝说,他始终我行我素。最后,我只好加长每次连载的篇幅,缩短总的连载次数,以为这样也许多少可以让他少花点钱吧。

在这部小说写作及修改期间,北控城市资源集团副总裁李中军先生、中国建设银行股权与投资管理部副总经理孙明新先生、宁波银行上海分行行长徐雪松博士、交通银行集中采购中心主任张兵先生、上海元合集团董事长马成樑先生、原国家土地督察上海局副局长赵凤江先生、嘉定区嘉定镇街道办事处主任胡建会先生、中比基金副总裁顾弘博士、上海柏科咨询股份董事长曹鹏先生、资深投资人俞勤先生、上海瀚枢生物医药有限公司副总经理张泳乔小姐、上海复导盟达网络科技有限公司首席执行官王莉女士等友人，以其丰富的人生阅历为我提供了丰富的创作素材和写作建议。

上海市人大常委会副主任陈靖博士、上海市委宣传部常务副部长胡劲军先生、原安徽省政府驻上海办事处主任高洪博士、上海市粮食和物资储备局副局长沈红然先生、海创香港有限公司董事长张严先生、证通股份有限公司党委副书记姚凯博士、中英青年创业协会会长于宗文先生、德国茵创国际并购有限公司合伙人张熙先生、英港汇投资有限公司董事及总经理杨皞远先生、国际金融报副总编辑张俊才先生及其夫人仰永秀女士、上海国创商业保理有限公司执行总裁王旭先生、中国作家协会会员及安徽省作家协会副主席孙志保先生、亳州市作协副主席张超凡先生、中国作家协会会员纳兰泽芸女士、河北省作家协会会员杨红霞小姐、国家非遗形象大使华一小姐、上海鑫点达科技董事长汤贺铃女士、上海市虹口区民政局罗永琳女士、安徽省六安市商务局局长时军先生、安徽省亳州市妇联副主席邢军女士、安徽省淮南市寿蜀产业园管委会经济发展局局长助理姚士女士、中泰证券上海分公司副总经理姚燕萍女士、上海壹杰信息技术有限公司董事长黄震先生、上海瑾弘实业有限公司总经理朱革新先生、开开集团监事长陈凌先生、原科学学研究所所长李建民教授、海通证券有限公司营业部总经理楼刚先生、上海复深蓝信息技术有限公司总经理杨万强先生、新城控股集团康养事业中心常务副总经理王波先生、龙徽置业董事长周桂贤先生、浙江元核科技有限公司董事长何红庄先生、资深投资人蔡志强先生、上海电视大学张斌先生、申银万国期货保险开发部总经理王海凤女士、大易健康董事长戚爱华女士、东方网创新研究院副院长张海新博士、北京走进崇高研究院副院长王利群教授、中南财经政法大学兼职教授柯美成先生、资深投资人宋艺宏先生、扬州大学经济学院李春来教授、招商银行上海分行李国富博士、上海甄投资产总经理汤玮立先生、育果创投董事长赵以国先生、浙江鑫盛永磁有限公司总裁鲍恩霞女士、我的搭档郝永清先生、资深投资人Merlin先生、资深投资人连通先生、资深投资人黄钦燕女士、资深投资人王德慧先生、农业发展银行上海分行纪委书记唐亮女士、中信证券上海东方路营业部汤奇先生、青岛昊洲投资总经理仇晨领先生、君悦律师事务所合伙人聂华军先生、仁济医院心内科主任解玉泉先生、长征医院普外一科副主任姚厚山先生、著名制片人李南女士、著名制片人周定礼先生、著名制片人宋一凡先生、著名制片人曹钢先生、上海立信金融学院副教授潘辉博士、安徽省霍邱县岔路镇退休教师宋士海先生等领导及师友，对本书的写作给予过各种鼓励和支持，使得本书的写作能够顺利进行。

还有众多师友,如同济大学发展研究院院长任浩教授、河海大学世界河谷研究院院长张阳教授、复旦大学管理学院芮明杰教授、复旦大学管理学院苏勇教授、上海东湖集团董事长朱伟东博士、上海国盛集团董事长寿伟光博士、上海东方国际集团董事长童继生博士、南昌市委常委及副市长肖云博士、上海国有资本投资有限公司总裁戴敏敏博士、黑龙江省证监局局长曹勇博士、交通银行私人银行中心副总裁桂泽发博士、浦东新区编办主任及组织部副部长张长起博士、中国商飞财务公司党委副书记余自武博士、原第二军医大学研究生院副院长高春阳大校、中航基金副总裁邓海清博士、深圳大学经济学院钟杏云教授、国信弘盛创业投资有限公司李信民博士、复旦大学能源研究中心副主任潘克西博士、复旦大学纪委副书记胡华忠博士、复旦大学研究生院副院长楚永全博士、复旦大学南亚研究中心主任张家栋教授、复旦大学管理学院伍华佳副教授、复旦大学旅游学系郭英之教授、复旦大学经济学院陆前进教授、复旦大学地产金融同学会执行会长李元红小姐、上海管理教育学会会长赵晓康教授、复旦大学MPAcc项目主任娄贺统教授、同济大学管理学院孙遇春教授、同济大学发展研究院朱国华教授、上海财经大学商学院副院长刘志阳教授、安徽省政府政研室一级调研员张岑遥博士、上海霍邱经济文化促进会会长张纪怀先生、安徽农业大学研究生院副院长姜家生博士、池州学院商学院党委副书记王娟副教授、上海宝江拍卖有限公司董事长巩玉杰先生、上海复音企业管理顾问有限公司董事长张修成先生、央视上海记者站首席摄影记者苏照宇先生、南通港闸经济技术开发区招商局局长潘鑫先生、上海华瑞银行行长助理韩志远先生、上海港务集团外高桥四期码头人事行政部经理张振女士、友邦保险王永红博士、组织人事报社辛海华先生、王佩军主任、陆前安副局长、杨翊杰博士、许世民秘书长、许剑飞总经理、彭元军主任、顾仁宝常务副会长、陈军董事长、俞凯岷总经理、余鹏举总经理、朱卫文总经理、叶建宏博士、罗进博士、陶志峰博士、杨文斌博士、苏江明博士、杨初先生、卢爱国先生、闵长虹博士、吴强玲博士、吴红燕教授、李建华博士、王贺林先生、汪中平副教授、刘福元律师、郑昶总经理、赵德威董事长、陶小刚总经理、朱巨露总经理、于利多总经理、李结兵先生、吴敦才先生、李晖总经理、王昌先生、杨玥玫女士、沙丛林先生、聂铣峰先生、夏阳律师、冯永红先生、陈龙警官、曾红洁女士、姜星宇女士、高长贵女士、王健先生、乔木先生、崔玉红女士等,都曾以各种不同的方式给我以鼓励和支持。

我的财经小说创作还得到了众多媒体的关注和支持,东方网总编室主任陈旭东先生、文汇报新媒体中心王蔚女士、《新闻晨报》记者徐斌忠先生、《新民晚报》副刊部主任编辑郭影女士、《市场星报》记者刘冬梅小姐、《深圳商报》记者贾婧媛小姐及中新社、《天津日报》、中国出版传媒网、财经早餐、证券之星等媒体对我作品的报道和关注，极大地激发了我的创作热情。

本书能顺利完成也离不开家人们一如既往的支持。我的夫人姚伟教授依然是我小说的第一个读者和打赏者，我的父母、岳父母对我的写作非常关心，我的儿子王一乔对我的小说创作也非常理解。他们的及时肯定是我坚持写作的巨大动力。

天津人民出版社总编辑王康女士和第三编辑室副主任岳勇先生对本书的写作和出版事宜给予热情帮助，谨向他们致以诚挚的感谢！

此外，还有众多亲朋好友对这部小说的写作给予过关心与支持，恐有疏漏，谨在此一并致以衷心的感谢！我的财经小说"四部曲"已经完成三部，第四部财经小说将聚焦兼并收购，希望继续得到您的大力支持！

最后，我要特别感谢我的故乡——安徽省霍邱县！今年3月20至23日，我时隔11年再次回到魂牵梦绕的故乡。在这短短的4天时间内，我非常荣幸地见到了30多未曾见过的恩师、同学、学生，看到大家都身体健康、家业兴旺，内心无比高兴。这是一次非常神奇的返乡之旅！它再次给我以力量、信心与底气，并将指引我百折不挠，勇往直前，再创佳作！

2020年9月30日至2021年5月25日第一稿
2021年5月26日至2021年7月5日第二稿